KB166148

태백산맥

조정래 대하소설

태백산맥

8

제4부 전쟁과 분단

　1983년 9월의 어둠 속에서 시작한 소설을 1989년 9월의 혼미 속에서 1만 6,500매로 끝내게 되었다. 만 6년 세월이 흘러간 것이다.

　그동안 국민학교 5학년이었던 아들 도현이가 고등학교 2학년이 되었다. 그냥 나이만 먹은 것이 아니라 『太白山脈』이란 소설이 무엇인지 모르던 아이가 이제는 알게 되었다. 어쩌면 그 무심하지 않은 세월의 변화가 소설을 써야 하는 본질적 의미인지도 모른다.

　제3부의 '작가의 말'에서 2만 매로 늘려 집필계획을 변경했다고 밝혔는데, 처음대로 계획을 되돌린 것은 그럴 수밖에 없는 필연적 이유가 있다. 1945년 8월부터 1953년 8월까지와, 그 다음의 세월이 시대적 특성으로 보아 확연히 다르기 때문이다. 앞의 8년이 '민족 자주독립국가 수립 노력의 시대'라면, 그 뒤의 세월은 '민족통일 추진의 시대'인 것이다. 이렇듯 특성이 다른 시대를 한 작품으로 엮는다는 것은 여러 측면에서 무리였다. 그래서 『太白山脈』은 6·25전쟁이 끝나는 그해 10월로 끝맺고, 그 다음의 시대는 새로운 작품으로 독립시키기로 한 것이다.

　소설 『太白山脈』에서 다루고 있는 시대를 흔히들 '민족사의 매몰시대' '현대사의 실종시대'라고 한다. 그것은 곧 그 시대가 그만큼 치열했고 격랑이 심했으며, 분단사 속에서 또 그만큼 왜곡과 굴절이 심했음을 의미한다. 그 시대의 진실과 참모습을 얼마나 객관적으로 복원하고 되살리느냐가 바로 분단극복이고 통일지향일 것이다. 그 시대의 복원은 바로 오늘을 푸는 열쇠이기 때문이다. 나는 그 작업을 위하여 수많은 사람들을 만났고, 여러 현장을 찾아다녔다. 소설은 단순히 상상력의 산물일 수만은 없으며, 엄연한 역사사실 앞에서 소설을 쓰는 자는 제멋대로일 수가 없는 것이다. 『太白山脈』에 나오는 수많은 이야기들은 그렇게 증언을 토대로 하고, 확인을 거친 것들이다. 그 이야기들을 소설로 엮으면서 나는 시대진실에 냉정하고자 했고, 우리의 오늘을 투영하고자 했다.

그동안 증언, 자료조사, 현지답사 같은 것을 통해 나를 도와주신 수많은 분들께 감사를 드린다.

민족분단의 '허리잇기'로 시작한 이 소설이 우리 민족이 필연적으로 찾아가야 하는 통일민족사에 작은 디딤돌이거나 하나의 징검다리가 될 수 있다면 더 바랄 것이 없겠다.

끝으로, 지난 세월 동안 나의 온갖 짜증을 다 받아내며 옆을 지켜준 아내에게 고마운 마음을 전한다.

1989년 9월

趙廷來

차례

태백산맥 제4부 전쟁과 분단

8권

1

백두산 천지, 한라산 백록담

반도땅 산과 들에 겨울이 닥쳐오고 있었다. 북쪽에서 불어오는 차고 매서운 바람은 수많은 산들을 휩싸고 빈 들녘들을 휩쓸며 남쪽으로 줄달음질쳤다. 북쪽 끝 백두산에서부터 남쪽 끝 한라산까지 겨울에 묻혀가고 있었다. 반도땅에서 제일 높은 산, 백두산 천지에 물이랑을 일으키며 시작된 겨울바람이 굽이굽이 이어지고 뻗어내리는 산맥들을 따라 남쪽으로 남쪽으로 불어내려 바다를 성큼 건너뛴 다음 한라산 백록담에 다다르면 반도 천지는 겨울로 뒤덮였다. 한라산 백록담에서 한바탕 맴돌이질 친 바람이 산줄기를 타고 내리며 나뭇잎들을 떨구기 시작할 즈음이면 백두산 언저리 북쪽땅은 벌써 얼음이 꽁꽁 얼고 눈보라가 휘몰아치고 있었다.

백두산에서 시작하여 한라산에서 끝나는 반도땅에 겨울이 오면 크고 작은 산들도, 넓고 좁은 들녘들도 고즈넉이 계절의 침묵

속으로 잠겨들었다. 그 산야에 발붙이거나 뿌리내리고 살아가는 모든 생명 있는 것들도 겨울나기의 조심스러운 몸짓들을 지었다. 백두산 뻗어내려 삼천리라 일컬어지는 반도땅 동쪽으로는 험산준령들이 줄기차게 이어져 산맥을 이루고, 그 산맥에서 또다른 산맥들이 뻗쳐나와 서쪽으로 가지를 치고 있는데, 그 산맥들이 거느리고 있는 헤아릴 수 없이 많은 산들은 그 얼마일 것인가. 반도땅의 7할을 차지하고 앉은 그 많고 많은 산들은 제각기 그 크기나 모습이 다르되 이름을 갖지 못한 것들이 수두룩했다. 그 크기나 모습이 걸출하지 않고서는 이름을 얻기가 어려웠고, 산이 귀한 평원지대에 가면 어엿하게 산으로 대접받을 수 있는 수많은 산들이 그저 '야산'이라고만 싸잡아 불리었다. 그 수없이 많은 산들은 그냥 땅만 차지하고 앉아 있는 것이 아니라 속에 품었던 물들을 골짜기 골짜기마다 흘려보내고, 그 물줄기들은 서쪽으로 흘러내리며 서로 합쳐지고 모아져 나머지 3할의 들녘들을 적셔주는 크고 작은 강들을 이루어내고 있었다. 그 자연의 조화를 따라 까마득히 먼 세월부터 사람들은 삶의 터를 일구어왔다. 그 역사를 셈하여 5천 년, 그 무리를 일컬어 한민족이라 하였다.

　반도땅에 자리 잡은 그 많고 많은 산들이 제각기 그 크기와 모습이 다르되 꼭 닮은 것이 두 개 있으니, 그것은 백두산과 한라산이었다. 두 산은 신비스럽게도 똑같이 머리에 물을 담아 이고 있었다. 그러나 두 산이 지니는 신비스러움은 그 특이한 생김에만 있지 않았다. 그 자리잡음이 더욱 기이했다. 두 산은 반도땅이 시작되는

첫머리와 반도땅이 끝나는 끝머리에 우뚝우뚝 솟아 하늘을 떠받치고 있었다. 이 어인 조화일까. 우연일까, 필연일까. 그 연고를 아는 이 이 세상에 그 누구일까. 두 산의 똑같이 닮은 모습이 신비하고, 그 자리잡음마저 더욱 신비하여 그 연유를 알아내려는 옛사람들의 애쓴 흔적이 역연하니, 백두산이 담아 인 물을 '천지'라 하였고, 한라산이 담아 인 물을 '백록담'이라고 한 것이다. 그 두 이름이 갖는 공통점은 '하늘'인 것이다. 그런데 '하늘의 못'이라는 뜻인 천지에는 절대한 존재인 하느님이 막연하게 상징되고 있는 데 반하여 '흰 사슴의 못'이라는 백록담에는 하늘에만 산다는 하얀 사슴들이 내려와 목욕하는 터라서 그런 이름이 지어진 거라는 사연이었다. 백록담에는 그런 구체적인 내용의 전설이 있는데 왜 천지에는 그런 것이 없을까. 그리고 천지가 상징하고 있는 하느님과 백록담의 하얀 사슴들과는 어떤 관계가 있을까. 어쩌면, 하느님께서 천지에 하강하시어 목욕을 하셨다거나, 낯을 씻으셨다거나, 발을 씻으셨다거나 하는 구체적인 이야기를 엮어내는 것은 절대신성에 대해 불경을 범하는 일이라고 생각한 것은 아니었을까. 그리고 하얀 사슴의 무리는 하늘나라에서 무엇을 하는 것일까. 무슨 일을 땀 흘려 했기에 목욕을 하러 내려오는 것일까. 아마도 하얀 사슴들은 세상만상의 생성과 소멸을 도맡고, 질서와 조화를 다스리는 하느님을 모시고 다니는 일을 하고, 하느님이 고단하시어 발이라도 천지물에 담그고 계시는 틈을 내어 한라산의 못에 목욕을 하러 내려오는 것이 아니었을까. 이야기가 그렇게 연결되는 것이 틀림없다

해도 옛사람들의 노력은 똑같이 닮은 두 산의 못에 그런 이름을 짓게 된 연유를 밝힌 것일 뿐, 두 가지의 신비를 밝혀낸 것은 아니었다. 다만 그 전설이 밝혀내고 있는 것은 두 산이 닮은 모습을 하고 반도땅의 끝과 끝에 자리 잡은 것이 결코 우연이 아니라 '하늘의 뜻'에 따라 이루어진 일이라는 필연의 관계설정이었다.

그 밝혀질 길 없는 신비로운 두 산 사이에 많고 많은 산들이 제 나름의 독특한 모습을 하고 우람하게 솟아 서로 어깨동무를 하여 장엄하게 이루어냈으니, 줄기찬 산맥이었다. 이름을 가진 산들은 모두가 전설을 갖게 마련인데, 그 이름이라는 것이 전설의 요약이거나 그 이야기 내용의 제목이었다. 그런데 산이 크고 높을수록 전설들은 하늘에 가까운 내용들로 신비화되었고, 그 주인공들도 인간이 범접할 수 없는 신령들이었다. 그리고 산이 낮아져 들녘에 가까우면 비로소 전설의 주인공들이 인간으로 바뀌되, 그것도 범상한 인간들은 아니고 우러를 만한 비범한 인물들의 이야기로 엮어졌다. 산의 높낮이와 거리의 멀고 가까움에 따라 전설의 주인공과 내용이 달라진다는 것은 지극히 자연스럽고도 예지로운 결과가 아닐 수 없었다. 높고 험한 산 앞에서 왜소하기 이를 데 없는 인간이란 존재를 깨달아 그 자리를 겸허하게 신령들 앞에 내놓은 것이고, 가깝고 나지막한 산들을 골라 이상적인 인간상들을 구현하고자 했던 것이다. 그런 분별을 가진 자세도 중요하거니와, 그 많은 산들에 그 많은 이야기를 엮어낸 것은 놀라움이 아닐 수 없는 것이다. 비슷비슷하되 같은 내용이 하나도 없는 그 많은 전설들은 무엇을 의미하는 것인가. 그것은 먼저, 이 땅에 터 잡고 살아온 사람들의 장구한 세월이 없었다면 불가능하다는 사실을 입증하는 것이며, 다음으로는, 이 땅의 사람들의 지적 상상력이 얼마나 풍부하며 그 수준이 얼마나 철학화되었는지를 증명하는 것이었다. 그 대표적인 것이 금강산에서 잉태된 '나무꾼과 선녀'의 전설이면서 '견우와 직녀'의 전설인 것이다. 금강이라는 이름에 어울리게 그 빼어나게 아름다운 산속에 선녀들의 목욕터를 잡은 배경 선택부터가 신비스러운 실감을 자극할 수 있도록 탁월한 것이다. 그리고 밤과 낮을 있게 하고, 비와 눈을 내리게 해 인간은 물론이고 만상의 생존을 지배하는 하늘의 그 무한하고 불가사의한 힘에 지향 없는 의문을 갖게 되고, 끝내는 그곳에 이르고자 하는 인간의 욕구를 실현시키게 하는 이야기 전개의 상상력은 더욱 탁월한 것이 아닐 수 없다. 그런데 두레박을 몰래 타고 올라간 나무꾼이 아내인 선녀를 다시 만나 하늘나라에서 천년만년 행복하게 살았다는 것으로 이야기를 끝냈더라면 얼마나 단순하고 싱거우며, 하늘에 대해 불경을 저지르는 일인가. 나무꾼이 아내를 다시 만나는 대목에서 이야기는 일대전환을 일으켜 옥황상제의 명령에 따라 두 사람은 은하수를 사이에 두고 헤어져 살지 않으면 안 되게 된다. 여기서 동거를 허용하지 않음으로써 하늘나라의 존재들과 인간이 동일할 수 없다는 것을 나타내는 동시에 하늘에 대한 불경을 재치 있게 피하고 있는 것이다. 그리고 옥황상제가 나무꾼을 추방하지 않고 하늘나라에 그대로 남겨 선녀와 헤어져 살게 하되 1년에 한 차례씩 만나도록 허락한 것은 한번 맺어진 인연의 끈은 하늘나라에까지 이어진다는 것을 나타냄과 아울러 옥황상제의 엄격하면서도 너그러움을 함께 보여주는 것이다. 뿐만 아니라, 건너지 못할 강을 사이에 두고 1년에 단 한 번밖에 만날 수 없게 함으로써 두 사람의 목마른 그리움을 더욱 애달프게 하면서, 그 비련미를 영원하게 하는 이야기의 극치를 이루고 있는 것이다. 그런데 이야기는 거기서 끝나지 않고 다시 한 고비를 넘긴다. 그리움에 사무친 견우와 직녀가 만날 수 있도록 은하수에 다리를 놓아주는 것이 바로 까치라는 것이다. 이 느닷없는 이야기의 끝맺음 뒤에 여운처럼 따르는 말이 있다. ……그래서 칠월칠석 앞뒤로는 비가 자주 내리고, 칠석을 지낸 까치들의 머리에는 털이 빠져 있는 것이다……라고. 이 얼마나 놀라운 논리적 과학성이며, 투시적 현상인식이고, 현실적 실감을 증폭시키는 이야기의 구성력인가. 견우와 직녀가 상면의 반가움으로 울고 다시 헤어져야 하는 슬픔으로 우는 것이 아니라 칠월칠석 즈음에는 계절적으로 비가 많은 때이고, 또 견우와 직녀가 밟고 오가는 탓에 까치들의 머리털이 빠진 것이 아니고 칠월칠석을 고비로 까치들은 털갈이를 하는 것이다. 그런 사실들을 유심히 관찰해 내서 전설에 접합시킴으로써 하늘과 만상과 윤회법칙을 일깨우는 한편, 이야기의 생동적 실감을 송두리째 획득해 내는 이중효과를 거두고 있는 것이다. 그리고 어찌하여 까치에게 만남의 다리를 놓게 하는 고역스러우면서도 보람에 찬 그 선한 역을 맡긴 것일까. 까마귀의 그 시커먼 생김에 비해 까치가 훨씬 보기 좋게 생겼기 때문일까. 결코 그런 표피적인 단순함이 아니었다. 제비가 나락에 기생하는 여러 해충들을 잡아먹는 길조라면, 까치는 나무들에 기생하는 가지가지 해충들을 잡아먹어 산림을 돕는 길조였다. 까치에 비해 까마귀를 흉조로 꺼리는 것은 그 식성이 육식이어서 사람의 시체까지 뜯고 덤비는 까닭이었다. 그리고 까치는 부부애가 돈독해 사랑의 아픔으로 가슴앓이하는 견우와 직녀 부부를 만나게 해주는 배역을 맡기기에 안성맞춤이었고, 또한 그 부부애는 원앙새 다음으로 윤리의 규범을 상징하는 것이기도 했다.

이렇듯 철저한 논리성과 과학성을 바탕으로, 삼라만상과 인간의 관계를 하나의 고리로 연결시키면서, 인간의 하늘에 대한 의문과 경배를 가슴 저리는 애절한 사랑이야기로 엮어낸 이런 완벽한 전설이 그 어느 나라, 어느 민족에게 있는가. '세계적'이라고 가치부여를 하는 그리스 신화에도 그런 요건을 고루 갖춘 이야기는 없다.

건국신화로부터 호랑이와 인연을 깊이 한 반도땅은 그 형상이 포효하는 호랑이라고 예로부터 전해져 내려오고 있었다. 그 전설에 따르자면, 백두산을 머리로 하고 한라산을 꼬리로 하여, 두 산이 똑같은 모양을 하고 있음은 한 생명체의 완결미를 상징하는 것이라고 하지 않을 수 없다. 백두산에서 뻗어내린 마천령산맥은 함경산맥과 엇갈리면서 호랑이의 목뼈를 이루고, 그 아래를 이어받치며 남쪽으로 뻗친 낭림산맥은 그 꼬리를 감추듯 하면서 남쪽 끝까지 줄기차게 뻗어내리고 있는 태백산맥과 더불어 등뼈를 이루었으며, 그 두 산맥에서 가지쳐 서쪽으로 뻗어나간 강남산맥 적유령

산맥 묘향산맥 언진산맥 멸악산맥 마식령산맥 광주산맥 차령산맥 노령산맥 소백산맥은 제각기 갈비뼈를 이루고 있었다. 그리고 그 산맥들 사이사이로 긴 흐름을 짓는 청천강 대동강 예성강 임진강 한강 금강 섬진강 낙동강은 다른 수많은 지류들과 함께 핏줄을 이루고 있었다. 이것이 어찌 단순한 말놀이일 수 있으랴. 생태학의 분류를 따르더라도 반도땅의 호랑이는 세계 그 어느 곳에서도 볼 수 없는 고유한 종류라고 하지 아니한가. 산신령을 모시고 다니는 호랑이는 민간신앙 속에서 오래고 긴 세월에 걸쳐 이 땅의 사람들과 친교를 맺어온 사이이기도 했다. 반도땅의 그 기이하고도 신묘한 형상으로 볼 때 일본놈들의 강압지배는 호랑이의 몸을 쇠사슬로 칭칭 동여맨 형국이었고, 해방과 함께 미국이 멋대로 그어낸 38도선은 호랑이의 허리를 동강 내려는 무모한 짓이었다. 호랑이가 어찌 실수하여 쇠사슬에 묶이었다 하나 언제까지나 묶여 있을 리가 만무한 일이었다. 호랑이는 마침내 성을 내고 쇠사슬을 끊으려고 포효하기 시작했으니, 그것은 3·1운동을 시발로 하여 해방이 되는 그날까지, 세계식민사에서 그 유례를 찾아볼 수 없도록 치열하고 끈질기게 전개된 민중들의 독립투쟁이었다. 그 꺼질 줄 모르는 저항투쟁을 두려워한 나머지 일본놈들은 반도땅이 포효하는 호랑이 형상이라는 전설을 꺼려 토끼로 둔갑시키는 조작극을 꾸몄다. 그리고 그것으로도 안도할 수가 없어 명산이라는 명산은 다 찾아다니며 그 맥을 끊겠다고 산줄기마다 깊이 파서 쇠기둥을 박아넣은 다음 흙으로 덮는 것도 모자라 두꺼운 시멘트 땜질을 했던 것이다.

그리고 민족의 정기나 기상을 불러일으키는 내용의 전설을 간직한 석상들을 일일이 깨부수는가 하면, 그런 바위들을 찾아내 산봉우리에서 골짜기로 굴려내리는 짓을 자행했다. 미국이나 소련이 아니었더라도 일본놈들의 강압지배가 일시적일 수밖에 없는 것은 반도땅의 기상을 일본놈들로서는 꺾을 도리가 없기 때문인 것이다. 반도땅에서 뿌리내리고 살아온 사람들의 장구한 역사를 돌이켜볼 때 일본놈들이 가하는 수난쯤은 얼마든지 이겨낼 수 있는 힘을 지닌 민족이었다. 그 깊이를 헤아리기 어려운 저력에 받들려 장구한 역사는 엮어져내린 것이며, 그 저력은 산 많고 평지 적은 악조건을 이겨내며 살아오는 동안 길러진 끈질긴 생명력이었다.

이제 호랑이는 잘린 허리의 아픔을 떼쳐내려고 다시 포효하고 있었다. 허리가 잘린 아픔으로 더는 살 수가 없는 호랑이의 몸부림에 반도땅 전체는 요동치고 있었다. 잘려진 허리를 잇기 위하여, 갈라진 민족이 하나가 되기 위하여 산골짜기 골짜기마다, 들녘의 이곳저곳에서 피를 뿌리고 있었다. 산하가 얼어붙어가는 속에 찬바람에 휘말리는 비명들은 처절하고, 흰 눈 위에 뿌려지는 피는 더욱 처연하게 붉었다. 수십 마리 또는 수백 마리씩 무리를 이룬 까마귀떼들이 그 음산한 울음과 함께 검은 회오리바람을 일으키며 극성을 부렸다.

다시 옷깃 여미고 생각하건대, 어인 연고로 반도땅은 세계에서 유일하다는 백두산으로 시작되어 그 모양을 그대로 닮은 한라산으로 막음되고 있는가. 백두산 천지에서 한라산 백록담까지 우리 눈에는 안 보이는 무지개다리가 하늘로 드리워지고, 백록담에서 천지까지 우리 눈으로는 볼 수 없는 또 하나의 무지개다리가 땅속으로 이어져 크고 큰 동그라미를 이루고 있는 것은 아닐 것인가. 그 크고 큰 동그라미를 따라 이 민족의 정기는 순환되고, 생명력은 생성되는 것이 아니랴. 그러나 그 누가 그 수수께끼를 풀 수 있으랴. 아무도 그 수수께끼를 풀 수 없으되, 끝과 끝에 의연하게 자리 잡고 있는 서로를 닮은 두 산은 우리 민족이 하나인 것을 증거하는 상징이 분명하고, 우리 민족이 하나가 되고자 하는 염원을 대변하는 상징이 확실하고, 그 어떤 힘으로도 우리 민족을 갈라놓을 수 없다는 것을 암시하는 상징이 뚜렷했다.

산야의 나무들은 잎을 다 떨구고, 소나무마저 아랫잎들이 누릿누릿 변색해 가면서 11월은 저물어가고 있었다. 어인 일인지 추위까지 빨리 와 전쟁을 치르고 있는 사람들의 마음을 더욱 스산스럽게 만들고 있었다. 나날이 추워지는 속에서 전쟁은 한층 치열해지고 있었다. 싸움터는 완전히 두 쪽으로 나뉘어 있었다. 추풍령을 분기점으로 한 북쪽과 남쪽의 싸움터가 그것이었다. 북쪽이 양쪽 정규군으로 맞서 있는 반면에 남쪽은 빨치산과 경찰이 맞서 있었다.

전남도당은 10월이 끝나가면서 조직정비를 거의 마치게 되었다. 북상 후퇴가 완전차단되면서 도당마저 발길을 되돌리게 되자 각 지역의 구빨치들은 신속하게 행동을 개시했던 것이다. 그들은 재빨리 지난날의 투쟁지를 찾아들어가 거점을 확보하고 자기네들지역에서 입산하는 사람들을 규합해 나갔다. 1948년 10월 말에 2,500여 명이 입산해서 1950년 7월 말까지 겨우 200여 명밖에 살아남지 못한 구빨치들은 다시 위기를 맞아 도당을 떠받쳐올려야 하는 전투병력으로서의 빨치산조직을 구축하는 데 결정적 역할을 담당하면서 그 능력을 유감없이 발휘했던 것이다. 그들 한 사람, 한 사람은 곧 중요한 산 하나씩의 무게와 다름이 없었고, 그들의 축적된 능력은 그만큼의 일을 막힘 없이 해냈다. 각 지역별로 거점을 확보한 그들이 입산자들을 선별·규합하기 시작한 것은 도당의 지시를 받아서가 아니었다. 그들은 위기에 대처하기 위해 자율적 판단으로 그 일을 해나갔던 것이다. 이미 당생활을 통해 그들은 그만한 결단력과 책임감, 기민성 같은 것을 갖추고 있었다. 그런 그들의 활약으로 각 군당이나 시당이 다시 제 모습을 회복하게 되었고, 차례로 도당과도 선들이 이어지게 되었다. 그것은 곧 도당 전체의 건재를 서로가 확인하는 상호 신뢰의 기쁨이면서, 개개인의 가슴에 깊이 심은 불멸적 당성이 곧 당의 조직력이라는 사실을 재확인하는 계기이기도 했다. 하부조직의 구축에 따라 도당은 여섯 개의 지구를 편성했다. 동부에 백운산지구, 서부에 불갑지구, 남부에 유치지구, 북부에 노령지구, 중부에 조계산지구, 북동부에 백아산지구가 그것이었다. 그 여섯 개의 지구가 전남도당의 유격지구였고, 그것들은 유격투쟁을 효과적으로 전개하기 위하여 전략적 가치가 있는 산들을 중심으로 분할되었다. 그 지구 아래 각 군당들이 독립성을 유지하며 상호 협조가 이루어질 수 있도록 조직되었고, 군당 아래 읍·면당이 있었으며, 읍·면당들은 은폐된 투쟁인민들을 확보하도록 되어 있었다. 여섯 개의 지구를 총괄하는 조직으로 총사령부가 무장부대를 독립시키고 있었고, 그 위에 도당이 보위대로 무장하고 있었다.

그런 유격투쟁조직이 완료될 때까지 염상진은 백아산 쪽 무등골에 임시로 자리 잡은 도당에 머물러 있었다. 전체적인 조직계획을 수립하는 데 참여했던 것이다. 그런데 조직사업을 완료하고 사령부로 돌아와서도 그때 어찌할 수 없이 죽어가야 했던 그 젊은 군관의 모습을 잊지 못하고 있었다. 도당 책임자인 위원장의 냉철성과, 당의 군대인 지휘군관의 투철성을 극적으로 보여주었던 그 사건은 도당 간부들의 가슴을 치는 충격이었고, 당성이 무엇인지를 입증하는 말 없는 웅변이었다.

그들 인민군 부대가 무등산 북쪽 담양군 대덕면 근방 산골짜기에 집결한 것은 10월 중순쯤이었다. 낙동강 전선에서 밀리기 시작한 그들은 전투를 계속하며 섬진강을 건넜고, 북상후퇴길을 잡아 그 지점까지 온 것이었다. 그들이 거기에 머무른 것은 소속부대를 잃어버리고 우왕좌왕하는 전사들을 더 모으기 위해서였다. 600명을 헤아리는 병력이 집결해 있다는 보고를 받은 도당에서는 긴급회의를 개최했다.

"이미 퇴로는 차단되었소. 이 위급한 시기에 무리한 북상을 시도하다가 병력손실을 당하는 건 더없이 무모하고 어리석은 일이오. 앞으로는 전선이 따로 있을 수 없고, 해방투쟁은 도처에서 전개되어야 하고, 또 그 방법이 적들을 교란시키는 데 효과적일 것이오. 가서, 북상을 중지하고 우리 도당과 힘을 합쳐 싸우자고 제의하시오. 지금 우리 도당의 무장상태는 너무 빈약한 형편인데 600명의 인민군과 합세하게 되면 그때야말로 당당한 유격투쟁력을 확보할 수 있게 되는 것이오."

박영발 위원장의 결정이었다.

부위원장은 위원장의 신임장을 겸한 의견서를 가지고 떠났다. 그러나 부위원장이 가지고 돌아온 소식은 밝은 것이 아니었다.

"결과부터 보고드리자면, 그 지휘관은 도당의 결정을 거부했습니다. 자기는 군인으로서 상부에서 받은 명령을 따라야만 한다는 것이었습니다. 여러 가지 말로 설득을 시도했습니다만 저로서는 역부족이었습니다."

부위원장의 보고였다.

"그 군관의 계급이 뭐였소?"

위원장의 나직하나 무거운 말이었다.

"소성 넷, 총위였습니다."

"총위…… 그 말도 맞긴 하오만……."

위원장이 흘리듯 말했다. 그런 위원장의 얼굴에는 그의 특유의 우울한 기색이 짙게 드러났다. 둘러앉은 간부들은 그 감정변화를 민감하게 포착하고 있었다. 일정시대부터 투쟁을 해오면서 고문으로 다리를 상해 보행이 다소 불편한 위원장 박영발은 그 투쟁경력을 입증하듯이 지나칠 만큼 과묵했고, 얼굴에는 언제나 무겁게 느껴지는 우울이 담겨 있었다. 그는 말보다는 그 우울한 빛의 농담으로 더 많이 감정을 나타냈다. 그는 소리 내서 웃은 일이 없었고, 언제나 무슨 생각인가를 골똘히 하는 것 같은 모습이면서, 그 누구를 대하든 깊이 살피는 듯한 예리하면서도 차분한 눈길을 가지고 있었다. 총위…… 그 말도 맞긴 하오만……. 염상진은 위원장의 말을 되씹어보고 있었다. 그 부정이 담긴 말과 위원장이 입고 있는 소장 계급장이 붙은 인민군복이 겹쳐지고 있었다. 전시상황 속에서도 당우위는 어디까지나 지켜져야 하기 때문에 전쟁과 함께 당도 전시편제로 바뀌어 도당위원장은 사단장급과 동일하게 소장 계급장을 달게 되었다. 그래야만 군대조직의 통제력을 발휘할 수 있기 때문이었다.

"여길 언제 떠날 것 같소?"

위원장이 무겁게 입을 열었다.

"예, 직접 확인하진 못했습니다만, 서두르고 있었습니다."

부위원장이 다소 당황한 기색으로 대답했다.

"됐소. 내가 직접 만나러 가겠소."

쇳소리가 나는 듯한 위원장의 말이었다. 예상했던 결과라고 생각하는지 아무도 말이 없었다. 염상진은 그 빠른 결정에 전적으로 동의하고 있었다. 600명의 무장병력을 그냥 놓칠 수 없는 상황 속에서 부위원장이 해결하지 못한 문제에 위원장이 직접 나서는 것은 최선이면서 최후의 방법이었던 것이다.

위원장은 지체 없이 길을 나섰다. 염상진은 다섯 명의 수행원에 끼여 위원장을 뒤따랐다.

"부위원장을 통해서 지휘관 동무의 뜻은 다 들었소. 그런데 동무의 생각에 다소 오류가 있어서 내가 다시 찾아오게 된 것이오."

위원장은 상대방을 깊이 살피는 듯한 그 특유의 눈길을 모아 총위를 쳐다보며 말을 꺼냈다.

"오류라고 하시면…… 구체적으로 지적해 주시기 바랍니다."

지적인 분위기가 감도는 얼굴에 군인다운 견고함까지 갖춘 총위의 또렷한 말이었다. 서른쯤 되었을까, 빈틈없이 생긴 얼굴이고, 군인다운 태도라고 염상진은 생각했다.

"군관 동무가 총사령부의 명령에 복종해야 하겠다는 것은 군인으로서 일단 옳소. 그러나…… 퇴로가 완전차단된 현재의 상황하에서 그 명령을 수행하기 위해 춘천까지 북상한다는 것은 도저히 불가능한 일이오. 그 불가능한 일을 무리하게 추진하다가 병력을 손실하는 것은 무모한 해당적 행위요. 지금 우리가 처한 상황은 단 한 명의 전사의 목숨이라도 소중하게 지켜 투쟁력을 집결하고 확대시켜야 할 때요."

"위원장 동지의 말씀 잘 알겠습니다. 그러나 저는 인민군총사령부로부터 받은 명령을 끝까지 수행해야 할 책임과 의무가 있을 뿐만 아니라, 퇴로의 차단도 제가 직접 확인하지 못한 상태이며, 퇴로가 차단되었다 하더라도 그것을 뚫고 나가는 것이 군인의 임무라고 생각하고 있습니다."

총위의 말은 위원장 못지않게 논리적이었고, 차분했다.

"군인으로서 백번 옳은 말이오. 그러나 퇴로가 차단된 것은 직접 확인하지 않더라도 우리 도당이 북상을 포기하고 발길을 되돌린 것으로 충분히 입증할 수 있소. 그리고 군인의 투철한 임무수행은 어디까지나 현명한 전략전술에 따르도록 되어 있소. 현재 상황에서 최선의 전략전술은 우리 도당과 힘을 합쳐 해방전쟁을 수행하는 것이오. 모든 전선이 교란되고, 북쪽으로는 후퇴가 계속되고 있는 지금과 같은 상태에서는 이제 우리가 적을 교란시키는 전술밖에는 없소."

"현명하신 말씀입니다. 그러나 그러한 전략 수정이나 전술 변경에 대해 총사령부로부터 명령을 받기 전에는 저는 어찌할 수가 없습니다."

총위의 얼굴은 점점 더 견고해져가고 있었다. 언제나처럼 우울한 빛이 담긴 위원장의 얼굴은 아무런 변화가 없었다. 염상진은 긴장감으로 마른침을 삼켰다. 상부의 명령에 충실하고, 명령계통을 철저히 지키려는 총위의 태도는 물론 군인다웠지만, 상황을 전적으로 무시하는 데는 답답함이 없지 않았다.

"군관 동무, 한 가지 묻겠소. 우리 도당에서 아무리 무전을 보내도 당중앙과 연결이 안 되는데, 군관 동무는 총사와 무슨 연락이 되고 있소?"

"아닙니다."

"알겠소. 그것으로 한 가지 대답은 끝났소. 다시 한 가지 묻겠는데, 인민군은 어디에 소속된 군대요?"

"당의 군대로서 당을 보위하고 인민혁명에 복무합니다."

두 사람은 기초문답을 하는 식의 입장이 되어 있었다. 염상진은 위원장의 그 능란한 이론공격을 주의 깊게 지켜보고 있었다.

"분명 그렇소. 그럼, 당위원장인 내가 왜 군복을 착용하고 있는지 알겠소?"

"그건 전시편제에 따른 조처입니다."

"편제상의 문제만이 아니라 군대에 대하여 당우위를 지키기 위해서요. 그리고 비상시 위기상황 속에서 도당이 당중앙과 모든 연락이 두절상태에 빠졌을 때 도당의 결정은 곧 당중앙의 결정으로 통한다는 사실을 알고 있소?"

"예."

"그럼 내 얘기는 다 끝났소."

위원장이 총위에게서 눈길을 거두었다.

"그러나 위원장님! 주전선은 따로 있고 여긴 어디까지나 적 후방일 뿐입니다. 지금 모든 인민군대는 그 어떤 난관을 뚫고라도 주전선으로 총집결해서 적을 무찌르는 것이 최대의 과젭니다. 저는 무슨 일이 있어도 주전선으로 가야 합니다."

총위가 벌떡 몸을 일으켰다.

땅!

총성이 터짐과 동시에 총위가 푹 고꾸라졌다. 그 돌발상황에 혼겁한 염상진의 시야에 권총을 들고 선 조직부장의 차가운 얼굴이 밀려들었다. 그리고 위원장은 미동도 하지 않고 앉아 있었다. 염상진은 그때서야 그것이 돌발사고가 아니라는 것을 깨달았다.

대청마루에는 금방 피가 홍건하게 괴었다. 왼쪽 가슴을 맞은 총위는 바르게 뉘어졌다.

"위원장님……, 이것밖에는 달리 해결방법이 없습니다."

총위는 고통으로 일그러지고 있는 얼굴에 엷은 웃음을 띠며 분명하게 이렇게 말했다. 그리고 스르르 눈을 감았다. 총위는 엷은 웃음을 담은 채 숨을 거두었다.

"남향받이에 고이 모시도록 하시오."

짙은 안개가 낀 듯한 우울이 덮인 얼굴로 돌아서며 위원장이 한 말이었다.

결국 총위는 자기가 죽는 것으로 군인으로서 인민군총사령부의 명령을 어기지 않았고, 당의 군대로서 당적 요구를 충족시켰음을 알고 죽어간 것이었다. 그가 웃음과 함께 남긴 마지막 말이 그 사실을 잘 입증하고 있었다. 염상진의 가슴에는 그 젊은 군관의 모습이 화인으로 찍혀졌다. 박영발 위원장의 그런 결정도, 젊은 군관의 해결책도 충격일 뿐이었다. 나도 당 앞에서 그런 투철성으로 웃으면서 죽어갈 수 있을 것인가? 그는 이런 물음을 새롭게 떠올리며, 자신에게 맡겨진 도당 총사령부 부사령관이란 새 임무에 어깨 무거움을 느끼지 않을 수 없었다.

염상진은 또한 입산하고 처음 나섰던 작전을 잊지 못하고 있었다. 각 지구조직을 편성하랴, 지구마다 해방구를 확보하랴, 입산자들을 지구단위로 분류·편성하랴, 계속되는 입산자들을 심사하고 선들을 확인하랴, 간부들은 한 사람이 열 일을 해내는 형편이었다. 그런 긴박함 속에서 분산되어 후퇴하고 있는 인민군들의 문제와, 그들을 뒤쫓고 있는 국방군들에 대한 경계도 함께 해내지 않으면 안 되었다. 부대의 통제력을 상실하고 몇 명씩 분산되어 쫓기거나 산속을 헤매고 있는 인민군들은 눈에 띄는 대로 규합시켜야 했다. 그것이 그들의 생명을 보호하고, 도당의 전투력도 확대할 수 있는 길이었다. 그리고 일단 전세를 장악하고 북상하는 국방군들은 현지 경찰의 정보에 따라 해방구를 한바탕씩 공격해 왔던 것이다. 그들은 승세를 탄 많은 병력과 이쪽보다 막강한 화력으로 밀어닥치고는 했다. 해방구에 가까운 마을과 산을 불 질러대며 공격해 오는 그들은 꽤나 만만찮은 상대였다. 경찰은 경찰대로, 군인은 군인대로 산마을 사람들을 소개시키고 집들을 불태웠고, 빨치산의 은신처를 없앤다고 산에 불을 질렀다. 그 연기가 날마다 여기저기서 하늘을 뒤덮고 있었다.

그런 복잡한 상황이 겹쳐져 있는 어느 날 한 마을에서 좋지 않은 사건이 일어났다. 인민군 몇 명이 낮에는 뒷산으로 피하고 밤에는 마을로 내려와 며칠째 민폐를 끼치고 하더니 마침내 처녀를 강간까지 했다는 것이었다. 인공 아래서도 철저하게 금했던 일을 더구나 입산한 상황에서 자행했다는 것은 결코 있을 수 없는 일이었다. 인민의 지지 없이는 혁명은 이루어질 수 없고, 인민의 협조 없이는 빨치산이 존재할 수 없는 일이었다.

염상진은 그들을 체포하는 작전에 나서게 되었다. 정보과 분트요원(소조를 이루어 적과 대치하는 최전방에 비밀 아지트를 만들고 정보 활동을 하고, 자체조직 내의 정보활동도 하는 대원들)의 안내로 그들을 쉽게 포위할 수 있었다. 그들은 모두 여섯으로 이미 전의를 상실하고 있었다. 조사를 해보니 그들은 서울 출신 의용군이었고, 강간을 한 사람은 없었다. 강간을 한 남자는 없는데 강간을 당한 처녀만 있었다. 그 빤한 거짓말을 밝혀내기 위해 염상진은 그들을 마을사람들 앞에 세웠다.

"이 인민군들이 민폐를 끼친 게 사실입니까?"

염상진의 확인에 마을사람들은 모두 고개를 끄덕였다.

"그럼 이중에서 강간을 한 사람은 누굽니까?"

그 사람은 금방 밝혀졌다. 염상진의 첫인상에 나머지 다섯 사람을 휘어잡고 있는 것 같았던 양복기술자였다.

"인민을 위하여 싸운다는 인민군이 인민의 딸을 강간했다는 것은 절대로 있을 수 없는 일입니다. 당은 그러한 행위를 절대로 용납하지 않습니다. 당의 결정에 따라 저 범죄자를 인민 여러분들의 앞에서 총살형에 처합니다."

염상진은 마을사람들 앞에서 엄숙하게 말했다. 그 결정은 작전이 시작되기 전에 이미 내려져 있었던 것이다.

도당의 유격투쟁조직은 그런 내적 아픔들까지 감내해 가며 이루어진 것이었다. 그리고 섬진강 동쪽 회문산 일대에 자리 잡은 전북도당에까지 선을 대서 중요한 부분의 인력지원을 요청하는 한편, 전남 출신들을 찾아 가능하면 연고지로 이동할 것을 권유하기도 했다.

조직편성에 따라 보성은 유치지구에 포함되었고, 군당의 간부들도 인접한 두 지구에 걸쳐 자리바꿈을 하게 되었다. 안창민은 조계산지구 정치위원이 되었고, 이해룡은 유치지구 연대장직을 맡았으며, 하대치는 조계산지구 기동대장이 되었고, 오판돌은 군당위원장의 책무를 맡았다.

모든 군당과 지구들은 무한책임 아래 관할지역을 지키며 투쟁을 전개하는 것이 절대원칙이었다. 만일의 상황이 여의치 못할 때는 군당은 해당지구로, 지구는 인접지구로 임시 이동할 수는 있으나, 최대한 빠른 시간 안에 본지역으로 되돌아가야 하는 것이 원칙이었다. 그 원칙 아래 각 지구들은 관할지역 안에 해방구를 확보했다. 한 지구의 관할지역 안에는 대개 대여섯 개씩의 동리가 자리잡고 있었다. 경찰들은 안전지대인 군이나 읍단위에 몰려 있었기 때문에 아무런 지장을 받지 않고 해방구를 확보할 수가 있었다. 각 지구는 부서별로 능력자들을 가려 세부 조직을 짜나가는 한편으로 나이나 건강상태 등으로 조직에 가담시킬 수 없는 입산투쟁인민들의 겨우살이를 위해 움막집을 지었다.

각 지구는 참모부·후방부·연락부·문화부 등 중추조직을 두었고, 참모부에는 병기과·정보과·기동대, 후방부에는 보급과·의무과, 연락부에는 통신과, 문화부에는 출판과·선전선동과로 세분되었다. 입산자들은 그 편제에 따라 조직화되었다. 도당이 집계한 2만을 넘는 입산자들은 각 지구별로 분산되어 그런 조직화에 발맞추어 빨치산대원으로 탈바꿈해 나갔다. 그러나 2만을 넘는 입산자들은 결코 놀랄 만한 숫자가 아니었다. 모든 면당이 평균 열 명 이상씩 확보하고 있는 은폐된 투쟁인민까지 합하면 그 수는 어마어마한 것이었다.

도당의 파악에 따르면 전북도당이나 경남도당의 입산자들 수도 각기 2만여 명씩을 헤아리는 모양이었다. 3개 도당 6만여 명의 입산자들을 생각하며 염상진은 가슴 뻐근함을 느끼는 반면에 근심스러움도 없지 않았다. 무엇보다 심각한 문제가 그들 모두를 실질적인 병력으로 바꿀 수 없다는 점이었다. 기본 무장인 소총마저 태부족인 것이 현실이었다. 6만에서 2할을 여자로 잡더라도 5만 가까운 인력을 확보해 놓고도 무기가 없어 전체를 병력화시킬 수 없다는 것은 큰 안타까움이 아닐 수 없었다. 그러나 그는 안타까움을 오래 마음에 두지는 않았다. '빨치산은 먹이도 무기도 적으로부터 구한다. 적의 무기로 적을 무찌르는 것이 빨치산이다.' 그는 이 빨치산의 기본 투쟁방법을 다시금 가슴 한복판에 말뚝으로 박았다. 4할 정도밖에 안 되는 무장을 5할, 6할로 확대시키기 위해서도 투쟁을 치열하게 전개할 필요가 있었다. 식량해결과 전력확보를 위해 해방구의 인민들에게는 쌀 수확량의 2할 5부를 세금으로 징수하고 있었다. 인공이 끝나면 세금에다가 농지개혁 상환금까지 내야 할 줄 알았던 사람들은 2할 5부만 내면 되는 세금을 마다하지 않았다. 선전선동을 겸해 입산자들을 편성해서 추수를 거들게 했던 까닭에 세금징수는 한결 용이했던 것이다.

염상진은 3개 도당 6만여 명의 입산자들을 생각하며 또다른 의미를 발견하고 있었다. 여순병란과 함께 지리산을 중심으로 전개했던 무장투쟁이 거의 소멸상태에 이르러 민족해방전쟁은 시작되었고, 이제 다시 그때의 20배가 되는 혁명전사들이 지리산을 에워싼 것이었다. 지리산, 전남북과 경남의 3개 도에 걸쳐 자리 잡고 앉은 그 웅대하고 장엄한 산. 지리산이 거기 그렇게 있기에 고난의 투쟁을 하면서도 언제나 마음 든든했던 것이 아닌가. 더는 견딜 수 없는 상황에 봉착했을 때 언제라도 찾아들면 말없이 품어줄 산. 지리산을 찾아들게 되는 상황이 와서는 안 되겠지만, 지리산이 거기 의연하게 있다는 것은 역시 마음 든든한 일이 아닐 수 없었다. 지리산을 떠올리게 되는 것은 비무장이 너무 많다는 염려와 불안을 떼치지 못하기 때문이었다.

압록강변의 작은 도시 만포는 날마다 불어나는 사람들로 어수선한 불안이 고조되어 가고 있었다. 초산 쪽의 길은 이미 막혔고, 사람들은 강계 쪽에서 꾸역꾸역 밀려들어 작은 도시의 공백을 채워나갔다. 거리마다 넘쳐나는 피난민들은 저마다 짐을 이고 진 채 불안과 초조가 엇갈리는 눈길을 두리번거리며 발길을 서성거리고 있었다. 초산과 위안 쪽 하늘로는 제트기와 폭격기들이 쉴 새 없이 날고 있는 것이 멀리 보였고, 먼 메아리처럼 울려오는 포성이 사람들의 불안감을 자극하고 있었다. 비행기들은 그쪽 하늘에서만 나는 것이 아니었다. 어느 때는 느닷없이 만포 하늘로도 날아들어 기총소사를 퍼부어대기도 했다. 그러나 거기에 대응하는 사람들의 행동도 이제 만만하지가 않았다. 군인이고 민간인이고, 군사시설이고 민가이고를 가리지 않고 무차별 폭격을 해대는 미국 비행기들을 피해 국경의 끝까지 온 사람들의 기민성은 이미 비행기를 앞지르고 있었다. 공습신호가 울렸다 하면 그리도 무질서하게 헝클어져 있는 것 같았던 그 많은 사람들은 순식간에 자취를 감추고 말았다. 사람들은 자기가 선 자리에서 가장 가까운 건물이나 집으로 뛰어들어 남녀 구분 없이 겹겹이 포개지듯 했고, 사람의 자취라고는 없이 텅 비어버린 거리거리는 비행기에서 내려다보자면 맥 빠지기 이를 데 없어 심심풀이로 기총소사를 한바탕씩 해대고 가는 것이 틀림없었다. 아무 하는 일 없이 날을 보내고 있는 이학송은 장구경을 낙으로 삼고 김미선과 함께 돌아다니다가 네댓 차례나 그런 식으로 공습을 피했던 것이다. 이학송은 공습에서 풀려날 때마다 한마디씩 했다.

"보시오, 저놈들은 분명히 국경을 넘고 있소. 아까 남쪽에서 날아와 여기로 쑤셔박혔으니까 다시 북쪽으로 떠오를 때는 이미 압록강을 넘어버린 만주땅 상공이란 말이오. 저건 분명한 월경이고, 엄연한 침략행위요." 이런 말을 하는가 하면, "빌어먹을 놈들, 이 땅을 얼마나 더 불바다를 만들어야 직성이 풀릴래나그래." 혼잣소리를 흘리며 비행기가 사라져간 하늘을 응시하기도 했다.

돈도 없는 이학송이 하루에 한 차례씩 장터에 나가는 것은 무슨 특별한 구경거리가 있어서가 아니었다. 사람이 가장 많이 붐비는 그곳에 가면 이런저런 사람들을 먼발치에서나마 대면할 수가 있었던 것이다. 전혀 친숙한 사이가 아니라 하더라도 저명인사들을 그런 급박한 상황에 처해 많은 사람들 속에서 찾아낸다는 것은 여간 반가운 일이 아니었다. 그들의 건재를 확인하는 것이 이상하게도 마음의 위안이 되기도 했다. 그렇게 찾아낸 사람이 소설가 이태준이었고, 배우 문예봉이었다. 이태준은 정지용이며 박태원이며를 떠올리게 했고, 문예봉은 최승희를 연상시켰다. 그들 말고도 각 예술 분야에서 중추역할을 맡고 있던 수많은 예술가들은 서울에서 벌써 인민의 역사를 선택하고 나섰던 것이다. 언론인도 아니고 더구나 정치가도 아닌 그들의 과감한 참여에서 이학송은 역사의 정당성을 다시 확인하고 있었다. 이학송은 그런 사람들을 보았다는 말을 굳이 이원조에게는 하지 않았다.

이학송은 수첩에 간단간단한 기록을 하고, 장터를 배회한 다음 남는 시간은 거의 압록강을 바라보면서 보냈다. 영하 10도가 예사인 날씨 속에서 압록강은 시린 푸르름으로 소리 없이 흘러가고 있었다. 압록강을 바라보고 있노라면 헤아릴 수 없이 많은 생각들이 질정 없이 떠올라 추위도 잊고는 했다. 만포에서 맞은편 만주땅 지안까지 연결된 철교를 볼 때마다 그는 이상하다는 생각을 했다. 어째서 비행기들이 철교를 폭파하지 않을까 하는 점이었다. 철교로는 기차가 매일 오가고 있었던 것이다. 그 해답은 며칠 만에 얻어졌다. 그 철교를 폭파해 버리는 경우 미국은 중국을 침략한 명백한 증거를 남기게 되기 때문에 비행기들은 오가는 기차를 향해 위협사격만 가하는 것임을 알게 되었다. 미국의 그 약아빠진 자제력에 이학송은 강한 울분과 혐오를 느꼈다. 인천상륙작전 때 민간인 대피를 예고하지도 않은 채 그리도 무지막지하게 폭탄을 퍼부어대 위로는 불바다를 만들고 아래로는 피바다를 만들며 인간살육을 자행했던 자들이 국경선에 와서는 눈속임의 잔꾀를 부리고 있었던 것이다.

11월 10일 새벽 3시, 《해방일보》 일행은 만주땅으로 향하는 기차에 올랐다. 그동안 다시 만나게 된 인원은 모두 스물둘이었다. 서울을 떠날 때의 인원이 반으로 줄어 있었다. 철교 위를 구르는 기차바퀴 소리는 매서운 바람 속에서 유난히 크게 울리고, 짙은 어둠에 강물은 묻혔는데, 겨울의 새벽별만이 사무치게 반짝거리고 있었다. 어둠 속에서 조국땅을 떠나 이국으로 가는 것이었다. 그 누구도 말이 없었다. 몇몇 사람은 수첩을 꺼내 흐린 촛불 아래서 무엇인가를 적기도 했다. 그들이 적고 있는 글이 슬프고 애달픔에 찬 감정일 것이 분명했다. 그러나 이학송은 그들처럼 수첩을 꺼낼 수는 없었다. 형용할 수 없는 여러 가지 감정이 뒤엉킨 심회를 당장 글로 옮길 도리가 없었던 것이다. 눈을 감고 있던 이학송은 느낌이 이상해서 옆을 돌아보았다. 김미선이 얼굴을 묻은 채 울고 있었다. 어찌할까 생각하다가 그는 천천히 고개를 되돌렸다. 당원의 마음이기보다 어머니의 마음이 우는 울음을 간섭하고 싶지 않았던 것이다. 고개를 돌리다 보니 이원조는 눈을 꼭 감은 채 반듯하게 앉아 있었다.

만주땅으로 들어선 기차는 통화를 향하여 달리고 있었다. 날이 밝으면서 드러나기 시작한 만주벌판은 음산한 회색빛이었다. 강 하나를 사이에 두고 땅은 놀랄 만큼 그 채색을 달리하고 있었다. 산 하나도 보이지 않는 감감한 벌판을 기차는 쉬엄쉬엄 하루 내내 달려 400리 길 통화에 도착한 것은 오후 5시였다. 매사에 서두르지 않는다는 중국인의 기질을 첫날 유감없이 맛본 기분이었다. 하루 종일 굶어서 그 실감은 더한지도 몰랐다.

　일행은 저녁요기를 하고, 밤이 깊어서야 떠나는 기차에 다시 올랐다. 그들이 찾아가는 곳은 제7군단 본부가 있는 반석이었다. 기차는 또 끝도 안 보이고, 방향도 알 수 없는 광막한 벌판을 하루 종일 지친 듯이 달리고 있었다. 눈을 들면 산이고, 그 어떤 방향으로든 아무리 돌아도 산을 피할 수가 없었던 땅에 살아왔던 그들에게 그 끝 간 데가 없는 회색빛 벌판은 갈수록 가위눌리게 했고, 이상스러운 압박감을 느끼게 하고 있었다.

　"저 멍청이 같은 벌판을 보고 있으면 숨이 막히려고 해요. 전 이런 땅에선 못살겠어요."

　김미선이 손으로 눈을 가렸다.

　"다 비슷하겠죠, 처음 보는 거니까요. 그런데 말입니다, 저 끝도 한도 없이 넓은 땅이 아직도 미개간지로 버려져 있다는 사실을 한번 생각해 보십시오. 우리나라 사람들이 산골짜기를 타고 올라가며 손바닥만씩 한 다랑이논들을 일구며 사는 것과 대조하면 얼마나 기막힌 일입니까. 우리에게 저런 벌판이 있었으면 얼마나 좋았겠어요."

이학송이 꽁초에 불을 붙였다.

"그렇네요. 근데 말예요, 옛날엔 여기가 다 우리 땅이었잖아요."

"옛날에 그랬었지요, 그 까마득한 옛날에."

이학송은 자조적인 웃음을 입에 물었다.

"글쎄요, 그렇게 까마득하지도 않아요. 고조선이라면 몰라도 고구려 때까지도 우리 땅이었는걸요. 신라가 통일을 한답시고 다 빼앗겨서 그렇지."

이학송은 새삼스러운 눈으로 김미선을 쳐다보았다. 그러나 그녀가 대학을 나왔을 뿐만 아니라 당원이라는 사실을 재빨리 환기하며 자신의 감정을 감추기 위해 이학송은 빙긋 웃음 지었다.

"맞습니다. 당나라를 끌어들여 영토를 반 이하로 줄여버린 신라의 삼국통일이라는 것은 마땅히 역사의 검토를 거쳐야 할 대목입니다. 그런데, 그 뒤로 1,500년이 지나면서 회복을 하지 못했으니 감감한 얘기 아닙니까."

"그래요, 이제 와서 중국이 되돌려줄 리도 없는 일이고……."

이야기는 여기서 중단되었다.

기차는 어둠이 짙어지는 저녁에 반석역에 도착했다. 기차를 내리자 대륙의 추위가 몸을 휘감았고, 땅내음도 확연히 달라져 있었다. 무거우면서도 느끼하고 진득거리는 것 같은 냄새가 약간 비위를 거슬렀다. 냄새 탓인지 공기도 탁한 느낌이었다. 오랜만에 중국 음식점에서 포식을 한 일행은 다시 발길을 옮겨야 했다.

"우리의 목적지는 여기 군단본부가 아니라 인민군 75사단이오.

해방촌까지 40리는 걸어야 하니, 자아, 그만들 일어나봅시다."

군단본부를 다녀온 이원조의 말이었다.

그들은 어둠에 묻힌 길을 걷기 시작했다. 그러나 얼마를 걷지 않아 모질게 부는 바람과 매서운 추위에 몸들이 뻣뻣하게 얼어붙는 것을 느꼈다. 몸이 비틀거릴 정도로 거세게 몰아치는 바람은 예리하게 날을 세운 얼음조각들이나 날카로운 칼날들을 품고 있었다. 그 혹독하게 맵고 독한 바람은 줄기차게 불어닥치면서 온몸을 따끔따끔 쏘아대다가, 갈가리 찢어대는가 하면, 속살을 후벼팠고, 끝내는 뼛속까지 파고드는 것만 같았다. 그런 바람을 맞받으며 걷자니 숨은 숨대로 막히고, 몸은 몸대로 얼어붙었다. 얼굴이며 손발은 차츰 마비증상을 일으켰다. 거의가 남쪽에서 살아온 그들에게는 상상조차 할 수 없는 칼바람이었고, 혹독한 추위였다. 그리고 그들의 옷은 그런 추위를 막아내기에는 어림도 없게 허술했다.

"기운을 내세요. 계속 걷는 수밖에 없습니다."

이학송은 김미선의 팔짱을 끼고 걸으며 이따금 같은 말을 되씹었다. 아아 만주, 말로만 듣던 추위가 바로 이런 것인가. 11월 중순 추위가 이 지경이면 정작 1, 2월 추위는 어떨 것인가. 그는 이를 악물고 걸으며, 이런 땅에서 독립을 찾겠다고 싸우다 죽어간 사람들을 생각했다. 나는 이제 여기를 왜 왔는가. 민족해방을 위해서……? 그래, 역사의 바른 편에 서고자 했던 의지로 여기까지 오게 된 것이 아니냐. 역사는 당장 손에 잡히는 실물이 아니다. 그러나 그것은 엄연히 존재한다. 역사는 지금 당장 한 벌의 솜옷을 당할 수가 없다. 그러나 그건 이런 시련 속에서 살아 숨쉬고 있다. 그것의 존재를 믿을 때, 그리고 행동할 때 그것의 실체는 드러난다. 이학송은 손등에 매운 눈물을 찍어냈다.

중국인의 집을 만나면 서투른 중국말로 길을 물었고, 뜨거운 물을 얻어마시고 다시 기운을 북돋우고는 했다. 모두 얼음덩이가 되어 해방촌에 당도한 것은 자정을 한 시간 앞둔 시각이었다.

인민군 75사단은 제7군단에 소속되어 있었고, 7군단은 6군단·8군단과 함께 이곳 동북만주에서 부대를 정비하는 한편 신병들에게 훈련을 실시하고 있다는 것을 그들이 대충 알게 된 것은 이삼 일이 지나서였다. 그리고 자신들이 거쳐온 통화에는 제2군단과 군관학교가 있다고 했다.

사단본부의 이동에 따라 이틀 만에 호란진으로 옮겨갔다. 그곳에서 비로소 중국의 혁명 현장을 확인할 수 있었다. 주택혁명을 거친 다음이어서 옛날의 토호나 지주들의 턱없이 크고 호화로운 저택들은 텅텅 빈 채 퇴락해 가고 있었다. 그런 집들은 대부분 동사무소나 공동회합 같은 것에 쓰이고 있었다. 그곳 사람들은 그런 웅장한 집들을 마음 놓고 드나들 수 있다는 사실에서 혁명을 실감하고 있었다. 거기에는 일제 때부터 살아온 동포들도 꽤나 많았다. 이학송이나 다른 기자들도 그들과 만나 이야기하는 것을 더없는 기쁨으로 여겼다. 그들의 또렷또렷한 조선말, 변하지 않은 풍습이 고향을 느끼게 했다.

"혁명은 잘한 거지요. 어디 부자나 지주만 사람인가요?"

그들은 혁명을 사람값을 쳐 받은 것으로 받아들였다.

"괜찮아요. 조선도 다 혁명을 하자면 서로가 참고 힘을 합쳐야지요."

그들은 후퇴한 인민군들 때문에 안게 된 생활의 부담을 그렇게 소화시키고 있었다.

사단본부가 다시 명성이라는 곳으로 이동했다. 100여 리의 길은 구릉 하나 찾아볼 수 없는, 키를 넘는 마른풀들만 무성하게 우거진 막막한 황야였다. 그 광막한 벌판의 이곳저곳에서 훈련을 받고 있는 인민군 신병들을 볼 수 있었다. 추위를 무릅쓰면서 뛰고 뒹굴고 하는 그 젊은이들을 멀찍이 바라보며 그들 일행은 숙연한 마음으로 그런 곳을 지나치고는 했다. 그들은 머잖아 자신들이 쫓겨온 그 전쟁터로 뛰어들게 될 처지였던 것이다.

명성에서 며칠을 보내고 있는데 군단본부에서 연락원이 왔다.

"우리 군단에서는 당분간 신문을 발행할 전망이 없다 합니다. 그러니까 여러분들께서는 통화의 최고사령부로 가셔서 총정치국의 지시를 받으시기 바랍니다."

사단장의 정중한 인사였다.

"이거 참 고맙고, 죄송하게 됐습니다. 이 비상시에 아무 하는 일도 없이 식량만 축내고 떠나게 됐습니다."

이원조의 말이었다.

"원 별말씀 다 하십니다. 계획 변경은 당의 지시고, 잠시의 휴식은 혁명사업에 더욱 매진하기 위한 준비 아니겠습니까? 앞으로 다시 만나게 되면 그때 신문을 잘 만들어주십시오.”

사단장의 화통한 대꾸였다.

그래서 그들 일행은 반석으로 되돌아가는 길을 잡았다. 압록강을 건너온 지 열흘째가 되는 날이었다. 길을 나서서 한 시간 남짓 걸었는데 아침부터 하늘을 가리고 있던 짙은 구름에서는 눈발이 날리기 시작했다. 그저 눈이 오나 보다 하고 몇 분 동안 발을 옮기는 사이에 눈은 마치 소낙비가 쏟아지는 것 같은 기세로 퍼붓기 시작했다. 삽시간에 넓고 넓은 벌판이 눈보라로 가득 찼고, 짙은 안개에 묻힌 것처럼 뿌옇게 시야가 막히고 말았다.

“다들 서로서로 간격을 좁히시오.”

필요 없는 말은 거의 하지 않는 이원조의 이 말이 일행을 긴장시켰다.

흰색으로 뒤덮이고 있는 대지에는 눈이 금방금방 쌓여가고, 시야가 막힌 데다 길마저 분간할 수 없어져 혼란이 생기기 시작했다. 눈은 갈수록 심하게 퍼부어댔다. 그 끝이 보이지 않던 벌판은 간 곳이 없고, 어둠과 별로 다를 것이 없는 무수한 눈발들은 눈앞에 엇갈리어 정신을 홀리는데, 길을 제대로 찾아가고 있는지 어쩐지 알 수가 없었다. 그들은 허덕이며 걷다가 걸음을 멈추었고, 보이는 것 아무것도 없는 사방을 두리번거리다가 다시 불안스러운 걸음을 떼어놓고는 했다. 아무도 불길한 말은 하지 않았지만 모두의 얼굴에는 두려움이 차 있었다. 눈의 기세는 전혀 누그러지지 않은 채 땅에 쌓인 눈은 발목을 덮고 있었다. 걸음은 차츰 느려지고, 천지는 눈구덩이였다. 크고 메마른 눈송이가 겹겹의 장막을 치듯 퍼부어대는 만주벌판의 눈은 그들에겐 공포스러운 첫 경험이었다.

"봐요! 들어봐요! 저기, 무슨 소리가 들리죠. 마차소립니다. 마차!"

자연스럽게 대열이 이루어진 뒤쪽에서 누군가가 외친 소리였다. 모두는 우뚝 걸음을 멈추었다. 그들은 하나같이 귀를 세웠다. 그다지 심하지 않은 바람 속에서 수레바퀴 구르는 소리가 끊겼다 이어졌다 하고 있었다. 어쩌면 환청인 듯싶게 그 소리는 멀고 약했다. 그 소리가 들려오는 방향도 정확하게 가늠할 수가 없었고, 마차의 형체는 더구나 찾을 수가 없었다. 그리고 그 마차가 이쪽으로 오고 있는 것인지, 다른 길로 지나가고 있는 것인지 알 수도 없었다. 그들은 다시 눈 속을 터덕거리기 시작했다. 마차가 이쪽으로 오기를 빌면서.

그런데 마차소리는 조금씩 분명하게 들리면서 이쪽으로 가까워지고 있음을 느낄 수 있었다. 사람들의 걸음은 더 느려지면서 안도의 기색이 얼굴에 드러났다. 눈을 밟는 말발굽소리와 바퀴 구르는 소리와 마차가 삐꺽거리는 소리까지 아주 가깝게 들리는데도 마차의 모습은 찾을 수가 없었다. 눈의 장막은 그처럼 두꺼웠던 것이다. 서너 발짝 앞이 흐릴 지경이었다.

마차는 그들을 스쳐 지날 정도가 되어서야 제 모습을 드러냈다. 사람들은 두 마리의 말이 끄는 마차에 매달렸다. 서투른 중국말이 다급하게 튀어나가고 있었다. 마차가 느리게 멈추었다. 다행히도 그 마차는 반석까지 가는 것이었다. 그들은 서로를 마주 보며 깊은 어깨숨을 내쉬었다. 그리고 그때까지 애쓰며 걸어온 길이 반석까지는 아직 반도 이르지 못했다는 것을 알았다. 그래도 길을 잃지 않은 것이 얼마나 다행이냐며 그들은 눈 퍼붓는 속에서 희멀건하게들 웃었다. 그들은 마차를 놓칠세라 숨 가쁘게 눈을 헤쳐나갔다. 마차는 다름 아닌 등불이었던 것이다.

군단사령부를 거쳐 그들은 매화구역까지 가는 열차에 몸을 실었다. 차비는 군단에서 지급했고, 군단의 증명서로 5할을 할인받았다. 기차에 자리를 잡고 앉자 지나온 눈길이 모두에게 꿈만 같았다. 언 몸이 풀리는 가운데 그들은 비로소 그때의 심정들을 주고받았다.

"전 꼭 눈에 파묻혀 죽는 줄만 알았어요. 어쩌면 눈이 그렇게 지독스러울 수가 있어요. 제 눈엔 눈이 흰 것이 아니라 검게 보였어요. 아무리 눈을 부비고 봐도 검은 것들이 쏟아져내리면서 앞이 막히는 거예요. 마차가 나타나지 않았더라면…… 미쳤을지도 몰라요."

김미선이 두 손바닥으로 양쪽 볼을 감싼 채 말했다.

"그럼 저한테 말을 하지 그랬어요. 그건 공포감 때문에 일어나는 착각인데, 혼자서 참으면 점점 심해질 뿐입니다."

이학송은 김미선한테서 슬그머니 눈길을 돌렸다. 볼을 감싸고 있는 그녀의 손등은 예리한 칼로 갈가리 찢어놓은 것처럼 터 있었고, 그 튼 자리마다 실피를 물고 있었던 것이다. 혁명의 외로운 열정이여, 핏빛의 고통을 먹고 크는 혁명이여! 이학송이 신음처럼 씹은 생각이었다.

"이 동무는 그때 무슨 생각을 했는지 모르지만, 전 두 아이 생각뿐이었어요. 두 아이가 자꾸 헛것처럼 보이는 게, 생각하지 않으려고 해도 아무 소용이 없었어요. 전 역시 덜된 당원인 게 틀림없지요?"

김미선이 어색스럽게 웃었다.

"글쎄요, 전 전혀 그렇게 생각하지 않습니다. 당성과 모성은 완전히 별개의 가치고, 독립된 가치입니다. 그 두 가지는 그러니까, 수평 비교할 대상도 아니고 상대평가할 성질의 문제도 아니라 그겁니다. 다시 말해 그 두 가지는 인간이 기본적이고 본질적으로 갖는 여러 갈래의 감정 중에서 그 특징을 달리하는, 서로 그 맥이 다른 감정으로, 둘 다 소중하게 존중되어야 할 가치입니다. 그 맥을 굳이 따지자면 당성은 이성적 감정이고, 모성은 본능적 감정이 아니겠습니까. 모든 인간은 그 두 가지를 공유하는 존재고, 그것을 공유하는 능력 때문에 인간은 다른 동물들과 구분되는 것일 겁니다. 그것을 인정하지 않고 두 가지를 수평비교하거나 상대평가하는 것은 소아병적인 경직이고 왜곡입니다. 그건 곧 혁명가는 사랑을 해서는 안 된다거나, 결혼을 해서는 안 된다는 식의 도식이고 오류입니다. 그 두 가지 감정을 조화 있게 잘 공유하면 오히려 보완적 상승효과를 발휘한다는 것을 이미 우리 조선이나 중국의 많은 위대한 혁명가들이 입증하고 있습니다. 굳이 이름을 댈 것도 없이, 그분들이 수많은 고난을 겪으면서 혁명의 열정을 끊임없이 불태워올릴 수 있었던 여러 요인들 중에서 사랑하는 처자가 분명 한 요인으로 작용했음을 부인할 수 없을 겁니다. 김 동무의 경우도 아까 두 자식이 떠오른 것은 당성이 약해서가 아니라 두 자식이 김 동무의 의지를 지켜준 기둥 역할을 했고, 김 동무는 두 자식을 통해 그 위기를 극복하는 동시에 자식들과 다시는 이별 없는 생활을 위해서는 혁명이 하루빨리 이룩되어야 한다는 생각에 귀결되었을 겁니다. 결국 모성이나 자식은 당성을 고무시키고 강화했으면 했지 당성을 좀먹거나 약화시키는 건 아니라고 봅니다. 물론, 예외가 전혀 없는 건 아니겠죠. 적에게 잡힌 극한상황 속에서 자식을 이유로 내세워 자기 합리화를 하며 당의 기밀을 판다거나, 화선에서 투쟁은 소홀히 하고 사랑에 빠져 해당적 사고를 유발시킨다거나 하는 경우 말입니다. 그런 경우들은 아까의 주제와는 달라진, 엄연한 정치범죄가 되겠지요."

이학송의 얼굴은 마르고 거칠어져 있었지만 나직한 목소리는 변함없이 울림이 좋았다.

"이 동무는 언제나 저를 구해주시는군요."

김미선은 이학송과 눈길이 마주치자 살며시 아래로 눈길을 내렸다. 그리고, 이 동무는 그때 무엇을 생각했느냐는 말은 묻지 않기로 했다.

기차 안에는 민간인보다 군인들이 더 많았다. 중공군 특유의 누비솜옷을 입은 군인들은 태평스럽게 트럼프 놀이를 즐기고 있었다.

"저기 좀 보십시오. 공산혁명을 이룩한 중공군들이 제국주의자들의 놀이인 트럼프를 치고 있습니다."

이학송이 건너편을 눈짓했다.

"네에, 아까부터 이상하게 생각했어요. 뭔가 안 어울리는 게, 모순적으로 보여요."

김미선은 알 수 없다는 표정을 지었다.

"김 동무가 보는 건 표피모순입니다."

이학송이 씨익 웃었다.

"네에? 표피모순이라니요?"

김미선은 솔직한 성격 그대로 그게 무슨 뜻의 말인가를 묻고 있었다.

"아 네, 겉보기에 불과한 모순이란 뜻입니다. 그냥 제 맘대로 지어붙인 말인데, 말이 되는지 모르겠습니다." 이학송은 약간 멋쩍게 웃고는, "김 동무가 저걸 모순된 행동이 아닌가 하고 이상하게 보는 건 김 동무 생각이 어느 면에서 경직되고 획일화되어 있다는 증거지요." 그는 느릿하게 말했다.

"아니, 무슨 말씀이시지요?"

김미선은 놀란 눈을 떴다.

"그리 놀라는 걸 보니까 예상 못했던 말인가 보군요."

"네, 제가 제일 싫어하는 게 바로 그런 거거든요."

"그럼 우리 한번 생각해 봅시다. 저 군인들은 누굽니까? 장개석 군대를 몰아내고 거대한 중국혁명을 성취시킨 사람들입니다. 그 모태는 물론 모택동 주석이 이끌고 대장정을 마친 홍군이었죠. 10여만 명이 출발해서 장정을 마치고 나자 홍군은 8천여 명 정도밖에 안 되었고, 공산당은 중국의 공동의 적인 일본놈들을 무찌르자는 명분으로 장개석과 화해를 했습니다. 그리고 홍군은 깃발을 내리고 장개석 군대의 제8군으로 편입되었습니다. 그 명분은 당당하고 떳떳한 것이었습니다만, 세상은 그 사실을 어떻게 보았겠습니까? 장개석이 승리감에 도취한 것은 말할 것도 없고, 중국인들이나 세계의 눈은 마침내 중국공산당이 종말을 고한 것이라고 생각했을 것입니다."

"그런데 그게 표피관찰이었죠."

김미선이 재빠르게 말을 끼워넣었다.

"아이쿠, 이런. 제가 한방 먹었군요."

이학송이 고개를 젖히며 웃었고, 김미선은 장난기 어린 눈으로 웃었다.

"맞습니다. 그게 완전히 빗나간 표피관찰 아니었습니까. 그 소수의 홍군은 팔로군이 되어 국민당군과 힘을 합쳐 일본군과 싸우는 한편, 국민당군을 아래로부터 붕괴시켜 나갔습니다. 그들은 마침내 일본놈들을 막아내고, 장개석 정부를 몰아내는 이중목적을 달성시키면서, 20세기 정치의 기적이라고 하는 중국혁명을 성취시켰습니다. 도대체 그 비결은 무엇이었습니까? 그건 너무 간단하게도, 혁명이념을 투철하게 지키면서, 그것을 지속적으로 실천에 옮기는데 충실했던 것입니다. 레닌 동지의 그 기본적인 지도이념을 바탕으로 홍군 전체가 모 주석에 대한 신뢰로 한 덩어리가 된 결과가 중국혁명 아닙니까. 그 강철같이 강한 정신으로 무장된 사람들이 바로 저 군인들입니다. 그런 사람들이 트럼프 놀이를 한다고 해서 그 정신에 제국주의적 훼손을 입거나 무슨 병이 들겠습니까? 저 사람들에게 트럼프라는 건 그저 오락의 재미를 주는 단순한 도구일 뿐입니다. 저것보다 더 여러 가지 묘미를 주는 어떤 도구가 생기면 그들은 트럼프를 미련 없이 팽개쳐버릴 겁니다. 그런데 겉에 드러난 그런 하찮은 현상을 가지고 그들의 기본적인 정신상태나 의식문제 같은 걸 판단하려고 의미확대를 하는 건 위험천만한 병적 경직이고, 편벽된 아집이라 그겁니다. 그건 다름이 아니라, 우리 조선사람들이 화투를 즐기는 것을 보고, 조선사람들은 일본에 호감을 가지고 있다느니, 식민지시대를 그리워한다느니, 하는 식의 판단을 내리는 것이나 마찬가지 우를 범하는 일입니다. 우리 조선사람들이 화투를 친다고 해서 어디 일본놈들에 대한 증오나 원한이 약해집니까?"

"네, 그래요."

김미선은 생각이 담긴 얼굴로 오래도록 고개를 끄덕이고 있었다.

이틀이 걸려 통화에 도착했다. 그들은 총정치국 문화부에 소속되었다. 그들에게 맡겨진 일은 신문발행이 아니라 라디오를 청취해서 통신을 만드는 일이었다. 오랜만에 일거리를 찾아 안정을 얻게 되어 모두는 열심히 일에 매달렸다. 먹는 것과 잠자리가 안정되었을 뿐만 아니라 담요와 솜옷까지 지급받게 되어 그들은 그동안 겪어온 고생에서 비로소 벗어난 것을 실감할 수 있었다.

며칠이 지나 일행 중 열 명이 《인민군신문》으로 파견근무를 떠나게 되었다. 여섯 사람은 공장기술자들이었고, 기자는 네 명이었다.

이원조는 기자를 세 명까지 뽑고, 마지막 한 명을 남겨놓고 잠시 망설이더니 김미선을 지목했다.

"절 안 뽑으면 대들 작정이었어요."

차를 타고 가며 김미선이 속삭이듯이 말했다.

"여기까지 와서 출당당할 뻔했군요."

이학송의 멋쩍은 대꾸였다.

"이원조 선생님은 역시 속이 깊고 멋있는 분예요."

김미선의 감상적 어조에 실린 '선생님'이란 말이 묘하게도 가슴을 울리는 것을 이학송은 느꼈다. 김미선, 나를 그냥 오라비라고만 생각해. 이학송은 속말을 하며 눈길을 창밖으로 보냈다. 만주의 눈이 어느 한 많은 여인의 사무침처럼 진하게 내리고 있었다.

그 부대의 대접은 융숭했다. 총정치국 통신소보다 훨씬 더 극진한 대우였다. 그들 네 기자는 취재에 나서기 전에 군사지식에 대한 교양을 먼저 받았다. 그들이 만들어야 할 《인민군신문》은 각 군관학교를 대상으로 한 교재적인 성격도 띠고 있었기 때문이다. 그리고 그 근방에 자리 잡고 있는 여러 가지 병과의 군관학교들을 견학했다.

각 병과의 대대에는 두 명씩의 대대장이 있었다. 하나는 해당병과의 대대장이었고, 다른 하나는 정치부 대대장이었다. 그 두 조직을 통해 군관후보생들은 군사와 정치지식을 균형 있게 교육받으면서 군인생활과 정치생활을 익혀나가고 있었다. 후보생들은 의외로 사기가 높고 자신감에 차 있었는데, 그것은 정치교육을 통해서 비롯된 것이라고 했다. 그들한테서는 전세가 불리해져 만주땅에서 훈련을 받고 있는 것에 대한 어떤 옹색함도, 머지않아 전선에 투입될 것에 대한 어떤 두려움도 찾아볼 수가 없었다. 그들의 모든 사회조직이 그렇듯이 군대까지도 이원조직으로 이루어져 있는 이유와 그 효과를 이학송은 직접 확인할 수 있었다. 인민군 군관들은 말할 것도 없고 사병들까지도 이남에서 민폐를 전혀 끼치지 않은 것이 바로 정치생활을 통한 정신무장인 것을 알 수 있었다.

본격적인 취재활동이 시작되었다. 네 기자는 각 대대를 순회하면서 취재했다. 중요한 기삿거리는 대개 정치부 대대장이 제공했고, 후보생들과의 대화도 자유로웠다. 애로사항을 말하라고 하면, 무기가 좀더 많았으면 좋겠다는 말이 나오는가 하면, 밥을 태우지 말아달라는 말이 나와서 웃기도 했다. 취재를 하다 보니 정찰대에 의외로 남쪽사람들이 많았고, 강사들도 노동당 간부들이 많았다. 대대의 성격상 납득이 되는 일이었다.

이학송은 그 대대에서 뜻밖의 사람을 만나게 되었다.

"혹시 전라도가 고향 아니신가요? 말씨가 그런 것 같은데요."

한 젊은이가 조심스럽게 물어온 말이었다. 그의 어조에서도 전라도냄새가 풍기고 있었다.

"그렇소. 나 강진이오. 동무는 어디요?"

이학송은 반갑게 말했다.

"전 벌굡니다, 보성 옆에 있는……."

"아니, 벌교!"

이학송의 목소리가 느닷없이 커졌다.

"벌교를 아시는군요."

젊은이의 얼굴이 금방 밝아졌다.

"알고말고요. 혹시 김범우라는 사람 아시오?"

"네에? 김범우 선생님…… 그, 그분을 어떻게 아십니까? 그분은 제가 존경하는 선생님이었습니다."

젊은이는 말을 더듬었다.

"아니 이럴 수가 있나! 반갑소, 나 이학송이라고 하오."

이학송이 젊은이의 손을 덥석 잡았다.

"저는 정하섭이라고 합니다."

2

아시아인은 미국인과 동등하지 않다
아시아인은 인간이 아니며, 인간 이하의 존재다

"이거 보시오, 소령님. 순순히 조사에 응하시오."

"상사! 내 말 안 들리나. 빨리 대장을 불러오라니까!"

소령의 목소리는 크지 않았지만 완강했다.

"어허, 이거 왜 자꾸 이러시오. 그리고 계급을 부를라면 똑똑히 부르시오. 난 그냥 상사가 아니라 특무상사요, 특무상사!"

뼈대가 억세어 보이는 인상의 특무상사가 눈을 치켜뜨며 상사 계급장에다가 별까지 올라앉은 그 요란스럽게 생긴 자신의 계급장을 손바닥으로 퍽퍽 쳤다.

"좋아, 특무상사. 난 헌병대에 끌려와 조사를 받을 만큼 잘못한 일이 없고, 설령 잘못을 했다 하더라도 소령이 사병한테 조사를 받을 수 없다 그 말이야."

"뭐야, 사병!"

특무상사가 소리치며 몸을 벌떡 일으켰다. 소령이 반사적으로 상체를 뒤로 젖히며 특무상사를 노려보았다.

"이게 사람대접해 주니까 아주 우습게 나오네. 야! 군대에서 직책이 계급에 우선한다는 대원칙을 알아, 몰라!"

특무상사가 험악하게 내뱉으며 소령의 어깨에 붙은 계급장을 낚아채는 것과 동시에 소령이 특무상사의 멱살을 틀어잡으며 벌떡 일어났다.

"요런 무식한 자식아, 알려면 똑똑하게 알고 있어! 직책이 계급에 우선한다는 원칙은 네까짓 사병놈과 장교가 구별 없이 막 통한다는 뜻이 아냐, 이 자식아!"

마침내 소령이 고함을 지르고 말았다.

"이 개애새끼! 팍 쏴 죽이기 전에 여기 못 놔!"

어느새 권총을 빼든 특무상사가 소령을 겨누고 있었다.

"좋다, 쏴라! 네놈한테 더러운 꼴 당하느니 차라리 죽는 게 낫겠다. 나 죽이고 너 같은 놈들도 사형을 당해 하나씩 없어져야 이 나라 군대가 제대로 된다. 쏴라! 어서 쏴!"

소령은 기가 꺾이기는커녕 오히려 특무상사의 멱살을 마구 흔들며 소리쳤다.

그때 문이 벌컥 열리며 사병 셋이 뛰어들었다.

"이새끼 묶어라!"

특무상사가 소리쳤고, 사병 셋은 잠시 어리둥절한 얼굴들이었다. 소령은 민첩하게 벽을 등지고 섰다. 사병들 쪽으로 얼굴이 돌려진 그는 심재모였다.

"자네들 똑똑히 들어. 난 훈련소 심재모 소령이다. 여기가 헌병대지만 군법을 어긴 확실한 범죄사실이 없는 장교를 사병이 취조할 수 없다. 만약 그렇게 하면 그게 바로 군법을 어기는 행위다. 그런데 저 상사는 나한테 그 짓을 했다. 그리고 또다시 사병으로선 할 수 없는 위법명령을 자네들한테 내리고 있다. 자네들이 그 명령을 따르면 모두 군법에 회부될 것이다."

방어태세를 취한 심재모는 싸늘하게 말하고 있었다. 사병들이 달겨들기만 하면 걸상을 집어 후려칠 작정이었다.

"뭣들 해! 빨랑 잡아 묶으라니까!"

특무상사가 눈을 부릅뜨며 고함을 질렀다. 사병들은 어찌할 줄을 몰라 불안한 눈길을 이리저리 옮기고 있었다.

"이 병신 같은 새끼들아, 뭘 우물쭈물하고 자빠졌어. 저새낀 빨갱이야, 빨갱이. 빨리 묶어!"

특무상사의 고함과 함께 총소리가 진동했다. 특무상사가 공포를 쏜 것이다. 질겁을 한 사병들이 심재모를 향해 몰려들었다. 심재모는 겨누고 있던 나무걸상을 재빨리 집어들어 휘둘렀다. 사병들이 주춤 멈춰섰다.

"이새끼들아, 밀어붙여! 저건 빨갱이야."

특무상사가 사병들에게 권총을 겨누며 소리쳤다. 사병들이 굳어진 얼굴로 다시 몰려들었다. 심재모는 몸의 중심을 잡으며 앞서서 뛰어드는 사병을 후려쳤다. 옆구리를 얻어맞은 사병이 비명을 물며 쓰러졌다. 두 번째 사병을 떠밀었고, 세 번째 사병을 발길로 걷어찼다.

"요런 병신 같은 새끼들, 빨리빨리 일어나!"

특무상사가 소리쳤고, 얼굴이 험하게 변한 사병들이 다시 몰려들었다. 그때 헌병대장이 나타났다.

"이거 뭣들 하는 짓이야."

헌병대장이 신경질적으로 소리쳤다.

"저자가 난동을 부리고 있습니다."

특무상사가 빠르게 말했고, 심재모는 픽 웃으며 빈 손바닥을 털었다.

"난동을 부려어?"

헌병대장이 눈을 치뜨며 심재모를 꼬나보았다.

"마침 잘 오셨소. 난 장교로서 사병한테 조사를 받을 수 없으니 장교를 불러달라고 했소. 그랬더니 저 친구가 폭력을 행사해 내가 막아내던 참이었소. 군법에 따라 저자를 수사기관에 정식으로 고발하겠소."

심재모는 헌병 대위를 똑바로 쳐다보며 여유 있게 말하고 있었다.

"사실인가!"

헌병대장이 특무상사를 노려보았다.

"그게 아니라……."

"닥쳐! 얼간이 같으니라고……."

헌병대장은 혀를 차댔다. 사병 셋은 어느새 자취를 감추고 없었다.

"내 방으로 갑시다."

헌병 대위가 앞서 나갔다. 심재모는 그 뒤를 따라가며 왜 자신이 이런 꼴을 당해야 하는지 그 까닭을 모르고 있었다. 벌교에서처럼 한 토막 연극 같은 일을 한 것도 아니었다.

"앉으십시오. 혹시 어디 다친 데는 없습니까?"

대위는 풀리지 않은 얼굴로 자릴 권했다.

"글쎄요, 덤비는 거야 어찌 막아냈는데, 상사의 횡포가 말이 아니더군요. 장교한테 욕을 내뱉지 않나, 계급장을 낚아채질 않나, 권총을 들이대지 않나, 이건 도저히 참을 수 없는 일입니다. 소령한 테 그 모양일 때 소위나 중위는 뭘로 보겠어요. 군복을 입을 자격조차 없는 잡니다."

심재모의 말에는 차츰 힘이 들어가다가 끝에 이르러서는 단호하게 변했다.

"저 특무상사라는 놈들의 곤조통이 원래 그런 것 아닙니까? 거기다가 헌병 완장까지 찼으니 더 심한 거구요. 내가 시키지도 않은 일을 제멋대로 저질렀지만, 내 부하니까 대신 사과하겠습니다. 다 잊어버리십시오."

대위는 입맛을 다시며 담배를 권했다.

"글쎄요…… 그런데, 헌병대에선 왜 나를 보자고 한 겁니까?"

심재모는 언짢은 얼굴인 채로 담배연기를 깊이 빨아들였다.

"예, 우리 상사가 저지른 잘못도 있고 하니 내 선에서 간단하게 처리할까 합니다."

대위는 말뜻을 알아듣겠느냐는 듯 심재모를 빤히 쳐다보았다.

"얘기부터 들어봅시다."

심재모는 자리를 고쳐 앉았다.

"저어, 회의석상에서 인민군이 국군보다 낫다는 내용의 발언을 했지요?"

"뭐라고요!"

심재모는 머리가 쿵 울리는 충격을 느끼며 버럭 소리를 질렀다. 그리고, 또 모략의 그물에 걸렸다는 것을 느꼈다.

"그럼, 아닌가요?"

대위는 계속 심재모를 빤히 쳐다보고 있었는데, 그 눈 가장자리에는 잔인스러운 웃음기가 사르르 감돌고 있었다.

"그건 모략이오."

"어떻게 모략인가요? 일단 고발이 들어온 이상 내가 납득할 수 있어야 하오. 얘기해 보시오."

심재모는 깊은 한숨을 내쉬었다. 고발자는 그날 회의에 참석했던 다섯 명의 장교들 중의 하나인 것이 분명해졌다. 그러나 그가 누구인지는 알 수가 없는 일이었다. 헌병 대위가 그 이름을 밝혀줄 리가 없었다. 다섯 명의 얼굴을 하나씩 떠올려보았다. 아니…… 그들 전부가 고발자들인지 모른다! 머리를 친 생각이었다. 심재모는 신음을 씹었다. '인민군이 국군보다 낫다는 내용의 발언'이란 고발은 그대로 용공·이적행위의 죄목이었고, 전시상태에서 능히 총살형을 당할 수 있는 죄였다.

북상전진에 따라 징병지역이 확대되면서 훈련소가 여러 곳에 생기게 되었다. 심재모는 부산을 떠나 대구 근방으로 이동하면서 소령으로 진급했다. 그 빠른 진급은 전시라는 사실만으로 설명되지 않았다. 군인을 양성해 내는 훈련소를 그만큼 중요시한다는 증거였다. 진급이 나쁠 것은 없지만 최전방에서 사투를 하고 있고, 죽어가는 장교들을 생각하면 꼭 마음 편한 것만은 아니었다. 전쟁을 수행하기 위해서는 훈련소가 인체의 심장 같은 역할을 하는 것이 사실이었지만, 거기서 근무하는 군인들은 최고의 안전도를 보장받고 있었던 것이다. 그것만으로도 혜택이라면 최고의 혜택을 누리고 있는 셈이었다. 그런 탓으로 사병이든 장교든 줄을 타고 훈련소로 파고들려는 뒷공작이 치열했고, 기왕에 자리를 잡고 있는 사람들은 밀려나지 않으려고 또한 뒷공작이 치열했다. 그래서 인사참모는 물론이었고 그 아랫사람들까지도 줄줄이 돈방석에 앉아 있다는 소문은 모르는 사람이 없을 정도였다. 군수품 빼돌려 팔아먹는 것이 공공연한 사실이듯이 훈련소 인사관계의 부정도 군부타락의 표본 중의 하나였다. 심재모는 그저 총 잘 쏘고, 빈틈없이 근무하는 것으로 그 난류 속에서 견뎌내는 처지였다. 구타사망사고를 일으킨 유 소위도 줄을 타고 훈련소로 파고든 인물이었다.

　유 소위는 훈련병을 야전도끼자루로 구타하다가 죽이고 말았다. 그런데 참모부에서는 그 사고를 어물어물 덮으려는 눈치를 보였다. 사람이 마구 죽어가는 전시이겠다, 훈련병 하나 때려죽인 사고를 은폐할 방법은 얼마든지 있었다. 그러나 심재모로서는 묵인할 수가 없었다. 평소부터 군대 안에서 마구잡이로 자행되고 있는 구타에 대해 심한 혐오감과 함께 심각한 문제로 생각해 오고 있었는데다가, 참모들의 어물거림이 유 소위가 가진 소위 빽 때문인 것을 알게 되자 심재모의 태도는 더욱 분명해졌다. 그의 아버지가 국회의원이라는 것이었다. 심재모는 참모회의에서 정식으로 그 문제를 거론하고 말았다.

"그 사고는 반드시 공개적으로 처리되어야 합니다. 왜냐하면, 첫째, 모든 훈병들이 그 사고를 알고 있습니다. 그런데 그것을 흐지부지 덮고 말면 훈병들이 가질 군대에 대한 불신감·공포감, 그리고 사기저하를 누가 책임질 것입니까. 둘째, 사망자의 억울한 죽음에 대해서 법적 수사가 행해져야 하는 건 재론할 필요조차 없는 일입니다. 장교가 전투시에 사병에게 사지로 뛰어들게 명령할 권한은 있지만, 기합을 빙자해서 때려죽일 권한은 군법 그 어디에도 없습니다. 만약 법적 조처를 취하지 않는다면 이 자리에 있는 장교들은 모두 공범죄를 면하지 못할 것입니다. 그리고 셋째로, 이번 사건을 공명정대하게 처리함으로써 우리 군대에서 상습적으로 벌어지고 있는 구타와 폭행을 근절시키는 계기로 삼아야 합니다. 장교와 사병 사이에서도, 사병과 사병들 사이에서도 치명상을 입히는 각종 폭행이 예사로 자행되고 있는 것은 심각한 문제가 아닐 수 없습니다. 그렇게 해서 군기가 잡히는 것이 아니라 오히려 정신적 불안감으로 사기를 저하시키고, 육체적으로 골병이 들어 전투력을 감소시키는 역효과를 낼 뿐입니다. 그런 야만적인 행위는 군대의 백년

대계를 위해서 하루빨리 근절되어야 할 것입니다."

심재모의 소리는 여느 때 없이 격앙되어 있었다.

"말이야 구구절절이 옳은 말인데, 과연 말로만 해서 말을 들을까요?"

누군가의 마땅찮아하는 어투였다.

"글쎄올시다, 심 소령님 말은 군대의 생리를 너무 묵살하고 하는 말 같은데요."

좀더 강도가 강해진 부정이었다.

"예, 저의 경우는 임관 이후 한 번도 손찌검을 해본 적이 없습니다. 물론 사병들 사이에서도 폭력행위를 못하게 했구요. 그래도 명령불복종이나 근무태만 같은 것은 없었고, 부대 통솔에 아무 지장이 없었습니다."

심재모는 강한 어조로 말했다.

"거 참, 알다가도 모를 일이오. 그 부대엔 모범장병들만 모였든지, 그게 아니면 심 소령이 무슨 신통술을 부리든지 하는 모양이오."

또다른 목소리가 완연히 비아냥거리고 있었다.

"보소, 심 소령님 병과가 보병이지요?"

투박한 경상도 억양이 건너왔다.

"그렇습니다."

"나 그럴 줄 알았소. 보병이사 때리는 대신에 목청 터지게 소리질러서 우째 될란지 몰라도, 마 포병부대 한번 가보소. 말로만 해서는 포대가리가 끄떡도 않는 기라요. 그러다가도 하사관들이 뒤

에서 엉덩이에 매타작을 놓으면 포대가리가 상하좌우로 번개맹
쿠로 움직기린다 그 말이오. 그러이 우째 몽딩이를 안 들 수 있겠
는교?"

"맞아요, 조선놈은 때려야 말을 들어요."

누가 불쑥 내뱉은 말이었다. 심재모는 허리가 꺾이는 것을 느꼈
다. 그건 학병에 끌려가서 일본놈한테 진저리쳐지게 들었던 말이었
다. 심재모는 그때서야 좌중의 다섯 명 모두가 일본군 출신이라는
사실을 상기했다. 그는 강한 반발과 함께 그냥 물러설 수 없다는
생각을 했다.

"다 좋은 말씀들입니다. 그러나 우리 군대는 일본 군대가 아닙니
다. 우리 군대는 체제는 미국식이면서 운영은 일본식으로 하고 있
습니다. 체제가 미국식이고, 무기도 미국 것이면 그 운영도 미국식
으로 해서 폭력행위를 근절해야 합니다. 언제까지 일본식으로 폭력
을 쓸 것입니까. 미국군대는 폭력 없이도 잘만 돼나가고 있습니다."

"거 자꼬 미국식, 미국식 하지 맙시다. 우린 어디까지나 엽전이
오, 엽전."

"여러 말 할 것 없어요. 우린 우리 손에 익은 대로 하는 게 제일
좋은 방법이오. 때리면 효과가 나는데 어찌 안 때릴 수 있소?"

"무슨 말씀들을 그리 무책임하게 하십니까. 장병들은 신성한 국
방의 의무를 하려고 군대에 왔지 구타당하려고 군대에 온 건 아닙
니다. 엄연히 군법이 있는데 법대로 통솔하고 다스리면 될 것 아닙
니까. 그리고 일선에서 싸우는 군인이 인민군에서는 일체의 폭력

행위가 없다는 사실을 알게 되었을 때 과연 어떻게 생각하겠습니까. 그래도 이게 심각한 문제가 아니란 말입니까?"

"어, 어, 심 소령, 심 소령 뜻 잘 알았으니 그만 회의 끝냅시다."

훈련소장이 손을 저으며 자리에서 일어나고 말았다. 구타문제를 놓고 왈가왈부를 하다 보니 정작 유 소위의 수사문제는 건드리지도 못한 상태였다. 그러나 그 문제를 다시 제기할 수도 없었다. 소장을 따라 모든 참모들이 자리를 뜨고 말았던 것이다.

"알겠습니다, 그렇게 된 상황이었군요."

헌병 대위는 고개를 끄덕이며 다시 담배를 권했다. 심재모는 별로 생각이 없으면서도 담배를 받아들었다. 대위는 담배를 서너 번 빨고 나서야 입을 열었다.

"소령님의 뜻을 알겠습니다만, 그 말은 듣는 입장에 따라 얼마든지 달라질 수 있습니다. 고발이 나한테 안 들어오고 특무대로 들어갔을 경우에도 그 말의 해석이 똑같다고 장담할 수 없는 일 아닙니까?"

대위는 심재모를 다시 빤히 쳐다보았다.

"글쎄요……."

나쁘게 몰자면 그럴 수도 있겠죠, 하는 말은 하지 않았다.

"어떻습니까, 심 소령님. 세상살이란 게 존 게 존 것 아니겠습니까? 좀더 잘해보자는 소령님 뜻이야 다 이해합니다만, 세상이 어디 그렇습니까? 일단 고발이 들어왔으니 조사를 안 할 수가 없어서 만나자고 한 건데, 이 일을 내 선에서 끝내고 싶으니 심 소령님도 협조를 좀 했으면 합니다."

"협조라니요?"

"에에 또…… 그러니까 말입니다. 그 사건을 그만 잊어버리는 게 어떻겠느냐 하는 겁니다."

"그 사건이라니, 유 소위 사건 말입니까?"

대위는 고개만 끄덕였다. 심재모는 이 모든 것이 각본이라는 것을 알아차렸다. 대위도 그들과 한통속일 것이 분명했다. 대위의 말은 회유이면서 협박이었다. 대위의 말을 거부하면? 그 다음은 생각하고 싶지 않았다. 그 답은 아까 벌써 특무상사가 지껄였던 것이다. 그럼, 특무상사의 행위도 연극이었단 말인가? 그는 정신이 혼란해지고 있었다.

"어떻게 하겠습니까?"

"알았소, 알아서 하시오."

심재모는 우선 그물부터 벗어나야 된다고 생각했다. 유 소위의 사건을 문제 삼는 것은 그 다음 단계였다.

"확실하게 말해야 합니다. 내가 알아서 할 내 문제가 아니니까요."

"됐소, 그렇게 합시다."

심재모는 담배를 잉끄려 껐다.

"잘 생각했습니다. 세상살이란 다 그렇고 그런 것 아닌가요. 뭐 이익 되는 것 없이 모나게 살 필요 없는 일 아닙니까?"

대위는 세상만사에 이미 달통한 것처럼 묘한 웃음을 질기게 웃었다. 천만에, 아직 다 안 끝났어. 심재모는 이를 사려물었다.

"이젠 가도 되지요?"

"예, 돌아가십시오. 아시다시피 헌병대나 특무대 같은 데는 드나들지 않을수록 좋습니다."

대위의 꼬챙이 박힌 말을 뒤로하고 심재모는 헌병대를 나섰다. 당장 군복을 벗어버리고 싶은 충동이 격하게 일어났다. 아버지의 말대로 장사나 해먹었으면 이런저런 꼴 보지 않아도 되었을 것 아닌가 하는 후회가 또 고개를 들었다. 그러나 심재모는 이내 그 생각을 눌렀다. 군대에 들어와서 세상을 보는 눈을 갖게 되었고, 만족스럽지는 못하다 하더라도 자신이 해내고 있는 몫은 엄연히 있었던 것이다. 그 몫이나마 지켜나가는 것이 돈만 버는 장사보다는 더 의미 있는 일이라고 생각했다. 그나마 자신이 있기 때문에 부대원들은 맞지 않고 군대생활을 하는 것이고, 자신이 진급을 해감에 따라 그 숫자는 점차로 늘어났던 것이다. 그 몫을 지키고, 키워나가는 것, 그것이 군대뿐만이 아니라 사회적 소임이라는 것을 그는 자각하고자 했다.

"할로, 할로, 쪼코레또 기브 미이―."

"할로오, 짬짬 껌 헤브 예스?"

찬 바람 속에서 아이들의 외침이 들려왔다. 심재모는 고개를 돌렸다. 미군 지프차가 지나가고 있었다.

"니미 씹이다."

미군 하나가 감자를 먹여대며 소리쳤다.

"궁뎅이 얼마입니까."

다른 미군이 허여멀쑥하게 웃으며 목청을 돋우고 있었다.

심재모는 고개를 돌려버렸다. 굶주려서 바짝 마른 아이들은 색깔이 다른 헝겊조각으로 덕지덕지 기운 옷을 입고 엉터리 영어를 외치고 있었고, 영양 좋은 얼굴에 겨울군복을 두툼하게 입은 미군들은 어설픈 한국욕을 내뱉고 있었다. 미군이 있는 곳에서는 흔하게 볼 수 있는 광경이었다. 심재모는 부산에서부터 수없이 보아왔으면서도 그 대조적인 모양이 전혀 익숙해지지가 않았다. 아이들은 누구한테 배운 것인지 그 멋대로인 영어로 꼭 먹을 것을 달라고 팔을 뻗었고, 미군들은 어디서 배웠는지 모를 못된 욕만 골라서 아이들한테 신바람나게 실습하고 있었다. 그는 그런 광경을 보게 될 때마다 '개새끼들' 하는 소리를 분노처럼 신음처럼 씹고는 했다.

공교롭게도 40년 만에 내습한 한파라고 했다. 평안남도 이북지역의 추위는 계속적으로 영하 20도를 밑돌고 있었다. 기온이 낮을 뿐만 아니라 매서운 바람이 끊임없이 불면서 사흘거리로 눈까지 퍼부어대기 때문에 체감온도는 한층 더 낮았다. 북쪽에서 몰려오는 그 추위와 강풍의 응원이라도 받듯이 인민군과 중공군들은 무서운 기세로 몰아닥치고 있었다. 날이 갈수록 추워지는 날씨 속에서 국군과 미군의 전선은 걷잡을 수 없이 무너져가고 있었다. '인해전술'이란 말이 무슨 전염병처럼 전선마다 퍼져나가면서 병사들은 중공군에 대한 공포에 사로잡히고 있었다.

- 인해전술에 걸리면 한 명도 살아남지 못한다.
- 중공군들은 마술로 사람을 홀려 정신을 뺀 다음에 몰살을 시켜버린다.
- 중공군들은 축지법을 써서 하룻밤에 500리를 간다.

그런 종류의 말들이 수도 없이 진중에 떠돌면서 병사들의 마음을 위축시키고 사기를 떨어뜨리고 있었다. 그 황당한 것 같은 말들은 특히 미군들 사이에서 번창하고, 공포스러운 신뢰도도 컸다. 정보기관에서는 그 악성유언비어의 제거방법을 찾아 부심했지만 신통한 수는 없었다. 병사들은 이미 중대나 대대는 말할 것도 없고 연대까지도 허망하게 전멸했다는 소식을 날마다 듣다시피 하고 있었고, 매서운 바람 휘몰아치는 어둠 그 어디에선가 들려오는 애절한 듯 음산한 듯한 피리소리를 병사들은 듣고 있었고, 자기네들이 추위를 뚫고 하루종일 기를 쓰며 후퇴를 하고 나면 중공군들은 그날 밤으로 앞뒤에서 공격해 오는 것을 병사들은 경험하고 있었다. 그런 근거들로 하여 부대마다 떠돌고 있는 온갖 소문은 중국을 신비의 나라라거나 마술의 나라 등으로 막연하게 알고 있는 대부분의 미군들에게 보다 확실한 사실로 받아들여질 수는 있어도 황당한 유언비어일 수는 없었던 것이다. 그런 소문들을 황당한 유언비어라고 역설해 대는 장교들의 정훈교육이 오히려 황당한 유언비어로 취급될 뿐이었다.

사기저하와 전투력상실은 걷잡을 수 없이 심해져가고 있었다. 정보기관에서는 그 원인을 두 가지로 분석하고 있었다. 첫째가 급강하된 자연적 조건, 둘째가 중공군에 대한 심리적 조건이었다. 김범우는 그 분석을 옆에서 보면서 꽤나 정확하다고 생각했다. 그러나 김범우가 보기에는 더 중요한 심리적 요인이 있었다. 그 두 가지에 앞서서, 국군이나 미군은 압록강까지 진격함으로써 전쟁에 이겼다고 마음을 다 풀어버린 점이었다. 그러나 그와는 반대로 상대는 반격을 위한 총력전을 전개하려고 마음을 가다듬었던 것이다. 그 현격한 차이로부터 다시 시작된 전쟁에 계절적 조건이 이익과 불이익으로 첨가되고 있었다. 계절적 조건이라는 것도 미군들에게는 가히 절대적 악영향을 끼쳤다. 내리면 쌓이는 눈으로 그들이 자랑하는 기동성이 거의 마비상태에 빠지고 말았다. 자동차도 대포도 굴곡이 심한 눈 쌓인 길에서는 움직일 줄 모르는 쇳덩어리에 불과했다. 또, 전선이 길어진 데다가 자동차의 기동성까지 저하되자 보급문제가 심각한 곤궁에 빠져들었다. 거기다가 미군들 중에는 한국에 와서 눈을 처음 보는 경우가 적지 않았다. 플로리다로부터 캘리포니아까지, 중남부 지역에서 살아온 그들은 영하 20도 이하의 추위 속에서 이미 '군인'일 수 없을 뿐만 아니라 '사람'일 수도 없었다. 추위에 대한 아무런 저항력이 없는 그들은 동상자의 집계만 계속 올리고 있을 뿐이었다. 그런 상황에다가 기상천외한 중공군의 인해전술과 밤을 이용한 신속한 기동성에 부딪혀 미군들은 고전을 면치 못하고 있었다.

그러나 정보기관에서 심각하게 고심하는 문제는 따로 있었다.

중공군이 도대체 얼마나 참전을 했는지 그 규모나 숫자를 전혀 파악하지 못하고 있었던 것이다. 한 가지 분명한 것은 전쟁이 민족적 전쟁에서 국제적 전쟁으로 그 양상이 바뀌었다는 점이었다.

"갓댐 레드 차이니스!"

윌리엄스가 살찐 몸뚱이만큼 큰 소리를 외치며 막사로 들어섰다. 김범우는 그를 힐끗 쳐다보고는 다리를 뻗친 채 담배만 빡빡 빨아대고 있었다. 중공군이 참전한 다음부터 그는 쉴 새 없이 '갓댐 레드 차이니스'를 외쳐댔다. 그러기는 심슨이나 암스트롱도 마찬가지였다. 셋이서 외쳐대는 그 소리에 파묻히다시피 하고 지내는 김범우는 그저 쓴웃음만 짓고는 했다.

"출발이다. 중공군 장교를 생포했다는 연락이다."

윌리엄스가 팔을 휘두르며 돌아섰다.

"어느 부댑니까?"

심슨이 빠르게 몸을 일으키며 물었다.

"가보면 알 게 아닌가."

윌리엄스가 내쏘며 밖으로 나갔다.

김범우는 심슨과 암스트롱의 뒤를 따라 나갔다. 중공군이 참전한 뒤로 그들 둘의 입에서는 여자이야기가 싹 없어지고 그 대신에 '갓댐 레드 차이니스'가 터져나오게 되었다. 김범우로서는 여자이야기에 비해 그 소리는 아주 들을 만했던 것이다.

포로가 된 중공군 장교는 그 직책이 중대장이라고 했다. 눈썹이 짙고, 가는 눈에, 입을 꾹 다물고 있는 그는 전형적인 중국인의 모습이었다. 중국말을 하는 사람까지 이중통역이 동원되었는데 그는 일체 묵비권을 행사하고 있었다.

"난 포로요. 제네바 협정에 따라 정당한 포로로 취급해 줄 것을 요구하는 바이오. 포로를 통해 정보를 얻으려고 심문하는 것은 협정위반이오."

그는 자기의 인적 사항을 또박또박 댄 다음에 이 말을 끝으로 입을 다물어버렸다.

"몇 개 사단이 참전했느냐."

"총병력이 얼마냐."

"군대의 병과는 어떤 것들이냐."

"보병의 화력은 무엇무엇이냐."

번거롭게 이중통역을 해가며 이런 것들을 물었지만 한번 다물린 그의 입은 열리지 않았다.

"다시 처음부터 묻겠다. 만약 이번에도 대답을 하지 않으면 그땐 폭력적인 방법으로 입을 열게 하겠다. 명심해!"

윌리엄스가 숨을 씨근거리며 그를 노려보았다. 김범우는 또 곤혹스러움이 차오르는 마음으로 그 말을 우리말로 바꾸었다. 우리말이 다시 중국말로 바뀌었다. 그러나 중공군 중대장은 윌리엄스의 기세로 이미 내용을 짐작하고 있었던지 아무런 동요를 보이지 않은 채 윌리엄스를 눈동자만 움직여 쳐다보았다. 그 눈길에 경멸이 담겨 있었다.

다시 똑같은 심문이 반복되었다. 그러나 그는 미동도 하지 않았다. 자극을 가할 때마다 점점 야물게 닫히는 조개껍질처럼 그의 입 언저리에는 갈수록 힘이 모아지고 있었다.

"이새끼 죽고 싶어!"

윌리엄스가 거구를 일으키며 권총을 겨누었다. 그리고 안전장치를 풀며 소리쳤다. 그래도 그는 동양인 특유의 무표정한 얼굴로 총구멍을 쳐다보는지, 상대방을 쳐다보는지 모를 모호한 눈길을 보낸 채 앉아 있었다.

"뭘 하는 거야. 통역해, 통역!"

윌리암스가 김범우에게 성질을 부렸다. 윌리엄스는 어리석게도 중공군 장교의 무표정이 자기의 말을 못 알아들어서 그러는 거라고 생각하는 모양이었다. 그는 몸짓이나 행동이 언어보다 빠른 의사전달 방법이고, 국제공통의 언어라는 것을 모르는 바보였다. 김범우는 그의 말을 통역할 수밖에 없었다.

"날 죽이는 건 당신 자유요. 그러나 그건 엄연히 협정위반이고, 난 미군의 야만성을 기억하며 죽어갈 것이오."

중공군 장교의 변함없는 단호함이었다.

"전기고문으로 저새끼가 입을 열게 만들어."

윌리엄스가 심슨과 암스트롱에게 명령했다.

자동차 배터리에 연결시킨 전기고문도 아무런 효과가 없었다. 전기가 통할 때마다 중국군 장교는 사지를 비비 틀고 눈이 뒤집혀 비명을 질러댔지만 끝내 입을 열지 않았다. 피를 말려가는 전기고문에 기진맥진되어 널브러져서도 그는 경멸적인 웃음을 피우고 있었다.

"전기고문으론 안 되겠어. 고춧가루물을 먹여. 동양인에겐 동양식이 훨씬 효과가 날 테니까 말야."

윌리엄스가 턱짓을 했다. 김범우는 그게 무슨 말인가 했다. 그런데 밖으로 나간 심슨이 물을 담은 기관총알상자와 봉지를 들고 들어왔다. 그들이 고춧가루까지 준비해 가지고 있었다는 것을 김범우는 까맣게 몰랐던 것이다.

"얼음같이 찬 물에 고춧가루를 풀면 차고, 맵고, 숨 막히고, 삼중효과다. 그래도 제놈이 입을 안 열 수는 없겠지."

윌리엄스가 시가를 질겅거리며 중얼거린 말이었다. 천만에, 고춧가루가 너희들한테나 미치게 맵지 동양사람들한테도 그런 줄 아냐. 이 멍청아, 순서가 바뀌었어. 심슨이 콧등을 찡그린 채 물에 고춧가루를 쏟아넣고, 목을 반대쪽으로 뺀 암스트롱이 막대기로 물을 휘젓는 것을 쳐다보며 김범우는 속말을 하고 있었다. 그리고, 그들이 어디서 고춧가루로 물고문하는 것을 배웠는지 의아스러웠다.

"미스터 킴. 뭘 하고 있소. 저걸 좀 거드시오."

윌리엄스가 김범우에게 내질렀다.

"그게 무슨 소리요?"

김범우가 윌리엄스를 쏘아보았다.

"앉아 있지만 말고 저 일을 좀 도우란 말요. 말이 어렵소?"

윌리엄스가 경박한 고갯짓을 했다.

"난 통역이오."

김범우가 내쏘았다.

"뭐라고? 이 전쟁의 작전권이 미군한테 있다는 걸 모르오?"

윌리엄스가 시가를 신경질적으로 입에서 떼며 눈을 부라렸다.

"알고 있소."

"그럼 빨리 도우시오. 이건 명령이오!"

"난 군인이 아니라 민간인이오. 민간인으로 징발당한 내가 해야 할 임무는 통역뿐이오. 당신은 그 이외의 명령을 나한테 할 수가 없고, 난 들을 필요가 없소."

"저 중공군을 돕자는 의도요?"

"말조심하시오. 책임한계를 분명히 하자는 뜻이오."

"가앗댐!"

윌리엄스는 시가를 팽개치며 외쳤다.

중공군 장교에게는 고춧가루물 고문도 통하지 않았다. 그는 캑캑거리고 발버둥치고 숨 막혀하면서도 끝까지 아무 정보도 흘리지 않았다. 고문으로 허물어져가는 육체 속에서 정신을 견고하게 지키고 있는 그 젊은 모습을 김범우는 고통스럽게 지켜보고 있었다.

김범우는 다음날 아침에야 그곳이 영국군 부대라는 것을 알았다. 이번 전쟁에 미국의 개입을 합리화하기 위해서 세계 16개의 나라가 유엔군이란 명목으로 들러리를 서고 있다는 것은 세상이 다 아는 일이었다. 그 말로만 듣고 있었던 16개의 나라 군대 중에서 한 나라 군대를 만나게 되니 기분이 이상스러웠다. 그 나라가 영국이기 때문에 그런지도 몰랐다. 이제 미국의 들러리나 서고 있는 영국, 그건 부정할 수도 거부할 수도 없는 국제적 현실이었다. 수많은 식민지 침략과 함께 감행한 살인과 약탈의 인류사적 범죄를 '해가 지지 않는 대영제국의 영광'으로 미화시킨 역사는 돌이킬 수 없는 과거라는 것을 영국은 한반도의 전쟁에서 스스로 여실하게 입증하고 있었다. 많은 식민지땅에서 거침없이 살인과 약탈을 저질러 호화롭고 배부르게 살면서 영국인들은 '영국신사'라는 지극히 도덕적인 인간상을 조작해 내 자신들의 비인간적 범죄를 위장했다. 그 교활한 위장술은 세계 전역으로 수출되었고, 식민지지배를 받는 나라들의 사대근성을 가진 사이비 지식인들은 그 사실을 제창해 댐과 아울러 그들 스스로가 다투어 '영국신사의 복식'부터 흉내내려고 덤볐다. 양복에 나비넥타이, 중절모에 지팡이―영국신사의 그 전형적인 복식은 이 땅에서 친일파들의 전형적인 복식이기도 했다. 새파란 젊은것들까지 팔에 지팡이를 걸고 다니던 그 꼴불견을 다시 떠올리며 김범우는 간이변소에서 소변을 보고 있었다.

"잠깐 실례합니다."

소변을 마치고 돌아서던 김범우는 뒤에서 들리는 소리에 주춤 걸음을 멈추었다. 고개를 돌린 김범우는 미군 한 명이, 아니 영국군 한 명이 웃음 띤 얼굴로 다가서고 있는 것을 보았다. 이곳이 분명히 영국군 부대인 줄 알면서도 코 큰 서양사람만 보면 미국인이라고 생각해 버리는 자신의 아둔한 무분별과 고쳐질 가망이 없는 선입관에 김범우는 다시 실소했다.

"당신이 통역이지요?"

"그렇소."

"난 이 부대에 소속된 주리안 토스들이라고 합니다."

영국 병사는 악수를 청했다.

"아, 그래요. 난 김범우라고 합니다."

김범우는 약간 가졌던 경계심을 풀며 그의 손을 잡았다.

"담배 피웁니까?"

토스들이는 담뱃갑을 꺼내 보였다. 그의 담배도 김범우 자신이 가지고 있는 럭키스트라이크였다.

"고맙소."

김범우는 담배를 뽑으며, 이 친구가 무슨 아쉬운 소리를 할 게 단단히 있는 모양이구나, 하고 생각했다. 그렇지 않고서야 그들의 개인주의적인 생리로 담배까지 권한다는 것은 있을 수 없는 일이었다.

"내 말을 어떻게 생각할지 모르겠습니다만, 어제 중공군 장교를 고문할 때 당신도 그 일에 가담했소?"

"아니오, 안 했소."

그 의외의 물음에 김범우는 긴장을 느끼며 그의 얼굴을 주시했다.

"왜 안 했는지 알아도 되겠소."

"난 통역일 뿐이기 때문이오."

이미 김범우의 신경은 상대방의 의도를 간파해 내려고 예민한 촉수를 세우고 있었다.

"당신은 포로에게 고문을 가하는 행위가 옳다고 생각하오?"

김범우는 그때서야 상대방의 의중을 확실하게 알 수 있었다. 그는 물음을 부정적으로 했을 뿐만 아니라 감정 표현이 풍부한 그들답게 얼굴에도 부정의 뜻을 분명하게 드러냈던 것이다. '고문을 가하는 행위를 어떻게 생각하오?' 하는 식으로 모호하게 물어 괜한 신경소모를 하게 하지 않은 그에게 김범우는 호감을 느꼈다. 그가 포로이야기를 꺼냈을 때 김범우의 머리에 직감적으로 떠오른 것은 윌리엄스가 자신을 의심하고 있다는 생각이었다.

"당신은 옳지 않다고 생각하는 모양인데, 나도 역시 옳지 않다고 생각하오."

김범우는 그의 마음을 다시 확인하기 위해서 일부러 이렇게 말했다.

"물론이오. 그건 제네바 협정을 따지기 이전에 비인간적인 야만행위요. 2차대전 때 히틀러 군대가 저질렀던 야만행위를 한국전쟁에서 미군이 저지르고 있는 것이오. 당신은 그런 미군을 위해 통역을 하고 있는데, 그건 공동만행을 저지르는 행위라고 생각하지 않소? 아니, 최소한 동조행위거나 간접만행이라고 생각하지 않소?"

토스들이의 얼굴에는 핏기가 돌아오르고 있었다. 이 친구 아주 제법일세. 공부깨나 한 모양인데그래. 김범우는 토스들이를 쳐다보며 쓴쓰레하게 웃었다.

"당신 말이 전적으로 옳소. 그러나 난 하고 싶어 그 짓을 하고 있는 게 아니오. 난 강제로 징발당해 온 거요. 이 전쟁의 작전권이 맥아더에게 있는 건 당신도 알잖소?"

"빌어먹을! 작전권을 외국군에게 넘겨주다니, 그건 세계 어느 나라에서도 있을 수 없는 유일한 넌센스고, 코메디요. 물론 맥아더가 요구했다는 말도 있고, 이 대통령이 넘겼다는 말도 있지만, 어쨌거나 요구했다고 넘겨준 사람이나, 넘겨준다고 받은 사람이나, 둘 다 똑같이 미친 사람들이오. 그럼 당신도 그 미친 사람들의 가엾은 피해자로군요. 추운데 내 말 지루하지요?"

"아닙니다, 오랜만에 시원한 말을 들으니까 가슴까지 시원해지오. 계속하시오."

"그리 생각해 주니 고맙소. 그런데 말이오, 내가 한 가지 확인해 보고 싶은 것이 있소." 토스들이는 목소리를 낮추며 담배에 불을 붙이고는, "미군들이 어제 그 포로를 왜 그렇게 잔인하게 고문한 줄 아시오?" 진지하고 심각한 얼굴로 물었다.

"글쎄요…… 급한 상황에서 정보를 얻어내려는 욕심 때문이 아니겠소?"

"예, 그건 틀림없는 당면목적이오. 그러나 내가 하고자 하는 말은, 그들이 그런 행동을 맘 놓고 할 수 있는 근거가 무엇인지에 대해서요. 그걸 알고 있소?"

"글쎄요, 모르겠는데요."

"당연하지요, 그건 비밀사항이니까. 당신이 이 전쟁이 끝날 때까지 비밀을 지킬 수 있다면 말해 주고 싶소. 말을 나눠보니까 믿을 만하다는 생각이 들긴 하지만 말이오."

"물론이오. 알지 말아야 될 비밀을 알아서 발설하게 되면 당신에게 피해가 가기에 앞서 내가 먼저 피해를 당하는 것 아니겠소?"

"아, 당신은 아주 논리적이군요. 그럼 됐어요." 토스들이는 아주 만족스럽게 웃다가 이내 표정을 바꾸고는, "자아, 들어보시오. 지금 한국전쟁에 참전하고 있는 모든 미군들에게는 적을 증오하게 하는 생각을 고취시키고 있소. 적을 증오하는 생각을 갖게 하기 위해서 먼저 이렇게 가르칩니다. '아시아인은 미국인과 동등하지 않다. 아시아인은 인간이 아니며, 인간 이하의 존재다.' 이런 정의를 내려놓고, 그러므로 아시아인은 물건과 같이 취급할 수 있다. 또한 그들은 동물과 다르지 않다. 우리는 동물을 죽이는 것과 같은 이유로 그들을 죽이는 것이며, 우리는 동물을 죽일 때 마음이 동요되지 않는 것과 마찬가지로 결코 그들을 불쌍하다고 생각할 필요가 없다, 하는 논리를 주입시킵니다. 나는 특별히 양심적이지도 못하고, 휴머니스트도 아닙니다. 그러나 그런 논리를 우리 영국군한테까지 파급시키려는 것에 나는 동의할 수가 없습니다. 나는 이 사실을 한국인 그 누구에겐가 전하지 않고서는 나 스스로가 괴로워 견딜 수가 없었습니다. 그것이 정말이냐고 나에게 묻지는 마십시오. 내가 운이 좋아 무사히 고국으로 돌아가게 되면, 난 꼭 이 이상하고 어이없는 전쟁에 대해 책을 쓸 작정이오. 그때 이 사실도 틀림없이 쓸 것이오. 책제목도 미리 정해놨는데, '나는 한국에서 싸웠다'요. 어떻소?"

"예, 꾸밈이 없어 좋소. 그런 중요한 사실을 나한테 말해 줘서 고맙소. 그리고 내가 그런 말을 듣게 된 행운을 무척 기쁘게 생각하오."

김범우는 가슴이 싸늘하게 식어오는 것을 느끼며, 그들 식의 예의를 갖추어 말했다.

"나도 당신같이 사려 깊은 사람한테 그 사실을 알리게 된 걸 큰 행운으로 생각하오."

토스들이가 맞잡은 손에 힘을 주었다. 찬 바람 속에 대포소리가 먼 메아리로 흘러가고 있었다.

토스들이와 헤어진 김범우는 다른 부대를 향해 곧 지프차에 올랐다.

"한국군은 도대체가 틀려먹었어. 장교들은 계급이 높이 올라갈수록 계집질에다가 군수품 부정이나 해먹고, 사병들 속에서는 갈수록 투항자가 늘어나고 있으니 말야. 우리가 지급한 무기로 우릴 죽이려고 덤벼드니 이게 말이 되나. 미친 새끼들 같으니라구."

윌리엄스가 털모자를 눌러쓰며 역정을 내고 있었다.

"그런 게 다 이 전쟁에 뛰어든 정부의 잘못 아닙니까?"

암스트롱이 불쑥 말했다.

"닥쳐!"

윌리엄스가 소리쳤다.

투항자가 갈수록 늘어? 그 말이 무슨 넝쿨처럼 김범우의 의식을 감아돌고 있었다. 아시아인은 미국인과 동등하지 않다. 아시아인은 인간이 아니며, 인간 이하의 존재다. ……우리는 동물을 죽이는 것과 같은 이유로 그들을 죽이는 것이며, 우리는 동물을 죽일 때 마음이 동요되지 않는 것과 마찬가지로 결코 그들을 불쌍하다고 생각할 필요가 없다. 이 말도 또 하나의 넝쿨줄기가 되어 김범우의 의식을 감아오르고 있었다.

거리의 찬 바람 속에 플라타너스잎들이 구르고 있었다. 정부가 서울로 돌아온 지 한 달이 넘었는데 불타거나 파괴된 건물들은 그대로 방치되어 있었다. 전쟁의 상흔이 선명하게 찍혀 있는 도시는 한층 춥고 을씨년스러웠다. 어느 나뭇잎보다 늦게 떨어진 그 큰 플라타너스잎들은 찬 바람 속을 이리저리 휩쓸려다니며 무슨 구슬픈 흐느낌 같은 소리들을 내고 있었다. 그 잎들을 무심하게 밟거나 차고 지나가는 사람들은 거의가 몸을 잔뜩 웅크리고 있었다. 그들의 꺼칠하게 마른 얼굴에는 시름이 깊었고, 입성도 추위에 비해 허수룩했다. 특히 남자들은 검정물을 들인 군복을 많이 입고 있었다. 검정물을 들이지 않은 야전잠바의 등판에는 '염색'이거나 '나는 개요' 또는 '처녀 구함' 같은 글씨가 커다랗게 씌어 있었다. 군수품 유출을 단속하는 동시에 민간인들의 군복착용을 막으려고 헌병들이 흰 페인트, 검정 페인트 가리지 않고 내갈긴 글씨들이었다. 청계천가에는 드럼통을 반으로 자른 솥을 걸어놓고 그런 군복에 검정물을 들이는 장사들이 즐비하게 줄을 잇고 있었다. 얼기설기 늘어진 빨랫줄에 수없이 걸려 펄럭이는 검정옷들, 물들인 옷들을 헹궈내느라고 거무칙칙하게 변해서 흘러내리는 물줄기, 물감이 끓어넘치면서 풍겨내는 시고 덜큼한 냄새가 자욱하게 퍼진 천변의 풍경은 전쟁을 치르고 있는 또 하나의 삶의 모습이었다. 군수품유출 단속이라는 것은 시늉뿐인 것인지 어쩐지 모든 사람들에게 인기가 좋은 사지바지나 도꾸리샤쓰 같은 것은 끝도 없이 물들여지고 있었다. 그런 것들이 어떤 경로를 통해서 어떻게 흘러나왔든 간에 전쟁으로 옷감이 귀한 형편에 그나마 많은 사람들의 추위를 가려주고 있었다. 헌병들이 그때그때 기분풀이하느라고 낯 뜨거운 내용을 마음대로 써갈긴 야전잠바를 그대로 걸치고 다니는 사람들은 그 헐값의 검정물을 들일 돈마저 없는 축이었다. 불타고 허물어진 추운 도시 속에서 그런 야전잠바는 전쟁의 궁핍한 현실을 한층 비감하게 드러내고 있었다.

"형은 참 뱃속도 편하네. 중공군들이 인해전술로 밀어닥치고 있는 이 판국에 태평스럽게 사랑타령이나 허고 있으니. 형 귀에는 이 시끌시끌한 소문이 안 들린가?"

송성일은 빠른 걸음을 옮기며 짜증스럽게 말하고 있었다.

"야, 니 말 그리 막 허지 말어라. 내가 오죽 답답하면 니를 붙들고 이러겄냐. 가자, 어디 들어가서 뜨거운 것으로 속이나 좀 풀자. 추워서 미치겄다."

최인석이 송성일의 팔을 잡아끌었다.

"아냐, 나 바빠. 그리고 누나 문제로 더 할 얘기도 없고."

송성일은 냉정하게 고개를 저었다.

"그래, 누나 얘긴 안 해도 좋아. 추우니까 따끈한 차나 한잔 마시면서 몸 좀 풀잔 말이다."

최인석이 또 팔을 끌었다.

"나 바쁘다니까 그러네."

송성일은 몸을 버팅기며 팔을 빼내려고 했다.

"니 참말로 이럴래? 선배를 멀로 알고 이러냐?"

최인석이 어조를 바꾸며 눈꼬리를 세웠다. 병신, 제깟놈이 무슨 선배야. 송성일은 콧방귀를 뀌었다. 그러나 그건 속마음일 뿐, 더는 피할 수 없는 막다른 골목이었다. 남자들 관계에서 한 학년이라도 빠른 쪽이 자신의 궁색한 입장을 모면하기 위해서 선후배를 들먹이는 것은 최후의 수단이었고, 그것을 후배 쪽에서 받아들이지 않고 묵살해 버리는 것은 인간관계의 단절을 의미하는 것은 물론이고 감정적 충돌로 번져나갔다. 그 싸움에서 승패는 자명했다. 선배 쪽에서는 '그새끼 선배도 몰라보는 놈'이라고 계속 공격해 대기만 하면, 그 사람이 수준 이하로 평이 나 있지 않는 한 말썽의 내용과는 상관없이 후배가 일방적으로 패하게 되어 있었다. 뿌리 깊은 장유유서에서 비롯된 서열의식은 '선배도 몰라보는 놈'에 대해서 선배들은 무조건 공동피해의식과 함께 일치된 적개심을 품게 되고, 그것은 또 선입관이나 고정관념으로 발전하기도 했다. 그 억울한 피해는 후배로서 감당할 수 없는 것이었고, 그래서 무경우한 선배들의 횡포도 미풍이라는 예절의 보호를 톡톡히 받고 있었다.

"기왕 뜨거운 걸로 속을 풀려면 저 뒷골목에 김칫국하고 떡이 있는데……."

어쩔 수 없이 따라가게 된 송성일은 실속이나 채우고 싶었던 것이다.

"야 임마, 너 왜 촌티 내고 그러냐? 그런 천한 것들이나 먹는 걸 우리가 어떻게 먹어. 잔말 말고 따라와."

앞서 걸음을 옮기는 최인석을 물끄러미 바라보다가 송성일도 발을 떼어놓았다. 내가 촌티를 내고 싶어 내는 게 아니다. 병신아. 난 실속을 채우며 살아야 해. 너하곤 달리 아버지가 없으니까. 커피 한 잔 값이면 떡으로 한끼를 때울 수가 있는데 너의 겉멋으로 망쳤어. 하긴 돈이야 네것이니까…… 송성일은 쓰게 웃고 있었다.

송성일은 누나만큼이나 최인석에게 정나미가 떨어져 있었다. 누나의 말마따나 지난여름 후퇴를 할 때 함께 데려가지 못할 형편이었으면 그가 이쪽으로 붙었어야 했다. 그런데 그는 당숙네에게 얹혀 혼자 떠나버리고는, 누나가 고향에 무사히 돌아오니까 뻔뻔스럽게도 다시 낯을 내밀었던 것이다. 누나는 더 볼 것 없이 그를 외면하고 말았다. 그런데도 그의 뻔뻔스러움은 전혀 부끄러움을 탈 줄 몰랐다. 고향에서는 끈질기게 누나를 귀찮게 굴다가 서울로 올라와서는 자신을 짜증나게 하고 있었다. 중간에 서서 고향에 있는 누나의 마음을 돌려달라는 것이었다. 누나의 뜻과는 상관없이 자신은 그의 인간성을 완전히 불신하고 있었다. 그때 그가 이쪽으로 오지 않고 누나만이라도 데려갔더라면 아무 유감 없이 누나의 남편 감으로 인정했을 것이다. 위기 앞에서 애인이란 여자를 버린 자가 다시 그 여자 앞에 나타나 애인관계를 지속시키자고 하는 것이다. 일생을 책임질 결혼을 전제로. 이 얼마나 어처구니없는 일인가. 결혼할 마음이 있는 애인을 위기라고 해서 버린 자가 또다른 위기가 오면 아내라고 안 버릴 리가 없는 일이었다. 물론 그는 실수였다고 계속 변명했다. 그러나 실수도 용서할 수 있는 실수가 있고, 용서할 수 없는 실수가 있었다. 송성일은 자신의 마음에 열릴 수 없는 철문이 달려 있음을 느끼고 있었다.

"뭘 마실래? 커피?"

"아냐, 난 홍차."

"야이 촌놈아, 니 언제 그 촌티 좀 벗을래? 도대체 홍차를 무슨 맛으로 마시냐?"

"아니, 홍차를 마시는 게 촌티고 커피를 마시면 서울티라는 건 도대체 어디서 나온 기준이야? 난 그런 소리를 도무지 이해할 수가 없어. 홍차는 홍차맛이고 커피는 커피맛이지."

송성일은 참으로 아니꼽다는 생각으로 떫게 웃었다.

"너하곤 도통 말이 안 통하는구나. 커피맛은 인생의 맛이다. 인생의 맛을 알아야 커피맛을 안다. 이 얼마나 근사한 말이냐. 누나는 이 말의 깊이를 너무 잘 알아 블랙커피를 마셨지."

최인석이 감상 어린 어조로 마치 독백하듯이 말했다. 송성일은 그만 구역질을 느꼈다.

"내가 누나한테서 제일 메스꺼워하는 게 바로 그 점이야. 집안에서나 내 앞에서는 표를 내지 않으려고 하지만, 누나가 돼먹지 않게 시를 쓴다고 하면서 얼마나 허풍을 떨고, 겉멋에 취하는지 대충 짐작은 하고 있어. 난 누나의 그런 면을 경멸하고, 추접하다고 생각하니까 그런 얘기 더 하지 말어. 더 하면 나 가겠어."

송성일은 곧 일어날 기세였다.

"알았어, 알았어. 안 할게."

최인석이 팔을 뻗어 제지했다.

두 사람은 한동안 말없이 차를 마셨다. 여기저기서 전세에 대한 이야기들이 들려오고 있었다. 그 이야기들 속에는 '인해전술'이란 말이 빈번히 나오고 있었다. 그 말은 다방 안에 퍼지고 있는 새 유행가 〈찔레꽃〉을 압도하고 있었다.

"저놈에 인해전술이 걱정은 걱정인데, 앞으로 어떻게 될 것 같으냐?"

최인석이 입 안에 묻은 커피맛을 보는 것인지, 걱정되는 마음 때문인 것인지 모르게 입맛을 다셨다.

"라디오나 신문에서는 별말이 없는데, 소문으로 우리 쪽에서 자꾸 밀리고 있다니 알 수가 있어야지."

"신문이나 라디오는 절대 믿어선 안 돼. 난리가 터졌을 때도 얼마나 거짓말만 했냐."

"그렇기는 하지만 소문을 다 믿을 수도 없는 일이거든."

"에이 빌어먹을, 다 이긴 전쟁을 짱꼴라새끼들이 망쳐놨어. 그새끼들이 만약 서울까지 또 쳐내려오면 우린 어떡하지?"

최인석의 얼굴이 어둡게 구겨졌고, 송성일의 얼굴도 밝을 수가 없었다.

"글쎄…… 다시 집으로 내려가야지 뭐."

"내려가는 건 가는 건데, 거기 가면 덜커덕이니까 하는 말 아니냐."

송성일은 침통한 얼굴로 대꾸가 없었다. 최인석이 말한 '덜커덕'은 징병을 가리키는 것이었다.

"서학이가 부럽다, 부러워. 진단서 한 장 떡 가지고 앉았으니 전세가 어찌 되든, 전쟁이 언제 끝나든 무슨 걱정이 있냐. 이거 나도 허벅지를 찌를 수도 없고, 손가락을 자를 수도 없고……."

최인석은 짭짭 입맛을 다시다가 물을 들이켰다.

그들 둘이는 11월 11일부터 대학들이 서울에서 개강을 하게 되자 서둘러 고향을 벗어났다. 공부보다는 징병을 피하려는 것이 먼저였다. 그즈음 전세는 승리가 결정적이어서 대학생에 대한 징병은 잠정적인 보류상태에 있었다. 돈질을 해가며 기피를 해오고 있었던 그들에게는 더없이 좋은 기회였다. 그러나 그들과는 달리 최서학은 태평하게 고향에 남아 있었다.

최서학은 인민군에게 당한 부상을 빌미로 아예 군대에 나가지 않을 작정을 하고 있었다. 그래서 퇴원을 앞두고 징병에서 제외될 수 있는 정도의 진단서를 전 원장에게 부탁했다. 그러나 전 원장은 생각하고 어쩌고 할 것도 없이 바로 고개를 저어버렸다. 뼈를 다치지 않고 완치된 최서학의 다리는 활동에 아무 지장이 없었던 것이다. 읍사무소고 경찰서에 다 길닦음을 해놓은 일이 전 원장으로 하여 버그러지고 있었다. 최서학의 어머니는 몸이 달아 전 원장을 찾아다녔다. 그러나 전 원장은 고개만 저었다. 결국 최서학은 어머니와 함께 순천으로 넘어간다, 광주로 옮겨간다, 수선을 피우고 다니더니만 어떻게 했는지 진단서를 만들어가지고 돌아왔다. 돈푼깨나 있는 사람들은 으레 하는 어슷비슷한 짓들이라서 최서학이 한 일은 흉거리가 되지도 않았다. 더구나 의용군에 끌려가다가 도주하면서 인민군한테 당한 부상이라는 사실을 그의 어머니가 시시때때로 목청 높여 강조하는 바람에 최서학을 오히려 장하고 간 큰 사람으로 생각하는 사람들도 있었다. 걸음걸이를 제대로 하기에는 아직은 약간 불편한 기미가 남아 있기는 해도 지팡이를 짚을 정도는 아니었는데 최서학은 어쩌다 바깥걸음을 할 때는 꼭 지팡이를 짚고 다리를 심하게 절룩거렸다. 징병의 불안에서 완전히 벗어나게 된 그는 집 안에 들어앉아 공부에 몰두하고 있었다. 그의 목표는 대학을 졸업하기 전 고등고시의 합격이었다. 그는 전쟁이 깨끗하게 끝나기 전까지는 어떤 일이 있어도 서울에 가지 않는다는 결정을 내렸던 것이다. 그건 그의 어머니의 결정인 동시에 그의 결정이었다.

"야 성일아, 우물쭈물하다가 또 당해 정신없이 도망가지 말고 진작 집으로 내려가서 가까운 데 어디 숨어 지내는 게 어떻겠냐?"

"글쎄, 숨어 지낼 장소도 마땅찮고, 숨어 지내면 언제까지 숨어 지낼 거야."

송성일이 아주 느리게 고개를 저었다.

"절 같은 데 숨으면 될 거 아니냐. 너가 숨었던 절 말야."

"형은 지금 정신이 있어, 없어? 산이란 산은 전부 빨갱이들 차지가 된 걸 몰라서 하는 소리야?"

"아 그렇지 참! 내가 마음이 급하다 보니까 깜빡했다. 그러고 보니 숨을 데도 정말 마땅찮구나."

최인석이 어색하게 뒷머리를 긁었다.

"난 형처럼 그리 급하진 않아. 이번에 서울로 올라온 것도 거의 어머니 뜻에 밀린 것이었어. 아버지를 잃은 어머니는 아들까지 빨갱이들한테 잃을 수 없다는 생각으로 기를 쓰며 날 군대에 안 보내려는 거지. 어머니의 개인적인 입장에서는 당연하고, 충분히 이해할 수 있어. 그러나 국가적으로 사회적으로 볼 때는 그건 곤란한 일이야. 나라에 전쟁이 일어났는데 젊은 놈이 돈이나 써가며 군대를 피하는 것이 과연 될 일인가, 효석이 형이나 오봉이가 잘하고 있는 일 아닌가, 그런 생각으로 난 오래전부터 괴로움이 많아."

"아니, 너 지금 꿈꾸고 있냐? 누구나 구멍만 있으면 군대를 피하려고 난린데 그 무슨 새 날아가는 소리냐. 니가 피할 구멍이 있으니까 배가 불러 그따위 소리 지껄이는 거야. 정신 똑똑하니 차려. 내가 살고 나서 나라지 내가 죽어버리면 나라고 머고 무슨 소용이 있냐."

"참 간단하고 속 편해서 좋군. 모두가 그런 생각을 가지면 이 나라꼴이 뭐가 되겠어. 빨갱이들한테 먹히고 마는 거지."

"야, 야, 팔푼이 같은 소리 작작해. 너나 나나 군대에 안 나갔는데도 지금까지 빨갱이들한테 안 먹히고 끄떡없잖냐. 앞으로도 또 끄떡없다. 왜 그런지 니 몰르겄냐? 그거야 구구법보다 쉬운 문제 아니냐. 다 군대를 빼고 싶어도 요것이 없다 그 말이다. 요것 없는 것들이 얼마든지 군대에 나가 우리 대신 싸울 테니 넌 아무 걱정 말어. 세상은 다 그렇고 그렇게 되게 돼 있어."

송성일은 엄지와 검지로 연방 동그라미를 만드는 최인석을 물끄러미 쳐다보고만 있었다. 넌 역시 형편없는 놈이야, 하고 생각하며.

"그런 골치 아픈 얘기 치우고, 헤어지기 전에 내가 딱 한마디만 하겠다."

최인석은 자리를 고쳐 앉았다. 송성일은 또 누나에 대한 이야기일 거라고 짐작했다.

"니가 듣기 싫어하는 누나 얘긴데, 이 말만은 꼭 들어둬. 내가 가만히 눈치를 보니까 니 누나만 날 보기 싫어하는 게 아니라 너까지도 날 보기 싫어하는데 말이야, 니가 그래봤자 아무 소용이 없다는 걸 알아두라고 마지막으로 이 말을 하는 거다. 무슨 말인고 하니, 결국 누나는 나한테 오게 돼 있으니까 괜히 니가 새중간에 끼어 훼방을 놓지 말라는 말이다. 내가 이 말까지는 안 하려고 했는데 니가 날 대하는 꼴이 하도 눈꼴사나워 하는 말이다. 무슨 말인지 알아듣겠냐?"

저게 무슨 소릴까! 송성일은 가슴이 섬뜩함을 느꼈다. 그러나 태연하려고 했다.

"못 알아듣겠는데. 누나의 맘은 다시는 돌아서지 않을 거야."

송성일은 누나에 대한 믿음을 확인하고, 최인석의 뻔뻔함을 쳐내는 마음으로 단호하게 말했다. 그의 얼굴은 억지로 웃고 있었다.

"그으래애?"

최인석은 자신에 찬 비웃음을 입이 비틀어지도록 입술에 물었다. 송성일은 뒤로 밀리는 기분을 느끼며, 그러나 또 설마 하고 생각했다.

"넌 안 믿을지 몰라도, 니 누나는 오래전부터 벌써 내 것이었어."

송성일은 머리가 핑그르르 도는 현기증을 느꼈다.

"그게 무슨 소리야!"

송성일의 유난히 짙은 눈썹이 꿈틀 움직이며 목소리가 커졌다. 원래 살결이 흰 그의 얼굴이 하얗게 변해 있었다.

"무슨 소리긴. 니 누나는 딴 남자한테 시집 못 가게 돼 있다니까. 그러니까 넌 나를 싫어해선 안 돼. 니 누나가 그러는 건 잠시니까 말야. 만약에 영원히 날 안 볼 작정이라면 그땐 평생을 혼자 살 각오를 해야겠지. 어때, 생과부로 평생 사는 것보다는 나하고 다시 합치는 게 좋지 않겠냐?"

저런 개 같은 놈, 더군다나 누나를 그렇게 만들어놓고도 제놈 혼자서만 떠나다니. 그래 놓고 이제 와서는 또 뭐야! 단둘이 지켜야 될 비밀을 나한테까지 까발려 무기로 써먹으려 하다니. 저 더럽고 의리 없는 놈. 누나가 싫어하는 한 네놈은 안 돼! 만약 주둥이를 놀리면 그땐 네놈을 죽이고 말 거다. 틀림없이 죽이고 말 거다. 송성일은 당장 물잔을 들어 면상을 후려치고 싶은 충동을 가까스로 참아내며 부들부들 떨고 있었다.

3

탈출

전세는 비탈을 굴러내리는 바윗덩어리였다. 전선은 걷잡을 수 없이 무너지고 교란되며, 북진을 했던 속도만큼 후퇴를 하지 않을 수 없었다. 미군의 대병력들은 매일이다 싶게 퍼부어대는 눈보라의 혹한 속에서 중공군의 포위공격에 말려들어 고립상태에 빠지기 일쑤였다. 연합전선의 형성이 완전히 불가능해진 데다가 수송능력의 둔화로 굶주림까지 겹치고 있었다. 동상자와 동사자가 속출하는 속에 전의는 완전히 상실된 상태였다. 미군의 형편이 그런데 국군의 형편이라고 나을 리 없었다. 폭격기보다는 수송기가 더 많이 뜨는 상황 속에서 전투보다는 후퇴가 더 급선무였다. 공격의 주도권을 잡은 인민군과 중공군의 기세는 마치 깃을 세운 북풍 같았다. 그들은 혹독한 바람도, 눈보라의 추위도 거칠 것이 없었다. 센 바람을 타고 다니는 것 같은 빠른 기동력으로 포위를 해왔고, 한 발짝의 전진과 목숨과를 맞바꾸겠다는 듯 가열한 공격을 감행했다.

　김범우는 포로들을 보면서 그들의 그 기동력과 공격력이 어디에서 나오는 것인지 믿을 수가 없을 지경이었다. 그들의 개인장비는 볼품이 없었고, 혹한대비도 허술하기만 했던 것이다. 개인장비래야 철모도 없이 몇 발씩의 총알에 소총이 고작이었고, 혹한대비로는 누비 솜옷에 운동화를 신었을 뿐이었다. 그러면서도 그들은 장비가 월등한 국군과 미군을 압도하고 있었다. 그들의 기동력과 공격력은 오로지 정신력에서 비롯되고 있었던 것이다. 그 믿어지지 않는 사실을 그들의 빈약한 장비가 믿게 하고 있었다. 장비로 보자면 그들이 먼저 혹한에 굴복해야 옳았다. 포로들 중에는 동상이 심해 손가락 네 개가 얼부풀어 터져 한 덩어리로 붙어버린 사람이 있는가 하면, 발가락들이 푸르딩딩하게 부어오르거나 묽은 고름이 흐르는 사람들은 흔했다. 그런데 그들은 그런 손으로 체포되기 전까지 총을 쏘며 싸웠다고 했고, 그런 발로 잡히기 직전까지 야간행군을 했다고도 했다. 만약 미군이 그런 상태라면 모두 후송시켜 달라고 야단이 났을 것이다. 여기서 관점의 차이는 현격하게 드러났다.

　"이런 상태로 전쟁을 시키는 상관을 원망하지 않는가?"

　"우리 상관도 마찬가지로 동상에 걸려 싸운다."

　"그럼 국가를 원망하지 않는가?"

　"국가는 인민을 위해 충실히 봉사하기 때문에 원망할 게 없다."

　"글쎄, 당의 고급간부들은 동상에 안 걸리고 편안하게 쉬고 있는데도 원망을 안 해?"

"그분들이 동상에 걸려서는 안 된다. 그분들이 없으면 당이 없어지는 거니까 그분들은 어떤 일이 있어도 보호되어야 한다. 우리가 손발에 동상이 걸린 대신 그분들은 마음에 동상이 들고 있다."

"속고 있다고 생각지 않나?"

"그분들은 절대 거짓말을 하지 않는다. 그분들은 우리 인민을 해방시켰고, 우리는 그분들이 순전히 인민을 위해 일하는 것을 직접 보고 겪었기 때문에 그분들의 마음을 잘 안다."

"너희들이 이 고생을 하고 있는 지금 그들은 편안하게 잘 먹고 지내는데도 그런 바보 같은 소리를 하나?"

"그건 아무것도 모르고 하는 소리다. 모 주석은 지금 우리가 먹는 것하고 똑같은 밥을 먹고 있다. 그건 대장정 때부터 그래왔고, 우리는 아무도 그것을 의심하지 않는다."

"도대체 몸이 이래가지고 싸우는 게 고통스럽지 않은가?"

"고통스럽지만 참는다."

"누구를 위해 참는가?"

"당과 인민을 위해 참는다."

"언제까지 참는단 말인가?"

"전쟁에 이길 때까지 참는다."

"전쟁에 이기기 전에 동상이 심해져 죽어버리면 어쩔 것인가?"

"동상이 심해져 병신이 될 수는 있어도 죽는 일은 없다. 만약 죽는 일이 있다 해도 죽기 전에 당이 다 알아서 조처한다."

"그럼, 병신이 되면 어쩔 것인가?"

"무얼 어쩐단 말인가? 인민해방전선에서 병신이 된 것이니 영광스럽고, 내 일생은 당이 책임지니까 난 아무것도 걱정할 게 없다."

"모든 건 당이 해결한다고 믿고 있는데, 당이 무슨 신인 줄 아나?"

"무슨 소린지 모르겠다. 당은 우리를 해방시켰고, 실제로 모든 것을 우리가 원하는 대로 해결하기 때문에 믿는 것이다."

"그럼 너 자신은 뭐냐? 당과 관계없는 너 자신 말야."

"난 인민의 한 사람이고, 당과 인민에 복무하는 인민해방전사다."

"그런 판에 박은 말 말고, 개인적인 너 자신의 인생 말야."

"개인적인 나 자신? 무슨 말인지 모르겠다. 사람은 서로서로 얽혀 사는 것인데 개인적인 나 자신이 있을 수 있는가?"

심슨과 암스트롱은 당에 대한 그들의 절대적 믿음을 전혀 이해하지 못했다. 그들이 질문 중의 몇 가지를 전혀 이해하지 못하는 것과 마찬가지였다. 그건 두 상반된 체제 사이에 가로막혀 있는 뚫을 수 없는 벽이었다.

"다들 들어. 우린 내일 아침 일찍 평양으로 철수한다. 우리 전면에는 하필 인민군들이 밀고 내려오고 있다. 잘못하다간 당하게 된다."

윌리엄스가 통조림을 우물거리며 말했다.

"인민군이 나타났다면 큰일났군요. 당장 떠나면 안 되나요?"

암스트롱이 두려움을 그대로 드러내며 씹기를 멈추었다. 미군들은 중공군보다 인민군을 훨씬 두려워했다. 인민군들이 몇 갑절 잔인하다는 소문이 반격 이후에 미군 부대에 쫙 퍼져 있었다. 그 말을 바꾸면 인민군들이 그만큼 용감하다는 뜻이기도 했다. 그도 그럴 것이 자기 나라와 남의 나라라는 어쩔 수 없는 감정적 차이로부터 시작해서, 쫓겨갔다가 다시 공격을 하는 인민군과 그런 일을 당하지 않은 중공군 사이에는 적에 대한 기본적인 증오심이나 적개심이 차이가 날 수밖에 없는 일이었다. 심슨이나 암스트롱이 인민군을 욕해 대는 소리를 들으면서도 김범우는 굳이 그 차이점을 입에 올리지 않았다.

"자네 혼자 떠나게. 매복에 걸려 죽는 책임도 자네가 질 수 있다면 말야."

윌리엄스가 매정하게 내쏘았다.

"평양까지 철수가 아니라 평양에서도 철수하게 되는 것 아닙니까."

심슨이 눈을 가늘게 뜨며 물었다.

"무슨 획기적 방법이 없고서는 그럴 수밖에 없겠지. 인민군이나 중공군이나 모두 북극곰들처럼 사납게 밀어닥치니 당할 도리가 없는 일 아닌가."

윌리엄스가 고개를 저었다.

"산뿐인 이 작은 땅에서 우리 희생이 너무나 커요."

암스트롱이 볼멘소리를 했다.

"땅의 크기로만 보자면 그렇다고 할 수도 있지."

윌리엄스는 무슨 말을 더 하려다가 말고 깡통에서 고깃덩이를 떠내 입에 몰아넣었다.

"전선을 정비하자면 날이 따뜻해져야 할 텐데 겨울이 너무 길게 남았군요."

심슨의 말이었다.

"그게 제일 골치 아픈 문제지. 하필 40년 만의 강추위라니, 우리가 운이 없는 거지."

윌리엄스가 눈을 감았다 뜨며 고개를 주억거렸다.

"맥아더 장군의 입장이 난처하겠군요."

"그럼. 인천상륙작전의 성공이 무위로 돌아가고 있는 판국이니까. 장군의 영광이 하늘의 시련을 겪고 있는 셈이네."

"날씨도 문제지만 중공군의 개입이 더 큰 시련 아니겠습니까?"

"그야 물론이지. 그렇지만 장군이 중공군 개입을 사전에 명확하게 판단하지 못한 것 자체가 하늘의 시련 중에 하나 아니겠나?"

심슨이 어깨를 부르르 떨며 빈 깡통을 던졌다. 김범우는 얼음이 서걱거리는 통조림을 묵묵히 먹기만 했다.

김범우는 야전침낭 속에 꼿꼿하게 누워 있었다. 바람소리만 끊임없이 의식을 채우고 있었다. 파도가 물이랑을 이루며 쉬지 않고 밀려오듯이 바람소리도 유심히 들으면 강약의 이랑을 이루며 불고 있었다. 아니 순서가 제대로 되자면, 바람이랑이 있으니까 바닷물에 물이랑이 생기는 것이었다. 그러니까 바람 부는 모양을 보려면 그때그때 바닷물의 움직임을 보면 될 일이었다. 이런 엉뚱한 생각을 하고 있는 자신을 발견하며 김범우는 어둠 속에서 혼자 웃었다. 잠은 오지 않고, 시간이 지루해 잠시 빠져든 생각이었다. 이런 저런 생각들이 연관 없이 떠오르고 있었지만, 줄곧 바탕을 이루고 있는 생각은 버마 전선에서 탈출하기 전날 밤이었다. 그때와 같은 점이 두 가지였고, 다른 점이 두 가지였다. 그때도 외국군대의 탈출과 죽을 각오를 했던 것은 지금과 마찬가지였다. 그러나 그때는 일행이 둘이었는데 지금은 혼자였고, 계절이 여름에서 겨울로 달라져 있었다. 아니, 그때와 지금과 같은 점이 또 하나 있었다. 탈출기회를 후퇴시기로 잡은 것이다. 어느 군대나 후퇴시기에는 군기가 허물어지며 경비가 허술해지게 마련이었다. 그리고 탈출목적지까지의 거리가 좁혀져 있었던 것이다.

두 달 동안…… 내가 미국에게 유리하게 한 것이 무엇이며 민족에게 불리하게 한 것은 무엇이었던가. 따질 것도 없이 통역행위 자체가 민족에 대한 배반이었다. 강압에 의한 행위였다고 해서 그 행위를 통해 저지른 잘못이 용서되거나 상쇄되는 건 아니었다. '강압에 의한 행위'는 행위의 원인에 지나지 않았다. 강압에 의한 행위로 저지른 잘못을 용서받으려면 그 강압적 힘을 박차고 나가 죄지은 만큼의 참회행위를 해야만 비로소 면죄가 가능할 것이었다. 행위의 원인으로 행위의 범죄를 합리화하려 하거나 모면하려고 하는 것은 간악한 교활이고, 파렴치한 비열이었다. 탈출은 새삼스러운 것이 아니었다. 군산에서 전북도당과 함께 행동하기로 결심한 것이 두 달 뒤로 미루어진 것뿐이었다. 그동안 얼마나 기회를 엿보았던가. 평양에서 시도하려 했지만 그때는 탈출목적지가 너무 멀고 산만했었다. 그때는 윌리엄스·심슨·암스트롱을 모두 죽이고 도망치는 것에 몰두해 있었다. 그러나 그 문제는 그동안 정리가 되었다. 그들은 결코 좋게 보아줄 수 없는 자들이었지만 그러나 따지고 보면 그들은 거대한 조직의 하수인에 불과했다. 그들을 죽인다고 해서 미군에게 어떤 결정적 타격을 줄 수 있는 것도 아니었다. 그리고 그들을 죽이려고 무리하다가는 정작 탈출이 위험해질 염려가 있었다. 큰 목적을 위해 욕심을 부리지 않기로 했다. 이학송·손승호의 모습이 떠오르고, 코 뭉툭하게 생긴 박두병의 얼굴도 떠올랐다. 박두병은 그의 성품과 능력에 합당한 직책을 맡고 있었다. 마음에 모가 없고 우스갯소리 잘하면서도 역사인식에는 투철했던 사내. 그는 손승호를 잘 돌보고 있을 것이다. 손승호가 염상진 선배 밑으로 가지 않으려고 했던 것은 어김없이 손승호다운 일면이었다. 그의 약간 내성적이고 결벽증이 있는 성격은 한때나마 사상적 흔들림을 보였던 자신의 모습을 염 선배가 다시 상기하는 것을 원하지 않았을 것이다. 손승호도 한 가지 목적을 정하면 굽힐 줄 모르는 집념과 열기가 있었다. 그는 사범학교 때 책을 모았던 그 끈질긴 열성을 다시 발휘하면 모범적인 공산주의자가 될 자질이 충분했다. 다만 그의 집념과 열기는 그 성격 탓에 염 선배와는 다른 유형의 공산주의자가 될 수밖에 없을 것이다. 박두병과 염상진, 역시 염 선배가 돋보이는 존재였다. 지적이면서도 행동적이고, 치밀하면서도 과감한 그는 거의 완벽한 공산주의자였다. 그때 두 여자가 당할 위기를 못 본 척하고 지나 고향에 갔었더라면 거의 틀림없이 염 선배 밑에서 움직였을 것 아닌가. 그랬으면 난 지금쯤 어디서 무엇을 하고 있을 것인가. 수염이 거칠게 난 얼굴로 노을과 함께 율어의 산줄기를 등지고 서 있던 염 선배의 모습이 너무나 선명하게 떠오르고 있었다.

김범우는 가슴에 올려놓고 있던 손을 눈 가까이로 옮겼다. 야광 바늘은 3시가 다 되어감을 알리고 있었다. 그는 침낭에서 살금살금 몸을 뺐다. 그리고 기어서 방문으로 다가갔다. 주인 없이 버려진 집에 들면서 미리 방문이고 마루를 점검했던 것이다. 방문을 여닫을 때도, 마루를 마구 밟아봐도 귀를 자극할 만한 소리는 나지 않았다. 그러나 그는 방문을 살짝 들면서 밀었다. 그들이 아시아인을 동물취급해서 한방에 재워주지 않은 것이 그렇게 고마울 수가 없었다. 방문을 열자 찬 바람이 왈칵 몰려들었다. 마루로 나가며 숨을 들이켰다. 추위와 바람소리뿐 어디에도 불빛 하나 없었다. 중대병력이 좌우로 배치되어 있었고, 50미터 후방에 개울이 있었고, 그 개울 건너에 야산이 놓여 있었다. 북쪽으로 가는 길은 야산의 왼쪽이었다.

김범우는 사립을 나서서 그대로 남쪽을 향해 몸을 빠르게 이동시켰다. 그러면서 옮기는 발걸음을 세고 있었다. 300보를 옮긴 다음 오른쪽으로 방향을 틀었다. 그리고 다시 일직선으로 걷기 시작했다. 아니 마음에 그어놓은 일직선을 따라 걸으려고 신경을 모았다. 천 걸음 정도 옮긴 다음 다시 오른쪽으로 돌았다. 계산이 틀리지 않는다면 중대의 방어선은 벗어난 것이고, 그대로 직진을 하면 야산과 만나게 되어 있었다.

김범우는 숨을 들이켜며 다시 걷기 시작했다. 영하 20도 이하의 추위를 품은 바람이 가슴속에서는 겨우 시원할 정도로밖에 느껴지지 않았다. 개울을 건넜고, 어둠 속에 야산의 형체가 어럼풋하게 눈앞을 막았다. 휴우 긴 한숨을 내쉬며 뒤를 돌아보았다. 아무것도 보이는 것이 없었다. 날이 밝으면 살집 많은 큰 몸뚱이를 출렁거리며 '갓댐'을 외쳐댈 윌리엄스의 모습이 떠올랐다. 그리고 그는 뒤늦게나마 아시아인이 동물이 아니라는 사실을 깨닫게 될지도 모른다는 생각을 했다. 그러나 김범우는 아예 그런 기대를 지워버렸다.

김범우는 앞길에 상당 규모의 미군 부대가 있으리라는 것을 전제했다. 왜냐하면 정보조직은 언제나 최전방에 나서는 일이 없었던 것이다. 특별한 경우 최전선에 나섰다가도 임무를 끝내면 신속하게 뒤로 빠졌다. 앞에 있을 부대를 무사하게 피하는 것이 두 번째 난관이었다. 그러나 그것도 별로 어렵게 생각하지는 않았다. 윌리엄스의 말대로 미군들은 지금 희생을 덜 내고 후퇴를 하는 것이 목적인 이상 가능한 한 산을 피할 것이 분명했다. 싸움을 피하며 후퇴를 용이하게 하기 위해서는 평지나 큰길로 몰릴 수밖에 없었다. 그럼 이쪽에서는 산을 이용하면 될 터였다.

김범우는 날이 새기 전까지는 큰길을 걷기로 했다. 한 걸음이라도 빨리 북쪽으로 옮겨가야 했던 것이다. 윌리엄스가 말한 인민군 부대는 직선거리로 대충 100리 안팎에 위치해 있으리라는 짐작이 들었다. 어떻게 운이 좋으면 하루 동안에 만날 수도 있는 일이지만, 아무래도 이틀은 잡아야 될 것 같았다. 그래서 비상식량도 이틀치를 준비했던 것이다.

어디에선가 비행기 소리가 들려오고 있었다. 쇳소리가 섞이지 않은 것으로 보아 수송기 같았다. 김범우는 남쪽 하늘로 고개를 들었다. 어둠으로 가득 찬 하늘에서 비행기의 위치는 금방 드러났다. 빨갛고 파란 불빛들이 어둠 속에 점으로 찍혀 느릿하게 떠가고 있었다. 일정한 간격을 유지하고 있는 불빛들은 비행기가 여러 대라는 걸 말해 주고 있었다. 그는 비행기의 수를 헤아려볼 필요를 느끼지 않으며 고개를 북쪽으로 되돌렸다. 저 비행기들은 어느 산골짜기엔가 고립되어 있는 미군 부대를 찾아가고 있을 것이다. 수송기들이 밤에까지 날아야 할 정도로 미군들의 상황은 급박해진 모양이었다. 하긴 인민군이 반격을 개시하고 보름 만에 평양까지 후퇴할 지경에 이르러 있었다.

날이 희번하게 밝아지고 있는데 전방에서 자동차 구르는 소리가 들리는 것 같았다. 김범우는 오른쪽 귀에 손바닥으로 귓바퀴를 만들어 붙였다. 분명히 탱크와 자동차들이 구르는 소리였다. 야간방어를 맡았던 어느 부대가 일찌감치 후퇴길을 서두른 모양이었다. 그는 지체 없이 큰길을 벗어나 산을 향해 민첩하게 이동했다. 길 양쪽으로는 눈 덮인 야산들의 윤곽이 한결 분명하게 드러나고 있었다. 그는 야산 두 개를 끼고 돌아 몸을 감추었다. 그리고 골짜기를 타고 올랐다. 눈 덮인 산야에 세찬 바람이 눈가루의 파도를 일으킬 뿐 어디에도 사람의 모습은 보이지 않았다. 그는 눈에 푹푹 빠지며 골짜기를 넘었다. 소나무잎에 얹혀 있던 눈꽃들이 바람에 못 견뎌 여기저기서 툭툭 낙화하고 있었다. 크고 작은 나뭇가지마다 한쪽 방향으로만 눈옷을 입고 있었다. 두 번째의 골짜기를 넘는

데 탱크와 자동차 구르는 소리가 뒤섞이며 한결 가깝게 들려왔다. 그는 야산 옆구리를 감고 돌아 큰길 쪽으로 방향을 잡았다.

산 아래 저쪽 큰길로 병력이 이동하고 있었다. 그는 소나무 뒤에 몸을 숨기고 남쪽으로 가고 있는 병력에 눈길을 모았다. 오래 살필 것도 없이 그건 미군 부대였다. 길 양쪽으로 군인들이 걸어가고, 그 가운데로 탱크와 자동차가 느리게 움직이고 있었다. 군인들은 M1을 어깨에 메고 있었다. 그건 전투에 임하는 기본자세가 아니었다. 앞에총을 하지 않은 그들은 이미 전투를 포기한 상태였다. 세계 최강이라고 스스로 뽐내는 군대가 전투를 포기한 채 후퇴하기에 급급해 있었다. 버마 전선에서부터 얼마 전까지, 그렇게 맥 빠지고 초라한 모습의 미군을 본 적이 없는 김범우의 감회는 이상스러웠다. 알렉산더도, 징기스칸도, 나폴레옹도, 히틀러도 세계를 제패하려는 꿈은 끝내 이루지 못했다. 그 꿈이 몽상이 되게 한 근본적인 이유는 무엇인가. 각 민족들이 갖는 고유성 때문이었다. 그 고유성이 저항의 힘으로 바뀔 때 세계의 통치라는 환상은 몽상이 된다. 미국은 그 환상을 또 되풀이하고 있는 것이다. 그는 발이 시린 줄도 모르고 연대 규모의 병력이 다 지나갈 때까지 지켜보고 있었다.

김범우는 다시 큰길로 접근하지 않았다. 언제 다른 미군 부대를 또 만나게 될지 모를 일이었다. 야산 두 개를 더 넘고 나서 그는 통조림을 까먹었다. 얼음투성이가 된 통조림을 먹고 나자 속까지 부들부들 떨렸지만 그는 불을 피우고 싶은 유혹을 완강히 뿌리쳤다. 추위를 몰아내려면 걷는 수밖에 없었다. 그것이 또한 목적지에 가까이 가는 것이기도 했다.

　새로운 골짜기로 접어들던 김범우는 걸음을 멈칫했다. 발바닥에서 머리끝까지 찌르르 전기가 올랐다. 후닥닥 옆으로 비켜섰다. 오른발에 밟힌 것은 땅이 아니었다. 딱딱하면서도 땅의 감촉이 아닌 그 섬뜩함. 눈을 헤쳐보지 않더라도 그건 시체가 분명했다. 눈 위에 찍힌 자신의 발자국을 그는 물끄러미 내려다보고 있었다. 눈 속에 파묻혀 썩기를 중단당하고 있는 시체의 불운이 마음에 걸렸다. 시체는 시체일 뿐 시체에 편갈이가 있을 수 없었다. 모든 시체는 빨리 썩어서 땅이 되어야만 시체의 행복을 누리는 것이었다. 그런데 저 시체는 땅에 묻히지도 못한 채 눈 속에 꽁꽁 얼어붙어 있었다. 저 시체가 땅이 되려면 해동까지 기다려야 할 것이다. 그러나 저 시체는 땅이 되기 전에 산짐승이나 날짐승들에게 파헤쳐질 것이다. 전장에서 죽은 목숨은 죽어서도 편할 수가 없었다. 그러나 그 시체를 묻어줄 엄두는 나지 않았다. 저렇게 버려져 얼어붙은 시체들이 도처에 얼마나 많을 것인가. 그는 마음을 다잡으며 보이지 않는 시체를 외면하고 돌아섰다.

　어쩌다 만나게 되는 동네들은 굳이 피할 필요가 없었다. 동네들은 불타고 있거나, 이미 잿더미로 변해 있었다. 미군들은 후퇴를 하면서 눈에 띄는 집들은 다 착실하게 불 지르는 것을 잊지 않았던 것이다. 녹두색 합지로 만들어진 그들의 야전용 성냥은 초토화작전의 무기로 둔갑해 초가들을 불 지른 것이었다. 크고 작은 야산 네댓 개를 더 넘어 두 번째의 통조림을 따먹게 되었을 때는 김범우도 어지간히 지쳐 있었다. 구름 낀 하늘이 더 내려앉는 것 같으며 바람이 거칠어지고 있었다. 눈이 또 올 모양이구나. 애먹게 생겼는데. 몇십 리나 걸어온 것일까. 틀림없이 인민군 부대여야 할 텐데. 중공군 부대면 말이 통해야 말이지. 글쎄, 거기도 나 같은 통역이 있기야 하겠지. 그는 이런 생각을 하며 별맛도 없는 통조림을 부지런히 떠넣고 있었다. 추위 속에서 밤을 견디자면 배를 채우는 것이 상수였던 것이다. 통조림이라는 것은 양식 중에서도 제일 맛이 없는, 그들 말마따나 '죄수식'이었다. 양식을 먹을 때마다 김치가 생각나게 마련이지만, 통조림은 유난히 김치를 그립게 했다. 맛이 없기도 해서겠지만 그 괴상하게 비위를 트는 깡통냄새 때문일 거였다. 지금쯤이면 땅에 묻은 김치맛이 얼마나 좋으랴. 아니지, 여기는 북쪽이니까 그렇고, 제맛이 나자면 달포쯤 더 있어야겠구나. 배추김치도 좋지만, 갓김치며 파김치며는 또 얼마나 좋아. 어머니 솜씨는 역시 일품이었지. 그래, 아버지는 어떠시고, 애들은 잘 크는지……. 그는 집생각으로 빠져들고 있었다.

눈은 밤새도록 내렸다. 김범우는 잠들지 않으려고 밤새껏 어둠과 눈 속을 헤매고 다녔다. 비탈에서 뒹굴어지고, 나무에 부딪치고, 바위에 무릎을 짓찧었다. 그러나 잠이 들면 죽는다는 한 가지 생각으로 끊임없이 움직였다. 몸은 얼 대로 얼었고, 방향을 잊은 지도 오래였다. 눈 속을 헤매며 깜빡 졸았고, 졸았다는 것을 알고서야 살을 꼬집으며 다시 움직였다. 버마 전선에서 탈출할 때만을 생각하려고 했다. 정글을 빠져나와 사막을 건널 때, 그때의 고통을 상기하려고 애썼다. 목이 말라들고, 타들고, 혀가 갈라지고, 굳어지고, 목이 찢어지는 고통 속에 눈앞이 흐려지고, 모래밭이 출렁거리고, 쓰러지고, 일어나고, 또 쓰러지고, 또 일어나고…….

먼동이 터올 무렵 김범우는 거의 실신상태에 다다라 있었다. 눈은 계속 내리고 있었다. 그는 동쪽을 찾아내려고 애썼다. 그러나 눈이 내리고 있는 하늘에 동쪽은 없었다. 그는 비틀비틀 걸음을 옮겨놓고 있었다. 그의 흐린 시야에 두 개의 바위가 보이고 있었다. 그의 걸음은 그쪽으로 옮겨지고 있었다. 그는 바위에 등을 붙인 채 주저앉았다. 그리고 정신을 모아 주머니에 손을 넣었다. 그러나 얼어붙은 손은 주머니로 들어가지 못하고 아래로 푹 떨어졌다. 그는 다시 손을 들어 주머니의 아가리를 찾았다. 겨우 손이 주머니로 들어갔다. 손에 통조림이 잡히는 감각이 아득히 멀리 느껴졌다. 그걸 먹어야 산다…… 그는 통조림을 움켜잡으며 정신을 모으려고 했다. 가까스로 통조림을 꺼냈다. 그리고 그의 몸이 바위에 부려졌다. 잠이 들어서는 안 된다는 생각을 어렴풋이 했고, 그는 까마득하게 의식을 놓치고 말았다. 김범우는 어머니가 애타게 소리치는 바람에 소스라쳐 눈을 떴다. 그런데 그의 눈에 들어온 것은 총을 겨누고 선 두 명의 인민군이었다.

"꼼짝 마라!"

"아니 동무들, 잘 만났소! 동무들을 찾아가던 길이었소."

김범우의 입에서 터져나간 말이었다. 전북도당에서 얼마 동안 썼던 '동무'라는 말이 그리도 거침없이 나오는 것에 그 자신도 놀라고 있었다.

"두 손 번쩍 들고 일어나!"

뒤에서 들려온 말이었다. 김범우는 명령대로 두 팔을 들고 일어나며 뒤를 돌아보았다. 뒤에도 두 명이 총을 겨누고 있었다. 그들 중의 하나가 김범우의 몸을 빠르게 더듬어내리면서 권총과 단검을 압수했다.

"방금 뭐라 했소?"

무장해제를 시킨 인민군이 물었다.

"인민군 부대를 찾아가는 길이었단 말이오."

김범우는 그들이 정찰조일 거라고 생각했다.

"투항이란 말이오?"

"그렇소."

김범우는 문득 '귀순'으로 말을 고칠까 하다가 그만두었다. 항복이 아닌데 '투항'이란 말이 마음에 들지 않았지만, 어차피 군인이 아닌 입장에서 '귀순'이란 말도 별로 어울리는 말이 아니었던 것이다.

"좋소, 부대까지 팔 그대로 들고 가기요. 갑시다."

김범우는 고립감과 피곤에서 헤어나며 앞서는 두 인민군을 따라 걸음을 떼어놓았다. 한결 밝아진 하늘에서는 언제부터인지 모르게 눈발이 성글게 내리고 있었다.

12월 4일 국군이 평양을 철수했다는 소식이 벌교에도 전해졌다. 그 사실은 경찰이나 유지들에게 큰 충격을 안겨주었다. 인해전술에 얽힌 온갖 이야기들이 난무하는 가운데 가뜩이나 불안을 느껴오던 그들에게 국군의 평양 철수는 '새로 터지는 난리'로 받아들여졌던 것이다.

"권 서장이시요? 나 윤삼걸인디, 우리 국군이 괴뢰군헌테 평양을 뺏게뿌렀다는디, 고것이 참말이요?"

"아마 그런 모양입니다."

권 서장은 수화기를 귀에서 멀리하며 얼굴을 찡등그렸다.

"어허어, 대답얼 헐라먼 그리 어중간 찝찌그리허게 허덜 말고 쏘주에 코 탁 쏘는 홍어회 묵디끼 쌈빡쌈빡허게 혀뿔고, 칼로 무시 치대끼 씨언씨언허게 혀뿌시요. 나라 운명이 달린 중대사럴 놓고 허는 말이 워찌 그리 선하품허는 것맨치로 뜨광허고 그요?"

윤삼걸의 말은 아예 시비조였고, 점잖지 못한 상사의 호통이나 다름없었다.

"나도 쌈빡쌈빡하고 씨언씨언하게 대답하고 싶지만 더 이상 아는 게 없소. 내가 현장에 가보기를 했나요, 육군 사령관이길 합니까. 윤 회장님이나 마찬가지로 천 리 밖에 나앉은 경찰일 뿐입니다."

하루이틀도 아니고, 그 무교양한 무례를 더 받아줄 수가 없어서 권 서장은 불쾌한 기분을 그대로 드러냈다.

"아니, 서장님 말투가 워째 요상시럽게 꾀이요이? 나 말 듣고 시방 화나뿌렀소?"

윤삼걸의 목소리에 약간 당황기가 섞여 있었다.

"아닙니다. 내 답답한 마음을 말한 것뿐입니다."

권 서장은 기분을 수습하며 대꾸했다.

"서장님 말 듣고 봉께 그 입장도 이해가 되기넌 허요. 근디 봇씨요, 그 악독헌 공산당눔덜얼 싹 다 압록강이고 두만강에다가 처박아 괴기밥 맹글어뿔고, 백두산 영봉에 태극기 꽂고 우리 대한민국 만만세 불를 날이 바로 코앞인 줄 알었등마, 금메 요것이 멋이다요. 애써 뺏은 평양얼 도로 뺏게뿔다니, 요것이 말이나 되는 소리겄소?"

윤삼걸의 목소리가 점점 커져 권 서장은 다시 수화기를 멀리 떼고 있었다.

"그게 다 중공군 때문 아닙니까."

"글씨, 다 뙤국놈덜이 똥물에 튀길 놈덜이요. 즈그가 먼디 넘 쌈에 뎀비길 뎀비냐 그것이요. 넘 제사에 배 놔라, 감 놔라 허는 놈맨치로 즈그놈덜이 먼디 시건방구지게 넘이 다 이게 논 쌈판얼 뒤집고 드냐 그것이요."

"예, 예, 윤 회장님 심정 잘 압니다. 딴 전화가 와서⋯⋯."

다 아는 소리 언제까지 듣고 있을 수가 없어서 권 서장은 전화 끊을 구실을 지어냈다.

"아니, 아니, 한 가지 꼭 알아볼 것이 있소. 질게 헐 이약 아니오."

"어서 말씀하십쇼."

"긍께 머이냐, 요런 식으로 밀리면 또 서울도 뺏기는 것 아니겄소?"

"그럴 리야 있습니까. 우리 군대도 있는데요."

권 서장은 완강하게 말했다. 윤삼걸을 위해서가 아니라 자신의 심정으로 그런 지경의 상황은 상상하기도 싫었고, 용납할 수도 없었다.

"잉, 서장님이 그리 생각허먼 나도 한숨 놓겄소. 우리가 믿는 미군이 있응께로 고런 숭헌 꼬라지야 또 볼랍디여. 전화 끊겄소."

권 서장은 머리를 흔들며 수화기를 놓았다. 귓속이 어수선하고, 머리가 묵지근했다. 귓속에는 윤삼걸이 쏟아놓은 말의 찌꺼기들이 남아 있었고, 머리에는 자꾸 나빠지는 상황에 대비해야 하는 업무의 부담감이 차 있었다. 중공군의 개입이 아니더라도 입산한 공산당 세력 때문에 경찰은 나날이 신경을 태우며 살아왔던 것이다. 입산세력은 상상할 수 없이 어마어마했고, 그에 비하면 경찰력은 너무 미약했다. 여순반란사건 이후에도 군대의 힘으로 겨우 빨치산들을 토벌했던 것인데, 그때에 비하면 열 배가 훨씬 넘는 입산세력을 경찰력으로 토벌한다는 것은 엄두도 못 낼 일이었다. 토벌을 나서기보다는 그들이 쳐내려오면 꼼짝없이 당할 판이었다. 그래서 경찰에서는 군인들이 빨리 전쟁에 이기고, 병력을 후방으로 빼서 빨치산들을 토벌하기 바랐던 것이다. 그런데 느닷없이 중공군이 개입하게 되었고, 나날이 전세가 불리해지더니 마침내 평양까지 내주게 되고 만 것이다. 그동안에 경찰력을 대폭 증강해야 한다느니, 1차로 청년단원들을 전투경찰로 바꿔야 한다느니, 정식으로 의경을 뽑아 훈련을 시켜야 한다느니, 여러 가지 말이 오갔던 것이다. 그러는 사이에 입산자들은 여유만만하게 큰 산들을 장악하고 지구편성을 해서 꽤나 큰 규모의 마을들을 대여섯 개씩 해방구라는 이름을 붙여 손아귀에 넣고 있었다. 그런 현상은 각 도마다 마찬가지였다. 그러니까 따지고 보면 중공군의 개입은 북쪽의 전선에만 타격을 입히고 있는 것이 아니고 남쪽 전역의 입산빨갱이들이 그들의 세력을 재구축할 수 있는 시간적 여유를 제공한 셈이었다. 그래서 경찰들 사이에서는, 왜 빨갱이들의 북상을 막아 긁어 부스럼을 만들었는지 모른다는 불평들이 나오기 시작했다. 북쪽 상황이 불리해지면 불리해질수록 병력을 빼돌릴 수 없게 되어 남쪽의 빨치산 토벌은 그만큼 난감하게 될 수밖에 없었다. 그러나 빨치산을 언제까지 방치할 수만은 없는 일이어서 북쪽 상황의 불리에 따라 경찰력의 증강도 서두르게 되었다. 이근술을 찾아가야 하는 것도 그 문제와 직결되어 있었다. 권 서장은 그 고약한 임무를 떠맡고도 차일피일 미루어왔었는데, 오늘은 꼭 찾아가야 되겠다고 생각했다. 국군의 평양 철수가 그의 마음을 자극했던 것이다. 10월 중순께 광주와 순천 등지에는 군부대가 배치되었지만 빨치산세력에 비하면 어림도 없었다. 그리고 그들은 본격적으로 산을 파고들지도 못한 채 외곽부락들만 불 질러대며 변죽을 울리고 있었다. 그런 군부대나마 빨리 주둔했으면 좋겠는데 차일피일 날짜만 뒤로 밀리고 있었다. 남원에 사단 하나가 설치되었다고 하지만 지방마다 병력배치는 어려운 모양이었다.

권 서장은 이근술을 만나려고 경찰서를 나섰다. 이근술이 하필이면 벌교에 자리 잡은 것도 신경이 쓰이는데, 그가 새로 시작했다는 일을 듣고는 그만 어처구니없고도 기가 막혔다. 그가 생업으로 시작했다는 일이 장터거리에 가게 하나를 빌려 튀밥 튀기는 일이었다. 전직 경찰이, 그것도 지서장까지 지낸 사람이 그 많은 장사를 두고 하필이면 튀밥 튀기기를 하다니, 도무지 말이 나오지 않을 지경이었다. 그간 튀밥 튀기기를 하지 않을 수 없는 속사정을 알게 되자 그 기막힘은 더했다. 그 속사정은 간단해서, 수중에 있는 돈이 그것밖에는 할 수 없었다는 것이다. 일정 때부터 경찰관을 한 사람으로서 그 청빈이 놀라웠고, 생업 앞에서 체면을 가리지 않은 그 용기가 놀라웠고, 전직을 이용해 편한 돈벌이를 찾지 않는 그 정직이 놀라워 권 서장은 그저 머리가 숙여질 뿐이었다. 이근술이란 사람은 바로 자신 앞에 걸린 거울이었던 것이다. 그 임무를 떠맡고도 자꾸 날만 보내고 있었던 것도 그런 그에게 이야기를 꺼낼 자신감이 없었던 탓이었다.

"저어, 실례합니다."

권 서장은 가게문을 옆으로 밀며 조심스럽게 안을 들여다보았다. 튀밥 튀기는 집답게 연기냄새와 불기와 고소한 냄새가 한꺼번에 밀려들었다.

"누구시오, 튀밥 튀길람사 어여 들어오씨요."

연기 자욱한 속에서 느릿하고 굵은 남자의 목소리가 들려왔다. 그 남자는 배가 불룩한 튀밥기계의 손잡이를 돌려대고 있었다. 권 서장은 마른침을 삼키며 안으로 발을 들여놓았다.

"안녕하십니까, 이 지서장님. 전 읍내 서에 있는 권병제라고 합니다."

권 서장은 모자를 벗어들며 고개를 약간 숙여 보였다.

"예에, 권 서장님, 알고 있구만요. 근디 여그꺼정 워쩐 일이시당가?"

이근술은 덤덤한 얼굴로 권 서장을 올려다보며 기계손잡이 돌리는 것을 멈추지 않았다. 손잡이에 고무줄로 연결된 풀무의 바람을 타고 일어나고 있는 불빛을 받은 이근술의 얼굴에는 여기저기 검댕이가 묻어 있었다. 불가에 앉아 있던 튀밥을 튀기러 온 세 아이가 권 서장을 곁눈질하며 쭈뼛쭈뼛 옆걸음질을 치고 있었다.

"야아덜아, 암시랑 안 혀. 요 아자씨가 죄진 것 없응께로 느그덜 무서라 말고 맘 턱 놓고 불 쬐라. 아자씨가 싸게싸게 튀게줄 것잉께로. 알겄지야 잉?"

이근술이 아이들을 향해 이를 드러내며 사람 좋은 웃음을 헤벌레 웃었다. 그는 고객관리를 하고 있었던 것이다.

"그래 애들아, 이 경찰 아저씨 겁내지 마라. 난 저 아저씨하고 친구라서 놀러온 거란다."

권 서장의 말에 아이들은 금방 눈을 빛냈다. 그리고 이근술과 권 서장을 빠른 눈길로 번갈아 보았다. 튀밥튀기 아저씨가 경찰하고 친구라는 말이 아이들의 귀에 담겼던 것이다.

"저어, 진작 한번 찾아온다는 게 이리 늦었습니다."

"멀요."

이근술은 나무쪽을 불그릇에 집어넣었다.

"한 가지 의논할 게 있어서 겸사겸사 찾아왔습니다."

"예, 아그덜이 저리 기둘린께 일손얼 놓기가 에롭고, 앉을 자리도 마땅찮고, 워쩌제라?"

이근술이 검댕이가 덕지덕지 묻은 손으로 코밑을 씩 문질렀다.

새 검댕이가 코밑에 칙 칠해졌다. 권 서장은 그의 그런 모습이 우습기도 하고 서글프기도 했다.

"괜찮습니다. 저걸 갖다가 앉죠."

권 서장은 장작개비 서너 개를 가지고 왔다.

"요것 까시제라."

이근술이 회푸대종이를 털어 내밀었다.

"저어, 다른 것이 아니고…… 이 지서장님의 복직문제를 상의드릴까 하는데요."

"고것이 무신 생뚱헌 소리다요?"

평소의 느릿한 말에 비해 이근술의 말은 놀랄 만큼 빨랐다.

"예, 전에 한 처사가 잘못된 것인 줄을 알고 다시 모시고자 하는 것입니다. 그간 얼마나 속이 언짢으셨겠습니까만 지난 일이니 다 잊으시고 복직하시는 게 어떨까 합니다."

권 서장은 최선을 다해 정중하게 말했다.

"글씨요, 나오기가 에로왔제 한분 나와뿐 그 질로 멀라고 또 들어가겄소."

이근술은 춤추는 불길에 눈길을 박고 있었다.

"그래도 이런 고생을 해서야 쓰겠습니까. 사람은 다 할 몫이 따로 있는 법인데요."

"아니요, 몰르시는 말씸이요. 거그서 맘고상허는 것보담이야 요 몸고상이 훨씬 편허고 좋소. 거그서 하로하로 사는 것이 죄만 쌓는 것이제 워디 사람 사는 것입디여? 생각만 해도 징허요. 허고, 나가 원체로 그 생활에넌 안 맞는 쫌팽이요. 동상덜언 많고, 죽도 사도 못혀서 그 짓얼 시작혔든 것인디, 해방되자 나가 진 죄 생각허고 옷을 벗을라고 허다가 못 벗었고, 그 예비검속 일로 넘덜이 벳게줬응께 외려 고마워허고 있구만이라."

권 서장은 따귀를 얻어맞은 기분이었다.

"그렇게 말씀하시면 제가 얼굴 들 면목이 없습니다. 어떻게, 생각을 좀 돌리도록 하시지요."

"가만 잠 있으씨요. 요것이 시간이 다 찼구만이라. 시간얼 지대로 안 챙기면 저 맹꽁이배맹키로 생긴 저것이 폭탄이 되야뿌요."

이근술은 손잡이 돌리기를 멈추고 익숙한 솜씨로 불그릇을 꺼냈다. 그리고 풀무와 연결된 손잡이의 고무줄을 벗겼다. 눈이 동글동글해진 세 아이들은 벌써 귀를 막으며 뒤로 물러서고 있었고, 엉거주춤 일어선 그는 길쭉한 그물망태기를 끌어다가 튀김기계에다가 댔다. 그리고 짤막한 쇠막대기 두 개를 들고 그는 긴 허리를 구부렸다. 그의 일거일동을 바라보고 있는 권 서장의 가슴은 점점 두근거리고 있었다. 그가 제대로 해낼 수 있을까 하는 걱정스러움과 함께.

펑!

폭발음과 함께 새하이얀 김이 터져올랐다.

"와아아—."

"야아아—."

세 아이들이 깡충거리며 손뼉을 쳤고, 그는 느리게 허리를 펴 그물

망태기를 흔들어댔다. 그 속에 아직 담겨 있던 김이 풀풀 흩어지고
있었다.

"워디 보자아, 맛나게 튀게졌다냐 워쨌다냐아."

그는 노랫자락 뽑듯이 하며 그물망태기로 손을 디밀어 튀밥을
한 주먹 꺼내 입으로 몰아넣었다. 그걸 우물우물 씹더니 그의 얼굴
에는 환한 웃음이 피어났다.

"잉, 아조 맛나게 자알 튀게져뿌렀다. 싸게 니 푸대자리 갖다대라."

그의 말이 끝나기 바쁘게 한 아이가 쪼르륵 달려가 무명자루를
그물망태기 아가리에 들이댔다.

"쫘악 잘 잡어라이? 바닥에 쏟아뿔고 울지 말고."

이근술은 아이를 내려다보며 길쭉한 그물망태기를 조심스럽게
들어올리고 있었다. 그물망태기가 점점 기울어짐에 따라 그 속에
담겼던 하얀 튀밥들이 아이가 받쳐잡은 자루로 쏟아져들어가고
있었다.

"짜아, 봐라. 니 튀밥 다 나갔다 이?"

그물망태기를 완전히 거꾸로 세워든 이근술이 아이를 내려다보
며 웃고 있었고, 아이는 이근술을 올려다보며 고개를 끄덕이고 있
었다.

"아자씨, 인자 나 차례요."

한 아이가 이근술 앞으로 다가서며 자루와 돈을 내밀었다.

"인냐, 알겠다. 니도 쌀이냐?"

이근술이 자루와 돈을 받아들며 물었다.

"아니어라. 옥수시요."

"잉, 옥수시가 꼬시고 맛나제."

이근술은 자루에 든 옥수수를 됫박에 부었다. 그리고 그것을 비스듬하게 기울어진 채 입을 벌리고 있는 기계에 쏟아부었다. 다시 쇠막대기로 기계를 조이고, 불그릇을 끌어다 기계의 불룩한 배 밑에 놓고, 고무줄을 손잡이에 연결시키고 나서야 이근술은 자리를 잡고 앉았다. 그 일을 하는 동안 이근술은 권 서장을 전혀 의식하지 않는 눈치였고, 권 서장으로서는 그런 이근술의 태도가 오히려 자신을 편하게 해주고 있었다.

"무담씨 이 먼지구데기 속에서……."

이근술은 권 서장을 힐끗 보며 말하고는, 불그릇에서 나무토막을 꺼내 눈을 찡그려붙이며 꽁초에 불을 당겼다.

"아니, 괜찮습니다." 권 서장은 엉덩이를 들먹하고는, "어떻게, 다시 함께 일하시는 것이 어떻습니까. 이 지서장님 개인적으로도 그렇고, 나라의 형편으로도 그렇고, 꼭 좀 마음을 고쳐먹는 것이 어떨까 합니다." 간곡하게 그러나 자신 없는 마음으로 말했다.

"글씨요, 그 두 가지 다가 다시 복직헐 이유가 못 되는 상싶은디라. 나 겉은 쫌팽이가 나 식으로 경찰질해 묵으먼 그 수입이나 이 수입이나 어슷비슷허고, 나라 헹펜이라는 것이 워떤 것인지 나넌 잘 몰르겄는디, 나겉이 상부 명령 척척 안 듣는 무능헌 물건 또 딜다가 워디다 써묵어지겄소."

이근술의 목소리는 느릿하고 담담했지만 그 말 속에 가시가 들어 있다는 것을 권 서장은 금방 느끼고 있었다.

"아시다시피 지금 나라 형편이 좋지를 못하지 않습니까. 이런 형편에 이 지서장님 같은 능력자가 앞으로 나서지 않고 이런 일이나 하고 있어서야 되겠습니까. 지난 일 잊으시고 마음을 좀 돌리십시오."

"글씨요, 나야 무식헌께 워째야 나라가 되는지 몰르는 사람이오. 허나 최소한도 경찰이 워째야 허는지는 쪼깐 아는 입장이오. 다 잊어뿔고 잡은 일, 말이 났으니께 한마디만 허겄는디, 그 예비검속이라는 것이 경찰들이 그리 헐 짓입디여? 권 서장님은 허기 쉰 말로 지난 일잉께 잊으라고 허시는디, 우리 경찰찌리 잊는다고 그 일이 잊어질 성불르요? 그 피해자가 을매고, 그 가족이 또 을맨디 그 일이 잊어지겠소? 나가 허는 말언, 나라가 허는 일은 애시당초 글러묵었고, 글러묵은 일얼 시킨다고 그대로 따라서 허는 경찰도 글러묵었다 그것이요. 우에서 시키는 일잉께 워쩔 수가 없다 허겄지요들. 고것이 워디 사람으로 헐 소리요? 웃대가리덜이야 권력 잡겄다고 못된 일 억지로 시킨다 허드락도 현지에서 일허는 사람덜이 정신 채리고 허먼 그리 기가 차게 쌩사람덜 죽이지는 안 혔을 것 아니겠소? 보도연맹 가입자덜 중에 누가 진짜배기 빨갱인지 아닌지는 현지 경찰이 질로 잘 아는 일 아니겠소? 빨갱이 아닌지 뻔허게 암시로도 우에서 죽이라고 헌께 쌩사람덜 그리 무작시럽게 죽여라? 글먼 우에서 명령 내린다고 즈그덜 엄니 아부지도 죽일 것이요? 일정 때 진 죄닦음 안 헌 것도 워디헌디, 또 그런 죄꺼지 저질른 것이 경찰들이요. 그려서 결과가 워찌 되았소. 경찰 가족이 그

가족덜 손에 죽고, 시상이 새로 뒤집어진께 그 사람덜 태반이 입산혀 뿌렀소. 인자 나보고 경찰복 다시 입고 그 사람덜 때레잡으라는 갑는디, 그 사람덜이 참말로 공산당이라고 생각허시요? 나넌 그리 생각허덜 않소. 못헐 말로, 나라가 공산당으로 몰아치고 있소. 그 사실을 몰르는 경찰이 워디 있소. 다 암시로도 자기덜이 저질른 죄 눈가림허니라고 나라허고 항꾼에 그 사람덜 공산당 맹글고 나스는 것이제라. 고런 앞뒤 없는 사람덜허고 나가 멀라고 또 경찰질얼 해묵겄다고 나스겄소. 요런 입 싼 주딩이 나가 놀리는 것도 상대가 권 서장님잉께 그러는 것이요. 전 원장님이 살아난 것이 총얼 헛방 맞어서 그렇다고 소문이 나 있는디, 고것이 워디 될 소리간디라? 다 권 서장님이 살려낸 것이고, 권 서장님이 그리라도 혔응께 나가 말문을 튼 것이요. 그리고, 나 맘얼 탁 털어봐야 워째 경찰복 다시는 안 입을라는 것인지 권 서장님이 이해허실 것 아니겄소?"

권 서장은 아무 할 말이 없었다. 그를 찾아온 것이 잘한 것 같기도 하고, 잘못한 것 같기도 한, 종잡을 수 없는 마음으로 활활 타오르고 있는 불길을 한동안 바라보다가 권 서장은 무릎을 손으로 받치며 몸을 일으켰다.

"이 지서장님, 잘 알았습니다. 일하시는데 괜히 방해를 했습니다. 이만 실례하겠습니다."

"죄송시럽구만이라. 요것 땀세 멀리 못 모시겄구만요."

이근술은 튀밥기계 손잡이를 연신 돌려대며 엉덩이를 들었다가 놓았다. 그의 얼굴은 권 서장을 맞을 때처럼 그저 덤덤했다.

권 서장은 창피스러움과 어떤 패배감을 느끼며 찬 바람 속을 걷고 있었다. 예비검속은 이근술의 지적이 아니더라도 변명의 여지가 없이 명백한 학살행위였고, 이근술의 옷을 벗긴 것은 경찰이 범한 또 하나의 어리석고 치졸스런 범죄였다. 권 서장은 그제야 분명하게 이근술을 찾아갔던 일을 후회하고 있었다. 자신의 행위는 그 어리석고 치졸스런 범죄 위에 또 하나를 겹치려는 범죄음모였던 것이다.

"서장님, 워디 댕게오시요?"

권 서장은 고개를 들었다. 염상구가 값나가 보이는 털잠바를 입고 눈으로 웃고 있었다.

"아니, 염 단장. 왜 요새 통 얼굴을 볼 수가 없소? 무슨 일 있소?"

권 서장은 의심스럽게 염상구를 빤히 쳐다보았다.

"금메요, 경찰이야 공산당 때레잡는 일 열성으로 허는 것이고, 경찰도 아닌 나야 무신 똑별난 일 있겄는게라? 그냥 흘룽할룽 세월만 보냄서 살제라."

어딘가 꼬인 어조로 말을 하며 염상구는 양쪽 어깨를 연방 들까불었다.

"괜한 소리 말고 서에 좀 오도록 하시오. 소문 들어 알겠지만 전황이 별로 좋지 않소."

"글씨요, 전황이고 전세고, 그것이야 다 경찰이나 군인이 책임 맡어야 헐 일 아니겄소? 나야 알 바 아닝께 나 앞감당헐 궁리나 혀야 쓰겄소."

"그게 무슨 소리요?"

"무신 소리넌 무신 소리겄소. 못 알아묵을 소리가 아닌디라."

염상구의 말투는 계속 엇지게 나가고 있었다.

"서에 곧 한번 오시오. 할 얘기가 있으니까."

권 서장은 일부러 냉정한 척 말하고는 염상구를 거들떠보지 않고 걸음을 옮겼다.

"짜석 참 엿장시 맘대로시. 나도 인자 나잇살이나 묵었는디 은제꺼정 느그 발밑에 깔레서 살 것 겉냐! 나도 인자 그리는 못살겄다."

염상구는 권 서장의 뒷모습을 노려보며 내뱉고 있었다.

염상구는 세상이야 어떻게 돌아가든 말든 요즈음 한 가지 일에 정신을 집중시키고 있었다.

4

죽음의 대열, 해골의 대열

　북녘에서 불어오는 바람으로 남도지방의 겨울도 깊어져가고 있었다. 나뭇잎들이 떨어진 지는 이미 오래고, 감나무 끝가지에 서너 개씩 매달려 있던 까치밥인 감들도 어느새 꼭지만 달고 있었다. 잎 떨군 실가지들은 찬 바람이 북쪽 산등성이를 넘어올 때마다 추워서 못 견디겠다는 듯 숨 자지러지는 아기울음을 갖가지로 울고는 했다. 물 고인 논귀마다 얼음이 잡혔고, 개울물도 얼음 밑으로 흘러내리며 소리를 죽였다.

　그런 추위도 아랑곳하지 않고 마을의 창고로 사람들이 모여들었다. 창고바닥에는 덕석이 두 겹으로 깔려 있었고, 줄 맞춰 앉은 사람들 사이로 불덩이가 이글거리는 화로들이 네댓 개 놓여 있었다. 화로마다 싱싱한 불길을 머금은 불덩이들이 수북하긴 했어도 판자로 지은 창고 안의 추위를 녹이기에는 그 열기가 신통하지 못했다.

그렇다고 창고 안을 빼곡하게 채우고 있는 사람들은 그 누구도 화로의 불길을 탐하지 않았다. 그들은 창고로 들어오는 대로 차례차례 자리를 잡고 앉을 뿐이었다. 창고 안은 질서정연했고, 그 분위기에는 어떤 긴장감이 감돌고 있었다.

"네에, 시간이 다 됐습니다. 모두 다 모이셨으니 그럼 지금부터 정치학습 그 첫 번째 시간을 시작하도록 하겠습니다."

크지 않은 몸집에 안경을 낀 사람이 여러 사람들을 둘러보며 말을 꺼냈다. 그 목소리는 부드러운 듯하면서도 힘이 느껴졌다. 그는 안창민이었다.

그곳은 지구 정치학교였고, 지구 정치위원인 안창민은 강사였던 것이다. 도당의 조직계획에 따라 각 지구마다 정치학교와 군사학교를 설치했다. 그리고 정치학교에서는 사상기초학습을, 군사학교에서는 유격기본학습을 각기 50명 단위로 5일간씩 실시하고 있었다. 그 전체학습과는 별도로 모든 부대에서는 소단위의 학습을 매일 세 시간씩 실시하는 것을 철칙으로 삼고 있었다. 당의 정치군대로서 정치생활의 기틀을 튼튼하게 다지기 위함이었다. 군사생활에서 발휘되는 단결력과 용맹성은 오로지 정치생활을 통해서 생성되고, 축적되기 때문이었다.

"여러분, 학습에 들어가기 전에 한 말씀 드리겠습니다. 여러분, 여러분들께서는 지금 이 시간부터 여러분들 자신이 무식하다는 생각을 싹 버리십시오. 여러분들은 절대로 무식하지가 않습니다. 세상사 옳고 그름이 무엇인지 다 알고, 바르게 사는 것이 무엇인지

다 아는 여러분들이 어찌 무식하단 말입니까! 사람의 유식이나 무식은 학교공부를 배우고 못 배우고의 차이로 판가름나는 것이 아닙니다. 학교공부를 제아무리 많이 배웠어도 그 배움을 바르게 쓰지 못하고 나쁜 쪽으로 쓰면 그 인간이야말로 상무식꾼인 것입니다. 여러분들을 무식하다고 업신여기고 무시하면서 사람대접하지 않은 사람들이 바로 그 설배운 인종들이었습니다. 그런 인종들의 잘못된 행투 때문에 여러분들은 배우지 못한 것을 무슨 큰 죄나 진 것처럼 생각하며 살아오게 된 것입니다. 여러분들께서는 이 학습장에 오시기 전에 벌써 한글교본을 받으셨고, 매일 학습도 받으셨을 것입니다. 여러분들께서는 입산 전에도 무식하지 않았을 뿐만 아니라, 이미 이렇게 여러 가지 학습도 받고 계시니 여러분의 마음속에 들어 있는 '나는 무식하다' 하는 생각을 깨끗하게 없애버리라 그런 말씀입니다. 그리고 두 번째로 드릴 말씀은, 공부가 어렵다는 생각을 하지 마시라는 겁니다. 여러분들 중에는 의외로 그런 생각을 가지신 분들이 많이 있습니다. 그 생각은 바로 '나는 무식하다' 하는 생각과 함께, 공부는 특별난 사람이나 하는 것이라고 마음먹은 데서부터 생겨난 잘못된 생각입니다. 여러분, 공부는 하나도 어려운 것이 아닙니다. 아무나 할 수 있는 것이 공부입니다. 바로 여러분들의 자식, 여러분들의 조카가 공부를 해내지 않습니까? 그럼, 어떤 분들은 이렇게 말합니다. 나는 인자 머리가 굳어버려서요. 또는, 나는 워낙에 머리가 둔해서요. 이런 말들은 말이 안 됩니다. 이 세상에 나이를 먹었다고 굳어지는 머리는 절대 없습니다. 그리고 여러분들 중에서 머리가 둔해 학교공부를 작파하신 분들이 있으면 어디 손을 들어보십시오. 한 분도 없으시지요? 그렇습니다. 그런 생각들은 다 잘못된 이 세상이 여러분들을 끝없이 업신여기고 무시해 오는 동안에 여러분들이 여러분들도 모르는 사이에 마음 깊이 갖게 된 마음의 병입니다. 나 같은 것이 무슨 공부를 해, 나 같은 것이 뭘 알아, 하는 생각. 여러분! 무슨 일을 해보지도 않고 미리부터 안 될 것이라고 주저앉아버리는 생각, 겁부터 먹는 생각, 나를 아무것도 아닌 것으로 낮추는 생각, 그런 생각들을 여러분들은 타작마당의 검불을 쓸어내듯이 말끔하게 쓸어내버려야 합니다. 여러분, 여러분들은 누굽니까? 여러분들은 삼복더위 속에서 팥죽땀을 흘려가며 그 어려운 농사를 지어낸 분들입니다. 공부에 비하면 농사짓는 일은 수십 배, 수백 배 어려운 일입니다. 그 어려운 일을 끄떡없이 해낸 장한 여러분들께서 어찌 공부를 못하실 리가 있겠습니까. 여러분들께서 틀림없이 공부를 해낼 수 있다는 좋은 증거가 바로 구빨치 동지들입니다. 그 동지들 중에서 한글을 깨치지 못한 동지들은 단 한 사람도 없습니다. 입산 전에 한글을 깨치지 못했던 동지들은 투쟁을 해가면서 학습을 받은 열성으로 다 한글을 깨쳤던 것입니다. 그리고 더욱 열성을 보인 동지들은 사상학습에 매진해 당원이 되기도 했습니다. 여러분, 여러분들은 여러분들의 능력을 믿으십시오. 여러분들은 집을 떠나 입산하는 용기를 발휘했습니다. 그 용기 그대로 모든 학습에 임하십시오. 그러면 모든 학습은 쉽게 잘될 것입니다. 그리고 여러분, 농사를 짓는 마음으로 모든 학습에 열성을 바치십시오. 그러면 안 될 것이 아무것도 없습니다. 여러분, 다 아시겠습니까?"

안창민이 사람들 쪽으로 윗몸을 굽히며 물었다. 너무 갑작스러워 그런지 사람들한테서는 대답이 없었다. 그러나 모든 사람들의 얼굴에 드러나고 있는 밝은 빛을 안창민은 한눈으로 확인하고 있었다.

"아신 분들은 대답을 해보십시오. 제 말 알아들으셨습니까?"

웃음 띤 안창민은 사람들을 향해 다시 물었다.

"예에!"

"야아!"

두 가지 대답이 한꺼번에 터져나오며 뒤섞였다.

"예에, 좋습니다. 그리고 앞으로 어떤 학습을 받든 간에 모르는 것은 언제나 질문을 하도록 하십시오. 모르는 것을 부끄럽거나 창피스럽게 생각하지 마십시오. 모르기 때문에 배우는 것이고, 배우면서 모르는 것을 찾아내는 것은 똑바로 배우고 있다는 증거입니다. 모르면서 아는 척 넘기는 것이야말로 부끄럽고 창피스러운 일입니다. 아시겠습니까?"

"예에!"

"야아!"

이번에는 대뜸 반응이 나타났다. 그 감정의 교류에 안창민은 흐뭇하게 웃음 지었다. 그는 이미 기본자세를 바로잡고 가다듬게 하는 학습을 충실하게 시키고 있었던 것이다. 그가 무엇보다 신경을 쓰는 문제는 될 수 있는 대로 쉬운 말을 써서 학습내용을 정확하고 충분하게 전달해야 한다는 점이었다. 쉬운 말을 쓰는 것은 교단생활을 통해서 익힌 것이긴 했지만, 그때와는 학습내용이 전혀 다른 데다 교육대상의 층도 조금씩 차이가 나서 세심한 신경을 쓰지 않을 수가 없었다. 그러나 대체로 공통된 생활 경험을 바탕으로 하고 있는 성인들이 무엇인가를 알고 배우고자 하는 열성을 가져 학습의 효과가 의외로 큰 것을 확인할 때마다 그는 가르치는 보람과 책임감을 동시에 느끼며 마음을 새롭게 가다듬고는 했다.

"그럼 지금부터, 우리는 앞으로 무엇을 해야 할 것인가, 빨치산이란 무엇인가, 우리가 조직생활을 통해서 지켜야 될 11가지 가르침 즉 모택동 주석의 '자유주의 배격 11훈'이란 어떤 것인가, 하는 것을 차례로 말씀드리도록 하겠습니다. 미리 말씀드립니다만, 제가 지금부터 하는 학습에 대해서는 그 뜻만 알아들으시면 되는 것이지 억지로 머리에 외우려고 하지 마십시오. 앞으로 학습은 여기서뿐만 아니라 여러분들이 소속한 부대에서도 날마다 실시하게 되니까 자연히 외워지게 됩니다. 그리고 한글을 깨치면서 글로 읽게 되면 더욱 잘 외워지게 되니까 지금은 아무 염려들 마시고 제가 하는 말만 귀담아들으시면 됩니다."

안창민은 다시 한 번 친근한 태도로 사람들을 향해 말했다. 그런 그의 얼굴에는 웃음이 떠나지 않았고, 목소리는 차분하고도 정겨웠다.

"여러분, 여러분은 왜 입산했습니까. 그리고 앞으로 무슨 일을 해야 하겠습니까! 그것은 우리가 다 알다시피, 서로 차등이 없는 인민의 나라를 세우기 위하여, 노동자와 농민이 주인이 되는 세상을 만들기 위하여 수행하던 해방전쟁을 계속 승리로 이끌기 위해 우리는 입산했고, 우리는 그 해방투쟁을 더욱 용맹스럽게 할 수 있도록 마음을 철통같이 하나로 뭉치기 위해 여기 모여 있는 것입니다. 여러분, 여러분들은 거의가 농사를 지었던 입장에서 바로 여러분들이 이 세상의 주인이라는 사실을 절대로 잊지 말라는 것입니다. 농사를 직접 지어 쌀을 생산해 내는 여러분들이 이 세상의 주인이라는 생각을 잊지 않고, 그 권리를 당당하게 찾으려고 나설 때 해방전쟁은 승리할 것이며, 그렇지 못하고 그 생각을 의심하거나 믿지 않을 때는 여러분들의 평생은 말할 것도 없고, 여러분의 자식들까지도 그 배고프고 가난한 소작인의 신세를 면치 못하게 될 것입니다. 여러분, 이 세상의 모든 사람들은 누구나 목숨이 하나씩밖에 없습니다. 이 얼마나 공평합니까. 그것과 마찬가지로 이 세상의 모든 사람은 그 누구나 높고 낮음이 없이 똑같은 권리를 가지고 이 세상에 태어났습니다. 사람이 태어나면서부터 갖는 권리를 인권이라고 합니다. 그리고 누구나 똑같은 권리를 인권평등이라고 합니다. 여러분들은 이 사실부터 굳게 믿어야 합니다. 여러분, 우리 다같이 한번 해보십시다. 자아, 저를 따라서 해보십시오. 우리는 태어날 때부터 똑같은 인권을 가졌다!"

"우리는 태어날 때부터 똑같은 인권을 가졌다!"

"예, 좋습니다. 우리는 우리의 힘으로 우리의 인권을 지킨다!"

"우리는 우리의 힘으로 우리의 인권을 지킨다!"

사람들의 목소리는 처음보다 크게 하나로 어우러졌다. 바깥의 바람소리는 여전히 맵게 울리고, 사람들 사이에 놓인 화로들의 불덩이들은 위에서부터 차츰차츰 흰 재로 변해가고 있었다. 그러나 안창민에게로 모아지고 있는 사람들의 눈초리는 갈수록 살아나고 있었다.

"예, 잘들 하셨습니다. 그럼 이번에는, 누구나 차등 없이 사는 것이 인권평등이다!"

"누구나 차등 없이 사는 것이 인권평등이다!"

"예, 힘차게 해서 좋습니다. 지주나 부자들은 인권평등을 방해하는 우리의 적이다!"

"지주나 부자들은 인권평등을 방해하는 우리의 적이다!"

사람들의 목소리는 한결 우렁차게 창고 안을 울렸고, 서너 사람은 팔을 뻗쳐올리기도 했다. 안창민은 '자본가'라 하지 않고 일부러 '부자'라고 말을 바꾸었다. 한꺼번에 많은 말의 개념을 넣어주려고 무리할 필요가 없었던 것이다. 그들에게 그렇게 복창을 시킴으로써 '인권'과 '인권평등'이라는 말과 뜻을 익히게 함과 아울러 그 문장을 통해 의식을 일깨우는 한편, 그 다음 단계로 나올 '혁명의 필요성'을 설명하는 준비작업으로, 안창민은 삼중효과를 노리고 있었다. 그리고 주입식이 아닌 문답식을 통해 참여의식을 촉진함으로써 학습효과를 높이고자 했다. 그런 모든 방법은 구빨치들의 학습에서 이미 효과를 보았던 것이다.

"여러분, 여러분에게는 분명히 하나씩의 귀한 목숨이 있고, 거기에 따라 누구나 똑같은 인권이 있습니다. 그리고 그 인권이 아무 차등 없이 평등하게 이루어지는 세상이야말로 사람이 살 만한 세상인 것입니다. 그런데 어떻습니까! 여러분들이 지금까지 살아온 세상이 그런 공평한 세상이었습니까?"

"아니구만이라."

"택도 읎소."

"피만 뽈리고 살았제라."

"예에, 바로 그렇습니다. 농사는 여러분들이 골 빠지게 짓고, 배는 지주들이 다 불렸습니다. 그뿐만이 아닙니다. 사람에게 양반이다 상놈이다, 하는 못된 차등을 두어 똑같은 사람을 짐승처럼 취급해서 천시하고 업신여겼습니다. 대장일을 하는 기술자부터 시작해서 여러 가지 기술자들, 백정들, 무당들을 이 세상에서는 어떻게 취급하고 있습니까. 저는 여기서 분명히 묻겠습니다. 지금 이 자리에는 많지는 않지만 그런 직업을 가졌던 분들이나, 그 자식들이 있습니다. 그런 분들에 대해서 농민 여러분들은 혹시 지금도 천시하는 생각을 갖고 있지는 않습니까? 어떻습니까?"

"다 똑겉은 사람이요."

"인권평등이랑께요."

"하면이라, 인권평등이제라."

사람들 사이에서 조심하는 웃음소리가 쿡쿡거리며 일어났다. 안창민은 빙그레 웃으며 고개를 끄덕였다.

"예, 좋습니다. 그럴 리가 없겠지만, 행여 그런 생각을 가졌던 분들이 있다면 이 시간부터 그런 생각을 깨끗하게 없애야 합니다. 여러분의 말씀대로 모든 인간은 평등합니다. 우리 당은 노동자·농민 외에도 그런 직업을 가진 분들을 '기본출'이라 하여 혁명의 동지로 우대합니다. '기본출'이란 말은, 이미 아시는 분도 계시겠지만, '기본계급출신'을 줄인 말입니다. 그리고 인민이란 노동자·농민·기본출을 다 합한 뜻의 말입니다. 그러면 여러분, 인민이 주인이 되는 세상, 인민의 나라를 만들려면 어떻게 해야 되겠습니까?"

"지주고 부자럴 다 쳐 없애야 허요."

"악질 순사덜도 다 없애야 허제라."

"고것덜얼 싸잡아서 다 갱물에 처박아뿔어야 허요."

"예, 예에, 잘들 아셨습니다. 그런 종류의 인종들을 다 없애야만 인민이 주인이 되는 새 세상이 옵니다. 인민이 주인이 되는 완전한 새 세상을 만드는 일, 그것을 무엇이라고 합니까? 그걸 바로 혁명이라고 합니다. 여러분, 우리 다 같이 외쳐봅시다. 혁명은 인민이 주인 되는 완전한 새 세상을 만드는 일이다!"

"혁명은 인민이 주인 되는 완전한 새 세상을 만드는 일이다!"

안창민의 목소리에도 전보다 힘이 들어 있기는 했지만, 사람들의 외침은 어느 때보다 크고 우렁차 금방 창고의 지붕을 떠올릴 것처럼 울렸다.

"그러나 여러분, 완전한 새 세상을 만드는 일인 혁명은 말로만 되는 것이 아닙니다. 목숨을 내건 싸움을 해야만 합니다. 우리 인민의 적들이 절대로 순순히 물러서지 않기 때문입니다. 우리는 앞으로 적들보다 더 큰 힘을 길러야만 적을 이길 수 있습니다. 그 힘은 무엇일까요? 적보다 좋은 무기를 갖는 것일까요? 절대 그렇지 않습니다. 힘에는 두 가지가 있습니다. 정신적인 힘과 물질적인 힘이 그것입니다. 정신적인 힘이란 마음을 말하는 것입니다. 나는 나 하나 죽더라도 혁명을 이루어내고야 말겠다는 돌처럼 단단한 마음, 강철같이 굳은 결심이 먼저 갖추어져야만 합니다. 그런 다음에 물질적인 힘인 무기가 필요한 것입니다. 그런 강한 결심 없이는 아무리 좋은 무기를 가져도 싸움에 이길 수가 없습니다. 그래서 '정신무장'이라는 말도 생긴 것이고, '사상무장'이라는 말도 생긴 것입니다. 여러분들은 앞으로도 매일 실시되는 학습을 통해서 사상무장을 철저히 해야만 여러분이 바라는 세상을 만들 수 있고, 용맹스러운 혁명 전사인 빨치산도 될 수 있습니다. 여러분, 다들 학습을 열심히 할 각오가 되어 있습니까?"

"예에!"

"야아!"

"됐습니다. 잠시 휴식을 하도록 하겠습니다."

안창민은 시계를 들여다보며 뒤로 물러섰다. 사람들은 웅성거리며 자리에서 일어나거나 화롯가로 모여들었다.

"와따, 날이 영 쌔코롬허시."

"요것, 불이 힘아리 없이 사그라드는디 으쩌까?"

"싸게 나가서 불뎅이 맹글어와야 쓰것네. 우리야 괜찮허제만 선상님이 추워서야 워디 갤치시겄다고?"

"어허, 선상님이 머시여, 선상님. 정치위원 동지란 칭호 까묵어 뿌렀능가? 고래 갖고 빨치산 해묵겄다는 것이여, 시방? 워째 사상 무장이 그려?"

"워따메 똑똑타, 뉘 집 아덜이다냐와!"

안창민은 멀찍이서 들리는 이런 말에 빙긋이 웃고 있었다.

10분의 휴식을 끝내고 모두는 다시 자리를 잡았다. 안창민은 자세를 바로잡고 섰다.

"그럼 지금부터는 빨치산이란 무엇인지에 대해 말씀드리도록 하겠습니다. 빨치산은 여러분들도 알다시피 우리나라 말이 아닙니다. 그 말은 러시아의 말입니다. 러시아는 지금의 쏘련으로, 바로 우리의 위대한 지도자 레닌 동지의 지도 아래 인민혁명을 성취시키게 되자 망하고 만, 왕이 다스리던 나라였습니다. 그 말을 우리말로 바꾸면 유격대가 됩니다. 여러분은 벌써 노래를 통해 '인민유격대'라는 말을 다 알고 있습니다. 그 말이 곧 빨치산이라는 말과 같습니다. 그럼 유격대란 무엇일까요? 유격대란 간단한 뜻은, 우리 편의 군대를 도와 그때그때 형편에 따라 적의 배후 곧 뒤나, 측면 곧 옆을 쳐서 적진을 어지럽히고 적군을 무찌르는 군대를 말하는 것입니다. 거기다가 한 가지를 더 보태, 인민을 상대로 한 당의 정치활동, 즉 혁명사상의 선전과 선동까지 맡는 것이 빨치산이 할 일입니다. 그러니까 빨치산은 싸우면서 당의 선전활동과 선동활동까지 겸하는 두 가지 일을 한꺼번에 하는 것입니다. 그래서 빨치산을 당의 '정치군대'라고 부르는 것입니다. 그러므로 여러분이 학습을 하는 것은 첫째, 여러분들 자신의 마음을 혁명하기 위해서이고, 둘째, 당이 내린 임무를 충실히 실천하기 위해서입니다. 무슨 뜻인지 아시겠습니까? 모르는 것 있으면 질문하십시오."

"다 알아묵겠구만요."

"모를 소리 없는디라."

"예, 좋습니다. 그럼 인민군과 빨치산이 어떻게 다른지, 그 차이를 비교해 보도록 하겠습니다. 인민군이 전선에서 적과 정면으로 맞서서 싸우는 군대라면, 빨치산은 전선이 없이 이곳저곳에서 싸우는 군대입니다. 인민군이 싸우는 것을 전적으로 하는 것에 비해 빨치산은 당활동을 앞세우면서 싸움도 하는 군댑니다. 그리고 인민군이 무기와 식량과 옷 같은 것을 정식으로 지급받는 정규군이라면, 빨치산은 그런 것들을 정식으로 지급받지 않는 비정규군입니다. 그러면 빨치산은 싸움에 절대 필요한 그런 것들을 어디서 구해야 하겠습니까? 그건 바로 적과 인민한테서 구해야 합니다. 적을 쳐서 적의 무기로 무장해야 하고, 그 무기로 다시 적을 무찌르는 것이 빨치산입니다. 그리고 식량이나 옷 같은 것은 인민들의 지원과 협조를 받아야 합니다. 그러니까 인민과 빨치산의 관계는 물과 고기와의 관계와 같습니다. 인민은 물이고, 빨치산은 고기라는 말입니다. 만약 인민들이 지원과 협조를 하지 않으면 어쩌느냐고 염려하지 않아도 됩니다. 인민들이 공평하게 사는 새 세상을 원하고 있고, 우리가 진실로 인민을 위해 앞장서는 한 그런 걱정은 절대로 할 필요가 없습니다. 그 좋은 증거가 구빨치들의 활동입니다. 인민들의 지원과 협조가 없었다면 구빨치들은 그 추운 겨울 동안 한 명도 살아남지 못했을 것입니다. 여러분들이 인민을 상대로 어떻게 행동해야 하는지, 무엇을 하고, 무엇을 하지 말아야 하는지에 대해서는 앞으로 세세하게 학습받게 될 것입니다. 다시 말해서, 여러분들은 빨치산의 그런 특성을 미리 다 알아야 하고, 거기에 따라 마음의 각오를 단단히 해야만 빨치산이 될 수 있습니다. 빨치산의 영광이 무엇인지 아십니까, 여러분! 그건 당과 인민을 위해 죽는 것입니다. 여러분은 아직 이 말이 이해가 안 될지도 모릅니다. 그러나 앞으로 차차 학습을 받아가면 그런 각오가 서게 됩니다. 그 각오 아래 구빨치들은 투쟁해 왔고, 앞으로 모든 빨치산들도 그 각오로 투쟁해 나갈 것을 당에 맹세하는 것입니다. 자아, 질문 있으면 하십시오.”

“쩌어 머시냐, 글먼 후퇴 못허고 우리허고 항꾼에 있는 인민군 전사덜언 워치케 되는게라?”

“예, 좋은 질문입니다. 그 인민군 전사들은 우리 도당에만 있는 것이 아니라 각 도당마다 얼마씩 있을 겁니다. 그 전사들은 인민군 총사령부와 연락이 끊어지고 각 도당의 유격조직에 포함된 이상 그들도 똑같은 빨치산활동을 해야 합니다. 알겠습니까?”

“야, 알았구만이라.”

“다른 질문 더 없습니까?”

안창민은 부드러운 눈길로 사람들을 둘러보았다. 그들은 하나같이 긴장감 서린 얼굴로 바르게 앉아 있었다. 그 긴장감이 어떤 각오의 표현일 수도 있고, 아니면 당혹감이나 두려움의 표현일 수도 있음을 안창민은 이미 경험을 통해서 알고 있었다. 인민의 역사에 대한 신뢰와, 그 역사를 믿고 죽음을 각오한다는 것은 그리 쉬운 일이 아니었고, 거기에 이르기까지는 단계적인 학습의 반복과 아울러 상황을 통한 구체적 실감이 합해져야만 비로소 가능한 것이었다.

"예, 더 질문 없으면 됐습니다. 그럼 지금부터는 우리가 조직생활을 통해서 지켜야 될 11가지의 지침에 대해 말하겠습니다. 이것은 모택동 주석의 '자유주의 배격 11훈'이라고도 하며, '자기비판 지침'이라고도 합니다. 여러분들이 많이 들어서 이미 알고 있는 자기비판에 대해서 다시 한 번 말하고자 합니다. 자기비판이란 자기의 잘못을 자기 스스로가 따져서 반성하고 뉘우치는 것을 말합니다. 이 세상의 모든 사람은 그 누구나 잘못을 저지르게 되어 있습니다. 무엇인지 몰라서 잘못을 저지르기도 하고, 알면서도 잘못을 저지르기도 합니다. 모르면서 저지른 잘못은 실수로서 더 저지르지 않으면 용서가 되지만, 알면서 저지른 잘못은 그것이 바로 죄가 됩니다. 자기비판은 바로 그 두 가지 다를 바로잡기 위해 필요한 것입니다. 무엇인지 모르고 저지른 잘못에 대해서는 왜 그것이 잘못인지를 밝혀 똑같은 잘못을 저지르지 않게 하는 것이고, 알면서 저지른 잘못에 대해서는 양심에 비판을 가해 그 버릇을 완전히 몰아내게 하는 것입니다. 자기비판은 모두가 바른 양심, 똑바른 정신을 갖기 위해 시행하는 것이고, 그것은 혁명을 위한 조직생활의 가장 중요한 바탕을 이루는 정신입니다. 여러분, 여러분은 지금까지 잘못인 줄 알면서도 저지른 잘못이 많을 것입니다. 그런데도 남이 보지 않았으니까, 나만 알고 있으니까, 하며 숨기고 감추었을 것입니다. 그러나 바로 자기 자신은 그 죄를 알고 있습니다. 그런 마음을 가지고서는 자기의 혁명은 물론이고 인민의 혁명에도 나설 수가 없는 것입니다. 또한 그런 마음들이 모아져서는 절대로 혁명을 이룩할 수가 없습니다. 남들보다도 먼저 자기 자신에게 떳떳하고 당당한 마음과 정신을 갖기 위해 자기비판을 하는 것입니다. 그러나 여러분들은 지금까지는 자기의 잘못을 많은 사람들 앞에 숨김없이 드러내는 일을 거의 해본 적이 없을 것입니다. 그만큼 남들도 속이고, 자기 자신도 속이는 생활을 해왔다는 증거입니다. 앞으로는 그래서는 안 됩니다. 양심과 규율에 맞게 잘못을 저지르지 말아야 하며, 만약 잘못을 저질렀을 경우에는 거침없이 자기비판을 하여 자기의 잘못을 뉘우쳐야 합니다. 자기비판은 처벌을 목적으로 하는 것이 아니라 반성을 목적으로 하며, 그 반성을 통해 우리의 조직을 발전시켜 나아가고자 하는 것입니다. 그럼 자기비판 지침 11가지를 말씀드리겠습니다. 첫째, 동창·친지·부하·동료의 잘못을 알면서도 책하지 않고 화평의 수단으로 방임해서는 안 된다. 둘째, 전면에서 말하지 않고 배면에서, 회의에서 말하지 않고 회의 후에 이러쿵저러쿵 시비하는 것은 삼가야 한다. 셋째, 타인을 책하지 않고, 말하지 않는 것을 명석한 보신술이라고 치고 침묵하는 것은 잘못이다. 넷째, 간부라고 해서 자기 의견만 고집하는 것은 옳지 못하다. 다섯째, 개인 공격을 일삼아 보복하려는 태도는 좋지 않다. 여섯째, 반혁명분자의 말을 듣고도 당 기구에 보고하지 않는 것은 잘못이다. 일곱째, 선전·선동하지 않고 당원의 임무를 망각하는 것은 잘못이다. 여덟째, 군중의 이익에 해독이 되는 행동을 보고도 격분하지 않는 것은 옳지 못하다. 아홉째, 자기가 맡은 바 일에 충실하지 않고 하루를 되는대로 지내는 것은 좋지 않다. 열째, 선배연하여 큰일을 할 능력은 없으면서 작은 일을 하기 싫어하는 태도는 좋지 않다. 열한 번째, 자기의 잘못을 알면서도 고치지 않는 것, 또는 자기를 반성하되 비관과 실망으로써 그치고 마는 태도는 옳지 못하다. 이상과 같이 11가지입니다. 아까도 말했지만 여러분은 이것들을 다 한꺼번에 외우려 하지 않아도 됩니다. 그럼, 다시 처음부터 한 가지씩 설명을 해나가도록 하겠습니다."

안창민은 숨을 한껏 들이켰다가 내쉬었다.

이런 기본학습은, 거의가 후방부에 속해 있는 여자대원들에게도 실시되고 있었다.

한편 하대치는 자신의 기동대원들에게 군사기본학습을 시키기에 열을 올리고 있었다.

"우리가 빨치산으로 삼스로 검은개허고나 노란개허고나 싸울 적에 꼭 알어야 할 것덜이 몇 가지가 있는디, 고것덜이 다 목심얼 보존허냐, 못허냐 허는 중대사니께 똑똑허니 듣도록 허씨요. 우리가 개덜허고 벌리는 쌈이란 것이 골마리 잡고 들어가는 기운자랑

허는 쌈이 아니고 총질험스로 머리 써서 허는 진짜배기 쌈잉께 나가 허는 말얼 벌로 듣지 말고 중놈 염불 외디끼, 동냥아치덜 장타령 읊디끼, 자다가 깨와서 물어도 또로록 대답이 나올 수 있게끄름 달달 외와뿌씨요, 잉. 여러분덜이 정치학습 받을라 요런 군사학습 받을라 험시로 배우는 것도 많고, 욀 것도 많고 혀서 시방 정신이 하나또 없을 것이오. 고런 사정 훤하게 다 아는디, 호랭이헌테 열두 분 물레가도 정신만 채리면 살드라고, 한나뿐인 나 목심 개덜헌테 안 뺏기고 나가 지켜야겄다 허는 맘얼 딱 공구려 묵으면 요것저것 배운 것덜이 하나또 에로울 것 없이 머리에 쏙쏙 백힘스로 달달 외와져뿌요. 짜아, 글면 우리가 잠스로나 깨 있음스로나 절대로 잊어뿔지 말아야 헐 것이 있는디, 우리가 허는 산생활이란 것이 항시 개덜허고 맞닥뜨려 있고 개덜언 눈구녕 시뻘거니 혀갖고 우리덜 죽일라고 헌다 그것이오. 고런 행펜에선 우리가 목심얼 지키고 우리가 바래는 시상얼 맹글 때꺼정 싸우자면 총질얼 잘허기 전에 먼첨 지켜야 헐 것이 시 가지가 있소. 고것이 먼고 허니, 소리 안 내는 것, 능선 안 타는 것, 연기 안 내는 것, 이 시 가지요. 요것이 빨치산에서 절대적으로 금허는 것인디, 고것덜얼 안 지키면 개덜보고, 우리 여그 있응께 팡 쏴 죽여줏씨요, 허는 것이나 똑겉은 일이요. 소리넌 말소리·발소리부텀 시작혀서 우리가 산에서 내는 소리럴 싹 다 말허는 것이오. 우리가 나무럴 혀봤응께 알제만, 잠잠헌 산에서 뽀짝 몰른 솔가지 뿐질르는 소리가 을매나 멀리꺼지 딘깁디여. 긍께로 산에서넌 말 못허는 빙신이 되는 것이 질이고, 기침도

혀서는 안 되는 것이요. 기침소리가 택없이 멀리 가는디, 말이야 안 허먼 되제만 지절로 터지는 기침얼 으쩌란 말이냐 허겄제라 잉? 고것도 다 방도가 있소. 기침이 나올라고 허먼 첫째로, 고개럴 쭈욱 뺌스로 입얼 쫙 벌리고 숨얼 들이마시먼 돼오. 그려서 안 될 심헌 기침이먼 둘째로, 수건이나 옷자락으로 입얼 틀어막고 땅바닥에 입얼 대고 기침얼 허는 것이오. 글먼 기침소리가 삭아뿌요. 그 담으로, 산등셍이럴 타지 말라는 것인디, 산등셍이 타먼 사람이 을매나 빤허니 잘 뵈는지 질게 말 안 혀도 다 알겄제라? 밤중에도 영축없이 그 꼬라지가 표가 나는디, 한 사람도 아니고 수십 명이 줄줄이 산등셍이럴 타먼 고것이 워찌 되겄소. 긍께로 우리넌 심이 들어도 비탈얼 옆으로 타고 댕게야 쓰요. 허고 끝으로, 연기럴 내지 말라는 것인디, 요것도 담배연기·밥연기럴 다 말허는 것이오. 연기가 을매나 멀리서도 잘 뵈는지야 더 말헐 것 없는 일이고, 밤에넌 연기 대신 불빛얼 내먼 큰탈나뿌요. 그 쬐깐헌 담뱃불이 50리, 100리럴 간께 밥해묵는 큰불이나 춥다고 피우는 큰불이 을매나 멀리 갈 것인지야 더 말해 멋 허겄소. 글먼 연기도 내지 마라, 불빛도 내지 마라 허먼 밥도 못 해묵고 굶어죽고, 불도 못 피와 얼어죽으란 것이냐 허겄제라? 근디 그렇덜 않은 것이 시상 이치요. 고것이 워째 그냐 허먼, 나무 중에도 연기가 벨로 안 나는 나무덜이 있고, 불빛이 안 새나가게 불얼 피우는 요령도 있소. 연기가 벨로 안 나는 나무럴 순서대로 짚자먼, 일 맹감, 이 꽃대, 삼 비사리, 사 때죽이오. 글고, 불얼 피울 때도, 먼첨 적이 있는 반대짝으로 자리럴 잡고 그 담에 큰 바우 겉은 것의 뒤럴 골르고, 또 그 담으로 땅얼 한 자 깊이로 파고, 그 우에 포장으로 개린 담에 불얼 피우먼 안전허요. 짜아, 이약이 질었는디, 정신나게 중헌 것으로 골라 간딴허니 뻑다구럴 추리겄소. 시 가지 절대 금허는 것으로 다 항꾼에 따러서 헛씨요, 소리 금지·능선 금지·연기 불빛 금지!"

"소리 금지, 능선 금지, 연기 불빛 금지!"

"담으로 연기 안 나는 나무로, 일 맹감, 이 꽃대, 삼 비사리, 사 때죽!"

"일 맹감, 이 꽃대, 삼 비사리, 사 때죽!"

"잉, 잘들 혔소. 복창헌 그것을 잘 적에, 물어도 답헐 수 있게 머릿속에 말뚝으로 콱콱 박으씨요."

하대치의 양쪽 입꼬리에는 침찌꺼기가 말라붙고 있었다.

담배를 입꼬리에 꼬나문 염상구는 의자에 비스듬히 앉아 다방 안에 퍼지고 있는 〈남쪽나라 십자성〉에 맞추어 발끝을 까딱거리고 있었다. 중공군이 인해전술로 쳐내려오고 있다느니, 평양을 다시 빼앗겼다느니, 하며 읍내는 새로 뒤숭숭해지고 있었지만 그는 나 몰라라 하고 딴전을 치고 있었다. 서울을 빼앗겼다면 또 모르겠는데 평양을 빼앗겼다는 것은 그의 의식 속에서 까마득한 거리였고, 설령 서울을 빼앗겼다 하더라도 그는 얼마 전부터 몰두하고 있는 일 때문에 별 관심을 안 보였을지도 몰랐다.

"단장님, 전화 왔어요."

"워디랴?"

염상구는 담배연기로 눈을 찡그려붙이며 물었다.

"망보던 부하라는데요."

"이, 알았어!"

염상구는 담배를 내뱉으며 몸을 벌떡 일으켰다.

"이, 나여, 위치케 되얐냐?"

염상구는 수화기를 잡자마자 다급하게 물었다.

"예에, 옷 따악 채레입고 시방 역전으로 가고 있구만이라."

"역전으로 가면, 역으로 들어간다는 것이냐, 그냥 역 앞얼 지내간다는 것이냐?"

"금메요, 옷얼 따악 채레입은 걸로 보면 워디럴 가기넌 가는 갑는디라이…… 고것이 얼로 가는지는……."

상대방이 얼버무리고 있었다.

"냅둬라, 나가 알어서 헐 팅께."

급하게 전화를 끊은 염상구는 밖으로 뛰어나갔다. 아가씨가 그의 뒤에다 대고 눈을 째지게 흘겼다.

다방을 나와 차부 쪽으로 급한 걸음을 옮긴 염상구는 사방을 두리번거렸다. 그러던 그의 눈길이 한곳에 멎었다. 그의 눈이 잡은 것은 교복을 입은 여학생이었다. 위아래 검정옷에 하얀 머플러 끝이 앞가슴에 모아진 세라복은 유난히도 눈에 띄었다. 염상구는 세라복을 보자마자 반사적으로 숨을 들이켰다. 그는 그 눈에 잘 띄는 세라복을 보기만 하면 감정이 복잡해졌다. 약한 바람에도 나풀거리기 잘하는 그 하얀 머플러 끝과, 어깨덮개의 가장자리를 따라 처진 두 줄의 흰 선이 언제 보아도 싱그러워 '아 멋져!' 하는 감탄이 절로 나왔다. 그런가 하면 그런 감정과는 정반대로, 계집애들이 건방지게 상급학교는 다 뭐야, 하는 생각으로 기분이 잡쳐지고 마는 것이었다. 그의 그런 엇갈리는 감정은 이미 오래된 것이었다. 세라복을 입은 여학생의 모습은, 하얀 머플러 끝이 흔들리고 나풀거리는 앞모습은 앞모습대로, 쌍갈래로 머리를 땋아내려 그 가르마가 두 개의 흰 줄로 에워싸인 어깨덮개의 정중앙에 오는 뒷모습은 뒷모습대로 소년시절부터 그의 가슴을 두근거리게 하기도 하고 조여들게 하기도 한 그지없이 멋있고도 고와 보인 대상이었다. 세라복을 입은 여학생은 누구나 다 귀하고 예뻐 보인 것은 물론이었다. 읍내에서 세라복을 입은 여학생은 스물이 다 못 되어서 더 돋아 보였는지도 몰랐다. 그런데 아버지가 상급학교를 보내주지 않고 숯장사를 시키려고 할 때부터 세라복을 입은 여학생들이 좋게 보이지 않게 되었다. 막연한 동경이 구체적인 열등감으로 바뀌고, 세월이 흘러갈수록 그 열등감은 커져갔다.

"지기럴, 세라복이 더 이쁘시."

염상구는 혼잣소리를 흘리며 이빨 사이로 찍 침을 내쏘았다. 옥자의 인물이 별로 볼품이 없다는 것은 진작 알고 있는 것이면서도 얼굴을 보게 될 때마다 한 가닥 아쉬움을 떼칠 수가 없었다. 잡것, 인물이 처질라먼 외서댁맹키로 색기나 지르르 흘르든지, 고런 색기가 없을람사 책방집 딸 정님이맹키로 낯짝이나 해반닥허든지. 워째 저것은 요것도 저것도 아니여. 저년이나 말자나, 위째 윤가 집구석 딸년덜언 인물이란 것이 두리뭉시리 메주뎅이덜이여. 허기넌 고백여시 백남식이란 놈이 말자넌 잡아묵은 것도 돈 잡아묵은 것이제 인물 잡아묵은 것이야 아닝께. 백남식이놈, 고것이 아조 생게묵은 대로 날래게 해치워뿌렀단 말이여. 고 느자구없는 새끼가 고런 꾀 부릴 줄 누가 알었을 것이여. 그것이 나가 좋그고 있든 밥통이 아니냐 그것이여. 그 자석이 먼첨 침 뱉고 채트러뿔지 누가 알었을 것이여. 참말로, 윤태주놈이 총살당해 죽어뿌러서 내 밥통 새로 생긴 것이제, 안 그랬드람사 나가 꼭 닭 쫓든 개꼴 당헐 뿐허덜 안 혔드라고? 허! 윤태주럴 쥑인 것이 뉘기여! 그 장헌 빨갱이 우리 성님 염상진 씨 아니드라고? 글고 봉께 성님 덕 보는 심이시? 아이고 성님, 오랜만에 덕 톡톡허니 봬줘서 아즘찮이 아즘찮이 또 아즘찮이요. 에라 잡것, 돼지 잡아묵음시로 인물 따지는 법 있다냐. 윤태주 죽어 없어진 판에 솥공장이고 정미소고 먼첨 침 뱉는 놈이 임자다. 염상구는 역으로 가고 있는 윤태주의 여동생 윤옥자의 뒤를 따라 슬슬 걸음을 옮겨놓고 있었다.

윤옥자는 매표구로 곧장 걸어갔다. 쌍갈래로 땋아내린 머리와, 곧게 뻗어내린 하이얀 가리마와, 두 개의 흰 줄이 쳐진 어깨덮개가 염상구의 눈에 확대되어 왔다. 그것들은 턱없이 거만해 보이면서도 눈부시게 빛나 보이기도 했다. 염상구는 숨을 들이켰다. 가슴이 두근거리는 한편으로 주눅이 드는 것 같은 기분을 떼쳐내기 위해서였다. 짜잔허게 겁묵덜 말어. 저것 인물이야 순 호박잉께, 호박!

그는 자신에게 일깨우고 있었다. 그때 윤옥자가 손끝에 기차표를 들고 돌아섰다. 그녀와 그의 눈길이 마주쳤다. 그는 씨익 웃었고, 그녀는 주춤했다. 그리고 그녀는 얼굴이 싹 굳어지며 외면을 하고 말았다. 허, 니 눈에 나가 사람으로 안 뵈냐? 염상구는 코똥을 뀌었다. 볼품없는 그녀의 얼굴을 맞대한 데다가 노골적으로 무시하는 꼴을 보게 되자 염상구의 마음에는 자신감과 오기가 한꺼번에 들어차고 말았다.

"학교는 방학인디 순천 넘어가시요?"

염상구는 아주 점잖게 운을 떼며 윤옥자 옆으로 다가섰다. 윤옥자는 그를 거들떠보지도 않고 반대쪽으로 몸을 돌려버렸다. 그녀의 얼굴에는 불쾌한 기색이 역연하게 드러나 있었다. 하 요것이, 호박꽃도 꽃인 칙기허네? 항, 아무리 호박꽃이라도 첫물에 그리 꼿꼿혀야 뎀빌 맛이 나제. 고것이 처녀라는 표식이기도 헝께. 염상구는 침을 삼키며 그녀 옆으로 더 바싹 다가섰다.

"나가 누군지나 알고 그러요 시방?"

염상구는 차분하고 나직한 음성이었다.

"흥!"

그녀는 가볍게 콧날을 불며 다시 돌아섰다. 그녀는 입술을 삐죽거리고 있었다.

"나가 청년방위대장 염상구요."

염상구는 그녀를 따라돌며 확실한 어조로 말했다. 대합실에 앉고 선 사람들의 눈길이 언제부턴가 그들에게로 쏠리고 있었다.

"난 방위대에 볼일 없는데 왜 자꼬 이래요. 남들 보는데 챙피하게."

그녀는 서울말을 흉내내며 짜증을 부렸다. 염상구는 여유만만하게 빙긋이 웃었다. 사람들이 많이 볼수록 그는 좋았던 것이다.

"잉, 말이야 영축없이 맞는 말이요. 여학상인디다가, 빨갱이질헌 일 없응께 방위대에 볼일이야 없겄제라."염상구는 잠시 망설이며 담뱃갑을 꺼냈고, 이내 마음을 작정하고는, "단체적으로 볼일언 없어도 나허고 사적으로 볼일이 잠 있소." 주저없이 말을 해치웠다.

"음마, 고것이 무신 소리다요?"

윤옥자가 주춤 뒤로 물러서며 쏟아낸 말이었다. 마침내 염상구를 쏘아보고 있는 그녀의 얼굴에는 당혹감이 서려 있었다.

"머 그리 놀랠 것 없소. 꽃에 나비가 앉을라고 허는 것이야 당연헌 시상 이치 아니겄소!"

염상구는 가늘게 뜬 눈으로 윤옥자를 헤집듯 쳐다보며 능청스럽게 말하고 있었다. 성질대로 하자면, 나가 니럴 찍었어, 하고 싶었지만 초면인사를 하는 체면을 차리느라고 그리 점잖을 떨었던 것이다.

"얼랴, 얼랴, 고것이 무신 넋 나간 소리다요."

당황한 윤옥자는 주춤주춤 뒤로 물러서고 있었다. 울상이 된 그녀의 얼굴에는 부끄러운 기색은 전혀 없고 두려움만이 가득 차 있었다.

"사람이 사람얼 보고 좋다고 허는디 워째 그리 놀래고 그래쌓소."

염상구는 그녀가 물러선 만큼 다가서며 능글맞게 웃고 있었다.

"순천행 개찰이요오, 순천행!"

역원의 외침이 대합실에 퍼졌다.

"홍, 사람이먼 다 사람이간디!"

그녀가 표독스럽게 내쏘며 개찰구로 내달았다.

"머시여!"

염상구는 반사적으로 감정의 깃이 파드득 일어서며 그녀의 쌍갈래 머리를 잡아챌 기분이었다. 그러나 그는 앞으로 쏠려가는 몸을 용케 바로 세웠다. 그는 자신의 감정의 표피에 언제나 드러나 있는 성씨에 대한 열등감과, 가난에 대한 열등감과, 학벌에 대한 열등감의 폭발을 바로 눈앞에 두고 있는 큰 목적을 위해 잘 막아내고 있었다. 애초에 그녀한테 접근해서 정식으로 자신의 마음을 알리고자 했을 때 그녀가 첫술에 입을 벌리고 달겨들리라고는 아예 계산하지 않았었다. 그건 어디까지나 점잖은 상견례이면서, 상대방에게 마음을 준비시키는 통고였던 것이다. 그런데 여자의 입에서 느닷없이 사람을 차별하는 소리가 튀어나와버리자 그만 감정에 파문이 일어났던 것이다.

"요씨, 나가 니보담 잘난 사람인 것을 금세 뵈줄 팅께 쪼깐만 기둘리드라고잉! 니가 지아무리 잘나봤자 나 밑에 깔려 옴지락딸싹 못허는 떡판이란 것을 또록또록허니 갤차줄 팅께."

염상구는 개찰구를 나가고 있는 윤옥자의 뒷모습을 노려보며 오른손으로 입술을 야무지게 훔치고 있었다. 그러면서 그녀가 졸업식을 하기 전에 모든 일을 끝내야 되겠다고 생각했다.

염상구는 〈전우의 시체를 넘고 넘어〉를 휘파람으로 요란스럽게 불어대며 차부를 한바탕 돌았다. 어깨를 삐딱하게 기울이고 휘파람소리에 맞추기라도 하듯 두 다리를 멋대로 내둘러대고 있는 그를 사람들은 슬금슬금 피했고, 어떤 젊은이들이나 행상들은 꾸벅꾸벅 인사를 하기에 바빴다. 그는 그런 인사들을 건성으로 지나치며, 실눈으로는 차부의 동태에 이상이 없나를 빠르게 살펴나가고 있었다. 그는 지금 주먹패의 오야붕으로 자기 터를 점검하는 것이 아니라 청년방위대장으로서 공무를 수행하는 중이었다. 못 보던 수상한 얼굴은 없는가, 부하들은 고정위치에서 근무를 제대로 하고 있는가, 그는 남 보기와는 다르게 근무에 열중하는 참이었다. 그는 이제 청년단장이 아니었다. 준군사조직을 갖춘 청년방위대장이었다. 빼앗겼던 땅을 되찾고 나자 대통령은 대한청년단을 준군사조직인 청년방위대로 바꾸도록 명령했던 것이다. 염상구의 입장에서 보면 나쁠 것 하나도 없는 일이었다. 청년방위대나 대한청년단이나 실속으로 보자면 그게 그것이었지만, 청년단장에 비해 방위대장은 경찰을 상대하는 데 있어서 그 자격이 훨씬 높았던 것이다. 전시체제하에서 경찰 '아래서'가 아니라 경찰과 '함께' 지역방위를 수행하는 것이 청년방위대의 임무였다. 그래서 염상구는 드러내놓고 경찰서장과 맞먹지는 않았지만 속으로는, 니놈이나 나나 동급이여, 하는 생각을 품고 있었다. 그런 그의 생각은 읍민들을 상대로 어김없이 나타났다. 징집을 위해 집뒤짐을 예사로 했고, 조금만 낯선 사람을 보면 아무 데서나 도민증 조사를 했다. 도민증 없는 사람이 경찰서가 아닌 청년방위대로 끌려가는 것은 더 말할 것도 없었다. 그가 공산당을 물리치기 위해 그런 거칠 것 없는 권세를 행사하는 것은 유주상의 덕이기도 했다. 지난 국회의원 선거 때 최익승의 힘을 이용해 청년단장 자리를 되찾았던 것인데 최익승은 그만 국회의원에서 떨어지고 말았다. 다시 청년단장 자리를 빼앗길 수밖에 없게 된 것을 체념하고 어물어물 지내다가 전쟁이 터진 것이다. 쫓겨갔다가 되돌아와서도 유주상이는 청년단장 자리에 대해서는 찍소리가 없었다. 그 약아빠진 놈이 행여라도 어찌 될지 모를 신변의 위험을 피하느라고 그러는 것임을 염상구는 빤히 들여다보면서도 짐짓 모르는 척하며 방위대장 노릇을 달게 해먹고 있었다.

염상구는 같은 노래를 연거푸 휘파람으로 불어대며 차부를 다 휘젓고 다방으로 돌아왔다.

"어디 갔다가 이제 오세요."

염상구가 얼굴을 디밀자마자 아가씨가 짜증을 섞어 말했다.

"워쩌?"

저년이 구녕얼 맞친 사이라고 느자구가 없어진다냐 워쩐다냐, 생각하며 염상구는 턱을 치켜들며 까딱했다.

"경찰서장님이 몇 번씩이나 전화 걸고 야단났었다구요."

"무신 일인디?"

"그걸 내가 어떻게 알아요."

아가씨가 돌아서버렸다.

"야 이년아!"

염상구가 소리침과 동시에 아가씨의 어깨를 잡아챘다.

"엄마!"

아가씨가 비명처럼 소리치며 돌려세워졌다. 아가씨의 얼굴이 겁질려 있었다.

"이년아, 니 나가 누군지 몰라서 그리 불뚱시럽게 지랄 치는 것이여, 시방? 귀싸대기에 한바탕 불이 붙어야 니가 지정신 채리겄어!"

염상구는 곧 후려칠 기세였다.

"아니에요, 잘못했어요. 딴 일로 속이 상해서 그랬어요."

얼굴이 하얗게 질린 아가씨는 두 손을 모아 비벼댔다.

"니가 나허고 구녕 맞친 사이라고 혀서 그리 밑자리 깔고 밍기적일라는 것이람사 그날로 벌교바닥서 돈벌이 못 해묵어. 알겄어!"

염상구가 아가씨를 떠밀고 급히 밖으로 나갔다. 비틀비틀하다가 몸을 바로잡은 아가씨는 얼굴을 가리고 주방으로 도망치듯 했다.

"어허, 쩌것이 폴세 남자맛 봐부렀다 그것 아니라고?"

"글먼 처년지 알었드랑가?"

"금메, 나이도 쪼깐헌 것이 말이여."

"나이가 무신 소양이여, 직업이 말허제. 쟈덜이 처녀길 바래는 것은 기생방서 처녀 구허는 것이나 매일반이여."

"쩌것이 온 지도 을매 안 되았는디 그 사람 빨르게도 입맛 다셔뿌렀네이."

"칼 던지데끼 혀부렀겄제 워째."

"좌우당간 저 시악씨 오늘로 당장 짐 싸야 되게 생게뿌렀네."

"하먼, 명색이 처년디 몸 베레뿐 것 우리가 싹 다 알아뿌렀응께."

일부러 아가씨가 들으라는 듯 서너 명의 남자들이 큰 소리로 주고받으며 허허대고 웃고 있었다.

염상구는 경찰서장과 마주 앉았다. 권 서장은 또 무슨 일이 벌어졌는지 마땅찮은 얼굴로 한참이나 앉아 있기만 했다. 염상구도 마주 대하고 앉았을 뿐 먼저 입을 열지 않았다. 그전 같았으면 눈치 살펴가며 무슨 일이냐고 먼저 입을 놀렸을 것이다. 방위대장이 되고 나서부터 달라진 그의 태도였다.

"이거 참, 또 골치 아픈 명령이 떨어졌소."

권 서장이 쩝쩝 입맛을 다셨다. 그래도 염상구는 입을 꾹 다물고 있었다. 내 힘이 필요하면 빨리빨리 말하라는 배짱이었다.

"이거 말이오, 국민방위군 설치법이란 것이 며칠 전에 새로 만들어졌는데 말이오, 이게 우리 발등에 떨어진 불이오."

권 서장이 한숨을 쉬며 고개를 저었다.

"고것이 무신 법인디 그리 급허다요?"

염상구는 겨우 한마디를 걸쳤다.

"그 국민방위군 설치법이란 게 말이오, 전시나 사변에 병력동원을 신속히 하기 위해서, 남자로서 군경과 공무원을 제외하고는 만 17세 이상 40세 이하의 장정들을 지원에 의해 국민방위군에 편입시킨다는 것이오."

"고것이 머시가 그리 급헌 볼똥이요. 제2국민병이나 하나또 달블 것 없고, 지원이라는디 적당허니 맹글면 될 것 아니겄소."

"글쎄, 법의 앞대가리야 그렇지만 뒤로 갈수록 그렇지 않으니 문제 아니겠소. 제2국민병은 징병 범위만 정해놓은 것인데, 국민방위군은 바로 군대편성으로 전선에 투입될 모든 준비를 갖춰야 하는 게 다른 점이오. 그리고 지원이라 했지만 그건 말뿐인 것 아니오?"

"글먼 그것이 제1국민병허고는 머시가 달브요. 전선에 투입될 채비럴 전부 헌다면야 그것이 그것 아니다요?"

"그러니까 말이오, 사태가 또 좋지 않게 돼가니까 제1국민병을 뒷받칠 병력을 미리미리 확보해 두자는 계획인 것 같소. 그래서 경상남북도 일원에 벌써 51개의 교육대도 만들었다는 것이오."

"옳여, 인자 알겄소. 중공군덜이 인해전술로 밀어붙임서 내레온께로 여그서도 인해전술로 맞대거리허고 뎀빌라고 그러는 것 아니겄소?"

"그래요, 염 대장 생각이 얼추 맞을 것 같소. 그런데 문제는 말이오, 국민방위군 조직을 전국적으로 만드는 건 별문제가 아닌데, 지역별로 방위군을 뽑아 아까 말한 교육대로 보내라고 할당이 내려와 있단 말이오."

권 서장이 또 긴 한숨을 내쉬었다.

"지기럴, 요러다가는 남자덜 씨가 몰르겄소. 그간에 징병으로 노무자로 을매나 많이 몰아갔는디 또 뽑아내라고 그런다요. 남자라고 생게묵은 것은 아새끼덜허고 영감탱이덜만 남을 판인디, 고런 쭉쩡이덜이 워째 농새럴 짓겄소. 나라에서 인자 국민덜 다 굶게죽이잔 것인갑소."

"글쎄 말이오, 명령이니 안 들을 수도 없는 일이고, 어쨌거나 큰

일이오. 그리고…… 청년단이 이 법에 따라 국민방위군으로 바뀐다는 것도 알아두시오. 그러니까 염 대장은 벌교국민방위군 대장이 되는 것이오."

"염병, 묵자 것도 없이 이름만 정신없이 뜯어고치는 것 하나또 반갑지 않소."

염상구는 신경질적으로 담배에 불을 붙였다.

"서울에서는 벌써 지난 17일부터 방위군을 뽑아 경상도로 이동시키고 있다는 거요. 우리도 할당수를 빨리 채워 군으로 보내야 하오. 국민방위군 대장이 됐으니 이건 바로 염 대장의 일이오."

"니기럴, 나도 인자 인심만 잃고 살기가 겁나요. 나도 눈치코치 다 있는 사람새긴디."

염상구는 담배연기를 내뿜으며 얼굴을 일그러뜨렸다. 권 서장은 그의 말이 절실하게 가슴을 찔러와 슬그머니 눈길을 돌렸다. 궂은 일을 그에게 떠맡기려 했던 죄책감도 함께 느꼈다.

"아그덜 챙게야 헌께 나 인자 가볼라요."

염상구가 몸을 일으켰다.

"예, 함께 수고 좀 합시다."

권 서장은 굳이 악수를 청했다. 염상구는 악수를 하며 어색스럽게 웃었다.

권 서장은 별로 즐기지 않는 담배를 빼물었다. 아무리 전시라고 하지만 나라 돌아가는 꼴이 엉망진창이라고 생각했다. 국민방위군 설치법이 국회를 통과한 것이 16일이고, 공포된 것이 20일이었다.

그런데 서울에서는 벌써 17일부터 방위군을 경상도로 보내기 시작했다는 것이다. 법의 공포라는 것이 아무리 형식적인 절차라고는 하지만, 법이 공포되기도 전에 법을 시행한 것이었다. 결과적으로 보면, 법이 통과되자마자 군이나 경찰에서는 사람들을 닥치는 대로 잡아들인 것이고, 그 사람들은 무슨 이유인지도 모른 채 서울을 떠나야 했다는 것밖에 안 되었다. 그렇게 위법적으로 몰아친 일에 법조문의 '지원'이 묵살되었을 것은 뻔한 노릇이고, 그 다음 조항에 있는 '학생 제외'라는 것도 제대로 지켜졌을지 의문이었다. 권 서장 자신으로서도 '지원'을 지킬 도리가 없는 일이었다. 그것을 지키게 하려면 수를 할당하지 말아야 했고, 책임량을 할당할 바에는 법조문에 그 단어를 넣지 말았어야 했다. 그런 모순적 행정이 한두 가지가 아니었음을 상기하며 권 서장은 그저 쓰게 웃을 수밖에 없었다.

권 서장의 그런 추론은 어김없이 들어맞았다. 최인석은 18일 오후에 하숙이 가까운 원효로에서 군인들에게 잡혀 무조건 트럭에 떠밀려 실려졌다.

"이거 왜 이래요. 당신들 뭐요, 도대체. 난 학생이요, 학생!"

군대에 끌려간다는 것을 직감한 최인석은 트럭에 실리지 않으려고 발버둥치며 '학생'임을 내세웠다.

"이새끼 이거 말이 많아!"

군인의 총개머리판이 최인석의 어깻죽지를 후려쳤다. 최인석은 숨이 컥 막히며 무릎이 꺾이는 것을 느꼈다. 그가 제대로 정신을 차렸을 때는 어느새 포장 친 트럭에 실려 있었다. 침침한 트럭 안에는 사람들이 그득하게 차 있었다. 그런데 그들은 모두 죽은 듯이 조용했다. 최인석도 어깻죽지에 그대로 남아 있는 통증을 견뎌내며 무어라고 더 입을 열 용기를 잃고 있었다.

최인석이 트럭에서 떠밀려 내린 곳이 용산중학교였다. 운동장에는 이미 많은 사람들이 붙들려와 있었고, 트럭들은 분주하게 드나들고 있었다. 트럭에서 내리는 대로 사람들은 줄이 세워졌다. 그때부터 이 사람, 저 사람이 자기네들의 절박한 형편을 하소연하기 시작했다.

"우리 마누라가 애를 낳느라고 진통이 심해 산파를 부르러 나왔다가 이렇게 끌려왔소. 제발 좀 보내주시오, 마누라가 죽소."

서른대여섯 나 보이는 남자의 이런 애걸에 대한 해결책은 개머리판이 그의 등짝을 후려친 것이었다. 그 남자는 찬바람 휩쓰는 운동장에 곤두박히고 말았다.

"우리 어머니는 병들어서 돌볼 사람이 나밖에는 없습니다. 먼 친척집에라도 어머니를 맡기고 올 테니 시간을 좀 내주세요."

스물이 될까 말까 한 젊은이의 애달파하는 부탁에 대한 대답도 개머리판이 그의 가슴을 친 것이었다. 그 젊은이는 눈을 흡뜨며 푹 고꾸라져 운동장의 흙바닥에 머리를 박았다.

운동장은 완전한 공포분위기였다. 개인사정이 통하지 않은 건 물론이었고, 강제행위에 대한 항의도, 잡혀온 이유를 알고자 하는 것도 용납되지 않았다. 군인들은 일체의 말도 들으려 하지 않았고,

어떤 대답을 하려고도 하지 않았다. 오로지 개머리판을 휘두르는 것으로 말을 막았고, 대답을 대신했다.

사람들은 소대별로 교실로 떠밀려 들어갔다. 날이 어두워지는 속에서 그들은 교실 맨바닥에 바짝 웅크리고 앉아 부들부들 떨어 댔다. 밥때가 다 지났는데도 저녁밥을 줄 기미가 전혀 보이지 않았다. 그렇다고 누가 나서서 그 말을 하지도 못했다.

"아 이놈들이 밥도 굶길 작정 아니오?"

"눈치가 그런 모양이오."

"하 이거, 아무리 전시라지만 해도 너무하는 짓이오."

"영장도 없이 사람들을 이리 끌어가는 판인데 밥 굶기는 것 정도야 약과요."

사람들의 숨죽인 수군거림이었다.

"도대체 왜 이리 갑작스럽게 난리를 치는 걸까요?"

"글쎄요…… 전세가 소문보다 더 다급해서 그러는 건 아닐까요?"

"그게 다 중공군 때문이 아니겠소?"

"그렇겠지요."

"아무리 중공군이 많이 몰려내려온다고 그 좋은 미국 무기로 못 막아내다니, 도무지 알다가도 모를 일이오."

"그러게 말이오. 그나저나 이 추운 겨울에 어디로 끌어가려나 그래."

"세상 돼가는 꼴이 해방이 안 됐느니만 못해요."

다른 사람들의 목소리 낮춘 말이었다.

최인석은 그런 말들에 필요 이상으로 신경을 써가며 살 속을 파고드는 추위에 부들부들 떨어댔다. 그는 징병을 피해 서울로 올라온 것을 후회하고 또 후회했다. 그러나 도움을 청하기에는 집은 너무나 멀었고, 눈앞의 현실은 한 발짝 앞을 알 수 없는 절망이었다.

모든 사람들은 밤새도록 공포에 떨고, 추위에 떨고, 배고픔에 떨었다. 날이 밝자 사람들은 소금기가 묻은 주먹밥 한 덩이씩을 받았다. 밤새껏 땡땡 얼어붙은 몸들을 푸들푸들 떨어대며 그들은 주먹밥을 정신없이 먹어치웠다. 모두가 하룻밤 사이에 거지꼴로 변해 있었다.

주먹밥을 먹자마자 그들은 소대별로 운동장에 집합했다.

"모든 장정은 행군 중에 군기를 철저히 지켜야 한다. 지금은 전시고, 제군들은 지금부터 군인이다. 무단이탈자, 명령불복종자는 무조건 즉결처분한다, 이상. 1소대부터 출발하라!"

장교의 말이 꽁꽁 얼어붙은 추위보다 더 냉혹하게 도열한 500여 명을 얼어붙게 만들었다.

그들은 군인들의 삼엄한 경계 아래 학교를 벗어났다. 얼마 걷지 않아 한강이 나타났다. 그때서야 사람들은 자기네가 남쪽으로 가고 있다는 것을 알았다. 그들은 한강을 건너면서 북풍이 몰아쳐오는 서울을 돌아다보았다. 그리고 모든 것을 체념했다.

추위 속에서 도보행군은 강행되었다. 최인석은 죽지 못해 따라 걸으면서도, 옷을 입을 만큼 입고 잡힌 것을 그나마 다행으로 여겼다. 어떤 사람들은 입은 것이 너무 허술해 푸르딩딩하게 얼어붙은 얼굴로 후둘후둘 떨어대며 걷고 있었다. 그의 마음은 하숙방의 책 갈피 속에 줄곧 매달려 있었다. 거기에 숨겨둔 돈이 그렇게 아깝고 애석할 수가 없었다. 얼마 되지는 않은 돈이었지만 수중에 있었다면 더없이 요긴하게 쓸 수 있었을 것이라는 안타까움이었다. 행군 중에 잡담은 일체 금지였고, 대열도 똑바로 맞춰야 했다. 한 시간 행군에 5분씩의 휴식이었다. 그 짧은 휴식 시간 동안에 사람들은 바람 피할 곳을 찾아 서로 몸을 바짝바짝 붙이고 쪼그려앉아 담배 피우기에 바빴다. 그러나 준비한 것이 없는 담배는 몇 시간이 지나지 않아 동이 나고 말았다. 돈 가진 사람이 한 갑을 사도 너도나도 한 개비씩을 뽑고 나면 금방 빈 갑만 남았다.

"중사님, 우리도 군인이라면서 담배 지급은 안 합니까?"

체념 빠르고 비위 좋은 어떤 사람의 말이었다.

"사 피울 돈 없으면 담배 끊어."

중사의 매정스런 말이었다.

중사가 담배 지급을 할 수 없는 형편을 그런 식으로 무질러버린 것은 그나마 군인다운 재치였다. 문제는 점심때에 일어났다.

그들의 대열은 시흥을 거쳐 안양에 도착해서 점심을 먹게 되었다. 그들은 경찰서가 가까운 공터에 대기하고 있었다. 그런데 20분이 지나고, 30분이 지나도 밥 먹으라는 소식은 없었다.

"제길, 인자 방앗간에 갔나."

"어디에 좀 들어앉히기나 하든지."

"이거 참 환장할 일이네."

사람들 사이에서 불평이 일기 시작했다. 그러나 40분이 지나고, 한 시간이 다 되어도 아무런 소식도 오지 않았다.

"씨팔, 이거 어떻게 돼가는 거야! 야, 너 좀 갔다 와봐."

마침내 중사가 성질을 내며 부하에게 내질렀다.

"예, 저어…… 어디로 가봐야 하는지……."

"이새끼야, 경찰서고 군청이고 읍사무소고, 있는 대로 다 뒤져보면 장교고 상사고 있을 거 아냐!"

"예에, 알겠습니다."

일등병은 허겁지겁 뛰어갔다. 사람들의 귀는 일제히 두 사람의 말에 쏠려 있었다.

10분 남짓 지나 일등병이 숨을 헐떡이며 돌아왔다.

"예, 중사님…… 일이 잘 해결되어 얼마 전에 저어…… 식당에 밥을 하라고 시켰다니까 곧 먹게 될 거라고 합니다."

일등병은 숨이 차서 말을 제대로 못했다.

"아니, 여태 뭘 하다가 얼마 전에 밥을 시켰다는 거야!"

중사가 입 끝에 물고 있던 담배를 뱉으며 빽 소리를 질렀다. 담배가 땅에 떨어지기가 무섭게 어떤 손이 그것을 냉큼 집어갔다.

"예, 저어…… 경찰서장이고 읍장이 하는 말이, 그저께부터 매일 이렇게 밀어닥쳐 밥을 해내라고 하면 전쟁통에 자기들도 예산이 없어 쩔쩔매고 있는데 어떻게 하느냐고, 다른 읍이나 면으로 가보라고 해서 시간을 끌었던 모양입니다."

"그새끼들 그거 정신 하나도 없는 새끼들일세. 아니 지금이 어느 때라고 그런 새끼들이 군인을 보고 그따위 개소릴 쳐. 그리고 중대장하고 상사는 또 뭐 하는 짓이야. 그새끼들 배때지에 총을 들이대서 일을 후딱후딱 끝내잖고 시간이나 질질 끌고 말야."

화를 터뜨리고 있는 중사에게 사람들은 소리 없는 박수를 보내고 있었다. 중사는 바로 자신들의 화풀이를 해주고 있었던 것이다. 그러나 사람들은 그때서야 비로소 자신들을 위해 사전준비가 아무것도 되어 있지 않다는 것을 눈치채게 되었다.

사실 정부에서는 병력확보만을 성급하게 추진하고 있을 뿐 그에 따르는 여러 가지 조처는 아무것도 취하지 않은 상태였다. 단 한 가지, 장정들의 급식을 해결하기 위하여 방위군에 양곡권을 주고는 그것으로 현지의 군수나 읍장 그리고 경찰서장에게 급식을 요청하도록 했을 뿐이었다. 그러나 전쟁상태에서 세금은 제대로 걷히지 않고, 지방행정은 거의 마비되어 있는 형편이었다. 그런데 한두 명도 아닌 사람들의 급식제공이란 용이한 일이 아니었다. 더구나 그 일이 한 번으로 끝나는 것이 아니라 도보행군의 거리상으로 중복해서 일을 당하게 되는 지방관청에서는 말썽이 일어나지 않을 수 없는 문제였다.

추위 속에서 한 시간 반이 넘도록 덜덜 떨며 기다린 그들은 마침내 점심을 먹으러 식당으로 향했다. 세 개의 식당으로 분산된 그들이 식당 안으로는 들어가지도 못하고 받아든 것은 아침과 마찬가지인 주먹밥이었다. 아침의 것과 다른 것이 있다면 주먹밥이 김으로 싸인 것과, 다쿠앙 두 쪽씩을 받은 것이었다. 그들의 실망은 이만저만이 아니었다. 그들이 식당으로 몰려오면서 생각한 것은 따뜻한 방, 따스한 밥, 따끈한 국이었던 것이다. 추위 속 양지에 쪼그리고 앉아 주먹밥을 씹고 있는 그들의 가슴속에서는 그 실망이 노여움으로 바뀌고 있었다.

안양에서 시간을 빼앗기는 바람에 그들의 행군은 목적지인 수원에 다다르지 못하고 의왕에서 멈추었다. 그곳에서 저녁밥을 얻어먹는 데도 시간이 걸렸다. 똑같은 문제로 말이 오간 것이고, 그들이 받아든 것은 또 주먹밥이었다. 그도 그럴 것이 밥은 어찌어찌 해낸다고 하더라도 갑자기 밥그릇·숟가락·젓가락을 500여 개씩 동원하기란 불가능한 일이었던 것이다. 밥은 밥이고, 그 다음의 문제가 잠자리였다. 그들은 또 국민학교 교실의 맨바닥에 쪼그려앉아야 했던 것이다. 그들은 하루 종일 걸은 피곤한 몸들이었지만 엄습하는 추위로 잠을 잘 수가 없었다.

"이게 뭘 하는 짓이야 이거. 사람을 얼려죽일 작정이야."

"최소한 담요 한 장씩은 줘얄 것 아냐."

이런 불평들이 나오긴 했지만 그 소리는 별로 크지 못했다.

하룻밤을 꽁꽁 얼며 샌 그들은 주먹밥을 하나씩 받아먹고 다시 추위 속을 걷기 시작했다. 대열의 여기저기에서 터져나오는 기침 소리가 찬 바람 속에 흩어지고 있었다. 이틀 밤을 맨마룻바닥에서 지새우며 감기들이 걸렸던 것이다.

"이거 안 되겠소. 사람을 이렇게 개돼지 취급을 하다니, 이게 말이 되오?"

"그렇소. 이대로 가다간 우린 다 얼어죽고, 굶어죽고 말 거요."

"이대로 당하지만 말고 단체로 항의하도록 합시다."

사흘째는 점심도 굶은 데다 또 교실의 맨바닥에 내던져지자 사람들의 마음은 한 덩어리로 뭉쳐지게 되었다. 그들의 노여움은 이제 증오로 바뀌고 있었다.

5

1951년 1월 4일

통화에는 그날도 눈이 내리고 있었다. 만주땅에는 눈이 하루거리로 내리고, 내려쌓인 눈 위로 거친 바람이 휘몰아쳐 언제나 눈가루를 뿌옇게 일으켜올렸다. 그래서 눈이 오지 않아도 사람들은 눈보라를 맞는 형국이었다. 거기다가 눈까지 내리게 되면, 하늘의 눈보라와 땅의 눈보라가 뒤엉켜 난무를 이루었다. 그건 경치로는 장관이었고, 사람의 기동에는 장애였다. 그들은 그런 눈의 소용돌이 속을 뚫고 통화역에 나와 있었다.

김미선은 오래전부터 속입술을 잘근잘근 깨물고 있었다. 눈물을 보이지 않기 위해서였다. 그리고 이원조와 이학송한테서 애써 눈길을 돌려 먼 데를 보려고 했다. 나는 당원이다. 그건 당의 명령이다. 그리고 나도 곧 뒤따라간다. 그녀는 이 말을 수없이 되풀이하며 자신의 가슴에 차오르는 눈물을 퍼내고 있었다.

그 결정은 갑작스럽게 내려졌다. 이원조가 고산진에 있는 박헌영을 만나고 와서 서울행은 결정되었다. 그런데 예상하지 못했던 문제가 생겼다. 《인민군신문》에서 신문발행을 중단할 수 없다는 이유로 기자들의 이동을 막았다. 그냥 신문도 아니고 교재의 성격까지 띠고 있는 신문이어서 그 이유는 타당했다. 그러나 이원조의 입장에서는 서울로 돌아가 《해방일보》를 다시 내야 하는 막중한 임무가 주어져 있었다. 그리고 처음부터 기자들의 근무는 임시라는 것이 묵계되어 있었다. 《인민군신문》과 이원조 사이에서 이틀 동안 이런저런 말들이 오갔다. 그러는 사이에 기자들의 마음은 불안하게 설렁거렸다. 《인민군신문》이 내세우는 이유를 충분히 이해하면서도 기자들의 심정은 이미 서울행으로 쏠려 있었던 것이다. 다시 서울로 돌아간다! 그건 신문발간과 상관없이 가슴 두근거리는 기쁨이고, 가슴 저려오는 환희가 아닐 수 없었다. 그건 서울을 떠나오며 뼈저리게 느꼈던 참담한 어둠이 찬란한 빛으로 바뀌는 환호였던 것이다.

마침내 서로가 동의한 최종결정이 내려졌다. 이학송 한 사람만 먼저 떠나고 나머지 기자들은 인원교체를 한 다음에 떠난다는 절충안이었다. 그 결정에 충격을 받은 것은 김미선이었다. 그녀는 그 소식을 듣는 순간 의자에 털썩 주저앉고 말았다. 가슴 무너지는 것은 그렇게 심했다. 그녀가 마음을 의지해 온 것은 바로 이원조와 이학송이었던 것이다. 그 두 사람이 다 떠나고 말면…… 그녀는 순간적으로 밀려드는 암담함을 주체할 수가 없었다. 그리고 시간이 조금 지나자 그런 결정을 내린 이원조가 원망스러워졌다. 어차피 다 한꺼번에 떠나지 못할 바에는 이학송도 남겨두고 가야 했던 것이다. 물론 이학송만이라도 먼저 데려가는 이원조의 심중을 헤아리지 못하는 것은 아니었다. 그건 이학송이 가진 특출한 능력 때문이었다. 사적인 감정을 떠나서 생각하더라도 이학송의 그 특출함은 《인민군신문》에서도 절대 필요했던 것이다. 이학송은 《인민군신문》의 기사를 절반 이상이나 혼자서 써내는 형편이었고, 다른 사람들이 쓴 기사도 그의 손질을 거쳐야만 제 모습을 갖추게 되었다. 그는 어떤 기사를 쓰든 파지를 내는 일이 거의 없었고, 기사의 종류에 따라 문체까지 달라지는 것이었다. 그리고 제목을 뽑거나, 긴 글의 내용을 요약하는 데도 남들의 생각을 언제나 저만치 앞질러 있고는 했다. 흡사 마술사 같은 폭넓고 다양한 그의 능력을 김미선은 그저 경이롭게 바라볼 수밖에 없었다. 그의 머리는 끝없이 새로운 생각을 만들어내고 있는 어떤 빛의 덩어리인지도 모른다고 김미선은 생각했다. 김미선은 그를 만나면서 비로소 인권과 능력이 구분되어야 하는 확실한 이유를 알았고, 같은 종류의 일을 하면서 능력자를 존중할 줄 아는 태도를 배웠다.

개찰이 시작되었다. 대합실 안이 갑자기 웅성거리며 활기가 차올랐다.

"김 동무, 당중앙을 통해서 곧 해결할 테니 조금만 참고 기다리시오."

밝은 얼굴의 이원조의 말이었다.

"네, 원로에 편히 가십시오."

김미선은 웃음 지으며 악수를 나누었다.

"김 동무, 서울에서 만납시다. 기다리고 있겠소."

이학송이 엷게 웃으며 손을 내밀었다.

"……."

김미선은 이학송의 손을 잡은 채 고개를 떨구고 말았다. 다시 깨문 속입술을 놓아 무슨 말인가를 하려고 입을 열면 말보다는 먼저 울음이 터져나올 것 같았던 것이다. 기어이 눈물이 후둑 떨어져내렸다. 이러지 말자고 했는데…… 그녀는 목젖이 아프도록 눈물을 삼키며, 금방 얼굴을 들 수 없게 된 난처한 입장을 생각했다.

"김 동무, 다시 만날 때까지 건강하세요. 먼저 떠나서 미안하구만요."

김미선은 때마침 들려온 나이 든 목소리에 구조되듯 고개를 들었다. 안쓰러운 표정을 지은 박 영감의 얼굴이 바로 눈앞에 있었다.

"아니에요, 저도 곧 뒤따라갈 텐데요 뭘. 편히 가세요."

김미선은 머리칼을 걷어올리며 웃었다.

《해방일보》 일행은 한 사람씩 개찰구를 빠져나갔다. 김미선은 눈물 어린 눈으로 그 사람들의 뒷모습을 지켜보고 서 있었다. 이원조가 눈발 속으로 들어서며 뒤돌아보고 손을 흔들었다. 김미선도 손을 마주 흔들었다. 박 영감도, 다른 사람들도 뒤돌아보며 손을 흔들었다. 그런데…… 이학송 혼자서만 뒤돌아보지 않은 채 짙은 눈발 속을 걸어가고 있었다. 아니…… 김미선은 그래서는 안 된다고 생각하며 자신도 모르게 서너 발짝 앞으로 옮겼다. 그러나 이학송은 짙은 눈발 속을 계속 걸어가고만 있었다. 눈물이 어린 데다 눈발이 짙어 이학송의 뒷모습은 금방금방 흐려지고 있었다. 그녀는 손등으로 눈물을 닦아냈다. 그러나 이학송은 끝내 뒤를 돌아보지 않고 사람들 속에 뒤섞인 채 눈발 속으로 사라지고 말았다.

김미선은 그냥 주저앉아 목 놓아 울고 싶도록 서운하고 야속하고 허망했다. 왜 그냥 가고 만 것일까. 내가 보인 눈물에 기분이 상한 것일까. 혹시 이원조 선생한테 오해를 받을까 봐 그런 것일까. 내가 보인 여자 모습이 주체스러워 그런 것일까. 아니면…… 그도 나 같은 마음이라서 속이 아파 뒤를 돌아보지 못한 것일까.

"김 동무, 그만 돌아갑시다."

남아 있는 일행의 말이었다.

김미선은 줄줄이 흘러내리는 눈물을 양쪽 손등으로 닦아내며 개찰구 저편을 다시 눈여겨 바라보았다. 이학송의 모습은 없고 눈발만 가득 차 있었다.

김미선은 차를 타고 돌아가면서도 눈물을 주체하지 못했다. 그리고 그가 왜 뒤돌아보지 않고 떠났는지 그 연유도 가려지지 않았다. 그를 동료라기보다는 한 남자로 마음에 담기 시작한 것이 언제부터였던가……, 그녀는 기억을 더듬었다. 날이면 날마다 위험한 고비를 몇 차례씩 넘기며 후퇴를 계속해야 했던 그 어느 대목에선가 그는 불현듯 커다란 산의 무게를 한 남자로 둔갑하여 가슴에 들어앉았던 것이다……. 박 영감과 셋만이 남겨져 강계길을 가다가 미군으로 앞이 막힌 것을 알고 초산 쪽으로 방향을 바꿔잡을 때의 그 단호하고도 결연했던 모습……. 그러나 그래선 안 된다고 얼마나 자신을 나무라면서, 그를 밀어내려 했던가. 마음은 바로잡힌 것 같았고, 그는 물러난 것 같았다. 그러나 막상 그와 헤어지는 마당에 맞닥뜨리게 되자 그동안 자신은 감정의 속임수를 쓴 것뿐이며, 그는 끄떡도 하지 않는 산으로 가슴에 그대로 자리 잡고 있었던 것이다. 남편이 죽은 지 3년. 어쩌면 자신은 남편의 초상을 보고 있었는지도 몰랐다. 백색 테러에 죽어 시체도 찾지 못한 남편은 중간간부다운 열정의 소유자였다. 남편의 외모는 이학송과 달랐지만 그 마음씀이나 식견 같은 것은 두 사람이 너무나 흡사했다. 처자가 있는 그를 소유하겠다는 욕심 같은 건 애당초 없었다. 사랑이라는 것을 전제로 이혼행위의 합법성을 실행에 옮길 만큼 자신은 뻔뻔스럽지 못했고, 자신의 욕심을 위해 다른 여자를 불행하게 만들 만큼 자신은 몰염치하지도 못했다. 그저 그가 옆에 있는 것으로, 그리고 그의 옆에 있을 수 있는 것으로 여자로서 빈 마음의 자리를 채울 수 있었던 것이다.

부대가 가까워지는 것을 느끼며 김미선은 마음을 수습하고 손거울을 꺼내 눈물자국을 지웠다. 이학송이 이곳까지 올 때처럼 그렇게 고생을 겪지 말고 무사히 서울에 도착하기를 빌었다.

다음날인 12월 24일 마침내 서울에는 시민 대피령이 내려졌다. 날로 심해지는 추위를 따라 불안감이 고조되어 가던 전황이 그 본모습을 드러내고 만 것이다. 영하 15도의 강추위가 계속되고 있던 서울은 금방 혼란의 열기로 들끓기 시작했다. 지난 6월과는 반대로 방송과 가두선전도 '신속한 사전 대피'를 숨 가쁘게 알려 서울 탈출의 열기를 부추기고 있었다. 그날 밤부터 피난짐을 이고 진 사람들로 서울역과 용산역은 수라장을 이루고 있었다. 수많은 사람들이 어지럽게 뒤엉켜 서로 밀고 밀치는 혼잡 속에서 이름을 불러대는 외침들, 서로 다투는 고함소리들, 영문을 알 수 없는 아우성들, 아이들의 울음소리들이 뒤죽박죽되고, 아무런 효과도 내지 못하는 호루라기소리들이 쉴 새 없이 찢어져나가고 있었다.

"여보, 빨리 피난짐 챙기시오."

민기홍은 대문을 들어서며 말하고 있었다.

"너무 늦길래 걱정했어요. 근데, 사태가 또 그리 급하게 됐나요? 피난 떠날 무슨 방법은 있어요?"

그의 아내는 다급한 목소리로 두 가지를 한꺼번에 묻고 있었다.

"사태는 아직 그렇게 급하진 않은 모양인데 미리미리 피난시키자는 거요. 그리고 신문사에서 내일 떠날 수 있도록 단체로 기차표를 구하기로 했소."

민기홍도 두 가지 대답을 이어서 하고 있었다.

"목적지는 어딘가요?"

"아마 부산일 거요."

"어머! 그럼 또 거기까지 밀릴 작정인가요?"

민기홍은 방으로 들어서며 아내의 잘못된 말을 개의하지 않았다. 정부가 미리 '밀릴 작정'을 할 리가 없었다. 소심하고 세심한 아내는 말이 그렇게 빗나갈 정도로 마음이 동요되고, 겁먹고 있다는 증거였다.

"신문사야 어차피 안전이 보장돼야 하니까 그러는 것뿐이오."

"네에. 곧 밥상 들여올께요."

민기홍은 옷을 갈아입으며 시름겨운 한숨을 자신도 모르게 내쉬었다.

미·중이 개입되어 밀고 밀리는 이 공방전의 의미가 무엇인지 해득이 어려운 채 마음만 어둡고 무거웠던 것이다.

"시장하신데 어서 드세요."

민기홍은 밥상으로 다가앉았다.

"가두방송을 듣고는 곧 중공군이 들이닥치는 줄 알았지 뭐예요. 그런데 이번에는 정부가 정신 차렸나 보죠? 6월 일로 너무 많이 욕을 먹어서 말예요."

아내의 말에는 정부의 조처에 대해 고마워하는 느낌이 담겨 있었다. 민기홍은 그냥 지나칠까 하다가 아내가 정부에 대해 불필요한 호의를 갖고 계속적으로 판단을 그르치게 될 것을 염려해서 입을 열기로 했다.

"그게 꼭 6월의 잘못 때문에 국민들을 위해 취해진 조처가 아니오. 그건 일종의 작전이오."

"네에?"

그는 놀라는 아내를 건너다보았다.

"그 조처의 1차적인 목적은 소개작전이오. 서울을 비워 적을 궁지에 몰아넣자는 작전 말이오."

"아니, 그건 러시아가 나폴레옹한테 쓴 방법 아닌가요?"

배운 티를 내는 아내의 말에 그는 고개를 끄덕였다.

"맞소. 자연의 악조건에다가, 점령지가 텅텅 비어 있으니 현지조달을 아무것도 못해 결국 나폴레옹도 무릎을 꿇을 수밖에 없잖았소."

"소개를 시키다 보면 덩달아 피난도 되는 셈이니까 정부로선 그렇게 법석을 떨 만한 일이로군요."

아내의 말이 시큰둥해지는 걸 그는 느꼈다.

"그런 셈이오."

"근데 말예요, 포로가 되려면 중공군한테 포로가 돼야 살아난다는 소문이 쫙 퍼져 있는데, 그 사람들은 그리 인정도 있으면서 싸움도 잘한다는 말인가요?"

"글쎄…… 그런 소문이 퍼지고 있긴 한데, 하도 괴상한 말들이 많이 떠돌고 있으니 잘 모를 일이오. 그리고 그 사람들이 장개석의 국민당군을 물리쳤으니까 싸움을 못한다고는 할 수 없겠지만, 그보다 더 중요한 문제는 미군한테 있소. 미군들은 일단 후퇴를 하기 시작하자 너무 급하게 뒤로 물러서고 있는 거요."

"겁먹었나 보네요."

"글쎄, 여러 가지 이유가 있겠지만, 어쨌든 사기가 엉망이라는 소식이오."

"전 짐이나 어서 챙겨야겠네요."

"꼭 필요한 것 외에는 싸지 마시오. 기차에 큰 짐은 실을 수도 없을 테니까."

"그러죠."

민기홍은 쌀보다는 잡곡이 더 많은 밥을 아무 맛도 모르고 씹고 있었다. 그는 이미 어느 한쪽 편에 가담되어 있는 자신을 발견하고 있었다. 처자식을 굶겨죽이지 않기 위해서건 어쨌건 간에 자신은 전시상황의 신문사에서 펜대를 놀리기 시작하면서 일방적으로 한쪽 편만을 들게 되었다. 전쟁은 정치의 적극적 수단이면서, 정치의 목적인 인간의 인간적 삶 자체를 파괴하는 괴물이었다. 전쟁의 기본은 적과 우방을 간단하고 명확하게 가르는 것이었다. 그 양분법 앞에서는 그 이외의 어떤 것도 용납되지 않았다. 중도적 입장은 기회주의일 뿐이었고, 객관적 입장은 방관주의일 뿐이었고, 종교적 사고는 허무주의일 뿐이었고, 개인적 판단은 이기주의일 뿐이었다. 전쟁이 정치를 넘어서 역사라는 명분과 맥을 대고 있을 때 그런 결론은 더욱 선명해졌다. 민기홍은 기회주의자이며 방관주의자이며 허무주의자이고 이기주의자인 자신이 그나마 해체되어 버리고 한쪽에 가담되어 있는 초라한 모습을 보고 있었다. 그것을 박차지 않고 주저앉아 있는 것을 체념주의나 패배주의라고 한다는 생각까지 하면서.

다음날 가족을 이끌고 집을 나선 민기홍은 전차를 타는 데서부터 고역을 치르기 시작했다. 서울역행 전차는 피난짐을 싸 든 사람들로 미어터지고 있었다. 눈이 퍼붓고 있는 거리거리에도 커다란 피난짐을 이고 진 사람들이 우왕좌왕하고 있었다. 하룻밤 사이에 달라진 거리의 모습이었다.

서울역은 물론 전날 밤보다 더 북새질을 쳐대며 난장판을 이루고 있었다. 광장에는 발 디딜 틈도 없이 사람들로 넘쳐나고 있었고, 새로 도착하는 전차마다 계속 사람들을 토해놓고 있었다.

"어머, 저 사람들! 서울시내 사람들이 전부 몰려나왔나 봐요."

단순한 놀라움이 아니라 기차를 못 타게 될지도 모른다는 두려움을 나타내고 있는 아내의 말에 민기홍은 약간 퉁명스럽게 대꾸했다.

"저래봐야 만 명도 못 되는 수요. 갑시다, 저쪽으로."

민기홍은 신문사에서 미리 정해놓은 집결지인 헌병대 쪽으로 걸음을 옮기기 시작했다. 그러면서 그는, 서울은 역시 어쩔 수 없는 우익의 집합소로구나, 하고 생각했다. 역사의 정당성이고 다수의 삶을 위한 혁명이고 다 필요 없이 자신들의 기득권만을 지키려고 몸부림하는 사람들이 우글우글 모여 사는 도시가 서울이었던 것이다. 자신은 정치적으로도 경제적으로도 아무런 기득권이 없으면서도 그런 사람들 중의 하나로 휩쓸리며 서울을 떠나려 하고 있었다. 나는 그들과는 다르다. 다만 공산주의가 최선이라고 생각하지 않을 뿐이고, 이 속에서 나름대로 최선을 다하고자 한다. 민기홍은 자신의 의식 저 밑바닥에 도사리고 있는 이런 식의 생각을 굳이 깃발로 꺼내들고 싶지 않았다. 그건 자기 합리화의 변명일 뿐이었고, 조금 배웠다는 자가 자기를 위장하는 가증일 뿐이었다. 당면한 위험을 피하고 싶으면 그저 조용히 떠나는 것이 오히려 진실이었다.

서로 뒤엉켜 혼잡을 이루고 있는 사람들 속을 군인들이 둘씩 짝을 지어 헤치고 다니며 젊은 남자들을 끌어내고 있었다. 그러나 남자들이 순순히 끌려가지 않는 데다, 그 가족들까지 합세하여 군인들에게 맞서거나 대들었다. 결과야 뻔한 그 떼잡이판으로 혼잡은 더 심해지고 있었다.

"군인들이 왜 남자들을 저리 끌어가고 야단법석이죠?"

민기홍의 아내는 당황해서 물었다.

"아마 국민방위군을 뽑아가는 모양이오."

"국민방위군? 그게 뭔데요?"

"뭐 그런 게 있소. 애 잘 챙기고, 어서 갑시다."

민기홍의 대꾸에는 짜증이 섞여 있었다. 그의 아내는 남편의 기색을 눈치채고 입을 다물었다.

최인석이 속한 국민방위군 부대는 대전을 거치고 영동을 지나 추풍령을 앞에 두고 있었다. 지대가 높아져가면서 추위도 혹독한 데다가 바람마저 매섭게 휘몰아치고 있었다. 그리고 길에는 눈이 두껍게 쌓여 있었다. 겨우 대오를 꾸며 걷고 있는 사람들의 무리는 느린 율동이라도 하듯이 흔들거리고 비틀거렸다. 그들의 옷은 하나같이 구겨질 대로 구겨지고 때가 덕지덕지 끼어 넝마를 걸친 것이나 마찬가지였다. 목도리나 보자기나 천조각으로 그저 추위를 막자고 가지각색으로 귀싸개를 한 데다가, 발에는 새끼줄이나 전깃줄로 감발을 치고 있었다. 그런 그들의 모습은 갈데없는 거지꼴이었다. 그들은 입성만 그렇게 남루한 것이 아니었다. 그 옷들 속에 가려진 몰골은 더욱 비참했다. 굶주림과 추위와 강행군에 시달려온 그들은 사람의 몰골이 아니었다. 눈두덩이 푹푹 꺼져 눈알만 퀭하게 드러났고, 광대뼈가 툭툭 불거져나왔고, 양쪽 볼이 패일 대로 패였으며, 메마른 입술은 부르터 갈라진 데다가, 수염들은 거칠거칠 돋아나 있었다. 그렇게 말라비틀어진 얼굴들은 설한풍에 부대끼느라고 푸릇푸릇 얼부풀어 터지고, 살껍질이 허물처럼 들떠오르고 있었다. 그러나 그건 겉으로 드러난 얼굴의 모습일 뿐이었다. 허술한 귀싸개에 감춰진 그들의 귀는 거의가 얼음이 박였고, 새끼줄이나 전깃줄로 감발한 발가락들은 동상이 걸린 데다, 매일같이 무리를 해서 걷는 바람에 서로 쓸리고 터져 진물투성이가 되어 있었다. 군인들의 사정없는 닦달에도 불구하고 그들의 행군이 느릴 수밖에 없는 것은 그들 모두가 탈진상태에 빠졌고, 발들이 다 그 지경인 탓이었다. 그러나 여기까지 온 사람들은 그나마 평소의 건강이 좋은 사람들이었다. 최인석의 소대는 그동안 서른일곱으로 줄어 있었다. 열셋이 병들어죽고, 얼어죽었던 것이다. 나머지 아홉 개의 소대들도 거의 비슷한 사상자들을 내고 있었다.

"자아, 자! 힘을 내, 힘! 저 고개만 넘으면 경상도야. 거기 가면 뜨끈뜨끈한 밥도 고깃국도 얼마든지 있어. 기운 내라구, 기운!"

장교가 긴 대열의 앞뒤로 왔다 갔다 하며 쟁쟁한 소리로 외치고 있었다. 그러나 최인석의 귀에는 그 소리가 제대로 들리지 않고 있었다. 소리가 일정하게 들리지 않고 불룩하게도 들리고, 홀쭉하게도 들렸다. 그의 청각만 착각을 일으키고 있는 것이 아니었다. 그의 시각도 착각의 혼란에 빠져 있었다. 그의 눈에는 산들이 출렁거리고 있었고, 길이 붕 떠오르고 있었다. 그의 몸은 심한 열로 들떠 있었다. 눈은 풀려 있었고, 헤벌린 입으로는 숨을 쉴 때마다 목에 무엇이 걸린 것 같은 소리를 내고 있었고, 두 다리는 심하게 휘청거리고 있었다. 그는 벌써 오래전부터 자꾸 도망가려는 정신을 거머잡으려고 안간힘하며 고통과 싸워오고 있었다. 어떻게든 대열을 따라가야 한다는 한 가지 생각밖에 없었다. 그것은 곧 살아남아야 한다는 의지였다. 대열에서 떨어져나가는 건 곧 죽음이었다. 그동안 그런 것을 숱하게 보아왔던 것이다. 그 죽음들이 얼마나 허망하게 버려지는지를 똑똑히 보았던 것이다. 그렇게 죽어갈 수는 없는 일이었다.

안 돼…… 안 돼…… 집에…… 집에까지……. 앞의 산이 무너져 내리고, 땅이 뒤집히고, 그의 허리가 허청 꺾이는 것 같다가 그대로 푹 고꾸라지고 말았다. 그의 뒷사람이 그에게 걸려 넘어질 뻔하다가 가까스로 몸을 가누었다.

"정지, 정지!"

뒷사람이 소리쳤다. 그의 소리는 기운이 없는데도 사람들은 금방 알아듣고 걸음을 멈추었다. 그들의 의식 속에는 밥·휴식·방·잠, 그런 것들뿐이었다.

"뭐야!"

군인이 뛰어오며 외쳤다.

"쓰러져버렸소."

뒷사람이 힘없는 소리로 말했다.

"어떻게 된 거야?"

중사가 카빈을 고쳐 메며 눈꼬리를 세웠다.

"모르겠소. 그냥 픽 쓰러졌소."

뒷사람이 여전히 힘없이 대답했다.

"거기 무슨 일인가!"

장교가 뛰어오고 있었다.

"옛, 한 명이 쓰러졌습니다."

중사의 힘찬 대답이었다.

"죽었나!"

급히 멈춰선 장교의 입에서 나온 소리였다.

"아직 확인 못했습니다."

"빨리 엎어!"

"옛!"

중사가 한눈길로 주위의 장정들을 훑었다. 서너 사람이 쇠붙이가 자석에 끌리듯 그 눈길을 따라 쓰러져 있는 최인석을 바르게 눕혔다.

"숨 쉬나 봐!"

장교가 명령했다. 눈이 감긴 채 입이 반쯤 벌어져 있는 최인석의 초췌하고도 창백한 모습은 얼핏 죽은 것처럼 보였다. 마땅찮은 얼굴의 중사는 마지못해 허리를 굽혀 귀를 최인석의 코 가까이 가져갔다.

"이거 끊어질락 말락, 아주 가늡니다."

"어디, 비켜봐."

장교는 그때서야 무릎을 꺾고 앉았다. 중사가 했던 것처럼 장교도 최인석의 코 가까이 귀를 갖다댔다. 장교가 고개를 갸웃거렸다.

"이거 또 일 생기겠는데."

장교가 낮게 중얼거리며 몸을 일으켜세웠다.

"어떻게 할까요?"

중사가 물었다.

"양쪽에서 부축해 가지고 가다가 집이 나타나면 떨어뜨려놓고 가도록!"

"알겠습니다."

이미 실시해 오고 있는 중환자 처리방법이었다. 정신을 잃은 최인석을 중사가 지명한 두 사람이 양쪽 팔을 하나씩 어깨에 걸었다. 그리고 대열은 다시 움직이기 시작했다. 움직이는 대열을 따라 최인석의 두 발은 땅에 질질 끌리고 있었다.

눈이라도 내리려는지 검은 구름은 낮게 내려앉고 있었고, 추풍령을 앞둔 길은 갈수록 기울기가 심해지고 있었다. 깊은 산의 겨울은 깊을 대로 깊어져 그 어디에서도 새소리 하나 들리지 않고, 추운 적막만 그 끝을 모르게 깊었다. 그 산속을 굶주리고 지친 대열이 느릿느릿 움직여가고 있었다.

최인석이 무슨 소리를 하는 것 같았다. 그리고 처졌던 그의 몸이 더 처져내렸다. 그의 팔을 어깨에 걸고 있던 두 사람의 눈이 동시에 마주쳤다. 그들의 놀란 눈은 똑같은 느낌을 담고 있었다. 다시 대열이 멈추었고, 두 사람은 최인석을 받쳐잡았다. 땅바닥에 눕혀진 최인석은 이미 숨이 끊어져 있었다.

"또 뭐야!"

중사가 뛰어왔다.

"죽었습니다."

최인석을 부축했던 한 사람이 말했다.

"재수 드럽게 없는 놈이군. 다 와가지고."

중사가 고개를 돌려 침을 뱉었다.

"또 무슨 일인가!"

장교가 뛰어왔다.

"결국 갔습니다."

중사가 대답했다.

"안됐군." 장교가 언짢은 얼굴을 하고는, "땅이 얼어붙었으니 팔 수는 없다. 저쪽 아래에다 옮기고 눈을 모아다 덮어라. 6소대 전원, 빨리 작업 끝내고 대열의 후미에 붙는다. 중사, 신속하게 지휘하라!" 장교답게 빠른 명령을 내리고 있었다.

"옛, 알겠습니다." 중사는 뒤축을 모아 차려자세를 취해 보이고는 "6소대 전원, 열외 해서 우측방향으로 이동!" 잽싸게 지휘명령을 내렸다.

최인석의 시체는 대여섯 사람들에게 팔다리가 들려 길 옆의 약간 움푹한 곳으로 옮겨졌다. 그리고 36명의 사람들은 눈을 긁어모으기 시작했다. 눈덩이는 금방 최인석의 숨 끊어진 몸을 덮어 감추었다. 사람들은 눈을 수북하게 쌓아올려 봉분을 만들었다. 그들은 자기네 소대의 열네 번째 희생자의 장례를 눈봉분을 만들어 치르고 있었다.

"됐다, 그만. 출발이다!"

중사가 명령했다.

서른여섯 사람은 다시 네 명씩 줄을 맞춰 섰다. 그리고 혹한으로 얼어붙은 적막 속을 걸어가기 시작했다.

최인석보다 사흘 뒤에 붙들려 서울을 떠난 송성일은 천안과 조치원 사이를 행군하고 있었다. 그들 부대는 주먹밥일망정 점심도 굶은 채였다. 그들이 점심을 굶을 수밖에 없었던 것은 그동안 지방 관공서들의 살림살이가 거덜나다시피 되었기 때문이었다. 매일같이 밀어닥치는 방위군에게 양곡권이라는 쪽지를 하나씩 받고 주먹밥이나마 해내는 것도 한계가 있었던 것이다. 그런 사정은 남쪽으로 내려갈수록 심해졌다. 그도 그럴 것이, 서울뿐만이 아니라 각 지방마다 할당된 방위군을 뽑아 경상도를 향해 남으로 내려보내고 있었던 것이다. 그러니까 서울·경기도·충청남북도 방위군들은 추풍령을 넘어가기 위한 남쪽 분기점인 대전을 향해 도보행군을 하고 있었다.

"중대장님, 저 앞에 마을이 하나 보입니다."

상사가 빠른 걸음으로 다가오며 앞을 가리켰다.

"규모는?"

"아직 미확인 상탭니다."

"한 둬 명 보내 확인하도록."

"알겠습니다."

앞으로 뛰어간 상사가 부대를 경계하고 있는 사병 둘을 지목해서 명령을 내렸다.

송성일이 속한 인솔장교는 그 나름으로 머리를 쓰고 있었다. 관청에 들어가 되지 않을 실랑이를 벌이며 기분만 상하기보다는 규모가 어지간한 마을을 만나면 거기서 직접 한끼씩을 해결하고자 했던 것이다. 민폐가 될 수도 있는 일이었지만 장정들을 굶겨 혹한 속을 행군시킬 수 없는 일이었고, 정부가 발행한 양곡권을 이장에게 넘겨줘서 다음에 곡식을 받도록 하면 민폐가 될 리도 없었던 것이다.

"중대장님, 대강 50가구쯤 된다고 합니다."

상사의 보고였다.

"50가구라…… 그럼 좀 무리 아닐까?"

장교가 상사를 옆눈길로 보며 고개를 갸웃했다.

"예, 한 집에 대강 팔구 명꼴인데, 좀 잘사는 집에 더 배당을 시키고 하면 한끼쯤이야 해결이 되잖을까 싶은데요."

상사는 그냥 지나치고 싶지 않은 눈치로 말했다.

"알았어. 일단 마을까지 가보고 결정하지."

그들의 부대도 벌써 동사자와 중병 낙오자 100여 명이 생겨 부대원이 400여 명으로 줄어들어 있었다. 인원이 줄어든 것이 다행이라는 생각이 장교의 머리를 짧게 스치고 지나갔다. 그러나 장교는 금방 머리를 내둘렀다. 열아홉의 동사자와 낙오된 중병자들을 생각하면 차마 못할 생각이라는 것을 이내 깨달았던 것이다. 추위에 못 견뎌 바짝 웅크릴 대로 웅크린 채 죽은 동사자들의 시체는 상상하기 어렵게 너무나 작았다. 똘똘 뭉쳐놓은 무슨 덩어리 같은 그 작은 시체가 사람이라고 믿어지지 않을 지경이었다. 그 시체들은 팔이고 다리고 아무리 기운을 써도 펴지지가 않았다. 그것들은 꽁꽁 얼어붙어버린 얼음덩이였다. 그 시체들을 땅에 묻어야 하는 것도 비감했지만, 중병자들을 아무 집에나 떠맡기고 떠나는 것도 비감하기는 마찬가지였다. 그건 인솔장교로서 갖는 최소한의 책임감이면서, 인간으로서 갖는 양심의 아픔이었다. 중병자들은 거의가 추위를 이기지 못해 생긴 열병이었다. 감기에 걸리고, 기침을 심하게 토하고, 그러다가 몸이 불덩어리가 되면서 헛소리를 하거나 눈을 까뒤집었다. 그런 병세는 하루이틀 사이에 걷잡을 수 없이 악화되고는 했다. 그럴 수밖에 없는 것이, 약은 전혀 쓰지 못하지, 제대로 먹지도 못하지, 날마다 강행군은 하지, 밤에는 맨바닥 잠을 자야지, 모든 것이 불난 데 부채질이었다. 아무 집에나 떠맡겨진 그들이 얼마나 건강을 되찾게 될 것인지는 아무도 모를 일이었다.

"다 살기가 말이 아니지만, 한끼라니까 어찌 해봐야지요. 다 하고 싶어 하는 고생들이 아닌데."

장교에게 양곡권을 받아든 이장의 마지못한 말이었다.

경비병이 하나씩 딸려 장정들은 집집마다 분산되었다. 경비병이 모자라 두 집에 경비병 한 명을 배치하고 장정들을 한 집으로 몬 다음 그 옆집에서 할당된 인원의 밥을 해가지고 옮겨오게도 했다.

"여기 양곡권을 받아놨으니까 담에 세상 좋아지면 곡식을 되받게 될 게요. 다 궁한 살림이지만 한끼니까 어찌 좀 대접을 잘해드리시오."

이장은 집집마다 돌며 같은 말을 되풀이했다. 그 갑작스러운 일은 마을사람들에게 횡액이 아닐 수 없었다. 앞에 남은 긴 겨울을 살아내기 위해 거의가 곡식을 피 아끼듯 해가며 시래기죽을 끓이고 있는 형편에 장정 팔구 명의 밥을 알곡으로 지어내야 한다는 것은 눈 번히 뜨고 도둑맞는 것이나 마찬가지였다. 그들은 '담에 세상 좋아지면' 하는 이장의 말을 아무도 믿지 않았다. 나라라는 것은 그저 손해만 보일 뿐 언제 한 번 그런 약속을 지킨 일이 없었던 것이다. 그들이 살 저며내듯 아깝고 쓰린 마음으로 알곡을 축낼 수밖에 없는 것은 당장 눈앞에 있는 총 때문이었다. 전시에 총과 군인은 거역할 수 없는 두려운 존재였다. 한끼 밥을 해내고 어서 그들이 마을에서 떠나기만을 바랐다.

그러나 마을사람들이 입게 된 피해는 곡식만이 아니었다. 대부분 집이 좁아 방에 다 들어앉을 수 없게 된 방위군들은 마당에다 불을 피우고는 멋대로 짚단을 가져다가 불꽃을 키웠다. 그뿐만이 아니었다. 배짱 좋고 비위 좋은 사람들은 군인의 눈을 슬슬 피해가며 주인에게 솜옷을 내놓으라고 은근히 겁을 먹이는가 하면, 방을 차지하고 앉은 어떤 사람들은 아예 주인 몰래 횃댓보를 들쳐 목도리나 옷가지를 슬쩍 훔쳐넣기도 했다.

예정 없이 당한 일인 데다가, 마지못해 지어낸 밥에 별난 반찬이라고 있을 리가 없었다. 잡곡밥에 시래깃국, 김치가 고작이었다. 한 가지 반찬이 더 오르는 경우 동치미나 무우말랭이무침 정도였다. 그러나 주먹밥 한 덩이씩으로 겨우겨우 끼니를 때워온 방위군들에겐 그것이 바로 진수성찬이었다. 모두가 미친 듯이 밥을 퍼넣고, 국그릇이며 반찬그릇들을 핥은 듯이 말끔하게 비워냈다. 그들의 그 게걸들린 모습들을 보고서야 주인집 식구들은 그들이 얼마나 굶주렸는가를 알았고, 마음에서 우러나는 안쓰러움을 느끼게 되었다.

"과연 우리 중대장님이 최고십니다."

"우리 중대장님 만셉니다."

마을을 떠나며 장정들은 큰 소리로 입들을 모았다. 행군 도중 잡담은 일체 금지였지만 그 말들만은 제지되지 않았다. 장교는 마음이 흐뭇했고, 앞으로도 그 방법을 계속 쓸 작정을 하고 있었다. 그러나 그 장교만이 특출한 것이 아니었다. 사람의 생각이란 다 비슷비슷한 것이어서 다른 인솔장교들도 그 방법을 사용하게 되었다. 그래서 며칠이 못 가 마을에서도 한끼 밥을 얻어먹기가 어렵게 되고 말았다. 큰길에서 가까운 마을들은 언제까지나 그런 시달림을 당할 수가 없었던 것이다. 두 번 이상 그런 일을 당한 마을에서는 이장이 양곡권을 내밀어 보이며 마을 곡식이 바닥났음을 입증했던 것이다.

모든 마을에서 국민방위군을 꺼리는 것은 양식을 축내는 탓만이 아니었다. 마을사람들은 그들을 도둑떼라고 생각하고 있었다. 처음에는 무슨 으름장을 놓아 옷을 얻었거나, 슬쩍 훔쳤거나 간에 얼어죽는 것을 모면해야만 하는 그들의 절박한 사정 앞에서 그런 행위는 파렴치하거나 부끄러운 짓이 아니라 오히려 용기 있고 배짱 좋은 행동으로 돋보였다. 교실 맨바닥에서 모두가 부들부들 떨고 앉은 가운데 몇몇 사람이 옷을 갖게 된 경위를 털어놓는 것은 그대로 무용담이었던 것이다. 그 다음부터 마을에 들어갔다 하면 너나없이 옷이고 목도리고, 추위를 막을 것이면 무엇이든지 훔치기에 앞을 다투었다. 그러다 보니 어떤 사람은 손 빠르게 닭모가지를 비틀어 품에 숨기기도 했고, 무움막을 뒤져 주머니마다 무를 감춘 사람도 있었다. 송성일도 생전 처음으로 남의 물건에 손을 대 목도리와 개털모자를 구하게 되었다. 송성일은 훔칠 때 가슴 두근거리는 것을 느꼈지만 그 일을 일단 성공하고 나자 죄의식은커녕 오히려 통쾌감을 느꼈다. 그건, 아 나도 해내고야 말았다는 자신감의 확인이었다. 모두가 그런 심정이다 보니 그들의 행위는 기회만 있으면 아무 데서나 저질러졌다. 네댓 명이 가게로 몰려들어가 앞에서는 물건을 사는 척 소란을 피우고 뒤에서는 물건을 훔쳐넣었다. 고구마장수나 떡장수의 가난한 좌판을 그들의 굶주림이 구분할 리가 없었다. 어떤 불량기 승한 사람은 무턱대고 좌판의 엿을 집어으득으득 깨물며, "내가 누군지 아느냐. 나라 위해 목숨 바치러 전선으로 떠나는 국민방위군이다. 누구 덕에 편안하게 엿장사 해먹고 사는 줄이나 아느냐" 하고 공갈을 치기도 했다. 그러다가 말썽이 생겨도 장교나 하사관들은 그다지 크게 탓하지 않았다. 그들은 탈주가 아닌 한 장정들의 그런 잘못을 적당히 보아넘겼다. 그건 장정들이 당하고 있는 이중삼중의 고통을 이해하거나 미안하게 생각해서가 아니었다. 그런 마음은 그 다음이었다. 우선 그런 잘못을 너무 심하게 닦달해서 이미 장정들의 가슴에 쌓여 있는 불만을 자극하지 말자는 속셈이었다. 앞서 간 부대에서 그런 것을 너무 심하게 다뤄 집단행동이 일어나 총질을 하는 불상사가 발생했다는 것을 알고 있었던 것이다. 그리고 그들이 그렇게라도 해서 한 명이라도 더 살아남아 목적지에 당도해 준다면 자신들의 인솔책임이 그만큼 가벼워진다는 계산도 하고 있었다. 장교나 하사관들의 그런 태도에 따라 방위군들의 자구책은 더 적극적으로 변해갔다. 학교의 책상이나 걸상을 때려 부숴 불을 피우게도 되었다. "사람 목숨이 더 중하오, 이따위 책상걸상이 더 중하오." "우리가 이 짓을 못하게 하려면 교실바닥에다 안 재우면 될 거 아뇨." 제지하는 군인들에게 장정들은 이렇게 항의하고 들었다.

장정들이 좀도둑질까지 해가며 배고픔과 추위에 맞서 싸우려고 발버둥쳤지만 근본적으로 아무런 대책이 없는 상태에서 그들은 계속 허기에 지치고 추위에 떨었으며, 손발은 동상이 심해져가고 있을 뿐이었다. 그리고 그들이 거쳐 지나가는 곳의 민간인들에게는 그들은 어쩔 수 없이 원성의 대상이고, 경원의 대상이었다.

송성일은 그저 죽은 듯이 참고 견디며 탈출의 기회만 노리고 있었다. 그런 식으로 가다가는 목적지에 다다르기도 전에 죽고 말 거라는 생각에 사로잡혀 있었다. 얼어죽는 사람이 늘어날 때마다 그 생각은 자꾸만 커져갔던 것이다. 그리고 그는 정부에 완전히 환멸하고 있었다. 정부가 그렇게까지 무계획하고 무책임하고 무질서한 줄은 상상도 못했던 일이었다. 정부의 그런 처사는 명백한 살인행위였다. 그로서는 그런 국가, 그런 정부, 그런 정권을 위해 목숨을 걸고 싸울 하등의 이유를 찾을 수가 없었다. 그에게는 탈출만이 유일한 목적이 되어 있었다. 인솔군인들은 탈출하면 무조건 사살한다고 경고하고 있었다. 그는 그것이 두렵지 않았다. 언제 얼어죽고, 언제 굶어죽을지 모르면서 이 죽음의 행렬을 따라가며 서서히 죽어가느니 차라리 탈출을 하다가 총을 맞아 죽는 것이 낫다 싶었다. 그리고 탈출이 꼭 실패일 수만은 없었던 것이다. 계획이 치밀하기만 하면 얼마든지 성공할 수 있는 일이었다.

송성일의 부대는 대전을 거쳐 동쪽 방향인 옥천으로 가고 있었다. 날씨는 매일같이 이가 갈리도록 추웠고, 열에 들떠서 혼수상태에 빠진 환자들은 날마다 버려지듯 낙오되고 있었다. 송성일은 대전을 지나면서 바짝 긴장하기 시작했다. 동쪽으로 방향을 틀었으므로 집과는 점점 거리가 멀어지고 있었다. 그동안에 탈출을 시도한 자가 없어서 그만큼 유리하기도 했다. 경계병들은 탈출에 대해서 그만큼 안심하고 있을 것이기 때문이었다. 그동안 유심히 살펴온

바로는 새벽 서너 시 사이가 좋을 것 같았다. 두 시간마다 교대하는 보초가 잠들기 좋은 시간이었던 것이다. 그리고 해가 뜰 때까지 어둠을 타고 멀리 도망칠 수 있는 시간의 여유가 있었다. 시계를 찬 사람들은 거의가 헐값으로 처분해 배를 채우기에 바빴었다. 자신이 그 신 침 흐르는 유혹을 그때마다 매정하게 뿌리쳤던 것은 순전히 탈출을 하기 위해서였다. 그는 옥천에서 탈출하기로 작심했다.

송성일은 옥천으로 가는 길을 세세하게 눈에 담으며 걸었다. 옥천에서는 밥은 물론이고 교실 맨바닥이나마 잠자리를 얻기가 어렵게 되어 있었다. 다른 지방에서 먼저 도착한 두 부대가 교실을 다 차지하고 있었던 것이다. 그래도 잠자리보다 급한 건 밥의 해결이었다. 장교와 상사가 어디론가 떠나고, 그들 부대원들은 어두운 운동장에 소대별로 모여서 불을 피우고 있었다. 책상 걸상은 하나도 남아 있지 않아 변소의 판자벽이며 문짝, 관사의 판자울타리 같은 것을 닥치는 대로 뜯어다가 태우는 판이었다. 교장이나 교감은 그들의 그런 행위를 그저 멍하니 바라보고만 있었다. 불길이 약해지자 또 땔감을 구해와야 했다. 송성일 분대에 차례가 돌아왔다. 그들은 학교 뒤로 돌아갔다. 그런데 이게 어쩐 일인가. 경비병이 따라오지 않은 것이다. 송성일은 잘못 보았나 싶어 다시 어둠 속을 더듬었다. 틀림없이 경비병은 없었다. 하늘이 돕는구나! 송성일은 주먹을 불끈 쥐었다. 그리고 땔감을 찾아 흩어지고 있는 동료들을 경계하며 옆걸음질을 쳤다. 안전을 확인한 그는 재빨리 어둠 속으로 몸을 감추었다.

그즈음에 이미 아무런 대책도 없이 국민방위군을 편성한 정부의 무모함에 대해 전국적으로 비난의 여론이 거칠게 일어나고 있었다. 그리고 그 비참한 몰골의 국민방위군 대열을 '죽음의 대열'이니 '해골의 대열'이라고 부르고 있었다.

1951년 1월 3일 대한민국 정부는 다시 부산으로 옮겨갔다. 그날 눈발이 휘날리는 속에 서울시민 30여만 명이 꽁꽁 얼어붙은 한강의 얼음판을 밟고 서울을 떠나갔다. 그리고 다음날 인민군이 다시 서울로 들어왔다.

이학송이 서울에 도착한 것은 6일이었다. 매서운 추위 속에 버려진 듯 상처 입고 있는 서울을 보자 그는 집생각이 더욱 간절해져 몸이 비틀릴 지경이었다. 서울이 입고 있는 상처가 자신의 집안에도 미쳤을 것만 같은 애달픔을 떼칠 수가 없었던 것이다. 떠날 때는 소식 한 가닥 남기지 않고 떠나놓고서 뒤늦게 돌아와 그리 다급해하는 건 가장으로서 보자면 더없이 무책임한 감상일지 몰랐다. 그러나 압록강까지 건너갔다가 다시 돌아올 때까지 아내와 세 자식은 언제나 슬픈 안개로 의식의 배면을 채우고 있었고, 안타까운 메아리로 귀울림을 일으키고 있었다.

여기저기 사무적인 보고와 연락을 서너 시간에 걸쳐 끝내게 되자 서울에 집이 있는 사람들에게 자유시간이 주어졌다. 이학송은 숨을 헉헉거리며 추위를 헤쳐나갔다. 아내의 소담한 얼굴과 아이들의 유리알같이 해맑은 모습이 눈앞에 선연했다. 무사하기나 한

지, 그동안 뭘 먹고 살았는지, 살기가 어려워 혹시 고향으로 내려간 건 아닌지…… 그동안 잊으려고 애써왔던 생각들이 앞을 다투어 일어나고 있었다. 광화문에서 출발할 때는 추위를 느꼈는데 종로5가쯤에 이르자 가슴팍에 땀이 배는 것을 느꼈다. 동대문을 지나게 되자 마지막 취재를 했던 그날이 떠올랐다. 잠깐이나마 집에 들르고 싶었던 간절함을 괴로움으로 바꾸며 발길을 돌렸고, 그 걸음은 그대로 후퇴길로 이어지고 말았다. 동대문 밖에 새로 만든 동네― 신설동에 접어들면서부터 이학송은 기어이 뛰기 시작했다. 이학송은 낯익은 골목 어귀에서 뜀박질을 멈추었다. 뜀박질로 상기된 그의 얼굴에는 밝은 웃음이 피어나고 있었다. 아내가 만드는 별미인 홍어회 냄새가 물큰 풍기고, 세 아이가 깔깔거리며 다투어 뛰어오는 것만 같았다. 그는 숨길을 가다듬으며 빠르게 걸었다. 골목의 집들은 별로 상한 데가 없이 그대로였다. 변두리라 폭격의 피해를 입지 않은 것이었다. 그것이 한결 마음을 가라앉혀주었다.

이학송은 자기 집이 있는 샛골목으로 꺾어돌았다. 금방 아내가 뛰쳐나오는 것만 같고, 아이들이 뒤따라 아빠를 외치며 뛰어오는 것만 같았다. 네 번째 집, 이학송은 가슴에서 섬뜩하게 찬바람이 일어나는 걸 느꼈다. 그건 분명 네 번째인 자신의 집이었다. 이학송은 우뚝 멈춰서고 말았다. 무슨 검은 날개가 펄럭이며 눈앞을 가로막는 것을 느꼈다. 그는 사납게 눈을 홈쳤다. 네 번째 집의 대문은 한쪽이 바깥으로 젖혀진 채 위쪽만 겨우 매달려 비스듬하게 기울어져 있었다. 대문의 그 모양새는 집 안에 사람이 살고 있지 않다는 것을 단적으로 말하고 있었다. 사람이 살면서도 대문을 그렇게 방치해 둘 리가 없었던 것이다. 더욱이 아내의 깔끔한 성미를 생각할 때 그건 있을 수 없는 일이었다.

정말 이것들이 어떻게 됐단 말인가! 이학송은 가슴이 컥 막히는 걸 느끼며 대문으로 내달았다. 그의 눈에는 네 구의 시체가 보이고 있었다.

대문으로 몸을 디민 이학송은 멈칫 섰다. 빈집이 품고 있게 마련인 썰렁하고 괴기스런 냉기가 끼쳐왔던 것이다. 넓을 것 없는 마당에는 부서진 살림살이와 휴지나부랭이와 나뭇잎 같은 것들이 뒤섞여 어지러웠고, 대청마루에 달린 네모창살의 유리문은 열어젖혀진 채 유리들은 다 깨져나가고 없었다. 몇 개의 창살에는 깨지고 남은 유리조각들이 무슨 험상궂은 이빨처럼 그대로 박혀 있었다. 그건 집 안을 휩쓸고 간 폭력의 모습이었고, 식구들이 당한 수난의 모습이었다. 이학송은 다리가 휘청거리는 걸 느끼며 마당을 가로질렀다. 대청마루에는 먼지가 자욱하게 덮여 있었다. 그 먼지의 두께가 집을 비운 지 오래되었음을 말하고 있었다. 문득 마루를 걸레질하고 있는 아내의 모습이 떠올랐다. 셋방살이를 면하고 변두리의 이 집을 장만했을 때 아내는 두 팔을 가슴 앞에 모아 힘주어 바르르바르르 떨어대며 얼마나 기뻐했던가. 아내는 더욱 깔끔함을 드러내 온 집 안을 쓸고 닦고 하기에 분주했다. 특히 대청마루를 간수하는 열성은 지나칠 정도였다. 언제나 티끌 하나 떨어져 있는 것을 보지 않으려 했다. 그래서 두 아이는 학교에서 돌아와 씻지 않은 발로 대청마루를 밟을 수 없었고, 발을 씻고도 물기를 완전히 닦아내고서야 대청마루에 올라설 수 있었다. 국민학교 3학년인 아들은 그런 어머니에게 불만이 많았고, 그럴 때마다 꿀밤을 얻어맞다가 끝내는 항복하고야 말았다.

이학송은 먼지를 밟으며 안방 쪽으로 걸음을 옮겼다. 미닫이문에 발라진 창호지는 뻥뻥 구멍이 뚫려 있었고, 창살도 더러 부러져 있었다. 그러나 문은 닫혀 있었다. 그는 뜻 모를 두려움으로 방문을 천천히 옆으로 밀었다. 대청마루처럼 방은 텅 비어 있었다. 장롱은 열어젖혀진 채 옷가지들이 방바닥에 흩어져 있고, 아내가 소중하게 여기던 경대의 거울은 산산조각이 나 있었다. 윗목에 놓인 자신의 앉은뱅이책상 위에 놓였던 열댓 권의 책들은 어지럽게 흩어진 채 방바닥에까지 떨어져 있었다. 그는 건넌방으로 걸음을 옮겨갔다. 아들의 방이었다. 안방처럼 어질러져 있지 않았다. 책상 위에 놓인 작은 책꽂이에 공책들이 가지런히 꽂혀 있었다. "아빠, 김일성 장군은 아빠하고 나이가 비슷하게 젊은데 어떻게 장군이 됐나요?" 되살아나는 쟁쟁한 목소리였다. 그는 옆방으로 갔다. 딸아이의 방이었다. 조그만 그 방도 딸아이가 쓰던 그대로였다. 작은 창에는 포플린으로 만든 커튼이 상하지 않고 그대로 걸려 있었다. 국민학교 1학년짜리의 성화에 못 이겨 아내가 난생처음으로 만든 커튼이었다. "아빠, 난 전쟁이 싫어요. 사내애들은 주먹으로 맨날 싸우고, 어른들은 총으로 싸워요. 남자들은 다 싸움만 좋아해요. 그래서 난 아빠 빼놓고는 이 세상 남자는 다 싫어요." 무릎에 앉은 딸아이의 야무진 말이었다. "그럼 난?" 아들이 손가락으로 저를 가리켰다. "오빠도 싫어!" "요게 그냥!" 아들이 주먹을 치켜들었고, "아빠아아!" 딸아이는 자신의 목을 끌어안고 가슴으로 안겨왔다. 그 찬물처럼 싱그러운 딸아이의 냄새가 물큰 풍겨오며 콧등이 찡 울렸다. 딸아이의 체취는 그대로 한 덩이 울음이었다. 그리고 네 살 난 막내아들의 모습이 그 울음을 떠밀어올리고 있었다. 막내아들은 아직 어렸던 탓으로 엄마의 품과 등에 매달려 사느라고 자신과는 미처 깊은 정이 엮어질 틈도 없었던 것이다. 그것이 더 가슴을 쓰라리게 했다. 그는 어금니를 꾸욱 깨물며 고개를 치켜올렸다. 그리고 눈을 내리감았다. 이것들이 도대체 어디로 갔단 말인가……. 삼킨 울음덩이로 그의 목이 막히고 있었다.

이학송은 대청마루로 나와 섰다. 문득 담장 아래 엎드려 있는 아내의 모습이 보였다. 화단을 가꾸는 아내의 그 모습은 환각이었다. 나뭇가지에는 나팔꽃줄기가 메말라 있고, 파삭 말라 변색된 꽃나무줄기들이 바람에 떨고 있는 황폐한 화단은 전에 아내의 손길 탄 겨울화단이 아니었다. 아내는 아침의 꽃인 나팔꽃을 좋아했고, 다음으로 분꽃을 좋아했다. 장미나 칸나 같은 화사한 꽃들은 그다지 좋아하지 않았다. 아내의 소담한 성품 탓이었을까…… 그런데, 나팔꽃이나 분꽃은 그 모양이 똑같이 닮지 않았나! 나팔꽃이 큰 나팔이라면, 분꽃은 작은 나팔이었다. 아내는 그 닮은 모양 때문에 그 꽃들을 좋아했던 것일까. 아니면, 내가 뒤늦게 깨달은 우연의 일치일 뿐일까. 그 뒤늦은 깨달음이 평소의 아내에 대한 무심함으로 그의 가슴에 사무쳐왔다. 가슴 조여 숨이 막히도록 아내가 보고 싶고, 아이들이 그리웠다.

이학송은 대청마루를 내려섰다. 눈물방울이 뚝 떨어졌다. 손등으로 눈을 문지른 그는 숨을 들이켜며 마당으로 내려섰다. 잡동사니들 속에서 언뜻 눈에 띄는 것이 있었다. 그는 허리 굽혀 그것을 집어들었다. 아들의 팽이였다. 2년 전 늦가을에 아들과 함께 깎은 팽이였다. 아들은 팽이꽁지에 못을 박기를 싫어했다. 못대가리로는 팽이가 잘 돌지도 않고, 싸움에서도 지기만 한다는 것이었다. 한사코 쇠구슬을 박아달라고 했다. 쇠구슬을 구하기 쉽지 않다고 했지만, "아빠가 하려고만 하면 안 되는 게 어딨어요, 이 세상에." 입을 삐쭉하며 아들이 한 말이었다. 그래서 별수 없이 기계부속상 몇 군데를 돌아 베어링에서 나온 쇠구슬을 구했던 것이다. 싸움이 붙었다 하면 판판이 이기는 '무적의 왕'이라며 아들은 그 팽이를 자랑하고, 아꼈다. 그런데 팽이에는 눈이 빠진 듯 쇠구슬이 어디로 가고 없었다. 팽이머리에는 아들이 정성 들여 칠했을 색색의 크레용 동그라미들이 흙이 묻은 채 제 색깔을 잃고 있었다. 그는 옷에다 팽이에 묻은 흙을 조심스럽게 문질러 닦았다. 몇 번 닦고 나서 팽이를 들여다보았다. 크레용 색깔들이 약간 돋아난 것 같았다. 그는 팽이를 주머니에 넣었다.

대문을 나선 그는 잠시 망설이다가 뒷집으로 걸음을 옮겼다. 대문을 흔들며 사람을 불렀다.

"여보세요, 여보세요!"

안에서는 아무 기척이 없었다.

"여보세요, 안 계십니까!"

대문을 더 세게 흔들며 목청을 높였다. 여전히 기척이 없었다. 대문 틈으로 안을 들여다보았다. 대청문이 꼭 닫혔고, 댓돌 위에는 신발 하나 없었다. 역시 빈집인 모양이었다.

이학송은 돌아섰다. 눈발이 성글게 내리고 있었다. 앞집 대문에서 다시 걸음을 멈추었다.

"여보세요, 여보세요!"

그는 처음부터 목청을 높였다. 마찬가지로 안에서는 아무 기척이 없었다.

"여보세요, 누구 안 계십니까!"

그는 대문을 쾅쾅 쳐댔다.

"누구시유."

안에서 들려온 여자 노인네의 목소리였다. 그의 얼굴에 반가운 기색이 드러났다. 서로 내왕을 하던 그 할머니였던 것이다.

"네에, 뒷집, 뒷집 태기 아빱니다."

그의 큰 목소리는 떨려나왔다.

"누구? 태기 아빠! 아이고⋯⋯."

노인네의 다급한 소리에 이어 신발 끄는 소리가 들렸다. 그는 깊게 숨을 들이켰다.

"아이고, 이리 늦게 오면 무슨 소용이 있소."

노인네가 대문을 열어젖히며 한 말이었다. 노인네는 고개를 가로

젓고 있었다.

"무슨 일 있었습니까!"

그는 인사를 차릴 새도 없이 물었다.

"잽혀갔지요, 잽혀가······."

노인네는 연방 고개를 저었다.

"애들까지 말입니까?"

"아니유, 태기 엄마만 잽혀갔는데, 이튿날 어린것들 셋이서 엄마 찾겠다구 집을 떠났다지 않우 글쎄. 난 애들이 떠난 담에야 알았는데, 내가 먼저 알았으면 붙들었을 텐데······."

그는 대문의 기둥을 붙들었다.

"그리고는······ 안 돌아온 겁니까?"

그는 짐작은 하면서도 그 말을 마저 묻지 않을 수가 없었다.

"글쎄, 그 어린것들이 어디로 갔는지······ 태기 엄마도, 애들도 종무소식이우. 애들이라도 어디 살아 있어야 할 텐데······."

노인은 눈물이 번지는 눈으로 혀를 차댔다.

"안녕히 계십시오."

그는 중얼거리듯 하고 돌아섰다. 그리고 허청거리며 눈발 속을 걸어가기 시작했다. 주머니 속에 든 그의 오른손에는 팽이가 꼭 쥐어져 있었다.

이학송이 김범우를 만난 것은 이틀 뒤였다. 인민군복 차림의 김범우가 신문사로 이학송을 찾아온 것이다.

"이 선배님, 저 김범웁니다."

김범우의 말에 글을 쓰고 있던 이학송은 고개를 들었고, 잠시 어리둥절하는 것 같더니 벌떡 몸을 일으키며 소리쳤다.

"아니 이게 누구야, 김 형!"

그의 목소리는 마치 울부짖는 것 같았다.

"무사하셨군요."

김범우가 환하게 웃으며 다가섰다. 이학송이 김범우를 덥석 끌어 안았다. 김범우는 순간적으로 민망함을 느꼈다. 자신은 악수를 하려던 참이었는데 끌어안게 되니 자신의 반가움이 이 선배만 못한 것이었는가 하는 생각이 스쳤던 것이다. 그는 그런 순간적인 느낌을 내던지고 이학송을 맞끌어안았다. 이학송은 집을 다녀온 뒤로 줄곧 깊은 허망감과 괴로움에 빠져 있다가 뜻밖에 김범우를 만나게 되자 감정에 격랑이 일어났던 것이다.

"이 사람, 이게 어떻게 된 거요?"

이학송이 팔을 풀며 김범우를 깊은 눈길로 바라보았다.

"내래 피양서 왔시요."

김범우가 씨익 웃으며 자신의 인민군복을 가리켰다.

"어서 앉읍시다. 그런데, 이게 대체 어떻게 된 일이오? 손 형은?"

이학송은 의자에 앉으며 거푸 물었다.

"한마디로 하기는 어려운 얘깁니다. 점심이나 먹으며 차근차근 말씀드리죠."

이학송이 담배를 권했다. 담배를 뽑아든 김범우가 익숙한 솜씨로 라이터를 켰다.

"전주로 떠난 사람이 평양에서 돌아왔으니 얘기가 간단할 수가 없겠군." 이학송은 담배연기를 씹는 것처럼 연기가 흘러나오고 있는 입으로 말하고는, 담뱃불을 붙이고 있는 김범우를 바라보다가, "인민군복에 지포라이타는 또 뭐요?" 의아스럽게 물었다.

"예, 인민해방군에 미제국주의 군대 전용이다시피 하는 지포라이타가 안 어울리지요? 역시 선배님은 눈이 밝군요. 이게 다 과거와 연고가 있는 겁니다."

김범우가 라이터를 머리 높이로 던져올렸다가 받으며 의미있게 웃었다.

"서울엔 언제 왔소?"

"5일날 와서 매일 선배님을 수소문했지요."

"소속은 어디요?"

"밥집으로 가시죠. 순서대로 말씀드릴 테니까."

"그럽시다, 그게 좋겠소."

김범우는 사무실을 나서면서, 전주에 도착한 데서부터 이야기를 하기 시작했다. 식당에 자리를 잡고, 음식을 시키고 하는 잠깐 동안 중단되었을 뿐 김범우의 이야기는 밥을 먹으면서도 계속되었다.

"……인민군에서는 투항자들에 대해 사상검토를 해서 바로 전선에 배치시키고 있었어요. 물론 감시가 따랐는데, 그거야 어느 군대에서나 마찬가지 일이죠. 제가 OSS훈련을 받을 때나, 통역을 할 때도 그랬으니까요. 저도 두 번의 자술서를 쓰고 통과가 됐지요. 그 다음에 영어 실력을 테스트받고 나서 통역관 일을 맡은 겁니다. 오나 가나 통역관인데, 그 대상은 완전히 달라져 있었습니다. 미군을 위해 통역을 하는 것이 아니라 미군을 심문하는 통역을 하는 것이니까요. 그 기분은 참 묘하게 달랐습니다."

"그 기분 알 것 같소. 하여튼 짧은 동안에 너무 고생이 많았소."

이학송이 김범우를 물끄러미 바라보며 웃었다.

"고생은 별로 하지 않았는데 이래저래 변화만 많은 거지요. 학병 때부터 아마 그게 제 팔자인 모양입니다."

김범우의 말에 이학송은 고개를 끄덕이며 낮은 소리로 웃었다.

"이젠 선배님 차렙니다. 말씀하십시오."

김범우가 입술을 훔치며 자리를 고쳐 앉았다.

"김 형에 비해 내 얘기는 너무 단조롭소. 추석날 밤에 후퇴를 시작해서, 압록강을 건너 만주땅 통화까지 갔다가 되돌아온 거요."

김범우에게 미안한 생각이 없지 않았지만 이학송은 이야기를 길게 하고 싶지가 않았다. 기분도 기분이었지만 그보다는 전신에 맥이 빠져 긴 이야기를 할 수가 없었던 것이다.

"걸어서 거기까지 갔단 말입니까?"

"어쩌겠소, 그때 형편이 그랬으니."

"아이고, 큰 고생하셨군요."

"고생이야 다 같이 한 고생이고, 산천구경 겸해 좋은 경험이기도 했소."

"그런데, 어디 불편하십니까? 몸이 안 좋아 보입니다."

"아니오, 그동안의 긴장이 풀려서 그런지 몸살 기운이 좀 있소."

이학송은 내심을 눈치채이지 않게 하려고 예사롭게 말하고는, "손 형이 도당과 함께 입산을 했다면 그동안 고생이 많았겠소." 자연스럽게 화제를 바꾸었다.

"그거야말로 손 형만 한 고생이 아니고, 지금쯤 고생한 보람을 느끼며 하산할 준빌 하고 있지 않겠어요?"

"아마 그렇겠소."

이학송이 무겁게 눈을 껌벅이며 고개를 끄덕였다.

"너무 피곤해 뵈는데 그만 가시죠. 너무 무리하지 마시고 좀 쉬도록 하십시오."

김범우가 먼저 몸을 일으켰다.

"아니, 밥값 여기 있소."

이학송이 김범우를 붙들려고 했다.

"아닙니다, 전 옷만 이렇게 입었지 통역관입니다. 통역관한테는 특별급료가 나온다는 걸 아셔야 합니다."

김범우가 일부러 빼기듯이 말하며 밥값을 치렀다.

"참, 식구들은 다 무사합니까?"

김범우가 식당을 나서며 물었다.

"다행히 아무 탈 없소."

"아 예, 그거참 다행이군요, 참 잘됐습니다."

"다 염려 덕택이오."

이학송은 예의 그 웃음 감도는 얼굴로 태연하게 말하고 있었다. 그러나 비애의 칼로 찢기고 있는 그의 가슴벽에서는 피가 줄줄 흘러내리고 있었다.

김범우의 말마따나 전남도당에는 총출동령이 내려져 있었다. 그에 따라 모든 지구는 비상상태 아래서 하산준비를 완료하는 한편 각 군단위로 병력이동을 시키고 있었다. 염상진은 총사의 병력을 이끌고 백아산지구 일부 병력과 함께 광주를 향해 무등산 주변에 병력을 배치하기 시작했다. 산골짜기마다 엄동의 추위를 녹일 만큼 열기로 차 있었다.

조원제가 염상진을 다시 만나게 된 것도 이때였다. 광주를 재점령하기 위한 선발대에 조원제네 부대도 포함되었던 것이다. 총사 부사령관이 되어 있는 염상진을 다시 만나게 되자 조원제는 그 반가움으로 그냥 지나칠 수가 없어 찾아갔던 것이다.

"부사령관 동지, 안녕허십니까!"

조원제는 염상진 앞에 똑바로 서며 거수경례를 붙였다.

"아니, 이게 누구요? 조, 조, 그렇지, 조원제 동무!"

염상진이 반색을 하며 손을 내밀었다. 조원제는 악수를 나누며 어안이 벙벙해져 있었다. 그가 자신의 이름을 기억해 내리라고는 상상도 하지 못한 일이었던 것이다. 자신을 알아보면 다행이고, 몰라보면 그의 기억을 깨우쳐줄 작정을 하고 찾아왔던 것이다.

"어찌케 지 겉은 것 이름꺼지 다 기억허시고……."

조원제는 염상진의 비상함에 혀를 내두르는 한편 적잖은 감격도 느끼고 있었다.

"당연한 것 아니오. 우리가 만난 게 좀 색달랐고, 얼마 되지도 않은 일이었으니까." 염상진은 밝게 웃는 얼굴로 예사롭게 말하고는, "조 동무가 이 지구에 있을 줄은 몰랐소. 그래, 무슨 임무를 맡고 있소?" 친근하게 물었다.

"예, 정보과 분트에 있구만요."

"아, 조 동무한테 어울리는 일 같소. 그런데 이제 그 임무도 끝나는 것 같은데, 앞으로 할 일은 결정됐소?"

"예, 당에서 김일성대학으로 진학하라는 분류를 받았습니다."

"그것참 잘된 일이오. 축하하오. 조 동무 같은 사람은 남은 공부를 더 열심히 하는 게 좋은 일이오."

염상진은 아주 흡족해하는 얼굴로 기뻐했다. 조원제도 당의 그런 결정에 고마워하며, 그 대학에 갈 꿈에 부풀어 있었다. 그러나 입산투쟁이 이렇게 쉽게 끝나버리나 하는 한 가닥 속생각을 말로 내비치진 않았다. 그것은 다시 찾아온 기쁨의 뒤편에서 생겨난 어이없는 개인적 감정이지 말로 나타낼 생각은 아니었던 것이다. 다시 찾아온 기쁨은 그런 어이없는 생각을 일으킬 정도로 감격스러웠던 것이다.

당에서는 하산 다음에 대비해 입산자들의 임무를 다시 분류하는 신속성을 보였던 것이다. 그에 따라 입산자들은 하산의 설렘 속에서 새롭게 마음들을 가다듬었고, 하산의 기쁨과 열기는 각 지구의 해방구마다 넘쳐나고 있었다.

6

거창, 그 오지의 낮과 밤

밤이 깊어갈수록 바람소리는 사납고 거칠어져가고 있었다. 바람소리는 가지가지였다. 휘이, 휘이, 휘이, 휘이익— 높은 음으로 휘파람을 불어제끼듯 하는 그 소리는 전깃줄을 울리는 소리였다. 씨이웅, 씨잉, 씨이웅, 씽씽— 싸리회초리를 세차게 휘둘러대는 것 같은 그 소리는 나뭇가지들을 괴롭히는 소리였다. 쌔이잉, 쌔앵, 쌔앵, 쌔이잉— 여자의 날카로운 비명이 자지러지는 듯한 그 소리는 양철지붕 끝에 바람이 찢기는 소리였다. 그런 여러 소리들이 뒤엉키며 밤이 깊어감에 따라 바람은 더 심하게 불어대고 있었다.

그런데 그 바람소리들에 섞이고 있는, 바람소리가 아닌 소리가 있었다.

들들들들, 드글드글, 들들드글드글, 들들들들…….

그건 쇠가 맞갈리며 굴러가는 소리였다. 그 소리는 저녁밥을 먹고 나서 한참이 지나면서부터 바람소리에 섞여 들려오기 시작했다. 그리고 몇 시간 동안 계속해서 들려오고 있었다. 그 소리가 울리게 되자 어른들이 불안스러워하며 밖으로 나갔다. 소리가 울려오는 쪽에 보이는 것이라곤 짙은 어둠 속에 점점이 찍혀 움직이고 있는 빨간 불빛들뿐이었다. 일정한 간격으로 찍힌 그 불빛들은 앵두알 같을 뿐 전지처럼 불빛을 내쏘지 않았다. 그 불빛들은 남쪽으로 움직여가고 있었다.

"저 탱크들이 이 논산을 저리 지나가버리면 대전은 벌써 내준 것이고, 여기도 내주겠다는 뜻 아니오?"

밖에 나갔다가 들어오며 아저씨가 말했다. 석구는 이불 밑에 발을 넣은 채 아저씨 입을 올려다보고 있었다.

"글쎄요, 그럴지도 모르지요."

아버지가 뒤따라 들어오며 대답했다. 석구는 얼른 아버지의 입으로 눈길을 돌렸다.

"대전이 넘어갔다는 소식은 아직 없는데 탱크들이 논산을 지나 후퇴를 하다니, 미군들이 후퇴를 너무 다급하게 한다는 말이 맞긴 맞는 모양 아니오?"

아저씨가 책상다리를 하고 앉으며 물었다.

"글쎄요, 무슨 자기들 계산이 있겠지요."

아버지의 대꾸였다. 석구는 또 아버지에게 답답함을 느꼈다. 아버지는 언제나 말이 없었고, 말을 한다고 해야 짧으면서 그 뜻을 알아듣기 어려웠다.

"여기가 또 넘어가기 전에 피난을 떠나야 되지 않겠소?"

"글쎄요, 천지가 겨울인데……."

"고만 아그덜 재우는 것이 워쩔께라?"

어머니가 말했다. 석구는 불만스럽게 어머니를 쏘아보았다. 무언가를 더 알고 싶은데 어머니 때문에 이야기를 더 들을 수 없게 된 것이다. 석구는 옛날이야기만 좋아하는 것이 아니라 무서운 전쟁에 대해서도 알고 싶은 것이 많았다. 그러자면 어른들의 말을 눈치 껏 귀담아들을 수밖에 없었다. 큰누나가 귀찮아하지 않고 말상대를 해주긴 했지만 큰누나의 전쟁에 대한 이야기는 말문이 막힐 때가 많았다. 아버지는 엄하고 무서워 아무것도 물어볼 생각을 하지 못했다. 식구들 모두가 아버지를 어려워했다.

"그래요, 당장 결정 낼 일도 아니니까 애들 재우십시오."

아저씨가 자기네 방으로 건너갔다.

10월 중순에 북소에서 돌아오면서 그 아저씨네와 함께 살게 되었다. 그전에 살던 집은 어찌 되었는지, 왜 그 아저씨네와 사는 것인지 석구는 까닭을 알지 못했다. 너무 궁금해서 큰누나한테 자꾸 물어도 모른다는 대답뿐이었다. 큰누나는 알면서도 속인다는 것을 석구는 대충 눈치 채고 있었다. 살기가 어려워져 집을 판 것이라고 석구는 어림짐작하고 있었다.

어머니와 큰누나가 이불을 깔기 시작했다. 아랫목 제일 따끈따끈한 자리는 언제나 아버지 이불이 깔렸다. 잠이 들기 전에는 괜찮은데 잠이 들기만 하면 아버지는 몸을 뒤척거리며 앓는 소리를 냈다. 어떤 때는 팔을 휘저으며 비명을 지르기도 했다. 잡혀 들어갔다가 재판을 받고 나온 다음부터 아버지가 그렇게 되었다는 것을 석구나 형제들은 서로 말은 하지 않았지만 다 알고 있었다. 어머니가 입단속을 시킨 것도 아닌데 형제간들 사이에서는 그때의 이야기를 아무도 입에 올리지 않았다. 군복만 입었지 군인도 아닌 사람들한테 아버지가 마당에 뒹굴며 몰매를 맞고, 피 흘리며 끌려가던 것을 형제들은 다 보았다. 그리고 다음날 아침 일찍 또 몰려온 그 사람들한테 어머니와 형제간들 넷이 모두 재판소 앞 넓디나 넓은 마당으로 끌려나갔다. 그때 석구는 맨발이었다. 집에서부터 신을 신지 않은 것인지, 끌려오면서 벗겨진 것인지 알 수가 없었다. 그런데 그 넓은 마당에는 총알껍질들이 덕석에 고추가 널린 것처럼 쫙 깔려 있었다. 그리고 시체들이 여기저기 널려 있었다. 석구는 총알껍질이 발에 밟히지 않게 하려고 아래도 내려다보지 못한 채 발을 앞으로, 뒤로, 옆으로 옮겨놓고 있었다. 그러나 그때마다 맨발바닥에 총알껍질들이 차가운 감촉으로 섬뜩섬뜩하게 밟혔다. 그 섬뜩거림은 시체들이 흘린 검붉은 피처럼 징그럽고 무서워 석구는 숨이 막혔다. 그러나 아래를 내려다보고 총알껍질 없는 데를 골라 발을 옮겨놓을 수가 없었다. 만약 그랬다가는 총을 겨누고 있는 사람들이 팡 쏘아버릴 것 같았던 것이다. 동그란 총구멍의 무서움은 어제 아버지가 끌려갈 때도, 조금 전에 끌려나오면서도 오줌방울 질금거리게 겪었던 것이다.

"다들 똑똑히 들어라. 반란군들을 감춰주거나, 반란군과 내통하면 너희들을 하나도 남기지 않고 총살시켜 버릴 것이다. 어젯밤에 일어난 기습은 너희들 가족들이 반란군들을 감춰주지 않았거나, 내통하지 않고서는 일어날 수 없는 일이다. 앞으로 한 번만 더 이런 일이 발생하면 그땐 너희들을 몰살시킨다는 걸 명심해라. 이건 최후의 경고다!"

확성기에서 울려퍼지는 소리였다. 그 찌렁찌렁 울리는 소리를 들으며 반란군의 가족들이라는 많은 사람들은 숨도 쉬지 않는 것처럼 조용했다. 그리고 집으로 돌아가라고 했을 때도 그들은 찍소리 한 번 내지 않고 발을 옮기기만 했다. 그때 "나무관세음보살!" 하는 소리가 한숨을 토하는 것처럼 들렸다. 그 소리가 너무 커 석구는 고개를 번쩍 들었다. 그 소리를 토한 어머니의 볼에는 눈물이 흐르고 있었다. 석구는 저도 눈물이 나올 것 같아 얼른 고개를 돌려버렸다. 석구는 그 다음부터 그때의 일들을 꿈으로 꾸게 되었다. 꿈은 꿀 때마다 꼭 생시처럼 너무나 생생했다. 그리고 누가 가르쳐준 것도 아닌데 그 군복만 입었지 군인이 아닌 사람들이 '서청'이라는 것도 알았다.

"나무관세음보살!"

이불을 다 깐 어머니가 또 한숨을 토하듯 흘린 소리였다. 어머니는 그때부터 순천을 떠나 지금까지 걸핏하면 그 소리를 토하고는 했다. 석구는 그 소리를 듣는 것이 지긋지긋하게 싫었다. 그 소리만 들으면 그때의 일이 지금 당하고 있는 것처럼 환하게 떠오르고 무서움도 살아났다. 견디다 못해 큰누나에게 그 말을 했다. "누나 맘도 니허고 똑같어. 그려도 싫은 기색 허먼 큰일나. 엄니넌 그때 우리가 살어난 것이 부처님 덕분이라고 믿는 것이고, 그 뒤로 염허는 관세음보살은, 전쟁통에 우리 식구덜 보살펴주십소사, 허는 뜻잉께로.”정 많은 큰누나의 설명을 들었지만 그 뒤로도 어머니의 “나무 관세음보살!” 소리를 들으면 선암사의 부처님 생각은 나지 않고 어김없이 재판소 앞의 일만 생생하게 떠올랐다.

등잔불을 끈 잠자리는 어두웠다. 거친 바람소리에 섞여 탱크 굴러가는 소리는 끊임없이 들려오고 있었다. 석구는 아무리 잠을 자려 해도 잠이 오지 않았다. 잠이 안 오니까 사타구니며 겨드랑이며 옆구리며가 대중없이 가려웠다. 탱크가 지나가게 되는 바람에 이타작을 안 해서 그러는 것이었다. 저녁끼니를 때우고 나면 꼭꼭 이타작을 하게 되어 있었다. 잘 먹지도 못하면서 이한테 뜯겨서는 안 된다고 어머니가 정해놓은 법이었다. 이타작은 온 식구가 밤마다 하는데도 어떻게 된 것이 이는 밤마다 나왔다. 어머니 말로는 속옷에 꿰맨 자리가 많아 그 속에 숨었던 놈들을 다 잡지 못해서 그렇다고 했다. 석구로서는 이타작이 꼭 귀찮은 일만은 아니었다. 형이 잡아낸 이하고 싸움을 시키는 재미도 있었고, 배가 통통하도록 뜯어먹은 놈을 방바닥에 놓고 엄지손톱으로 잉끄려 죽이는 맛도 통쾌했던 것이다. 손톱에 피가 많이 묻어날수록 복수를 한 기분이었고, 손해본 피를 되찾은 기분이었다. 큰누나는 이를 꼼꼼하게 잘 잡았지만 죽이는 것을 싫어해서 석구는 그것을 도맡았다.

석구는 사타구니며 겨드랑이를 득득 박박 긁어댔다. 짜증나게 탱크 굴러가는 소리는 끝날 줄을 모르고 있었다.

"아이고, 그리 긁어대면 살 다 헤어지겄다. 참고 얼렁 자그라."

큰누나가 돌아누우며 석구의 귀에 속삭였다. 석구는 큰누나한 테 말을 걸까 말까 하고 있던 참이라 화득 반가움을 느꼈다.

"큰누나, 아직 안 잤능가?"

석구도 큰누나 쪽으로 돌아누우며 속삭였다.

"쪼깐헌 니가 못 자는디 이 누나가 잠이 오겄냐?"

석구는 마음을 들킨 것 같아 찔끔했다. 그러나 큰누나는 언제나 자신의 마음을 그렇게 미리미리 알았고, 석구는 그런 큰누나가 언 제나 좋았다.

"큰누나, 저리 오래 저 소리가 딛기면 탱크가 을매나 많을랑가?"

"금메, 저것이 굼벵이 기대끼 찬찬히 가는 소린께 소리만 오래 딛 기는 것이제 그리 많지는 않을 상불른디."

"저것이 다 워디로 간당가?"

"고것이야 나도 몰르제."

"인해전술에 탱크도 지는갑네이?"

"금메, 그렇께 저리 후퇴럴 허겄제."

"워째 탱크가 다 사람헌테 지까?"

"금메, 잘 몰르겄는디."

큰누나가 석구의 코를 살짝 잡았다가 놓았다. 석구는 그 이뻐하는 시늉에 그만 큰누나의 말문이 막히는 것을 타박하지 않기로 했다.

"중공군은 워찌 생겼을랑고?"

"중국집 사람덜맹키로 생겼제 워째."

"중공군이 이게불먼 우리나라가 중국이 되야분당가?"

"아이고, 니넌 워째 쪼깐헌 것이 알고 잡은 것도 그리 쌨냐."

어둠 저쪽에서 목에 걸린 듯한 기침소리가 들려왔다. 어머니가 일부러 만들어내는 소리였다.

"싸게 자자. 지천 듣겄다."

큰누나가 더 낮고 빠르게 속삭이며 석구를 안았다. 그만 자야 한다고 생각하며 석구는 눈을 감았다. 들들들들…… 쇠가 맞갈리며 굴러가는 소리는 여전히 들려오고 있었다.

눈을 뜨자마자 석구는 밖으로 뛰쳐나갔다. 날은 환히 밝은데 탱크의 흔적은 어디에도 없었다. 눈이 덮인 논들의 저편으로 멀리 보이는 큰길은 텅 비어 있었다. 몇몇 아이들도 탱크들을 찾는지 미심쩍은 눈으로 사방을 두리번거리고 있었다.

피난을 가야 한다느니 마느니, 미군들이 군산으로 빠져 배로 도망을 갈 거라느니, 중공군이 밤이 되기 전에 들어올 거라느니, 경찰들이 미군을 따라 벌써 다 떠났다느니, 중공군들은 인민군보다 더 민간인들에게 잘해준다니까 걱정이 없다느니, 석구가 하루 종일 얻어들은 어른들의 말은 많기도 했다.

그런데 저녁때 들이닥친 것은 중공군이 아니라 미군들이었다. 시래기죽에 비지 한 공기씩을 저녁으로 먹고 난 다음이었다.

"워메, 사람 살리소오!"

느닷없는 여자의 비명이었다. 곧 죽어가는 것 같은 다급하고 날카로운 소리였다. 아버지와 아저씨가 벌떡 일어섰다. 아주머니와 큰누나도 따라 일어섰다. 석구와 다른 형제들은 멍해 있었다. 그때 문을 박차고 든 것은 어머니였다. 어머니의 낭자머리는 풀어헤쳐져 있었다. 그런 어머니는 큰누나의 손을 와락 잡더니 뒷문으로 내달으며 소리쳤다.

"얼렁 숨어, 코쟁이여!"

이 소리에 아주머니도 후다닥 뒷문을 빠져나갔다.

밖에서 무엇이 부서지는 소리가 우지끈, 퉁! 울리더니 곧 방으로 뛰어든 건 군인 셋이었다. 키가 천장에 닿을 것처럼 큰 그들은 흰둥이가 둘이었고, 깜둥이가 하나였다. 그들은 진흙이 묻은 붉은색 군화를 신은 채였다. 흰둥이 하나가 눈을 부릅뜨며 아버지에게 뭐라고 소리를 질렀다. 아버지는 고개를 젓고, 손을 저으며 "노, 노"라고 했다. 흰둥이는 어깨에 멘 총을 벗어 아버지의 가슴을 겨누며 또 뭐라고 소리 질렀다. 아버지는 더 급하게 고개를 내젓고 손바닥을 싹싹 비벼대며 "노, 노"만을 연발했다. 아저씨는 그 옆에서 부들부들 떨고 있었다. 그러는 사이 나머지 두 명은 군홧발로 저벅저벅 걸어다니며 벽장문을 열어젖히고, 뒷문으로 나가 전지를 비춰대고, 부엌에서 그릇을 들부수며 뭐라고 소리쳐대고 있었다. 온 집 안을 발칵 뒤집은 두 명이 "쉐엣, 쉐엣" 소리를 내뱉으며 방으로 들어섰다.

"갓댐, 썬 오브 비치!"

깜둥이가 군홧발로 아버지의 배를 걷어찼다. 아버지는 휘청하더니 사정없이 방바닥에 곤두박였다. 다른 흰둥이가 아저씨를 주먹으로 후려쳤다. 아저씨가 얼굴을 싸잡으며 푹 주저앉았다. 그때까지 방구석에 몰려 있던 석구와 형제들은 죽을힘을 다해 울기 시작했다. 흰둥이 둘과 깜둥이 하나는 아버지와 아저씨를 멋대로 걷어차고 짓밟고 했다. 석구는 진저리 치고 울어대면서도 두 눈은 똑똑히 뜨고 있었다. 눈을 감으면 미군들이 아버지를 죽여버릴 것 같았기 때문이다.

"마더 빠글!"

"보우쉿!"

이런 소리를 내뱉으며 셋은 방을 나갔다. 석구와 형제들은 울음을 뚝 그치고 아버지를 향해 방바닥을 다투어 기었다. 아버지는 입에서 피를 흘리고 있었고, 아저씨는 코에서 피를 흘리고 있었다. 그 피는 군홧발자국이 찍힌 방바닥에 번지고 있었다.

작은누나가 물을 떠오고, 형이 수건을 가져오고 하는 동안에도 석구는 꼼짝 않고 쪼그리고 앉아 피 흘리고 있는 아버지를 내려다보고 있었다. 아버지는 언제나 높아 보였고, 모든 사람 앞에 나섰으며, 모르는 것이 없었고, 그래서 엄하고도 어려운 존재였다. 그런데 아버지가 이렇듯 힘없고, 약하고, 볼품없고, 허망하게 당하는 것을 벌써 두 번째 보는 것이었다. 석구는 그게 그렇게 분하고 서러울 수가 없었다.

마루 밑에 숨었던 아주머니가 아저씨의 부축을 받아가며 낑낑대고 나온 다음에도 어머니가 큰누나를 데리고 돌아온 것은 오랜 시간이 흐른 뒤였다. 어머니는 누나와 함께 장독대를 타고 판자울타리를 넘어 뒷집으로 피했다고 했다. 석구 자신이 엎드려 드나들기에도 힘겨운 낮은 마루 밑으로 아주머니가 어떻게 기어들어갈 수 있었는지 이상했지만, 더 희한하고 기막힌 일은 어머니와 큰누나가 장독대를 타고 판자울타리를 넘어 뒷집으로 피했다는 사실이었다. 다음날 아침에 아무리 살펴보아도 장독대의 항아리들은 뚜껑 하나 깨진 것 없이 말짱했고, 얇은 판자울타리도 어디 한 군데 상한 데가 없었던 것이다. 석구 자신이 밟아대도 항아리 뚜껑은 쉽게 깨지는 물건이었고, 자신이 매달려도 판자울타리는 휘어지고 부러지도록 얇고 약했던 것이다.

"나도 몰르제잉. 정신이 하나또 읎었응께. 급헌 김에 지절로 그리 됐겄제."

더욱 이해하기 어려운 큰누나의 대답이었다.

그날 밤 온 동네에 미군들이 깔렸더라고 했다. 총 맞아 죽은 남자들도 있다고 했다.

"올라가문서 개지랄, 내레가문서 개지랄, 난리가 따로 없어. 양코배기들이 그 개지랄 치는 것이 바로 난리제."

어머니가 부르르 떨며 한 말이었다.

아버지는 그날 바로 피난짐을 싸게 했다. 그리고 어디인지 모를 곳으로 길을 나섰다. 눈이 퍼붓고 있었다. 많은 사람들이 눈 속에서 어지럽게 우왕좌왕하고 있었다. 커다란 짐을 진 아버지는 앞서서 느릿느릿 걷고 있었다. 검정 고무신에 새끼줄을 감은 아버지의 발이 칙칙 끌리면서 눈 위에 긴 자국을 남기고 있었다. 석구는 눈

위에 그어지는 그 자국을 내려다보며 걸었다.

"서청놈들⋯⋯."

탄식처럼 들려온 소리였다. 그건 아버지의 굵고 낮은 소리였다. 석구는 그 소리에 뒤따라 "나무관세음보살!" 하는 소리를 들은 것 같았다. 그러나 그건 생각일 뿐이었다. 어머니가 나무관세음보살을 부르는 것처럼 자주 그러는 것은 아니었지만, 아버지는 어쩌다가 불쑥 "서청놈들⋯⋯" 소리를 흘리고는 했다.

어느 마을에선가 작은 방 하나를 빌려 자게 되었다. 석구는 그날 밤 꿈을 꾸었다. 미군들이 들이닥치는 꿈이었다. 마구 소리를 지르다가 잠을 깼다. 그런데 이게 어찌 된 일인가. 아랫도리가 척척했다. 오줌을 싼 것이었다. 그날 밤 뒤로 석구는 그 꿈을 자주 꾸었고, 그때마다 어김없이 오줌을 질펀하게 싸고는 했다. 창피스럽고 부끄러워 미칠 일이었다. 절대로 오줌을 싸지 않으려고 결심을 하고 또 했지만 아무 소용이 없었다. 결국 석구는 어머니에게는 천덕꾸러기요, 형제들에게는 놀림감인 오줌싸개가 되고 말았다. 그러나 석구는 왜 오줌을 싸게 되는지 아무에게도 말하지 않았다, 큰누나한테까지도. 자기의 마음을 말로 해서는 큰누나도 알아들을 것 같지 않았던 것이다.

"우리 똑똑헌 석구가 워째 자꾸 이러는지 몰르겄네이. 무신 병인갑는디 병원에도 못 가보고⋯⋯."

석구의 실수가 거듭되자 큰누나가 걱정스럽게 한 혼잣말이었다. 큰누나는 석구를 놀리는 일도 없었고, 실수를 할 때마다 말없이 속옷을 벗겨 빨아주고는 했다. 석구는 그런 큰누나가 말할 수 없이 고마웠고, 열여덟인 그 얼굴이 이 세상에서 제일로 이뻐 보였다.

국방군 제11사단은 후방 즉 추풍령 이남의 공비섬멸이라는 분명한 작전목적을 가지고 있었다. 전선의 적보다도 더 위험하고 큰 적일 수 있는 공비를 완전섬멸해야 할 임무를 띤 그 사단의 주요 작전지역은 지리산 일대였다. 지리산을 에워싸고 있는 세 개의 도를 장악했던 인공세력은 민간지지자들을 이끌고 입산했고, 거기다가 퇴로를 차단당한 인민군들까지 합세하여 그들은 이삼 개월 동안에 미수복지구를 기반으로 국군 및 연합군에 다시 대항할 수 있는 전열을 정비했다. 그런 상황 아래서 중공역군(逆軍)의 불법침략은 그 잔비들의 만행을 촉진시키는, 기름을 붓고 불을 당기는[加油點火] 역할을 하게 되었다. 이것이 국방군에서 내리고 있는 상황파악이었다. 그러므로 전 사단병력이 총동원되어 견벽청야의 작전을 전개하여 공비를 완전섬멸한다는 기본작전이 정해졌다. 견벽청야는 국민당군이 홍군과 일본군을 상대로 쓴 작전 중의 하나로, 아군 쪽은 벽을 치듯 견고하게 지키는 한편 적의 활동지역에는 그 어떤 것도 남기지 않는다는, 초토화작전이었다.

양효석의 직속상관인 3대대장이 연대 작전지휘관회의에 참석한 것은 물론이었다.

"제1대대는 함양에서 산청으로 적을 공격하고, 제2대대는 진주에서 산청으로 적을 공격할 것이며, 제3대대는 아직 미수복지구로 남아 있는 거창군 신원면에서 준동하고 있는 400 내지 500으로 추산되는 공비들을 완전소탕하고 산청으로 공격할 것. 세부적인 작전지시는 연대작전명령부록을 참조할 것이며, 각급지휘관들은 그 지시를 착오 없이 수행토록 하시오."

연대장이 내린 작전명령이었다.

연대작전명령부록의 지시사항은 세 가지였다.

첫째, 작전지역 내에 있는 사람은 전원 총살하라.

둘째, 공비의 근거지가 되는 가옥은 전부 소각하라.

셋째, 식량은 안전지역으로 운반하여 확보하라.

"대대장병 여러분, 다들 똑똑히 듣기 바란다. 우리 대대는 공비소탕을 위해 출동한다. 우리는 지금까지 미수복지구로 남아 인공기가 펄럭이고 있는 거창군 신원면을 수복시켜야 한다. 그곳은 지난 10월 초순에 수복되어 경찰에 치안책임을 맡겼는데, 두 달 만인 지난 12월 5일에 공비들에게 다시 뺏겨 오늘에 이르고 있다. 그 공비들은 괴뢰군 제4사단인 방호산사단의 일부 패잔병들이 주축을 이루고 있다. 그 패잔공비들이 벌써 두 달 동안이나 신원면을 장악하고 있다는 건 우리 국군의 명예를 위해 도저히 묵과할 수 없는 일인 것이다. 그들을 이 잡듯 완전소탕해 버리고 태극기가 펄럭이게 하기 위해 우리는 일전을 각오하지 않으면 안 된다. 장병 여러분, 우리 국군과 유엔군은 지난 1월 중순경부터 재반격을 시작하여 현재 수원까지 재탈환했다. 이제 서울의 재탈환도 시간문제일 뿐이다. 최전선에서 이렇게 용맹스럽게 적을 무찌르고 있는 이때에 후방에서는 용기백배하여 공비들의 씨를 말려야 한다. 공비들은 제놈들의 주력이 다시 패주하면서 전선이 제놈들한테서 멀어지게 되자 사기가 다시 떨어졌다. 장병 여러분, 우리는 이 기회를 이용해 공비들을 완전소탕해야 한다. 모두 각오를 단단히 하도록!"

거창의 농업학교 운동장에서 3대대장은 부하들에게 작전개시를 알리면서 일장 훈시를 했다.

"대대장님 훈시 똑바라지게 들었을 줄 아니께 나넌 더 길게 말허덜 않겄다. 딱 한 가지, 나가 항시 하는 말대로 다른 중대보담 더 용감무쌍허게 싸우라는 것이다. 2중대, 알겄나!"

2중대장 양효석의 외침이었다.

"옛!"

중대원들은 힘차게 목청을 맞추었다. 양효석은 흐뭇하게 웃으며 고개를 끄덕였다. 그는 2중대장이 갑자기 죽는 바람에 중위 계급장을 달고 중대장이 되었다. 그로서는 벌어진 입을 다물 수 없을 정도로 기분 좋은 일이 아닐 수 없었다. 남들보다 앞서 맡은 직책도 직책이었고, 직책에 따라 진급도 남들보다 빠른 것은 더 말할 것 없었던 것이다. 그것이 다 열성으로 근무한 결과라는 것을 그는 확인했고, 앞으로 더욱 열성적으로 해나갈 것을 스스로 다짐했다. 열성을 바친 만큼 표가 나고, 표가 나는 만큼 계급이 올라가는 군대라는 것에 그는 갈수록 매력을 느끼고 맛이 들리고 있었다. 그 지겹던 학교공부에 비하면 군대생활은 너무 쉽고도 재미가 있었던 것이다.

3대대는 2월 5일 새벽 미수복지구 신원면을 향하여 출발했다. 대대는 중무장을 갖추고 있었다. 장갑차 한 대를 앞세웠고, 세 대의 지엠씨 트럭에는 60밀리와 80밀리 박격포를 싣고 있었다. 거기다가 수류탄·기관총·자동소총까지 합하면 보병대대의 화력으로서는 대단한 것이었다. '공비소탕'의 결의가 그 화력에서 잘 드러나고 있었다. 그리고 대대의 병력은 군인만이 아니었다. 경찰을 포함한 청년방위대원 1개 중대의 병력이 그 뒤를 따르고 있었다.

3대대는 일전을 각오하고 거창에서 신원면으로 가자면 거치지 않을 수 없는 감악산의 가파르고 좁은 굽이길을 타넘고 있었다.

"면에 정말 공비들이 없단 말이오?"

대대장이 의심쩍은 눈으로 같은 말을 또 물었다.

"예에, 어지께까지 다 짐 싸질머지고 떠났다 카이께요."

길안내를 맡고 있는 향토방위대장이 답답하다는 듯 같은 대답을 했다.

"그놈들이 그럼 우리가 공격을 감행할 거라는 정볼 탐지해 냈다는 거 아뇨."

대대장은 믿을 수 없다는 듯 고개를 갸웃거렸다.

"그놈아덜 조직망이 거무줄맨쿠로 처졌시니 농업학교에 진을 친 대대 소식을 알아내는 것이야 그리 에로분 일이 아니지 않겠는교?"

"그야 그럴 수도 있는데…… 그럼, 그놈들이 어디로 도망쳤을 것 같소?"

"거야 보나마나 아닙니꺼. 즈그 본부가 있는 오부면으로 빠졌을 기라요."

그것들이 위장전술을 쓰기 위해 면을 비운 게 아니겠느냐는 말까지는 대대장은 입 밖에 내지 않았다. 산줄기로 빙 둘러싸여 사발 모양을 하고 있는 신원면의 지형지세를 생각하면 그런 추리를 안 할 수 없었다. 공비들이 주변 산들로 분산대피하고 있다가 자신의 대대가 면으로 다 들어가면 기습을 가해오는 경우 자신의 대대는 갈 데 없이 함정에 빠지는 셈이었다. 그건 포위망 속으로 걸어들어가는 어리석음이었다. 그러나 그 말까지 하지 않은 건, 그 말은 자칫 잘못 들으면 미리부터 겁을 먹고 있다는 오해를 살 소지가 있었던 것이다.

오부면 본부라는 것은, 일명 팔로군 부대라고도 부르는 315부대가 낙동강 전선에서 후퇴한 이후 지금까지 해방구로 장악하고 있는 지역이었다. 세 대대의 최종 목적지가 산청인 것은 바로 그 오부면 본부를 공격한다는 것을 의미했다. 연대의 작전은 본격적이고도 적극적이었다.

대대는 해가 뉘엿뉘엿해질 무렵에 신원면에 진입하기 시작했다. 향토방위대장의 보고는 틀림이 없었다. 마을마다 산 깊은 괴괴한 정적에 싸여 있었고, 낮게 엎드린 초가집들은 파르스름한 연기를 가늘게 피워올리고 있었다. 저녁을 맞고 있는 그 아늑하고 잔잔한 분위기는 전형적인 산골마을의 풍경이었다. 드물게 몰아닥쳤던 강추위의 뒤끝이라 그런지 사람들의 모습도 별로 볼 수가 없었다. 여자들이 가끔 고샅을 오갔고, 어린아이들이 더러 깡충거리는 모습이 보였다.

대대장 이하 모든 장교들은 총 한 방 쏘지 않고 신원면을 장악하게 되자 얼떨떨해지고 말았다. 대대장은 작전회의의 강도에 걸맞게 각오를 단단히 한 다음 하급장교들에게 명령을 내렸고, 하급장교들은 상관의 태도에서 느낀 압력과 자신에게 지워진 책임까지 합해 사병들에게 죽음을 각오한 일전을 강조하고 또 강조했던 것이다. 그러다 보니, 강이 아래로 내려갈수록 깊고 넓어지듯 사병들이 받는 압력과 긴장의 강도도 그만큼 커질 수밖에 없었다. 한바탕 격전을 치를 각오를 단단히 시켜놓고 총 한 방 쏘지 않았으니 사병들에게 모든 장교들이 지레 겁을 먹었거나, 허풍을 떤 것밖에 되지 않아 그 체면 또한 말이 아니었다.

"모든 방법에 있어서 최상의 것은 싸우지 않고 이기는 것이다. 바로 지금 우리가 그렇다. 여길 장악하고 있던 공비들이 이삼일 동안에 모두 도망쳤다는 보고를 나는 전적으로 믿을 수가 없었다. 그런데 현지에 와보니 과연 공비들이 다 도망치고 없다. 이것은 왜 그랬겠는가. 바로 우리 대대가 막강했기 때문이다. 공비들은 막강한 우리 대대와 맞서 싸울 용기를 잃고 도망치고 만 것이다."

대대장의 힘찬 말이었다. 그 말로 장교들은 체면이 회복되는 것을 느꼈고, 사병들은 긴장을 풀며 승리감을 맛보게 되었다.

대대장은 연대본부에 '적정 없음'을 보고했다. 그리고 경찰과 청년방위대 병력으로 지서를 장악시켰다는 것도 아울러 알렸다. 그

간단한 일을 끝내고 나니 대대는 더 할 일이 없었다. 대대장은 제2단계 작전을 수행하기로 결정했다. 그건 산청까지 계속 진격해 나아가는 것이었다. 물론 공비들이 야간기습을 해올 우려가 전혀 없지는 않았다. 그러나 대대병력이 일단 장악한 지역이었고, 경찰과 청년방위대병력 1개 중대를 남기는 데다가, 만약 무슨 일이 벌어진다 해도 한 시간 반이면 충분히 지원할 수 있기 때문에 별문제가 없다는 판단을 내렸다. 그래서 대대병력은 산청을 향해 신원면을 떠났다.

신원면에 남게 된 경찰과 청년방위대가 맨 처음 착수한 일은 이미 거창에 발족되어 있는 군비상대책위원회의 면단위 조직인 국민회를 만들고, 청년방위대를 편성한 것이었다. 국민회를 통해서는 면의 자치비·희사금·쌀·장작 같은 것을 거둬들이고, 청년방위대는 경찰과 함께 공비를 막을 병력확충을 할 작정이었다. 면민들의 입장에서는 그저 죽을 지경이었다. 산사람들이 벌써 떠나기 전에 지게부대를 동원해서 곡식을 산으로 옮겨갔는데, 또 곡식을 내놓아야 될 형편이었던 것이다. 그 이중적인 고통을 면민들은 아무데도 하소연할 길이 없었다. 산사람들이 먼저 가져갔기 때문에 겨울날 곡식이 모자라는 형편이라는 말은 아예 꺼낼 수조차 없었다. 그건 죽음을 자초하는 일이었다. 걸핏하면 "니놈도 빨갱이제?", 조금만 비위에 거슬려도 "니놈도 부역했제?"하며 총을 들이대는 판에 그런 말을 한다는 것은 곧 "나는 빨갱이요" 하고 광고하는 격이었다. 더구나 면이 두 달 동안이나 산사람들 아래 있었으므로 모든 마을은 적성마을로, 자신들은 통비분자로 일단 의심받고 있다는 사실을 사람들은 다 알았다.

그런데, 대한청년단 시절부터 벌써 전국적으로 그 횡포가 널리 알려져 있었고, 모든 민간인들의 원성을 사온 청년방위대의 거칠 것 없는 행위가 그날 밤부터 저질러지기 시작했다. 그들은 좀 규모가 큰 집들을 골라 열댓 명씩 떼를 지어 방 차지를 하고는, 술을 내라, 돼지를 잡아라, 소를 잡아라, 기분 내키는 대로 호령을 해댔다. 그들의 횡포는 거기서 끝나지 않았다. 젊고 생김이 좀 눈에 띄는 여자들을 그냥 두고 보지 않았다. 그들은 그렇게 진탕 먹고, 마시고 그리고 여자들까지 마음대로 가지면서 신원면 무혈수복 자축연을 벌이고 있었다. 그러나 그 잔치는 밤으로 끝나지 않았다. 그들은 다음날도 하루 종일 먹고 마셔댔다. 마시다 취하면 쓰러져 자다가 깨나서 또 마셨고, 자기들끼리 쌈박질을 하다가 또 마셔댔고, 대낮인데도 남편 있는 여자든 뭐든 가리지 않고 끌어갔다. 사람들은 추위에 부들부들 떨어대며 마을마다 그 뒷수발을 하지 않으면 안 되었다. 사람들은 그저 속으로만 분을 끓이고 저주를 씹었다. 그리고 자기들끼리만 잠깐씩 분을 토해냈다.

"시상에 저것들이 우예 사람이고?"

"사람이 어디 저렇겄나? 다 개백정놈덜이제."

"저것덜얼 우예 할꼬?"

"디럽고 치사헌 것이 목숨이라. 죽지 몬하니 우얄 것고? 날벼락이나 쳐라."

"참말이제 난리가 따로 없는기라. 요런 꼴 당하믄서 살아 머할 끼고!"

그런 식으로 '수복'된 또 하룻밤이 깊어가고 있었다. 그들이 만취해 곯아떨어진 시간에 하루의 날짜가 바뀌고 있었다. 그들에게 시달리기에 지친 마을사람들도 깊은 잠에 빠져들었다. 까마귀의 날개빛으로 검은 어둠이 겹겹이 장막을 쳐 천지를 채우고 있었다. 산과 산으로 에워싸인 탓으로 바람소리만 유별나게 자지러지는 울음인 듯, 숨 넘어가는 비명인 듯 꼬리에 꼬리를 물고 이어지고 있었다. 7일이 열리고 있는 새벽이었다. 어둠 속에서 총소리가 터지기 시작했다. 산사람들에게 지서가 기습당하고 있었다. 맘껏 마신 술로 잠에 곯아떨어져 있던 경찰들은 허겁지겁, 우왕좌왕하면서 총들을 집어들고 아무것도 보이지 않는 어둠 속에다 총질을 해댔다. 적들은 보이지 않은 채 경찰들은 여기저기서 비명을 지르며 나뒹굴어지고 있었다. 총성이 계속되고 있는 가운데 어둠 속에서 불길이 치솟아올랐다. 경찰들은 무턱대고 총을 쏴지르면서 그곳이 면사무소께라고 어림짐작하고 있었다. 강한 바람을 타고 불길은 삽시간에 번져나가며 너훌너훌 춤을 취대고 있었다. 면사무소는 불길에 휩싸이고 있었다. 면사무소는 제 몸을 태우는 불길로 제 모습을 환하게 비춰내고 있었다. 가까운 마을에 흩어져 잠에 곯아떨어져 있던 청년방위대원들은 놀라서 잠이 깨긴 했지만 총들만 들고 쪼그리고 앉아 감히 밖으로 나갈 엄두를 못 내고 있었다. 자축연을 벌일 때와는 딴판의 모습들이었다.

그러나 산사람들의 공격은 오래가지 않았다. 면사무소가 불길에 휩싸였을 즈음 총소리는 멎었다. 한번 그친 총소리는 날이 밝을 때까지 더 나지 않았다. 산사람들의 기습 목적은 마치 면사무소를 불태우는 것인 것처럼 그들은 어디론가 자취를 감추고 말았다. 그 길지 않은 공격으로 보아 그들이 경찰과 방위대원들을 상대로 본격적인 전투를 벌일 목적이 아니었다는 것이 분명했고, 부대도 소규모였다는 것을 금방 알아차릴 수 있었다.

그때부터 잠을 자지 못한 경찰과 방위대원들은 날이 밝자 허둥지둥 마을을 벗어나 뿔뿔이 흩어지며 신원면을 빠져나가기 시작했다. 향토방위대장은 지서를 떠나기 전에 흩어져 있는 시체들의 수를 확인했다. 죽은 경찰은 모두 11명이었다.

그러나 수복지역에 주둔했던 경찰이 기습을 당해 사상자를 내게 되자 연대본부는 그만 뒤집히고 말았다. 연대장으로서는 그런 어처구니없는 꼴을 당한 것이 이만저만한 명예손상이 아니었던 것이다.

"귀관은 이거 도대체 뭘 하고 다니는 거요! 명령대로 작전을 수행치 않고 누가 산청으로 오라고 했소. 왜, 무엇 때문에 작전을 명령대로 수행치 않고 신원면에서 병력을 이동시킨 거요. 그 이유를 분명히 밝히시오, 어서!"

연대장은 노발대발이었다. 명령대로 작전수행! 3대대장의 뇌리에는 연대작전명령부록에 명기되어 있던 세 가지 사항이 빠르게 스쳐갔다. 연대장의 노발대발과 그 명령의 강도와…… 그는 순간적으로 위기를 느꼈다. 지금은 분대장한테까지 즉결처분권이 주어져 있는 전시였다. 어물거려 변명을 늘어놓거나, 길게 정황 설명을 할 계제가 아니었다.

"옛, 제가 상황을 오판한 것입니다. 지금 당장 되돌아가 명령대로 작전을 수행하겠습니다. 기회를 주십시오."

3대대장은 군인다운 태도를 취했다. 그것만이 위기를 벗어나는 길이라고 판단했던 것이다.

"그게 정말이오!"

연대장의 노기 서린 눈이 쏘아보고 있었다.

"옛!"

"좋소. 빨리 돌아가 공비를 소탕하고, 명령대로 작전을 수행하시오!"

"알겠습니다. 명령대로 작전을 수행하겠음!"

3대대는 산청을 떠나 다시 신원면으로 맥 빠지는 행군을 할 수밖에 없었다. 대대장이 당한 이야기를 대충 들은 양효석은 성질이 불끈 솟아올랐다. 그 '명령대로 작전수행'이라는 것이 도무지 억지라는 생각에서였다. 연대본부에서 말한 공비 사오백은 눈을 씻고 찾아도 없는데 어떻게 소탕은 할 것이며, 주민들도 눈앞에서 저지르는 잘못이 없는데 어떻게 '명령대로 작전수행'을 하라는 것인지 답답한 노릇이었다. 그러나 군인이라는 신분과 직책의 무게로 양효석은 성질을 꾹 눌러 참았다.

3대대가 신원면에 다시 들어온 것은 9일이었다. 경찰과 방위대가 떠나버린 데다가, 군인들이 다시 돌아오는 것을 보고 겁이 난 면민들이 집에 박혀 꼼짝을 하지 않았으므로 마을들은 텅텅 비어 있는 것 같았다. 부락민들은 이제 산사람들이 내려와도 진저리가 쳐졌고, 군경이 들어와도 소름이 끼쳤다. 목숨이 담보된 그들은 두 세력 사이에 끼여 이러지도 저러지도 못할 난감한 처지에 빠져 공포에 떨기만 했다.

3대대는 면에 오래 지체하지 않고 처음 들어왔던 길을 따라 감악산을 넘어갔다. 면민들은 휴우 한숨을 내쉬었다. 그들이 간절하게 바라는 것은, 제발 산사람도 내려오지 말고, 군경도 들어오지 말라는 것이었다.

면민들은 9일 날 밤을 아무 일 없이 지내고 10일을 맞았는데, 어떻게 된 일인지 어제 떠난 군인들이 다시 감악산을 넘어와 면내로 들이닥쳤던 것이다. 그리고 군인들은 소대단위로 각 마을을 향해 신속하게 분산해 가고 있었다.

신원국민학교에서 과정리 다음으로 가까운 중유리에 도착한 군인들은 사방으로 흩어졌다. 그들의 얼굴은 하나같이 살벌하게 굳어져 있었고, 총에는 착검이 되어 있었다. 그들은 집집마다 찾아들어가 똑같은 말들을 외쳤다.

"여긴 위험지역이니 안전한 곳으로 피난해야 하오. 빨리빨리 신원국민학교로 모이시오. 빨리 하시오, 빨리."

"갑작시리 피난이라니? 어디로 가는 기요?"

놀란 사람들의 반응은 거의 이랬다.

"왜 말이 많소. 당신 빨갱이요! 괜히 당하고 싶지 않으면 시키는 일이나 빨리빨리 해!"

군인들은 눈을 부라리거나 얼굴을 험상궂게 해가지고 이런 식으로 윽박질렀다.

"얄궂어라. 피난시켜 준다 카문서 와 저래 무섭게 구는공?"

낮은 속삭임이었다.

"그러기 말다. 우째 요상시럽네."

사람들은 거의가 불안한 의문을 품었다.

"갑작시리 피난이라 카는 것도 모를 일 아닌교?"

"그래 말이다. 초이튿날(7일) 새복에 총질헌 뒤로 산사람덜이야 얼씬도 안 하지 않았나. 토벌 피해 다 산속 깊이 숨어든 기 틀림없는데, 그리 되면 피난이고 머고 할 기 머 있나."

"이 땡땡 추분 겨울에 가면 또 어디로 갈 기라꼬."

사람들의 마음은 이랬지만 군인들의 서슬에 눌려 피난짐을 챙기는 둥 마는 둥 해가지고 등을 떠밀려 사립을 나서야 했다.

그러나 일은 그 대목에서 벌어졌다. 주인을 집에서 내몰기가 바쁘게 군인들은 짚단에 불을 붙여 안방에도 던져넣고, 부엌에도 던져넣고, 지붕 위에도 던져올렸다. 삭풍에 마를 대로 마른 초가지붕에는 금방 불길이 옮겨붙었다. 그리고 바람을 타고 삽시에 번져나갔다.

"와 넘 집에 불을 질르노, 와!"

방금 내몰렸던 노인네가 마당으로 뛰어들며 소리쳤다.

"쌍놈에 영감탱이 말이 많앗!"

군인이 총을 내뻗쳤다. 총 끝에 꽂힌 칼이 노인의 가슴을 파고들었다. 피그르 쓰러지는 노인의 배를 군홧발이 걷어찼다. 노인의 가슴에 박혔던 칼이 쑥 빠졌다. 초가집은 이미 걷잡을 수 없는 불길에 휩싸여 있었다.

여기저기서 불길이 너훌거리고, 연기가 매운 불냄새를 품고 자욱하게 퍼지고, 고샅고샅에서는 사람들이 다급하게 뛰는 발소리와 아이들의 울음소리가 뒤엉키고, 총소리에 비명이 잇따르는 속에서 중유리는 불바다가 되고 있었다.

중유리가 불바다가 되면서 숨을 헐떡거리는 입에서 입을 통해 짤막짤막한 말들이 군인들의 행동만큼 빠르게 마을마다 퍼져나가고 있었다.

"말대꾸하면 쏴 죽인다."

"군인들이 다 미쳤다."

"시키는 대로만 해라."

중유리 사람들을 학교 쪽으로 몰아가는 것을 확인한 양효석은 부하 네댓 명을 이끌고 대현리로 발길을 재촉했다. 그는 '명령대로 작전수행'만을 생각했다. 어제 감악산을 넘어갔던 것은 공비들을 유인해 들이기 위해서였다. 그런데 공비들은 그 덫에 걸려들지 않았다. 그렇다고 '명령대로의 작전수행'을 더 지체할 수가 없었다. 그건 자신의 입장이 아니라 대대장의 입장이었다. 그러므로 어쩔 수 없이 자신의 입장이기도 했다.

양효석의 다른 중대원들은 대현리에서 또 집집마다 들쑤시고 다녔다.

"뭘 꾸물거리는 거야! 네놈들이 내통해서 어젯밤에도 우리 국군이 몇십 명이나 희생된 줄 알아."

어떤 하사관이 소리 질렀다.

"어지께밤에 총소리 한 방 안 났는데 그기 무신 소린교? 얼라가 배앓이럴 하는 통에 내가 마 어지께밤에 한숨도 안 잤는기라요."

"요런 빨갱이새끼야, 아가리 닥쳐!"

하사관의 외침과 함께 총소리가 터졌다. 마루에 섰던 중년남자는 배를 싸잡으며 허리가 휘청 꺾였고, 그대로 토방으로 곤두박여 한 바퀴 데굴 굴러 마당으로 떨어졌다. 사지를 버르적거리다가 곧 잠잠해져버렸다.

상대현도 하대현도 연기 뒤덮인 속에 불길들이 너훌너훌 춤을 추고 있었다. 젊은 남자들이라고는 거의 없는, 여자들과 아이들과 노인네들이 뒤섞인 행렬이 눈길 사나운 군인들에게 밀리며 국민학교 쪽으로 큰길을 따라가고 있었다.

모든 사람들은 과정리 신원국민학교로 내몰렸다. 신원면의 한가운데인 과정리로 이어진 여러 개의 길에는 각 마을에서 몰려나온 사람들이 두려움과 불안에 떨며 무리 지어 걸음을 옮겨놓고 있었다. 논들을 낀 야산의 골짜기 골짜기 사이로 자리 잡은 마을들이 불타오르면서 신원면 하늘은 거세게 피어오르는 연기와 불티로 자욱하게 뒤덮였다. 그리고 메마르고 매운 불냄새가 신원면 전체를 가득 채우고 있었다.

　하루 종일 저질러진 불질은 해가 덕산리 뒷산에 기울면서 그 불길이 잦아들어가고 있었다. 집들이 흔적도 없이 사라져버린 마을 터에는 사위어가는 불기운을 따라 푸른 연기들이 가늘게 피어오르고 있었다. 타다 만 검은 기둥들이며, 깨어져 흩어진 옹기그릇들이며…… 추위 속에 석양빛이 비껴내리고 있는 집터들의 잿더미는 스산하고도 살벌했다.

　해거름까지 모든 면민들은 신원국민학교 운동장에 부락단위로 줄을 서게 되었다. 그런데 와룡리 사람들만 빠져 있었다. 산청으로 넘어가는 밀치재 아랫마을인 와룡리는 과정리에서 가장 멀어 군인들의 도착도 그만큼 늦어졌던 것이다. 와룡리 사람들이 탄량골 가까이 왔을 때는 땅거미가 안개 퍼지듯 하고 있었다. 그때 맞은편에서 10여 명의 군인들이 다급하게 몰려오고 있었다. 군인들 사이에는 경찰 두어 명과 지서주임도 섞여 있었다.

　"왜 여태까지 여기서 꾸물거리고 있는 거야!"

　일등상사가 인솔책임자 일등중사에게 쏴질렀다.

　"한다고 했는데 거리가 워낙 멀어서요."

　일등중사가 어물거렸다.

　"양 중대장님이 화가 나서 야단입니다."

　어느 경찰의 말이었다.

　"날도 어두워지는데 학교까지 갈 것 없어. 이 근방에서 처치해 버려!"

일등상사의 목소리 낮춘 말이었다.

그러나 두려움과 불안으로 모든 신경이 그들에게 쏠려 있던 사람들의 귀에는 일등상사의 말이 그만 잡히고 말았다. 사람들의 얼굴은 순식간에 파랗게 질렸다. 그리고 소리 없는 동요가 일어났다. 사람들은 미적미적 뒤로 물러나고 있었고, 달아나려는 몸짓을 하는 사람들도 있었다.

"꼼짝 마랏!"

"반항하면 갈겨라!"

"바짝바짝 붙어서!"

군인들이 총을 꼬나잡고 사람들을 둘러싸며 외쳐댔다. 그들의 행동은 거칠었고, 눈들은 이상한 빛으로 번들거렸다.

"빨리 걸어라, 빨리!"

"우물거리면 쏴라!"

군인들은 개머리판으로 사람들을 떠밀어 길옆으로 몰아붙였다. 길을 벗어난 사람들 앞에는 탄량골이 입을 벌리고 있었다. 사람들은 탄량골로 밀어붙여졌다. 땅거미가 더 짙어진 속에 낮에와는 다른 찬 바람이 끼쳐오고 있었다. 가녀린 흐느낌 소리가 끊어졌다 이어졌다 했다. 사람들은 골짜기에 앉혀졌다.

"군경 가족과 방위대 가족이 있으면 나오시오!"

지서주임이 소리쳤다. 열댓 사람이 다투어 뛰어나갔다. 뒤를 이어 군인들이 사람들과 일정한 간격을 두고 골짜기에 삥 둘러섰다. 그때 어느 남자가 팔을 치켜들며 벌떡 일어났다.

"대장님, 죽어도 말 한마디 하고 죽읍시다. 국민 없는 나라가 무슨 필요가 있소."

따앙!

총소리가 울리고, 그 남자가 푹 고꾸라졌다. 그 총소리가 골짜기에 겹겹이 울리며 긴 꼬리를 끌었다. 그리고 그것이 신호이거나 한 듯이 일제히 총소리들이 터지기 시작했다.

땅·땅·땅·땅·땅·땅·땅·땅······.

"우악!"

"엄니이!"

"우아아―."

"아가, 아가!"

총소리들과 온갖 비명들이 뒤엉키고, 사람들이 벌떡벌떡 솟구쳤다가 서로 얽히고설키며 엎어지고 뒤집어지고 고꾸라지고 처박히고 있었다.

얼마가 지나자 비명도 들리지 않고, 몸을 솟구치는 사람도 없었다. 그래도 총소리는 한동안 더 울렸다. 어둠은 앞을 분간하기 어렵게 진해져 있었다. 바람끝이 일어나며 해질녘부터 하늘을 채우기 시작한 구름 때문에 더 그런지도 몰랐다.

"조명탄 발사하라!"

메마른 목소리의 외침이었다.

곧 조명탄 서너 발이 불꽃을 달고 일직선으로 솟아올랐다. 조명탄들이 공중에서 터지며 불꽃과 함께 불빛을 내쏘았다. 조명탄들은 느리게 떨어져내리며 그 특유한 색깔의 밝음으로 어둠을 밀어내고 있었다.

"확인하라!"

메마른 목소리가 다시 울렸다. 간격을 두고 둘러섰던 군인들이 간격을 좁히며 뒤엉킨 시체들을 향해 다가들었다. 조명탄 불빛 아래 각양각색으로 죽어넘어진 100여 명의 모습들이 숨김없이 드러났다. 피비린내가 진동하고 있었다. 땅, 땅, 총소리가 몇 방 울렸다. 확인사살이었다.

"이상 없나!"

다시 메마른 소리였다.

"예!"

"없습니다."

군인들이 대답했다.

"됐어. 그 다음 단계 실시!"

메마른 목소리의 명령을 따라 군인들이 민첩하게 움직였다. 얼마쯤 지나 짚단이며 솔가지들이 시체더미 위에 수북하게 쌓여졌다. 그리고 여기저기에서 불을 붙였다. 불길은 마치 뱀혓바닥이 날름거리듯 빠른 속도로 지푸라기에 번져나갔다. 조명탄 불빛이 사위어짐에 따라 밀려들었던 어둠이 짚단에 붙는 불길로 다시 밀려나고 있었다. 짚단을 태우는 불길이 거세지자 그 속에 섞여 있던 생솔가지들도 비지직거리고 툭툭 튀며 불붙어 타기 시작했다. 피비린내에다가 시체 그슬려지는 냄새까지 뒤섞여 퍼지기 시작했다. 군인들이 코를 막으며 주춤주춤 뒤로 물러서고 있었다.

"전원, 신속히 학교로 돌아간다."

군인들이 기다렸다는 듯 잰걸음질을 쳐 골짜기를 빠져나갔다. 그들이 어둠 속으로 자취를 감추자 불길 속에서 사람 하나가 불쑥 튀어나왔다. 그 사람의 옷에 불이 붙어 있었다. 등 쪽이었다. 그 사람은 어딘가로 마구 기어가고 있었다. 그 사람은 개울로 굴러내려 뒹굴기 시작했다. 옷에 붙은 불이 차츰 꺼져갔다. 불이 다 꺼지자 힘겹게 몸을 일으킨 그 사람은 길고 깊은 한숨을 토해냈다. 그 사람은 남자가 아니라 여자였다. 그 여자는 넋을 잃은 듯 불길에 싸인 시체더미 쪽을 한참이나 바라보고 앉아 있었다. 그러다가 불현듯 몸을 일으켰다. 그리고 허둥지둥 어둠 속으로 사라져갔다.

많은 날들이 흘러간 뒤에 밝혀진 일이지만, 그 여자는 탄량골 학살현장에서 마치 거짓말처럼 살아남은 유일한 생존자 임분임 씨였다. 그때 그녀의 나이 스물넷이었다.

탄량골에서 군인들이 신원국민학교로 돌아왔다. 그때는 벌써 네 개의 교실을 가득가득 채우고 있던 마을사람들에게 탄량골에서 벌어진 일이 알려진 다음이었다. 군경과 방위대 가족으로 탄량골에서 빠져나온 사람들은 학교로 가는 중간에 뒤에서 콩 볶는 총소리를 들었고, 모든 마을사람들은 교실에 앉아서 그 소리를 들었던 것이다. 탄량골에서 빠져나온 사람들은 그 수많은 총소리들이 왜 울리는지 직감으로 알았고, 그들이 뒤늦게 교실로 밀려들자 그때까지 잔뜩 불안한 의혹에 차 있던 마을사람들이 웬 총소리였던가를 물었던 것이다. 그래서 탄량골에서 벌어진 일은 삽시간에 교실에서 교실로 퍼지고 말았다.

"그라믄 피난시키는 기 아니라 우리도 몽땅 죽이는 거 아이가!"

"아이구야, 이 일얼 우짜면 좋노."

"설마 이 많은 사람들을 그리 할 리가 있나. 이 숫자가 을매고?"

"100명 넘이 죽었는데 사오백이라고 몬 죽일 리 있나."

이런 말들이 오가는 속에 교실마다 술렁거리고, 울음소리와 한숨소리가 뒤섞이고 있었다.

운동장에는 군데군데 모닥불이 타오르고 있었다. 모닥불의 너훌거리는 불꽃은 교실에서 내간 책상과 걸상들이 통째로 타는 것이었다. 모닥불을 따라 둘러앉은 군인들은 밥을 먹는 축도 있었고, 무슨 이야기들을 하며 웃어대는 쪽도 있었다. 그들이 먹고 있는 국은 소를 때려잡아 급히 끓인 쇠고깃국이었다. 화단 가에는 부락민들을 교실로 들여보내기 전에 압수한 크고 작은 피난짐들이 아무렇게나 수북하게 쌓여 있었다.

"중대장님 오신다!"

누군가의 외침에 모닥불 가에 둘러앉아 있던 군인들이 벌떡벌떡 일어났다. 100여 명이 떠들어대던 소란이 뚝 멎었다.

"근무 중 이상 무!"

하사관 하나가 목이 터져라 외치며 거수경례를 붙였다. 밥을 먹고 있던 군인들도 항고를 든 채 부동자세였다.

"아, 수고한다."

부하 넷을 거느리고 모닥불빛에 모습을 드러낸 것은 양효석이었다.

"모두 쉬어." 양효석의 말을 받아 하사관이, "중대에 쉬엇!" 탄력 넘치는 구령을 했다. 그때서야 군인들은 부동자세를 풀고 제자리를 찾아 앉았다.

"중대장님 오셨습니까."

소위 하나가 어디선가 급히 뛰어와 양효석 앞에 멈추며 경례를 붙였다.

"통비분자 색출심사는 워떻게 되고 있소?"

양효석이 딱딱한 어조로 물었다.

"예, 곧 시작할 겁니다. 지서장·면장·사찰계 형사들이 곧 오기로 했습니다."

소위가 막힘 없이 대답했다.

"알겠소, 차질 없이 진행시키씨요. 허고, 외곽경비를 허고는 있지만 여그 경계도 철저허니 단도리허시요."

"옛, 알겠습니다."

양효석은 먼 눈길로 교실들을 훑어보고는 돌아섰다.

어둠이 짙어지면서 날씨가 완연하게 추워지기 시작하고 있었다. 유리창들이 깨져나간 교실에는 통바람이 드나들고 있었다. 맨바닥에 웅크리고 쪼그리고 앉은 사람들은 모두가 부들부들 떨어대고 있었다. 그들은 갑작스럽게 피난짐을 싸고, 집에서 내몰리고, 마을이 불타고, 학교로 끌려오고 하느라고 하루 종일 아무것도 입에 넣은 것이 없었다. 저녁밥까지 굶은 아이들이 파삭 탄 입술로 밥을 졸랐지만 어른들은 속수무책이었다. 물이나마 얻어먹여 재우려고 했지만 군인들은 들은 척도 하지 않았다. 칭얼거리고 보채던 아이들은 제풀에 지쳐 추위 속에서도 잠이 들었다. 그들은 배가 곯아 추위가 더했고, 코앞을 알 수 없는 불안으로 몸떨림은 더 심했다.

운동장 모닥불은 계속 기세 좋게 타오르고 있었다. 군인들이 두 명씩 짝을 지어 교실마다 들어왔다. 나직나직하게 오가던 말들이 뚝 멎었다. 군인들의 손에는 굵은 몽둥이가 들려 있었다. 그들은 다 하사관이었다.

"이 통비분자들! 다 똑바로 앉아!"

교단으로 올라선 군인이 버럭 소리치는 것과 함께 몽둥이로 칠판을 후려쳤다. 칠판과 벽 사이에 공간이 있어서 그런지 그 소리는 의외로 크게 울림을 일으켰다. 사람들은 질겁을 해서 옹송그리고 웅크려박고 있던 몸들을 곧추세웠다. 자던 아이들이 화들짝 놀라 깼고, 어떤 아이들은 아앙 울음을 터뜨렸다.

"시끄럿! 아새끼들 못 울게 해."

군인이 몽둥이로 또 칠판을 쾅쾅 쳐댔다. 부모들은 우는 아이의 입을 막거나 품에 안았다. 그러나 울음소리는 군인이 원하는 대로 뚝 그쳐지지 않았다. 나이가 네다섯 살만 먹었어도 어찌 겁을 먹이고 달래고 해서 울음을 그치게 할 수 있었지만, 그 아랫나이의 어린애들이 놀라서 터뜨리는 울음은 칠판을 쳐댈수록 더 심해질 뿐이었다. 그때 칠판을 쳐대는 소리가 뒤에서도 쿵쿵 울려왔다. 교실마다 칠판을 쳐대는 것이었다. 어린아이들의 울음소리는 더 기를 세웠다.

"거 아가리 틀어막아! 무슨 말을 할 수가 없잖아."

군인이 소리치며 더 세게 칠판을 후려쳤다.

"알라덜이 쪼맨해서 말귀를 몬 알아묵심더."

어느 여자의 울음 섞인 말이었다.

"우는 아새끼들 데리고 당장 복도로 나가, 복도로!"

군인의 외침에 몇몇 여자가 자지러지게 울어대는 아이들을 안고 일어났다. 그러나 복도라고 빈자리가 있는 것이 아니었다. 그리고 복도 쪽의 유리도 다 깨져 있어서 아이들의 울음소리는 다소 멀어진 것뿐이었다.

"너희들은 공비와 내통해서 어젯밤에도 우리 전우 수십 명의 생명을 잃게 한 악질 통비분자들이야. 그렇나, 안 그렇나!"

군인은 또 칠판을 쾅 두들겼다. 거기에 박자라도 맞추듯 뒷교실에서도 무슨 목청 돋운 소리에 이어 칠판 치는 소리가 쿵 울렸다. 앞뒤에서 번갈이로 칠판이 울려댈 때마다 사람들의 가슴은 움찔움찔 조여들고 있었다.

"왜 대답들이 없나! 대답이 없는 건 다 통비분자란 걸 인정한다 그 말인가!"

그래도 사람들은 죽은 듯이 아무런 반응이 없었다. 아니라고 부정할 수도 없고, 그렇다고 수긍할 수도 없었다. 그 둘 다가 올가미고 덫이었다. 사람들은 군인들이 들이닥친 아침부터 그와 똑같은 말을 연거푸 들어왔는데, 그때마다 속으로는 고개를 저었다. 자신들은 통비한 적도 없을뿐더러, 산사람들이 마을에 숨어든 일도 없었고, 더구나 수십 명씩이나 죽어야 하는 심한 전투가 벌어졌다면 자신들이 몰랐을 리가 없었던 것이다. 혹시 내가 멍청이잠을 잔 게 아니었을까 싶었던 사람들도 서로가 말을 나누어보고는 간밤에 아무 일도 일어나지 않았다는 것을 확인하게 되었다. 그러나 그들은 '아니다'라고 하면 무슨 변을 당할지 몰라 입을 열지 못했고, '그렇다'고 했다가는 통비분자를 자인하는 죽음이었기 때문에 입을 더 다물어야 했다. 이러지도 저러지도 못하는 그들이 할 수 있는 건 그저 침묵을 지키는 것뿐이었다.

"야, 너 일어나!"

군인이 몽둥이 끝으로 한 사람을 지목했다.

"야아? 누구, 지, 지 말입니꺼?"

더듬거리는 목소리는 완연히 떨리고 있었다.

"그래, 이새끼야, 너."

교단이 가까운 쪽에서 한 남자가 엉거주춤 일어났다.

"너가 대표로 대답해. 그래, 너희들이 전부 통비분자라 그거지?"

"아입니더, 그기 아입니더."

"씨끄럿! 그럼 뭐야, 공비와 내통한 적이 전연 없다 그거야?"

"아입니더, 그기 아니고예……."

"이새끼, 이것도 아니고 저것도 아니고, 너 이리 나와, 빨리!"

군인이 이번에는 몽둥이로 교탁을 내리쳤다. 그 요란한 소리에 좀 가라앉았던 아이들의 울음소리가 왁 터졌다.

"이새끼, 빨리 나와, 빨리."

남자가 주춤거리며 교단 앞으로 나가자마자 군인이 몽둥이를 내리쳤다. 어깻죽지를 맞은 남자가 숨 막히는 소리를 토하며 비척거렸다.

"너 같은 놈이 바로 빨갱이야, 빨갱이!"

군인은 마구 몽둥이를 휘둘러댔다. 몽둥이는 남자의 등짝이고 옆구리고 허리고 닥치는 대로 난타해대고 있었다. 그때마다 남자는 비명을 토하며 비틀거리다가 결국 쓰러졌다. 군인은 쓰러진 남자를 군홧발로 몇 번인가 더 짓밟고 걷어차고 나서 폭행을 멈추었다. 그리고 교단을 내려서며 담배에 불을 붙여 물었다. 교실은 추위보다 더한 공포로 얼어붙어 있었다.

밤은 깊어가고, 추위는 점점 심해지고 있었다. 운동장의 모닥불들은 여전한 기세로 활활 타오르고 있었다. 추워서 우는 것인지, 배가 고파 우는 것인지, 겁먹어 우는 것인지 모를 어린애들의 울음소리도 끊이지 않았다.

다른 군인이 교단으로 올라섰다.

"자아, 잘들 봤지. 정신 똑바로 차려!"

그 군인은 대뜸 소리치며 몽둥이로 칠판을 갈겼다. 사람들의 곧추섰던 몸이 더 곧추섰다.

"야, 너 일어나, 너!"

그 군인도 먼저 군인과 똑같이 몽둥이 끝으로 사람을 지목했다.

"아이구야, 지 말입니꺼?"

여자의 절망적인 소리였다.

"맞다, 벌떡 일어나!"

여자가 탄식처럼 한숨을 토하며 일어났다. 그 한숨소리를 못 들은 사람은 아무도 없었다.

"너, 빨갱이노래 하나 불러!"

"야아?"

여자가 소스라쳤고, 사람들은 몸을 움츠렸다. 사람들의 심정은 자기 자신들이 지목당한 것이나 마찬가지였다. 부를 수도 없고, 안 부를 수도 없고— 부르면 빨갱이라고 할 것이고, 안 부르면 말을 안 듣는다고 트집 잡힐 것이었다.

"귀가 먹었나! 빨갱이노래 불러보라니까!"

군인은 더 힘껏 칠판을 후려쳤다.

"지는, 지는 노래 부를지 모릅더."

여자는 와들와들 떨고 있었다.

"뭐야? 빨갱이노랠 안 배웠단 말야!"

"배우기사 했어도 지는 워낙이 노래재주가 없어서……."

여자는 견디기 어려운 두려움과 공포 속에서도 살아날 길은 그것밖에 없다고 생각하고 있었다.

"좋아, 그럼 애국가 불러봐."

여자는, 아이고 살았다, 싶었다. 그래서 추위와 공포로 얼어붙은 몸을 다잡아 노래를 시작했다.

"동해물과 배액두산이……."

"야, 야, 그만! 너 이년, 그럴 줄 알았다. 누구 앞에서 잔꾀 부리고 그래, 이년아. 당장 이리 나와!"

여자는 그때서야 덫에 걸린 것을 알았다. 모든 사람들도 가슴이 쿵 내려앉았다.

"너같이 약은 년이 바로 악질 통비분자야, 알겠어!"

몽둥이가 여자의 몸을 두들겨대기 시작했다. 여자의 날카로운 비명이 교실을 흔들고, 어린애들이 기를 쓰고 울어댔다. 여자의 비명이 맥이 빠져서야 군인은 몽둥이질을 멈추었다.

"자아, 다들 똑똑히 들어. 빨갱이편이면 왼손을 들고, 푸른뎅이편이면 오른손을 들어라. 거짓말하면 다 아니까 양심적으로 해야 돼. 자아, 팔 들어!"

이 어린애장난 같은 짓에 왼손을 들어올릴 사람이 있을 리 없었다. 그런데, 양쪽 손을 다 들어올린 사람이 몇몇 있었다. 너무 공포에 질린 상태에서 어찌하는 것이 좋을지 몰라 그랬겠지만, 그 엉뚱한 짓이 두 군인의 눈에 그냥 넘어갈 리 없었다.

"저기, 저기, 두 손 다 든 네 연놈 앞으로 나와."

여자 둘에, 남자 둘이었다. 그들이 부부라는 것을 한눈에 알 수 있었다. 남편이 하는 대로 여자는 따라 한 것이 분명했다.

"요런 박쥐 같은 새끼들! 간에 붙었다 쓸개에 붙었다."

네 사람을 놓고 두 군인이 매타작을 시작했다. 몽둥이가 닥치는 대로 살을 치는 소리도 끔찍했고, 네 사람의 비명이 뒤엉키는 소리도 끔찍했다. 어린애들은 더욱 자지러지게 울어댔다.

두 군인이 교실을 나갔다. 사람들은 막혔던 숨을 토해내며 어깨들을 부렸다. 밤은 깊어가고, 추위는 더 혹독해져 가고 있었다. 어린애들의 오줌 싼 기저귀가 금방 버석버석하게 얼어들었다. 그러나 군인들에게 시달림당하는 것은 그것으로 끝난 것이 아니었다. 군인들은 번갈아가며 들어와 새벽녘까지 그런 식으로 공포분위기를 만들고, 매타작을 놓았다.

그런 경황 속에서도 한 여자가 애를 낳았다. 딸이었다. 문홍한이라는 사람의 아내가 어느 군인의 도움으로 장소를 옮겨 아들을 낳는 바람에 그 일가족이 요행히 살아났다는 것은 나중에 알려진 일이었고, 정작 교실에 갇힌 사람들은 그 일을 모른 채 자기들 옆에서 몸을 풀어 딸을 낳은 산모의 고통과 기구함에 쓰라린 마음들을 모았다.

새벽녘이 되어서야 지서장하고 면장이 얼굴을 나타냈다. 두 사람을 보자마자 교실에서마다 "우와!" 환성이 터져나왔다. 모두 일어난 사람들은 서로 얼싸안고, 눈물을 글썽이고, 목들이 메었다. 그건, 이제 살아나게 되었다는 공감이고, 확인이었다. 그 두 사람이야말로 자기네들이 용공분자도 아니고, 통비분자도 아니라는 것을 변호하고 옹호해 줄 사람이었던 것이다. 사람들 모두가 초저녁부터 애태우며 만나고 싶어하고 기다렸던 사람이 바로 그 두 사람이었던 것이다.

마침내 면장과 지서주임이 첫 번째 교실로 들어섰다.

"군경 가족은 앞으로 나오시오."

면장의 말이 떨어지기가 무섭게 사람들은 우르르 앞으로 쏠려 나갔다.

"웬 군경 가족이 이리도 많아!"

면장이 차갑게 내쏜 말이었다. 사람들은 주춤 멈춰섰다.

면장은 손가락 끝으로 군경 가족을 골라냈다. 그리고 나머지 사람들은 도로 들여보내고 말았다.

면장과 지서주임은 주민들을 위한 말 한마디 없이 다음 교실로 가버렸다. 날이 번히 밝아오고 있었다. 운동장의 모닥불도 사그라져가고 있었다.

양효석이 대대장과 함께 운동장에 나타난 것은 10시쯤이었다. 간밤의 추위를 녹이는 햇살이 운동장에 가득 깔려 있었다. 군인들이 칼 꽂은 총을 번뜩거리며 사람들을 교실에서 끌어내고 있었다. 사람들은 군인들이 시키는 대로 엉성하게 줄을 맞춰 섰다. 군경 가족을 골라낸 그들의 수는 500여 명을 헤아렸다.

"집합 끝!"

일등상사가 보고했다.

"출발시켜라!"

조회대에 선 대대장의 명령이었다.

군인들이 경계하는 속에서 줄이 잘 맞지 않는 사람들의 대열이 교문을 나서기 시작했다. 압수한 피난짐에 손을 못 대게 하고 줄을 세울 때 벌써 어른들은 이상한 낌새를 눈치챘고, 맨손으로 운동장을 떠나게 되자 실오라기같이 가늘게 남았던 피난길에 대한 기대는 완전히 끊긴 것을 알게 되었다. 그 길이 어떤 길인가를 분명히 확인시킨 것은 사람들이 교문을 나서면서부터였다. 군인에 경찰과 방위대가 포함된 토벌대들이 길 양쪽에 늘어서서 삼엄한 경계를 펴는 가운데 사람들이 걸어갈 방향을 지시하고 있었던 것이다. 토벌대원들이 만들고 있는 줄은 박산골로 이어져 있었다. 나이 든 남자들, 부녀자들 그리고 아이들이 태반인 신원면민 500여 명은 그 두 줄이 가리키는 방향을 따라 멀어져가고 있었다.

사람들의 모습이 박산골로 빨려들고 얼마가 지나지 않아 한꺼번에 갈겨대는 수많은 총소리가 요란하게 울려대기 시작했다. 그 총소리들은 신원면을 에워싸고 있는 많은 산들과 그 골짜기 골짜기에 부딪쳐 겹겹의 메아리로 울려가고 있었다. 그 요란하게 튀는 총소리들을 아랑곳하지 않고 하늘 한쪽에 빙글빙글 맴돌이질 치는 검은 무늬를 새기는 것이 있었다. 그건 수백 마리가 무리진 까마귀떼였다. 까마귀떼가 유유하게 선회하며 차츰차츰 그 높이를 낮추고 있는 곳은 어젯밤에 학살이 자행된 탄량골의 하늘이었다.

7

빨치산, 그 이름 없는 사람들의 진정성

　더 부서질 것이 없다시피 한 인천이 다시 불바다가 되고, 뒤따라 서울도 불바다가 되었다. 비행기들이 서울을 무차별 폭격해 대는 정도는 작년 9월에 비해 몇 갑절 심했다. 1월이 끝나가고 있는 추위 속에서 서울은 며칠이고 계속해서 폭탄세례를 받으며 불길에 휩싸였다. 깨지고 무너지고 잿더미가 되어가는 도시 속에서 얼마나 많은 사람들이 죽어가고 있는지는 아무도 알 수가 없었다. 미군 비행기들은 독판을 치고 날아다니며 그저 미친 것처럼 폭탄을 퍼부어댈 뿐이었다. 서울을 불태우고 파괴하는 것은 비행기만이 아니었다. 김포 쪽에서 수없이 날아드는 폭탄도 한몫을 거들고 있었다. 26일에 재차 인천상륙을 감행한 지상병력의 공격이었다.

　《해방일보》는 다시 후퇴를 서두르고 있었다. 작년 9월과 똑같이 폭격을 피해 변두리로 옮겨앉은 비좁은 신문사 안은 두서없이 어수선했다.

"이 동무, 어떡하시겠어요!"

갑자기 귓속을 파고드는 낮으나 뜨거운 여자의 음성이었다. 바쁘게 짐을 챙기고 있던 이학송은 반사적으로 허리를 폈다. 귓속말을 했던 김미선도 황급히 몸을 바로 세웠다.

입을 꾹 다문 이학송은 김미선을 정면으로 쳐다보고 있었다. 언제나 감돌던 웃음기가 사라져버린 그의 얼굴에는 무거운 우울이 담겨 있었다. 그를 올려다보듯 하고 있는 김미선의 눈은 물기가 번진 채 무슨 말인가를 간절하게 하고 있었고, 얼굴에는 초조한 기색과 함께 괴로움이 드러나 있었다. 그녀의 입김이 귓전에 느껴질 정도로 그녀가 가깝게 말을 해오는 순간 이학송의 뇌리에 퍼뜩 떠오른 것은 두 가지였다. 어찌나 굶주렸는지 뼈만 앙상하게 남은 그녀의 두 아이였고, '저는 못 가겠는데……' 하는 생략된 말이었다.

"나는…… 가야 되겠습니다."

이학송은 그 짧은 말을 해놓고 마른침을 삼켰다. 김미선의 눈빛이 순간적으로 달라지며 무슨 말인가를 하려고 했다. 그러나 그녀는 곧 눈길을 떨구며, "네, 알았어요" 들릴 듯 말 듯 말하고는 돌아섰다.

이학송은 담배에 불을 붙였다. 멀어지는 그녀의 뒷모습을 물끄러미 바라보며 그는 한숨처럼 담배연기를 내뿜었다. 그녀가 하려다가 말아버린 말이 들려오고 있었다. '아이들 찾기를 단념하셨나요?' 그녀가 이 말을 참아낸 것은 자신의 괴로움을 건드리지 않으려는 것이었음을 이학송은 알고 있었다.

　김미선은 열사흘 뒤에 서울로 돌아왔다. 그때 이미 이학송은 세 아이들을 찾아내려고 일과만 끝나면 서울시내를 미친 듯이 헤집고 다니던 참이었다. 부역자나 그 가족을 단심제로 처단한 형편에 그때까지 소식이 없는 아내의 생사에 대해서는 이미 포기한 상태였다. 그러나 엄마를 찾겠다고 저희들 발로 걸어나간 세 아이의 행방을 찾지 않을 수가 없었다. 그는 시당에 특별히 부탁도 했고, 집이나 부모 잃은 아이들을 모아놓은 곳을 찾아 매일같이 허덕거리고 다녔다. 한복판에 뚫린 구멍이 날마다 커져가는 가슴을 붙안고 그는 추위로 얼어붙은 하늘을 향해 소리 없는 통곡을 토해내고는 했다. 그 어린것들이 어떻게 되었을까를 생각하면 한순간인들 살아 있고 싶지가 않았다. 피가 타고 살이 꼬이는 괴로움으로 그는 나날이 메말라갔다. 비록 기아상태에 빠져 있기는 했지만 두 아이가 친정어머니의 손에 무사히 지켜진 것을 확인한 김미선은 그의 괴로움을 덜어주려고 진정으로 애를 썼다. 입바른 위로의 말 같은 것은 한마디도 하지 않은 채 그녀도 그의 아이들을 찾아 추위를 무릅쓰고 나섰던 것이다.

　"그러지 말고 일과가 끝나는 대로 빨리빨리 집으로 돌아가도록 하세요. 엄마와 오래 떨어져 산 애들이 엄마를 얼마나 기다리겠어요."

　"아니에요. 서너 시간 더 빨리 엄말 본다고 해서 그애들이 더 행복해지는 건 아녜요. 저나 애들이나 서로 품고 자는 것만으로도 충분해요. 제가 괴로워서 하는 일이니까 너무 마음 쓰지 마세요."

그러나 세 아이의 모습은 서울 그 어디에서도 찾을 수가 없었다. 헛바람이 새는 가슴으로, 허방을 딛는 걸음으로 한 달을 보내고 다시 서울을 떠나게 되고 말았다. 그런데 김미선은 그 엇갈림길에서 마음의 동요를 일으키고 있음이 분명했다.

사무실의 소란은 더 심해지고 있었다. 사람들이 분주하게 지시하고 응답하는 소리들이 오락가락 뒤엉키고, 책상 밀어붙이는 소리나 걸상 넘어지는 소리도 요란하게 울리고는 했다.

김미선은 그 소란 속을 곧장 걸어갔다. 그녀가 걸어가고 있는 방향에는 한 남자가 창밖을 하염없이 내다보고 서 있었다. 그녀는 그 남자와 예닐곱 발짝 간격을 두고 걸음을 멈춰섰다. 옆얼굴을 보이고 섰던 남자가 인기척을 느끼고 그녀 쪽으로 느리게 고개를 돌렸다. 그는 이원조였다. 그녀를 알아본 이원조의 얼굴에 웃음기가 떠오르는 것 같다가 이내 의문이 담겼다. 이원조의 눈이 그녀를 유심히 쳐다보았다. 그녀도 이원조를 바라보고 있었다. 그녀의 물기 젖은 눈은 무슨 애절한 말인가를 담고 있었다. 슬픈 애원인 듯, 괴로운 하소연인 듯, 반쯤 울고 있는 그녀의 얼굴이 눈에 담긴 말을 구체화시키고 있었다. 이원조의 눈이 느리게 느리게 내려감겼다. 그리고 다물린 입술에 힘이 모아졌다. 그 힘이 풀리면서 눈이 다시 느리게 느리게 뜨여졌다. 그녀와 눈이 마주쳤다. 이원조의 얼굴은 그저 담담했다. 그는 아까처럼 창밖을 향해 고개를 돌렸다. 그녀도 소리 없이 돌아섰다. 그리고 여전히 소란한 사무실을 그녀는 서두르는 기색 없이 걸어서 밖으로 나갔다.

그들 두 사람의 소리 없는 대화를 목격한 사람은 이학송뿐이었다. 혹시 누가 눈치챌까 싶어 그는 그녀가 문 쪽으로 가는 것을 보고 눈길을 돌려 딴전을 피웠다. 적진에서 부디 무사하시오……. 이학송은 담배연기를 깊이깊이 빨아들였다. 통화를 먼저 떠나오면서는 그녀의 우는 모습을 차마 볼 수가 없어 자신이 뒤돌아보지 않았고, 이제 그녀는 뼈마디 앙상한 두 아이 곁으로 돌아가면서 그녀 자신이 뒤돌아보지 않고 떠나갔다. 그는 그녀가 떠났다는 사실 외에 아무것도 생각하고 싶지가 않았다. 그는 담배를 끄고, 소각할 종이뭉치들을 한 아름 끌어안았다. 느낌이 서로 다른 폭음들이 들려오고 있었다. 그래, 얼어죽었거나 굶어죽었을 거야……. 그는 그동안에 애써 피해왔던 생각을 가슴에 못을 치듯이 분명하게 정리했다. 두 아들과 딸아이의 모습이 왈칵 밀려들었다. 그는 현기증과 함께 울음덩이가 치미는 것을 느끼며 오른손을 다급하게 주머니에 넣었다. 안고 있던 종이뭉치들이 와르르 마룻바닥에 쏟아져내렸다. 주머니 속에서 그의 손아귀 가득 팽이가 잡혔다. 그는 팽이를 으스러져라 쥐며 부르르 떨었다.

"이 동무, 어디 아프오?"

누군가가 물었다.

"아닙니다, 갑자기 주머니에서 뭘 좀 찾을 게 있어서요."

이학송은 흩어진 종이뭉치들을 그러모으기 시작했다.

"아 예에, 빨리빨리 합시다. 곧 출발하는 모양이오."

이학송은 종이뭉치들을 안고 밖으로 나갔다. 담 옆에서 종이들이 타며 불꽃을 일으키고 있었다. 그는 불길 속에다가 안고 온 종이뭉치들을 던졌다. 문득 불길이 잦아지는 듯하다가 연기를 물큰 피워올리며 활짝 기세를 폈다. 혹독한 추위를 뚫고 다시 서울로 와 해방전쟁의 승리를 위하여 열성적으로 기록했던 것들이 불길로 변해가고 있었다. 그는 그 불길을 하염없이 바라보고 있었다. 그 크지 않은 불길은 민족통일의 역사, 인민해방의 역사가 좌절되고 있는 상징으로 느껴졌다. 이렇게 떠나서 또다시 서울로 돌아올 수 있을 것인가⋯⋯. 그는 고개를 젖혀 하늘을 올려다보았다. 서울시내가 며칠째 계속 불타고 있는 연기가 그대로 겹겹이 뭉쳐진 것처럼 하늘에는 구름이 두껍게 끼어 있었다. 2월로 접어들면서 추위도 어느 만큼 수그러져 있었다.

"이대로 가면 양키들을 곧 몰아낼 수 있을 겁니다."

남진하는 부대를 따라 서울을 떠나기 직전에 김범우가 찾아와 한 말이었다. 그는 여느 때 없이 미군에 대해 자신감을 보이고 있었다. 그런데 그들은 다시 서울을 무자비하게 쑥밭을 만들어대고 있었다. 적이고 민간인이고를 가리지 않는 그들의 무차별한 폭격은 그야말로 자기네 이익을 확보하기 위해서는 수단방법을 가리지 않는 제국주의적 잔학이고, 발악이었다. 다만, 그들의 무자비한 초토화작전에 박수갈채를 보내고 있는 인간들은 이미 서울을 떠나 이승만 정권을 에워싼 채 덕을 보고 있는 친일반민족세력들과 새롭게 생겨난 기회주의자들뿐이었다. 김범우는 지금쯤 어디에 있을까⋯⋯. 이학송은 담배에 불을 붙였다.

"이 동무, 빨리 안으로 들어오시오. 곧 출발이오!"

이학송은 외침을 따라 몸을 돌렸다. 무의식적으로 오른손이 주머니로 들어갔다. 다시 손에 팽이가 잡혔다. 그래, 가야지. 그는 팽이를 꼬옥 쥐며 마음을 다잡았다. 2월 7일이 저물고 있었다.

"대장님, 큰일났습니다!"

부관이 뛰어들며 토해낸 말이었다. 그는 숨을 헐떡거리고 있었다.

"또 무슨 일이오?"

심재모는 퉁명스럽게 말하며 고개를 돌렸다. 그의 찡그려진 얼굴에 짜증이 묻어나고 있었다.

"예, 장정들이 데모를 벌이기 시작했습니다."

"데모?"

심재모는 그 색다른 사건에 문득 긴장을 느꼈다.

"예, 우리는 짐승이 아니다 급식을 제대로 하라, 우리는 개죽음할 수 없다 약품을 조달하라, 이렇게 외쳐대기 시작했습니다."

"그 수가 얼마나 되오?"

"장정 전원입니다."

심재모는 팔짱을 끼었다가 오른손을 입으로 가져가며 고개를 수그렸다. 올 것이 온 것이었다. 어쩌면 늦게 온 일인지도 몰랐다. 마음이 무겁게 내리눌리고 있었다. 전혀 수습책이 떠오르지 않았다.

"다른 교육대들은 어떤지 좀 알아보시오."

"예, 알겠습니다."

부관이 돌아섰다.

"아니오, 아니오. 관두시오."

심재모는 금방 말을 고쳤다. 주변의 훈련소들이 같은 상황이라 하더라도 무슨 뾰족한 해결책이 강구될 리 없었다. 고작해야 사정 없이 몰아치라거나, 주모자를 색출해 내서 본때를 보이라는 정도의 말을 듣게 되기가 십상일 터였다. 그리고 자기네 교육대에서 그런 일이 벌어지지 않은 소장에게는 흥만 잡힐 일이었다.

"지금 어떤 상태에 있소?"

"예, 소대마다 막사 밖으로 나오지 못하게 양쪽 문을 철저히 통제하고 있습니다."

"됐소, 그러지 말고 모두 연병장에 집합시키시오. 내가 곧 나가겠소."

"아니, 어떻게 하시려구요? 무슨 좋은 해결책이 있으십니까?"

부관의 얼굴에 의문과 기대가 엇갈리고 있었다.

"일단 집합이나 시키시오."

심재모는 명령을 내리고 등을 돌렸다.

정규훈련소에서 급조된 방위군 교육대로 옮겨오면서부터 온갖 문제점들이 그를 기다리고 있었다. 말이 좋아 교육대장이었지 그것은 엄연한 좌천이었다. 소위의 구타살인사건은 결국 흐지부지 묻혀지고 말았지만, 자신의 전출이 그 문제와 직결되어 있다는 것을 그는 잘 알았다. 결국 참모부의 장교들에게 떠밀려난 것이었다. 참모부의 장교들로 뭉쳐진 힘을 자신의 혼자 힘으로써는 어쩔 도리가 없는 일이었다.

"축하하오. 계급은 달라도 심 소령은 나와 똑같은 직책인 교육대장으로 영전하는 거요."

훈련소장이 목울대만 크게 울리는 소리로 껄껄거리며 웃었다.

"군대에서 폭력행위는 꼭 근절되어야 합니다."

심재모는 훈련소장의 눈을 응시한 채 이 말을 똑똑하게 했다. 그러면서 속으로는, 이 돼먹지 못한 관동군 출신 놈들아! 부르짖고 있었다.

"아, 좋소, 좋아."

훈련소장은 얼굴이 경직되면서도 더 큰 소리로 껄껄거렸다.

국민방위군 교육대는 훈련소가 아니었다. 난민수용소거나 병자수용소라는 것이 옳았다. 모두가 영양실조 상태인 데다가, 반 이상이 동상환자였다. 그런데 세끼 밥이 제대로 지급되지 않고 있었다. 가장 기본적인 급식이 해결되지 않고 있는 형편이었으니 다른 것들은 더 말할 것이 없었다. 피복 지급이 될 리가 없었으며, 추위를 막을 잠자리가 제대로 갖추어졌을 리가 없었고, 환자들을 치료하기 위한 의무시설이 규모 있게 꾸며질 수가 없는 일이었다. 아무리 전시라고는 하지만 무계획과 우격다짐 앞에서 심재모는 망연자실할 뿐이었다. 그가 해야 할 급선무는 교육대장의 임무가 아니라 난민수용소장의 임무였다. 그래서 그는 상부에 전화를 걸어대는 것이 중요 일과였다. 그가 독촉해 대는 것은 정상급식·난방설비·의료시설의 조속해결이었다. 그러나 상부의 응답은 변함없이 '예산

미책정'이었다. 영양실조를 더욱 악화시키고 있는 정량미달의 부식도 없는 급식을 겨우겨우 해결해 가는 상황 속에서 동상자들의 증세는 날로 심해져가고 있었다. 그리고 중환자들이 발생하면서 죽는 사람들이 생겨나기 시작했다. 교육대 주변에서 발발하고 있는 민폐 같은 것은 막을 수도, 처벌할 수도 없는 형편이었다. 각처에서 교육대까지 오는 동안 필요한 것들을 '현지조달'해 온 장정들에게 민폐는 몸에 익은 해결방법이었고, 그들의 생존조건을 행정적으로 강구하지 못한 입장에서 민폐근절이나 처벌 같은 것은 공염불일 뿐이었다.

"조금만 더 참고 기다립시다. 곧 조처가 내려올 겁니다. 일선에선 지금 수많은 사람들이 죽어가고 있지 않습니까. 거기에 비하면 우리 고생은 좀 나은 편 아닙니까."

심재모는 부지런히 막사를 돌며 장정들을 다독거리고, 환자들을 위로했다. 그러나 그런 행위로 악화되어 가는 동상을 막을 수 없는 일이었고, 중환자들이 치료되는 것이 아니었으며, 자꾸 생겨나는 병자들을 예방할 수도 없는 일이었다. 방위군교육대라는 울타리는 생사람들을 몰아넣고 서서히 굶겨죽이고, 병들여죽이고 있는 살인장에 지나지 않았다.

심재모는 아무 효과가 없는 전화질을 하기 지쳐 직접 상부를 찾아갔다.

"치료를 해줄 수 없는 형편이면 동상자들과 병자들은 속히 귀향조처를 취해야 할 겁니다. 훈련을 받을 수 없게 몸이 상한 사람들을 더 붙들어둬봐야 아무 쓸모가 없을뿐더러, 자꾸 사망자만 늘어나게 됩니다."

이런 상황보고를 겸한 의견제시를 했지만 아무런 조처도 취해지지 않았다. 보고는 항의로 바뀌었다. 그래도 아무런 울림이 없었다. 그런데 마침내 어느 교육대에서 집단탈출극이 벌어졌다는 소문이 들려왔다. 집단탈출이 용인되었을 리가 없었다. 총격을 가하고, 사상자가 발생하면서 집단탈출은 진압되었다.

"여러분, 집단탈출을 시도한다는 건 무모한 행웝니다. 사람을 사람으로 취급하지 않기 때문에 그럴 수밖에 없다는 건 이유가 되지 않습니다. 왜냐하면 여긴 군대이기 때문입니다. 나는 여러분이 당하고 있는 고통을 누구보다 잘 압니다. 그래서 그 해결을 위해 상부를 상대로 최선을 다하고 있습니다. 참는 김에 조금만 더 참고, 우리 교육대에서 그런 불상사가 일어나 억울하게 희생당하는 사람들이 없기를 당부합니다."

심재모는 집단탈출사건을 군이 감추려 하지 않았다. 미리 공개해서 자신의 교육대에서는 그런 일을 예방하고자 했다. 그런데 돌림병이 퍼지고 있다는 소문이 들려왔다. 무슨 병인지도 모른 채 열이 펄펄 끓다가 잇따라 죽어간다는 것이었다.

"글쎄요, 무슨 병인지는 빨리 조사를 해봐야 되겠습니다. 전염병 예방이라면 대개 파리나 모기·이 같은 중간매개물을 차단해야 하고, 음식의 불결을 막아야 합니다. 겨울철이니까 파리 모기는 없고, 금년 겨울은 또 유난히 추우니까 음식이 부패할 리도 없습니다. 그 대신 오랫동안 목욕도 못하고 옷들도 더러운 사람들한테서 이는 엄청나게 들끓고 있을 겁니다. 그것부터 소탕하는 것이 좋겠습니다."

기성부대 군의관의 처방이었다.

심재모는 소대별로 이 소탕작전을 전개시켰다. 그건 이를 일일이 손으로 잡아내서 될 일이 아니었고, 불을 피워놓고 옷을 털어댄다고 될 일도 아니었다. 옷의 박음자리 깊은 곳에 붙어 있는 서캐까지 말끔하게 제거하지 않는 한 이는 며칠이 못 가 또 생겨나게 마련이었다. 서캐까지 없애는 방법은 옷을 푹푹 삶아내는 일이었다. 그는 장교들한테서 염출시킨 돈으로 장작을 사들여 소대별로 옷삶기를 시켰다. 그 일은 효과가 있어 그의 교육대에서는 돌림병을 막아내고 있었다.

그러는 동안에 한 달이 다 되어 지난 1월 30일에 예산이 국회를 통과했다는 소식을 듣게 되었다. 심재모는 너무 반가워 상부에 전화를 걸었는데, 그곳의 반응은 의외로 냉랭했다. 예산이 통과된 것뿐이지 집행이 언제 될지는 알 수 없다는 것이었다. 그 무성의하고 막연한 대답도 대답이었지만, 심재모가 완전히 울화통이 터지다 못해 주저앉는 심정이 되어버린 것은 며칠이 지나 예산내역을 알고 나서였다.

방위군 총인원을 50만 명으로 추산하여, 하루 식량을 1인당 네 홉, 취사용 연료대 40원, 잡비를 10원씩으로 계산하여 1월부터 3개월간의 총액 209억 원이 책정되었던 것이다.

예산내역은 그것이 전부였다. 그 외에도 당연히 있어야 할 부식비·난방연료비·의료비·피복비·훈련비·부대운영비 같은 것은 아예 없었다. 반찬은 아무것도 없이 밥만 씹고, 불기라곤 없는 천막에서 얼어죽든 말든 알 바 아니고, 병자들은 죽으면 될 거 아니냐는 식이었다. 그러니 피복비며 훈련비며 부대운영비 같은 것은 더 따질 필요조차 없는 일이었다. 그리고 더 중요한 문제는 하루 1인당 네 홉이라는 급식량이었다. 전쟁포로들에게도 하루 급식량은 다섯 홉이었던 것이다.

장정들이 단체행동으로 들고일어난 것은 어쩌면 당연한 일인지도 몰랐다. 그들은 그런 세부적인 내용은 모른 채로 예산이 국회를 통과했다는 사실만은 이미 알고 있었다. 그런데 아무리 기다려도 개선되는 것이 없자 결국 행동으로 나선 것이었다.

심재모는 부관의 연락을 기다리지 못하고 사무실을 나섰다. 연병장에는 장정들이 줄을 서고 있었다. 그 몰골들이 천생 거지떼나 다름없는 웅성거림을 심재모는 죄스러운 마음으로 바라보고 있었다. 법이라는 강제행위로 저런 참상을 빚어내고 있는 것은 누구의 책임인가. 군인도 아니면서 군인들의 통제 아래 죽어간 수많은 사람들의 목숨은 어떻게 보상될 것인가. 보상은 차치하고 그 죽음의 명목은 도대체 무엇인가. 전사인가, 자연사인가. 아직 군인이 아니니 전사로 취급할 리가 없다. 그럼 자연사인가? 그렇지도 않다. 그들이 얼어죽고, 굶어죽고, 병들어죽은 것은 아무 대책이 없이 행해진 강압행위에 의해서였다. 그들은 여러 종류로 타살당한 것이고, 정부는 공공연한 살인행위를 저지른 것이었다. 중공군의 개입이 국민방위군을 창설한 이유는 될 수 있어도, 그런 무책임한 살인행위까지 합리화시킬 수 있는 근거는 아니었다. 소문으로는 각 교육대에 도착할 때까지 죽어간 사람들이 엄청나다는데, 도대체 그 수가 얼마나 될까…….

"대장님, 벌써 나와 계셨습니까? 집합완료했습니다."

부관이 경례를 붙였다.

"갑시다."

심재모는 모자를 고쳐 쓰며 앞장섰다.

심재모는 천천히 구령대로 올라섰다. 또다시 자신 없는 거짓말을 해야 한다는 생각에 숨을 깊이 들이켰다. 그런 요구조건들을 내걸고 데모를 벌였던 사람들답지 않게 조용한 것이 고맙고도 비안했다. 그들의 그런 질서유지가 자신에 대한 신뢰의 표현인 것을 그는 느끼고 있었다.

"장정 여러분, 여러분의 요구사항은 잘 알고 있습니다. 그건 곧 내가 상부에 대고 계속 해결을 요구해 온 것이나 마찬가지입니다. 그리고 여러분들이 집단행동을 하게 된 것도 충분히 이해합니다. 여러분들은 그동안 말할 수 없는 악조건 속에서 참으로 오래 참고 견뎌왔습니다. 그 고통에 대해서 나는 잘 알고 있고, 그것을 하루빨리 해결하려고 내 나름으로 최선을 다해왔습니다. 그러나 나 혼자서 하는 일이 아니고 상부를 상대로 하는 일이기 때문에 노력에 비해 별다른 효과가 나타나지 않고, 자꾸 여러분들한테 거짓말만

한 결과가 된 것을 미안하게 생각하고 있으며 또한 면목이 없습니다. 그러나 여러분, 우리 교육대 장교들이 몇 푼 안 되는 월급을 털어가며 여러분들이 당하고 있는 고통의 천만 분의 1이라도 덜어드리려고 노력한 진정은 이해하셔야 합니다. 여러분, 그동안 잘 참아준 것을 고맙게 생각합니다. 예산이 통과되었으니 이제 집행될 날이 머지않았습니다. 이 막바지에서 며칠만 더 참아내서 우리 교육대가 무사하기를 바랍니다. 나를 비롯한 장교들과 사병 모두는 다 여러분들의 편입니다. 우리 교육대에서 일체의 구타가 없는 것은 여러분들이 더 잘 아시지 않습니까? 여러분, 집단행동을 하지 마십시오. 그건 일을 해결하는 방법이 아니라 우리끼리 반목을 조장하는 행위일 뿐입니다. 나는 또 상부를 찾아가겠습니다. 여러분들은 나의 진심을 믿고 며칠만 더 기다려주십시오. 나는 여러분들을 믿습니다. 이상입니다."

심재모는 구령대를 내려갔다. 장정들은 말없이 소대별로 움직이기 시작했다.

그즈음에 교육대마다 새로운 문제가 야기되고 있었다. 여러 지방에서 뒤늦게 도착한 장정들을 수용할 수가 없어서 거부사태가 일어나고 있었다. 그것 또한 무계획적인 과잉징집이 빚어낸 심각한 문제점이었다. 국회를 통과한 예산은 50만 명으로 추산되었는데 정작 서울 이남의 각 지방에서 강제징집된 사람들은 그 두 배인 100만 명을 헤아렸던 것이다. 교육대의 수용을 거부당한 사람들은 아무런 후속조치도 받지 못한 채 뿔뿔이 흩어져야만 했다. 빈털터리인 그들은 갈 데 없는 거지꼴이 되어 고향을 찾아가야 하는 난 감한 처지에 빠지고 말았다. 난데없이 수십만 명의 거지떼가 생겨 난 셈이었다. 그들은 끼니와 잠자리를 구걸하지 않고서는 몇백 리 씩이 넘는 고향을 찾아갈 방법이 없었던 것이다.

그러나 문제는 그것으로 끝나지 않았다. 정작 예산집행을 하면 서 부정은 본격적으로 시작되었다. 방위군 사령부에서는 각 교육 대에 예산을 영달하면서 허위영수증 작성을 요구했던 것이다. 그 허위영수증은 다름이 아니라, 1·2·3월까지 3개월 동안의 예산 중 에서 이미 날짜가 지나버린 1월 한 달분과 2월분 중에서 수령 직전 까지의 금액을 착복하기 위한 것이었다. 그 액수는 어마어마한 거 금이 아닐 수 없었다.

부관으로부터 그 보고를 받은 심재모는 의자를 박차고 일어나 며 외쳐댔다.

"뭐라고, 이런 개새끼들! 어떤 새끼가 그런 개소리를 쳐, 개소릴 치길!"

얼굴이 하얗도록 흥분된 심재모는 의자고 책상이고 닥치는 대 로 걷어차고 있었다. 그리도 무섭게 화내는 상관을 처음 대하는 부 관은 심재모의 긴 다리가 쭉쭉 뻗칠 때마다 주춤주춤 뒤로 물러 서고 있었다. 심재모가 그렇게 화를 내는 것은, 벌교에서 지주들이 입산한 좌익의 집에는 소작을 주지 않기로 결의한 사실을 알고 나 서 그랬던 이후 처음이었고, 책상이며 의자를 닥치는 대로 걷어차 고 있는 모습도 그때와 똑같았다.

"대, 대장님, 진정, 진정하십시오."

상관을 붙들 수가 없는 부관은 두 팔을 엉거주춤 든 채 말을 더 듬거리고 있었다.

"우리 교육댄 그따위 짓 절대로 못한다고 거부하시오!"

심재모가 숨을 몰아쉬며 내린 명령이었다.

"대장님, 저어……."

손을 맞잡은 부관이 어물거렸다.

"뭐요!"

담배를 빼든 심재모가 부관을 날카롭게 쏘아보았다.

"저어…… 제가 먼저 안 된다고 말했습니다만 아무 소용이 없었습니다. 상대방이 저보다 계급이 높아놔서……."

"알았소. 내가 사령부로 직접 가겠소."

심재모는 성냥을 득 그어 담배에 불을 붙였다. 그는 깊게 들이마신 담배연기를 한숨으로 길게 토해냈다. 또 하나의 벽에 부딪혀 있었다. 그는 암담하고도 착잡한 기분이었다. 이 벽을 뚫고 나갈 수 있을 것인지, 아니면 자신이 또 튕겨질 것인지 알 수가 없었다. 비록 또 튕겨져나간다 하더라도 자신의 이름으로 허위영수증을 써줄 수는 없는 일이었다. 그 형용할 수 없는 고통에 시달린 장정들을 생각해서도 그렇고, 가짜영수증을 만들어줘 그런 부정에 동조할 수도 없었다. 아, 이 나라 군대라는 것이 이런 것인가……. 그는 군대에 몸담게 된 것을 또 후회하고 있었다.

"자 보십시오, 부식비·난방비·의료비·피복비·훈련비·부대운영비 같은 것들이 책정되지 않은 건 전시상황이라 불가피했다는 걸로 좋습니다. 그럼, 이미 경과분의 예산은 마땅히 그런 명목들로 대체되어야 옳지, 어째서 수령하지도 않은 공금을 놓고 무조건 영수증을 만들어내라는 겁니까. 내 이름으로 영수증을 쓰는 것은 내가 바로 그만한 액수의 공금을 횡령했다는 결과가 됩니다. 나는 그런 터무니없는 죄를 뒤집어쓰고 싶지 않습니다."

심재모는 맞은편의 소령을 똑바로 쳐다보며 단호하게 말했다.

"아 참 심 소령님, 너무 그렇게 딱딱하게만 나오지 마시고 협조하는 쪽으로 마음을 좀 돌리십시다. 내가 확실하게 말하지만, 심 소령님한테 공금횡령죄가 돌아갈까 걱정하는 건 하늘이 무너질까봐 걱정하는 것이나 마찬가집니다. 심 소령님만 협조해 주시면 일은 감쪽같이 되게 돼 있습니다. 그리고 말입니다, 심 소령님이 협조를 잘해주시면 군대생활에 이익이 갔으면 갔지 손해야 있겠습니까?"

소령은 뒷말을 은근한 어조로 하며, 군복에도 몸집에도 도무지 어울리지 않는 눈웃음을 간사스럽게 쳐 보였다.

"아니, 그게 대체 무슨 말입니까?"

역겨움을 느낀 심재모의 얼굴이 찌푸려졌다.

"심 소령님은 아직 아무것도 모르는 모양인데, 어쨌거나 심 소령님이 우리 방위군 교육대장이 된 건 운수대통한 겁니다. 우리 이분이 말입니다." 소령은 엄지손가락을 빳빳이 세워 보이고는, "저어 위에, 그리고 더 그 위에 직통으로 통하고 있다는 것 정도만 알아두라 그 말입니다." 검지손가락을 세워 하늘을 향해 팔을 뻗치고, 엉덩이를 들먹해서 또 뻗어올리고 하며 자못 거만스러운 표정을 지었다.

"글쎄요, 무슨 뜻인지 잘 모르겠군요. 어쨌든 내 뜻은 전했으니 우리 부대 돈은 곧 지급해 주기 바랍니다."

심재모는 몸을 일으켰다.

"아니 심 소령, 정말 이러기요!"

소령이 몸을 벌떡 일으키며 내쏘았다. 그 얼굴이 험악하게 변해 있었다.

"내 할 말은 다 했소."

심재모는 소령을 짧게 쏘아보고 몸을 돌렸다.

"건방지게! 분명 후회하게 될 거다."

소령이 외친 소리였다.

다음날 저녁 심재모는 대구시내 어느 요정에 앉아 있었다. 그와 마주 앉은 사람은 방위군 부사령관 윤익헌 대령이었다. 심재모는 윤 대령의 전화를 직접 받고 어쩔 수 없이 나오게 된 것이었다.

"자아, 심 소령! 심 소령의 젊은 혈기와 정의감, 아주 믿음직스럽고 든든하오. 뭐 긴말할 것 없이 이번 일에 깨끗하게 협조해 주시오. 그럼 나도 심 소령한테 섭섭잖게 하리다. 다른 사람들은 다 협조가 되는데 심 소령만 안 돼서야 말이 되겠소? 이 일이 다 우리 단독으로만 하는 일이 아니라는 것쯤 알아두고, 자아, 협조하는 뜻으로 한잔 쭈욱 듭시다."

윤 대령이 호걸스럽게 헛웃음을 쳐대며 잔을 들었다.

"저어…… 저는……."

"자아, 자아, 말이 많으면 빨갱이고 공산당이야. 어서 잔 들어요."

윤 대령이 밀어붙였고, "그래요, 어서 잔 드세요." 옆에 앉은 화장 짙은 여자가 냉큼 술잔을 들어올렸다.

술상이 내려앉을 정도로 가득 찬 가지가지 안주며, 야하게 몸치장을 한 여자며, 전쟁은 딴 나라의 이야기 같았다. 돈은 전쟁통에도 진기한 안주들을 얼마든지 술상에 오르게 하는 마력을 발휘하고 있었다. 그러나 윤 대령이 치를 술값이며 화대라는 것은 어디서 나온 돈일 것인가. 바로 가짜영수증에서 나오는 돈이었다. 그것은 또 수없이 많은 장정들을 굶기고, 얼리고, 병들게 해서 모아진 돈이었다. 심재모는 술을 별로 즐기지 않는 데다가, 이런 생각까지 하고 있으니 술맛이 날 리가 없었다.

이튿날 일과가 시작되자마자 소령한테서 전화가 걸려왔다.

"심 소령님, 어젯밤 재미가 좋으셨다구요? 빨리 영수증 좀 부탁합니다."

소령은 턱없이 친근하게 굴었다.

"영수증이라니요? 내 맘에는 변함이 없습니다."

"아니, 뭐라구요! 그럼 대령님한테 거짓말한 거요?"

"내가 영수증을 쓸 거라는 건 대령님의 일방적인 생각이고, 난 헤어지면서 분명히, 생각해 보겠다고 했었소."

고함과 함께 전화가 끊겨버렸다. 심재모는 손에 들린 야전용 송수화기를 어처구니없이 쳐다보며 흥! 코웃음을 쳤다. 그리고 송수화기를 제자리에 놓으며 어깨를 늘어뜨렸다. 그래, 예편도 맘대로 안 되는 판에 군복이나 벗겨줬으면 좋겠구나. 심재모는 끝없이 가라앉아가는 고단함을 느끼고 있었다.

이틀 뒤에 심재모는 명령서 한 장을 받아들었다. 그건 '예편명령서'가 아니라 '전출명령서'였다. 전출지는 싸움하기에 가장 어렵기로 소문난 동부전선이었다. 신고날짜가 촉박해서 바로 짐을 챙겨 떠날 준비를 하지 않을 수 없었다.

"이건 너무 심한 처삽니다. 대장님께서 협조를 하실걸, 괜히 잘못하신 것 같습니다. 동부전선이 지금 얼마나 위험합니까."

부관의 애태우는 말이었다.

"괜찮소. 이미 각오했던 일이고, 이런 진창 속에서 사느니 차라리 전선에서 지내는 게 편할 거요."

심재모는 짐을 들고 일어났다.

"그런데 말입니다, 지금 각 부대마다 심각한 문제가 벌어지고 있습니다. 위에서부터 그렇게 되니까 영수증을 써준 부대장들이 맘 놓고 돈들을 챙겨넣느라고 정신이 없는 모양입니다."

부관은 자기네들끼리 오가는 말을 털어놓았다.

"다 그럴 줄 알았소. 어쨌거나 죽어나는 건 장정들뿐이오."

심재모는 입맛을 다셨다. 그리고 뚜벅뚜벅 걸음을 옮겨놓기 시작했다.

그때 이미 국민방위군에 얽힌 여러 가지 문제들은 사회여론으로 들끓어오르면서 '하나의 큰 사건'으로 뭉쳐져 부산의 피난정부를 위협하고 있었다.

반쪽달이 구름 사이로 떠가고 있었다. 구름의 움직임에 따라 어슴푸레한 달빛의 감도가 묽은 물감의 농담처럼 은근하게 변했다가 제빛으로 돌아가고는 했다. 그 빛의 변화를 따라 드넓은 들녘은 가라앉았다가 떠올랐다가 하는 것처럼 환상적으로 모습을 바꾸고 있었다. 너무 환하지도 않고, 너무 어둡지도 않은 속에서 그들 소대는 부지런히 움직이고 있었다.

"일 해치우기 딱 좋은 밤이시."

소대장 솥뚜껑이 톱을 든 손에 침을 튀기며 했던 혼잣말이었다. 전선줄을 제거하기 위해 전봇대를 잘라 쓰러뜨리는 작업을 하기에는 안성맞춤이었던 것이다.

"전봇대를 하나씩 타고 올라가 전선줄을 끊는 게 더 빠르지 않겠어요?"

무작정 톱으로 전봇대를 자르려고 드는 솥뚜껑에게 손승호가 말했다.

"이, 계산상으로야 분명 그렁마요. 근디 우리가 일얼 쉴케 혀불면 적들도 쉴케 줄을 이서불지 않컸소? 허고, 저 전선줄이란 것이 전기선·체신선·전화선·경찰선·군인선·철도선 해서 한두 가닥이 아닌디, 선얼 전봇대마동 끊어대는 것이나 전봇대럴 너덧 개 짤라서 엎어치는 것이나 그 시간이 그 시간인께라."

솥뚜껑의 설명이었다.

"그렇겠군요. 그게 좋겠어요."

손승호는 금방 동의했다. 속에서 일어나는 면구스러움을 지우려는 듯이.

"손 동무는 저 왼쪽에서 보초나 스고 있다가, 이따가 부르면 와서 오짐이나 푸지게 누씨요."

"오줌이요?"

"이따가 알게 될 것잉게 얼렁 가 보초나 스씨요."

솥뚜껑이 씨익 웃으며 돌아서 다른 대원들에게 임무지시를 시작했다.

손승호는 작업을 시작하는 대원들을 등지고 섰다. 그리고 전방 좌우에 눈길을 모았다. 자신에게 보초임무를 맡기는 것은 물론 솥뚜껑이 베푸는 호의였다. 그리고 그건 거절할 수 없는 소대장의 명령이기도 했다. 그는 언제나 호의를 베풀고자 했고, 다른 대원들의 눈치가 보여 사양하려고 하면 '소대장의 명령'이라는 말로 묵살하고 들었다. 그럴 때마다 그는 가식 없는 순박한 웃음을 웃고는 했다. 그로서는 한문선생에 대해 깍듯한 예절을 차리는 셈이었다. 상부에서 받은 오늘 밤의 과업은 전선줄을 300미터 정도 절단제거하라는 것이었다. 그런데 솥뚜껑은 힘든 것을 무릅써가며 전봇대까지 잘라버릴 작정을 하는 것이었다. 솥뚜껑은 그런 사람이었다. 아니, 그런 빨치산이었다. 자신의 고달픔이나 괴로움 같은 것은 아랑곳하지 않고 어떻게 해서든 조직의 임무에 충실하고, 조직의 이익에 봉사하려는 그의 태도에 손승호는 그저 고개가 수그러질 뿐이었다. 혁명의 순정한 열정이라는 것이 어떤 것인지, 혁명의 순수한 진정성이라는 것이 무엇인지 그에게서 비로소 확인할 수 있었던 것이다. 구빨치라는 경력자로서 소대장이란 직책은 어울리지 않았다. 물론 도당사령부에서 그에게 맡기려던 직책도 소대장이 아니었다. 그런데 그는 굳이 사양을 해서 소대장을 맡게 되었던 것이다. 높은 직책을 맡자면 싸우는 기술로만 되는 것이 아닌데 자신은 모르는 것이 너무 많고, 해방전쟁 전에는 일개 전사에 불과했는데 소대장을 맡는 것만도 과분하다는 것이었다. 그의 진정 어린 겸손을 총사에서도 접수했던 것이다. 그러나 직책 앞에서 그런 겸손을 갖는다는 것이 얼마나 어려운 일인가를 손승호는 잘 알고 있었다. 소학교 때 급장은 말할 것도 없고 분단장을 뽑는데도 가슴 조마조마하고, 전신이 팽팽해지는 긴장을 느끼지 않았던가. 그건 누구나 태어나면서부터 갖게 마련인 피의 농도만큼 진한 명예욕의 발동이었다. 그 욕구는 나이가 들어갈수록 커졌으면 커졌지 줄어드는 것이 아니었다. 그리고 하나의 도당이 유격부대를 조직하고 간부를 선정하는 것은 한 학급에서 반장이나 분단장을 뽑는 일일 수가 없었다. 그의 겸손이 학교공부라고는 전혀 배운 바 없는 머슴이라는 출신성분의 열등감에서 비롯된 것이 아닌가 하고 생각할 수도 있었다. 그러나 열등감의 발로였다면 그 반작용으로 오히려 어떤 직책이든 능력보다 더 탐하게 마련인 것이 대부분의 경우였다. 그리고 더 중요한 것은, 그는 신분이나 배움에 대해 전혀 열등감을 가지고 있지 않았다. 자신은 기본출로서 혁명의 주체계급이며, 배우지 못한 것은 언제든지 배우면 된다는 생각을 그는 확고하게 가지고 있었다. 그러니까 그는 계급혁명론을 통해서 열등감을 극복한 건강한 의식을 가졌음과 동시에 열렬한 공산주의자였다. 그의 자발적인 혁명의 열정과, 과욕이 없는 겸손은 바로 그런 의식을 바탕으로 생겨나는 것이었다.

"속에 든 것 없이 높은 자리만 차고앉는 것은 해당행위제라. 빨치산은 쌈만 허는 것이 아닌 당의 정치군댄디, 나가 속이 덜 차서 신문에서고 학습에서고 해득이 안 되는 말이 쌔고 쌘 판에 워찌 높은 자리에 앉을 수 있겄소. 산이나 넘보덤 쪼깐 빨르게 타고, 총질이나 헛방 덜 쏜다고 혀서 높은 자리에 앉어지간디라. 높은 자리에 올라갈수록 손 동무 겉은 사람덜이 많어지는디 쌈허는 기술만 갖고서야 워디 자리값얼 지대로 헐 수가 있겄소. 나가 바래는 것은 우선에 해득이 안 되는 말이 없이 속을 채우는 일이고, 그 담에 나 속에 든 생각얼 사석에서고 공석에서고 술술 풀어낼 수 있어야 허는 것이오. 위원장 동지맹키로 그리 될 수 있으면 그때야 무신 자리고 맡을 수 있겄제라."

솥뚜껑의 차분한 말이었다.

부하들에 대한 사상교육이나 연설 같은 것을 자유자재로 할 수 있는 완벽한 지휘관이나 간부이기를 목적하고 있는 그에게 '정치위원'이나 '문화부지도원'이 있지 않느냐고 일깨울 필요는 없었다. 그가 말하는 위원장은 바로 도당의 방준표였다. 그가 방준표 위원장을 표본으로 우러르는 것은 당연한 일이었고, 방준표 위원장은 모든 면에서 표본이 될 만한 인물이기도 했다. 철도노동자 출신인 방 위원장은 투쟁경력과 당의 학력을 겸비하고 있었다. 일제 때부터 철도노동자들을 이끌며 투쟁했고, 대구 10·1항쟁을 주도한 다음 월북해서 당의 추천으로 모스크바 대학 단기 2년을 마치고 해방전쟁과 함께 전북도당을 책임 맡은 당의 대들보 중의 한 사람이었다. 마흔이 가까운 그는 언제나 금방 낯을 씻은 것 같은 신선하고 맑은 인상이었다. 그런 인상은 얼굴이 희고, 마른 편인 몸에 옷차림이 단정한 데서 오는 것이었다. 얼핏 스치는 인상만으로는 혁명이니 투쟁이니 하는 말이 어울리지도 않고 실감할 수도 없는, 멋이 밴 중년남자로 보기 쉬웠다. 그러나 그 얼굴을 자세히 보면 강직한 차가움과 예리한 번뜩임을 품고 있었다. 특히 순간순간 날카롭게 빛나는 눈은 그의 예사롭지 않음을 잘 나타내고 있었다. 그런 방 위원장을 표본으로 삼는 사람은 물론 솥뚜껑 하나만이 아닐 것이다. 많은 농민출신들이나 기본출들은 거의가 같은 심정이라고 보아야 했다. 철도노동자에서 도당위원장에 이른 그의 경력은 모든 그들의 선망이고, 가능성이고, 또한 그들을 고무시키는 힘이기에 충분했다.

"손 동무, 절로 가서 오짐 잠 누시제라."

언제 가까이 왔는지 솥뚜껑이 나직하게 말했다. 생각에 잠겨 있던 손승호는 뒷덜미가 섬뜩해지도록 놀랐다. 그러나 순간적으로 놀라움을 감추며 태연한 척했다. 솥뚜껑은 구빨치답게 언제나 걸어도 발소리를 내지 않았고, 목소리도 나직나직했다. 일체의 소리를 내서는 안 되는 산생활이 몸에 완전히 배어 있었다. 손승호는 무슨 오줌을 누느냐고 묻지 않았다. 모르는 것을 미리 묻지 않고 일을 치르면서 알고자 했던 것이다. 그런 방법은 머리를 좀 쓸 줄 안다는 자들이 흔히 하는 약삭빠른 교활이라는 것을 그는 알았다. 그러나 그 방법을 순간적으로 써놓고는 깨닫는 것이지 근본적으로 고쳐지지 않았다. 그는 솥뚜껑의 솔직함으로 일관된 태도 앞에서 자신의 그 어설픈 지식훈련으로 고질화된 교활에 진정 미안함을 느끼고는 했다.

"여그다가 씨언허게 오짐얼 누시씨요."

솥뚜껑이 톱질을 하고 있는 전봇대의 아랫부분을 가리켰다.

"여기다요?"

손승호는 난처한 얼굴로 솥뚜껑을 쳐다보았다.

"그래야 톱질소리가 안 나는구만요. 대원들이 돌아감서 다 누고 인자 손 동무 차례요."

손승호는 사람들 앞에 그것을 내놓고 오줌을 눌 자신이 없어서 한 말이었는데, 솥뚜껑은 어슴푸레한 달빛으로 손승호의 난처해하는 얼굴을 잘못 보았는지 그 이유를 댔다.

"그게 아니고, 이거 사람들 앞에서……."

손승호는 더 난색을 표하며 말을 얼버무렸다.

"이, 알겄소." 솥뚜껑은 쿡쿡 웃고는, "밤인디다가 여자도 없는디 낯개리기넌. 동무덜, 절로 물러나서 쪼깐 숨 돌리드라고." 톱질을 멈추게 해서 동지들을 멀어지게 했다.

"어먼 디로 안 가게 저 톱 꽂힌 자리다가 푸지게 누씨요."

솥뚜껑은 웃음 섞어 낮게 말하고는 돌아섰다.

손승호는 전혀 뇨기를 느끼지 못하면서도 그것을 꺼냈다. 아니, 뇨기가 가셔버렸다고 해야 옳은 말이었다. 그는 아랫배에 힘을 쓰기 시작했다. 그는 이상한 버릇이 있었다. 기껏 소변이 급하다가도 어느 사람이 옆에 있게 되면 어떻게 된 일인지 소변이 나오지를 않았다. 소변을 보는 도중에 누가 옆에 와서 소변을 보게 되면 상관이 없는데, 시작이 문제였던 것이다. 그래서 소학교 때 아이들이 흔히 하는 자지힘겨루기인 오줌발 창밖으로 넘기기는 해본 일이 없었다. 그것을 남 앞에 내보이는 것은 물론이고 누가 옆에만 있어도 오줌이 나오지 않는 그 증상을 곰곰이 생각해 보면 그때의 그 일 이후가 아닌가 싶었다. 여섯 살 때였던가 그랬다. 어떤 어른이 아파서 그런다며 동네 할머니가 아이들 오줌을 받으러 다녔다. 큰 아이들 오줌은 약이 안 되니 소학교에 안 들어간 아이들만 오줌 눌 자격이 있었다. 굳이 자격이라고 하는 것은 그 할머니가 사탕을 가지고 있어서 아이들이 서로 오줌을 누려고 다투는 바람에 정해진 것이었다. 꿍꿍 힘을 써대며 오줌을 눈 아이들은 사탕 하나씩을 입에 물고 깡충깡충 뛰었다. 아무 데나 깔겨버릴 오줌을 누고 그 달고 맛난 사탕 하나를 얻어먹는다는 것은 횡재가 아닐 수 없었다. 자신도 당연히 줄을 섰다가 자지를 꺼냈다. 막 기운을 쓰려는 참인데 어떤 아이가 "야, 니 자지넌 워째 꼬부랑허니 삐틀어졌냐!" 하고 외쳤던 것이다. 그러자 아이들이 "워디, 워디" 하며 몰려들었다. 왈칵 창피스러운 생각이 들면서 자지가 오그라드는 기분이었다. 그리고 곧 나올 것 같았던 오줌이 나오지 않았다. 아이들은 서로 머리를 디밀고, 할머니는 오줌 쏟아진다고 소리를 지르고, 사탕 생각은 간절하고, 그러나 아무리 힘을 써도 오줌은 나오지 않았다. 결국 사탕은 얻어먹지도 못하고 '삐딱자지'라는 놀림만 당하게 되고 말았다. 그 별명은 소학교를 졸업할 때까지 끈덕지게 따라다녔다.

그래, 빨치산이 되었으니 그 고질병을 고치자. 내가 오줌을 눠야 소리나지 않게 톱질을 해서 작전수행을 제대로 할 수 있다. 옆에 붙어 있는 사람도 없지 않느냐. 그는 숨을 몰아쉬며 몇 번이고 아랫배에다 힘을 쓰고 또 썼다. 그러나 안타깝게도 오줌은 나올 듯 나올 듯 하면서도 나오지 않았다. 나이가 들어가면서 그것은 아무렇지도 않게 반듯한 모양을 갖추었는데도 어찌하여 그 버릇은 고쳐지지 않는지 모를 일이었다.

"오짐이 안 매러운 갑제라?"

가까이 온 솥뚜껑의 물음이었다.

"예, 잘 안 나오는데요."

"안 매러운 오짐 억지로 눌 수야 없는 일잉께 진작에 말씀허실 것인디."

솥뚜껑이 내려준 사면조처였다. 손승호는 비감하면서도 살아난 기분으로 그것을 밀어넣으며 긴 숨을 내쉬었다.

다시 보니 그동안 잘려진 전봇대는 네 개였다. 네 개의 전봇대는 전선줄들로 연결되어 있어서 밑이 잘렸는데도 넘어지지 않고 비스듬하게 기울어져 있었다. 전봇대들의 무게를 지탱하느라고 전선줄들은 늘어질 대로 늘어져 아래로 처지는 곡선을 그리고 있었다. 필요한 만큼 전봇대를 자른 다음 좌우 양쪽의 전선줄들을 끊어버리면 잘린 전봇대들은 한꺼번에 곤두박일 판이었다.

손승호는 전선줄을 제거하는 또 하나의 방법을 배우고 있었다. 적들이 그 전봇대들을 새로 박고, 전선줄까지 다시 잇는 복구를 하자면 하루이틀로 될 일이 아니었다. 통신이 단절된 그 사이에 총사에서는 모종의 큰 작전을 전개하게 될 참이었다.

손승호는 제자리로 돌아와 다시 경계에 들어갔다. 어떤 전화선이든 먼저 끊어져 전화가 통하지 않으면 적의 수색대가 나타날 위험이 있었다. 지난해 12월로 접어들면서부터 적들의 공격은 차츰 심해지기 시작했다. 경찰력을 제치고 군병력이 공격을 주도하게 되었던 것이다. 상대적인 화력에 따라 이쪽의 공격이 수비로 바뀔 수밖에 없게 되었다. 섬진강을 낀 회문산 일대를 해방구로 장악하고, 임실과 순창 사이의 국도에서 밤낮에 구애받지 않고 적을 공격해대던 초기의 적극작전을 차츰 쓸 수가 없게 되었다. 군인은 경찰과 달라서 몸을 사리는 것 없이 무작정 밀어붙이기작전으로 나왔다. 화력을 앞세운 그 저돌성에 이쪽의 사상자는 늘어가면서 해방구가 위협당하기 시작했다. 군인들은 닥치는 대로 마을들을 불질러댔던 것이다. 통비마을의 소탕작전인 초토화였다. 그 작전 앞에서 민간인들의 생명이 보존될 리가 없었다. 통비분자, 곧 적이었다. 그런데 1월 한 달 동안은 군인들의 공격이 현저하게 줄어들었다. 주전선이 밀리고 있는 탓이었다. 그와 반대로 이쪽의 기세는 불붙어 올랐다. 도당이 다시 전주로 옮겨갈 꿈에 부풀어 있었다. 지역 군당들의 기세도 마찬가지였다. 그런데 오산에서 전선이 다시 북으로 밀리기 시작하면서, 2월 들어 군인들의 공격은 또 열을 올리기 시작했다. 적들의 공격은 훨씬 강력했다. 해방구는 점점 줄어들고 있었다. 거기에 강력대응하는 작전을 펼치기 위한 예비작전으로 전선줄 절단 지시가 내려진 것이 틀림없었다.

쿵! 쿵!

땅 울리는 소리에 놀라 손승호는 고개를 돌렸다. 마침내 전봇대들이 땅바닥에 나가넘어지고 있었다. 물러섰던 소대원들이 다시 달겨들어 넘어진 전봇대들 사이에 연결된 전선줄들을 마저 끊어대기 시작했다. 소대원들은 말 한마디 없는 가운데 민첩하게 움직이며 실로 완벽한 절단작업의 끝마무리를 하고 있었다. 손승호는 그 모습들을 또 신선한 감동으로 바라보고 있었다. 그들은 언제나 한 덩어리로 뭉쳐져 생각하고, 돕고, 싸웠다. 그는 입산을 하고 나서 그러한 인간집단을 최초로 발견하게 되었던 것이다. 입산 전에 도당에서 일하면서는 느끼지 못했던 현상이었다. 조직의 분산과 응집의 차이일 터였다. 서로 몸을 사리는 일도 없고, 서로 다투는 일도 없고, 서로 도와가며 자기가 맡은 일을 다 해내며, 함께 목숨을 내걸고 싸우는 그들— 그건 같은 목적을 두고 자각한 사람들만이 지어낼 수 있는 아름다운 모습이고, 신선한 감동이었다. 나만이 아닌 모든 사람들의 삶을 위해 나선 자각과 그 행동. 손승호는 산생활 다섯 달을 통해서 새롭게 태어난 자신을 절실하게 느끼고 있었다. 그는 생피의 뜨거움과 떨림이 자신의 저 깊은 내부로부터 솟아오르는 것을 확인할 수가 있었다. 그는 비로소 지식의 각질을 깨고, 위선을 벗어나 삶 앞에 알몸의 진실로 선 스스로를 발견하고 있었다.

"출발이시!"

솥뚜껑이 언제나처럼 앞장섰다. 소대원들은 자기 위치를 찾아 일렬종대 4보 간격의 행군대열을 이루며 신속하게 이동하기 시작했다. 푸른 색조의 달빛이 어슴푸레하게 담긴 들녘에는 새벽의 고요가 바다처럼 깊었다. 대기는 아직도 싸늘했지만 무슨 여린 향기처럼 문득문득 스쳐가는 냄새가 있었다. 그건 봄이 오고 있는, 땅이 부푸는 흙내음이었다. 나지막한 산들이 들녘 끝머리를 따라 적막한 모습으로 검게 앉아 있었다.

길을 가로지르고, 야산자락으로 접어들려면 개울둑을 타넘어야 했다. 개울둑을 막 오르려고 하던 솥뚜껑이 순간적으로 몸을 바짝 낮추며 팔을 빠르게 흔들었다. 정지와 동시에 몸을 낮추라는 신호였다. 소대원들은 몸을 땅바닥에 납짝 붙였다. 손승호는 총을 움켜잡은 두 손아귀 열 개의 손가락에 철샀줄 같은 힘이 뻗치는 걸 느꼈다. 그리고 전신이 팽팽한 긴장과 함께 빳빳한 힘으로 뭉쳐지고 있었다. 적과 대치할 때마다 느끼게 되는, 언제나 변함없이 일어나는 응결된 힘의 충동이었다. 그 충동은 곧바로 적에게 돌격하며 사격을 가할 수도 있고, 적을 피해 순식간에 질주할 수도 있는 완벽한 준비상태였다. 물론 처음부터 그랬던 것은 아니었다. 처음에는 두려움과 공포에 짓눌려 꼼짝을 할 수가 없었다. 그런데 총질을 할 수 있게 되고, 동지가 피 뿌리며 죽어가는 것을 보게 되고, 동지를 겨냥하는 적을 먼저 쏘아 쓰러뜨리게 되고, 위장한 반동에 대한 적개심으로 날창질을 하게 되면서 그 두려움과 공포는 용기와 힘으로 바뀌게 되었다.

솥뚜껑은 돌을 주워 개울둑 너머로 던졌다. 아니나 다를까, 돌 떨어지는 소리와 동시에 타당탕탕 총소리가 적막을 찢어대기 시작했다.

"돌진!"

솥뚜껑이 외쳤고, 소대원들은 양쪽으로 흩어지며 내닫기 시작했다. 적이 듣기에 '돌진'이라는 명령은 '후퇴'였고, 대원들은 제각기 흩어져 비상선을 찾아가게 되어 있었다. 적을 기만하기 위한 그런 용어는 단위 부대마다 다르게 약속되어 있었다. 지금의 후퇴는 모택동의 유격전 십육자전법의 첫 번째 적진아퇴(敵進我退)였다. 미리 매복·대기하고 있는 적과 맞서 싸울 필요가 없었다. 적은 보나마나 이쪽보다 수가 많을 것이고, 유리한 지형을 확보하고 있을 것이었다. 그러지 않고서야 낮도 아닌 밤에 매복을 칠 적이 아니었다.

손승호는 솥뚜껑의 뒤를 쫓아 왼쪽 산자락을 밟으며 내달리고 있었다. 총소리가 숨 가쁘게 울려대고, 피웅·삐웅 총알 날아가는 소리가 허공에서 휘파람을 불어대고 있었다. 가까이 와서 박히는 총알은 없었다. 허공에서 휘파람을 불어대는 총알은 하나도 위험할 것이 없었다. 적들은 이쪽의 동태를 파악하지 못하고 제멋대로 총을 쏘아대고 있는 것이 분명했다. 적들의 추격을 염려할 것은 없었다. 날이 어두워지는 것을 무엇보다도 두려워하는 적들이 한밤중에 산속으로 추격을 해올 리가 없었던 것이다. 군인이든 경찰이든 야간접전을 꺼리기는 마찬가지였다.

소대원들은 한 사람도 이상이 없이 비상선으로 다 모였다.

"검은개들이시."

솥뚜껑은 뚜벅 한마디 하고는 앞장을 섰다. 손승호는 고개를 내둘렀다. 자신은 정신없이 뛰기만 했는데 그는 어느새 적들이 경찰이라는 것을 파악하고 있었다. 아까 적정을 탐지해 낸 것도 그랬다. 자신은 아무런 낌새도 느낌도 갖지 못했는데 그는 정확하게 매복을 감지해 냈던 것이다. 그는 야생동물과 같은 예리하고 기민한 청각과 후각 그리고 남다른 육감을 가지고 있었다. 그는 물총새가 물속의 고기를 실수하는 법 없이 찍어내듯이 그동안 수십 차례에 걸쳐서 적정을 틀림없이 탐지해 내고는 했었다.

"그냥 지절로 그리 되제라."

"글쎄요, 말로 꼭 집어 하기는 곤란하더라도 그래도 뭔가 그 방법이 있지 않겠어요?"

손승호는 또 자신도 모르게 감각의 문제를 지식인적인 논리로 풀려고 하고 있었다.

"나가 배운 문자 한분 쓸께라?" 솥뚜껑은 그 순한 웃음을 씨익 웃더니, "정신일도허고 산생활허먼 시나브로 그리 되는구만요" 하며 뒷머리를 긁적였다.

"예, 그 말이 맞겠지요. 틀림없이 그럴 겁니다. 그게 말로 되는 일이 아니니까요."

손승호는 고개를 주억거렸다.

솥뚜껑은 시원하게 말을 해주지 못하는 것을 미안해하며, 군경한테서는 비누냄새·치분냄새·궐련냄새가 나고, 밑창 두꺼운 구두들을 신었기 때문에 땅 밟는 소리, 돌 차는 소리가 잘 들린다고 했다. 반대로 빨치산한테서는 불냄새(연기냄새)·몸냄새(오래된 땀냄새)·잎담배냄새가 나서 토벌대에게 들키는 수가 있다고 했다. 다른 냄새들은 어찌 구분이 된다 하더라도 궐련냄새와 잎담배냄새가 어떻게 다르다는 것인지 손승호는 아연해질 뿐이었다. 그런데 솥뚜껑은 그 구분이 어렵지 않다고 했다.

중대의 트에 가까워지면서 먼동이 트기 시작했다. 들녘과는 멀어져 산들의 어깨동무가 이어지고 있었다.

"다리쉼덜 헙씨다."

솥뚜껑이 소대원들을 돌아보았다. 약간 크게 울리는 그의 목소리가 안심해도 좋은 안전지대에 들어섰음을 알리고 있었다. 모두 주저앉아 담배를 말기 시작했다. 몇 시간 동안 참아낸 담배들이었다. 빨치산들에게 담배는 그 불빛이나 냄새로 적에게 위치를 노출당하게 될 위험물이면서, 전투의 긴장을 풀어주고 깊은 휴식에 잠기게 하는 유일한 위안물이었다.

솥뚜껑은 정말 솥뚜껑처럼 투박하게 크고 거친 손으로 놀랍도록 빠르게 담배를 말았다. 그리고 불을 붙여 연기를 깊게 빨아들였다. 그의 눈이 사르르 감기고 있었다. 그의 그런 모습을 손승호는 웃음 띤 얼굴로 바라보고 있었다. 자신은 담배를 안 피우면서도 그가 느끼는 담배맛을 알 것 같았다. 그는 산생활을 철저하게 하듯 담배도 철저하게 피웠다. 산생활에 대해 그에게 배운 것이 수없이 많았는데, 유일하게 배우지 못한 것이 담배피우기였다.

"참말로 좋으요이."

솥뚜껑의 말에 손승호는 눈길을 들었다. 그는 담배연기를 내뿜으며 앞을 바라보고 있었다.

"나넌 저리 기맥힌 경치럴 보면 항시 눈물이 날라고 허요."

앞을 바라본 채 그가 말했다.

동녘하늘은 밑에서부터 뻗쳐오르는 햇살로 붉게 물들고, 뭉텅이져 떠 있는 구름덩이들의 아랫부분은 맑고 빛나는 황금빛으로 적셔지고 있었다. 하늘을 가득 채운 붉은 햇발의 싱그러움과, 구름덩이들에 배어들고 있는 황금빛 현란함의 빛살무늬는 그 눈부심이 눈이 시릴 지경이었다. 그 싱싱하게 살아 일렁이는 빛의 바다 아래로는 억센 산줄기들이 검은 모습을 뚜렷하게 드러내고, 겹을 이루는 산골짜기들을 감싸며 안개가 자욱하게 차 있었다. 아, 저 아름다움, 눈물이 날 만도 하지. 그렇게 동의하면서도 너무 엉뚱한 말 같아 손승호는 솥뚜껑에게 눈길을 돌렸다.

"나넌 저런 경치럴 보면 새 심이 솟기요. 저런 기맥힌 하늘이고 땅얼 반동덜헌테 언제꺼지 뺏기고 있을 수 없응께요. 기엉코 우리가 쥔이 되야제라."

여전히 앞만 바라보고 앉은 채 솥뚜껑이 말했다. 손승호는 그만 충격을 느꼈다. 아름다운 경치를 보면서 눈물이 나려고 한다는 말은 솥뚜껑의 단순한 감상도, 나약한 마음도 아니었던 것이다. 그는 그 눈물나려고 하는 감격을 곧바로 혁명의지로 환치시키고, 혁명의 동력으로 삼고 있었던 것이다. 그리고 그는 또 아침해가 솟으며 내쏘는 그 싱그럽게 살아 움직이는 현란하고도 황홀한 빛살을 향하여 혁명완수를 맹세하고 있었다. 해의 뜨거움에다 혁명의 열정을 데우고, 해의 생명력에서 혁명의 힘을 얻는 그는 혁명의 그날까지 식을 줄 모르는 불덩어리가 아닐 것인가. 아아, 또 하나의 염상진! 아니, 기초적인 배움을 갖지 못했으면서 그런 자각과 의지와 신념을 세울 수 있는 그는 염상진을 앞질러가고 있는 무산자혁명의 완벽한 전사가 아닐 수 없었다. 산골짜기 골짜기마다 또다른 솥뚜껑들이 진을 치고 투쟁의 피땀을 흘릴 때 인민의 역사는 해 쪽으로 굴러갈 수밖에 없음을 손승호는 또다시 확인하고 있었다.

"인자 가보드라고."

솥뚜껑이 몸 가볍게 땅을 차고 일어났다.

손승호가 중대의 트에 도착하니 뜻밖에도 총사의 전출지시가 기다리고 있었다. 더 알 수 없는 것은 자신이 새로 조직되는 연예대에 소속된다는 점이었다. 자신은 연예에는 아무런 소질도 재주도 없었던 것이다. 인문학교에 비해 연예의 비중을 크게 잡고 있었던 사범학교에서도 연극은 아예 해본 적이 없었고, 노래나 풍금치기는 겨우 수준을 지탱하는 정도일 뿐이었다. 그렇다고 총사의 명령을 거역할 수도 없었다. 다음날 선요원을 따라 출발하게 되어 있었다.

"참말로, 정들자 이별이요이."

솥뚜껑은 이 한마디를 하고는 입을 다물었다. 투쟁에 나설 때를 제외하고는 언제나 그의 눈 언저리에 서려 있는 우수가 더 짙어지는 것을 손승호는 놓치지 않았다.

솥뚜껑은 저녁에 닭을 다섯 마리 삶아왔다. 소대원들이 모두 둘러앉았다.

"섭헌 맘으로야 소럴 잡아야 헐 일인디, 보잘것이 없소."

솥뚜껑의 나직한 말이었다.

"무슨 말씀입니까. 이것도 진수성찬입니다. 이리 애쓰시지 않아도 되는걸요."

손승호의 말은 입 끝에 걸린 예의가 아니었다. 대원들은 반찬이 없는 잡곡밥으로 살아온 지가 오래였다. 그것에 비하면 삶은 닭은 분명 진수성찬이었고, 해방구를 장악하고 있다고는 하나 닭 다섯 마리를 차려낸다는 것은 보통으로 애를 써서는 안 될 일이었다. 손승호는 그의 마음씀에 그저 가슴이 먹먹할 뿐이었다. 술도 노래도 없는 이별연은 담담하게 시작되어 담담하게 끝났다.

"원체로 손 선상님 같은 분이야 화선투쟁에 나스게 된 것이 잘 못된 일이었구만요. 재목도 쓸 디가 다 지각각인디 사람이야 더 말헐 것 있간디요."

  단둘이 남게 되었을 때 솥뚜껑이 한 말이었다. '동무'가 아니고 '선상님'이란 호칭이 야릇한 아픔으로 가슴을 찔러오며, 그와 자신과의 사이에 벽이 막히는 것을 손승호는 느꼈다.

  "아닙니다, 솥뚜껑 동무. 난 명령에 따라 가긴 합니다만, 화선투쟁에서 보람을 느꼈고, 동무가 모든 걸 잘 가르쳐준 덕에 화선투쟁에 자신감을 갖게 되었소. 앞으로도 큰 힘이 될 것이오."

  손승호는 진심으로 말했다.

  "손 동무가 나헌테 갤차준 것에 비허자면 나가 헌 일이야 하품나는 것이제라. 나가 아매 더 배울 복이 없는갑소."

  "아니오, 내 말 들어보시오. 옛날에 어느 부자가 외아들을 잘 가르치려고 유명한 선생을 사방으로 수소문했다는 거요. 그래서 고명한 선생을 찾아내 외아들을 집 떠나보냈소. 그 선생이 어찌나 엄하고 까다롭던지 학생이 글공부를 다 마칠 때까지는 집에를 내왕할 수 없다는 조건이었소. 부자는 귀한 외아들을 오래 못 보게 되는 것이 마땅찮았지만, 외아들을 크게 만들 욕심으로 그 조건에 응할 수밖에 없었소. 물론 부모가 아들한테 내왕하는 것도 금하게 되어 있었소. 부자는 아들이 떠나고 나서 반년을 가까스로 참아냈는데 더는 참을 수가 없게 되었소. 아들이 보고 싶기도 하고, 또 글공부는 얼마나 했는지 보고 싶어서 말이오. 그래서 선생 몰래 아들의 모습이나마 보자고 작정을 하고 집을 떠났소. 선생집에 가까워지니 글 읽는 소리가 들렸소. 부자가 귀를 기울여보니 그건 분명 아들의 목소리였소. 부자는 반가워 당장 선생집으로 뛰어들고 싶었지만 간신히 참고 글방의 봉창에 침 바른 손가락으로 구멍을 냈소. 아들은 선생 앞에서 글을 읽고 있는데, 가만히 들어보니 그게 천자문이 아니겠소. 서탁에 펼쳐진 책도 천자문이 분명하고 말이오. 부자는 가슴이 덜컥 내려앉았소. 한 달이 못 걸려 뗄 수 있는 천자문을 반년 동안이나 붙들고 있다니, 저 자식이 그리도 머리가 둔하단 말인가, 하는 생각 때문이었소. 부자는 못내 실망해서 집으로 돌아갔소. 그러나 또 반년이 지나게 되니 다시 아들이 보고 싶고, 그동안 얼마나 배웠나 궁금해서 견딜 수가 없었소. 그래 또 선생집으로 갔소. 봉창으로 방 안을 들여다보니, 아니 이게 어찌 된 일이오. 여전히 천자문을 공부하고 있는 게 아니겠소. 부자는 그만 하늘이 무너지게 낙담하고 말았소. 내 자식이 완전히 바보멍텅구리로구나, 하고 말이오. 아무리 낙담을 했어도 그건 하나밖에 없는 아들이라 부자는 또 반년 만에 길을 나섰소. 아니, 정말로 이게 어쩐 일이란 말인가. 그때까지도 서탁에 펼쳐진 책은 천자문이었던 것이오. 도대체 저놈이 공부를 가르치는 건가 마는 건가. 부자는 그만 선생한테 울화통이 치밀어올랐소. 아무리 자기 아들이 머리가 돌덩이라고 하더라도 선생이 애를 쓰면 1년 반 동안에 천자문 하나 떼지 못할까 하는 생각이 든 것이오. 공부고 뭐고 다 작파하고 아들을 당장 끌고 가고 싶었소. 그러나 그동안 들인 돈도 아깝고, 그리 유명하게 소문난 선생이 엉터리일 리도 없고 해서 부자는 화를 꾹꾹 눌러참으며 돌아섰소. 또 반년이 지나 부자는 선생집을 찾아왔소. 아니, 그런데 이게 정말 무슨 귀신이 곡할 노릇인 가요. 서탁에는 그대로 천자문이 펼쳐져 있으니 말입니다. 부자는 더는 참지 못하고 집으로 뛰어들었지요. 선생에게 그동안 쌓인 분 풀이를 하고 아들을 끌어냈어요. 부자가 온갖 험한 소리를 다 해 도 선생은 묵묵히 듣고만 있었어요. 아들을 집으로 데리고 온 부 자는 천자문을 펼치고 읽어보라고 했어요. 그랬더니 아들은 눈 딱 감고 숨도 안 쉬고 한달음에 외워버렸어요. 아니 이럴 수가 있는가. 그런데 왜 천자문만 펴놓고 있었을까. 부자는 이상한 생각이 들었 어요. 그래서 동몽선습을 폈어요. 그런데 막히는 데 하나 없이 줄 줄이 읽어내리고 말았어요. 부자는 놀랐고, 이상한 생각은 더 들었 어요. 그래서 다음에는 논어를 펼쳐놓았어요. 아들은 그것도 막힘 없이 술술 읽고 말았어요. 부자는 그만 귀신에 홀리는 기분이었어 요. 또다른 책을 내놓았지만 아들이 막힘이 없기는 마찬가지였어 요. 그렇게 해서 아들은 결국 사서삼경을 다 읽어내게 됐어요. 그때 서야 부자는 무릎을 쳤어요. 그 선생이 정말 기막힌 선생이로구나 깨달으면서 말입니다. 그래서 쌀 수십 가마니를 달구지에 싣고 아 들을 앞세워 선생을 찾아갔어요. 선생 앞에 큰절로 백배사죄하며 아들을 다시 맡아달라고 부탁했지요. 그런데 선생은 고개를 저었 어요. 선생이 한 말은, '저 아이의 학문은 인제 버려버렸다'는 한마 디였어요. 이 얘기는 곧 천자문이 모든 학문의 근본이고, 모든 문 장은 천자문의 응용이라는 뜻입니다. 동무는 천자문을 다 뗀 지 오래고, 응용도 얼마간 해보지 않았나요. 나와 했던 것처럼 계속

해나가면 늘게 됩니다. 그리고 이건 입에 발린 소리가 절대 아닙니다만, 지금으로서도 동무의 한문실력은 높고, 내가 더 가르쳐줄 게 없습니다."

손승호는 그의 손을 잡았다.

"손 동무 은혜야 평상 못 잊제라."

그는 손승호의 손을 맞잡았다.

이튿날 아침을 먹자마자 길을 나섰다.

"이것으로 공부 열심히 하세요."

손승호는 그에게 만년필을 내밀었다.

"아니 손 동무……."

솥뚜껑은 주춤했다. 손승호는 그의 손에 만년필을 쥐여주었다.

"손 동무……."

그의 눈에 눈물이 핑그르르 돌았다. 손승호도 콧날이 찡 울리는 걸 느끼며 얼른 돌아섰다. 그리고 선요원을 따라 빠른 걸음을 옮기기 시작했다.

총사에서 손승호를 맞은 사람은 박두병이었다.

"손 동무, 그간 고생 많았지요. 진작 가깝게 있고 싶었지만, 화선 경험이 산생활에서는 필수적인 것이라서요. 그건 무엇보다 강한 무기니까요."

"예, 화선투쟁을 보람 있게 생각합니다."

박두병의 마음을 헤아리며 손승호는 솥뚜껑에게 했던 말을 또 했다.

"아주 강인해 보이는 모습을 대하니 반갑소. 김범우가 손 동무의 변한 모습을 보면 너무 놀랄 거요."

박두병이 밝게 웃었다.

"예, 기절할지도 모르지요. 그런데 저는 연예에 대해선 아무것도 할 수 있는 게 없는데요."

손승호의 얼굴에는 걱정스러움이 드러나 있었다.

"원, 별걱정 다 하십니다. 아마 손 동무가 할 일이 가장 중요할 것 같은데요. 손 동무의 문학실력을 발휘해서 연극대본도 쓰고, 우리의 현장투쟁을 소재로 한 시도 쓰고, 할 일이 너무 많지요."

"네에?"

손승호는 눈을 크게 떴다. 전혀 자신 없는 일이었던 것이다. 그러면서도 솥뚜껑에게 선뜻 빼주고 온 만년필이 떠오르고 있었다.

8

천점바구와 외서댁

동백꽃이 봉오리를 열었다, 매운 바람 속에서. 아무도 눈여겨보는 이가 없었다. 동백꽃이 지고 있었다, 피눈물을 뚝뚝 떨구는 듯이 꽃송이째로. 더욱이 눈여겨보는 이는 없었다. 동백꽃은 떨어지며 매운 바람을 데려갔다. 달이 지며 어둠을 데려가듯이. 그래도 그걸 아는 이는 아무도 없었다. 진달래만 그걸 알아 동백꽃이 남긴 빈 꽃자리를 게으름 피우지 않고 채웠다. 산자락에서부터 진달래가 피고 있었다. 얼음 풀린 개울물 소리를 벗 삼아. 그것도 눈여겨보는 이가 없었다. 아이들마저 산을 무서워해 산에서 눈을 돌렸다. 진달래는 배고픈 아이들을 불러대듯이 피고 지고, 피고 지고. 산등을 느리게 타고 오르며. 그래도 아이들은 그 손짓을 외면했다. 산이 옛산이 아니라서. 찬 바람 속 동백꽃의 그 처연한 핏빛 꽃송이를, 메마른 산자락 진달래의 그 애잔한 분홍빛 꽃무리를, 어른들마저도 외면했다.

그러나 그 꽃이 벙글고 이우는 것을 눈물 어린 눈으로 새김질해 가며 보는 여인이 있었다. 소화였다. 소화는 꽃봉오리가 벙글어 꽃잎 피어남이 그리도 눈물겹고 사무치는 그리움인 것을 비로소 가슴 저리게 아파하고 있었다. 동백의 그 선연한 핏빛 꽃잎이 예전에는 마음 빼앗는 고움이기는 했어도, 그리도 가슴 저리는 아픔은 아니었다. 어찌 동백꽃의 피어남만이랴. 매운 바람을 더는 견디기 어려워 꽃송이 이울며 꽃송이째로 뚝뚝 떨어져내림이 그리도 애타고 피 마르는 기다림의 끝인 것을 비로소 가슴 찢어지게 아파하고 있었다. 동백의 그 꽃송이째 떨어지는 모습이 예전에는 마음 허망하게 치는 기이함이기는 했어도, 그리도 가슴 찢어지는 아픔은 아니었다.

동백은 어인 일로 그 소식과 함께 피어났다가 그 소식과 함께 지는 것이었을까. 전선이 다시 서울을 지나 아래로 아래로 내려온다는 소식을 가져오면서 동백꽃은 벙글었다. 동백꽃을 바라보며 그 선연한 핏빛만큼 붉은 그리움으로 그분을 기다렸다. 여섯 달째 접어드는 그분의 아이와 함께. 동백꽃이 매운 바람 속에서 붉게 타듯, 그리워 어서 오기 바라는 기다림도 나날이 붉어지는 핏빛의 꽃이었다. 그런데 전선이 다시 서울로 밀려올라간다는 소식을 남긴 채 동백꽃은 이울어갔다. 빛깔도 변함이 없이, 꽃잎도 흩어짐이 없이, 꽃송이째 뚝뚝 떨어져내리는 동백꽃은 그대로 자신이 떨구는 피눈물이었다. 아니, 핏빛 붉은 그리움으로 찼던 가슴이 갈가리 찢겨 동백꽃이 뚝뚝 떨어질 때마다 그 붉은 살덩이 한 점씩을 토해냈다. 일곱 달째 접어드는 그분의 아이와 함께. 마침내 전선이 서울보다 더 위로 밀리고 있다는 소식을 진달래꽃이 가져왔다. 산자락을 따라 흐드러지게 피어나는 진달래꽃들은 예전에는 그저 망연한 슬픔으로 젖어드는 고운 꽃일 뿐이었다. 그런데 이제 그 꽃무리는 피멍 든 가슴으로 울어야 하는 소리 없는 통곡이었고, 그리워 그리워 그분을 불러야 하는 소리 없는 외침이었다.

"상심 마셔야제라. 당장 뱃속 아그가 더 중헌께요."

들몰댁의 신중하면서도 슬픔에 젖은 말이었다. 들몰댁의 말을 따라 군당위원장 오판돌의 말도 생각났다.

"아아, 그렇구만이라, 그렇구만이라. 아그 잘 보존허는 것이 동무가 헐 질 중헌 투쟁이구만이라. 명념허시씨요."

조계산지구에서 선을 받은 오판돌 군당위원장이 안전한 거처를 정해주고 나서, 뱃속의 애 아버지가 그분인 것을 알고 크게 놀라면서 다짐한 말이었다. 그 말의 무게는 곧 그분 정하섭이 지니는 무게였던 것이다.

그래서 소화는 흩어지고 흔들린 마음을 간추리고 다잡기로 했다. 그렇지만 그 일은 하루이틀로 쉽게 되지 않았다. 여느 때 없이 깊은 그리움과 기다림이 남긴 아픔은 컸다. 나날이 커가고 있는 아이와 함께 치른 그리움이고 기다림이었던 탓인지도 몰랐다. 그건 분명 그랬을 것이다. 불러오른 배를 하루빨리 그분에게 보여주고 싶음은 한없는 기쁨이면서, 한없는 부끄러움이었다. 그 기쁨과 부끄러움이 밤마다의 꿈으로 끝나버리게 되자, 그리움과 기다림은 그대로 아픔이 되어버렸다. 그러나 되짚어 생각해 보면 그 견디기 어려운 아픔을 가슴에 안고 신음해야 하는 건 터무니없이 커진 욕심 탓이었다. 유산을 한 다음 다시 아이를 가질 수 있기를 그리 바라면서도 그분과 현생의 집을 짓기를 욕심 부린 것은 아니었다. 그러나 하나의 욕심이 채워지자 어느 틈엔가 또 하나의 욕심이 생겨나게 되었다. 아픔의 씨는 거기에 뿌려진 것이었다. 어리석고 부질없는 사람의 마음이었다. 욕심을 거두면 자연히 가실 아픔이었다. 인연의 씨를 받는 것으로 현생살이를 흡족한 고마움으로 끝내려 했던 당초의 마음을 찾아내는 것만이 흔들리지 않고 바로 서는 길이었다.

아래서는 지고 위로는 피어나는 진달래 꽃밭을 소화는 욕심 다스린 마음으로 바라보며, 한 달 동안 정신없이 감아들였던 인연의 실을 그분이 멀어져가는 대로 천천히 풀어내고 있었다. 그분이 무사하기만을 빌면서.

소화는 마음을 바로잡은 다음부터 옷깃기에 더 열중했다. 바늘을 한 땀이라도 더 뜨는 것이 자신에게 맡겨진 혁명사업이었다. 자신은 엄연히 후방부 대원이었다.

"투쟁은 산에서만 하는 게 아닙니다. 우리에겐 지하투쟁도 그만큼 중요합니다. 가서 은신하면서 후방부 사업을 계속하세요. 그리고 아이도 순산하구요. 그게 이중으로 혁명사업에 열중하는 일입니다. 그 다음에 다시 만나요. 난 소화 동무의 깊은 마음을 믿습니다."

산을 내려오기 직전에 이지숙이 한 말이었다. 임신인 것을 알고 그렇게 마음 써준 이지숙이 더없이 고마우면서도, 그녀의 곁을 떠나야 한다는 서운함은 따로 남았었다. 그러나 이지숙의 마음이 곧 그분의 마음이라 여겨지기도 했다.

소화는 솜을 둔 저고릿감에 겹실로 되박음질을 해나갔다. 바늘을 위에서 꽂는 것이나 아래서 꽂는 것이나 그 한 땀, 한 땀이 마치 올을 세는 것처럼 고르게 이어져나가고 있었다. 왼쪽 엄지손톱 끝부분에는 아래서 꽂는 바늘자리를 잡느라고 바늘이 스친 자국이 여러 개의 가느다란 홈을 만들어놓고 있었다. 바늘이 한 번씩 스칠 때마다 손톱이 닳아져 생긴 그 여러 개의 홈들은 바느질을 얼마나 많이 했는가를 보여주고 있었다.

소화는 들몰댁과 마주 앉아 바느질을 하다가 자신의 늘어난 솜씨에 문득 놀라고는 했다. 자신은 어느덧 들몰댁과 맞먹는 빠르기를 보이고 있었던 것이다. 어머니 못지않게 굿이나 잘해내려고 마음 모았지 바느질이라고는 거의 해본 적이 없는 그녀는 처음에 얼마나 손톱 밑을 찔렸는지 몰랐다. 그러나 아픔과 고역스러움을 참아내며 굿에 모으던 정신을 바느질에 모았다. 자신이 한 땀, 한 땀 뜨는 바느질이 바로 그분이 목숨 내걸고 하는 일과 같고, 앞으로 나서서 적과 싸우는 전사들의 몸을 따뜻하게 감싸는 떳떳한 혁명 사업이라는 굳은 믿음과 함께.

"후방부 사업도 화선투쟁과 똑같은 혁명투쟁입니다. 후방부 사업 없이 어떻게 전사들이 화선투쟁을 용맹스럽게 전개할 수 있겠습니까. 여성동지 여러분, 여러분들의 정성 어린 바느질이, 여러분들의 정성 어린 밥짓기가 전사들의 용맹성을 북돋아올린다는 것을 잠시도 잊지 마시기 바랍니다. 여러분이 바늘로 한 땀씩 뜰 때마다 우리의 적인 미제국주의자들과, 그 앞잡이인 민족반역세력 이승만 일당을 무찌르고, 따라서 우리가 주인 되는 세상을 만들어간다는 것을 명심하십시오. 우리의 후방사업에 온 정성을 다 바칩시다."

이지숙이 학습을 통해서 말한 한 대목이었다.

후방부에 속한 여자들은 이지숙의 그런 힘이 넘치는 말을 들어가며 자신들이 하는 바느질이나 밥짓기가 결코 하찮은 일이 아니라는 것을 깨달아갔다. 물론 소화 자신도 예외는 아니었다. 그러나 자신이 세상을 새롭게 보는 눈을 갖게 된 데는 또 한 가지가 있었다. 입산해서 비로소 확실하게 보게 된, 여러 종류의 사람들이 한마음으로 뭉쳐져 있는 모습이었다. 입산자들 중에는 머슴은 말할 것도 없고, 대장장이·백정·선소리꾼에다가 무당의 자식들까지 수두룩했다. 그들이 왜 그리도 많이 입산했으며, 왜 목숨 아까워하지 않고 싸움에 나서는지를 가슴 뜨겁게 알게 되었다. 그들은 아무런 죄도 진 것 없이 평소에 천대와 구박을 받고 살아온 사람들이었다. 그런데 기본출이라는 새 이름으로 부르기도 하는 그 사람들은 당당한 사람대접을 받아가며 행세하고 있었다. 자신도 남자라면 온 천지를 그런 새 세상으로 만들기 위해 총을 들고 앞으로 나서고 싶은 가슴떨림을 느꼈던 것이다. 아니, 임신만 하지 않았더라면 그 여자 외서댁처럼 이지숙에게 요구하고 나섰을지도 몰랐다.

"나가 아새끼덜 띠놓고 역부러 입산헌 것이 요런 일이나 헐란 것이 아니었구만이라. 나야 냄편 웬수갚음 톡톡허니 허고 죽자고 입산혔당께요. 긍께로 요런 심에 안 찬 일 말고, 나도 앞으로 나서서 총 들고 싸우게 혀주란 말이랑께라."

외서댁이라는 여자가 이지숙 앞에 나서서 당당하게 한 말이었다.

"동무의 마음 알겠어요. 그러나 혁명투쟁이 사사롭게 남편의 원수를 갚는 일이 아닙니다."

이지숙의 엄한 말이었다.

"위원장님 말씸 아능마요. 근디 나가 허잔 일은 냄편 웬수만 갚자는 것이 아니구만이라. 웬수도 갚음서, 나가 가난허고 천대받음서 살아온 시상을 나도 나서서 바꿀라는 강단진 맘얼 묵었당께라. 웬수만 갚자면 염상구놈 죽이고 나도 죽어뿌는 그 쉰 일얼 두고 멀라고 입산꺼정 혔을 것이요. 안 그런게라?"

외서댁의 말은 다부졌다.

"예, 강동식 동무는 훌륭한 전사였습니다. 동무는, 남편이 아닌 혁명전사 강동식 동무가 이루고자 한 일이 무엇인지 알고 있습니까?"

이지숙의 얼굴에는 웃음기가 사라져 있었다.

"야아, 말로는 조단조단허게 못혀도 맘으로야 다 알아묵고 있구만이라. 앞으로 학습얼 착실허니 받다가 보먼 더 잘 알아질 것이고라."

"그건 맞는 말이에요. 그런데 동무, 적과 맞서 싸우는 화선투쟁이 얼마나 어려운 것인지 압니까? 언제 죽게 될지 모를 위험은 말할 것도 없고, 날마다 남자들과 똑같이 산을 타야 하고, 한뎃잠을 자야 하고, 밥도 주먹밥을 먹거나 어떤 때는 굶기도 해야 합니다. 그런 고생들을 다 견딜 수 있겠어요?"

"하면이라. 냄편이 전디고 헌 일인디 워찌 나라고 못 전딜랍디여. 냄편허고 항꾼에 농새지었디끼, 고런 맴으로 헌다면야 무신 고상이라도 못 이길 것 있겄는가요."

외서댁은 전혀 물러설 기세가 아니었다.

"좋아요, 동무의 결심 잘 알겠어요. 동무의 요구를 일단 접수하고, 이삼일 안으로 결말짓도록 하겠어요."

물러선 건 이지숙이었다.

"고맙구만이라, 위원장님."

외서댁이 허리를 깊이 숙였다.

외서댁의 행동은 후방부 여성대원 전부를 놀라게 만들었다. 소화도 외서댁을 새삼스럽게 쳐다보지 않을 수가 없었다. 외서댁이 그리 당찬 것은, 죽으려고 저수지에 뛰어든 것을 보면 알 수 있고, 결국 자기 때문에 죽은 남편에게 죄닦음을 하려는 것이고, 어쨌거나 간에 남편을 끔찍이도 좋아하는 것만은 틀림없는 일이라고, 외서댁이 없는 틈을 타서 여자들이 입을 모은 말이었다.

외서댁은 이틀 뒤에 후방부를 떠나 군사학교로 갔다. 군사학교에서 훈련을 마치고 부대에 배치된다고 했다.

"동무덜 잘 있으씨요. 나넌 인자 총얼 쏘는 여자 빨갱이가 된당께라."

외서댁이 환하게 웃는 얼굴로 떠나며 남긴 말이었다. 여자들은 그 겁 없는 모습을 보며 혀를 내둘렀었다.

소화의 눈앞에는 후방부를 떠나던 외서댁의 모습이 어리고 있었다. 그녀와 헤어진 지도 넉 달이었다. 어쩌면 그동안에 자신이 지은 옷들 중의 하나가 그녀의 추위를 막아주었는지도 모를 일이었다. 그랬으면 얼마나 좋았으랴 싶었다. 자신은 화선투쟁으로 나선 외서댁의 마음을 충분히 이해할 것 같았다. 자신의 마음을 헤아려보더라도 그런 기구한 곡절을 겪은 외서댁이 그렇게 마음 공그린 것은 당연한 일로 여겨졌다. 외서댁이 한겨울을 병나지 않고 무사하게 넘겼는지, 총질을 해대는 싸움을 겪으면서 무슨 탈이나 없는지, 새삼스럽게 마음이 조계산 골짜기 골짜기로 쏠려갔다.

소화는 허리를 펴며 오른손을 주먹 쥐어 왼쪽 어깨를 콩콩 두들겼다. 베짜기가 힘들다는 말을 들었지만 바느질도 여간 힘드는 일이 아니었다. 삯바느질살이 10년에 삭신 골병들어 내려앉는다는 말이 무슨 말인지 소화는 알 것 같았다. 일이 손에 익어가면서 차츰 나아지기는 했지만, 한동안씩 움직이지 않고 일정한 자세로 앉아 해야 하는 바느질은 전신 마디마디를 굳어지게 만들고, 결리게 만들고, 저리게 만들었다. 정신을 바늘 끝에 모아 한참씩 일에 빠지다 보면 눈은 시고 쓱벅거려 앞이 침침했고, 목은 뻗장다리가 되고, 어깨는 무겁게 내려앉고, 등짝은 뻐근하게 갈라지고, 옆구리는 찌릿찌릿 결리고, 허리는 간짓대로 변해 뻣뻣하고, 엉치는 남의 살처럼 먹먹하고, 다리는 저릿저릿 저렸다. 팔다리를 거칠 것 없이 휘두르고 뛰는 굿에 비하면 바느질은 영락없이 벌서는 일이었다. 그러나 바느질을 따라 마음먹은 대로 옷이 되어가는 것을 바라보며 몸고역을 풀고, 이지숙의 힘찬 말을 떠올리며 마음을 새롭게 다잡고는 했다.

소화는 지게문을 빠끔하게 열어보았다. 어느새 햇발이 걷혀 있었다. 들몰댁이 왜 아직 안 돌아오는지 마음이 쓰였다. 들몰댁은 집주인과 함께 장을 보러 집을 비웠다. 물론 자신들이 먹자고 보는 장이 아니었다. 선을 따라 산으로 보내기 위해 보는 장이었다. 옷 말고도 산에서 필요한 물건은 많았다. 약·소금·운동화·고무신…… 그러나 돈이 있다고 그런 것들을 양껏 살 수 있는 것이 아니었다. 어느 장터에나 표 안 나게 숨어 있는 감시의 눈을 피해 조금씩 사서 모아야 했다. 소금 한 말, 고무신 서너 켤레만 사도 덜컥 잡혀간다고 했다. 들몰댁이 그나마 나설 수 있는 것도 벌교가 아닌 탓이었다. 들몰댁은 두 아이와 자신의 해산 수발을 겸해 하산했으면서도 아직까지 아이들을 데려오지 못하고 있었다. 오판돌 위원장의 말로는 감시가 심해 좀더 두고 보아야 한다고 했다. 들몰댁은 두 아들을 옆에 두고 싶어 애가 타련만 참을성 많은 성품이라 그런 내색을 전혀 하지 않았다. 들몰댁은 외서댁의 그 당찬 행동을 이해는 하면서도 한편으로 무서워했다. 그리 나섰다가 죽기라도 하면 자식은 어쩔 거냐는 게 들몰댁의 걱정이었다.

밖에서 인기척이 들렸다. 소화는 일감을 놓고 지게문을 밀쳤다.

"혼자 깝깝허셨제라?"

머리에 인 짐을 내리며 들몰댁이 반색했다.

"들몰댁이 없응께 일도 잘 안 되고 어먼 생각만 자꼬 나고 그려요."

소화는 기지개를 켜며 쪽마루로 나섰다. 치마를 입었는데도 배가 불룩하게 표가 났다.

"무신 딴 일 없었제라?"

주인남자가 낮은 소리로 물었다.

"야아."

소화는 고개까지 끄덕여 보였다.

그때였다.

"꼼짝 말앗!"

두 남자가 삽짝을 뛰어들며 외쳤다. 그들 손에는 총이 들려 있었다. 주인 내외와 소화·들몰댁은 하얗게 질려버렸다.

"요런 빨갱이 연놈덜, 손 뻔쩍 들어!"

한 사내가 총을 들이대며 소리쳤다. 네 사람은 팔을 번쩍 치켜들었다. 다른 사내는 집 주위를 경계하고 있었다.

"고, 고것이 무신 말이다요. 누가 빨갱이라고 그러시요, 시방?"

주인남자가 간신히 말했다.

"요런 씨부랄 놈에 늙은이, 워디다 대고 개좆겉은 소리여, 소리가!"

사내가 번개같이 총을 돌려잡아 개머리판으로 주인남자의 가슴팍을 내질렀다.

"어쿠!"

주인남자가 벌렁 넘어갈 듯하다가 푹 고꾸라졌다.

"워메 영감!"

주인여자가 남편을 붙들며 주저앉았다.

"헹, 무당년꺼정 항꾼에 아지트럴 틀고 앉었구만그랴."

사내가 콧등으로 웃으며 침을 내뱉었다. 소화는 주춤 뒤로 물러섰다. 아랫배에서 찬바람이 일어났다. 저놈이 날 어떻게 알까. 여긴 벌교가 아니라 복내면인데. 저것이 벌교놈 아닐까?

"어이 하대치 마누래! 나가 누군지 몰르시겄어? 입산혔다가 여그 복내면 구석뎅이로 숨어들었다고 암시랑 안 헐 성불렀드랑가? 빨갱이새끼덜 즈그덜만 대갱이 잘 돌리고, 우리 경찰이나 청년방위대넌 돌대그빡으로 알었든갑제? 그리 알었드람사 돌대그빡은 바로 느그덜이다! 여그꺼정 말혔응께 나가 워디 사람인지 똑똑허니 알았겄제?"

소화도 들몰댁도 고개를 떨구었다.

"야! 사내끼 갖다가 각단지게 손 뒤로 묶어라."

총을 겨눈 사내가 다른 사내에게 명령했다.

"보시씨요, 요것이 집에서만 입고 있는 치맨디, 요 우에다가 몸뻬만 잠 걸치게 혀주씨요."

소화가 사내를 쳐다보며 간절한 얼굴로 말했다.

"안 뒤여!"

사내가 내쏘았다.

"금메 봇씨요, 혼자 몸이 아니고 요리 애 밴 몸잉께 불쌍허니 생각혀서 허락해 주시씨요."

소화는 두 팔을 얼른 내려 손바닥으로 치마를 몸에 붙게 쓸어내려 잡으며 배를 내밀어 보였다. 아이를 보호해야 된다는 생각뿐 수치스러움도 부끄러움도 느낄 새가 없었다.

"애럴 배?" 사내는 소화의 배로 눈길을 옮겼고, 옆의 사내가, "금메, 애 밴 몸으로 저 치마만 입고서야 워디 지서꺼지 가지기나 허겄소? 밤이 되는디 가다가 얼어뒈지제" 하고 말했다. 처음의 사내가 옆의 사내를 옆눈길로 쏘아보다가, "싸게 몸뻬 입고 나와!" 했고, 소화는 허둥지둥 방으로 들어갔다.

소화는 몸뻬만 입지 않았다. 순식간에 솜저고리도 꿰입고, 솜버선도 꿰신었다.

밖으로 나오니 들몰댁의 손은 벌써 뒤로 묶여 있었고, 주인 내외의 손이 묶이고 있었다.

"그 여자넌 냅둬. 그냥도 걷기도 심들 것잉께."

총을 겨누었던 사내의 말이었다. 소화로서는 들몰댁과 주인 내외에게 미안한 일이었다.

"자아, 싸게 나서!"

사내의 명령을 따라 네 사람은 삽짝을 나섰다. 회색빛 어둠살이 여리고 묽은 안개발처럼 퍼지고 있었다. 소화는 그 슬픔처럼 내려앉고 있는 어둠살을 밟기가 두려웠다. 어둠살은 갈수록 진해지다가 끝내는 앞을 분간할 수 없는 어둠이 되고 말 것이다. 이 길이 그 어둠처럼 캄캄한 죽음의 길일 것만 같았다. 이대로 죽을 수는 없었다. 어떻게 해서든 살아날 방도를 찾아야 했다. 그러나 소화의 눈앞에는 새벽안개를 밟고 떠나간 정하섭의 모습만 어른거릴 뿐 도움을 청할 사람은 아무도 떠오르지 않았다.

거창양민학살이 마침내 부산의 피난정국에 회오리를 일으키기 시작했다. 국민방위군사건으로 이미 소용돌이가 일어나고 있는 정국에 거창양민학살사건은 또 하나의 태풍으로 몰아닥쳤다. 국민방위군사건은, 경찰력을 동원한 강압과 공공기관에 만연된 부패로 이승만 정권에 대해 불신과 불만을 품어왔던 국민들이 일제히 원성을 터뜨리는 계기가 되었다. 사망자와 행방불명자 칠팔만, 재기불능자 20여 만, 중환자 40여 만 명을 낸 이승만 정권은 난파 위기의 소용돌이에 휘말리고 있었다. 그런데 또 거창양민학살사건이 몰아닥친 것이다. 그러나 학살자행이 정치·사회문제로 표면화되기까지는 한 달이라는 긴 시간이 소요되었다. 거창학살은 반공을 앞세운 이승만 정권의 무자비성과 자기 방어적 살해의식뿐인 군부의 잔혹성을 입증한 사건이었다.

사건이 완전히 표면화되기 전에 양효석의 대대에서는 장교회의가 열렸다. 그즈음에 사건현장을 헌병대에서 다녀가고, 그 지역 국회의원이 다녀가고, 국방장관까지 다녀가면서 분위기가 심상치 않았던 것이다. 더구나 민간인들의 입에서 입으로 전해지는 소문은 걷잡을 수 없이 퍼져나가고 있었다.

"우리 대대는 9일 날 신원면에 진입해서, 그곳에 경찰과 방위대원으로 편성된 1개 중대 병력을 남겨두고 산청 쪽으로 이동했다. 도중에 산에서 야영을 하고 산청에 도착해서, 지난밤에 신원면이 공비들의 습격을 받아 주둔시켰던 1개 중대가 전멸했다는 정보를 듣고 다시 신원면으로 진격했다. 신원면에 도착해서 조사해 보니 과연 150여 명이 전멸해 있었다. 10일 날 밤에 다시 공비들이 쳐들어와 밤새도록 교전을 해 적을 퇴치했는데, 그 결과 우리측에서는 40여 명의 전사자를 내고, 100여 명의 부상자를 냈다. 그래서 통비분자들을 색출·체포해서 신원국민학교에 모았다가 처단하게 되었다. 자아, 이상과 같이 작전이 진행되었다는 것을 다들 명심하기 바라오."

양효석은 잠시 어리둥절했다. 그러나 그 의미를 곧 알아차리게 되었다. 그 어떤 조사에 대비한 그런 작전일지와 작전상황의 변조에 대하여 환영했으면 했지 따지고 들 하등의 이유가 없었다. 그 일이 '공비소탕'이 아니라 '양민학살'이라고 골치 아픈 사회문제가 되는 경우 아무리 '작전명령대로 수행했다' 하더라도 현장지휘를 한 장교의 한 사람으로서 책임을 모면하기는 어려울 것이었다. 그런데 새로 짜여진 작전일지와 작전상황에 의하면 그 행위의 정당성이 완전히 입증되고, 그 어떤 장교든 책임을 충분히 모면할 수 있도록 되어 있었다. 양효석은 꺼림칙하게 남아 있던 심적 부담을 시원하게 털어버릴 수 있었다.

그러나 더 기막히게 기분 좋은 일이 양효석을 기다리고 있었다. 대위 진급에다가, 사단 작전지역 내의 전출지 자유선정이었다. 한꺼번에 겹쳐진 경사에 양효석은 정신이 얼떨떨할 지경이었다. 그는 지체 없이 고향 쪽으로 전출을 희망했다. 그런데 예기치 못한 경사는 연달아 일어났다. 그는 그저 막연하게 고향 가까이를 원했을 뿐인데, 중공군을 다시 서울 북쪽으로 밀어올리게 되면서 병력확충과 함께 토벌을 본격화하기 시작한 사단에서는 그동안 보류시켜왔던 일부 군단위까지 병력을 배치시키고 있었던 것이다. 거기에 보성군도 끼여 있어서 그는 바로 고향으로 전출하는 행운을 잡게 되었다.

대위 계급장을 번쩍거리며 중대병력을 이끌고 고향에 진군하는 토벌군사령관 양효석! 그는 눈을 지그시 감고 벌교의 큰길을 행진하는 자신의 모습을 상상하며 가슴이 두근거리다 못해 벌떡거려 자리를 차고 일어나기를 몇 번이나 했는지 모른다. 그때그때마다 읍장이고 경찰서장이고 유지들이고 가릴 것 없이 발 아래 깔아 뭉개던 심재모라는 계엄사령관의 막강했던 권한을 떠올렸고, 돈벌기에만 급급하다가 억울하게 죽어간 아버지를 떠올렸고, 아버지의 원수갚기를 그리도 소원하며 자신의 육사 지원을 적극적으로 환영했던 어머니를 떠올렸고, 반도호텔에서 블랙커피라는 것을 시켜놓고 자신을 참담하게 모독했던 송경희를 떠올렸다.

"이봐 연락병, 광약을 미제로 한 서너 통 구해. 그리고 계급장이고 빠클이고 매일 번쩍번쩍하게 닦어."

주둔지로 출발하기 전날 양효석이 내린 명령이었다. 그리고 그동안에는 별로 신경 쓰지 않았지만 앞으로는 꼭 서울말을 쓰기로 작

정하고 있었다. 다소 어색스럽다 하더라도 토벌군사령관으로서의
위신과 체통을 중시하지 않을 수가 없었다.

양효석이 벌교에 모습을 나타낸 분위기는 심재모와는 너무나 달
랐고, 백남식과도 상당히 달랐다. 심재모는 아무런 격식도 없이 부
대를 이끌고 읍내로 들어왔고, 백남식은 노천 플랫폼에서 굳이 사
열을 받았던 것이다. 그런데 양효석의 경우는, 그가 모습을 나타내
기 하루 전에 벌써 역의 앞마당과 남국민학교 교문 위에 현수막이
내걸렸다. 거기에 큼직큼직하게 쓰인 글씨들은 '경 양효석토벌군사
령관 환영 축'이었다. 앞뒤의 '경'자와 '축'자가 상·하·좌·우로 네
개의 꽃잎으로 싸이고, 빨간색으로 크게 쓰인 것은 물론이었다.

그 현수막이 내걸린 하루 동안 읍내에서 제일 기분 좋은 사람과
제일 기분 잡치는 사람이 하나씩 있었다. 하늘로 금방 날아오를 것
처럼 기분이 들떠 말도 제대로 못하는 사람은 양효석의 어머니 된
재댁이었고, 사지에 맥이 풀릴 대로 다 풀려 딱 죽고 싶은 심정일
뿐인 사람은 염상구였다. 된재댁은 자기 아들이 장교인 줄만 알았
지 그 높은 사령관이 되어 이렇게도 빨리 올 줄은 꿈에도 몰랐던
것이고, 염상구로서는 자신의 완력 앞에 생쥐새끼일 뿐이었던 것
이 육군사관학교를 가네 어쩌네 하더니만 고작 2년 사이에 이렇게
도 입장이 뒤집힐 줄은 상상도 못했던 것이다. 특히 양효석의 어머
니는 포목점에서 비스듬하게 내다보이는 남국민학교 교문 위의 현
수막을 손님들이 드나들 때마다 손가락질하며 입에 침이 말랐다.

"봇씨요, 쩌그 저 핵교 대문 우에 씨인 토벌대사령관 양효석 대

위님이 바로 우리 아덜이요!"

된재댁은 어깨가 뒤로 젖혀지고, 배가 앞으로 나올 지경으로 빳빳하게 서서 자기의 가슴을 손바닥으로 두어 번씩 토닥여 보였다.

"그려라? 참말로 장헌 아덜 뒤부렀소이." 어느 여자는 눈을 휘둥그렇게 뜨며 된재댁을 새삼스럽게 쳐다보았고, "와따메, 집안에 겁나게 큰 인물 나부렀소이." 어떤 여자는 부러운 눈치를 감추지 않았다.

된재댁은 장사를 할 생각도 하지 않고 그런 여자들을 상대로 아들자랑에 정신을 놓고 있었다. 그러다가 손님들의 독촉을 받고서야 포목을 풀고 자를 집어들었다. 그런데 그 자질이 여느 때 없이 후했다. 손에 익을 대로 익어버린 눈속임을 하지 않았을 뿐만 아니라 덤도 대여섯 치씩이나 더 주었다.

그도 그럴 것이, 된재댁으로서는 그야말로 하늘의 별을 딴 기분으로 아들이 장해 보이고 고맙고, 남편과 자기 설움까지 다 풀리는 기분이었던 것이다. 된재댁이라는 남다른 택호에 그녀의 설움은 서려 있었다. 봇짐장수들이 얼마나 오르기 힘든 고개였으면 '된재'라고 이름 지었을 것인가. 봇짐 지고 오르기가 '되고 된' 그 잿마루의 주막집 딸이 그녀였고, 어떤 봇짐장수의 아들이 그녀 남편이었다. 주색잡기를 모른 채 오로지 봇짐장수를 면하고 한자리에 말뚝 박고 장사하며 사는 것이 소원인 남편을 따라 그녀는 천하고 험하게 초년을 살아냈다. 뒤끝 없는 고생이 없더라고 결국 장삿발이 좋은 벌교에 터를 잡게 되었다. 그러나 아무리 재산이 늘어나도 봇짐장수 아들과 주막집 딸이라는 주눅 드는 마음은 씻어지지 않았다. 돈이 힘인 것이 분명했지만 돈으로 안 되는 대목도 있는 것이 세상살이였다. 그럴수록 돈을 더 많이 갖고자 했다. 남편은 그예 봇짐장수 아들이라는 설움을 풀지 못한 채 빨갱이손에 억울하게 죽고 말았던 것이다. 그런데 이제 아들 효석이가 읍장보다도, 경찰서장보다도 높은 군인 대장이 되어 돌아올 판이었다.

어떤 부대가 일정지역에 주둔하게 될 때 그 첫발을 내딛는 곳이 행정중심지여야 하는 것은 공적으로 당연한 일이었다. 작전효과를 높이기 위해 현실적인 여건을 고려하며 지역사령부를 어디다 설치하느냐는 그 다음의 문제였다. 그런데 양효석의 부대는 순천 쪽에서 오는 것도 아니고 광주 쪽에서 오면서도 군청소재지인 보성을 무시해 버리고 벌교로 직접 왔다. 양효석은 광주에서 전화를 걸어 현수막을 내걸게 했던 것처럼 보성경찰서장 남인태도 벌교로 오도록 지시했다. 남인태는 울화통이 터졌지만 어찌하는 수 없이 군수와 함께 벌교로 넘어와 플랫폼에 엉거주춤 서 있었다.

기차가 뙈액─뙈, 하얀 증기를 뿜어 기적을 울리며 기운차게 달려오고 있었다. 흐트러진 자세로 서 있던 군수 이하 열댓 명의 사람들이 제각기 똑바로 서며 줄을 맞추었다. 그런데 그들의 얼굴이 다른 사령관들을 맞을 때와는 다르게 떫고 쓰고 시고 제각각이었다. 그중에서도 구겨질 대로 구겨진 염상구의 얼굴은 말이 아니었다. 청년단이 청년방위대로 바뀐 이상 그는 옴쭉달싹할 수 없는 양효석의 부하였던 것이다.

기차가 육중한 쇳소리들을 내며 멈추었다. 기차가 멈추자마자 객실문 여기저기에서 군인들이 쏟아져나왔다. 그 군인들이 쏟아져나오는 것은 분명한데 와글거리거나 떠드는 소리 한마디 없이 조용한 가운데 그들은 하나같이 가볍게 뛰면서 기차에서 내리는 대로 네 사람씩 줄을 맞추고 있었다. 그리고 군인들은 줄을 맞추고서도 계속 가볍게 뛰고 있었다. 기관장들과 유지들은 군인들의 그 기민하고 질서정연한 동작을 보고 놀라지 않을 수 없었다. 그들은 긴장하며 서로서로 다시 줄을 맞추었다. 그런데 군인들은 동작만 그렇게 돋보인 게 아니었다. 그들은 다른 군인들과는 확연하게 달라 보였다. 그렇다고 그들이 색다른 차림을 한 것도 아니었다. 똑같은 철모에, 똑같은 군복에, 똑같은 총을 들었을 뿐이었다. 기관장들과 유지들은 한참씩 군인들을 살핀 끝에 그 연유를 알아내게 되었다. 그 군인들은 하나같이 말끔하고 깨끗했던 것이다. 계급장이 빛을 발했고, 허리띠의 고리쇠가 반짝거렸으며, 바지에 줄이 곧게 서 있었고, 군화가 반들반들 윤을 내고 있었다.

"부대에, 차려우왓!"

그때까지 가볍게 뛰고 있던 군인들이 일제히 뚝 멈춰섰다. 그 절도 있는 동작에 따라 플랫폼에 갑자기 정적이 밀려들었다.

"부대에, 세우워총!"

개머리판이 일제히 땅을 울리는 소리가 화음을 이루었다.

그때까지도 양효석의 모습은 보이지 않았다. 개머리판을 울리는 소리를 신호로 삼기라도 한 듯 양효석이 잠시 후에 기차에서 모습을 드러냈다. 대위 계급장이 유난히 반짝거리는 그의 차림새는 그 어디에 티끌 하나 묻어 있지 않은 것처럼 말쑥했다. 권총을 찬 그의 오른손에는 새빨간 수실이 끝에 달린 지휘봉이 들려 있었다. 똑바로 앞을 보고 걷는 그의 뒤를 사병 하나가 따르고 있었다.

"사령관님을 향하야, 받들어이총!"

군인들은 총을 일제히 들어올려 몸의 중앙에다가 일직선으로 맞추었다. 양효석은 손가락 끝들이 파르르 떨릴 정도의 힘찬 거수경례로 부하들의 받들어총에 답례했다.

"부대에, 세우워총!"

다시 개머리판들이 땅을 울렸다.

"전원 이상 무!"

구령을 붙이던 선임하사의 보고였다. 보고를 받은 양효석이 돌아섰다. 빠르게 휘돌던 그의 눈길이 한곳에 멎었다. 노천 플랫폼에 단 하나 서 있는 작은 건물 앞이었다. 역원들만 사용하는 그 작은 건물 앞에 한 여자가 진분홍 치마저고리를 입고 엉거주춤 서 있었다. 양효석은 기관장들은 거들떠보지도 않고 그 여자를 향해 똑바로 걸어갔다. 그 여자는 된재댁이었다. 반가움과 자랑스러움으로 가슴 울렁거리는 된재댁은 기쁜 울음이 넘치는 얼굴로 아들에게로 달려가야 할지 어쩔지를 몰라 멈칫거리고 있었다.

"엄니, 대한민국 육군 대위, 보성군 토벌군사령관인 아들 절 받으십시오. 군인의 절은 이것입니다."

어머니와 서너 발짝 간격을 두고 우뚝 멈춰선 양효석이 큰 소리로 외치듯 하며 거수경례를 붙였다. 그의 크게 퍼진 목소리를 플랫폼에서 못 들은 사람은 아무도 없었다.

"효석아, 내 아덜 장허다!"

마침내 된재댁이 아들에게로 달겨들며 울음과 함께 토해낸 소리였다. 거머잡은 아들의 손을 쓰다듬고 또 쓰다듬으며 아들을 올려다보고 있는 된재댁의 눈에서는 눈물이 쏟아져내리고 있었다. 계속 솟는 눈물로 얼보이고 있는 아들의 모습은 자신의 아들이라고 믿기 어렵게 옛 모습은 간 곳 없이 당당한 대장, 실한 어른으로 변해 있었다. 어금니를 꾹 다문 양효석은 어머니를 내려다보며 엷게 웃음 짓고 있었다.

"엄니, 사령관으로 아직 할 일이 남았으니까 여기선 이만 해요."

양효석이 나직하게 말했다. 된재댁은 명령복종에 익숙한 병사처럼 고개를 끄덕이며 아들의 손을 놓았다. 생각했던 것보다도 훨씬 더 하늘처럼 높게 보이는 아들한테서 된재댁은 남편과의 평생에서 느낄 수 없었던 어려움과 튼실함을 느끼고 있었다. 그리고 사령관의 위신과 체면을 터럭끝만큼이라도 상하게 해서는 안 되고, 자신도 사령관의 어머니답게 체통을 지켜야 된다고 생각했다.

양효석은 어머니한테서 돌아섰다. 그리고 지휘봉을 오른손에 바꿔들며 기관장들과 유지들이 서 있는 쪽으로 걸음을 옮겼다. 양효석이 그들에게 가까워지자 도열한 속에서 경찰 한 사람이 직각보행으로 걸어나왔다. 그 경찰은 양효석 앞에 이르러 거수경례를 붙였다.

"사령관님, 어서 오십시오. 사령관님과 장병 일동을 환영합니다. 저는 벌교경찰서장 권병젭니다. 현지 서장으로서 군내 주요 기관장들과 유지들을 소개하고자 합니다."

권병제는 격식을 갖춰 말했고, 양효석은 지휘봉을 왼손에 바꿔 들며 경례를 받았다.

"좋소."

양효석의 딱딱한 얼굴과 절도 있는 동작에서는 찬바람이 일고 있었다.

도열한 사람들의 소개가 시작되었다.

"보성군수십니다."

권 서장이 첫 번째 사람의 직함을 댔다.

"어서 오십시오. 김달숩니다."

첫 번째 남자가 고개를 숙이며 말했다.

"안녕하십니까. 토벌군사령관 양효석입니다."

양효석이 손을 내밀었다.

"보성 경찰서장이십니다."

"우리 군에 주둔하신 걸 환영합니다. 남인태라고 합니다."

벌교로 넘어올 때의 아니꼬웠던 생각이 싹 가셔버린 남인태는 절도 있는 거수경례를 올려붙였다. 권병제를 소개자로 지목할 때까지만 해도 아니꼬움은 창창하게 살아 있었던 것이다.

"토벌군사령관 양효석입니다. 앞으로 잘해봅시다."

경례를 받은 양효석이 손을 내밀었다.

그런 식으로 인사가 계속되었다.

"좌익척결위원회 위원장이십니다."

"이, 나 최익달이시. 자네가 영판 출세혀 부렀……."

"차렷!"

양효석이 느닷없이 소리 질렀다. 그 찌렁하게 울리는 외침에 도열한 사람들이 움찔했고, 부동자세로 서 있던 군인들도 놀라 더 꼿꼿한 자세가 되었다.

"이 영감탱이! 대한민국 육군 대위를 뭘로 보는 거얏! 토벌군사령관이 뭘로 보이냔 말야! 늙어빠진 눈구멍에는 계급도 안 보이나! 공무수행, 특히 전시하의 작전수행에서 군직책이 최우선이란 걸 아나, 모르나!"

양효석은 오른팔을 쭉 뻗어 지휘봉으로 최익달을 겨냥한 채 악을 쓰고 있었는데, 지휘봉 끝이 금방 최익달의 눈을 찔러버릴 것만 같았다.

"아느만요, 아는구만요."

하얗게 질려버린 최익달이 더듬거렸다. 겁 질린 최익달의 늙은 얼굴에 비해 열 받친 양효석의 얼굴은 너무 앳돼 보였다.

"알면서 어디다 대고 자네야, 자네가!"

최익달의 심보가 바로 송경희년의 심보와 같다는 것을 아는 까닭에 양효석의 화는 걷잡을 수 없이 치솟았던 것이다.

"다시는, 다시는 고런 일 없을 것이구만이라."

"한 번만 더 그따위 짓 하면 아주 박살을 내고 말 것이다. 알겠나!"

"예에, 예."

최익달은 보기 민망할 정도로 굽신거렸다. 그는 초장에 양효석의 기를 꺾으려고 들었다가 오히려 되감겨 망신을 톡톡히 당하고 있었다.

"당신이 무슨 위원장이라고?"

걸음을 옮기려던 양효석이 물었다.

"예, 벌교·조성지구좌익척결위원횝니다."

"그건 도대체 어떻게 된 단체요?"

최익달이 머뭇거렸고, 옆에 선 권 서장이 대신 대답했다.

"예, 유지들이 중심이 되어 구성한, 그러니까 민간인 임의단첩니다."

"거기서 하는 일이 뭐요? 좌익을 척결하려고 총을 들고 나섰소?"

"아니, 그런 게 아니라……."

권 서장은 뭐라고 설명할 말이 궁색해지고 말았다.

"아무것도 하는 일 없이 이름만 내걸어놓은 그따위 단체, 오늘부로 당장 해체하시오. 전시하에 혼란만 일으키니까. 이건 토벌군사령관의 명령이오!"

양효석은 최익달을 보기 좋게 몰아치고 있었다. 그 단체를 해산시켜 버려 그가 이런 자리에 아예 끼지 못하게 하려는 생각이었다.

"예, 알겠습니다."

권 서장의 또렷한 대답이었다. 그도, 아이고 잘했다, 싶은 심정이었다.

몇 사람을 거쳐 맨 끝의 염상구 앞에 이르렀다.

"청년방위대장입니다."

"어여 오시씨요, 사령관님. 반갑구만이라."

염상구는 어깨가 들썩하도록 뒤꿈치를 들었다 놓으며, 팔을 넓게 휘둘러 거수경례를 올려붙였다.

"반갑소, 염 대장님. 앞으로 잘 좀 도와주시오."

웃고 있는 양효석의 목소리는 다른 사람들을 대할 때와는 전혀 다르게 부드럽고 다정했다.

"알겠구만이라. 잘 받들어 모시겠구만이라."

염상구는 양효석에게 손을 잡힌 채 얼떨결에 이렇게 대답하고 있었다.

염상구는 양효석이가 최익달이를 다루는 것을 보고 그만 기가 완전히 꺾이고 말았던 것이다. 완력판을 휘어잡는 것도 따지고 보면 주먹힘만으로 되는 것이 아니었다. 주먹에 앞서 절반 이상이 배짱놀음이었다. 와따메, 저 자석이 저거, 좆대감지 지대로 달아뿌렀네. 잉, 저것이 통학열차 지붕 타고 댕기든 놈이기넌 헌디. 고런 독기에다가 권세할라 하늘 밑구녕얼 찔러뿌러? 아이고메, 일찍허니 모강댕이서 심 빼고 죽은 디끼 대허자. 염상구는 눈치 빠르게 제자리를 찾았던 것이다. 양효석으로서도 가장 신경 쓰이는 존재가 염상구였다. 그가 앞뒤 없이 나오면 어떻게 대처할 것인지가 문제였다. 그런데 그는 규율에 어긋나는 동작으로 야단스럽게 거수경례를 하며 '사령관님'이라고 깍듯이 예의를 차렸던 것이다. 그 순간 그의 긴장되었던 신경은 확 풀리게 되었다.

양효석이 앞장선 부대는 착착, 착착 구둣발소리를 내며 역 앞마당으로 나섰다. 모여 있던 사람들이 와아 소리치며 박수를 쳐댔다. 양효석은 앞만 똑바로 보고 걷는 것 같았지만 순간순간 현수막을 훔쳐보고 있었다. 사람들은 역 앞마당에만 모여 있는 것이 아니었다. 양조장을 돌아 국민학교에 이르는 길 양쪽에 학생들과 어른들이 줄지어 서서 지나가는 부대에게 박수를 보냈다. 그들이 동원된 것임을 쉽게 알 수 있었다.

길가의 사람들은 그냥 흩어지지 못하고 부대를 뒤따라 학교로 들어갔다. 그들은 청년방위대원들이 시키는 대로 운동장 가를 따라 빼꼭하게 둘러섰다. 양효석이 조회대로 올라가고, 기관장들이며 유지들이 줄을 서자 부대는 곧 열병분열을 시작했다. 무장한 군인들이 가로·세로 똑바로 줄을 맞춰 힘차게 걸어가고, 길고 짧은 구령이 여기저기서 울려퍼지고, 구령에 맞춰 부대마다 다른 동작을 틀리는 구석 없이 이루어내고, 줄줄이 꺾어져 돌면서도 줄이 비틀어지는 일이 없었고, 대열이 길어져도 처음의 간격이 그대로 유지되는 군인들의 질서정연한 움직임은 아이들에게는 더 말할 것이 없었고 어른들의 눈에도 볼 만한 구경거리가 되고 있었다.

열병분열이 끝나고 사열이 시작되었다. 양효석과 나란히 서서 걷는 두 사람은 군수와 남인태였다. 남인태 서장은 그런대로 격을 맞추고 있었지만, 군수의 걸음걸이는 옹색스럽고 제멋대로라서 영 볼품이 없었다. 와따 짜석, 참말로 쌈빡허니 폼 재뿌네이. 2년 만에 사람 팔자가 요러크름 훼까닥헐 줄 누가 알았을 것이여. 전쟁이 좋기넌 좋네. 전쟁덕 아니었음사 저것이 저리 팔자 고쳤을 것이여? 대갱이에 안직 피도 안 몰른 자석이. 염상구는 부러움과 질시로 심사가 살살 꼬이고 있었다.

사열을 마친 양효석은 다시 조회대로 올라섰다.

"장병 제군, 우리는 마침내 새 주둔지에 도착했다. 우리 부대는 오늘부터 보성군지구 토벌군이다. 장병 제군은 새로운 각오로 임무에 임하기 바란다. 각오를 새롭게 하기 위하여 군민들이 보는 앞에서 우리 부대의 정신을 다 같이 힘차게 합창하기로 한다. 다 같이 부대정신 합창!"

"언제나 씩씩하게, 언제나 용감하게!"

군인들의 목소리가 우렁차게 울려퍼지며 운동장을 흔들었다.

"좋다. 거기다가 한 가지를 첨가한다. 그것이 무엇인고 하면, 언제나 겸손하게, 다. 이건 적에게 필요한 것이 아니고 대민관계에 있어서 필요한 것이다. 민간인들과의 관계에 있어서 민폐근절은 말할 것도 없고, 언제나 친절하고 겸손한 태도를 취하라는 것이다. 긴말 하지 않겠다. 그리고, 보성군민 여러분, 우리 부대는 이미 사단 내에서 최강의 부대로 소문이 나 있습니다. 앞으로 공비를 토벌해 여러분 앞에 그 실력을 실제로 보여드림과 동시에 여러분의 민생안전이 하루빨리 이루어지도록 할 것입니다. 앞으로 여러분들의 많은 협조를 부탁드리는 바입니다. 이상."

"사령관님을 향하야, 받들어이총!"

군인들이 일제히 총을 들어올렸고, 운동장 가에 둘러선 사람들은 누가 치기 시작했는지 모를 박수를 따라서 치고 있었다. 그러나 그 사람들 중에는 치고 있는 박수와는 다르게 가슴이 싸늘하게 식어들고 있는 사람들도 꽤나 있었다. 입산자의 집안이거나, 어떤 식으로든 연관이 있는 사람들이었다. 양효석의 여러 행위들은 단순한 자기 과시만이 아니었던 것이다.

"저어, 아직 시간이 멀었긴 합니다만, 부대를 환영하는 뜻에서 장병들의 저녁을 읍민후원회에서 장만하면 어떨까 합니다."

조회대를 내려온 양효석에게 다가서며 읍장이 말했다.

"말씀은 고맙지만 그러실 필요 없습니다. 그게 다 민폐 아닙니까. 우리 집에다 돼지 열댓 마리 잡으라고 진작 일러놨습니다. 내가 알아서 하지요."

읍장은 그만 머쓱해지고 말았다. 다른 기관장들이나 유지들도 놀라고 무색해지기는 마찬가지였다.

"이번에도 사령부는 벌교에 설치하겠소. 우선 경찰서로 갑시다."

양효석의 말이었다. 교문을 향해 걷고 있는 그는 자신이 벌인 일들의 반응에 대해 꽤나 흡족하게 생각하고 있었고, 기관장과 유지들은 저것이 나이에 비해 예사 물건이 아니라는 식의 생각들을 하고 있었다.

천점바구는 자신의 소대병력을 이끌며 어둠을 헤치고 있었다. 비무장 여섯을 제외시킨 대원은 그 자신까지 합해 스물이었다. 스물 중에는 여자가 하나 끼여 있었다. 외서댁이었다.

"오늘 출동은 돌격전인디요."

출발을 앞두고 천점바구는 그녀에게만 따로 말했다.

"또 나이 작은 오빠 노릇 허고 잡아 그요?"

외서댁은 눈을 흘기며 하늘에 대고 헛바람 새는 웃음을 웃었다. 언제나 변함없는 태도였다.

"동무, 오늘은 행군질도 먼디다가, 상대도 검은개가 아니라 노란개란께라. 기관총에 수류탄으로 무장허고 말이여라."

"나가 기관총 무섭고 수류탄 무서웠음사 작년 12월에 폴세 하산혀 뿌렀을 것이요. 나야 대포도 안 무선 사람잉께, 벌교 바람이나 쐬게 내빌라두씨요."

"참말로 소고집이요이."

"사상성이 투철헌께라."

외서댁이 오금을 박으며 짓궂은 웃음을 지었다.

천점바구가 어렵고 위험한 출동에서 외서댁을 빼내려고 하는 것은 여자이기 때문만이 아니었다. 군당에서 하대치 동지와 맞먹는 무게를 지녔던 강동식 동지의 아내라는 것에 더 마음을 쓰고 있었다. 하대치 동지나 강동식 동지는 염상진 위원장 다음으로 그가 존중하는 사람들이었다. 그런데 강동식 동지의 그 허망한 죽음은 그를 얼마나 슬프고 안타깝게 했는지 몰랐다. 강동식 동지는 목숨을 바칠 정도로 외서댁을 귀하게 여겼고, 외서댁은 또 남편 대신으로 입산투쟁을 하고 있었다. 천점바구는 그런 외서댁을 언제나 보호해야 될 책임감을 느끼고 있었다. "외서댁 동무럴 위째 천 동무 소대에 배치허는지 알아묵겠소?" 하대치 동지의 말이 그 책임감을 더 무겁게 했다. 그러나 외서댁은 한 번도 천점바구의 말을 들은 적이 없었다. 구구식장총을 들고 어떤 출동에나 몸 사리지 않고 나섰다. 천점바구는 매번 신경이 쓰이는 반면에 그런 외서댁의 용맹성이 소대원들의 용기를 고무시킨다는 걸 잘 알고 있었다. 천점바구는 아직까지도 외서댁에게 가벼운 카빈총을 구해주지 못해 미안하게 생각하고 있었다.

천점바구는 눈에 익고 발에 익은 산길을 가면서도 신경을 줄곧 곤두세우고 있었다. 앞을 경계하면서, 걸음이 빨라지지 않도록 신경 쓰고 있었다. 앞사람의 등에 종이 한 장썩을 붙여 행군대열을 유지하고 있는 어둠 속에서 자칫 자신의 발빠르기로 걸었다가는 대열이 끊길 위험이 있었던 것이다. 종이의 빛이라는 것은 10보 이상 간격이 벌어지면 어둠에 묻히게 마련이었다. 종이가 없을 때는 고사목을 쪼개 그 속살을 손바닥 크기로 얇게 떠서 등에 매달았다. 그 효과도 종이와 다름이 없었다.

천점바구는 특히 야간행군을 할 때는 외서댁을 대열의 가운데 다 세웠다. 전방의 기습에 대비해 안전하기도 했고, 행군 중에 절대로 조는 일이 없는 외서댁에게 바로 앞의 네 사람 사이에서 대열이 끊기는 것을 막게 하기 위해서였다. 다섯 사람을 한 묶음으로 해서 조장을 중간중간에 세웠으니까, 소대 20명이 일렬종대를 이룬 행군에서 외서댁 같은 임무를 맡은 대원은 셋이 더 있었다. 야간행군에서 위험한 일이 한두 가지가 아니었지만, 적의 기습을 받는 것만큼이나 위험한 것은 누군가가 졸다가 대열이 끊기는 일이었다. 그것이야말로 어이없고 어처구니없이 당하는 위험이었다. 대열의 중간에서 어느 한 사람이 졸며 걷다가 주저앉게 되면 그 다음 사람들은 그저 휴식인 줄 알고 따라서 주저앉게 마련이었다. 그렇게 되면 대열은 영락없이 반 토막이 나고 말았다. 산이 겹겹인 어둠 속에서 그런 식으로 몇십 분이 지나버리면 앞서 간 대열에서도, 뒤떨어진 대열에서도 한동안 서로를 찾기가 어려운 일이었다. 뒤떨어진 대열은 혼란에 빠지게 되고, 다급한 마음들로 이리저리 헤매다가 적에게 노출이 되는 경우 몰살을 면하기가 어려웠다. 경험 없이 시작된 1948~1949년의 초기투쟁에서 그런 실수로 빚어진 희생이 적지 않았었다. 졸음의 위험에 대해서는 군사학교에서는 물론이고 매일 두세 시간씩 실시되는 학습을 통해서도 끝없이 강조되고, 반복되었다. 그러나 여전히 졸면서 걷는 대원은 꽤나 많았다. 그것은 사상성의 빈약도, 정신무장의 해이 때문도 아니었다. 근본적인 원인은 언제나 체력의 한계를 넘고 있는 빨치산투쟁 자체에 있었다. 제대로 먹지도 못하면서 날마다 산을 타고, 야간투쟁을 주로 해야 하는 생활 속에서 순간순간 졸음에 잡히지 않는다는 것이 오히려 비정상인지도 몰랐다. 그래서 대원들 사이에서는 '수면투쟁'이니 '졸음투쟁'이니 하는 우스갯말이 생겨나기도 했다.

천점바구는 어둠 속을 유심히 살피며 걸음을 늦추었다. 군당위원장 오판돌과 접선하기로 된 산골짜기가 멀지 않았다. 그는 걸음을 완전히 멈추며 몸을 뒤로 돌렸다.

"휴식, 뒤로 전달."

그의 목소리는 속삭임이었다. 그 속삭임은 빠른 줄잇기를 하며 뒤로 뒤로 전해졌다. 뒤에서 무슨 상황이 생겼을 때도 같은 방법으로 '앞으로 전달'이 이루어졌다.

천점바구는 작전에 돌입하기 전에 잠깐이나마 대원들을 휴식시키는 것을 원칙으로 삼고 있었다. 담배 한 대 짬의 휴식이 얼마나 새 기운을 돋우는지 그는 오랜 투쟁을 통해서 잘 알고 있었다. 야간행군 중에는 절대로 담배를 피울 수가 없으니까 대원들은 휴식하는 동안 거의 잠을 잤다. 그 짧은 시간 동안 자는 잠은 맛으로는 꿀맛에 댈 것이 아니었고, 몸 가뿐하게 기운을 돋우는 데는 그 어떤 명약도 당할 도리가 없었다. 대원들의 태반은 꼭 거짓말처럼 앉자마자 잠이 들었고, 어떤 사람은 코까지 고는 깊은 잠에 빠져들었다. 그러나 천점바구는 소대장직을 맡고부터 그 맛있는 잠을 잘 수가 없게 되었다. 아무리 눈을 붙이려 해도 잠이 오지 않았다. 천점바구는 비로소 왜 똑같이 투쟁활동을 하면서도 간부들이 지치지 않는지를 깨닫게 되었다. 그건 책임감이 만들어내는 힘이었다. 입산투쟁이 시작되면서 그에게는 여러 개의 별명이 붙여졌다. '총각대장' '올빼미' '불가사리'가 그것이었다. 구빨치 시절에 군당에서 붙여준 '새끼대장'까지 합하면 넷이나 되었다. 조계산지구에서 가장 나이 어린 소대장이라서 '총각대장'이었고, 밤눈이 유난히 밝아 '올빼미'였고, 전과를 올리면서도 사상자를 거의 내지 않아 아마 적의 총탄을 들이마셔버리는 모양이라고 해서 '불가사리'였다. 염상진 대장처럼 되는 것이 꿈이라서 붙여졌던 '새끼대장'은 이제 불리지 않았다. 그 별명을 불러주었던 나이 많은 동지들은 구빨치투쟁을 통해서 거의가 죽어간 탓이었다. 그 어떤 별명이든 싫은 것이 없었지만, '새끼대장'이 없어져버린 것을 그는 못내 아쉬워했다. 그건 죽어간 동지들에 대한 그리움이었던 것이다.

"천 동무야 투쟁경력으로 치나, 밤눈 밝아 조계산서부텀 군당 징광산꺼지 훤허게 뀌는 것으로 보나, 발 빠르고 용맹시런 것으로 보나 대대장 아니라 연대장깜으로도 넘치시. 근디, 동무가 저질른 그 과오 안 있드라고? 고것 땀세 천상 소대장부텀 시작혀야 되겄구만. 당 결정을 접수헐 수 있을랑가?"

기동대장 하대치가 따로 불러 한 말이었다.

"하먼이라, 하먼이라. 지가 저질른 과오 지가 아는디라."

천점바구로서는 소대장이나마 맡겨주는 당의 결정이 얼마나 고마운지 모를 일이었다. 당이 특전을 베풀어 석방시킨 사람들을 넷이나 쏘아 죽인 것은 도저히 살아날 가망이 없는 큰 과오였다. 그런데 당은 목숨을 구해주었고, 마침내 소대장직까지 허락한 것이었다. 그것은 바로 반당적 과오의 청산을 뜻하는 것인 동시에 당원이 될 수 있는 길이 다시 열린 것을 의미했다. 천점바구는 이를 맞물며 스스로 각오를 다짐했다. 목숨을 아끼지 않는 열렬한 투쟁으로 당의 은혜에 보답하리라고. 그는 자신이 가진 모든 능력을 총동원해서 투쟁에 앞장서기 시작했다. 구빨치투쟁을 통해서 몸에 익힌 전술과 지형지세, 남달리 밝은 밤눈, 펄펄한 젊은 기운, 새롭게 세운 각오, 소대장으로서의 책임감, 그런 것들이 한 덩어리로 뭉쳐졌다. 그 결과 그는 전과를 높이면서도 사상자는 제일 적게 낸, 지구 내의 최강 소대를 탄생시켰다. 그의 소대 별명은 '철갑소대'였다. 자기네 소대가 그 명예로운 별명을 얻는 데 단단히 한몫을 한 대원이 바로 외서댁이라는 것을 천점바구는 잘 알고 있었다.

"소대장 동무, 나럴 여자로 시퍼보덜 마씨요이. 나넌 인자 손꾸락에 봉숭아물이나 딜임서 좋아라고 시시덕이든 실없는 가시내도 아니고, 치자물 딜인 모시 치매저구리 부러바허든 속창아리 없는 지집도 아닝께라. 나넌 우리 냄편이 위째 좌익얼 혔는지 알게 됨스로 딴사람으로 변해뿌렀소. 나도 당당헌 전사가 되고 잡은께 자꼬 여자로 볼라고 허덜 마씨요이." 외서댁은 정색을 하고 이런 말을 하는가 하면, "위째 그 어린 나이에 빨갱이질로 나섰드라냐 혔등마 백정 자석으로는 그 상호가 지 맘대로 장군상호로 생게묵어뿌렀당께로." 이런 농담을 해서 대원들을 웃기기도 했고, "백정 자석에다가, 밤눈 밝겄다, 생간 많이 묵어 기운 씨겄다, 천생에 빨치산팔자로 태인 사람이여." 이런 말로 추켜세우기도 했다.

사실 빨치산활동에서 밤눈이 밝은 것은 남보다 큰 무기를 하나 더 지니는 것이나 마찬가지였다. 밤눈이 유독 밝은 사람이 있는가 하면, 밤만 되면 완전히 장님이 되어버리는 사람들도 더러 있었다. 그런 사람들은, 발바닥이 편편해 빨리 오래 걷지 못하는 사람들과 함께 빨치산생활에는 선천적으로 부적합한 사람들이었다. 천점바구는 자신의 밤눈 밝은 것을 더없이 큰 재산으로 여기며 야간투쟁에 십분 활용하고 있었다.

"출발, 뒤로 전달."

천점바구는 옆의 대원을 흔들며 다시 속삭였다. 그 속삭임은 다시 입에서 입을 건너 뒤로 옮겨갔다.

야산 하나를 돌자 접선지점이 나타났다. 천점바구는 부대를 정지시켰다. 그리고 혼자 접선지점을 향해 몸을 바짝 낮추고 이동해 갔다. 적에게 정보가 누설된 만일의 사태에 대비하는 것이었다. 산밭 위로 무덤이 나타났다. 그는 무덤에 몸을 붙였다. 저만치 앞에 커다란 바위가 검게 보였다. 양쪽에 산등성이를 낀 골짜기의 어둠 속에서는 무슨 소리 한 가닥 들리지 않았다. 그는 무덤가를 더듬어 작은 돌 두 개를 주워들었다. 하나를 바위를 겨냥해 던졌다. 그리고 숨을 한 번 들이켰다 내쉬며 두 번째로 던졌다. 곧 저쪽에서 날아온 돌이 무덤가에 떨어졌다. 하나, 둘, 셋! 합해서 다섯, 암호가 확인되었다. 그러나 그는 몸을 일으키지 않았다.

"꼬막, 꼬막!"

저쪽에서 들리는 낮고 긴장된 소리였다.

"탁주, 탁주!"

천점바구는 비로소 몸을 일으키며 이쪽의 암호를 댔다. 위험을 완전 제거하기 위한 이중암호였다.

저쪽에서 검은 그림자 둘이 빠르게 이동해 왔다.

"잉, 천 동무 왔구만. 애썼소."

군당위원장 오판돌이었다.

"야아, 인자부텀 써야제라. 근디, 워쩔라고 위원장님이 여그꺼지 직접 오시고 그러요?"

천점바구의 걱정스런 말이었다.

"나가 시방 뒷전 치고 앉었을 기분이겄소? 그라고 급허고 중헌 때넌 앞차고 나스는 것이야 염상진 동지가 갤친 것잉께 아무 걱정 마씨요."

"알겄구만이라. 근디, 적정은 워떤게라?"

"병력은 똑겉이 1개 분대고, 석거리재 몬댕이, 광주 쪽으로 오른 쪽 깔끄막에 전호럴 구축허고 기관총얼 내걸었소. 긍께 우리 군당 에서 왼쪽 깔끄막으로 올라챔스로 공격헐 것잉께, 천 동무는 오른 쪽에서 내리까씨요. 글먼 양쪽서 협공당헌 그놈덜이 못 견디고 쩰 디넌 읍내 쪽뿐이다 그것이요. 그놈덜이 꾸불꾸불헌 잿길얼 내리 뛸 판잉께, 우리 군당얼 반으로 갈라 매복시켰다가 싹 때레잡아뿌 는 것이요."

"야아, 작전은 존디라, 근디 군당이 너무 위태롭덜 않겄는게라? 왼쪽 깔끄막얼 타고 올른다먼 적허고 정면으로 맞닥띠리는 것인 디, 적이 기관총 쏴질르고, 수류탄 퍼붓고 허먼 고것이 을매나 위 태롭겄소."

천점바구는 그쪽의 지형을 환하게 떠올리며 말했다.

"긍께로 나가 철갑소대럴 불른 것 아니겄소? 우리 군당은 깔끄막 얼 올라채서 바로 신작로로 나스는 것이 아니라 깔끄막 끝머리서 일단 정지혀 갖고 몸 숨킴서 총질얼 해댄다 그것이요. 글먼 적들이야 우리 쪽에 대고 넋얼 뺄 것이고, 그 틈에 천 동무가 뒤에서 들이치는 것이오. 그리 되면 즈그덜이 몰살얼 허든지, 뽕빠지게 째든지, 양단간에 하나 아니겠소?"

"고런 이중작전이면 되았구만요. 근디, 적은 거그 말고 워디다 또 진얼 쳤제라?"

"이, 횡계다릿목이시."

"거그면 멀도 않고, 가찹지도 않고, 한바탕 벌일 만허겄구만이라."

"되았소. 우리 군당이야 배치 다 끝냈응께, 천 동무 소대만 자리 잡으면 시작이오. 갑시다!"

천점바구는 소대를 이끌고 오판돌을 뒤따르기 시작했다.

거점이 노출되어 소화와 들목댁 등 네 사람이 잡혀간 것을 뒤늦게 알게 된 오판돌은 그만 눈이 뒤집힐 지경이 되고 말았다. 거점의 노출로 입은 피해도 피해였지만 소화와 들목댁이 잡혀간 것이 그를 못 견디게 만들었다. 두 여자를 적의 손에 넘겨준 것은 군당위원장으로서 변명의 여지가 없는 사업태만의 과오였던 것이다. 당적 입장을 떠나서 사적으로 보더라도, 한 여자는 동지의 아이를 임신하고 있었고, 다른 한 여자는 동지의 아내여서, 그는 괴로워 견딜 수가 없었다. 임신한 몸이 어찌 될 것이며, 하 동무를 무슨 면목으로 대할 것인가. 그는 그 생각만 하면 당장 죽고 싶은 심정일 뿐이었다. 그가 더 미칠 것 같은 것은 어디가 잘못되어 거점이 노출되었는지가 밝혀지지 않는 점이었다. 군당의 선에도, 다른 거점들도 아무런 이상이 없었다. 그렇다면 단 하나, 그 세포의 변질이었다. 그러나 그들 내외는 그 자신이 가장 믿는 사람들이었다. 오판돌은 아무런 원인을 찾아내지 못한 채 그 불상사를 조계산지구에 보고할 수밖에 없었다. 소화와 들목댁이 조계산지구 소속이기 때문이었다. 사고의 사실기록과 함께 자신의 과오를 시인하는 내용이었다. 당의 소환을 각오한 그는 네 사람의 행방을 추적하고 있었다. 그들은 지서를 거쳐 보성경찰서로 넘어가 있었다. 그리고 거점 노출의 원인도 알아내게 되었다. 그는 뒤늦게 땅을 쳤다. 벌교·보성의 방위대가 각 면단위에 침투되고 있는 줄을 몰랐던 것이다. 적들의 작전도 예사가 아니었다. 그런데 지구에서는 의외의 지시가 내려왔다. '어쩔 수 없는 일이니 투쟁사업에 전념하라'는 것이었다. 그렇게 되자 그의 죄책감은 더 커졌고, 적에 대한 증오는 더 끓어올랐다. 자기 손으로 네 사람을 구출해 내지 않고는 견딜 수 없는 심정이었다. 그는 뒤늦게 밝혀낸 거점노출의 원인보고와 함께, 구출작전으로 보성경찰서를 깔 계획이니 지구의 기동대 지원을 바란다고 했다. 지구의 회답은 또 의외였다. '성공률 희박하고, 빨치산 투쟁방법으로 적합지 못함'이었다. 오판돌은 한숨을 토하며 계획을 단념할 수밖에 없었다. 하대치 동지가 이 사건을 아는지 모르는지, 만약 알고 있다면 그 심정이 어떨지, 그는 생각할수록 기가 막힐 뿐이었다. 그러는 동안에 토벌군이 군에 주둔했다는 정보가 들어왔다. 그리고 며칠 만에 석거리재에 토벌군의 진지가 구축되었다. 전에 볼 수 없었던 적극작전이었다. 용감하다고 할 수도 있었고, 무모하다고 할 수도 있는 전진배치였다. 어쨌거나 적이 거기에 고정 배치된다는 것은 조계산지구와 유치지구가 연결되는 가장 중요한 길목을 차단당하는 것이었다. 그 진지를 제거하지 않으면 군당은 군당대로 반 고립상태에 빠지고, 두 지구는 지구대로 해방구 일부를 위협당하게 되었다. 무슨 수를 써서라도 그 진지는 파괴시켜야 했다. 그 진지의 파괴는 투쟁의 장애물 제거인 한편 주둔군의 기를 꺾는 이중효과를 볼 수 있었다. 그는 지체 없이 지구에 보고했다. 그제야 지구의 지시는 예상대로였다. '조속히 시행할 것.'

"우리가 총얼 한바탕 쏴질러 저놈덜이 앞에만 정신 폴 적에 쌈빡 허게 내레쳤뿌씨요. 매복조가 따로 있응께 너무 위태허게 공격허 지는 말고."

오판돌의 최종적인 작전지시였다.

"야아, 명넘허겄구만이라. 수류탄 조심시키씨요이."

천점바구도 끝다짐을 했다.

"알겄소. 이따가 만냅시다."

오판돌은 금방 어둠 속으로 사라졌다.

천점바구는 소대를 4개조로 나누었다. 그리고 적의 진지를 향해 반원형으로 배치시켰다. 사격의 집중효과를 내기 위해서였다. 진지를 얼마나 튼튼하게 구축했는지 모르지만, 분대병력이 포위상태의 협공을 받고 끝까지 진지에서 버티기란 어려운 일이었다. 협공당하는 것을 아는 순간 누구나 도망칠 생각을 먼저 한다는 것을 천점 바구는 경험을 통해 알고 있었다. 별로 어려울 것 없는 작전이었다.

그러나 긴장을 풀지 않았다. 전투란 적의 움직임에 따라 순간순간 상황이 변하게 되어 있었다.

새벽별들이 반짝이고 있었다. 외서댁은 땅에 엎드린 채로 하늘 끝자락에 박힌 별들을 보고 있었다. 입산하기 전에는 몇 번이나 새벽별을 보았을까. 입산하고 나서 몇 개월 동안에 수없이 새벽별을 보아오면서 그런 생각을 하게 되었다. 새벽별을 유심히 보아버릇하면서 언제부턴가 그 별들이 가슴에 담겨오기 시작했다. 남편의 음성으로, 남편의 체온으로, 남편의 마음으로, 남편의 생각으로……. 그리고 남편에 대한 죄의식이 차츰차츰 남편이 걸어간 길로 바뀌어갔다. 그래서 막연한 슬픔이던 새벽별들은 남편을 만나는 먼 그리움으로 변했다. 남편은 혁명의 별이 되어 저리 반짝이는 거라고 그녀는 믿게 되었다. 그녀는 그동안 눈과 마음이 열려 위대한 인민혁명의 세상을 보고, 믿을 만큼 달라져 있었던 것이다. 외서댁은 눈길을 돌려 켜켜이 쌓인 어둠 저편을 바라보았다. 읍내는 보이지 않았다. 새벽별들이 떨어져 박힌 것처럼 어둠 속에 몇 개의 불빛이 또렷하게 빛나고 있었다. 거기가 읍내 복판인 것이 분명했다. 그녀는 눈길을 끌어당겼다. 굽이굽이 도는 잿길을 허리에 감은 산이 흘러내리다가 들녘이 펼쳐지는 저 아래 쯤이 친정마을이었다. 그러나 친정마을도 어둠에 묻혀 보이지 않았다. 그녀는 젖비린내를 물큰 맡았다. "엄니이— 가지 말어." 울음에 섞인 긴 외침도 들려왔다. 딸아이의 냄새고 울부짖음이었다. 그녀는 입술을 깨물며 얼굴을 묻었다. 이마에 총의 딱딱한 감촉이 부딪쳐왔다. "니가 미쳤냐,

설쳤냐. 새끼덜얼 둘이나 두고 워디로 간다는 것이다냐!" 어머니가 치마를 거머잡으며 소리치고 있었다.

따당·땅·땅·땅·땅······.

외서댁은 고개를 번쩍 치켜들며 총을 움켜잡았다.

"공격 준빗!"

천점바구의 탄력으로 튕기는 소리였다.

따당탕탕탕탕탕탕······.

기관총소리가 숨 가쁘게 터지고 있었다. 소총소리가 거기에 휘말리고 있었다.

꽈광!

폭음과 함께 부챗살처럼 퍼지는 불살들이 어둠을 찢었다. 수류탄이었다.

"공격, 공격!"

방아쇠를 당기며 천점바구가 외쳤다. 외서댁도 방아쇠를 당기며 땅을 박찼다.

기관총소리와 소총소리와 수류탄 터지는 소리가 뒤엉클어져 어둠을 흔들어댔다. 산들이 메아리의 물결을 일으키고 있었다.

"엎드렷!"

천점바구가 외쳤다. 비탈을 타내리던 소대원들이 엎어지고 뒤집어지고 했다.

꽈광!

저 앞에서 수류탄이 터져올랐다. 수류탄은 두 개, 세 개, 연거푸 터졌다. 그러나 피해를 입을 만한 거리는 아니었다.

수류탄이 터지는 사이에 기관총소리가 멎어 있었다. 천점바구는 적들이 진지를 탈출하고 있다는 것을 퍼뜩 깨달았다. 연거푸 터진 수류탄은 위협투척이었던 것이다.

"저기다! 저기 도망간다, 돌진사격! 돌진사겨억!"

천점바구는 다시 방아쇠를 당기며 비탈을 내닫고 있었다. 진지를 벗어난 그림자들이 비탈을 굴러내리고 있었다. 그들을 향해 소대의 집중사격이 가해지고 있었다. 그쪽에서 비명소리가 두어 번 울렸다.

천점바구는 적의 진지에 이르러 있었고, 신작로를 내뛰던 적의 모습은 보이지 않았다.

"천 동무, 천 동무! 우리 생각대로 아조 딱 들어맞어뿌렀소. 뽕빠지게 삼십육계헌 놈덜이야 쪼깐 있으면 우리 매복조가 싹 치워뿔 것잉께."

신작로를 가로지른 오판돌이 비탈을 타고 오르며 숨차게 말하고 있었다. 그 뒤를 부하들이 우르르 따르고 있었다.

"야아, 부대에 무신 탈 없으신게라?"

천점바구는 이마에 내밴 땀을 손등으로 문지르며 물었다. 한겨울에도 작전을 한바탕 치르고 나면 이마에는 땀이 끈적하게 내배고는 했다.

"잉, 아무 탈 없소."

미처 확인해 볼 겨를도 없었으면서 오판돌은 자신 있게 대답했다.

땅·땅·땅·땅······.

총소리가 울려왔다.

"매복조요!"

오판돌의 기쁨에 찬 소리였다.

진지와 주변의 수색이 시작되었다.

"위원장님, 쩌그 저것 잠 못씨요!" 누군가가 소리쳤고, "이, 불빛이 욜로 싹 다 비치는디." "본대가 치고 올랑갑제?" 하는 말도 뒤따랐다.

오판돌은 읍내 쪽을 쳐다보았다. 네댓 개의 불빛이 엇갈리며 움직이고 있었다. 그는 횡계다리께라고 짐작했다.

"암시랑 않은께 싸게싸게 뜰 채비덜 허씨요."

오판돌이 일렀다. 매복조 쪽에서 울리던 총소리가 그쳐 있었다.

진지에서 노획한 무기는 기관총과 총알 세 상자, M1 한 자루와 총알 두 상자, 수류탄 두 개였다. 신작로에는 도주하던 두 명이 죽어 있었다. 거기서 M1 두 자루를 노획했다.

"시 놈밖에 못 잡었구만이라."

매복조가 그 증거처럼 카빈 한 자루와 M1 두 자루를 내놓았다.

"어허 참, 분대면 아홉일 것인디, 이리 되면 반타작 아니라고?"

오판돌은 짭짭 입맛을 다시다가 혀를 차다가 했다.

"요만허먼 섭헐 것 없응께 싸게 막음허고 뜹시다."

천점바구는 오판돌을 일깨웠다.

운반의 어려움도 있고 해서 기관총과 그 탄알은 일단 군당이 맡기로 했다. 소총은 상례에 따라 지구에 네 자루, 군당에 두 자루로 나누었다. 천점바구는 외서댁만을 생각하며 눈 질끈 감고 카빈부터 집어들었던 것이다. 군인을 상대하고 보니 구하게 된 카빈이었다. 수류탄 두 개로는 적의 진지를 폭파하기로 했다.

그런데 인원점검을 하고 나서 문제가 생긴 것을 알았다. 군당에서도, 천점바구의 소대에서도 한 명씩이 보이지 않았던 것이다. 전원이 흩어져 수색을 시작했다. 군당의 한 대원은 비탈에 쓰러져 죽어 있었다. 그런데 소대원은 아무 데도 없었다. 천점바구는 분명 사상자가 없었던 것으로 알고 있었다. 보이지 않는 대원은 유동수였다.

"어여 뜹시다, 알 만헌께."

천점바구의 침통한 말이었다. 그는 유동수가 고의로 부대를 이탈한 것으로 결론짓고 있었다. 전선이 다시 멀어지면서 생겨난 현상이었다. 사령부에서 벌써 주시해 온 문젯거리가 자기 소대에서 발생했다는 사실에 천점바구의 심정은 참담하기만 했다.

적의 진지에서 수류탄이 터져올랐고, 천점바구네 모습은 삽시간에 어둠 그 어딘가로 사라져버렸다.

9

다시 삼팔선 전선

심재모는 최전선 대대장으로서 전쟁의 양상을 정확하게 파악해 내려고 노력하고 있었다. 한 달 가까이 사단에서 하달되는 작전을 분석해 보고, 대대전투를 지휘하고 하면서 명확하게 얻어진 결론은 없었다. 삼팔선을 중심으로 한 모든 전선에서 전투는 치열하게 벌어지고 있었고, 전투의 치열함에 따라 사상자는 속출하고 있었고, 힘의 수평상태에서 비롯되는 치열한 전투의 연속은 쌍방이 인명피해를 내는 것에 비해 전선의 변화는 별달리 이루어지지 않고 있었다. 그런 상황들을 종합해 보면, 전쟁은 전쟁이 일어나기 전의 위치에 전선을 구축한 상태에서, 소모·공방전의 양상으로 빠져들고 있었다. 남쪽에서 밀어올리려고 하면 북쪽에서는 밀리지 않으려고 하고, 북쪽에서 밀어내리려고 하면 남쪽에서는 밀리지 않으려고 하고, 그 아이들의 밀치기 같은 공방전 속에서 군인이라는 양쪽의 젊은이들만 숱하게 죽어가고, 보충되고 있었다. 양쪽이 서로 양보가 있을 수 없는 그 치열함은 전쟁의 초기에 내건 명분은 다 없어지고, 전쟁의 막바지에서 나타나게 마련인 '땅뺏기' 양상을 보이고 있었다. 그러나 심재모는 그런 말을 함부로 입 밖에 낼 수는 없었다. 그는 최전선에 와서야 자신이 볼 수 없는 자신의 기록카드가 꽤나 좋지 않은 쪽으로 기록되었을 거라는 점을 상기했다.

그러나 연대의 작전참모나 정보참모 같은 사람들의 생각도 자신의 생각과 별로 다르지 않다는 것을 그들이 무심코 내놓는 말에서 심재모는 확인할 수 있었다.

"이거 이러다가 북진통일 말로만 하는 것 아닌가요? 미군은 도대체 어쩔 심판인 것 같은가요? 싸우기 지쳤으면 무기라도 우리한테 속 시원하게 넘겨줘야 어찌 좀 해볼 것 아니냔 말요."

"워커가 죽고 리지웨이 장군이 와서 중공군을 이만큼 밀어제친 것도 천만다행이지요. 그런데 눈치가 맥아더 장군도 자기 뜻대로 못하는 것 같습니다. 그러니 그 아래인 리지웨이야 더 말할 것이 없지요. 형편이 그 모양이니 전쟁이 시원하게 풀릴 도리가 없는 일이고요."

"트루만 대통령이란 사람은 좀 곤란해요. 맥아더 장군 같은 영웅이 하는 대로 내버려둬야지 왜 자꾸 간섭을 하느냐 그 말이오. 밀릴 때 막 밀어붙였어야 되는데 이게 도대체 무슨 꼴이오."

"글쎄 말입니다. 미군 CIC 쪽에서 흘러나오는 말을 들어보면, 중공과 쏘련이 힘을 합쳐 미국을 상대로 전쟁을 일으킬까 봐 염려하는 모양이더군요. 대통령 입장에선 그럴 수도 있는 일이겠지요. 정치인과 군인의 입장이 서로 다르니까요."

"형편없는 졸장부로군. 원자폭탄은 뒀다 어디다 쓴단 말이오? 그나저나 당장 우리가 죽을 판 아니오, 이거?"

심재모는 듣기만 했지 그런 말에 되도록 끼어들지 않았다.

미국대통령 트루먼과 UN군사령관 맥아더가 서로 의견이 엇갈려 태평양을 사이에 두고 암투를 벌이고 있다는 사실은 고급장교들이 거의가 알고 있었다. 그건 전쟁에 직결되는 문제였으므로 계급이 높을수록 관심을 쓰지 않을 수가 없었다. 장교들은 당연히 맥아더의 편이었다. 겨울이 지났으니 다시 한 번 대대적인 공격을 감행해 압록강·두만강까지 밀어붙여버리자는 생각이었다. 그런데 트루먼의 반대로 전선은 소강상태로 빠지며 소모적인 공방전만 계속되고 있었던 것이다. 심재모도 군인인 이상 정치인 트루먼의 편일 수가 없었다. 그의 의식 속에는 맥아더가 '위대한 장군'으로 판박혀 있었고, 맥아더의 적극적인 북진작전을 '역시 영웅다운 생각'으로 지지하고 있었다. 그도 군인의 논리인 싸움의 승리에 집착해 있었다.

심재모는 대대장으로서 예하부대에 강력하게 내리고 있는 명령이 있었다. 참호파기였다. 그 하나도 새로울 것 없는 명령을 강조하는 것은 그 나름의 이유가 있었다. 소모적인 공방전에서 생명을 지키는 데 그것만큼 효과적인 방법은 없었던 것이다. 그런데도 전선에서는 그 일이 의외로 소홀하게 어물어물 넘겨지고 있었다. 전쟁에 지친 병사들이 정훈교육만큼 귀찮아하고 싫어하는 것이 그것이었다. 목숨을 내건 싸움이 정신적으로 육체적으로 얼마나 고달픈 노동인가는 새삼스럽게 따질 필요도 없었다. 심신이 지친 상태에서 땅파기를 한다는 것은 분명 고역이었다. 그 심정은 이해하지만 그러나 직사화기의 공격을 막아내는 데 그것보다 효과적인 방법이 없는 한 참호파기를 게을리할 수는 없었다. 그는 부하들의 생명을 지키기 위해 수시로 대대전선을 돌며 직접 확인하고 독려했다. 그리고 그 중요성을 잠깐씩 교육하기도 했다. 결국 참호파기는 병사들의 생명을 보호하는 것이면서, 부대의 전력약화를 막는 일이었다. 실전경험을 가진 병사들이 죽어가는 만큼 신병들이 보충되면 부대의 전력은 따라서 약화될 수밖에 없었다. 전쟁터에서 경험이라는 것은, 아이들 나이 먹는 데 오뉴월 하루볕이 다르다는 말을 실감시켰고, 고참 하사관 한 명과 신병 한 트럭과 안 바꾼다는 말이 당연한 사실처럼 받아들여지는 것도 결코 과장이 아니었다. 심재모는, 참호는 장병 여러분의 생명을 지켜주는 어머니의 품이라는 요지의 말을 하고 다녔는데 어느새 그 말은 '참호는 어머니의 품, 참호를 파자' 하는 말로 압축되어 대대 하사관들의 입에 붙어다니게 되었다.

심재모의 대대는 오백고지를 확보한 상태에서 적과 대치하고 있었다. 적도 비슷한 높이의 산에 진을 치고 있었다. 그런 대치상태에서 신경전의 일종인 포사격과 소조의 야간기습이 사나흘째 계속되고 있었다. 그런데 마침내 고지점령의 명령이 떨어졌다. 2개 대대를 투입하여 최단시간 내에 점령하라는 명령이었다. 연대의 다른 대대도 같은 작전에 나서고 있었다. 전선에 변화가 일어나고 있음을 금방 감지할 수 있었다.

"적들이 진을 치고 있는 오백고지를 최단시간 내에 점령하라니까 작전이고 뭐고 있겠습니까. 그냥 막 돌격전이지요."

3대대장의 말이었다.

"그렇지요. 포 지원을 충분히 한다니까 고지를 좌우로 양분해서 돌격을 칠 수밖에 없지요."

심재모는 고개를 끄덕이는 수밖에 없었다.

9시 정각에 포성이 울리기 시작했다. 적의 고지 3부능선 부근에서부터 포탄들이 불꽃 낭자한 쥘부채들을 쫙쫙 펼쳐대고 있었다. 심재모는 대대에 진격명령을 내렸다. 포사격이 중턱에 이르기 전에 고지의 아랫자락에 병력이 도착해야 했다. 2개 대대 병력은 고지를 향하여 직진하기 시작했다. 산줄기와 산줄기 사이의 별로 넓지 않은 평지는 금방 군인들로 뒤덮였다. 즐비하게 늘어놓인 시체가 실제 수보다 훨씬 많은 것 같은 착각을 일으키게 하듯 무장한 군인들의 빠른 움직임도 같은 착각을 일으키게 했다.

산개한 병력의 끝이 평지의 중간쯤을 넘어섰을 때 적진에서 포탄이 날아오기 시작했다. 박격포탄은 돌진하고 있는 군인들의 여기저기에 마구 떨어져 폭발하고 있었다. 폭음에 비명이 뒤엉키고, 폭풍에 휩싸인 몸뚱이가 붕 떠올랐다가 곤두박질쳐졌다. 포탄이 터질 때마다 팔이 떨어져나가고, 배가 터져 창자가 쏟아지고, 허벅지가 너덜너덜 찢겨져 쓰러지는 병사들이 속출하고 있었지만 누구 하나 그들을 거들떠보지 않았다. 오히려 군인들의 돌진은 더욱 빨라지고 있을 뿐이었다. 그들 모두에게 내려진 명령은 고지점령이었고, 그들의 임무는 적진에서 날아오는 포탄을 뚫고 오로지 앞으로 나아가는 것뿐이었다. 부상자에게 매달려 돌진을 중단하는 것은 명령불복종이었다. 전쟁에서 명령불복종은 즉결처분이었다. 부상자를 돌볼 책임은 위생병의 것이었다.

심재모는 망원경을 옮겨가며 부하들의 전진상태를 점검하고 있었다.

"그쪽은 어때요?"

3대대장이 망원경을 눈에 댄 채 물었다.

"선발대가 지금 막 목표지점에 접근하고 있군요."

심재모가 망원경을 눈에서 떼지 않고 대답했다.

"우리 대대도 비슷해요. 중대장들을 호출해야겠소."

"그러지요."

두 사람은 망원경을 내리고, 각기 무전병에게 중대호출을 명령했다. 적진의 박격포공격은 멎어 있었다. 이쪽의 포탄은 고지의 중턱에서 작렬해 대고 있었다.

"1중대, 수고했다. 전열을 정비하라. 작전개시 전과 동. 수고하라."

심재모는 중대마다 같은 명령을 내렸다. 조금 있다가 아군의 포격이 멎었다. 그는 망원경을 얼른 눈으로 가져갔다. 망원경 속에서 군인들이 일제히 산비탈을 기어오르고 있었다. 그는 천천히 렌즈의 거리가 멀어지게 조절하고 있었다. 자신의 대대가 맡은 고지의 왼쪽 반을 부하들이 채우고 있었다. 그는 망원경의 렌즈를 조절하면서 슬픔 같은 그리고 뜨거움 같은 전율을 느끼고 있었다. 부하들이 적진으로 뛰어들고 있는 그 모습이 비장감과 동지애를 한꺼번에 자극하고 있었던 것이다.

"어!"

렌즈를 조절하고 있던 그는 깜짝 놀라며 막힌 소리를 토했다. 클로즈업된 렌즈 속에서 병사 하나가 벌떡 몸을 일으키더니 핑글 돌아 쓰러지는데, 입이 찢어지도록 벌어진 그 얼굴은 눈이 질끈 감긴 채 찡그려질 대로 찡그려져 있었다. 그리고 병사는 이내 렌즈 밖으로 사라져버렸다. 순간적으로 잡힌 그 병사의 모습은 무성영화의 한 장면이나 다름이 없었다. 그런데도 심재모는 그 병사의 비명이 가슴을 찌르며 들려오는 것을 느꼈던 것이다.

"뭐죠?"

옆의 3대대장이 놀란 기색으로 물었다.

"아니, 아무것도 아니오."

심재모는 망원경을 눈에 댄 채 대꾸했다. 그는 충격 때문에 망원경을 뗄 수가 없었다. 그렇다고 그 병사를 찾아 망원경을 옮길 수도 없었다. 그는 눈을 감았다가 떴다. 렌즈에 잡히는 건 마른풀들과 나뭇가지뿐이었다. 그는 망원경에서 눈을 떼려다가 주춤했다. 아니, 저게 뭐지? 렌즈의 왼쪽 가장자리로 색다른 것이 보였다. 그는 다시 눈길을 모았다. 그것은 반쯤 열린 꽃송이, 진달래였다.

"뭐라구? 포 지원은 안 돼. 포대는 딴 고지를 지원하고 있어. 알았어, 알았어. 노무자들 인솔하고 내가 직접 가겠어."

3대대장이 무전기에 대고 다급하게 소리치고 있었다.

"이거, 괴뢰군놈들 저항이 완강한 모양이오. 빨리 탄약 운반을 해야겠소. 포 지원을 못할 형편이니 수류탄이라도 뒷대야 할 것 아니오?"

3대대장의 말에 심재모는 고개를 끄덕였다.

심재모는 무전병에게 중대장들을 불러내게 했다. 전황은 역시 용이하지가 않았다. 현장으로 가겠다는 것을 알리고 무전을 끊었다.

"사단 병참부에서 노무자들을 출발시켰으니까 곧 도착할 거요. 출발준비합시다. 괴뢰군들이 저 고지를 뺏기면 30리를 뒤로 밀리게 되니까 악을 부릴 수밖에 없소."

3대대장이 담배를 빼들며 말하고 있었다. 벌써 담배를 피우고 있던 심재모는 또 고개만 끄덕였다. 망막에 박혀버린 그 병사의 마지막 모습이 그때까지도 지워지지 않고 있었다. 30리 전진을 위한 고지점령과 30리 후퇴를 하지 않으려는 고지사수, 그것이 많은 젊은 이들의 목숨과 맞바꿔야 할 무슨 의미가 있는 일이냐는 말을 그는 입 밖에 내지 않았다. 그 말은 전쟁의 현장에서, 더구나 지휘관으로서 도대체 어울리지 않는 소리였고, 상대방 또한 어떤 생각을 가지고 있는지 모를 대대 지휘관이었다. 모든 전선이 삼팔선을 중심으로 공방전 상태에 빠진 것을 보며 북쪽의 '해방전쟁'이란 명분도, 남쪽의 '멸공통일'이란 명분도 다 사라져버리고 다시 원점으로 돌아온 것이 아닐까 했던 막연한 의구심이 비로소 보다 분명하게 '땅뺏기놀이'로 변한 것을 확인하면서 이 전쟁에 대한 회의가 갑자기 커지는 것을 심재모는 느끼고 있었다.

"갑시다, 노무자들이 도착했소."

3대대장이 몸을 일으켰다. 심재모도 철모를 들고 일어났다. 그의 오른손에는 여전히 M1 소총이 들려 있었다.

노무자들은 트럭에서 부산스럽게 탄약상자들을 내리고 있었다. 1개 소대병력의 군인들이 그 작업을 돕고 있었다.

"아니, 쩌어 머시냐, 사령관님 아니신게라?"

노무자 한 사람이 계급장 없는 모자를 벗어들며 다가서고 있었다. 그 독특한 어감의 전라도말을 듣는 순간 심재모의 뇌리에서는 갈대밭 무성한 긴 포구가 여린 갯내음과 함께 스치고 지나갔다.

"아니, 벌교 분이십니까?"

망설임 없이 심재모의 입에서 나온 말이었다.

"워메, 사령관님이 맞으시제라? 나 벌교사람 노덕보라고 허는구만요."

노덕보가 꾸벅 허리를 굽혔다.

"아, 그러시군요. 이 멀리까지 오셔서 고생이 많으시군요."

심재모는 그가 누구인지도 모르면서 벌교사람이라는 반가움에 노덕보의 손을 잡았다.

"고상이야 다 항꾼에 허는 것잉께라. 사령관님언 그간에 훨씬 높아지셨구만이라이."

노덕보가 이빨을 드러내고 웃으며 알은체를 했다.

"예, 그리 됐습니다. 그런데, 댁이 벌교 어디신가요?"

심재모는 마주 웃으며 물었다.

"야아, 회정리 3군디요."

"예에, 그러시군요."

고개를 느리게 끄덕이는 심재모의 얼굴에 실망의 빛이 스치고 지나갔다.

"워째 그러신당가요?"

"아닙니다, 그냥 여쭤본 겁니다."

그때 "출발 준비이" 하는 외침이 들려왔다.

"사령관님, 영판 반갑구만이라이."

노덕보는 계속해서 '사령관님'이었다.

"예, 참 반갑습니다. 건강하세요."

심재모는 뛰어가는 노덕보의 뒷모습을 바라본 채 순덕이를 생각하고 있었다. 그가 읍내 안통 사람이기를 막연하게 바랐고, 그를 통해서 순덕이의 소식을 들을 수 있을지도 모른다는 기대를 했던 것이다. 전출 올 때 이삼일의 여유만 있었더라도 순덕이가 그곳에 그대로 있는지 찾아보았을 것이다. 심재모는 순덕이의 그 순하고 꾸밈없는 모습을 지우며 철모를 고쳐 썼다.

고지는 다섯 시간에 걸친 격전 끝에 점령되었다. 그러나 희생자는 엄청났다. 대대의 4분의 1의 병력인 120여 명이 죽거나 부상을 당했다. 3대대가 입은 피해도 비슷했다.

그 많은 희생자를 냈지만 그러나 고지전투는 그것으로 끝난 것이 아니었다. 적들은 밤을 이용해서 탈환전투를 감행해 왔다. 조명탄이 끊임없이 터져오르는 속에서 전투는 치열하게 벌어지고 있었다. 지형에 따라서 육박전이 벌어지는 곳도 있었다. 먼동이 터올 무렵까지 또 다섯 시간 정도를 싸워 고지를 가까스로 지켜냈다. 산은 포격으로 찢어지고, 시체들로 뒤덮이고, 피로 범벅이 되고, 피비린내로 에워싸였다.

수류탄 파편이 박힌 팔을 동여맨 심재모는 안개 자욱하게 담긴 산골짜기들을 망연히 바라보고 있었다. 그의 눈에는 그 안개마저 핏빛으로 보이고 있었다. 그는 자신이 치른 전투가 이틀 전인 3월 24일 맥아더가 내린 삼팔선이북의 진격명령에 따른 것이라는 사실을 아직 모르고 있었다.

"긍께로 나가 억지소리럴 허는 것인지 아닌지넌 조단조단허니 사무적으로, 권리적으로 또 사람적으로 따지고 보자 그것이요."

염상구는 문자를 써서 '권리적'이라고까지 하고는 '인간적'이라고 해야 할 것을 '사람적'이라고 제멋대로 '적'자를 남발하고 있었다.

"아 글쎄 시끄럽다니까. 안 된다면 안 되는 줄 알지 무슨 말이 그렇게 많아!"

남인태가 눈을 부라리며 내질렀다.

"아니, 참말로 사람얼 요리 막보기로 헐라요? 경찰서장이면 단 줄 아는 모냥인디, 나도 남 서장맨치는 애국헌 애국자고, 나라가 인정헌 방위대장이다 그것이요. 방위대장이 청년단장허고 워치게 달븐지야 남 서장이 더 잘 아실 것인디, 이 난리통에서 서장허고 방위대장허고 워떤 것이 더 씬지 한분 박치기혀 보고 잡소오?"

염상구는 태도를 바꿔 노골적인 야유로 맞대거리를 하고 나섰다. 남 서장은 그만 당황하고 있었다. 저 지경으로 나오면 망신당하고 손해볼 것은 자기밖에 없었다. 그렇다고 갑자기 물러서며 저놈의 요구를 들어줄 수도 없는 일이었다. 지난날 다루던 대로 큰소리 한마디면 꼼짝을 못할 줄 알았는데 상상도 못하게 정면으로 박치고 들었던 것이다. 그가 태도를 바꾼 것은 국민방위군이 생겨나면서 청년단은 청년방위대로 이름을 바꿔 준군사조직이 되었으니 이미 경찰의 통제에서 벗어났다는 뜻이었다. 토벌군이 없다면 또 모르겠는데 토벌군이 주둔하고 있는 이상 염상구의 기를 꺾기는 틀린 일이었다. 그는 물러서더라도 체면 손상하지 않고 물러설 수 있는 방법을 생각해 냈다.

"좋아, 방위군이 준군사체제니까 토벌군의 통제는 받아도 경찰의 통제는 받지 않는다 그런 말인가?"

"귀 붉아 좋소."

"됐어 그럼. 토벌대장이 정식으로 요구해 오면 두 여자를 내주겠어. 아까 자네 말한 대로 사무적인 일이니까 엄격하게 사무적으로 처리하는 거야. 내 말 알아듣겠나!"

남인태는 입가에 비웃음을 물었다.

"아니, 고것이 무신 소리요, 시방."

염상구는 당황하지 않을 수가 없었다. 다 이긴 싸움인 줄 알았는데 되감기고 말았던 것이다.

"내 말 다 끝났어. 더 이상 떠들면 공무집행 방해야!"

남인태는 돌아앉아버렸다.

염상구의 옆으로 째진 눈이 더 가늘어지며 남인태의 뒤꼭지를 노려보고 있었다. 울화만 치솟을 뿐 그는 더 할 말을 찾지 못하고 있었다.

"요씨, 워디 두고 봅시다. 나가 한분 뽑은 칼에 피 묻히나, 안 묻히나."

염상구는 얼굴만큼 살벌하게 내뱉으며 서장실을 나갔다.

염상구가 벌교에서 보성까지 일부러 경찰서장 남인태를 찾아와 요구한 것은 소화와 들몰댁을 자기에게 넘겨달라는 것이었다. 그의 그런 요구는 나름대로 명백한 이유를 가지고 있었다. 그는 작년 11월부터 금년 1월 사이에 입산공비들이 학생들이나 여자들을 하산시키고 있다는 사실을 주목하게 되었다. 산을 내려온 사람들에게 경찰이나 청년단의 손이 뻗친 것은 물론이었다. 그들이 밝히는 입산과 하산 이유는 대개, 민학(민주학생동맹)이나 여맹에 가입한 것이 겁이 나서 얼떨결에 피했는데 거기서는 더 살 수가 없어서, 남편을 따라 멋모르고 들어갔었는데 거기가 피난처가 아니라 싸움터가 된다기에 무서워서, 그런 식이었다. 그래도 학생들은 대부분 쉽게 풀려났다. 학생이라는 신분 때문이 아니라 부모네들의 영향력 덕이었다. 자식을 상급학교에 보낼 정도의 재력을 가진 부모들은 자식의 생사 앞에서 관권과 금력을 총동원하다시피 했던 것이다. 그래서 뉘 집 아들은 논 몇십 마지기 목숨이요, 뉘 집 딸은 쌀 몇십 가마니 목숨이라는 말들이 공공연하게 떠돌았다. 학생들에 비해 가진 것 없는 여자들이 당한 고초는 말할 수가 없었다. 고문 조사를 받으며 분류되었고, 분류에 따라 처형되거나 석방되었다. 석방된 여자들에게는 감시가 붙었다. 이웃사람 그 누구, 이장, 청년단, 경찰 네 겹의 감시였다. 그러나 염상구가 아무도 모르게 사나운 눈빛을 번뜩이기 시작한 것은 그렇게 표나게 하산한 자들이 아니었다. 그들이 지하조직을 새로 구축하기 위한 위장자수로 그렇게 내놓고 하산한 것이라는 의심을 풀지 않은 채, 그는 비밀리에 선을 따라 하산시키고 있는 자들이 있으리라는 것을 놓치지 않았다. 비밀리에 하산하는 자들이 그전 동네를 피할 것은 너무 당연한 사실이었다. 그는 경찰과 의논할 것도 없이 눈치 빠른 부하들을 뽑아 각 면에다 파견했던 것이다. 그 계획이 성공을 거둔 것이 소화와 들몰댁의 체포였다.

부하한테 그 사실을 보고받은 염상구는 펄쩍 뛸 듯이 기뻐, "봐라, 나가 머라디야! 경찰서장덜 싹 몰아내뿔고 그 자리 다 나가 딱아마시혀야 된당께로" 하며 큰소리쳤다. 그러나 그 팽팽하게 부풀어오른 기분은 부하의 뒤를 잇는 말을 따라 점점 바람이 새는 느낌이었다. 벌교여자 둘이 하필이면 무당과 하대치의 마누라라는 것이었고, 무당이라는 말에 가슴이 뜨끔했던 것인데, 그 무당이 배가 불룩하게 임신을 했더라는 말을 듣자 '이게 또 무슨 액운이 낄

징조인가!' 하는 불길한 생각이 머리를 쳤던 것이다. 그리고 강동식에게 총을 맞았던 일이 퍼뜩 떠올랐다. 그는 머리를 짤짤 흔들며 몸서리를 쳤다. 아무에게도 말할 수 없었던 그 무서움이 또 덮쳐오고 있었다.

그때 강동식에게 총을 맞고 정신을 잃어 수술실에서 깨어나기 직전에 꾸었던 꿈은 언제 생각해도 끔찍하고 소름 끼쳤다. 그날의 지하실이었다. 무당한테서 쏟아지는 피는 멈출 줄을 모르고 지하실 바닥에 번지고 있었다. 자신은 피를 피해 자꾸 발을 옮겨 디뎠다. 그러면 피는 자신을 쫓아오기라도 하듯 방금 피한 자리를 시뻘겋게 물들였다. 자신은 문 쪽으로 뒷걸음질을 쳤다. 피는 더 빨리 번져왔다. 더는 피할 수가 없게 되어 철문을 밀었다. 철문은 끄떡도 하지 않았다. 어깨로 떠다밀었다. 그래도 철문은 열리지 않았다. 아래를 내려다보았다. 피는 발끝을 적시고 있었다. 질겁을 하며 다시 어깨로 철문을 떠다밀었다. 철문은 열리지 않고 몸이 뒤로 벌렁 넘어갔다. 바닥에 나뒹굴어졌다. 비명을 지르며 몸을 일으켰다. 손이며 온몸에 피가 맥질되어 있었다. 그런데 이게 어떻게 된 일인가. 피가 휘돌면서 금방금방 불어나고 있었다. 발목이 잠기고, 장딴지가 잠기고…… 펄쩍펄쩍 뛰다가 까무러치게 놀라고 말았다. 그때까지 쓰러져 있던 무당이 온몸이 피에 젖어 일어나고 있었다. 그런데 피가 아까처럼 아랫도리에서 흐르는 것이 아니라 입에서 뿜어져나오고 있었다. 피는 더 거세게 휘돌면서 무릎을 차오르고, 허벅지를 차오르고……. 그때 지하실이 울렸다. "내 아이 살려내라! 내

아이 살려내라!" 그리고 무당이 계속 피를 내뿜으며 천천히 다가오고 있었다. 자신은 몸부림치며 소리 질렀다. "무당님, 무당님, 살레주시씨요, 잘못했구만이라, 살레주시씨요." 그러나 그 말은 소리가 되어 밖으로 나가지 않았다. 아무리 소리를 질러도 소용이 없었다. 피에 가슴이 잠기고, 목이 잠기고…… 발끝을 세우고 턱을 치켜들었다. 그러나 휘도는 피에 머리까지 꼴깍 잠기고 말았다.

그 꿈을 깨고 나서 머리를 친 생각이 '무당헌테 잘못헌 죄로 해꼬지럴 당혀 나가 총얼 맞었구나!' 하는 것이었다. 그러나 그는 그럴 리가 없다고 완강히 머리를 저어보기도 했다. 그렇지만 마음먹은 것과는 달리 퇴원을 할 때까지 똑같은 꿈에 대여섯 차례나 시달려야 했다. 자신이 저지른 잘못 때문에 그 괴로움을 누구한테 말할 수도 없었다. 피를 많이 쏟아 몸이 허해지는 바람에 헛생각이 드는 것이라고 자위도 해보았지만, 그때마다 무당 잘못 건드리면 급살을 맞거나 평생 병신을 면하지 못한다는 말이 덮씌워오고는 했다. 그런 말은 다 자신이 칼을 던지며 유주상을 골탕 먹인 것이나 마찬가지의 괜한 소리라고 부정도 해보았다. 그러나 신대를 잡은 멀쩡한 사람의 손을 와들와들 떨리게 하고, 넋전을 지전으로 달아올리는 그 묘한 신통술을 부리는 무당과 자기가 같을 수가 없다는 생각이 또 밀려들었다. 혼자서 몸병에 마음병까지 앓고 있는데 외서댁이 자기 아이를 낳았다는 소식을 듣게 되었다. 그는 아이를 어떻게 키울 것인가를 생각하기 전에 직감적으로 외서댁에게 죄닦음을 하자는 생각부터 하게 되었다. 그 꿈에 시달리면서부터 정하섭의 어머니를 등처 빼낸 쌀 20가마니도 못내 마음에 걸려왔던 것이다. 그래도 욕심은 죄의식보다 질겨 외서댁에게 주기로 한 쌀은 결국 열 가마니에 그치고 말았다. 또, 그런 죄의식 때문이 아니더라도 강동식을 생포하지 못한 바에야 그의 죽음이 꼭 속 시원할 것도 없었고, 자신이 외서댁에게 저지른 잘못이 이래저래 커진 것에 대해 한 가닥 양심의 아픔을 느끼기도 했다. 자신의 그런 말 못할 속마음을 모르는 어머니는 외서댁에게 쌀 열 가마니 준 것에 대해 그저 복 받게 마음 잘 썼다고 감격해 마지않았던 것이다.

염상구는 남인태에게 즉각 전화를 걸어 그들 네 사람을 잡은 것이 자기 부하임을 못박고, 부하가 그들을 잡게 되기까지의 경위를 장황하게 늘어놓은 다음, 그 공로는 바로 자기가 세운 것이니까 그들을 넘겨달라고 요구했던 것이다.

"이거 봐, 지금 어디다 대고 그런 정신 나간 소리야. 방위대에서 잡았든 농사꾼이 잡았든, 체포된 빨갱이는 모두 경찰서로 넘긴다는 것 몰라서 하는 소리야! 제대로 처리된 공무절차를 왜 뒤집으려는 거야. 니 공로, 내 공로 따지고 앉았는데, 빨갱이 잡는 일이 무슨 애들 운동횐 줄 아나!"

남인태의 여지없는 공박이었다. 염상구는 그러나 당황하지 않았다. 이미 남인태가 고분고분하게 넘겨주리라고는 생각하지 않았던 것이다.

"서장님이 그리 아구 맞게 말씸허실 줄 나 다 알었소. 긍께 나가 허는 말은, 넷 다 넴게도라는 것은 아니고, 여그 벌교사람인 무당허고 또 한 여자, 둘만 넘기라는 것이오. 글먼 공평허덜 않컸소?"

염상구는 미리 준비한 말로 남 서장의 앞을 막았다.

"쓸데없는 소리 하지 말고 정신 차려! 공무집행을 무슨 장바닥 흥정으로 아나. 전화 끊어!"

남인태는 같잖게도 '공무'만을 내세우고 있었다. 그러나 염상구는 마음이 다급했다.

"가만있으씨요, 가만! 무당이 애럴 뱄담서요?"

"뱄지."

"나가 금세 보성으로 넘어갈 것잉께 그 무당헌테 절대로 매타작 놓지 마씨요이."

"뭐라고? 허, 역시 재주 좋네. 진작에 그리 솔직하게 말할 것이지."

"시방 머시라고 허요, 재수대가리 없이. 시상에 쌔고 쌘 것이 여잔디, 문딩이럴 올라탔으면 탔제 재수 없이 무당얼 올라탈 것 겉으요!"

"그런데 왜 그리 신짝을 붙여?"

"전화로 질게 말헐 수는 없고, 좌우당간에 그 무당 매타작혀서 아그 떨쳤다 허면 남 서장님 집안 쫄딱 망해뿔고, 식구덜 줄줄이 해꼬지당헐 것잉께 똑똑하니 명념허씨요이."

"이봐, 그따위 재수 없는 소리 때려쳐! 나도 말이야 애 낳어서 키우는 사람인데, 그 여자가 아무리 입산빨갱이라 해도, 무당이든 아니든 따지기 전에 애 배서 배가 불룩한 여자한테 매타작시킬 정도로 인정사정없는 악독한 인간이 아니다 그 말이야."

"글먼 그 무당헌테 아직 손 안 댔다 그것이요?"

염상구는 아무래도 이상해 고개를 갸웃거리며 물었다.

"글쎄, 그리 알아둬."

남 서장의 어감이 달라진 것을 직감하며 염상구는 더욱 이상한 느낌이 들었다.

"워쨌그나 서장님 운수 대통혔소. 나가 금세 넘어가겠소."

전화를 끊으며 염상구는, "짜석, 드럽게 인정 있는 칙끼 허고 자빠졌네"하고 혼잣말을 내뱉으며 심히 아니꼬움을 느꼈다. 이삼일 안으로 남 서장을 만나러 가려 했었는데 양효석이가 부대를 끌고 읍내로 들어오고 어쩌고 하는 통에 며칠을 지체하고 말았던 것이다. 그리고 약간 미심쩍기는 해도 인정상 매타작은 하지 않았다는 남 서장의 말을 들은 터라 마음이 느슨해진 탓도 있었다.

양효석이까지 거드름을 피우고 있는 판에 두 여자를 넘겨받아 자신의 공적도 과시하고, 어떻게 적당히 죽음을 면하게 해줘 마음을 개운하게 하고 싶었는데 남인태는 맞대면을 하고서도 여전히 말을 들어먹지 않았다. 염상구는 기차를 타고 오며 양효석을 생각했다. 그는 요사이 열이 뻗쳐 있었다. 석거리재의 진지를 공격당한 탓이었다. 그 일은 그에게 이중삼중의 손해를 입힌 셈이었다. 진지를 폭파당하고, 부하들을 잃고, 망신까지 당하게 되었던 것이다. 그가 기세 좋게 석거리재에 진지를 구축하고 나섰을 때 노골적으로 반대하지는 않았지만, 권 서장도 자신도 고개를 저었던 것이다. 그는 모든 사람들 앞에 자기의 용감함을 보여주고 싶었겠지만 그건 철딱서니 없는 젊은 기분이었을 뿐, 호랑이 잡자고 쥐덫을 놓은 격이었다. 그가 얼마나 열이 뻗쳤는가 알 수 있는 것은, 분명 총까지 높이 치켜들고 자수해 온 들몰의 유동수를 소화다리로 끌어내 쏘아죽인 것이었다.

"요런 개빽다구 같은 새끼야, 내 부하를 다섯이나 죽이고 자수는 개나발 무슨 자수야! 빨갱이새끼들의 새빨간 거짓말이야. 당장 소화다리로 끌고 가서 총살시켜, 총살!"

그래서 유동수는 소화다리로 질질 끌려갔다. 유동수는 끌려가지 않으려고 땅바닥에 주저앉고, 군홧발로 채이고, 다시 일어나 몇 걸음 끌리다가 몸부림치며 주저앉고, 또 군홧발에 짓밟히고, 그러면서 살려달라고 발버둥쳤다. 그의 수척한 얼굴은 눈물범벅이었고, 때가 전 누비솜옷은 흙투성이가 되었다. 길가의 사람들이 얼굴을 돌렸다. 그런데 소화다리가 가까워지자 유동수는 느닷없이 소리치기 시작했다.

"대한민국 만세에! 대한민국 만세에!"

그는 목 터지게 외치며 주저앉았지만 군홧발들이 옆구리고 배고 마구 걷어차기는 마찬가지였다.

유동수는 세 명이 갈겨대는 총을 맞고 다리 아래 뻘밭으로 떨어져내렸다. 그 총살장면을 양효석은 다리목에 꼿꼿하게 서서 지켜보고 있었다. 염상구도 그 옆에 끝까지 서 있어야 했다. 좆대감지 헛단 자석, 입산헌 심뽀는 머시고 저 꼬라지로 뒤질람사 자수넌 또 무신 넋 빠진 짓거리여! 염상구는 속으로 혀를 차고 있었다.

그런데 다음날 유동수 마누라가 시체를 붙들고 통곡하며 했다는 말을 듣고 염상구는 깜짝 놀랐다.

"기왕지사 입산헌 거 죽을람사 산에서나 죽제 멋났다고 내레와 갖고 요리 험헌 꼴로 죽는다요, 금메."

자신이 했던 생각과 너무 똑같았던 것이고, 사람들이 다 듣도록 그런 통곡을 하다니, 참 겁 없고 맹랑한 여편네였다. 그러나 염상구는 못 들은 척 넘겨버렸다.

그런 양효석에게 두 여자를 넘겨받도록 협조를 구한다는 것은 오히려 고양이에게 고깃덩이를 던져주는 격일지도 몰랐다. 아직까지도 분이 가라앉지 않은 것이 분명한데 두 여자를 데려다가 또 총살시켜 버리면 그거야말로 긁어 부스럼이 아닐 수 없었다. 아무리 생각해도 그를 설득시킬 묘안이 떠오르지 않았다. 그렇다고 언제까지 남 서장의 손아귀에 맡겨둘 수도 없었다. 남 서장이 처형을 해버리면 그만이었다. 두 여자는 자수를 한 것도 아니고 엄연히 비밀가옥에 은신한 채 '후방투쟁'이라는 것을 전개하다가 잡혔던 것이다.

염상구는 아무리 머리를 짜도 묘안이 떠오르지 않은 채 벌교에 도착하고 말았다.

염상구는 습관적으로 대합실을 한차례 휘둘러보고 밖으로 나갔다. 발길은 으레 차부로 옮겨졌다.

"사람이 그럴 법이 없는 법이시. 같은 읍내사람이먼 쪼깐이라도 달븐 디가 있어야제, 타관사람이 대장인 것보담 못혀서야 워디 고것이 말이나 되간디?"

"아이고메 몸써리야, 자수허고 내레온 사람얼 그리 쌩짜배기로 쥑이다니, 고것이야 담박에 인심 잃을, 겁나게 징헌 짓거리제."

두 여자가 나누는 말이었다. 염상구는 직감적으로 그 여자들 뒤에서 걸음을 멈추었다.

"항, 읍내서 그 무작시런 짓거리 좋아라 허는 사람덜이야 을매 되간디? 사람덜이 말얼 안 헝께 당자만 인심 돌아슨 것 몰르고 있제."

"금메 말이시. 그리 실인심혀갖고 질래 대장 노릇 해묵어질랑가?"

"금메, 에롭겄제. 실인심혀서 지대로 되는 일 머시가 있드라고?"

"하면, 그 대장이 시상 보는 눈이 짧었제. 그 대장이 자수헌 사람얼 큰맘 묵고 그냥 살레줬드람사 위함 받고 떠받들렀을 것인디이."

염상구는, 바로 이거다! 싶어 주먹으로 허공을 치며 몸을 돌렸다. 두 여자의 말을 이용해 보자는 생각이 번뜩 들었던 것이다.

염상구는 곧바로 양효석을 찾아갔다.

양효석은 혼자서 지도를 열심히 들여다보고 있었다.

"사령관님, 안녕허신게라?"

염상구는 똑바로 서서 거수경례 붙였다. 그는 아니꼬운 생각 싹 접어두고 면전에서는 깍듯하게 공대를 하기로 작정한 다음부터 그것을 어긴 일이 한 번도 없었다.

"아, 방위대장, 어서 오시오."

양효석이 반가워하며 몸을 일으켰다. 양효석은 염상구가 고분고분할수록 마음이 편하고, 기분이 좋았다. 그래서 그는 금방 염상구에게 정거운 신뢰감을 갖게끔 되었다.

"내가 부탁한 그 일 어떻게 되고 있나요?"

양효석이 손짓으로 자리를 권하며 물었다.

"야아, 모다 나무꾼으로, 농새꾼으로 변장시켜 내보낸 것이 사나흘 됐응께로 시방 골골이 더트고 댕길 것이구만요. 하로이틀 더 지내면 각단지게 한 가지썩이라도 정보럴 물고 오겄제라."

염상구는 자신 있게 대답했다.

"하루라도 빨리들 돌아오면 좋겠소. 군당놈들부터 싹싹 쓸어없애고 말겠소."

양효석은 아랫입술을 물며 주먹을 불끈 쥐었다. 그는 선제공격을 당해 고스란히 피해를 입은 분함과 치욕을 씻기 위해 대대적인 작전을 계획하고 있었다.

"하먼, 그래야제라. 사령관님 부대넌 전에 있든 부대보담 훨썩 용맹시럽게 뵈는디, 그 실력을 앗싸리허게 한분 써묵어 공비덜 시체럴 역전 앞에다가 늘펀허니 깔아야제라. 그리 되면 지끔 고개 삐까닥허니 틀어돌린 읍민덜 인심이 지자리로 돌아오겄제라."

염상구는 슬쩍 말낚시를 던지고 있었다.

"아니, 그게 무슨 소리요? 지금 읍민들 인심이 고개를 틀어돌렸다니, 지난번 당한 그 일로 그렇단 말이오?"

양효석은 여지없이 낚싯바늘을 물고 덤벼들었다. 양효석아 이놈아, 니가 전쟁 덕분에 턱없이 출세혔다만, 니넌 워쨌그나 간에 나보담 멫 수가 밑이여! 염상구는 슬슬 낚싯줄 당길 준비를 하고 있었다.

"워디요, 고까진 일이야 거 머시냐, 다 병가지상산디 무신 인심이 돌아가고 말고 혀라."

염상구는 느긋하게 담배를 빼들었다.

"그게 아니면 도대체 읍민들이 고개 돌릴 정도로 우리 부대가 인심 잃은 게 뭐가 있단 말이오? 어서 말해 보시오."

양효석도 담배를 빼들며 자리를 고쳐 앉았다.

"긍께 고것이 머시냐, 사령관님 기분 상허실란지 몰르는디, 다 높은 자리에 앉았다 보면 쪆게 되는 일이고, 얼렁얼렁 고쳐뿔면 될 일잉께 화내딜 말고 들으씨요이? 다 사령관님 위허는 일잉께라."

"알았어요, 알았어. 싸게싸게 본말이나 허씨요."

양효석의 급한 성질이 출렁거려 서울말과 고향말이 뒤섞이고 있었다.

"고것이 멋인고 허니, 그 자수헌 유동수 죽인 일얼 놓고 입 달린 사람이면 각단지게 입방아 찧고 돌아가고 있구만이라."

"아니, 뭐라고 입들을 놀리는 거요?"

양효석의 얼굴이 벌겋게 달아오르고 있었다.

"긍께로, 고향사람이 사령관으로 왔으면 타관사람보담 나슨 디가 있어야 살맛이 날 것인디, 자수헌 사람 죽이는 판이니 고런 사람 믿고 워찌 살겄냐. 그리 사람 목심 귀헌지 몰르는 사람이 우리헌테도 언제 무신 일 저질를지 알 것이냐. 인심 잃어 시상에서 지대로 되는 일 없는 법인디 그래갖고 무신 일허겄다고 그런지 몰르겄다, 요런 이약덜이구만요."

"워떤 잡것덜이 고런 주딩이 까고그려! 싹 다 쳐죽여뿔라!"

양효석이 주먹을 내리치며 소리 질렀다.

"근디 사령관님 말이오, 화낼 것 하나또 읎소. 그 인심얼 훼까닥 돌려뿔 아조 기맥힌 방도가 하나 있다 그 말이요."

양효석은 성깔 돋은 눈으로 염상구를 건너다보았다.

"고것이 먼고 허니……."

염상구는 입술에 침을 발라가며 네 사람을 잡게 된 경위에서부터 남인태와의 의견대립까지 숨 쉴 겨를 없이 이야기해 나갔다.

"긍께 그 여자 둘얼 사령관님이 여그 벌교로 딜고 오게 혀서, 고것덜이 잽힌 것얼 쫘악허니 소문 내는 것이요. 무당이야 읍내사람 덜이 몰르는 사람이 읎는디다 아그꺼지 뱄응께 사람덜이 을매나 귀경허고 잡아허고, 또 사령관님이 워찌 조치헐란지 궁금해허고 그러덜 않컸소. 그러고, 하대치 마누래도 하대치가 원체로 유명해 논께 사람덜 맘 모타지기야 무당이나 매일반이제라. 그 두 여자가 자수럴 헌 것이 아니라 투쟁인지 빨갱이질얼 허다가 잽힌 것잉께 읍민덜이야 다 죽일 것으로 생각허덜 않겄소. 그때 사령관님이 읍 민덜 생각얼 정반대로 팍 엎어뿔고 나스는 것이오. 고런 빨갱이덜 얼 그냥 풀어줄 수는 없는 일이고, 둘이 다 여잔디다가 무당언 아그꺼지 뱄응께 특별허니 용서혀서 총살은 면허게 허고 징역을 살 리게 재판소로 넘긴다, 요리 결정얼 허시먼, 읍민덜이 워쩌겄소! 워 메워메 우리 사령관님 장허신 거, 우리 사령관님 부처님이신 거, 험 스로 인심이 사령관님헌트로 찰떡 붙디끼 헐 것 아니겄소? 그라고 사령관님 엄니꺼정 높게 존대받을 것잉마요. 나 생각이 으쩌요?"

염상구는 제물에 신바람이 나서 손짓발짓해 대고, 목소리까지 변성을 해가며 이야기를 마쳤다.

"글쎄, 말을 듣고 보니 아주 그럴듯한 것 같소. 고향땅에서 인심을 잃어 좋을 것 하나도 없으니까."

양효석은 심각한 얼굴로 고개를 끄덕거렸다.

"하먼이라, 고향땅에서 인심얼 얻어야 집안도 번창허고, 출세길도 훤허게 열리고 그러제라. 쇠뿔 뽑디끼 당장 일 시작허시씨요."

염상구는 깨끗하게 끝장을 내려고 양효석의 뒤를 몰아대고 있었다.

"그럽시다. 이거 염 대장 덕에 고약한 문젤 쉽게 해결하게 됐군요. 너무 고맙소."

"무신 말씸이시다요. 나가 허는 일이 사령관님 높게 받드는 일인디라."

염상구의 아주 예의 바르고 공손한 대답이었다.

소화와 들몰댁은 다음날 기차에 실려 벌교로 옮겨졌다. 플랫폼까지는 나가지 않고 개찰구 앞에 서 있던 염상구는 두 군인에게 호위되어 걸어오는 두 여자를 보는 순간 남 서장이 거짓말했다는 것을 알았다. 한 여자가 다리를 심하게 절룩이고 있었던 것이다. 염상구는 전화를 통해 느꼈던 미심쩍은 생각이 적중한 것에 가슴이 철렁했다. 그런데 다른 여자는 예사롭게 걷고 있었다. 그 여자는 몸뻬를 입어 배가 부른 것이 금방 표가 났다. 염상구는 그 여자가 무당이라는 것을 이내 알아보았다. 어쩐 일일까? 남인태는 거짓말한 것이 아닌가? 그의 말대로 무당은 손대지 않고 하대치 마누라한테만 매타작을 놓은 것일까? 염상구의 머리를 빠르게 스치고 있는 생각이었다.

"워째, 고문당혀서 그요?"

염상구는 소화한테서 눈을 피하며 들몰댁에게 물었다.

"아니, 지야 암시랑토 안 헌디…… 아그 밴 몸으로 저그가 고초당혔제라."

꺼칠하고 스산한 얼굴의 들몰댁이 옆눈길로 소화를 가리켰다. 들몰댁의 얼굴 여기저기에는 피멍이 잡혀 있었다.

"허먼, 당신보담 더 심허게 매타작당혔다 그것이여?"

염상구는 언성을 높이며 소화의 얼굴을 빠르게 훑었다. 그런데 소화의 얼굴은 말짱했다.

"아니구만이라. 매타작 안 헌 대신에 대껍데기로 손톱 밑얼 떴는디……."

"들몰대액!"

소화가 나직한 목소리로 들몰댁의 말을 제지했다.

"요런 씨부랄 자석이……."

염상구는 그만 입을 다물었다. 벌컥 터져나온 욕이 창피스러웠고, 매타작을 피해 그런 고문을 한 남인태의 약삭빠름을 안 이상 더 말이 필요 없었던 것이다. 어쨌든 애는 떨어진 것이 아니었다.

소화는 두 손을 뒤로 감추고 서 있었다. 그녀는 잡혀갈 때 그랬던 것처럼 경찰서에서도 그저 배를 내밀어 보이며 때리지만 말라고 빌었던 것이다. 그러자 경찰들은 대껍질을 손톱 밑으로 밀어넣으며 온갖 것을 알아내려고 닦달했다. 소화는 애를 지켜낼 수 있다는 한 가지 생각만으로 손톱이 살에서 들떠오르는 그 환장할 것 같은 고통을 다 이겨냈던 것이다.

소화와 들몰댁에 대해 경찰과 토벌군에서 일삼아 퍼뜨린 소문은 역시 염상구의 예상대로 읍내사람들을 놀라게 만들었고, 관심을 집중시키게 했다. 소화에 얽힌 사연은 하나도 빼놓지 않고 사람들의 관심과 궁금증을 불러일으켰다. 무당의 몸으로 좌익이 되었다는 것도, 입산을 했다는 것도, 하산해서 잡혔다는 것도, 임신을 했다는 것도, 관심의 대상이 아닐 수 없었다. 그러나 그중에서 가장 관심을 끈 것은 역시 임신이었다. 아이의 아버지가 과연 누굴까 하는 궁금증은 엉뚱한 소문을 만들어내기도 했다. 염상진의 이름이 떠돌고, 안창민의 이름이 떠돌고, 그러나 정작 정하섭의 이름은 오르지 않았다.

사람들의 입에서 소화와 들몰댁은 이미 죽을 목숨들로 결판나 있었다. 다만 언제 죽느냐만 남아 있었다.

그런데 이틀 만에 소화와 들몰댁이 순천재판소로 넘겨진다는 소문이 퍼졌다. 그리고 다음날 점심때쯤 정말 소화와 들몰댁은 기차를 타고 순천으로 떠나갔다. 역마당에 몰려든 여자들은 소화의 불룩한 배와 들몰댁의 피멍 든 얼굴을 똑똑히 보았다. 먼발치에서 길남이와 종남이는 서로 손을 꼭 잡은 채 눈물이 그렁그렁해 있었지만, 들몰댁은 두 아들의 모습을 찾아내지 못하고 말았던 것이다.

소화와 들몰댁이 떠나가자 많은 사람들은 토벌군사령관 양효석의 관대함과 인정 많음에 대해 다투어 입을 모았다. 그 보고를 받은 양효석은, 역마당이 좁도록 여자들이 몰려들었다는 사실이 싹 기분 상하면서도, 그 많은 여자들이 자기를 칭송한다는 것에 대해서는 그렇게 만족스러울 수가 없었다.

"염 대장, 염 대장은 참말이제 기맥힌 점쟁이요. 나가 오늘 저녁에 술 겁나게 살 것잉께 호빡 취해봅씨다."

양효석이 고향말을 찰방지게 하며 입맛을 다셨다.

"아이고메, 과만허게 술꺼지 사주실라고라?"

염상구는 놀라는 시늉을 하며 허리를 굽혔다.

10

세상을 떠난 김사용

　지하실 천장에는 촉수 낮은 알전구 하나가 불그레한 빛을 담은 채 매달려 있었다. 흡사 충혈된 눈 같은 알전구의 탁한 불빛은 지하실의 어둠을 간신히 밀어내고 있었다. 역겨운 냄새가 가득 찬 지하실의 구석구석에는 회색빛 어둠이 도사리고 있었다. 지하실 벽면에는 말라붙은 피얼룩들이 색깔의 감도를 달리하며 낭자하게 찍혀 있었고, 바닥은 피와 물이 섞여 축축하게 젖어 있었다. 통풍이 잘 안 되는 지하실을 가득 채우고 있는 그 끈적거리고 느적거리는 냄새는 바로 썩은 피냄새와 상한 물냄새와 고문당하면서 쏟은 오물냄새 같은 것들이 뒤섞인 것이었다. 그건 지하고문실이 갖게 마련인 특유의 냄새였다.

　그 지하실 공중에 한 남자가 기묘한 꼴로 매달려 있었다. 옷이라고는 하나도 걸치지 않은 알몸인 남자의 팔다리 네 개는 모두 뒤로 모아져 묶인 채 그 동아줄이 천장의 쇠고랑에 연결되어 있었다. 몸무게 때문에 알몸뚱이는 늘어질 대로 늘어져 있었는데, 허리는 활처럼 휘어 팔다리와 함께 어설픈 동그라미를 그려내고 있었다. 그런 남자의 알몸뚱이에는 거의 빈틈이 없을 정도로 피멍이 잡혀 있었다. 머리카락이 헝클어진 머리통은 축 늘어뜨려져 있었고, 바짝 오그라붙은 성기가 그가 남자라는 것을 겨우 나타내고 있었다. 그건 무슨 짐승을 몽둥이로 때려잡아 털을 벗겨 매달아놓은 형상이었지 사람을 그 지경으로 만들어놓았다고 믿기가 어려울 정도였다. 그 남자는 죽었는지 살았는지 전혀 움직임이 없었다.

"거 고기맛이 괜찮은데그래."

철문 열리는 소리가 컹 울리며 남자의 소리가 뒤따랐다.

"내가 뭐랬어. 낮에는 고기맛, 밤에는 계집맛이라고 하잖았어. 그 집구석 겉보기완 딴판이라구."

다른 남자의 걸직한 목소리였다.

"자넨 역시 순종 세파트야. 언제 그런 집은 또 냄새 맡았나그래."

남자는 꺼억 트림을 토해냈다.

"다 그게 요령이라는 거 아닌가, 요령. 어허, 낮술이라 그런지 알딸딸하게 오르네그려."

다른 남자가 이쑤시개를 질겅거리며 배를 슬슬 쓸어댔다.

"그런 집구석들 그거 간판도 안 붙이고 계집술장사하는 건 위법 아닌가."

"이 부산바닥에 그런 집구석이 어디 한둘인가? 공짜밥에 공술,

거기다가 공짜계집까지 바치는 판이니까 적당히 눈감어. 그게 다 속으로는 우리 살리고 있는 끄나풀들이니까."

"그렇다면 할 말 없지."

두 남자는 의자에 퍼질러앉았다. 그들은 부대 표시도, 계급장도 없는 군복을 입고 있었다.

"옘병헐, 이 드런 놈의 냄새가 잘 먹은 속 뒤집네."

처음의 남자가 또 트림을 하며 손가락 끝으로 모자챙을 밀어올렸다.

"하루이틀 맡은 냄새도 아니고, 까짓것 담배 한 대 피우면 오케이야."

다른 남자가 담뱃갑을 내밀었다. 자주색의 긴 팔말갑이었다.

"난 그 돼지자지같이 긴 팔말은 싫어. 독한 데다 담뱃가루가 입속으로 들어와. 양담배야 화한 맛에 필터 달린 이 쌜렘이 최고지."

처음의 남자가 제 담뱃갑을 꺼내 담배를 뽑아들었다.

"자넨 담배엔 아직 시로도야. 그건 여자들이나 피는 담배지."

"모르는 소리. 그 팔말은 상놈담배고, 이 쌜렘은 양반담배네."

"누가 그래? 그런 좆같은 소리!"

남자의 어감이 달라졌다.

"어허, 열 내지 말어. 농담에 쌈나겠네그려."

"제기랄, 난 쌍놈 소리만 들으면 치가 떨려. 내가 왜 기를 쓰고 특무대에 들어온 줄 아나? 그놈의 쌍놈신세에 원수 갚으려는 것이었어."

"이런 사람, 나도 백정의 자식은 아니지만 양반도 아니니까 염려 말게. 그나저나 저건 어찌 된 걸까?"

처음의 남자가 매달린 사람을 향해 입꼬리로 담배연기를 내뿜으며 눈짓을 했다.

"쌔끼들, 국회의원이라고 괜히 깝죽대다가 걸려든 거지. 십만 선량님도 좋지만 지금이 어느 때라고 깝죽대, 깝죽대긴. 전시에 눈치껏 설쳐야지 왜 군대문젤 가지고 물고 늘어지냔 말야. 군대문제 가지고 제멋대로 시비 붙었다간 국회의원 아니라 장관도 골로 가는 세상이야."

"저건 국민방위군사건을 물고 늘어지더니 거창사건이 터지니까 왜 또 그것까지 물고 덤비는 거야? 혹시 뒤에 그만큼 든든한 빽이라도 있는 건가?"

"있기는 뭐가 있어. 이 전시하에서 삼광빽(화투에서)이면 신 장관님이시고, 오광빽이면 국부이신 것이야 생쥐새끼들까지 다 아는 판인데, 그 두 가지 문제 물고 늘어지는 것이야 그 두 분한테 박치기하고 덤비는 것 아니냔 말야. 저놈한테 빽이 있다면 빨갱이빽이 있는 거지."

"맞어, 나라 위해 덮어야 할 문젤 일일이 긁어 부스럼 만들고 드는 저런 놈들은 다 빨갱이야. 그런데 저놈은 당할 만큼 당하고서도 빨갱이가 아니라고 버티니 어쩐 일이야?"

"아니, 술 취한 놈이 술 취했다고 하는 것 봤고, 미친놈이 미쳤다고 하는 것 봤나? 진짜 빨갱이일수록 독하게 오리발 내미는 것 몰라서 그런 소리 하고 있는 건가, 자네? 저새긴 빨갱이라는 확실한 제보까지 있는 놈이야."

"그렇긴 해. 변호사질 해먹을 때부터 삐까닥한 놈이었다니까."

"말 말어. 저게 국회의원 나부랭이나 됐으니까 이만큼 신사적으로 대접하고 있는 거지, 그렇지 않았으면 벌써 돌 매달아 바닷속에 처넣고 말았어."

"아, 참! 며칠 전에 해운대에 밀려들었다는 시체들은 어떻게 됐어?"

"까짓 빨갱이새끼들 시체 몇 개 밀려들어온 게 어떻게 되긴 뭘 어떻게 돼. 처리반놈들이 혼쭐나고 끝났지."

"처리반놈들은 이번 기회에 톡톡히 혼이 나야 해. 우리 특무대가 나라 지키는 공은 모르고 대가리 삐까닥한 것들이 뒤에 숨어서, 양민을 빨갱이로 모느니, 잔인한 학살집단이니, 하고 악선전을 퍼뜨려 민심을 선동하고 있는 판국에 어쩌자고 돌을 션찮게 매달아 시체가 해변으로 밀려들게 만들고, 말썽을 일으키느냐 그거야."

"미친놈의 새끼들이, 밤마다 수가 너무 많아 실수를 했대나 어쨌대나. 좌우간 대장님 특명으로 혼쭐이 날 만큼 났으니 다시는 그런 일 없겠지."

"그거 말이야, 바다에 처넣는 것 말고 다른 방법이 없을까?"

"그건 또 무슨 소리야?"

"무슨 소리긴? 밤마다 배로 멀리까지 실어내고, 돌덩이들을 매달고, 바닷속에 처넣고, 그 얼마나 번거로운 일인가. 그러다가 자칫 실수해서 시체가 떠밀려들면 말썽이 일어나고 말야."

"그럼, 그 많은 것들을 도대체 어떻게 처리하자는 거야? 땅속에 파묻자 그건가? 도대체 말도 안 되는 소린 하지도 말게. 땅속에 파묻는 건 번거롭지 않은 줄 아는가? 매일 밤 그 많은 것들을 파묻자면 우선 구덩이를 파야 하네. 그리고 생매장을 시킬 수 없으니까 총질을 해야 되지. 밤마다 총질을 해대면 그 소리 듣고 소문이 어떻게 나겠는가? 그럼, 총소리를 피해 대검질을 하든가, 대창질을 해? 피범벅이 돼가면서 누가 일일이 그 짓을 한단 말인가. 그렇다면 생매장을 한다고 쳐. 구덩이를 다시 메꿔야 하고, 날마다 새 땅은 얼마나 또 필요하겠는가. 그리고 말야, 그 시체들이 썩으려면 몇 년씩이나 걸리는지 알기나 해? 그런데 바다는 어떤가? 돌을 잘 매달기만 하면 그따위 귀찮고 골치 아픈 일을 흔적도 없이 깨끗하게 해치워준단 말야. 수천 명이고, 수만 명이고 처박아도 바다는 만사 오케이야. 무슨 말인지 알아듣겠어!"

"자네 말을 듣고 보니 역시 그렇군. 그런데 말일세, 그동안 수장시킨 빨갱이가 도대체 얼마나 될까. 엄청나게 많을 거라는 생각뿐이지 조사반이 하도 많으니까 전체 숫자를 도무지 알 도리가 없잖나."

"글쎄…… 나도 대충 짐작이지만, 한 육칠천 되지 않을까?"

"육칠천이라…… 그리 될지도 모르겠군. 그만하면 부산바닥 빨갱이들도 다 소탕된 셈이겠지?"

"어허, 안심하지 말어. 부산바닥에는 피난민이다 뭐다 해서 날이 날마다 사람들이 밀려들고 있다는 걸 잊어선 안 된다구. 빨갱이들은 바로 그 속에 묻어들고 있다 그 말이야. 빨갱이들이 산마다 진을 치고 있는 판에 여기 부산이 엎어져봐. 그땐 대한민국은 끝장난다구. 국부께서 우리 특무댈 절대적으로 신임하시는 이유가 다 뭔지 아나?"

"그거야 두말하면 잔소리지. 지금 우리만큼 충성하는 애국자들이 이 대한민국에 어디 있겠어."

"됐네, 배도 가라앉았으니 또 슬슬 시작해 보세."

두 남자는 모자를 벗어 책상 위에 던지며 일어섰다. 한 남자는 양쪽 턱뼈가 불거진 네모난 얼굴이었고, 다른 남자는 폭이 좁은 깡마른 얼굴이었다. 생김새는 서로 달랐지만 그들의 얼굴에는 살벌한 잔인기가 내배어 있었다.

"우선 찬물 한 바께쓰 퍼붓게."

네모난 얼굴이 소매를 걷어올리며 말했다.

"그러지. 시원하게 해드려야지."

깡마른 얼굴이 바께쓰를 들어올려 매달린 남자의 축 처져내린 머리통의 아래에서 위를 향해 물을 왈칵 끼얹었다. 매달린 남자의 알몸이 꿈틀 움직였다. 그 남자는 정신을 잃은 것이 아니었다. 혼미한 의식 속에서 그들 특무대원들의 말을 놓치지 않으려고 안간힘을 써왔던 것이다.

"이봐, 국회의원 나리 안창배, 고개 똑바로 들어."

네모진 얼굴의 나지막하면서도 차가운 말이었다.

매달린 남자의 머리통이 느리게 느리게 들어올려지고 있었다. 그 느린 동작이 얼마나 힘겨운 것인가는 머리통이 들어올려질수록 목줄기에 점점 굵게 드러나는 핏줄이 잘 말하고 있었다.

"다시 묻겠다. 빨갱이변호사 이덕우와는 언제부터 내통했나!"

네모진 얼굴의 심문이었다.

"아니오, 선후배…… 선후배관계일 뿐이지 내통한 일은……"

가까스로 얼굴을 들어올린 안창배, 그의 목소리는 쉰 듯이 막힌 듯이 힘겹게 밀려나왔고, 그는 끝내 말을 다 하지 못하고 고개를 간신히 저어댔다. 보성·벌교지구 국회의원 안창배의 젊은 얼굴은 말이 아니게 터지고 으깨지고 피멍이 들어 본래의 모습은 찾을 수가 없을 지경이 되어 있었다.

"이쌔끼, 또 똑같이 개소리 칠 거야! 확실한 정보가 있는데도 개소리 칠 거냔 말얏! 이새끼야, 국회의원이라고 봐주는 데도 한도가 있어. 너 정 까불면 쥐도 새도 모르게 바다에 처넣어 깨끗하게 고기밥이 되게 만들고 말 거야. 재판이라도 받고 싶거든 좋은 말로 할 때 자백해. 다시 묻는다. 이덕우완 언제부터 내통했나!"

네모진 얼굴이 소리 질렀다.

"아니오, 절대로……"

"닥쳐, 이 개새끼야!"

네모진 얼굴의 주먹이 안창배의 얼굴을 후려쳤다. 안창배의 고개가 푹 떨구어졌다.

"이새낀 아직도 매가 모자라. 한바탕 야무지게 돌리게."

네모진 얼굴이 담배를 뽑으며 내쏘았다.

"그래, 배 꺼지게 잘됐어. 이새끼가 아주 독종이라니깐."

깡마른 얼굴이 양쪽 손바닥에 침을 튀겨 맞부비고는 책상 옆에 세워둔 몽둥이를 집어들었다. 몽둥이는 절반쯤이 미군용 담요로 감겨져 있었다. 그건 살이 찢어지는 것을 막고, 타박상을 줄이기 위한 것이었다.

"이새끼, 빨리 불어!"

깡마른 얼굴이 외치며 몽둥이를 휘둘렀다. 몽둥이는 매달린 안창배의 옆구리를 강타했다. 안창배의 알몸이 출렁 흔들리며 비명이 터져나왔다.

"언제부터 내통했나!"

네모진 얼굴이 외쳤다.

"아니오……."

매달린 듯 처져내린 안창배의 머리통이 도리질을 했다.

"이새끼, 빨리 불어!"

깡마른 얼굴이 소리 지르며 또 몽둥이를 휘둘렀다. 이번에는 몽둥이가 아랫배를 걷어올리고 있었다.

"어크크크……."

"자백해! 언제부터 내통했나!"

"아니오……."

"이새끼, 빨리 불라니깐!"

"아이고메……."

"언제부터 내통했나, 언제부터!"

"아니……."

"이새끼, 빨리 불어!"

안창배는 가물가물 멀어지고 있는 의식 속에서 이미 세상을 떠나버린 이덕우 변호사의 모습을 보고 있었다. 이덕우 변호사는 좌익도, 공산주의자도, 빨갱이도 아니었다. 그는 양심적인 민족주의자일 뿐이었다. 그는 일제시대부터 농민들의 편에 서서 변호를 했고, 해방이 되자 그 태도는 더욱 확실해졌다. 제주도에서 4·3사건이 일어나자 그는 광주 고법으로 넘어오는 사람들의 변호를 도맡다시피 했다. 검찰이 뒤집어씌운 좌익혐의를 벗기기 위한 그의 외로운 싸움은 지칠 줄을 몰랐다. 그는 제주도사람들을 꽤나 죽음에서 건져내기는 했지만, 그가 얻은 것은 좌익·용공 혐의였다. 그는 보도연맹에 강제로 밀려들어가지 않을 수 없었고, 끝내는 예비검속의 총탄을 맞고 세상을 떠나갔던 것이다. 안창배는, 그분과 자신과의 교분을 어떻게 부산의 특무대에서 파악하고 있는 것인지 도무지 알 수가 없는 노릇이었다. 그 교분을 꼬투리 잡아 빨갱이로 얽으려 하고 있었다. 아무리 고문이 가혹하고 혹독하다 해도 빨갱이라는 허위자백을 할 수는 없었다. 그건 한번 걸려들기만 하면 어떤 수로도 빠져나올 수 없는 올가미였다. 그들이 아무리 잔혹하다 해도 국회의원이란 신분이 있는 한 고문으로 죽일 수는 없는 일이었다. 아니, 설령 죽는다 해도 빨갱이로 몰려 죽느니보다는 고문으로 죽는 것이 자신의 목적을 달성할 수 있는 명분 살리는 죽음이었다.

고문을 못 견디고 허위자백을 했다가는 국민방위군사건과 거창사건에 대해 국회의원으로서 그 진상을 밝히려고 했던 행위가 꼼짝없이 빨갱이의 행위로 둔갑하게 되어 있었다. 그건 혼자서만 죽어가는 누명이 아니었다. 그 두 가지 사건의 진상규명에 적극성을 띠었던 다른 소장파 의원들까지도 한 올가미에 끌어들이는 위험스런 행위였다. 빨갱이 혐의만 비쳤다 하면 헌병대나 특무대가 국회의원도 예사로 연행해 버리는 전시상황에서 고문이 고통스럽다고 해서 허위자백을 하고 일단 손도장을 눌러버리면 그때는 모든 것이 끝장이었다. 전시재판은 피고의 자백번복을 받아들이거나 고려할 만큼 관대하거나 공정하지 않았다. 전시재판은 사상범의 처단을 위한 요식행위에 지나지 않았다. 신분상 아무런 법적 보호를 받을 수 없는 민간인들은 빨갱이라는 의심만으로 특무대에 끌려와 고문조사를 당하다가 재판 절차도 없이 부산 앞바다 여기저기에서 수없이 수장당해 가고 있는 실정이었다. 특무대나 헌병대의 악명은 날로 높아갔지만 누구 하나 소리 내서 말하지 못했고, 국회에서까지도 그 문제를 거론하지 못하는 형편이었다. 공산당과의 전면전쟁에서 공산주의자들과 그 동조자들의 제거는 모든 것에 우선하는 정의요, 애국이었던 것이다. 그 성스럽고 위대한 임무수행 과정에서 저질러지는 다소의 착오나 실수는 당연히 묵살되고 무시되었다. 그들이 자신을 빨갱이로 얽으려는 것 자체가 고문이라는 사실을 안창배는 가물거리는 의식 속에서도 잊지 않고 있었다. 그들이 자신을 빨갱이로 몰아대는 근본적인 이유는 국민방위군사건과 거창사건의 진상규명에 적극적으로 나서는 것을 단념시키려는 데 있었다.

"이새끼야, 빨랑 불어!"

몽둥이가 안창배의 가슴팍을 걷어올렸다.

"으으윽⋯⋯."

"이새끼, 언제부터 내통했냐니까!"

안창배는 이덕우 변호사의 모습이 까마득하게 멀어지는 것을 느꼈다. 그리고 정신을 잃어버렸다.

안창배가 고초를 겪고 있는 시간에 최익승은 대한국민당의 국회의원 한 명과 낮술을 즐기고 있었다. 그는 한민당의 변신인 민주국민당과는 겉으로만 웃음 짓고 지낼 뿐 속으로는 이승만계인 대한국민당과 비밀스런 관계를 맺기 시작했던 것이다. 이승만의 버림을 받아 당의 이름까지 바꿔야 했던 한민당은 이미 정치판의 허수아비에 지나지 않았던 것이다. 그의 목적은 오로지 차기 국회의원이 되는 것이었다. 그러기 위해서는 1차적으로 안창배의 정치적 제거였고, 2차적으로는 정치판의 실세인 대한국민당과의 결속이었다. 그는 그 목적을 달성시키기 위해 전선이 천 리 밖으로 밀려났는데도 고향으로 돌아가지 않고 부산바다에 발을 붙이고 있었다. 작년 10월에 정부가 서울로 옮겨갈 때도 그는 선뜻 따라나서지 않고 부산에서 어물거리고 있었다. 무슨 선견지명이 있어서가 아니고, 부산에서의 옹골진 돈벌이를 걷어치우고 당장 실속도 없는 정치판을 따라가기가 아까웠던 것이다. 그런데 정부는 부산으로 되밀려오고 말았다. 그는 그때서야 자신의 선견지명을 입이 닳도록 만나는 사람한테 선전하고 확대했다. 그러다 보니 자신이 부산을 떠나지 않은 것은 1·4후퇴를 예견했기 때문이라는 자신의 거짓말을 언제부턴가 참말로 믿어버리게 되었다. 그는 그 일을 계기로 한 가지 결심을 새로 하게 되었다. 전쟁이 완전히 끝나기 전에는 절대로 부산을 떠나서는 안 된다는 생각이었다. 부산만큼 돈벌이가 쉽고, 안전한 땅은 그 어디에도 없었던 것이다. 통통선도 한 척 은밀하게 구해놓은 마당에 대한민국땅 전부가 빨갱이들 손에 넘어간다 해도 자신이 살아날 수 있는 발판 또한 부산이었던 것이다.

"그렇다마다요. 국민방위군사건이니 거창양민학살사건이니 하고 떠들어대는 국회의원놈들은 국부님께 불충을 저지르는 반역도배들이고, 빨갱이들입니다. 그런 놈들은 하나도 빼놓지 말고 다 잡아들여 총살시켜 버려야 합니다."

최익승은 술기운과 함께 결기를 세웠다.

"암요, 당연히 그래야지요. 국부님께서 조용히 하기를 바라시면 신하 된 자들로서 응당 입을 봉하는 것이 도리인데도 그것들이 계속 입을 놀려댈 뿐만 아니라 진상규명을 하겠다고 단체행동으로 나온다 그거요. 그걸 어찌 두고만 볼 수 있겠소."

맞은편에 앉은 국회의원의 대꾸였다.

"지당하신 말씀이십니다. 그런 불충한 놈들은 하나도 남김없이 없애버려야 합니다. 그런 놈들 아니라도 충성을 바칠 사람들은 얼마든지 있습니다."

"맞는 말이오. 최 의원님 같은 분들만 있으면 이 나라가 얼마나 편안하게 잘돼가겠소."

"아이구, 뭘요……."

최익승은 쑥스러운 듯 머리를 긁적거렸다. 그러나 아부가 넘치는 얼굴은 맞은편 국회의원을 간절하게 바라다보고 있었다.

"어허, 오늘 점심 자알 먹었습니다. 오늘 베풀어주신 호의, 차질 없이 당에 전하도록 하겠습니다. 다른 약속이 또 있어서 오늘은 이만……."

"아 예에, 거 뭐 호의랄 게 있습니까. 얼마 안 되는 저의 성의죠. 다시 기회를 만들어 좀더 크게 도울 수 있었으면 합니다."

최익승은 밑자리를 까는 것을 잊지 않았다.

"예, 그 마음 고맙습니다. 또 뵙기로 하지요."

두 사람은 악수를 하며 몸을 함께 일으켰다. 그들의 얼굴에는 진득한 웃음이 담겨 있었다.

안창배는 끝끝내 고문을 이겨내고 연행 나흘 만에 풀려났다. 그러나 그냥 풀려난 것이 아니었다. 국민방위군사건과 거창사건에 관심 쓰지 않겠다는 것과, 수사상의 비밀을 지킴과 동시에 수사과정에서 일어난 일에 대해 일체의 민·형사상의 문제를 야기시키지 않겠다는 내용의 서약을 해야 했다. 그러나 집으로 돌아와 앓아누운 지 닷새 만이었다. 마침내 국회에서는 국민방위군사건을 정식으로 폭로하게 되었다. 그리고 그날까지 특무대와 헌병대의 양면추격을 용케 피해다녔던 거창의 국회의원 신중목이 회의장으로 갑자기 뛰어들어, "의장, 큰 참변이 생겼습니다. 회의를 비공개로 진행해 주시오" 하는 긴급동의를 하게 되었다. 곧 방청객들을 모두 퇴장시킨 다음 신 의원은 거창군 신원면에서 자행된 양민학살을 낱낱이 폭로하기 시작했다. 부산극장에 자리 잡은 피난국회 제54차 본회의를 통해 그동안 무성한 소문으로만 떠돌고 있었던 사건이 마침내 공식화되고 말았던 것이다. 1951년 3월 29일에 이승만 정권의 존립을 위협하는 두 개의 커다란 파도가 국회에서 한꺼번에 일어났던 것이다.

"니넌 인자 옴치도 뛰지도 못혀. 하면, 요 핀지가 가방서 나온 이상, 나가 바로 빨갱이요, 허는 표식잉께. 니넌 당장에 총살이여, 총살!"

의자에 몸을 뒤로 눕히고 앉은 염상구는 종이 한 장을 기세 좋게 흔들어댔다. 그의 얼굴에는 만족감이 넘치는 웃음이 진득하게 묻어나고 있었다.

"아니랑께요, 나넌 몰라라. 나넌 몰르는 일이랑께라."

세라복을 입은 여학생이 발을 동동 구르고 고개를 내저으며 울부짖었다. 겁에 질려 있는 그녀의 얼굴은 눈물범벅이었고, 세라복의 단정미도 이미 헝클어져 있었다.

"요런 미친년아, 새살 까덜 말어! 니년이 입산빨갱이덜하고 내통허지 안 혔음사 그 핀지가 나비라서 가방 속으로 사리살짝 날아들었을 것이냐, 바람잉께 스리슬쩍 기어들었을 것이냐. 뉘기여, 니넌이 접선하고 있는 연놈이! 대, 싸게 대!"

염상구는 끝말을 느닷없이 고함으로 바꾸며 몸을 벌떡 일으켰다. 그리고 책상을 냅다 걷어찼다.

"워메 엄니!"

여학생이 얼굴을 가리며 주저앉았다.

"윤옥자, 우멍 떨지 말고 싸게 일어나! 느그 엄니야 집구석에 있고, 여그 있는 것이야 이 염상군께, 저엉 다급허면 나럴 부르는 것이 훨씬 낫덜 않컸다고?"

염상구는 여학생 쪽으로 뚜벅뚜벅 걸음을 옮겨놓았다. 2층인 판자바닥을 밟는 구둣발소리가 유난히 크게 울렸다. 윤옥자는 가까워지는 구둣발소리에 소스라치며 몸을 일으켰다.

"뉘기여, 싸게 대. 요것이 말로 허는 마지막이여. 말로 혀서 안 불면 그 담부텀은 워쩌크름 되는지 아시겄제? 자백얼 헐 때꺼정 작신작신 매타작이여. 근디, 요 염상구넌 워찌 허는지 알어? 꿰럴 홀랑 벳게뿔고 나서 매타작얼 헌다 그것이여. 워쩌, 맛 잠 볼랑가!"

염상구는 윤옥자의 어깨를 덥석 잡았다.

"아이고메 엄니!"

윤옥자는 화들짝 놀라며 옆걸음질을 쳤다. 그러나 옆으로 도망간 것은 마음일 뿐이었고, 어깨를 틀어잡혀 있어서 몸은 꼼짝을 하지 않았다.

"뉘기여, 니가 접선허고 있는 것이!"

염상구가 윤옥자를 노려보며 다그쳤다.

"금메 나넌 그런 일 죽어도 없당께라. 우리 아부지도, 오빠도 빨갱이덜 손에 죽었는디 나가 미치고 환장혔다고 빨갱이질얼 허겄소. 빨갱이넌 우리 식구덜 철천지웬수당께라."

"이년아, 주딩이 놀리덜 말어! 군수 아덜놈이고, 경찰서장 딸년이 빨갱이질로 나슨 시상인 것 니 몰라서 고런 소리로 빠져나갈라고 허는 것이여, 시방? 요것이 존 말로 헌께 안 되겄네. 니 쌈빡허니 맛 잠 볼 참이여!"

염상구는 말에 팽팽하게 힘을 넣으며 윤옥자를 떠밀었다. 그녀는 비척거리며 서너 발짝 뒤로 밀려났다.

"참말로 나 미쳐뿔겄소. 나 잠 살레줏씨요, 살레줏씨요."

윤옥자는 눈물범벅인 얼굴로 손바닥을 맞비벼댔다.

염상구는 그런 윤옥자의 모습을 실눈 사이로 보며 느리게 담배를 빼들었다. 창에는 어둠살이 번지고 있었다.

"윤옥자, 살고 잡어?"

담배연기를 푸우 내뿜고 난 염상구가 불쑥 내던진 말이었다.

"야아, 살레주시씨요, 살레만 주시씨요."

두 손을 가슴께에 모아잡은 윤옥자가 부들부들 떨며 말했다.

"요것이 있는디 무신 수로 살아날 것이여, 무신 수로."

염상구가 종이를 집어들며 흔들었다.

"우리 엄니럴 불러주씨요. 허먼 돈얼 을매든지 내게 헐 팅께라."

"하아, 도온?" 염상구는 어깨를 들먹이며 코웃음을 치고는, "저년이 저거 돈푼이나 쪼깐 있는 부잣집 딸년이라고 느자구없이 돈심이먼 멋이든지 다 되는 줄 아는갑네! 이년아, 정신 똑바라지게 채려. 살인죄넌 돈으로 면해질란지 몰라도 빨갱이죄넌 지아무리 많은 돈으로도 안 된다 그것이여. 니넌 소화다리서 팡이여, 팡!"그는 둘째·셋째 손가락을 붙여 쪽 펴고, 나머지 손가락들을 모아 총 쏘는 시늉을 하며 잔인스럽게 웃고 있었다. 윤옥자는 반사적으로 얼굴을 가리며 울부짖었다. "살레주시씨요, 무신 일이든 다 헐 팅께 살레만 줏씨요."

염상구의 얼굴이 순간적으로 달라졌다. 그의 얼굴에 긴장의 빛이 감돌았다.

"니 시방 머시라고 혔냐! 무신 일이든 다 헌다는 말 지정신으로 헌 소리다냐?"

"야아, 시키는 일이면 멋이고 다 헐 팅께 살레만 주시씨요."

윤옥자는 두 손바닥으로 얼굴을 가린 채 고개를 끄덕이며 분명하게 대답하고 있었다. 그녀는 자신의 가방에서 나온 종이에 대해 전혀 해명할 방법이 없었다. 그 종이는 자신과는 아무 상관이 없으면서도, 자신의 목숨을 죽일 수 있는 무시무시한 무기인 것은 분명했다. 자신의 가방에서 그 종이가 나온 이상 아무리 관계가 없다고 부인해도 그건 거짓말이 될 뿐이었다. 고문을 당하다가 끝내는 죽을 수밖에 없는 일이었다. 죽음의 공포에 사로잡히면서도 그녀는 어떻게 해서든 살아나야 된다는 생각만은 놓치지 않았다. 아버지가 죽고, 오빠가 죽는 그 험한 꼴을 자신은 당하고 싶지 않았다. 그래서 생각해 낸 것이 돈이었다. 그것이 퇴짜를 맞자 그녀는 죽음을 면할 수 있는 일이면 무엇이든지 하기로 작정을 해버렸다. 염상구가 얼마 전에 역 대합실에서 야릇한 눈치를 보이며 접근해 왔던 사실이 무슨 밝은 빛처럼 떠올랐던 것이다. 물론 염상구가 마음에 드는 남자일 리가 없었다. 그러나 그녀는 그렇게라도 해서 살아나고 싶었던 것이다.

"이, 글타면 똑 한 가지 방도가 있기넌 있는디. 거 손바닥 내레 뿌러!"

염상구의 말에 윤옥자는 얼굴을 가리고 있던 두 손을 얼른 내렸다. 눈물이 얼룩진 그녀의 얼굴은 두려움에 차 있었다.

"그 방도가 멋이냐 허면 말이여, 니가 나 각시가 되야뿌는 것이여!"

염상구의 입에서 나간 소리였고, 그녀는 고개를 떨구었다. 그런 그녀를 쳐다보는 염상구의 눈은 점점 가늘어지고 있었고, 야무지게 다물린 입술 가장자리로는 만족에 찬 냉소가 피어나고 있었다.

"아, 사람이 해결방도럴 내놓았으면 가타부타 응답이 있어얄 것 아니것어!"

염상구의 터무니없이 큰 소리에 그녀는 움찔 놀라며 고개를 들었다. 그리고 다급하게 고개를 끄덕였다.

"잉, 아조 잘 생각했어. 이 염상구 권세가 니 하나 살려낼 권세야 되제. 각시 되기로 맘묵은 짐에 당장 표식얼 팍 찍어뿔드라고."

염상구가 몸 가볍게 의자에서 일어나며 한 말이었다.

"음마, 워쩌실라고라?"

윤옥자의 당황한 소리였다.

"나 각시가 되겠담시로?"

염상구는 그녀 쪽으로 성큼성큼 발을 옮기며 웃고 있었다.

"지난 학교가 1년 더 남었는디요……."

그녀는 주춤주춤 물러서며 더듬듯 말했다.

"거 무신 귀신 씨나락 까묵는 소리여. 지끔꺼정 배운 것으로도 나헌테넌 하이칼라 각시여. 서방 각시가 너무 찌울러서야 안 존께 핵교야 여그서 싹 때레치워뿌러."

염상구가 그녀 앞에 다가섰다.

"혼례식도 안 올리고…… 여그서 워찌…… 여그서……."

고개를 떨군 그녀는 어깨를 움츠리며 기어드는 소리를 내고 있었다. 그것은 말이 아니라 그대로 울음이었다.

"신식여자가 워째 혼례식 개리고, 잠자리 개리고 그려? 여그넌 나가 사는 왕궁잉께 무신 신방보담 더 좋을 것잉만!"

염상구는 흥이 돋는 소리로 말하며 사무실문을 걸어잠갔다. 문이 잠기는 쇳소리를 들으며 윤옥자는 무릎이 휘청 꺾이는 것을 느꼈다. 그리고 이런 식으로 살아나야 하는가, 하는 생각이 머리를 쳤다. 그러나 아버지와 오빠의 죽음이 밀려들며 그 생각을 덮어버렸다. 그녀는 이를 맞물며 부르르 떨었다.

염상구는 벽장을 열어 담요 서너 장을 꺼냈다. 그것들을 마룻바닥에 겹으로 깔았다. 그녀는 주먹 쥔 두 손을 입에 댄 채 오들오들 떨고 서 있었다.

"욜로 와. 각시 옷이야 서방이 빗기는 것잉께로."

염상구가 끄는 대로 그녀는 힘없이 끌려갔다. 그녀는 이미 저항력을 잃어버린 포획물이었다.

윤옥자의 세라복 윗도리가 벗겨졌다. 힝, 니까징 것이 먼디 나 앞에서 콧대 세우고 지랄 쳤냐. 나가 맘 한분 묵었다 허먼 못허는 일이 없는 사람이여. 니까징 것 각시 맨들기야 포리 잡기보담 쉴타. 그녀의 세라복 치마가 벗겨졌다. 힝, 니가 정신없이 기차에 올르고 내리는 새에 내 부하 손으로 그 쪽지가 니 가방으로 들어간 것을 니까징 것이 워쩌크름 알 것이냐. 니까징 것이 여핵교 댕긴다고 혀도 고런 기맥힌 시상물정을 워찌 알겄어. 염상구의 손이 그녀의 속옷에 닿았다. 그녀의 손이 염상구의 손을 지긋하게 밀어냈다.

"잉, 알겄어. 싸게싸게 벗어뿌러."

염상구는 자기의 옷을 벗어던지기 시작했다.

염상구가 알몸이 되었을 때 그녀의 몸에는 다리목이 긴 팬티만 남아 있었다. 그녀를 눕힌 염상구는 다급하게 팬티를 끌어내렸다. 젖가슴을 엇갈리게 가리고 있던 그녀의 팔 하나가 반사적으로 아래로 뻗치며 손바닥이 거웃을 가렸다. 이미 몸이 달구어진 염상구가 그녀를 덮쳤다. 그녀는 두 주먹을 부르쥐고 이를 앙다문 채 속살 찢기는 아픔을 참아냈다. 그녀는 고개를 외로 틀어 눈을 꼭 감았는데, 왼쪽 눈에서 흐르는 눈물이 콧등을 넘어 오른쪽 눈에서 흐르는 눈물과 합쳐져 담요를 적시고 있었다. 그런 그녀의 몸은 굳어질 대로 굳어져 있었다. 혼자 요동치던 염상구는 긴 숨을 내뿜으며 그녀 위에 풀썩 무너지듯 몸을 부렸다. 니미럴, 맛대가리도 잔생이 없는 풋보지시. 요것 딜고 살자먼 깝깝허시. 니노지맛이야 외서댁 것이 질인디, 고 잡녀러 것이 아깝고 아깝게도 입산얼 혀부렀당께로. 참말로, 겨울꼬막맛맨치로 그 짠득짠득허든 것이 인자 워떤 빨갱이놈 차지가 되야뿌렀능고? 워떤 놈이고 그것에 맛들렸다 가넌 물팍 녹아나서 산 지대로 못 타고 뒈질 것이다. 요것이 요리 뻣뻣허니 맛대가리 없는 것이야 다 처녀라는 표식잉께, 결혼허먼 시나브로 나사지겄제잉. 염상구는 두 팔로 마룻바닥을 받치며 더디게 윗몸을 일으켰다.

다음날로 염상구가 솥공장집 사위가 된다는 소문이 읍내 안통을 휘돌았다. 그집 딸과 벌써 몸을 섞은 사이라는 말이 빠지지 않은 것은 물론이었다.

염상구가 손쉽게 목적달성을 해버린 데 비해 양효석은 고전을 면치 못하고 있었다. 양효석은 벌교에 주둔할 때부터 송경희를 짓밟아줄 기회를 노리고 있었다. 그는 자신의 내심을 아무에게도 드러내지 않았지만 벌교에 오게 되자 송경희에 대한 복수심은 한층 뜨거워졌다. 이제는 그녀를 반도호텔로 만나러 가던 때의 설레이던 감정 따위는 전혀 없었다. 어떻게 해서든 그녀를 자신의 배 아래다 한 번은 깔고야 말겠다는 보복감정뿐이었다.

그런데 양효석의 가슴팍을 긁어 상처를 내고, 감정에 더욱 불을 붙인 것은 송경희였다. 그가 주둔하고 며칠이 지나지 않아서였다. 두 사람의 집이 남국민학교 언저리라서 양효석은 길에서 송경희와 마주치게 되었다.

"안녕허시요, 오랜만이요."

양효석은 먼저 말을 걸었다.

"오랜만이군요."

송경희도 걸음을 멈추었다.

"내가 벌교에 온 걸 어떻게 생각합니까?"

"글쎄요, 출세했군요. 하지만 괴뢰군들 뒤만 쫓아다니는 군댄 믿지 않아요."

"뭐라구요?"

송경희는 코웃음을 남기고 걸어가고 있었다. 반도호텔에서 내보인 콧대가 변함이 없었다. 양효석은 송경희의 뒤꼭지에 눈화살을 꽂은 채 이빨을 뿌드득 갈았다. 송경희가 긁어 판 상처는 자신과 군대에 대한 이중의 모욕이었던 것이다.

송경희를 노리고 있는 양효석의 눈에 걸려든 것이 그녀의 동생 송성일이었다. 국민방위군에서 탈주한 송성일이 거지꼴을 해가지고 집으로 돌아왔던 것이다. 양효석은 송성일을 잡아채기로 했다. 송성일을 군대로 내모는 것은 그녀를 옭아매는 더없이 좋은 미끼였다. 양효석은 송성일이 앓아누웠다는 것을 알면서도 징집영장을 내보내게 했다. 예상했던 대로 미끼를 덥석 물었다. 그런데 미끼를 문 것은 송경희가 아니라 그녀의 어머니였다. 송성일의 어머니는 사무실로, 집으로 찾아다니며 애걸복걸했다. 양효석은 며칠씩 징집날짜를 연기해 주며 송경희가 나타날 때까지 줄다리기를 하고 있었다. 그러나 송경희는 제 어머니의 애타는 속을 알 텐데도 좀체로 모습을 나타내지 않았다. 누가 이기나 보자 하며 양효석은 마지막 시한을 정해 송성일의 어머니를 몰아대고 있었다. 송성일도 그 동안 몸이 많이 회복되어 있었다.

그런데 다 된 잔치에 코 빠뜨린다고, 양효석에게 긴급명령이 하달되었다. 부대이동이었다. 사단의 임무교체였던 것이다.

"송성일에 대한 징집은 틀림없이 시행하시오. 본인의 건강이 다 회복됐으니까 징집날짜를 더 이상 연기해 줄 필요가 없소. 그 사람 어머니가 돈을 써서 아들을 군대에 안 보낼려고 발싸심인데, 그 영장은 어디까지나 내 근무기간 동안에 발부된 거니까 시행결과에 대해선 차후에라도 꼭 확인하겠소."

양효석은 벌교를 떠나기에 앞서 권 서장에게 못을 박았다.

염상진은 조계산지구에서 온 선요원을 통해 김범우의 아버지 김 사용이 세상을 떠났다는 소식을 접하게 되었다. 그건 안창민이 일 부러 보내온 소식이었다.

"결국 그 어른이 세상을 버리셨군……."

염상진은 여러 가닥의 감회가 한꺼번에 일어나는 걸 느끼며 먼 하늘을 바라본 채 중얼거렸다. 안창민이 굳이 그 소식을 전한 데에 도 공적·사적인 의미가 함께 들어 있음을 깨닫고 있었다.

엄연히 도당사령부에 속해 있는 김범준의 부친 별세는 공적인 사안이었다. 그리고 옛 친구인 김범우의 부친 별세는 사적인 부음 이었다. 그 사적인 의미 속에는 '친구의 부친'으로서만이 아니라 '어 른 김사용'에 대해 자신이 품고 있는 흠모의 마음을 안창민이 헤아렸다는 것을 염상진은 충분히 감지하고 있었다.

그가 느낀 여러 가닥의 감회 중에서 가장 가슴 먹먹하게 한 것은, 두 아들 중에 아무도 보지 못하고 임종을 하셨구나, 하는 생각이었다. 두 아들을 보고 싶어하고 걱정하며 눈을 감았을 그분의 마지막 고적이 그의 가슴을 아리게 했다. 김범우는 어디서 무얼 하길래 전혀 종적이 없는 것일까…… 그는 새삼스럽게 김범우를 떠올렸다. 김범우만 임종을 지켰더라도 그분의 마지막 길이 덜 고적했을 거라는 아쉬움이 유발시킨 생각이었다. 김범준은 더 말할 것 없고, 김범우 정도의 인물이 있게 된 것도 결코 우연한 일일 수 없었다. 그건 김사용 어른의 울타리 안에서 보배우고 다듬어진 탓이었다. 김사용은 일제치하의 민족해방투쟁에 앞장서거나, 해방 후의 사회개혁운동에 나서지는 않았지만 그런 것을 수용하고 따르려는 기본자세만은 갖춘 드문 지주였다. 그는 새로운 나라가 바르게 서기를 바라 짧게나마 건국준비위원회 지부위원장을 맡는 정치행위를 보이기도 했고, 농지개혁을 앞두고는 논밭의 명의변경을 하거나 강매행위를 하는 따위의 추잡한 짓을 하지 않은 읍내의 유일한 지주이기도 했다. 완벽한 혁명의 논리 앞에서는 그분의 미온적이고 수동적인 의식이나 행동은 분명 한계가 있었다. 그러나 모든 지주들이 그분 같기만 했어도 혁명은 그만큼 용이했을 것이고, 피흘림 또한 그만큼 줄일 수 있었을 것은 자명한 일이었다. 일찍부터 사람을 차별하지 않았고, 마음 깊은 정을 지녔던 그분의 인품에 염상진은 고마움과 함께 어떤 부채감 같은 것을 느끼고 있었다.

염상진은 김범준을 찾아 모후산 쪽으로 긴급선을 띄웠다. 김범준은 도당위원장의 뜻을 가지고 남해여단장을 만나러 가 있었다. 김범준은 도당위원장의 특사 격으로 도당의 최후통첩을 가지고 간 것이었다.

남해여단은 도당의 두통거리였다. 추풍령에서 북상길을 차단당해 발길을 되돌렸다는 남해여단은 어떻게 전남도당까지 내려와서 벌써 몇 개월째 골머리를 앓게 하고 있었다. 전북도당지역에서는 황소를 타고 다니다가 전남도당 쪽으로 이동하면서 인민군이 버리고 간 적토마를 어느 마을에서 바꿔탔다는 남해여단장은 400여 명의 인민군들을 이끌고 다녔다. 무장된 400여 명의 막강한 병력이 몰려다니면서도 남해여단은 도무지 싸우지를 않았다. 싸우지도 않고 이 산골 저 산골로 옮겨다니기만 하면서도 도당이나 군당에 요구하는 것은 많았다. 급식을 제대로 제공하라, 동계피복을 부족하지 않게 제공하라, 숙박에 불편이 없게 하라. 그런 요구들은 비록 도당이 해방구를 넓게 장악하고 있는 상황이라 하더라도 전체가 유격체제를 갖추고 있는 실정에서 타당하지가 않은 것들이었고, 더욱이 전투를 기피하고 있는 부대가 그런 무리한 요구를 하는 것이기 때문에 도당과의 관계는 자연히 불편해질 수밖에 없었다. 물론 도당위원장이 전투를 제대로 수행하든지, 그렇지 않으면 부대를 해체해 도당의 각 지구유격대에 편입시키든지 하라는 점을 남해여단장에게 여러 차례 촉구했었다. 그러나 남해여단장은 그때마다 고개를 저었다. 자기네 부대는 인민군총사령부의 명령에 따라

언젠가는 정규전선으로 돌아갈 것이고, 그때까지는 비정규전인 유격전으로 인명살상을 하지 않겠다는 것이었다. 그러면서도 지방당은 일시 곤궁에 처한 인민군에게 숙식 제공과 기타 필요한 지원을 해야 할 책임과 의무가 있음을 강조했다. 그런 일방적인 논리가 도당위원장에게 통할 까닭이 없었다. 그러나 도당위원장의 고민은 작년에 젊은 총위를 상대로 일을 처리했던 것처럼 할 수 없다는 데 있었다. 상대방은 총위가 아니라 소장이었던 것이고, 당의 비중으로도 만만한 존재가 아니었던 것이다. 남해여단이 야기시키는 문제는 그런 무위도식만이 아니었다. 대부대가 싸움은 하지 않고 피해다니기만 하니까 그 부대 뒤에는 으레 그만한 규모의 토벌대가 따라붙게 마련이었다. 인민군 부대가 거쳐간 지역에 토벌대가 밀려들면 그 지역 인민들이 피해를 입게 되는 것은 더 말할 것도 없는 일이었다. 그래서 남해여단이 나타나는 것에 대해 어느 군당에서나 어느 마을에서나 질색을 하게 되었다. 그뿐만 아니라 그들의 무위도식이 전체 유격대원들의 정신무장에 미칠 악영향도 심각한 문제였다. 대원들 사이에서 벌써 남해여단의 행태는 화젯거리고 웃음거리였다. '허수아비부대' '허깨비부대'라고 놀림감이 된 것까지는 좋았는데, '놀고먹자부대' '지화자부대'라는 호칭에서는 대원들이 혹시 그 부대를 부러워하는 것이 아닐까 하는 경계심이 일어나지 않을 수 없었다. 도당의 수뇌부에서는 벌써부터 남해여단장의 행위가 패배주의·인정주의·감상주의·기회주의 등으로 지탄의 대상이 되어오고 있었다. 그러나 언제까지나 남해여단장을 지탄하고만 있을 수도 없었고, 남해여단의 비군사행위를 방관할 수도 없는 일이었다. 주전선이 되밀려 올라가면서 군경의 공격은 나날이 가중되어 가고 있는 실정이었다. 도당위원장이 보낸 최후통첩은, 남해여단이 도당의 조직에 편입해서 독립부대로 유격투쟁을 본격적으로 전개하든지, 그렇지 않고 전과 똑같은 행동을 취하려 한다면 도당은 강압적으로 남해여단의 무장을 해제시킬 수밖에 없다는 내용이었다. 염상진은 물론 도당의 결정에 전적으로 찬동했다. 남해여단이 전남지역에 발을 붙이고 있는 한 도당의 지도 아래 속해야 하는 것은 원칙이었고, 이 원칙을 남해여단장이 거부할 때는 남해여단은 당연히 무장해제시켜 도당유격대로 재편성해야 했다. 그래야만 젊은 총위의 죽음이 억울하지 않고 빛나게 되는 것이었다. 당의 질서 앞에 어느 개인도 특권을 누릴 수 없는 일이었고, 남해여단장은 이미 지휘권을 포기함으로써 해당행위를 자행해 왔던 것이다.

김범준은 다음날로 돌아왔다.

"상사말씀을 어찌 드려야 할는지……."

염상진은 머리를 조아리며 조의를 표했다.

"뒤늦게 불효가 사무치오. 빨리 소식 대줘서 고맙소."

김범준은 먼 하늘을 우러른 채 독백처럼 말했다.

"오일장이면, 내일이 출상날입니다."

염상진이 나직하나 또렷하게 말했다.

"굴건제복은 못해도 멀리서나마 마지막 가시는 길은 지켜야 되지 않겠소?"

여전히 하늘을 바라보고 선 김범준의 말이었다.

"그렇지요, 그리 하셔야지요."

염상진이 기다렸다는 듯 빠르게 대꾸했다.

"그럼 출발하기 전에 당의 허락부터 받읍시다."

김범준이 고개를 돌렸다.

"아닙니다, 도착하시기 전에 당에 보고해 허락을 받아놨습니다. 이것부터 받으시지요."

염상진이 종이에 싼 것을 내밀었다.

"이게 뭐요?"

"예, 제가 미리……."

염상진이 어물거렸다. 김범준이 펼친 종이 위에는 삼베로 나비모양을 접은 상장(喪章)이 놓여 있었다.

"아니, 염 동지!"

김범준이 염상진의 손을 덥석 잡았다. 그런 김범준의 눈에는 물기가 어리고, 얼굴은 반쯤은 울고 반쯤은 웃고 있었다.

"이리 마음 써주다니, 고맙소."

김범준의 목소리가 떨렸다.

"아닙니다, 춘부장 어르신께서는 제 어르신이기도 했습니다."

염상진의 목소리도 가라앉으며 떨려나왔다. 김범준이 고개를 주억거렸다.

"길이 먼데 어서 출발하시지요. 제가 모시고 가도록 하겠습니다."

"그래도 되겠소?"

"예, 이것도 허락을 받아놓았습니다."

"아니 이럴 수가 있나. 참 너무 고맙소, 염 동지."

김범준이 염상진을 새롭게 쳐다보았다.

"무슨 말씀이십니까. 의당 해야 할 일이지요."

염상진이 겸손해했다.

김범준은 염상진이 이끄는 소대병력의 호위를 받으며 벌교를 향해 강행군을 하기 시작했다. 먼발치에서나마 상여행렬을 보자면 제석산 줄기까지 접근해야 했으므로 만일의 위험에 대비해 염상진은 소대병력을 동원했던 것이다.

행군은 밤새껏 줄기차게 이어졌다. 산길 70리를 걸어 동이 트기 전에 제석산 줄기로 파고들어 안전지대를 확보하기 위해서는 잠시도 쉴 짬이 없었던 것이다.

오금재에서 낙안 뒷산을 감돌아 목표지점에 가까워졌을 무렵 날이 희번하게 열려오고 있었다. 새벽빛 싱그러움으로 대기가 맑게 팽창하는 속에서 어둠은 문득문득 스러져가는 별자리와 함께 걷혀가고 있었다. 산으로 둥글고 크게 에워싸인 낙안벌에 찼던 어둠도 은빛의 새벽빛에 밀려 흔적 없이 사위어가고 있었다. 산허리에서는 질펀한 낙안벌이 한눈에 내려다보였다. 드넓게 펼쳐진 낙안벌에는 어둠이 남기고 간 자취인 양 안개가 자욱하게 깔려 있었다. 안개 속에서 들마을들의 초가지붕들만 모듬모듬 드러나 보일 뿐 길이며 논들은 보이지 않았다. 바위들을 은폐 삼아 부하들에게 눈을 붙이게 한 염상진은 담배를 피우며 어린 날로부터 눈에 익고

발에 익은 고향의 들판을 하염없이 바라다보고 있었다. 봄안개가 차면 봄안개가 차는 대로, 가을안개가 차면 가을안개가 차는 대로 낙안벌은 고읍들과 이어지며 그지없이 수려한 풍취를 이루어내고 있었다. 이곳이 벌교의 안풍광이라면, 포구와 중도들판이 이루어내는 풍취는 벌교의 바깥풍광이었다. 겉과 속, 안과 밖의 풍광을 서로 다르게 지닌 벌교라는 땅에 사람들은 그 언제부터 목숨줄을 대고 살기 시작했던 것일까. 오래고 먼 옛날 사람들이 믿었던 것은 바깥의 갯가가 아니라 안쪽의 들판이었을 것이다. 야산굽이들을 감돌 때마다 펼쳐져, 안으로 들어갈수록 넓어지는 신비스러운 들판을 반기고 믿어 삶의 터를 일구었을 것이다. 왕조시대의 행정관청인 동헌이 낙안에 있음이 그것을 입증하고 있었다. 그런데 사회구조의 변화에 따라 계급이 생겨나고 많은 사람들은 삶의 터를 빼앗기기 시작했다. 착취계급의 정치권 장악으로 부의 편재는 갈수록 심해져 절대다수의 사람들은 농토로부터 내동댕이쳐졌다. 벌교라고 예외일 수가 없어 해방임시에 저 넓은 낙안벌의 주인은 서너 사람으로 압축되어 있었다. 만석지기로 불린 그 서너 사람의 기름진 삶을 위해서 들마을들의 그 수많은 사람들은 또 하나 황소의 삶을 살지 않을 수가 없었다. 그 지주 중의 한 사람이면서, 그리고 인간다운 정리를 가졌던 단 한 사람, 김사용이 이 세상을 떠나게 된 것이다. 일찍부터 큰아들의 활동과 연관되어 논밭을 팔기만 한 데다가, 농지개혁 때도 파렴치한 짓을 전혀 하지 않았으니 김사용이 남기고 가는 논밭은 극히 얼마 안 되리라는 것을 염상진은 헤아리고 있었다.

염상진은 꽁초의 불을 끄며 김범준 쪽으로 눈길을 돌렸다. 김범준은 옆모습을 보인 채 낙안벌을 내려다보고 앉아 있었다. 그의 인민군 군관복은 많이 남루해져 있었다. 장년의 나이로 낡은 군관복을 입고 산허리에 숨어 아버지의 장례행렬을 기다리고 있는 김범준의 모습. 염상진은 그만 가슴이 막히는 것을 느꼈다. 김범준의 모습. 자체가 더 설명이 필요 없는 이 땅의 비감한 수난사였고, 통한의 민족사였다. 20대 초반에 민족해방투쟁에 몸을 던졌고, 해방이 되고서도 완수되지 않은 인민혁명을 위해 인민해방전쟁에 참여해서 아직까지 투쟁을 계속하느라고 아버지의 임종도 지키지 못했고, 더구나 장남이면서 장례에 참례하지 못하는 김범준의 심정은 어떨 것인가. 그나마 김범준의 통한을 줄였으려면 김사용 어른은 몇 달 앞당겨 작년 팔구월에 돌아가셨어야 했다. 염상진은 부질없는 줄 알면서도 그런 생각을 하고 있었다.

잎돋움하는 봄기운 가득한 산에 햇살이 퍼지기 시작했다. 낙안벌에 자욱했던 안개도 어느새 자취를 감추고 없었다. 낙안벌이 더 넓게, 더 가깝게 보였다. 낙안벌을 양쪽으로 꿰뚫고 있는 두 갈래 길이 분명하게 드러나 보였다. 김범우네 선산이 저 아래쪽 야산자락이니까 장례행렬은 그 두 길 중에 낙안 쪽 길로 오게 되어 있었다. 염상진은 읍내 쪽으로 뻗어가다 산으로 가려진 그 길 끝에 눈길을 박고 있었다.

시간이 흐르면서 햇발이 햇솜이듯 보드랍고 포근하고 따스하게 부풀어오르고 있었다. 그 햇발 속에서 밤길을 걸어온 20여 명은 세상 모르고 잠들어 있었다. 10시쯤이었다. 산으로 가려진 그 길 끝에서 색깔 있는 천이 펄럭이며 나타났다. 만장이었다. 염상진은 반사적으로 몸을 일으켰다. 김범준도 몸을 일으켰다.

색색의 만장들이 산굽이를 돌아 길 위에 줄을 잇고 있었다. 멀리 보이는 만장의 행렬은 계속되고 있었다. 그건 고인의 생전의 덕과 문중의 건재를 알리는 것이었다. 30여 개의 만장행렬 뒤에 상여가 나타났다.

"아버님……."

김범준의 입에서 신음처럼 흘러나온 소리였다. 그는 모자를 벗었다. 상여는 느리게 움직이고 있었다. 사람들의 움직임만 멀게 보일 뿐 상여소리는 들리지 않았다. 상여를 향해 두 손을 모은 김범준은 허리를 굽혀 땅에 엎드렸다. 낡은 군복을 입은 그의 어깨가 잘게 들먹이고, 그는 오래도록 일어날 줄을 몰랐다. 두 번 절을 하고 난 그는 주먹 쥔 손등으로 눈을 문질렀다.

어으허으 어어허야 어얼럴러 어으히야

김범준의 귀에는 상여소리가 역력하게 들려오고 있었다.

넓은 벌 동쪽 끝으로
옛이야기 지줄대는 실개천이 휘돌아나가고

얼룩백이 황소가

해설피 금빛 게으른 울음을 우는 곳,

―그곳이 참하 꿈엔들 잊힐 리야.

일본으로 유학을 가서 느끼는 나라 잃은 민족의 절망은 더욱 참담한 것이었다. 적 안에서 보는 적의 모습은 또다른 모습이었다. 적들만 우글거리고 나나 우리는 없었다. 상대적인 위압감과 위축감 앞에서 나나 민족을 새롭게 생각하지 않을 수가 없었다. 일본에 첫발을 디딘 유학생들은 누구나 그런 감정에 부딪치게 마련이었다. 그러나 그들은 차츰 세 부류로 갈라져나갔다. 철저하게 일본적 지식인이 되고자 하는 자들이 있는가 하면, 그와는 반대로 철저하게 조국의 독립을 찾으려고 나서는 사람들이 있었다. 그리고 나머지 하나가 이것도 저것도 아닌 상태로 돈이나 써대는 재미로 사는 축들이었다. 지주나 관리, 자본가의 자식들이 대부분인 유학생들 중에서 기필코 조국의 독립을 찾겠다고 나서는 학생의 수가 제일 적은 것은 더 말할 것도 없었다. 민족 전체가 종살이를 하고 있는 엄연한 현실 앞에서 내가 어떻게 살아야 할 것인가 하는 것은 깊게 생각하되 오래 끌 성질의 문제가 아니었다. 종살이의 사슬을 하루 빨리 끊는 것, 그것만이 민족과 내가 한꺼번에 살 수 있는 유일한 길이었다. 그것만이 사람답게 사는 길이었다. 그렇게 결론짓고 비밀조직에 가담하게 되었다. 독립의 방법론은 분분했다. 국제외교를 통해 독립을 추구해야 한다는 외교독립론, 우매한 대중을 교육시켜 독립의식을 고취시켜 나아가야 한다는 교육준비론, 일본과 현실적인 타협을 하며 이성적으로 독립을 얻어내야 한다는 타협이성론. 그러나 일본은 바로 무기를 들고 나라를 강탈한 강도였다. 강도이되 흉기를 들고 집 안에 뛰어들어 값진 물건을 빼앗아 달아난 단순한 강도가 아니었다. 값진 물건을 빼앗고, 온 집 안을 차지하고 앉아 집안식구들을 종으로 부리면서 계속해서 쓸 만한 물건은 다 빼앗는 그런 흉악한 강도였다. 그런 강도를 누구더러 몰아내 달라고 외교독립론이며, 그런 강도를 어느 세월에 몰아내겠다고 교육준비론이며, 그런 강도에게 무슨 이성이고 인정이 있다고 타협이성론이란 말인가. 강도를 상대로 그런 것들은 다 정신 나간 잠꼬대고, 비겁한 횐소리였다. 강도는 물리쳐야 하고, 물리치는 방법에는 정면대결밖에 없었다. 힘을 믿는 강도가 두려워하는 건 힘밖에 없었다. 무력투쟁을 최우선으로 해서 다른 방법들은 차선으로 시행함으로써 복합적 효과를 노려야 하는 것이었다. 무기를 든 강도를 물리치려는 싸움에서 몸 다치고 피 흘리기를 두려워하고 주저해서야 그 싸움은 백전백패일 뿐이었다. 일본의 막강한 무기 앞에 당장 무슨 수로 대적하느냐고, 무력투쟁으로 정면대결을 한다는 것이야말로 잠꼬대고 헛소리라고 비웃는 것이 학식이 들었다는 자들이 보이는 작태였다. 그건 용기 없는 어설픈 지식인들이 드러내는 표본적인 기회주의였고, 도피주의였다. 싸움은 무기로만 하는 것이 아니었다. 3천만 가까운 조선인이 사는 조선땅에 일본놈들은 80여

만이었다. 그것들을 일시에 죽이고 나도 죽을 각오를 해버리면 강
도는 물리쳐지는 것이었다. 그놈들의 총에 맞서 이쪽에서는 죽창
이며 낫을 들었다고 할 때, 80만을 일시에 죽이기 위해 그 두 배인
160만만 죽을 각오를 하면 되는 것이다. 아니, 그 세 배인 240만이
죽으면 어떤가. 그러나, 천지사방에서 일시에 일어나 80만의 4분의
1인 20만만 죽여없애면 강도 일본놈들은 줄행랑을 칠 수밖에 없는
것이다. 그런데 배웠다는 자들이 내세우는 잡다한 독립론으로 그
런 민족적 결속을 이루지 못해 식민지지배는 36년에 이르렀고, 결
국 그동안에 종의 신세로 죽어간 동포의 수는 300만이 훨씬 넘어
버린 것이다.

　어으허으 어어허야 어얼럴러 어으히야

　김범준은 일경에 쫓겨 만주로 떠날 때의 아버지를 보고 있었다.

　질화로에 재가 식어지면
　뷔인 밭에 밤바람소리 말을 달리고,
　엷은 조름에 겨운 늙으신 아버지가
　짚벼개를 높이 고이시는 곳,

　─그곳이 참하 꿈엔들 잊힐 리야.

"애비로서 먼첨 권헐 수는 없는 길이로되 니가 알아 먼첨 택헌 길이니 말기지는 않컸다. 장부로서 나설 만헌 길이다." 아버지의 그 말씀이 얼마나 큰 힘이었는지 모른다. 아버지의 그 말씀을 가슴에 담고, 지용의 시를 뇌며 압록강을 건넜던 1924년. 검거 직전에 뿔 뿔이 흩어져 일본을 탈출하며 동지들이 재집결을 약속한 장소는 상해임시정부였다. 공염불같이 잡다한 독립론이나 생산해 내고 있는 임정을 따르자는 것이 아니었다. 다른 조직과 연계가 없는 상태에서 다급한 김에 정한 1차 집결지에 불과했다. 직접 가서 본 임정은 역시 기대할 것이 아무것도 없었다. 그곳은 반(半)봉건적 의식에 젖은 사람들이 책상에 모여앉아 입씨름이나 하고 있는 곳이었다. 11명의 동지가 흩어졌는데 다시 규합된 동지는 넷이었다. 석 달 동안 기다렸지만 더는 오지 않았다. 일본을 탈출하다가, 고향에서, 임정으로 오는 길에, 체포당했을 위험은 얼마든지 있었다. 동지들을 기다리는 석 달 동안 물론 무위도식하지 않았다. 싸구려 숙소를 정하고 닥치는 대로 노동을 했다. 거친 노동생활은 여러 면에서 소득이 한두 가지가 아니었다. 수중의 돈을 헐지 않을 수 있었고, 신분을 위장해 안전을 도모할 수 있었고, 밑바닥생활의 체험으로 인민성을 진정으로 확보할 수 있었으며, 무장투쟁의 바탕이 되는 체력단련을 할 수 있었고, 중국인들과 뒤섞이다 보니 중국말을 빨리 익히게 되었고, 일본놈들의 움직임도 꽤나 소상하게 파악할 수 있었다. 그러나 무엇보다도 큰 수확은 공산당 조직과의 연결이었다. 공산당의 혁명투쟁은 바로 무장독립투쟁과 직결되는 것이라서 자신들의 행동전개에 일대 전환을 가져오는 계기가 되었던 것이다.

어으허으 어어허야 어얼럴러 어으히야

김범준의 눈에는 거액의 급전을 마련해 주던 아버지의 모습이 어리고 있었다.

흙에서 자란 내 마음
파아란 하늘빛이 그립어
함부로 쏜 화살을 찾으려
풀섶 이슬에 함추름 휘적시든 곳,

—그곳이 참하 꿈엔들 잊힐 리야.

"인자 니가 나 혼자 자식이 아닌데 재산이라고 나 혼자 재산이겠느냐." 아버지가 전대를 밀어놓으며 한 말씀이었다. 아버지는 남자로서의 결단을 내렸던 것이고, 자신은 그 결단에 추호도 부끄러움이 없는 남자의 길을 가기로 각오했던 것이다. 노동을 계속하며 공산당의 지하활동이 시작되었다. 일본에서 표피적으로 읽었던 책들을 놓고 본격적인 사상학습을 하는 한편으로, 일본놈에게 공격을 감행하는 것이 그것이었다. 일본놈들을 처치하는 것은 물론 소조직에 의한 극비행동이었다. 그런 활동을 위해 비밀장소에서 갖가지 훈련을 받았다. 격투를 위한 기본 무술에서부터 장애물돌파·칼쓰기·총쏘기·폭약설치·독도법·피신법 같은 것들이었다. 부랑노동자로 위장해서 동지들을 확대해 나가는 것도 빼놓을 수 없는 임무였다. 그 생활 3년을 통해 직접 칼로 찔러 죽인 자들이 넷이었다. 둘은 밀정인 조선사람이었고, 다른 둘은 일본놈 형사였다. 일본놈을 죽일 때보다 두 밀정을 죽일 때 더 격렬하게 치솟던 증오는 무엇이었을까. 체포의 위기에 직면했던 것도 서너 번이었다. 배편으로 여수 앞바다 어느 섬에 닿고, 거기서 배를 갈아타고 고흥으로 잠입했던 것은 조직의 결정에 따라 군사학교에 들어가기 전에 국내의 임무를 수행하기 위해서였다.

어으허으 어어허야 어얼럴러 어으히야

3년 만에 뵙게 된 아버지의 그 무겁고도 침착했던 모습을 김범준은 지금까지도 잊지 못하고 있었다.

전설바다에 춤추는 밤물결 같은
검은 귀밑머리 날리는 어린 누이와
아무러치도 않고 어여쁠 것도 없는
사철 발 벗은 안해가
따가운 햇살을 등에 지고 이삭 줍던 곳,

─그곳이 참하 꿈엔들 잊힐 리야.

"그려, 아조 실허게 변혔구나. 장헌 일이여." 아버지는 마치 기다
리고 있었던 것처럼 벽장 속에서 큰돈을 꺼내놓으며 아버지로서
의 감정을 전혀 드러내지 않고 침착할 뿐이었다. 동지 한 사람과 다
시 배편으로 무사히 국내를 빠져나갈 수 있었다. 중공군관학교에
들어가면서 조직활동의 신분이 감추어진 것은 물론이었다. 그것은
투쟁을 보다 원활히 확대하기 위한 방책이었다. 군관학교의 생활
은 너무 편할 지경으로 하나도 힘이 들지 않았다. 그동안의 생활과
학습을 통해 중국말과 글이 아무런 장애가 없는 데다, 비밀훈련을
통해 몸은 이미 군사훈련에 익숙해져 있었던 것이다. 그러나 학교
생활에 최선을 다 바쳤다. 조직으로부터 최고의 성적을 올려 헌병
병과를 따내라는 지령을 받고 있었기 때문이다. 성적이 상위에 드
는 몇몇 학생들에게는 병과 선택권을 부여하고 있었던 것이다. 신
변보호를 위해 조직에서는 일체의 다른 일에 가담시키지 않았다.
무풍지대에서 할 일이라고는 공부밖에 없었다. 당연히 최고성적으
로 졸업하면서 헌병장교가 되었고, 근무지까지 원하는 대로 상해
가 되었다. 겉으로는 국민당의 절대적인 신임을 받는 장교였던 것
이다. 보장된 신분을 확보한 입장에서 할 일은 너무나 많았다. 조직
활동을 위한 정보확보와 제공에서부터 조직원의 보호까지, 신분을
감추면서 그런 일을 효과적으로 해나간다는 것은 꽤나 힘겨웠다.
신경이 언제나 칼끝처럼 곤두서 있었다. 살인범을 잡겠다고 나선

입장에서 어느 때는 그 살인범을 오토바이에 싣고 내달리기도 했고, 어느 때는 조직원인 줄 뻔히 알면서도 일본 경찰들의 무자비한 구타를 외면하기도 했다. 1932년 상해의 생활을 끝내기까지 치러낸 일은 적지 않았다. 그러나 일본의 중국 침략은 본격화되고, 공산당의 홍군과 국민당군의 충돌이 심각해지면서 상해를 떠나야 했다. 상해에서 암약하던 조직 전체의 재편성이었다. 조직의 명령에 따라 국민당군 헌병대위의 계급을 버리고 홍군지역으로 넘어갔다. 그동안 조직원으로서 일하다가 애인의 정을 나누게 된 중국처녀 주미령과도 이별했다. 이별을 하면서는 혁명이 완수되면 다시 만날 것을 언약했지만, 그것은 영원한 언약으로 끝나고 말았다. 혁명완수를 보고 중국을 떠날 때까지 그녀는 어디에서도 나타나지 않았다. 해방된 조선에서의 삶을 꿈꾸곤 했던 그녀는 혁명의 긴 소용돌이 속에서 그 어디선가 세상을 떠났는지도 모를 일이었다. 혁명은 피를 먹고 피어나는 꽃이고, 핏덩이로 뭉쳐진 태양이니까.

어으허으 어어허야 어얼럴러 어으히야

김범준의 흐릿거리는 시야에는 자신이 담배통에 담아드린 담배를 그지없이 흐뭇한 얼굴로 빠시던 아버지의 고단한 모습이 어리고 있었다.

하늘에는 성근 별

알 수도 없는 모래성으로 발을 옮기고,

서리 까마귀 우지짖고 지나가는 초라한 지붕,

흐릿한 불빛에 돌아앉아 도란도란거리는 곳,

―그곳이 참하 꿈엔들 잊힐 리야.

"범준아, 니는 일찍허니부터 남들이 다 피하는 고생길을 솔선해서 걸은 사람이다. 그 작심은 장하고 장한 것이었는디, 니가 시방 허고 있는 작심도 장한 것으로 생각해야 허겄냐?"이건 26년 만에 마음 놓고 부자상봉을 하여 아버지가 처음 물으신 물음이었고, 그리고 마지막 물음이 되었다. 아버지는, 상해 임정의 요인들이 반봉건의식의 한계를 벗어나지 못했듯이 역사발전적 인민혁명에 대해 제대로 납득하지 못했다. 그러나 아버지는 끝까지 아들을 남자로 믿어주는 대범을 보이셨을 뿐, 아들의 의무를 요구하지 않으셨다. 동생 범우의 자식들에게 어설픈 큰절을 받으며 아버지께 더없이 송구스러움을 느꼈던 것은 대장정을 감행하면서는 전혀 갖지 못했던 감정이었다.

홍군지역으로 넘어가면서 혁명투쟁은 본격화되었다. 조국의 독립투쟁은 전 인류적 혁명투쟁에 포함되었고, 중국공산당은 일본을 국민당보다 앞서는 적으로 명백히 규정하고 있었다. 홍군에서의 투쟁은 온갖 시련과 감동의 연속이었지만, 그 절정은 뭐니뭐니 해도 대장정이 아닐 수 없었다. 2만 5천 리의 실제 거리와는 다르게 '머나먼 길'이라는 의미가 강조되어 '5만 리 대장정'으로 통칭되는 그 끝없는 이동은 중국공산당의 대시련인 동시에 대승리일 수밖에 없었다. 봉건군주 진시황은 절대권력을 지키기 위해 만리장성을 쌓았고, 모든 봉건·제국주의적 권력의 속박으로부터 인간해방을 실현시키기 위해 혁명가 모택동은 2만 5천 리의 이동투쟁을 전개했던 것이다. 대장정을 통해서 배우고 감동한 것은, 그 누구나가 혁명실현을 위해서 자기 희생을 두려워하지 않았던 순결한 열정과 그 아름다움이었다. 소년전사에서부터 당의 지도자들까지 문자 그대로 혼연일체가 될 수 있는 힘의 근원은 평등과 신뢰였다. 숙식에서부터 일체의 차등이 없는 인간존중의 평등실현은 마치 기적 같은 신뢰의 힘을 창출해 냈고, 그 기적적인 인간집단은 마침내 대장정을 성공적으로 마치고 끝내는 중국대륙에 혁명의 나라를 세우기에 이르렀던 것이다. 무정 장군을 따라 압록강을 넘어오며 가졌던 조국땅의 혁명에 대한 확신은 20대 초반에 압록강을 넘어가며 가졌던 조국의 독립에 대한 확신보다 컸다. 그런데…… 그 확신의 어디에 착오가 있었던 것일까. 조선땅은 중국과는 다르게 미·쏘가 분할한 해방을 맞은 것부터가 문제였던 것이다. 미국은 주력부대는 철수시켰지만 5년이라는 신탁통치의 잔여기간을 남겨둔 채 군사고문단 배치는 잊지 않았던 것이다. 그 고문단은 민족해방전쟁과 때를 같이해서 대병력으로 둔갑하고 말았던 것이다.

어으허으 어어허야 어얼럴러 어으히야

큰길을 벗어난 만장행렬을 뒤따라 상여도 산자락을 밟기 시작하고 있었다. 김범준은 다시 손등으로 눈을 문질렀다. 그리고 염상진 쪽으로 고개를 돌렸다.

"염 동지, 그만 갑시다."

"예에?"

염상진은 의문스럽게 김범준을 쳐다보았다.

"이젠 됐소. 떠나도록 합시다."

김범준의 물기 어린 목소리는 깊이 가라앉아 있었다. 염상진은 상장을 가슴에 달고 있는 김범준을 바라보며, 하관절차를 보고 싶어하지 않는 그의 심정을 헤아렸다.

"네에, 가시지요."

염상진은 벗어들고 있던 모자를 썼다. 문득 콧날이 찡 울리면서 김사용 어른의 음성이 들려왔다. "그래, 땅을 빌려 쓰면 사용료는 얼마를 어떤 방법으로 낼 심산인가?" 그분의 넉넉한 웃음이 담긴 얼굴도 떠올랐다. 염상진은 하늘을 쳐다보았다. 하늘에는 구름 한 점 없는데도 흐려 있었다. 그 하늘을 향해 그는 속으로 뇌었다. 어르신, 부디 평안하소서.

11

재귀열이란 돌림병

아침이면 산골짜기마다 안개가 짙게 드리워지고, 햇발이 퍼지면서 안개가 스러져가면 골짜기에는 어제 없던 진달래꽃이 활짝 웃고 있고는 했다. 실비가 건듯 스쳐가고, 가랑비가 사운거리며 한 식경씩 내리고, 이슬비가 함초롬히 솔잎을 적시다 가면 산빛의 초록은 그 다양한 색감을 자랑하듯 아래서부터 위로 물결쳐 올랐다. 그 봄물결에 실려 진달래꽃도 산등성이를 타올랐다. 비가 한차례씩 스쳐갈 때마다 풀이란 풀, 나무란 나무는 환성을 지르듯 푸른 기지개를 켜며 우쭐거려 일어서고, 골짜기를 흐르는 물소리는 차츰 맑고 크게 도란거리고, 햇발은 솜이불인 양 나날이 포근하고 두터워져갔다. 4월은 산골산골에 부풀 대로 부풀다 못해 끝내는 터져 낭자하게 물감칠하는 초록의 봄을 현란하고 화사하게 펼쳐놓고 있었다.

"와따메, 이불이 따로 읎네이. 요 따땃허고 두껀 햇발 이불 삼아 덮고 한숨 늘어지게 잤으면 쓰겄네."

김복동이 비탈에 비스듬하게 몸을 뉘인 채 늘어지는 소리로 말했다.

"글안해도 건전주름헌 성님 눈에 잠이 따뿍 찼소. 혀도, 금세 출발명령 떨어질 것잉게 잠잘 생각이야 허덜 마씨요이."

마삼수가 손에 닿는 진달래꽃을 따서 연방 입에 넣으며 말대꾸를 했다.

"짚이 잠언 못 자도 요리 자울자울허먼 그려도 고단헌 것이 풀리는 법이시. 근디, 아그덜맹키로 자네 무신 짓거리 허는 것이여, 시방?"

"보먼 몰르요? 봄 따묵고 있소."

"머시여? 봄얼 따묵어? 거 무신 생뚱헌 소리여?"

김복동이 잠이 찬 눈으로 마삼수를 쳐다보았다.

"와따, 멋대가리 없는 성님허고는 말이 안 통헌게 그냥 자울기리기나 허씨요."

마삼수는 새로 딴 진달래꽃을 입에 넣으며 눈총을 쏘았다.

"아니, 근천시럽게 배 채우자고 꽃 따묵음시로 봄 따묵는다고 생뚱헌 소리 허는 놈이 누군디, 누구보고 말이 안 통헌다고 그냐?"

김복동은 졸기도 틀렸다는 듯 윗몸을 세우며 쌈지를 꺼냈다.

"참말로, 성님언 워찌 그리 맘이 돌뎅이요. 그 징허게 춥든 삼동이 은제 가뿔고 요리 기맥히게 존 봄이 왔는디, 성님언 맘이 요상시럽게 할랑기림스로 꽃도 잠 따묵어보고 잡은 생각이 안 드요?"

마삼수는 그렇지 않느냐는 듯 미간을 찡그리며 김복동을 빤히 쳐다보았다.

"나가 인자 물오르는 이팔청춘 가시넨지 아냐? 봄이 왔다고 맘 할랑기레 꽃 따묵고 자시고 허게. 염병허고, 봄이 된께 생각나는 것은 처자석덜뿐이다."

김복동은 담배를 말며 어깨로 한숨을 쉬었다.

"와따 참말로, 성넘언 못 말기겄소. 헐 생각이 잔생이 읎어서 고런 심 파허는 생각허고 앉었소. 나가 한 가지 말 꽉 혀뿔께라, 워쩔께라?"

마삼수가 쌈지를 거칠게 꺼냈다.

"못헐 소리 머 있고, 못 들을 소리 머 있간디?"

김복동이 담배연기를 빨며 코웃음을 쳤다.

"성넘이 허는 생각이 바로 해당적 감상주의고, 가족주의요."

마삼수가 정색을 하는 척하며 내놓은 말이었다.

"아이고메 똑똑타, 우리 삼수. 니가 당원 찜쪄묵겄다."

김복동이 눈을 휘둥그렇게 뜨며 놀라는 시늉을 했다.

"똑똑헐라고 허는 말이 아니고라, 학습에서 배운 말 한분 써묵어 봤소. 근디 성넘, 오도가도 못허는 집생각 같은 것 허덜 마라 그 말이요. 집생각허면 공연시 맘만 씨리고 기운만 빠지제 얻어지는 것이 머시가 있소. 다 항꾼에 겪는 고상잉께 투쟁이나 심지게 혀얄 것 아니겄소."

"고것이야 누가 몰르간디. 맘이란 것이 다 지절로 씨이는 것이제 워디 생각맹키로 되는 것이드라고? 어이웨, 근디 말시, 우리가 허는 투쟁이라는 것이 미꼬미가 있을까? 어름 풀릿스로 일어나는 바람 기가 쌔꼬롬헌 것이 위째 요상시럽딜 않은가?"

김복동이 주위를 살피며 뒷말을 속삭임으로 낮추었다.

"성님, 무담씨 고런 말 해쌓지 말고 맘 강단지게 묵으씨요. 기왕 지사 입산혀뿐 것, 죽기 아니면 살기 아니요? 여자들도 총 들고 나 스고, 시무 살도 안 된 것들도 총 들고 나슨 것 생각허씨요. 허고, 우리 시상이 꼭 온다고 철통겉이 믿으씨요."

마삼수는 낮춘 목소리에 힘을 주어 말했다.

"자네넌 그것이 믿긴가?"

김복동이 의아스러운 얼굴로 마삼수를 쳐다보았다.

"믿제라. 아니, 어쩌다가 맘이 뜨광허니 묵어져도 고런 맘 꽉꽉 쳐내뿔고 믿을라고 애써야제라."

마삼수의 말에는 더 힘이 들어가고 있었다.

"자네 맘이 장사시. 나도 그리 심지게 맘이 묵어져야 헐 것인 디······."

"봇씨요 성님, 염상진 동무나 안창민 동무 겉은 사람덜얼 봄스로 그것을 믿으씨요. 고런 유식허고 똑똑헌 사람덜이 앞날얼 을매나 잘 알먼 그 고상덜얼 그리 사서 허겄소. 그 사람덜언 편케 살자먼 을매든지 편케 살 사람덜 아니겄소?"

"그야 그렇제. 끝 못 보고 그간에 죽어간 사람덜얼 생각허나, 고 런 잘난 동무덜이 몸 안 애끼는 열성을 생각허나 맘 강단지게 묵어야 쓰겄제. 나가 영판 쫌팽이넌 쫌팽이시."

"되았소, 그만허면 아조 근사헌 자기비판이요. 성님이 고런 맘 살짝허니 들었든 것은 바람난 잡년이 궁뎅이 살랑살랑 흔드는 것맨치로 맘 심숭생숭허게 맹그는 요 지랄 겉은 봄바람 땜시요. 나가 담배 한 대 맛나게 몰아줄 팅게 고런 맘 탈탈 털어뿌시요."

마삼수가 손가락 끝에 침을 묻혀 종이를 접었다.

"자네넌 영 용허네이. 학습받은 에로운 말얼 척척 써묵어쌓고."

"흐흐, 나도 그런 말 써묵음스로 뒤통수고 볼때기고 간질간질허요. 근디, 안창민 정치위원 동무가 말혔디끼, 싸게싸게 사상무장얼 허자먼 자꼬 써묵어봐야제 워쩔 것이오."

"금메, 그리 써묵어진께 용허단 말이시. 나넌 그리 혀볼라고 혀도 영 입이 안 떨어진당께로. 글 깨치기도 영 늘품이 없고 말이시."

김복동이 풀이 죽어 말했다.

"성님, 성님이 워째 고것이 안 되는지 아시요? 나허고 달브게 비우짱이 없어서 그러요. 요 말얼 써묵다가 틀리면 으쩔끄나, 저 대목에서 무신 말얼 써묵어야 헌다냐, 우선에 고런 쭈밋쭈밋헌 생각얼 싹 없앴뿌씨요. 틀릴라먼 틀려라, 웃을라먼 웃어라, 허는 뱃보로 미친년 널뛰대끼 아무 말이나 씨불씨불 해대다 보면 늘품이 생긴당께라. 괴기도 묵어본 놈이 잘 묵는다는 말 안 있습디여? 말도 체면볼 것 읎이 씹떡껍떡 많이 해대는 놈이 결국 잘허게 되는 것 아니겄소?"

"그려, 자네가 나 맘얼 영축없이 찍어내는구마. 이치야 그리헌디,

공산당말이라는 것이 음담맹키로 술술 풀려나딜 않은께 탈이여."

김복동이 짭짭 입맛을 다셨다.

"음담도 워디 첨부텀 술술 풀렸습디여? 자꼬 연습허시씨요. 여 깄소."

마삼수가 말이담배를 내밀었다.

"워째 뜰 생각얼 않고 요리 태평시런고?"

김복동이 담배를 받아들며 지휘관이 있는 쪽으로 고개를 돌렸다.

"해가 설핏해지기럴 기둘리는 것 아니겄소?"

마삼수가 부싯돌을 치며 대꾸했다. 그 동작이 어찌나 정확한지, 부시로 서너 번을 쳐서 부싯깃에 불을 붙였다. 부싯깃의 쑥 타는 냄새가 연기만큼 가늘게 퍼져 흘렀다. 그들은 언제부턴가 하나같이 부싯돌을 사용하고 있었다. 성냥은 구하기도 어려웠지만, 어쩌다가 수중에 넣게 되면 지체 없이 부대장에게 내놓았다. 그 성냥은 모아져 병기과로 보내졌다. 성냥은 재생총알을 만드는 데 없어서는 안 되는 중요한 원료였던 것이다.

"그렇제, 우리 대장님이 누군디, 비문이 알아서 헐라드라고."

김복동은 마삼수한테 옮겨받은 쑥을 담배 끝에 조심스럽게 붙이고 담배를 빨아댔다. 쑥을 태우고 있던 불씨가 금방 담배로 옮겨 붙었다.

"하먼이라, 하대치 대장 동무만 따라나스먼 심이 절로 나고, 맘이 턱 놓이제라. 나가 저리만 된다면야 원이 없겠소."

"워따 그놈에 원 한분 크시. 하대치 대장님이야 워디 하로이틀에

저리 됐간디? 허고, 그 씬 기운에, 날랜 몸, 강단진 몸이 다 타고난 것이여. 그리 높은 낭구 쳐다보덜 말고 동기맹키로나 될라고 혀."

"이, 동기도 소대장으로는 솔찬허제라. 그려도 지까징 것이 하 대장 동무하고 비허자면 솔개 앞에 뼝아리요. 사내자석이 안 될 때 안 되드락도 워찌 뼝아리 탁허기럴 바래겄소."

"말 한분 찰방지게 헌다. 니넌 누구럴 그리 탁허고 잡은 맘이 묵어지게 안직 기운 펄펄혀서 좋겄다."

김복동이 몸을 뒤로 벌렁 눕혔다.

"하먼이라, 그리 못 묵고 얼어감시로 삼동얼 났어도 새북좆이야 지끔도 짱짱허게 슨께요."

"염병헌다."

"두고 봇씨요, 기왕지사 빨치산 된 거 나도 요러타께 한가락 허고 말 팅게."

마삼수는 볼이 패이도록 담배를 빨았다.

풀꾹 풀꾹 푸풀꾹 풀꾹.

어디서인가 풀꾹새가 애절한 목태움으로 울고 있었다. 강파른 보릿고개를 이기지 못하고 죽은 어린 자식들을 뒤따라 죽은 과부의 넋이 이 산골 저 산골을 자식들 찾아헤매며 우는 목쉰 울음이라고도 했고, 첫날밤 정을 나누고 과거를 보러 떠난 임이 아무 소식도 없이 몇 해를 돌아오지 않아 기다림에 지쳐 죽은 여인의 넋이 임을 찾아 그리도 섧게 운다고도 했다. 너무 울어 목에서 피를 토하고, 제 피를 되마셔 목을 축이며 또 운다는 목 쉰 피울음은 보릿

고개 속 아리는 밤마다 지칠 줄을 몰라 풀꾹새는 4월이 다 가도록 섧고 섧게 울었다. 그런데, 새 한 마리를 두고 만들어진 두 가지 이야기는 그 내용에서 너무나 차이가 많았다. 하나는 배고파서 죽은 사연이고, 하나는 임 그리워 죽은 사연이었다. 배고픈 농민들이 지어낸 이야기와 배부른 양반들이 지어낸 이야기의 차이였다.

"풀꾹새가 저리 울어쌓는디, 사람덜 배꼽이 등창에 다 붙겄다."

하대치의 멀어진 눈길이 그 어딘가 먼 데를 더듬고 있었다.

"금메요, 후방부 보투도 아조 에로와진 모냥이드만이라."

강동기가 쑥잎을 뜯어 냄새를 맡으며 말을 거들었다.

"하먼, 투쟁인민덜 고상이 말로 다 헐 수 없겠제. 우리덜 도울라, 군경 눈 피헐라, 새중간에 찡게서 죽을 맛이 따로 없는 판 아니겄소."

"그러겄제라. 근디, 군경할라 자꼬 씨게 나온께 투쟁인민덜이나 우리나 곱쟁이로 심드는 일이제라."

"그려도 인민덜에 비혀자먼 우리가 훨썩 낫소. 산으로 뒤빠져서 적이나 팡팡 쥑잉께."

강동기는 무르춤해졌다. 대꾸할 말이 없었다. 추위에 얼어붙고, 배고픔에 시달리면서 목숨을 내걸고 적과 싸우는 것이 그래도 인민들이 당하는 고생보다 낫다……. 그것은 저울에 달듯이 따져서 될 말이 아니었다. 마음을 그렇게 먹으면 그것이 그대로 맞는 말이었다. 나는 언제나 저런 당성을 지니게 될까……. 강동기는 어떤 죄스러움으로 고개를 수그렸다. 하 대장은 그 용맹스러움도 진작에 소문이 나 있었지만 그 강단진 마음도 모든 대원들을 놀라게 만들었다. 하 대장의 아내와 무당이 잡혔다는 소문이 지구 안에 쫙 퍼졌을 때의 일이었다. 그건 보나마나 총살을 면치 못할 변이었다. 그런데도 정작 하 대장은 얼굴색 하나 변하지 않았다. 다른 때와 똑같이 부하들을 지휘하며 싸움에 나섰고, 싸움터에서도 달라진 것 없이 용맹스러웠다. 그러다가 하 대장의 아내와 무당이 죽음을 면하고 재판소로 넘겨졌다는 소식이 전해져왔다. 그 더없이 반가운 소식 앞에서도 하 대장은 역시 아무런 내색도 하지 않았다. 마치 아무 감정도 없는 사람 같았다. 그러나 대원들은 그것이 바로 당성의 힘이라는 사실을 깨닫고 있었다. 그리고 모두 혀를 내두르며 기가 죽었다.

하대치는 자신의 기동연대를 이끌고 작전에 나서고 있었다. 3월 중순을 넘기면서부터 기를 세우기 시작한 군경의 공격은 4월로 접어들자 더욱 기세를 올렸다. 적들은 병력의 규모도 달라져 있었고, 공격방법도 변해 있었다. 경찰의 병력도 커진 데다 군부대까지 합세해서 과감한 공격을 펼쳐댔다. 적들은 해방구 탈취를 목적으로 하는 것이 분명했다. 해방구와 인접해 있는 면의 지서들에 보루대를 쌓아올려놓고, 그곳을 거점 삼아 해방구를 공격해 대는 작전을 썼다. 경찰에 비해 화력이 월등한 군인들은 해방구를 제법 깊게 파고들기도 했다. 각 지구는 어디나 마찬가지 상황에 놓여 있었다.

조계산지구는 백아산·백운산·유치지구의 중간지점이었다. 그래서 각 지구를 잇는 중요성을 갖는 동시에 양면공격을 받을 위험을 안고 있었다. 적들은 순천 쪽에서 밀려들 수도 있었고, 벌교 쪽에서 밀려들 수도 있었다. 물론 위험이 큰 것은 순천 쪽의 적이었다. 순천에는 광양 백운산까지를 관할하는 대부대가 진을 치고 있었다. 조계산지구를 안전하게 지키는 것은 순천에서 밀려드는 적을 막아내는 데 달려 있었다. 순천의 적이 조계산지구를 공격하는 데 제일 중요하게 여기는 지점이 쌍암면이었다. 일제시대에 넓힌 신작로가 번듯했던 것이다. 하대치는 휘하의 기동대 병력을 이끌고 바로 쌍암지서의 공격에 나서고 있었다. 지서의 보루대를 폭파해 버려 적들의 기를 꺾고, 기선을 잡자는 작전이었다. 다른 지구의 기동대들이 그렇듯 하대치의 기동대도 조계산지구에서 최강의 부대였다. 강동기·천점바구가 다 기동대 소속이었고, 기동대의 거의가 벌교사람들로 편성되어 있었다. 그동안 지구의 비무장을 무장으로 바꾸는 데 하대치가 세운 공은 무척이나 컸다. 그건 말을 바꾸면 경찰이나 청년방위대들을 그만큼 많이 죽였다는 뜻이었다. 그래서 하대치는 경찰과 청년방위대들 사이에 '악질 땅딸보'로 소문이 나 있었다. 잡히기만 하면 회 쳐 먹는다느니, 포를 떠서 죽인다느니, 마디마디 토막을 쳐 죽인다느니, 온갖 악담을 다 들었다. 그런데 쉬쉬하며 사람들 사이에서 오가는 말은 정반대였다. 산길 100리를 한나절에 걷고, 날아가는 참새 똥구멍을 맞힐 만큼 총질을 잘하며, 경찰과 맞붙었다 하면 그 빠른 발로 동에 번쩍 서에 번쩍 하면서 그 기막힌 솜씨로 총질을 해대는 바람에 경찰들은 추풍낙엽이라는 것이었다. 하대치는 마침내 염상진을 뒤따르는 또 하나의 신비스런 인물이 되어가고 있었다. 하대치는 승주군당 유격대와 합류하기 전까지 대원들의 휴식을 겸해 해가 기울기를 기다리고 있었다.

골짜기에 산그늘이 내리는 것을 보고 하대치는 소대별로 분산되어 있는 대원들을 집합시켰다.

"에에, 조선인민공화국 전남유격대 조계산지구 기동대 동무 여러분! 지끔부텀 우리 기동대가 오늘 밤중에 나슬 작전에 대해서 말허겄습니다. 오늘 작전은 쌍암지서허고 보루대럴 공격허는 것입니다. 오늘 공격은 지서고 보루대럴 우리가 차지허자는 것이 아닙니다. 싹 다 뚜둘겨 뿌시거뿔면 됩니다. (이 대목에서 하대치는 주춤했다. 완전히 파괴해 버리면 됩니다 하는 말이 뒤미처 생각났던 것이다.) 공격은 3개 조로 노나서 허는디, 정면·왼손쪽·오른손쪽, 요렇게 세 방향에서 헙니다. 승주군당서 허는 말로넌 지서허고 보루대 앞에 대창울타리, 바닥에 대창 박아논 구뎅이, 또 대창울타리, 요로크름 3중으로 방어선얼 둘러쳤다 헙디다. 고것이야 지서마동 다 그렁께 우리가 다 아는 것이고, 고것얼 워쩌크름 돌파헐 것이냐가 문제요. 그려서 공격얼 3개 조로 노나서 허는 것인디, 정면에서 공격허는 조가 검은개덜이 쏴질르는 기관총에 안 상헐 만치 멀찍허니 떨어져 총질얼 힘스로 검은개덜 정신얼 뽑는 새에 오른손쪽·왼손쪽 조덜언 번갯불 치대끼 방어선얼 돌파헌다 그것이요. 누런개덜이 멀찍허니 없응께 위험시럴 것 없고, 검은개덜언 이적지 공격당혀 본 일이 없었응께 태평 치고 있을 것이오. 긍께 오늘 야간작전에서도 인민해방얼 위한 강철 겉은 굳센 맘으로, 용맹시런 전남유격대 조계산지구 기동대의 당당헌 전사로, 모다 용감무쌍허게 싸와주기럴 바라겠소. 앞으로 30리 행군이 남었웅께 지끔부텀 지니고 있는 저녁밥얼 묵도록 허겄소."

하대치는 말을 마쳤다. 100여 명의 대원들은 일제히 하늘을 향해 총들을 뻗쳐올리며 입들을 있는껏 벌렸다. 입들의 모양은 분명히 무엇인가를 소리쳐 외치고 있는데 소리라고는 전혀 울리지 않았다. 그런데 똑같은 동작이 세 번이나 되풀이되었다. 그들이 총을 치뻗어올리며 소리 없이 외치는 소리는, 나가자! 싸우자! 이기자!였다. 그러나 그 외침은 안전지대인 해방구 안에서는 목이 터지도록 크게 외칠수록 좋았지만, 일단 해방구를 벗어나 작전에 들어가게 되면 빈 소리 외침으로 바꾸게 되어 있었다. 물론 박수를 칠 일이 있어도 손바닥이 서로 엇갈리는 '공박수'를 쳤고, 노래를 부를 일이 있어도 입놀림과 손짓만으로 '공노래'를 불렀다. 그래도 그들은 소리를 내는 것과 똑같은 기분을 느꼈고, 마음들은 한 덩어리로 뭉칠 수 있었다.

하대치는 흩어지는 대원들을 바라보고 서서 마음 한구석이 찜찜함을 떨쳐내지 못하고 있었다. 연설을 말끔하게 해내지 못하고 또 한 군데 흠을 낸 것이 마음에 걸렸던 것이다. 잘하는 연설이란 어려운 말을 많이 하거나, 말을 막히지 않고 줄줄 해대는 것이 아니라 듣는 사람 모두가 그 뜻을 다 알아듣도록 쉬운 말을 하는 것이라고 안창민은 말했다. 직책이 자꾸 높아지면서 부하들을 많이 거느리게 되니까 자연히 연설을 하지 않을 수 없게 되어갔다. 자신도 염상진 대장처럼 멋지게 연설을 해보고 싶은 것은 오래된 꿈이었다. 마음으로는 무슨 말을 할 것인지 환한데 막상 사람들 앞에 나서면 입이 떨어지지 않았다. "어렵게 생각하지 말고 그냥 평소에 말하듯이 하면 됩니다. 자꾸 하다 보면 자기도 모르게 늘게 되거든요." 안창민의 말이었다. 안창민의 말은 그랬지만, 말이라는 것은 같은 말이면서도 그냥 둘러앉아 하는 말이 다르고, 회의를 한다고 모여앉아 하는 말이 다르고, 많은 사람을 모아놓고 하는 말이 달랐다. 그중에서 많은 사람들 앞에서 하는 말인 연설이 제일 어려운 것은 더 말할 것이 없었다. 그러나 어렵다고 피할 수 있는 일이 아니었다. 기동대장으로 부대를 지휘하려면 연설부터 하는 것이 첫일이었다. 기본적인 군사교육이 그랬고, 매번 작전을 앞두고 실시하는 설명과 지시가 그랬고, 작전을 끝내고 꼭 시행해야 하는 평가와 비판이 그랬다. 회의석상에서 하는 말까지는 어떻게 해넘길 수 있었는데, 수백 명을 모아놓고 연설을 한다는 것은 아무래도 오금조이는 일이 아닐 수 없었다. 그러나 피할 수도 없는 일이었다. 비무장대원까지 700여 명을 모아놓고 첫 번째 연설을 한 기억은 평생토록 잊지 못할 일이었다. 사람들 앞에 나섰는데, 몇 번이고 연습했던 말은 어디로 달아나버려 머릿속은 텅 비고, 눈앞이 어질어질하면서 사람들이 커졌다 작아졌다 하고, 입에 침은 마르고, 가슴은 숨을 쉴 수가 없게 벌떡거리고, 두 팔은 뒷짐을 질 수도 없고 앞으로 모아잡을 수도 없게 거추장스러워 당장 잘라내버리고 싶고, 두 다리는 아무리 힘을 줘서 버팅겨도 후들후들 떨리고, 어찌어찌 말을 생각해 내서 하려고 하니까 볼이 뻣뻣하게 굳어져 있었고, 기를 써서 말을 하려고 하는데 연방 더듬거려지며 같은 말이 되씹혔고, 겨우겨우 말을 끝내기는 했는데 무슨 말을 했는지 도무지 생각이 나지 않았고, 담배를 한 대 피우고 나서 보니 등판과 가슴팍이 땀으로 흠뻑 젖어 있었고, 창자가 꼬이는 것인지 어쩐지 배가 살살 틀리며 아팠고, 열이 오르며 아프기 시작한 머리는 이튿날까지 띵했던 것이다. 혼자서 700명의 적과 맞붙었다 해도 그렇게까지 힘이 들 것 같지는 않은 심정이었다. 새삼스럽게 염상진 동지가 높게 보이고 장하다는 생각이 들었다. 염상진 동지는 700명이 아니라 남국민학교 운동장을 빡빡하게 채운 수천 명 앞에서 아무런 거침이 없이 말을 할 뿐만 아니라 그 많은 사람들을 자기 마음대로 떡 주무르듯 하지 않았던가. 그에 비해 자신의 꼴은 너무 한심스럽고 병신 같았던 것이다. 그러나 안창민의 말은 차츰 맞아들어갔다. 대원들 앞에 자주 서게 될수록 처음의 증상들이 점차로 가라앉아가며 마음먹은 대로 말을 해낼 수가 있게 되었다. 그러나 아직까지도 말을 끝내고 나면 꼭 한두 군데씩이 께끄름하게 마음에 걸리고는 했다. "아마 자기 마음에 꼭 드는 연설을 할 수 있는 사람은 이 세상에 한 사람도 없을걸요." 안창민이 웃으며 한 말이었다. 그럼 염상진 동지도 그렇겠느냐는 말을 묻고 싶었지만 입을 다물었다. 그런 물음이 염상진 동지에 대해 버릇없는 짓 같았고, 염상진 동지도 그럴 거라는 대답을 듣고 싶지 않았던 것이다.

골짜기에 산그림자를 덮으며 어스름이 내리고 있었다. 산어스름은 평지의 어스름과는 달리 빠르게 어둠의 옷으로 갈아입었다. 하대치는 부대를 출발시켰다.

대원들은 소대별로 기민하게 행군대열을 이루며 산길을 타기 시작했다. 그들의 때 절고 남루한 옷들은 각양각색이었고, 총들도 가지각색이었으며, 신발도 구구각색이었다. 그러나 소리 없이 신속하게 움직이고 있는 행동만은 일사불란하게 통일을 이루고 있었다. 어스름은 빠르게 어둠으로 바뀌고, 긴 그들의 행렬은 어둠 속에 묻혔다.

한 시간 남짓 걸어 하대치의 부대는 승주군당 40여 명과 합류했다. 승주군당은 공격보다는 현지정찰과 길안내를 목적으로 하고 있었다.

"거그 사정은 으쩌요?"

하대치는 군당지휘관에게 물었다.

"검은개덜만 그대로 있고 벨 변동이 없구만이라."

"되얐소. 개덜이 밥 처묵고 늘이지근허게 자빠져 있을 적에 들이쳐뽑시다. 초저녁공격이야 새북공격맨치로 전과가 큰 법잉께."

하대치의 낮지만 기운이 서린 말이었다.

"그러제라. 우리 군당은 워찌헐께라?"

"두 조로 노놔 우리 기동대헌테 질얼 잡아주씨요. 질만 자알 잡아주면 됐제 공격에 앞슬라고 허지넌 마씨요, 위험시런께."

"알겄구만이라."

부대는 다시 반 시간 가까이 어둠을 헤쳐나갔다. 쌍암면은 어둠에 묻힌 채 몇 개의 불빛으로 그 위치를 알리고 있었다.

"쩌어그 저, 질로 높으뎅헌 불빛이 바로 보루대구만이라."

군당지휘관이 속삭였다.

"알겄소. 싸게 부대럴 둘로 쪼개씨요. 글고, 작전지시넌 다 내레 놨웅께 질만 까딱없이 잡도록 허씨요."

하대치는 다시 다짐했다.

"영축없이 해내겄구만이라."

군당지휘관이 돌아섰다.

기동대는 이미 지시된 대로 신속하게 3개 조로 중대단위를 이루었다.

"2·3중대넌 아까참에 지시헌 대로 1중대가 총질얼 퍼붓으면 방책을 뚫부씨요. 군당에서 준비헌 나무다리가 셋썩잉께 대창울타리 끊는 것도 거그에 맞게만 허면 되겄소. 글고, 절대적으로 조심시킬 것이, 구뎅이에 걸친 나무다리럴 건네가는 것이오. 날이 어둔디다가, 나무다리넌 쭙제, 맘 다급혀 허방 딛고, 뒤에서 밀치기혀 뿔면 워찌 되는지 다 알겄지라잉? 두 질이 넘는 구뎅이바닥에 촘촘허니 백힌 대창이 전신에 백혀 직사해 뿌요. 그리 죽는 것이 바로 개밥된 것만도 못헌 개죽음잉께 절대적으로 고런 실수 없게 단도리 허씨요들. 이상."

하대치가 말한 '개밥'이란 군경에게 죽는 것을 가리키는 빨치산들의 통용어였다.

두 중대장이 물러가자 하대치는 1중대장에게 전진대열을 만들도록 명령했다. 그는 정면공격을 하는 1중대를 직접 지휘하고 있었다.

하대치는 한 줄로 가로선 부대의 한가운데로 들어섰다. 그리고 좌우로 명령을 내렸다.

"몸 접고 전진."

그 명령은 빠른 속삭임으로 왼쪽과 오른쪽으로 전달되어 나갔다. 그러면서 대열이 움직이기 시작했다.

켜켜이 쌓여가는 어둠 저편에 있는 산골면에서는 개 짖는 소리 하나 들리지 않았다. 어둠의 정적 속을 풀꾹새소리가 낮에보다 더 선명하고 구슬프게 퍼지고 있었다. 어둠 속에 박혀 있는 몇 개의 불빛을 향해 몸 웅크린 모습들이 천천히 움직여가고 있었다. 그 모습들은 어둠과 하나가 되어 있었고, 움직임에서도 소리라고는 들리지 않았다. 그들은 밭두렁을 넘고, 밭을 가로지르고, 또 밭두렁을 넘고 있었다.

하대치는 불빛과의 거리를 눈가늠하며 양쪽에 다시 명령을 내렸다.

"정지."

양쪽으로 전달되는 명령을 따라 대열의 움직임이 차례로 멈추어져갔다.

"대열 지킴스로 가차운 밭둑에 은폐."

하대치는 연달아 명령을 내렸다. 웅크리고 앉았던 모습들이 다시 움직이기 시작하더니 순식간에 자취를 감추어버렸다.

하대치는 밭두렁에 몸을 기대고 하늘을 올려다보았다. 무수한 별들이 반짝이고 있었다. 그 반짝거림들이 깜빡거리는 불빛이라는 생각이 또 들었다. 봄별이 다르고, 여름별이 다르고, 가을별이 다르고, 겨울별이 달랐다. 같은 별들이면서도 철에 따라 분명 달라졌다. 눈은 그것을 아는데도 말로는 그것이 어떻게 다른지 나타낼 수가 없었다. 입산투쟁을 하게 되면서부터 유난히 자주 보게 된 별들이었다. 일부러 올려다본 것이 아니었다. 자려고 누우면 으레 별들은 눈 위에서 반짝거리고 있었다. 노숙을 할 때는 더 말할 것 없었고, 초막 안에 누워도 억새풀 줄기나 산죽으로 엮은 지붕 사이사이로 별들이 반짝거렸다. 결국 하늘이 천장이고 지붕이었으니 별들은 안 볼래야 안 볼 수가 없었다. 얼마 동안은 별들을 무심히 보아넘겼다. 그러나 자꾸 보다 보니까 이런저런 생각들이 마음에 담기게 되었다. 그중에서 제일 마음에 드는 생각은, 혁명의 세상이 오면 모든 인민들도 저 별들처럼 또록또록 빛을 내면서 살게 되겠지, 하는 것이었다. 안창민하고 함께 별을 올려다보고 누워 그 생각을 우연하게 입에 담게 되었다. 안창민은 벌떡 몸을 일으키며, "하 동무, 바로 그거요. 혁명이 이룩된 세상은 모든 인민이 바로 그렇게 빛을 내며 사는 세상이오. 하 동무는 우리의 사상을 아주 정확하게 깨달은 거요." 들뜬 목소리로 말하며 자신의 손을 거머잡았던 것이다.

그런 날이 기엉코 오기넌 와야 허는디……. 하대치는 무시로 하는 생각을 곱씹으며 고개를 돌려 정면의 불빛을 응시했다. 양쪽에서 전진한 부대가 방책에 가까워지고 있을 시각이었다.

"사격 준비."

하대치는 명령을 내렸다. 그리고 권총을 뽑아들었다. 안전장치를 풀고, 숨을 들이켰다. 보루대의 불빛을 향해 팔을 뻗쳤다.

탕!

총소리가 어둠의 정적을 찢었다. 뒤따라 총소리들이 진동하기 시작했다.

타다다당, 타다다다……

타당 탕탕탕, 탕·탕·탕……

적진에서 기관총과 소총사격을 동시에 가해왔다. 유탄 날아가는 소리가 삐웅삐웅 허공을 찢고 있었다.

쾅! 콰당!

수류탄까지 터지고 있었다. 적의 위치도 모르면서 수류탄을 던져대는 적들을 가소롭게 생각하며 하대치는 코웃음을 쳤다. 그건 경찰들이 겁 질려 있음을 보여주는 좋은 증거였던 것이다.

"소리 질름서 사격!"

하대치의 명령이 마침내 크게 터졌다. 명령을 전달하는 목소리도 거침없이 크게 울리고 있었다.

"우와아ー."

"와아아ー."

엇갈리는 총소리 속에서 함성이 터져올랐다. 적진에서 던지는 수류탄이 더 많아졌다.

"더 씨게 소리 질렷!"

하대치는 또 명령을 내렸다.

"와아아ㅡ."

"우와아ㅡ."

함성이 더 크게 울렸다. 계속 수류탄이 터지고 있었다. 수류탄이 터지는 거리는 멀었고, 소총소리는 별로 들리지 않았다.

"담 밭둑꺼지 전진!"

하대치는 새 명령을 내렸다. 대원들이 소리 지르며 앞으로 튀어 나가고 있었다. 하대치도 땅을 박차고 앞으로 내달았다. 밭두렁에 몸을 붙일 때였다.

오른쪽 어둠 속에서 함성이 터지며 총소리가 울려댔다. 하대치는 그 소리를 들으며 숨을 길게 내쉬었다. 세 겹의 장애물을 뚫었다는 표시였던 것이다. 그런데 적진에서는 수류탄 투척이고, 총소리고 뚝 멎어버렸다. 뒤따라 왼쪽에서도 함성이 터지며 총소리가 울리기 시작했다. 그쪽도 방책을 뚫은 것이었다. 그런데 적진이 갑자기 조용해진 것은 적들이 상황이 불리해진 것을 알아차리고 도주하는 것이 분명했다.

"사격 중지! 사격 중지! 돌겨억!"

하대치는 목청껏 외치며 곧장 앞으로 뛰었다. 보루대 쪽에서는 함성과 총소리가 시끌짝했다.

하대치가 왼쪽에 뚫린 길을 통해 보루대에 도착했을 때 보루대와 지서는 2중대가 장악하고 있었다.

"3중대넌 워찌 되얐소?"

"달아난 개들을 뒤쫓아갔시요."

인민군 출신의 2중대장 대답이었다.

"너무 멀게 갈 것 없는디. 2중대년 싸게 짚불 맹글어 지서고 보루대럴 뒤지씨요."

하대치는 2중대장에게 일렀다. 그리고 총소리가 나고 있는 3중대 방향으로 연락병들을 띄웠다. 도망치는 개들을 더 쫓지 말고 돌아오라는 내용이었다. 오늘의 작전은 개들의 소탕이 아니라 지서와 보루대의 폭파를 겸한 무기확보였다.

횃불들에 어둠이 타며 사방이 밝아졌다. 1중대가 경계를 맡은 가운데 2중대가 지서와 보루대를 수색하고 있었다. 하대치는 담배를 피워물며 코를 큼큼거렸다. 이상스런 냄새가 언뜻 코끝을 스쳤던 것이다. 언젠가 맡아본 냄새 같은데 무슨 냄새인지 얼른 떠오르지 않았다. 다시 담배를 빠는데 문득 떠오르는 얼굴이 있었다. 맞어, 장터댁! 온몸이 색정으로 흠뻑 젖은 그녀한테서 나는 냄새였다. 그리고 보니 그녀와 헤어진 지도 꽤나 오래되어 있었다. 그녀가 지금 자신의 모습을 보면 어떻게 대할까 하는 생각이 들었다. 빨치산인 줄 알면서도 그리 맛나게 밤일을 할 수 있을 것인가……. 하대치는 자신의 실없는 생각에 피식 웃어버렸다. 여자를 상대하지 않은 지도 벌써 몇 달째였다. 그러나 여자를 생각해 본 일이 없었다. 언제나 고무줄을 팽팽하게 늘이고 있는 것 같은 산중생활에서 여자생각은 아예 끼어들 틈이 없었다. 부대 안에 여자들은 많았지만 그들은 '여자'가 아니라 어디까지나 '부하'고 '전사'일 따름이었다. 구빨치투쟁 때와는 달리 여자들이 많아지게 되자 당에서는 대원들 사이의 남녀문제를 염려해서 금지규율을 만들고, 학습을 통해서도 교육했다. 그 교육은 사상무장의 일환이기도 했다. 인민군들이 그러했듯이 지난 일곱 달 동안 인민들을 상대로 한 강간은 물론이었고 대원들 사이에서도 그런 일은 한 번도 벌어지지 않았다. 일반대원들이 그러할 때 하물며 간부의 입장에서 딴생각이 날 리 없었던 것이다.

"대장 동무, 경찰 하나럴 생포혔구만이라."

"생포?"

하대치는 반사적으로 꽁초를 내던졌다.

"야, 짚북데미 속에 숨은 거럴 찾아냈구만이라."

"어디요, 갑시다."

포로는 횃불들에 싸여 지서마당에 쓰러져 있었다. 그런데 왼쪽 다리가 피범벅이 되어 있었다. 하대치는 총상을 입고 도망을 못 가 잡힌 포로를 내려다보았다. 고통으로 일그러지고 겁에 질려 있는 포로의 얼굴은 의외로 앳돼 보였다.

"멫 살 묵었냐!"

하대치의 위압적인 소리였다.

"시, 시무 살이구만이라."

포로는 부들부들 떨어대고 있었다.

"경찰질해 묵은 지 멫 년이냐!"

"야아, 지넌 정식 경찰이 아니고라 의, 의경이구만이라."

"고것, 참말이여!"

"야아, 인자 반년 되얐구만요."

"아부지넌 멀 허는디?"

하대치의 목소리가 다소 누그러졌다.

"농새꾼인디요."

"농새가 많여?"

"아니어라, 본시 소작 부치다가 농지개혁 받아갖고 포도시……."

"동무들, 피가 많이 못 흘르게 저 다리럴 묶어줏씨요."

하대치가 둘러선 대원들에게 명령했다. 대원들의 눈이 하대치에게로 쏠렸고, 그의 의도를 알아차린 서너 명이 앞으로 나섰다.

"다리럴 다쳤응께 인자 경찰에 안 끌려나올 것이여. 다리 낫아갖고 농새나 잘 지묵고 살아. 알겠어!"

하대치가 포로에게 던진 말이었다.

"하먼이라, 하먼이라. 고맙구만이라, 고맙구만이라."

살아난 것을 알게 된 청년은 애써서 윗몸을 일으키며 고개를 꾸벅거렸다. 그런 그의 두 눈에 횃불의 불빛이 반사되고 있었다.

하대치는 돌아섰다. 일제시대부터 악질로 굴러먹었던 경찰들 거의는 무슨 수를 쓰든지 안전한 읍이나 군의 본서에 뒤빠져 있고 앞으로 내밀린 것은 해방 후 경찰 투신자나 저런 의경들이 태반이었던 것이다.

무기와 탄약을 수거하고, 인원점검을 마쳤다.

"지서를 불 질르고, 보루대럴 폭파헌다!"

하대치의 마지막 명령에 따라 지서에 불이 붙고, 보루대에서 수류탄이 폭발했다. 횃불들이 꺼지면서 그들은 어둠 속으로 종적을 감추었다.

김복동은 숨을 헐떡거리며 앞서 걷고 있는 마삼수를 붙들려고 팔을 휘저었다. 머리가 휘둘리고 숨이 막혀올라 도저히 더는 견딜 수가 없었던 것이다. 어제부터 등줄기에 으시시 찬바람이 돌았고, 낮에는 더 자주 찬바람이 일어나며 전신이 나르지근하게 맥이 풀려나갔다. 그러면서 자꾸만 잠이 왔다. 몸살이 오는가 생각하며 이겨내려고 했다. 꼭 감기 기운과 함께 오는 몸살기 같았다. 그런데 시간이 갈수록 몸이 뜨거워지며 한기가 들기 시작했다. 그러나 총질을 하는 싸움판에서 이를 맞물며 견딜 수밖에 없었다. 다시 행군이 시작되자 열은 더 심해지면서 숨이 가쁘고 다리가 후들거렸다. 그러나 마삼수한테 그런 내색을 하지 않았다. 자기 한 몸 간수하기에도 힘이 드는 야간행군에서 짐이 될 수가 없었던 것이다. 그러나 걸을수록 증상은 심해져 정신이 까마득해지고 숨이 막혀 더는 견딜 수가 없게 되었다.

"어이, 삼수……."

김복동은 신음처럼 소리를 흘리며 피그르 쓰러져버렸다. 나가 죽을병에 걸렸는갑다…… 그가 흐릿하게 한 생각이었다. 뒤따라오던 사람이 김복동에게 걸려 넘어졌다.

"동무, 김 동무! 워째 이러고 있소. 워디 아프요?"

몸을 일으킨 사람이 야간행군에서는 있을 수 없는 너무 큰 소리를 내며 김복동을 흔들었다. 그 소리에 놀라 마삼수는 몸을 돌이켰고, 김복동은 아무 반응이 없었다.

"워메, 몸이 불뎅이시!"

마삼수의 입에서 나온 소리도 너무 컸다.

뒷줄은 자연히 정지되었고, 앞줄로는 "정지, 앞으로 전달!"이 이어졌다. 곧 소대장 강동기가 달려왔다.

"무신 일이요, 동무."

"소대장이시여? 나 삼순디, 복동이 성님이 탈나부렀구마. 몸이 불뎅이인디다가 정신할라 나가부렀네."

마삼수의 말은 대원의 입장을 벗어나 있었다.

"이, 삼수냐. 요것이 워치케 된 일이여?"

"나도 잘 몰르겄는디, 무신 병이 들어도 큰 병이 든 것이여."

"뜸금없이 워째 이래뿌까?"

"아니여, 인자 생각혀 본께 낮에부텀 쪼깐 요상혔어. 병든 삥아리 맹키로 자꼬 자울자울허든 것이."

"알겄어. 여그서 워쩔 방도가 없응께 니 총 맽기고 싸게 들쳐업어. 나가 교대조럴 짤 것잉께."

강동기는 지휘관답게 신속하게 조처했다. 마삼수는 정신을 잃고 늘어진 김복동을 동지들의 도움을 받아 업었다.

그러나 강동기의 소대에서만 그런 일이 생긴 것이 아니었다. 천점바구의 소대에서도 두 사람이 똑같은 증상으로 하나는 업히고 하나는 부축을 받았으며, 또다른 소대에서도 같은 환자가 나타났다. 그러다 보니 부대 전체의 행군이 느려지면서 그 사실이 하대치에게 보고되었다.

"고것이 무신 요상시런 일이까? 무신 시합허디끼 항꾼에 고런 일이 벌어지니…… 고것이 무신 돌림병일랑가……."

어둠 속에서 하대치가 무겁게 중얼거린 말이었다.

하대치의 염려는 그대로 들어맞았다. 다음날 기동대의 환자는 열댓 명으로 불어났다. 다른 부대들에서도 환자들이 열에 들떠 픽 픽 쓰러져갔다. 감기나 몸살 기운처럼 시작된 그 병은 하루이틀 사이에 정신을 잃을 정도로 열이 높아지며 걷잡을 수 없이 퍼져나가고 있었다. 돌림병인 것은 분명했지만 그것이 무슨 병인지는 알 수가 없었다. 그 돌림병은 조계산지구에만 퍼지고 있는 것이 아니었다. 같은 시기에 각 지구마다 퍼지고 있다는 것이 선요원들을 통해 곧 확인되었다.

김복동은 환자트로 옮겨질 새도 없이 발병 사흘 만에 죽고 말았다. 펄펄 끓는 열로 말 한마디 남기지 못한 채였다.

"성님, 성님! 요것이 무신 일이요, 끝도 못 보고 요것이 무신 일이요."

한 손으로는 숨 끊어진 김복동의 몸을 흔들며, 또 한 손으로는 거적바닥을 치며 마삼수가 통곡하고 있었다. 그의 눈에서는 눈물이 뚝뚝 떨어지고, 김복동의 식어버린 몸을 피해 밖으로 도망 나오는 이들이 때 절고 헐어빠진 옷 위에서 깨알을 흩뿌린 것처럼 수없이 꼬물거리고 있었다. 따뜻한 체온 속에서 생피를 빨며 기생하던 이들은 으레껏 그 사람의 숨이 끊어지기가 바쁘게 도망쳐 나오고는 했다. 그래서 특히 겨울철에 죽는 빨치산들의 시체는 이들로 하얗게 뒤덮이게 마련이었다.

손승호는 겨드랑이며 등줄기에서 으실으실 찬바람이 일고, 갑자기 부르르 떨리는 한기가 전신을 훑고 지나가는 것을 느끼면서도 설마 하고 생각했다. 그러나 아직 겨울옷을 그대로 입고 있어서 한낮에는 후텁지근함을 느끼는 형편에 몸에 한기가 도는 것은 심상치 않은 징조라는 불안감도 없지 않았다. 그런데 하룻밤 사이에 병세는 완연하게 드러났다. 눈앞이 흐릿거리고, 바싹 탄 입에서 단내가 날 정도로 몸은 열로 끓고 있었다. 그건 더 볼 것 없이 바로 그 유행열병이었다. 손승호는 환자수용소로 떠날 작정을 했다. 환자 발생 즉시 격리수용은 도당의 지시였다. 전염병인 이상 다른 많은 사람들을 위해서 그건 당연한 조처였고, 환자들은 자신들이 먼저 부대장을 찾아가 발병신고를 하고 환자수용소로 떠나갔다. 연예대에서도 벌써 두 명이 앞서 떠났다. 그 유행열병은 아직 원인도, 이름도 모르고, 약도 없는 채 무서운 기세로 퍼져나가고 있었다. 속수무책인 도당이 할 수 있는 일은 환자들의 격리수용뿐이었다.

손승호는 연예대장을 찾아갔다.

"죄송합니다. 환자수용소로 가야 되겠습니다."

손승호는 길게 말하지 않았다.

"아니, 손 동무도 그 병에 걸렸소?" 대장은 놀라서 몸을 일으키더니, "빌어먹을, 어쩌겠소, 병균이 제멋대로 침투하는 거니까. 힘껏 투병하시오, 건강하게 다시 일해야 하니까. 안 그렇소, 손 동무!" 하며 손을 내밀었다.

"저어…… 저는 환잡니다."

손승호는 악수하기를 주저했다.

"아니, 그게 무슨 소리요. 우리의 동지애가 그까짓 전염병만 못하단 말이오?"

대장은 나무라듯 목소리를 높이며 손승호의 손을 덥석 잡았다. 그리고 또다른 손으로 손승호의 손등을 덮으며 말했다.

"손 동무, 힘을 내시오. 아무리 무서운 병도 의지의 힘으로 반 이상 물리치는 것이오. 우리가 여기서 좌절할 순 없지 않소."

"명심하겠습니다."

손승호는 어지러움 속에서도 가슴 울리는 고마움을 느끼고 있었다.

대장의 초막을 나와 얼마 걷지 않는데 누군가가 앞을 가로막고 섰다.

"손 동무, 이게 어찌 된 일이에요!"

절박한 느낌의 여자 목소리였다. 손승호는 짜증스러운 느낌으로 고개를 들었다. 흔들리고 기우뚱거리는 흐린 시야에 박난희의 울상이 된 얼굴이 드러났다. 손승호는 웃어야 된다고 생각하며 힘들게 입을 열었다.

"병이 찾아들었소."

"알아요, 어제까지 말짱하셨는데." 입술자리가 유난히 또렷하고 눈이 큰 박난희는 더 울상이 되면서, "가세요, 제가 환자수용소까지 모셔다드릴게요" 하며 팔짱을 끼려고 들었다.

"아니 그게 무슨 소리요, 박 동무 마음대로."

손승호는 머리가 휘둘리는 어질거림 속에서도 뒤로 주춤 물러섰다.

"손 동무, 염려 안 하셔두 돼요. 수용소까지 안내하라는 대장 동무의 명령을 받았구요, 제가 팔짱을 끼는 건 어디까지나 동지를 부축하자는 거니까요."

박난희의 서울말씨는 야무지게 또렷했고, '명령'을 받은 것이 아니라 '허락'을 받은 것이겠지 생각하며 손승호는 비식이 웃었다.

"왜 웃어요, 기분 나쁘게."

박난희는 쏘아대듯 말하며 손승호의 팔짱을 끼었다. 어조와는 달리 그녀의 곱상한 얼굴도 웃음을 머금고 있었다.

"고맙소, 갑시다."

평소에는 여자로서의 부끄러움과 소극성 속에 감추어져 있다가 어떤 결정적 기회가 오면 남성을 무색하게 할 정도로 돌출되는 여성 특유의 과감성을 느끼며 손승호는 발을 떼어놓았다.

"걷기 힘드신데 부담 느끼지 마시고 저한테 기대세요. 제 임무가 손 동무를 부축하는 것이니까요. 손 동무가 부담을 느껴 저한테 기대지 않는 것도 당의 지시를 어기는 해당행위고, 제가 그런 해당행위를 방조하는 것도 임무태만을 저지르는 해당행위니까요. 아시겠어요?"

박난희는 자못 근엄한 목소리를 꾸며 거창하게 말하고는 쿡쿡 웃었다. 과연 단역배우다운 연기고 재치라고 생각하며 손승호는 머리 조이는 어지러운 열기가 순간적으로 산뜻 가시는 것을 느꼈다.

"어찌 감히 위대한 당의 지시를 어겨 해당행위를 할 수 있겠소."

손승호도 이렇게 말하며 그녀에게 몸을 의지했다. 그동안 부끄러움으로 머뭇거려왔던 그녀가 과감하게 마음을 열어 다가선 때에 자신도 그녀보다 마음을 더 크게 열어 그녀의 마음을 감싸고, 그 마음에 자신의 마음을 기대고 싶었던 것이다.

"됐어요, 편안히 기대고 걸으세요. 손 동무는 역시 당명에 충실히 따르는 순결한 전사예요."

박난희는 그 맑고 고운 음성으로 쾌활하게 말했다. 그녀의 쾌활이 자신을 위로하려는 것임을 손승호는 알고 있었다.

박난희는 연예대의 가요보급원이면서 단역배우였다. 그녀는 노래솜씨가 단연 뛰어났고, 단역배우 노릇은 부족한 인원을 메우기 위한 임시변통 정도였다. 그녀는 서울의 덕성여중 시절부터 민학에 관계해 오다 해방전쟁을 따라 대전을 거쳐 전주까지 파견을 나온 문화선봉대의 일원이었다. 그녀는 기운차고 씩씩하게 불러야 할 노래건, 감미롭고 애조 띠게 불러야 할 노래건, 무엇이나 막힘이 없이 잘 불렀다. 그녀는 천부적으로 목소리를 타고났고, 노래 부르는 일 자체를 즐겁고 행복하게 여겼다. 그녀는 미색도 어느 만큼 갖추어 대원들에게 인기가 높았다. 그녀가 손승호에게 동지 이상의 호감을 표시하기 시작한 것은 손승호가 쓴 극본으로 연극을 하고 난 다음부터였다. 손승호는 옛날 읽었던 희곡들을 돌이켜 생각해 가며 난생처음 극본을 만드느라고 끙끙댔다. 그건 다름 아닌 솥뚜껑을 주인공으로 한 내용이었다. 전사들의 투쟁의지를 고무시키고 사기를 진작시켜야 하는 연극의 목적에 구빨치 솥뚜껑은 안성맞춤이었던 것이다. 어찌어찌 극본을 꾸려 연극을 하게 되었다. 그런데 그 반응은 의외였다. 대원들은 하나같이 열렬하게 박수를 쳐대며 환호했던 것이다. 그 의외의 반응이 오랜만에 연극을 구경해서가 아니었다. 도당위원장 방준표까지 손승호를 따로 불러 격려하고, 만족스러워했던 것이다. 그 극본을 어떻게 처리할 수가 없어 시를 지어 마무리했던 것인데, 그 시를 읽은 것이 박난희였다. 그녀는 그냥 시를 읽은 것이 아니라 그녀 특유의 맑고 고운 음성에 감정까지 넣어가며 암송연기를 했던 것이다.

"많이 아프신가요?"

박난희가 나직하게 물었다.

"참을 만하오."

손승호는 실은, 박 동무의 부축을 받으니 한결 낫소, 하는 말을 하고 싶은 심정이었다.

"그렇지 않을 거예요. 얼마나 견디기 어렵게 아프면 사람들이 그렇게……." 박난희는 문득 말을 멈추고 몇 걸음 옮겨놓더니, "아니에요, 힘을 내세요. 꼭 병을 이겨내셔야 해요" 하며 붙들고 있는 손승호의 팔을 꼬옥 힘주어 잡았다.

"그럽시다. 나도 병을 이겨내고 싶소."

손승호는 가슴 뭉클함을 느끼며 솔직하게 대꾸했다.

"제가 손 동무를 위해 시를 한 편 낭송해 드리고 싶어요. 들으시겠어요?"

"좋지요, 어서 하시오."

"네, 잘 들으세요."

그대의 이름은 머슴
천하게 살아온 머슴
그대의 계급은 머슴
비굴하게 살아온 머슴

그대에겐 노동뿐
황소처럼 부림당한 노동뿐
배우려 해도 가르쳐주는 자 없고
배움도 죄가 되는 머슴
그대는 머슴

그대에게 빛이 있었으니
머슴도 사람인 것을
노동이 위대한 것을
노동자가 주인인 것을
깨우쳐 알게 하는

빛이 있었으니

그대의 밝은 귀
그대의 밝은 마음
사슬을 끊으려 일어섰으니
그대의 이름은 빨치산
자랑스러운 빨치산
인민의 이름으로 빛나는 빨치산

그대는 계급의 굴레를 벗고
혁명의 깃발 아래 나섰으니
그대의 한 손에는 총
또 한 손에는 조선말교본

그대는 싸우며 학습하고
학습하며 싸우다
조선글을 깨쳤어라
눈물겨운 노력이여
가슴 저린 투쟁이여

그대는 학습에 매진해
사회발전사를 해득하고

해방후조선을 암기하고
볼셰비키당사를 익히며
세상을 알고
역사를 알고
투쟁의 참뜻을 알아
새롭게 태어났네
더 강한 혁명일꾼으로
더 굳센 인민전사로
더 장한 빨치산으로

이제
그대의 이름은 빨치산
인민을 위해 싸우는 빨치산
이제
그대의 계급은 인민유격대
인민을 위해 죽는 인민유격대

혁명은 그대를 부르고
그대는 혁명을 부르고
그대의 이름은
영광스러운 빨치산
그대의 이름은 빨치산

두 사람은 한동안 아무 말이 없이 비탈을 걸어내렸다. 손승호는 자기가 지은 시이면서도 새로운 감동적 느낌을 받고 있었다. 그건 자신이 처한 입장과 박난희의 낭송이 겹쳐져 일으키는 감상이었다. 박난희는 연극에서와는 다르게 낭송을 했다. 그때처럼 몸짓도 하지 않았고, 감정도 드러내지 않았다. 그저 차분한 목소리로 나긋나긋하게 낭송을 해나갔다. 그런데 그 낭송은 또다른 호소력으로 가슴에 물결을 일구었다. 그녀가 왜 그 시를 다시 낭송한 것인지 손승호는 그 의미를 알 것 같았다. 그래, 내 이름은 빨치산, 인민을 위해 죽는 인민유격대다. 솥뚜껑의 말대로 이 눈물나게 좋은 봄에 하필이면 돌림병에 걸려 죽을 수야 없지 않느냐. 시야 됐든, 안 됐든 내가 진정한 마음으로 썼던 그 구절처럼 어떻게 해서든 살아나 인민을 위해 죽는 인민유격대가 되어야 한다. 손승호는 살고 싶은 의지를 새롭게 느끼고 있었다.

환자수용소는 별로 멀지 않았다. 말이 수용소지 그곳은 단순히 환자 격리 장소에 불과했다. 크고 작은 바위들이 수없이 흩어져 있는 너덜겅 위에 200여 명을 헤아리는 환자들이 널브러져 있었다. 약도 의사도 없는 가운데 그 많은 환자들이 병에 시달리며 앓는 신음소리들이 음산하게 골짜기를 채우고 있었다.

"남쪽으로 자리를 잡읍시다."

손승호는 어두운 마음으로 말했다.

"남쪽으로요?"

"열이 나서 몸이 추우니까 햇볕이 잘 드는 곳이 좋소."

남쪽으로 널찍한 바위를 골라 자리를 잡았다.

"고맙소, 어서 가보시오."

손승호는 어지러움 속에서 박난희를 바라보며 웃었다.

"전 어째야 할지 모르겠어요."

박난희가 손으로 입을 가리며 고개를 떨구었다. 그녀의 큰 눈에 눈물이 번지는 것을 손승호는 보았다.

"박 동무가 할 일은 병을 앓지 않는 거요. 내가 꼭 나아서 갈 테니 염려 말고, 어서 돌아가시오."

"네에, 힘내세요, 또 오겠어요."

그녀는 이 말을 남기고 쫓기듯 돌아서서 넘어질 듯 바위들을 밟아갔다. 그녀가 남긴 말도, 그녀의 위태로운 발걸음도 쏟아지는 눈물이었다.

점점 심해지는 열로 정신이 몽롱해지자 손승호는 더 견디지 못하고 햇볕 아래 시름시름 졸며 가느다란 신음을 흘리고 있었다. 얼마를 그렇게 졸았는지 몰랐다. 그는 옆에 인기척을 느끼며 눈을 떴다. 열병답게 입 안이 파삭 타고, 정신이 흐리멍텅했다. 눈앞에 박난희가 쪼그리고 앉아 있었다.

"왜 왔소."

손승호는 퉁명스럽게 내쏘았다.

"이거요."

그녀가 무안한 얼굴이 되며 무언가를 내밀었다. 손승호는 눈을 껌벅이며 그것을 쳐다보았다. 그건 낡은 담요였다.

"반쪽밖에 안 되지만 밤에 덮으세요. 산속이라 밤에 얼마나 쌀쌀하다구요. 그리고 이 물, 목마른 대로 잡수세요. 물만 제대로 마셔도 열을 떨어뜨려 회복에 효과가 있대요."

미군 탄통에 물이 찰랑찰랑 차 있었다. 입 안이 바싹 말랐던 참이라 손승호는 물을 벌컥벌컥 들이켜며 생각했다. 담요와 탄통은 어디서 구한 것일까. 저걸 구하려고 얼마나 쏘다녔을 것인가.

"인제 다시는 여기 오지 말아요. 왜 그러는지 알겠소?"

손승호는 박난희를 달래듯이 말했다.

"제가 어린앤 줄 아세요? 제 심정은 말예요, 저도 병에 걸려 함께 앓고 싶다구요."

박난희는 말을 끝내자마자 휙 돌아서서 빠르게 바위를 타고 있었다.

"저, 저런……."

손승호는 어이없이 그녀의 뒷모습만 바라보고 있었다.

물만 제대로 마셔도 치료효과가 있다는 그녀의 말은 맞는 말이었다. 열에 들떠 정신을 잃다시피 된 환자들은 물조차 마시지 못하고 있었다. 환자는 워낙 많고, 환자가 늘어난 만큼 병력이 줄어든 상태에서 투쟁은 계속해야 하고, 악순환 속에서 간호병 배치도 못하는 형편이었다. 손승호는 물을 찾으며 신음하는 가까운 환자들에게 탄통을 돌렸다. 탄통은 금방 바닥이 났다. 그러나 바위투성이인 너덜겅 그 어디에 물이 있는지 알 수가 없었다.

밤이 되자 기온은 떨어지고, 열은 더 심해져 손승호는 담요 반쪽으로 몸을 감고서도 부들부들 떨며 신음했다. 잠을 자보려 했지만 열이 심해 잠을 잘 수도 없었다. 엇갈리는 의식 속에서 별을 바라보며 신음을 씹었다. 무슨 까닭으로 별을 바라보면 감정이 축축해지며 옛 생각이 떠오르는지 모를 일이었다. 별과 인간의 감성과는 어떤 상관관계가 있는 것일까. 많은 시인들은 그 축축해지는 심상을 노래했을 뿐 그 이유를 밝혀내지 못했다. 그렇다고 어떤 과학자가 그것을 밝힌 것도 아니었다. 지난 일들을 대중없이 떠올려가며 열에 시달리다가 언제부턴가 잠이 들었다. 눈을 떠보니 아침햇살이 푸른 어린 잎들 사이사이로 비쳐들고 있었다. 싱싱한 어린 잎들 위에서 부서지는 빛살들에 눈이 부셨다. 진달래가 그 맑은 햇살 속에서 꽃봉오리들을 반나마씩 열고 있었다. 아, 아…… 그는 감탄하며 숨을 들이켰다. 그러면서 그는 강한 삶의 충동을 느꼈다. 목이 찢어질 것처럼 갈증이 심했다. 어이없게도 박난희가 기다려졌다. 그는 소변을 보려고 몸을 일으켰다. 몸을 일으키기가 생각보다 어려웠다. 밤사이에 몸이 몇 갑절 무거워져 있었다. 몸을 간신히 일으키자 머릿속이 쏟아지는 것처럼 어지러우며 눈앞이 캄캄한 어둠으로 막혔다. 바위 모서리를 붙들고 한동안 앉아 있었다. 겨우 몸을 일으켰는데 바위가 뒤뚱 흔들려 도로 주저앉고 말았다. 그러나 바위가 흔들린 것이 아니라 자신의 정신이 흔들린 것이었다. 그는 다시 일어날 자신이 없어서 바위들을 붙들어가며 벌벌 기었다. 그러나 그렇게 해서도 멀리 갈 수가 없었다. 바위들이 걷잡을 수 없이 출렁거렸던 것이다. 열로 그렇게 몸을 가누기가 어려운 것은 지금

껏 처음 겪는 일이었다. 엉거주춤 앉은 자세로 소변을 보고 나자 다소 정신이 드는 것 같았다. 자리로 돌아오면서 보니 어제 물을 얻어마시면서 거의 정신을 못 차리던 옆사람이 반듯하게 누운 채 아무 기척이 없었다. 중환자는 잠결에도 신음소리를 내게 마련이었다. 이상한 생각이 스쳐갔다. 그는 정신을 가다듬어 옆사람을 들여다보았다. 그는 섬뜩 놀랐다. 옆사람은 죽어 있었다. 그가 분명 죽었다는 것을 그의 옷 위를 기고 있는 이들이 입증하고 있었다.

따스한 햇볕에 감싸여 졸고 있는데 박난희가 또 왔다.

"드세요."

그녀가 내민 건 밥 한 덩이였다. 물론 잡곡밥이었다. 그는 고개를 저었다. 그러다가 두 손으로 머리를 감싸잡았다. 고개를 젓는 바람에 머릿속이 휑휑 돌았던 것이다. 그가 자신도 모르게 고개를 세게 저었던 것은 그 밥덩이가 어떻게 마련된 것인 줄 알기 때문이었다. 그녀는 못해도 두 끼를 굶고 그 밥덩이를 가져온 것이었다. 4월로 접어들면서 식량사정은 극도로 악화되어 갔다. 보투를 해도 소용이 없었다. 인민들마저 곡식이 바닥나 굶주리는 계절이었다. 보리가 타작되는 6월까지는 어쩔 도리가 없는 이 땅의 고질적인 춘궁이었다. 그래서 대원들의 급식은 연명상태가 될 수밖에 없었다. 투쟁을 하는 대원들이 끼니를 거르며 양을 대폭 줄여야 하는 형편이었으므로 환자들의 급식이 더 나빠지는 것은 또한 어쩔 수 없는 일이었다.

"왜 그러세요, 먹어야 낫지요."

박난희의 목소리가 간곡했다.

"박 동무를 굶기며 내 병을 낫게 하고 싶지 않소. 내가 형편 다 알고 있으니 밥을 먹었다는 거짓말은 말아요. 박 동무가 그러다간 정말 박 동무까지 병들게 됩니다. 그게 말이 됩니까? 그리고 난 여기 있는 환자들과 똑같은 조건에서 투병해 일어서는 내 모습을 나 자신한테도, 박 동무한테도 보이고 싶소."

손승호는 결연하게 말했다. 박난희는 그런 손승호를 빤히 쳐다보고 있었다.

"좋아요, 손 동무의 그런 자존심을 존중하도록 하겠어요. 하지만 기왕 가져온 거니까 이 밥은 그냥 나눠먹도록 해요. 밥을 먹었다고 거짓말하지 않을 테니까요."

박난희가 그의 어지러운 시야에서 무슨 꽃처럼 웃고 있었다. 그는, 저게 무슨 꽃일까, 하고 생각했다.

"그럽시다, 그럼."

"고마워요."

박난희는 더 곱게 웃었다.

그녀는 약속대로 더는 오지 않았다. 손승호는 사흘 동안 이를 뿌득뿌득 갈아가며 고열과 싸웠다. 발병 닷새째부터 열이 내리기 시작했다. 열이 내리면서 머리끝에서 발끝까지 시원한 바람이 불어가거나, 시원한 물줄기가 흘러내리는 것 같은 느낌이 주기적으로 일어났다. 그 며칠 사이에도 새 환자들은 연달아 들어왔고, 중환자들은 연이어 죽어갔다. 결국 기본체력이 약한 사람은 죽고, 강한 사람만 살아남게 되는 극한상황이었다.

이틀 만에 열은 거의 내렸지만 손승호는 몸을 제대로 가눌 수가 없어 비틀거렸다. 마침내 병을 이겨내고야 말았다는 터질 듯한 기쁨으로 마음은 곧 하늘을 날아갈 것만 같은데 몸은 말을 듣지 않았다. 그동안의 많은 체력소모로 탈진상태에 빠져 있었던 것이다. 그러나 손승호는 기를 쓰며 몸을 일으켜 세웠다. 열이 내리는 이틀 동안 정신이 제자리를 잡으면서 들어야 했던 그 많은 사람들의 고통스러운 신음소리를 더 듣고 있을 수가 없었다. 기온이 떨어지기 때문에 그러는 것인지 낮에보다는 밤에 더 신음소리가 심해졌는데, 어둠 가득한 골짜기에 온갖 신음소리들은 괴기스럽고 끔찍스럽게 떠돌았다. 아무런 도움도 줄 수 없는 채 그 고통에 시달리는 신음소리를 듣고 있는 것 자체가 고통이었다.

너덜경을 벗어난 손승호는 나뭇가지 하나를 주워들어 지팡이 삼아 허리를 폈다. 눈앞이 흐릿거리고 다리가 후들후들 떨렸다. 그러나 몸을 버팅기며 하늘을 우러러보았다. 봄하늘은 따스하게 푸르렀다. 그는 숨을 깊게 들이켰다. 그리고 자신의 시 구절을 뇌었다. 혁명은 그대를 부르고, 그대는 혁명을 부르고…… 그대의 이름은 빨치산, 자랑스러운 빨치산…….

한편, 전남의 모든 지구에는 도당의 비상령이 내려져 있었다. 걷잡을 수 없이 퍼져가는 전염병을 막기 위해서였다. 환자들은 날로 급증해서 지구마다 절반 가까이가 앓아눕는 형편이었다.

위생을 위한 투쟁은 조국을 위한 투쟁이다.

이런 구호 아래 모든 대원들에게 방역교육이 실시되고, 방역대책을 강구시켰다. 방역대책은 다름 아닌 이를 소탕하는 것이었다. 그 전염병은 재귀열이고, 그것을 전염시키는 것은 이나 벼룩·빈대로 밝혀졌던 것이다. 치료약이 없는 상황에서 감염의 주범인 이를 소탕하는 것은 무엇보다 급선무였다. 부대마다 이를 소탕하느라고 법석을 피우고 있었다. 그러나 이를 소탕한다는 것은 그리 쉬운 일이 아니었다. 한 마리씩 잡아낸다는 것은 아예 안 될 일이고, 그렇다고 모닥불에 옷들을 쬐인다고 될 일이 아니었다. 이를 그야말로 소탕하는 유일한 방법은 옷을 끓는 물에 삶아내는 것이었다. 그러나 그것도 일제히 해야 효과가 있을 텐데, 아무리 소부대단위로 실시한다 해도 그럴 만한 솥을 구하는 것부터가 문젯거리였다. 도당에서는, 삭발을 할 것, 옷을 삶을 것을 독려하고 있었다.

그런데 방역문제와는 별개로 전남도당의 빨치산지구에는 이상한 소문이 파다하게 퍼져 있었다. 그 재귀열이란 전염병은 미군 비행기가 뿌린 병균으로 퍼지게 되었다는 것이었다. 그건 바로 병이 발생하게 된 원인규명인 동시에 미군이 세균전을 감행하고 있다는 중대한 사실을 지적하고 있었다.

그 소문은 허무맹랑한 것이 아니라 그 나름의 근거와 논리를 갖추고 있었다. 폭격기가 아닌 정찰기가 이상하게 아주 낮게 떠서 산골짜기 골짜기마다 날아다닌 삼사일 뒤부터 그 병이 퍼지기 시작했다는 것이다. 그 비행기는 삐라를 뿌리는 것도 아니고, 귀순방송을 하는 것도 아니면서 무엇 때문에 산골짜기마다 그렇게 낮게 떠서 날아다녔느냐는 것이었다. 빨치산들의 동태를 파악하기 위한 정찰이라고 할 수도 있었지만, 빨치산들이 정찰기에 노출될 만큼 낮에 움직이지 않는다는 사실은 적들이 먼저 아는 것이고, 정찰기의 비행은 자주 있었지만 그런 식의 아슬아슬한 저공비행은 처음 있는 일이었다는 것이다. 그리고 이나 벼룩·빈대가 옮기는 병이, 그것들이 갑자기 날개를 달고 날아다닌 것도 아닌데 어째서 날짜의 차이도 없이 그 넓은 지역에서 거의 동시에 발생할 수 있느냐는 것이었다. 비행기로 병균을 살포하지 않고서야 전북 산악지대에서부터 전남 산악지대까지 어떻게 그리고 일시에 병으로 뒤덮일 수 있느냐는 것이었다. 선요원들을 통해서 이가 건너다녔다 해도 그런 시차 없는 발병은 가능한 일이 아니라는 결론이었다. 그 병이 세균전에 의한 발병이라는 또 하나의 반증은 그 치료약인 마파상과 606호를 각 지서들이 이미 갖추고 있는 점이라고 했다. 그런 여러 가지 사실들이 어쨌든 간에 그 병이 바로 세균전에 의한 발병이라는 것을 의심하지 않는 빨치산은 아무도 없었다. 빨치산들은 한층 더 미군에 대해 증오를 갖게 되었다.

각 지구마다 돌격대를 편성해서 지서들의 습격에 나섰다. 치료약을 구하기 위해서였다. 그 목숨을 건 기습작전은 별로 효과가 없었다. 더러 약을 구해오기는 했지만, 환자들이 워낙 많았던 것이다.

재귀열은 고열이 오르는 1차 1주일 정도의 고비를 넘기면 한 1주일 정도는 괜찮다가 다시 열이 오르는 주기적인 증상을 나타내는 병이었다. 그런데 1차의 고비를 넘긴 사람들은 체력을 너무 소모해 하나같이 먹을 것을 찾아 혈안이 되었다. 그러나 전투를 하는 사람들이 끼니를 거를 정도로 식량사정이 악화되어 있는 형편에 그들의 병후회복을 도울 만한 양식이 있을 리 없었다. 그들은 풀이든, 풀뿌리든, 새순이든, 꽃이든, 먹을 수 있는 것이면 무엇이든 닥치는 대로 먹어치웠다. 며칠씩 고열이 차 있어 약해진 내장에 영양가 있는 음식을 부드럽게 해서 먹어도 소화가 어려울 형편에 그런 거친 것들을 마구잡이로 먹어대니 탈이 안 날 수가 없었다. 체력소모와 허기가 겹친 배를 안 채울 수가 없고, 아무거나 먹어대니 탈이 생기고, 탈이 생겨 체력이 더 약해지니 2차 열은 어김없이 찾아오고, 해결할 수 없는 악순환이었다. 1차 고비를 넘긴 사람도 2차에서 대개 고비를 넘기지 못하고 죽어갔다. 어떤 사람은 3차, 4차까지 고생을 하다가 뼈만 앙상하게 남아 죽어가기도 했다.

도당에서는 회복기의 환자들을 살려내려고 부심했지만 아무런 해결책도 강구하지 못했다. 적에게 둘러싸인 4월은 도당 간부들을 그지없이 무능한 사람들로 만들 뿐이었다.

회복기의 환자들은 기운이 없어 맥을 못 출 뿐만 아니라 고열 탓인지 정신도 멍청한 상태였다. 발병 다음부터 소속을 떠난 그들은 먹을 것을 찾아 흐리멍텅한 눈으로 흐느적거리며 몇 사람씩 떼지어 돌아다녔다. 이 산골, 저 마을을 헤매다니는 반 폐인인 그들의 모습은 차마 보기 딱한 비통스러움이었다. 몸 성한 대원들이 그들과 마주치게 되면 죄인들처럼 고개 떨구며 눈시울을 적시고는 했다. 그들을 도와줄 것이 아무것도 없었고, 전염을 예방하기 위해 그들과의 접근이 금지되어 있었다. 그들은 아무 데로나 헤매다니다가 산골이나 개울가에서 죽기도 했고, 해방구의 경계를 잘못 벗어나 경찰에게 떼죽음을 당하기도 했다. 4월이 남긴 것은 산과 들의 푸름뿐인 채 5월이 시작되려는 즈음에 전남도당은 병력의 3할을 잃고 말았다. 돌림병 재귀열은 한 달 동안에 30퍼센트의 막대한 병력손실을 전남도당에 입히고는 그 기세가 조금씩 수그러들고 있었다. 아니, 그건 병세 자체가 약해진 것이 아니라 철저한 방역으로 환자 발생이 줄어든 것일 뿐이었다.

환자들이 죽어가는 대로 시체를 파묻었지만, 떠돌다가 아무 데서나 죽은 시체들 때문인지 각 지구의 이 골짜기 저 골짜기에는 까마귀떼들이 검은 바람을 일으키며 그 음산한 울음을 울어댔다. 꼭 떼를 지어 날아다니는 까마귀들은 그 모습만큼 칙칙하고 괴기스런 울음들을 까욱까욱 울어대며 산골짜기를 빙글빙글 돌다가 어느 한곳에 내려앉고는 했다. 까마귀들은 으레 시체의 눈부터 파먹었다. 눈들이 빠지고, 얼굴을 알아볼 수 없게 찍히고 찢어지고 헤쳐진 시체들을 산골짜기에서 보는 것은 어려운 일이 아니었다. 시체에 새까맣게 달라붙어 시체를 쪼고 뜯는 까마귀들은 어지간한 인기척에는 끄떡도 하지 않았다. 죽음이 흔한 전쟁통에 번창하는 것은 까마귀들이었다.

까마귀떼들의 선회는 마치도 이남 빨치산의 본거지는 지리산이고, 그 정통과 주력은 전남도당이라는 지금까지의 긍지와 자랑이 재귀열로 막대한 병력손실을 입고 흔들리게 된 것을 상징하고 있는 것 같기도 했다.

12

싸울 수밖에 없는 싸움

소화와 들몰댁은 똑같이 5년 징역을 언도받았다. 목청 다듬은 판사의 '징역 5년에 처한다'는 말을 듣는 순간 소화도 들몰댁도 헛들은 줄만 알았다. 그래서 둘이는 멀뚱하게 판사를 올려다보았고, 판사가 무표정하게 다음 사람의 이름을 확인하고 언도를 내릴 때에야 비로소 그들은 서로 마주 볼 수 있었다. 마주 보고 있는 둘이의 얼굴은 더없이 밝게 피어나고 있었다. 그건 잡힌 이후로 처음 대하는 서로의 얼굴이었다. 그녀들은 5년이라는 세월의 길이를 따질 겨를이 없이 오로지 살아났다는 감격에 사로잡히고 있었다. 눈으로만 서로의 마음을 잠깐 나눈 다음 소화는 그동안 더 불룩해진 배를 내려다보았고, 들몰댁은 두 아들을 생각하며 눈을 사르르 내리감았다.

"죽는 것이야 면헐 것잉께 재판이나 잘덜 받도록 허씨요."

벌교를 떠나올 때 염상구가 불쑥 내던진 말이었다. 그러나 소화도 들몰댁도 그 말을 믿지 않았다. 그녀들은 서로 말을 하지 않았을 뿐이지 재판을 받아봐야 결국 살아나지 못하리라는 생각에서 한시도 벗어나지 못했던 것이다. 그런 그녀들의 처지에서 '5년 징역'이라는 감옥살이가 어떤 것인지 실감될 리가 없었다. 부역자에 대해서는 단심판결로 끝나버리는 재판에서 부역만이 아니라 입산활동까지 한 그녀들이 5년 징역밖에 안 받았다는 것은 역시 기적 같은 일이 아닐 수 없었다. 그건 전적으로 염상구의 덕이었다. 선심 쓰는 김에 푹 쓰기로 작정한 염상구는 그녀들의 조서를 '단순동조'로 꾸미게 했던 것이다. 만약 '상기 자(者)는 정하섭이라는 좌익분자에게 은신처를 제공함은 물론 그자의 자금운반책으로 암약하다가 적발·체포되어 재판에 회부되었던바 징역 1년에 집행유예 1년을 선고받고 석방된 자로서 보도연맹에 가입되어 있다가 동란 발발 직전에 행방이 묘연해졌을 뿐만 아니라 인공치하에서는 여맹원으로 광분하다가 수복과 동시에 입산하여 소위 투쟁활동을 전개하다 체포된 자임. 이자의 임신도 상기한 정하섭과의 관계로 이루어진 것임', 이런 식으로 소화의 조서가 작성되었더라면 살아날 가망은 거의 없었던 것이다. 들몰댁의 경우도 별로 다를 것이 없었다.

한 번으로 끝나버리는 부역자들의 단심제 재판에서 경찰조서는 절대적인 영향력을 발휘해 오고 있었다. 부역자들의 수가 워낙 많은 데다, 전시상황 속의 정치범이라는 특수성까지 겹쳐져 검찰에서는 별도의 조사를 하지 않은 채 경찰조서에 따라 재판을 시행했던 것이다. 그것이 또한 경찰의 타락을 부채질하는 부정의 한 원인이 되기도 했다. 피고들은 거의가 변호사를 댈 수가 없었고, 한 법정에서 무더기로 재판이 처리되는 형편이었다. 사형과 무기징역이 속출하는 속에서 징역 5년은 무죄나 다름없었다.

그러나 1년 365일이 다섯 번 지나가야 풀려날 수 있는 징역살이가 결코 짧은 세월일 수는 없었다. 소화와 들몰댁은 형무소로 넘겨지기를 기다리는 이틀 동안에 5년이란 세월이 얼마나 까마득하게 긴 것인가를 차츰차츰 실감해 가기 시작했다.

소화는 한정도 없이 가라앉아가는 마음으로 불러오른 배를 어루만지고 또 어루만졌다. 뱃속에서 노는 몸짓이 갈수록 힘차지고 있는 아이는 두 달 뒤면 어김없이 세상구경을 하려고 할 것이다. 그런데 5년이라니…… 아이는 어떻게 낳을 것이며, 또 어떻게 길러야 한단 말인가. 소화는 서럽고 막막하여 마음 둘 데가 없었다. 마음을 둘 데라고는 단 한 군데, 정하섭뿐이었다. 그러나 그 사람은 어디서 무엇을 하는지, 구만리장천을 날아간 기러기였다.

들몰댁은 들몰댁대로 깊은 시름 속에서 5년 세월을 헤아리고 있었다. 남편은 어차피 죽기를 작정하고 나선 사람이니까 마음 밖에 있었지만, 눈망울 초롱초롱한 두 아들의 모습은 한사코 눈앞을 가렸다. 남편이 만들고자 하는 세상이 다시 오면 모르지만 그렇지 않고서는 5년 세월은 두 아들의 전정을 망치게 되는 가시울타리였다. 그것들이 외삼촌도 없는 외갓집에 얹혀 하루 세끼 밥을 얻어먹기도 어려운 형편이 빤한데 학교 다니기를 바라는 것은 허망하고 부질없는 노릇이었다. 그 생각만 하면 돌이킬 수 없는 후회가 자꾸만 깊어졌다. 입산하는 남편을 선뜻 따라나섰을 때는 형편이 이렇듯 오래 꼬일 줄은 몰랐던 것이다. 그저 한두 달 피했다가 세상차지를 다시 하리라 믿었던 것이다. 그 믿음은 남편의 말 때문만이 아니고 자신의 가슴에서 우러난 것이기도 했다. 그것은 새 세상을 몸소 겪어보고 나서 생긴 것이었고, 남편이 세월 바쳐가며 했던 일이 옳았다는 것을 속 깊이 깨달으면서 더 확실해졌다. 입산을 할 때 위험을 피하자는 생각은 거의 없었다. 새 세상이 이대로 끝나서는 안된다는 생각과 함께 자신도 무슨 일인가를 해야 되겠다는 생각이 앞서 있었다. 그런데 한두 달로 생각했던 것이 반년이 넘어버렸고, 징역살이 5년까지 앞두고 보니 두 자식 걱정이 가슴에 얹힌 돌덩이였다. 새 세상 다시 이루기가 이렇듯 어려울 줄 알았더라면 무슨 고초를 또 겪든 두 자식을 끼고 견디었을 것이다. 남편이 '지아비 夫'자로 하늘보다 높다면, 자식은 그 아래에 있는 하늘이었다. 남편의 품에 안기면 온갖 시름과 고단함이 치자색깔 물에 풀리듯 하면서 부끄러운 어리광만 생겨나는데, 자식을 가슴에 품으면 이 세상 그 어떤 고생이나 고초도 무서운 생각이 들지 않는 팽팽한 힘이 생겨났다. 돌절구통도 깰 것만 같은 힘을 두 자식을 위해 쓸 수가 없게 되어 가슴 한복판에 시름의 샘만 깊어져가고 있었다.

"들몰댁, 혹여 옥살이에서 몸얼 풀게 되먼 워치케 허는지 아시오?"

소화의 가느다란 목소리였다.

"야아? ……금메요, 고것이 워쩌크름 되는지…… 지도 잘 몰르겄구만이라."

들몰댁은 기억을 더듬어가며 어렵고 더디게 말꼬리를 흐렸다. 임신한 죄수가 감옥에서 몸을 풀게 되면 어떻게 하는 것인지 전에 들어둔 이야기가 전혀 없었던 것이다.

"아그 밴 여자가 옥살이허는 일이 흔털 않은께라……."

소화는 낮게 중얼거리며 고개를 보일 듯 말 듯 끄덕이고 있었다. 들몰댁이 알 거라고 꺼낸 말이 아니었다. 걱정스러운 생각을 자꾸 하다 보니 두려움은 눈덩이 굴리듯 점점 커져 더는 견딜 수가 없었던 것이다. 아이는 어떻게 낳을 것이며, 감옥에서 키우게 하는 것인지. 만약 키우게 한다 해도 애가 제대로 클 수 있을 것인지. 안 된다고 하면 누구에게 맡겨 키울 것인지. 그분의 어머니 낙안댁은 남보다 못한 사람이고, 그 누가 핏덩이인 남의 자식을 맡아 무병하게 키워줄 것인지……. 이런 생각들이 얽히고설켜 소화는 서러움이 사무치고, 근심에 파묻히고 있었다.

"너무 속 태우는 근심 마시제라. 아그럴 안에서 못 키우게 허면 우리 친정에라도 옮기면 된께라."

들몰댁의 말이었다. 그것이 비록 친정의 형편으로 어렵다 하더라도 당장 소화를 위로할 수 있는 말은 그것뿐이었고, 그건 그녀의 진심이기도 했다. 입산투쟁을 함께한 관계를 떠나서라도 소화가 그전에 베풀어준 정리는 평생토록 잊을 수 없는 은혜였던 것이다.

"말이라도 고맙소, 들몰댁."

소화가 들몰댁의 손을 잡았다. 그러고는 엷게 웃었다. 얼굴에 서린 수심을 다 씻어내지 못하는 그 흐린 웃음기 아래로 드러나고 있는 눈밑자리의 기미가 그지없이 쓸쓸했다. 배가 불러지기 시작하면서 얼굴에서 해맑은 기운이 시나브로 스러져가고, 어떤 옷으로도 배부름을 감출 수 없게 될 즈음에 이르러 돋아나기 시작한 기미였다.

임 소식 멀어 마음고생하면 먹는 것이나 실해 몸고생을 하지 말았어야 저 기미가 덜 솟았을 것을……. 소화가 겪은 몸고생이 자신의 잘못인 것만 같아 들몰댁은 고개를 수그리며 낮게 말했다.

"맘 강단지게 묵으씨요. 죽을 고비 넴겠응께 또 견디다 보면 눈번쩍 띠는 시상이 생각보담 금세 올란지도 몰릉께라."

"그럽시다, 들몰댁도 아그덜 땀세 속 끓이지 말고 맘 강단지게 묵으씨요. 5년 세월이 질고 짧은 것이야 다 맘묵기에 달렸응께라."

소화의 낮은 목소리에 힘이 들어가 있었다.

"하먼이라. 아그덜이야 무신 험한 것얼 묵든지 간에 크는 법이고, 산 입에 거무줄 치는 법이야 읎응께라."

들몰댁도 힘주어 말했다. 친정에 어머니가 있는 한 두 자식이 배곯아 죽을 리는 없었던 것이다.

"자아, 싸게싸게들 일어나! 인자부텀 징역살이허로 떠야 헌께."

경찰들이 철문을 따며 외치고 있었다. 소화와 들몰댁은 아직 자기네들의 철문이 열리지 않았는데도 몸을 일으켰다. 다른 열서너 명도 마찬가지였다. 그들은 그동안의 생활을 통해서 경찰들의 말이 떨어지기가 바쁘게 몸을 움직여야 한다는 것을 익혔던 것이다.

사람들은 포승으로 줄줄이 팔을 묶였다. 소화와 들몰댁은 서로 앞뒤로 묶이려고 사이에 누구라도 끼어들까 봐 몸을 바짝 붙인 채 경계하고 있었다.

"징역살이럴 워디로 간다요?"

어느 여자의 조심스러운 물음이었다.

"가보면 알 것인디 멋났다고 주둥이 놀리고 지랄이여! 말 많은 빨갱이라고 표식 내는 것이여, 시방?"

경찰이 눈꼬리를 치세우며 목소리에 대꼬챙이를 박았다.

"아니어라, 그냥…… 잘못혔구만이라."

겁 질린 여자의 말이 다급했다.

"공연시 씹떡껍떡 주둥이 놀리덜 말어. 비우짱 틀어졌다 허먼 그놈에 주둥이 쫙쫙 찢어뿔 팅께."

경찰이 정나미 떨어지게 내뱉었다.

줄줄이 묶인 사람들은 포장이 둘러쳐진 트럭에 떠밀려 실려지고 있었다. 법원 뒷마당에는 5월의 햇살이 눈부시게 넘치고 있었고, 붉은 벽돌담을 따라 선 나무들은 윤기나는 진초록빛 잎들로 무성했다. 그 나무들 사이에 구름덩이마냥 탐스럽게 부풀어오른 연보랏빛 꽃송이들이 흐드러지게 피어 있었다. 수국이었다. 아아, 곱기도 해라! 소화는 그 복스럽게 생긴 꽃덩이들을 보는 순간 감탄이 절로 솟았다. 수국은 자신이 유독 좋아하는 꽃이었다. 야하지 않으면서 고왔으며, 유별나지 않으면서 풍성했고, 별스럽지 않으면서 경건했다. 그리고, 수줍은 듯하면서 어딘가 슬픈 그늘을 간직한 꽃이었다. 먼발치에서 보면 풍성한 하나의 꽃송이로 보이는 것이 실은 한 개의 꽃송이가 아니었다. 그건 수십 개의 작은 꽃송이들이 모여 한 덩어리를 이루고 있는 꽃덩어리였다. 그래서 수국꽃은 뭉게뭉게 피어오르는 구름덩이 같기도 했고, 더없이 넉넉하고 풍요로워 보이기도 했다. 소화는 문득 살고 싶다는 충동을 느꼈다. 저 수국처럼 활짝 피어나는 한때를 살아보고 싶다는 욕망이 가슴에 출렁거렸다. 예쁜 아이를 낳고, 그분과 함께 살 수 있는 것, 그때가 바로 수국처럼 활짝 피어나는 한세상이리라 싶었다. 그 불현듯 일어난 욕심을 다른 때 같았으면 자신을 나무라며 서둘러 털어냈을 것이다. 그러나 소화는 이제 그 욕심을 누르려고도 떼쳐내려고도 하지 않았다. 오히려 그 욕심을 가슴에 오롯이 간직해서 키워나가고 싶었다. 그런 욕심을 갖지 않고서는 5년 세월을 이겨낼 것 같지가 않았던 것이다. 그리고 소화는 언제부터인가 자신의 생각에 변화가 일어나고 있음을 느끼고 있었다. 사람은 누구나 다 똑같은 것이지 귀천이 있을 수 없다는 생각, 그것은 입산을 하고 나서부터 점차로 커져가며 마음에 자리를 잡았던 것이다. 그 생각의 마음자리가 넓어져가면서 무당질을 해먹고 사는 것이 올바르지 않다는 것을 깨닫게 했다. 부자나 지주들이 끝도 한도 없이 바라는 부귀영화나 수복강녕을 빌어주는 굿질을 해서 먹고산다는 것은 결국 가난한 사람들을 더욱 가난하게 만들자고 부채질을 해대는 못된 짓이었고, 못난 거렁뱅이였던 것이다. 작인들에게 지주보다도 더 미움을 사는 마름들의 행투와 무당질이 별로 다를 바가 없다고 생각되었다. 그런 깨달음과 함께 정하섭은 범접할 수 없도록 저 높이 있는 지체가 아니라 똑같은 사람으로 나란히 서 있는 사이라는 것을 느끼게 되었다.

소화는 앞사람의 움직임에 따라 포승줄에 끌리며 발을 떼어놓았다. 시야를 벗어나는 수국꽃덩이가 정하섭의 얼굴로, 예쁜 아기의 얼굴로 변화하고 있었다.

심재모는 결국 춘천의 야전병원으로 후송되었다. 파편상을 입은 팔이 가끔씩 뜨끔거리고 씀벅거리고 하더니만 기어이 말썽을 부리고 말았던 것이다. 상처부위를 중심으로 퉁퉁 부어오를 뿐만 아니라 욱신거리는 통증과 함께 열이 올랐다. 덧이 나도 예사로 난 것이 아니라 싶었다.

"이거 아무래도 큰 야전병원으로 가셔야 되겠는데요. 아마 파편제거가 다 안 돼 염증을 일으키는 것 같습니다. 휴가 삼아 야전병원으로 가서 수술을 받으셔야 되겠습니다. 약이나 주사로 될 증세가 아니로군요."

사단 의무관의 말이었다.

심재모는 도리 없이 붉은 십자 표지가 붙은 차를 탈 수밖에 없었다. 부상을 당한 이틀 뒤에 의무대에서 파편을 빼낸다고 빼냈는데 잘못 놓친 것이 있었던 모양이었다. 그때 확인했던 두 개의 파편은 다시 생각해도 섬뜩하게 소름이 끼쳤다. 한 개는 손가락 매듭

만 한 크기였고, 다른 한 개는 그 반쪽쯤 되는 것이었다. 그 끝이 찢어지고 갈라진 두 개의 쇠붙이는 피범벅인 채 그믐달 모양의 스테인리스 그릇에 놓여 있었다. 피가 맥질된 두 개의 파편은 스테인리스의 싸늘한 흰빛 탓인지 유난히도 뚜렷한 모양을 하고 있었다. 그 두 개의 파편이 자신을 노려보고 있는 것 같았다. 너를 죽이지 못해 분하다 하면서. 그는 순간적으로 소름이 끼치는 것을 느꼈다. 그 파편들은 심장을 파고들 수도 있었고, 머리를 파고들 수도 있었고, 눈을 파고들 수도 있었던 것이다. 아니, 철모를 썼으니까 머리는 무사했을 것이다. 심장을 파고들었으면 즉사했을 것이고, 눈을 파고들었으면 장님이나 애꾸눈이 되었을 것이다. 전쟁터의 생사란 순전히 요행수라는 생각을 다시금 하며 고개를 돌렸던 것이다.

야전병원은 철판조립인 반달형 건물들로 되어 있었다. 그건 미군야전병원이었고, 한국군은 장교에 한해서 치료를 받을 수 있는 곳이었다. 그러나 한국군 장교를 미군의관이 치료해 주는 것은 아니었고, 미군과 한국군 장교들이 거처하는 막사도 엄격하게 구분되어 있었다. 그러니까 그곳은 한국군 장교들을 치료하는 데 미제약품이나 의료기구들을 손쉽게 얻어쓰기 위해 곁다리붙어 있는 셈이었다. 그런 사실들을 알게 되자 심재모는 싸악 비위가 틀리는 것을 느꼈다. 그는 전쟁이 시작되자마자 작전권 일체가 미군으로 넘어가버린 것에 대해 그것이 절대로 부당한 처사라는 생각에 변함이 없었고, 그동안 미군들이 민간인들을 상대로 저질러온 무법적 작태에 대해서나, 화력의 막강함만을 앞세워 무작정 초토화로만 밀어붙이고 있는 작전에 대해서나, 한국군 장교들을 아예 사람취급하지 않으려고 드는 미고문관들의 거만스러운 태도에 대해서나, 못마땅한 것이 한두 가지가 아니었다. 낙동강전투에서 세 겹으로 구축한 방어선 중에서 미군은 맨 뒤의 제일 안전한 방어선을 차지했다거나, 똑같은 고지전을 전개하는데 미군 쪽에는 한국군 쪽보다 배 이상의 포사격을 지원한다거나, 미군은 보병이라도 차로 이동하는 경우가 많은데 한국군은 줄창 걸어야 한다거나, 하는 것들은 아예 당연한 사실로 인정할 수밖에 없었다. 그들이 자기네 나라도 아닌 곳에서 싸우면서 안전을 도모하고 고생을 덜 하겠다는 것까지 시빗거리일 수는 없었던 것이다.

심재모는 수술을 받았다. 콩알만 한 파편 하나를 찾아내느라고 상처 부위의 살은 밭갈이하듯 파헤쳐졌다.

"이놈이 말썽이었어요."

40대의 군의관이 손가락 끝에 든 파편을 심재모의 눈앞으로 디밀어 보이며 씽긋 웃었다.

"설마 또 숨어 있는 놈은 없겠지요?"

심재모는 얼굴을 찡그린 채 군의관을 쳐다보았다.

"이젠 염려 안 하셔도 될 겁니다. 살이 걸레가 다 되도록 파헤쳤으니까요. 그나저나 참을성이 대단하십니다."

"아프긴 좀 했습니다만 어쩌겠습니까. 팔 잘라내지 않으려면 참아야지요."

심재모는 말은 태연하게 하면서도 찡그린 얼굴을 펴지 못하고 있었다. 살 찢어지는 통증이 그대로 남아 있었던 것이다.

"좀 아픈 게 아니었을 겁니다. 곪기 시작했던 참이라 마취가 잘 들지 않았으니까요. 그런데도 소리 한번 안 지르시니 대단하신 거지요."

군의관은 마치 어린 환자를 칭찬하듯 고개를 끄덕이며 입술에 지그시 웃음을 물었다. 심재모도 그런 군의관의 인정스런 태도가 싫지 않았다.

"언제나 퇴원할 수 있겠습니까."

"인제 감꽃 떨어졌는데 홍시 찾으시는군요."

군의관이 고무장갑을 벗으며 웃었다.

"네에?"

심재모는 되묻고 나서야 그 말뜻을 알아새겼다.

"곪아가는 살을 파냈으니까 새살이 돋고 상처가 아물어 그 팔을 다시 전쟁용으로 불편 없이 쓰려면 한 달 이상 걸릴 텐데요."

심재모는 별다른 생각 없이 그저 고개를 끄덕였다. 사단 군의관의 말마따나 오랜만의 휴식을 얻게 된 셈이었다.

"자아, 일어나셔서 주사를 좀 맞으시지요."

간호장교와 위생병이 붕대를 감고, 팔을 목에 걸친 줄에 고정시키는 것을 지켜보고 있던 군의관이 말했다.

팔 때문에 엎드릴 수가 없어서 심재모는 엉거주춤 선 채로 엉덩이에 주사를 맞아야 했다. 간호장교가 환자복을 끌어내리고, "힘주지 마세요" 하며 엉덩이를 찰싹 치고, 바늘이 꽂히는 아픔이 따끔하게 느껴지고, 또 "힘주지 마세요" 하며 다른쪽 엉덩이에서 찰싹 소리가 나고 하는 동안에 심재모의 껑충한 키는 어설프게 구부러져 있었고, 그의 얼굴은 어색스럽게 구겨져 있었다. 그는 간호장교가 엉덩이를 찰싹찰싹 쳐대는 것도 견디기 어렵게 곤혹스러운 데다, 혹시 바지를 너무 끌어내려 자신의 물건이 드러나지 않았을까 하는 염려를 하면서도 엉덩이에 힘을 빼기가 바빠 아래를 내려다볼 틈을 내지 못하고 있었다.

"다 됐습니다. 이봐 위생병, 여기 잠깐 주물러드려."

간호장교의 목소리가 뒤에서 들렸다. 그 목소리나 어투가 군인답기는 했지만 심재모의 귀에는 어쩐지 거슬리게 들렸다. 군의관이나 간호장교는 그 계급이 어쨌든 간에 의사고 간호원이었지 군인일 수는 없었다. 그런데 '간호장교'라고 해서 위생병에게 군대식의 '해라'를 거침없이 해대는 것이 마땅찮았던 것이다. 군병원도 엄연히 군법에 의해서 만들어진 군대조직의 하나이고, 그 조직도 명령으로 통제되고 관리되는데 어째서 군인이 아니냐고 따지고 들면 더할 말이 없긴 했다. 그러나 자신이 생각하는 군인은 그런 것이 아니었다.

"위생병, 한쪽은 내가 주무를 수 있으니까 관두게."

심재모는 성한 팔을 뒤로 돌렸다.

"뭐, 특별히 주의할 사항은 없구요, 마음 편히 갖고, 어디에 부딪치지 않게만 조심하십시오."

군의관이 손을 수건에 닦으며 말했다.

"예, 수고하셨습니다. 고맙습니다."

심재모는 눈인사를 보냈다.

병실의 좌우로 빼곡이 들어찬 침대에는 여러 종류의 부상장교들이 즐비하게 누워 있었다. 붕대가 감긴 부위에 따라 어디를 다쳤는지 금방 알 수 있었고, 붕대가 감긴 정도에 따라 부상의 경중을 알아차릴 수가 있었다. 잘려나가지 않은 팔다리에 붕대를 감고 있으면 경상이었고, 머리나 가슴·배에 붕대를 감고 있으면 중상으로 보아 거의 틀림이 없었다. 그런데 전신에 붕대를 감다시피 한 환자도 있었고, 코와 입에만 구멍이 뚫렸고 얼굴이 온통 붕대로 감긴 사람도 있었다. 심재모는 그런 환자들을 바라보며 자신의 부상을 멋쩍게 생각했다. 병실에는 느낌이 다른 신음소리들이 끊임없이 이어지고 있었다. 각자가 당하고 있는 고통의 질량만큼씩 흘려내고 있는 나이 든 남자들의 신음소리는 음산하고도 절망적이었다. 심재모는 눕고 싶으면서도 그 소리들을 계속 듣고 있을 수가 없어서 밖으로 나왔다.

5월의 햇볕은 두꺼웠고, 나뭇잎들은 윤기나는 푸름으로 무성했다. 햇볕 속에서 눈을 가늘게 뜬 심재모는 사방을 두리번거렸다. 그의 미간은 찡그려져 있었다. 햇빛 때문이 아니었다. 수술자리가 씀벅거리는 통증 탓이었다. 그의 눈길이 한곳에 멎었다. 노랑나비 두 마리가 가볍게 날개를 팔랑거리며 엉킬 듯 멀어지고, 다시 가까워져 하나가 될 듯하다 사이를 띄우고 하면서 햇살 속을 날고 있었다. 아, 나비들에게는 전쟁이 없구나! 심재모는 자유로운 날갯짓을 하며 날아가고 있는 두 마리의 나비를 망연한 눈길로 바라보고 있었다. 그러고 보면 전쟁은 인간만이 하는 잔인한 놀이였다. 그 새삼스러울 것 없는 사실이 너무 새삼스러운 느낌으로 밀려들었다. 나비들은 눈 밖으로 사라져버리고, 맑은 하늘만 가득한 눈앞에 떠오르는 얼굴이 있었다. 순덕이였다. 그녀는 어디에 있을까, 그대로 그 집에 있을까, 전진과 후퇴가 뒤죽박죽된 속에서 무사할까. 그는 그녀가 생각나기만 하면 줄줄이 이어지는 걱정을 또 되풀이하고 있었다.

심재모는 담배를 피워물었다. 담배가 갈수록 느는 것도 전쟁 탓이라고 그는 생각했다. 그는 순덕이의 생각을 지우려 하면서 앞쪽 풀밭으로 걸음을 옮겨놓았다. 거기 풀밭에 네댓 명의 환자들이 둘러앉아 무슨 이야기들을 하고 있었던 것이다. 그들이 자신과 같은 경환자들이거나 회복기의 환자들일 거라고 그는 생각했다.

"안녕하십니까, 저는 소령 심재모라고 합니다. 같이 앉아도 되겠습니까?"

심재모는 둘러앉은 환자들에게 먼저 인사했다.

"아니, 소령님……."

환자 하나가 엉거주춤 몸을 일으키고 있었다.

"아니 유 소위, 여긴 어쩐 일인가!"

심재모는 상대방을 금방 알아봄과 동시에 그가 이런 엉뚱한 곳에 와 있다는 것에 직감적인 의문을 품었다.

"저 중위로 진급했습니다."

"아, 그런가. 그런데, 어째서 여기까지 와 있는 건가?"

심재모는 추궁하듯 묻고 있었다. 그의 얼굴도 물음만큼 엄하게 다듬어져 있었다. 그로서는, 저 남쪽의 훈련소에 있어야 할 자가 이곳에 와 있는 것이 이상스러웠고, 부하를 구타해서 죽인 그의 소행을 지금까지도 용서하지 않고 있었던 것이다. 그래서 말도 일부러 하대를 하고 있었다. 그런 자를 장교로서 인정할 수 없었던 것이다.

"예, 그럴 사정이 있어서 전방으로 전출했습니다."

유 중위는 심재모의 눈길을 피하며 약간 멋쩍은 웃음을 지었다.

"자원은 아닐 텐데, 왜 또 무슨 사고라도 저질렀나!"

심재모의 더욱 매서워진 눈길이 그를 조이고 있었다.

"아닙니다, 사고는 무슨 사곱니까. 그냥 뭐, 전출명령이 떨어진 거지요."

유 중위는 표나게 당황하는 기색을 드러냈다. 심재모의 입가에 비웃음이 떠올랐다.

"그래, 어딜 다쳤나?"

심재모는 말을 바꾸었다.

"네에, 저어 폐가 좀 나빠서요……."

"폐에? 그거 전염병 아닌가."

너무 의외의 대답에 심재모의 얼굴은 어이없게 변해 있었다.

"예, 그래서 곧 후방으로 후송될 겁니다. 전 열이 나서 그만 좀 들어가봐야 되겠습니다."

유 중위가 어물거리며 옆걸음질을 쳤다. 심재모는 더는 말없이 그에게서 눈길을 거두었다. 후방으로의 후송이 아니라 의병제대겠지 생각하며.

"거기 앉으십시오. 저 사람, 부하였습니까?"

목발을 허벅지 위에 걸쳐놓고 앉은 환자가 심재모를 올려다보았다.

"예, 훈련소에서 같이 있었습니다."

심재모가 자리를 잡으며 대꾸했다.

"저치 저거 순 빽으로 만들어진 나이롱환잡니다."

왼쪽 볼에 긴 흉터를 가진 환자가 역정을 내듯 내뱉었다. 심재모는 담배를 꺼내며 고개를 끄덕였다. 나일론이라는 새로운 옷감은 한창 유행을 이루고 있었고, 그것은 '엉터리' '가짜'를 나타내는 뜻으로 새말을 번창시키고 있었다. '나이롱신사' '나이롱담배' '나이롱처녀' 같은 말이 다 그것이었다. 전쟁통이라서 양복 빼입고 머릿기름 자르르 바른 사기꾼들이 드글거렸고, 입에 풀칠을 하느라고 꽁초나 실담배로 만든 사제품 가짜 담배가 수없이 많았고, 군인들에 의한 강간이나 겁탈이 예사가 되어 머리를 땋거나 단발이라고 해서 처녀라고 믿을 수가 없었던 것이다.

"어디 나이롱환자가 저것 하나뿐인가. 권력층 자식놈들이야 다 나이롱환자가 아니면 미꾸라지들이지."

옆구리를 손으로 받친 환자가 쓰게 웃었다.

"좆이나 개판 군대요. 빽 있는 놈들은 다 뒷구멍으로 빠지고, 별자리들은 양키들한테 쩔쩔매고, 돈 없고 빽 없는 놈들만 최전선에서 퍽퍽 죽어가고 있는 판이니 이게 도대체 무슨 군대요."

어디가 아픈지 표가 안 나는 사내의 말은 사뭇 거칠었다.

"어허, 몸에 해로운데 성질 돋구지 마시오. 군대가 그런 개판으로 돌아가고 있는 것이야 다 아는 일이고, 그게 고쳐지기야 틀려먹은 일이니까 전쟁이나 어서 끝나기를 바랍시다."

목발을 가진 환자가 공허한 웃음을 지으며 하늘을 쳐다보았다.

"이놈의 전쟁이 언제 끝나겠어요. 괴뢰군이고 중공군놈들은 더 악을 부려대지, 폭탄을 퍼다부을수록 경기가 좋아진다니까 양키들은 더 신바람이 나지, 전쟁이 끝나기는 부지하세월입니다."

어디가 아픈지 표가 안 나는 사내가 신경질적으로 말했다.

"글쎄요, 꼭 그렇지만은 않을걸요. 무조건 싸워서 이기자고 밀어붙여온 맥아더 사령관이 해임당한 판이니까 의외로 전쟁이 빨리 끝날 수도 있는 일이죠."

옆구리를 손으로 받친 환자가 신중하게 말했다.

"그나저나 싸움은 드럽게 돼먹고 있어요. 삼팔선에서 서로 안 밀리겠다고 으르렁대니 전과는 없고, 생사람들만 수없이 죽어자빠지는 것 아닙니까. 후방에 있는 놈들은 방위군사건 같은 어마어마한 부정이나 해처먹고, 이거 전방에서 죽는 놈들만 불쌍하니 사기 떨어져 다시 총 잡을 기분 납니까, 어디."

왼쪽 볼에 흉터를 가진 환자가 고개를 돌려 침을 내뱉었다.

"어떻게, 소령님도 한마디 하시죠."

들고만 있는 심재모가 신경에 걸리는지 목발을 가진 환자가 말했다.

"아 예, 다 없는 말 하는 게 아니니까 제가 따로 할 말이 별로 없군요. 제 생각으로는, 전쟁이야 한번 터졌으면 끝나는 날도 있으니까 참고 견딜 수밖에 더 있겠느냐 하는 겁니다."

부상을 당한 입장이라서 더 비판적일 수밖에 없는 그들의 심사를 헤아리며 심재모는 말을 완곡하게 돌렸다. 심재모의 말을 어떻게 받아들였는지 그들은 한동안 말이 없었다.

"저, 저, 노는 꼬라지 봐라, 미친년들!"

어디가 아픈지 표가 안 나는 사내가 또 입 거친 소리를 내뱉었다.

"아, 성질 내지 마시오, 남 중위. 다 유엔사모님 되고 싶어 저러는데, 남 중위는 흰둥이로 태어나지 못한 것이나 원망하시오."

옆구리에 손을 받친 환자가 앞쪽을 바라본 채 딱하다는 얼굴로 쯧쯧거렸다. 심재모도 무슨 일인가 싶어 그쪽 방향으로 고개를 돌렸다.

미군의 환자막사들이 줄 맞춰 선 그 앞 풀밭에서 공치기가 한창이었다. 회복기 환자들의 운동시간인 모양이었다. 열댓 명씩이 두 패로 갈려 공을 치고 받으며 껑충거리고 있었다. 그 사이에 간호원들이 섞여 신바람나게 뛰고 있었다. 그녀들이 바로 국군 간호원이라는 것을 심재모는 알아듣고 있었다.

"하! 유엔사모님요? 그리만 되면 오죽 좋겠습니까? 우리한테는 불친절하면서 양키라면 사병이고 장교고 가리지 않고 사죽을 못

쓰고 덤비는 저년들이 잘돼봐야 양갈보 아닙니까? 저년들이야 태평양 건너가 삼시세끼 빠다 먹고 살 생각이 굴뚝 같겠지만, 떡 줄 놈보고 물어보지도 않고 김칫국부터 마시면 뭘 합니까? 양키놈들이야 재미 보다가 훌쩍 떠나면 그만인데, 저년들이 다 넋 빠진 미친년들이지요."

심재모는 까르르 웃기도 하고, 짝짝짝 손바닥을 치기도 하는 간호원들을 망연히 바라보며 '유엔사모님'이라는 유행어를 실감하고 있었다. '유엔사모님'이 되려는 꿈을 꾸다가 실패하면 '나이롱처녀'가 되는 또 하나의 길이 거기 있었다. 병동이 엄격하게 구분되어 있으면서 왜 저 간호원들이 저쪽에 가 있는 거냐고 그는 묻지 않았다. 그건 물으나마나 지원근무일 터였다. 가시철망으로 병동을 구분해 놓고 미군 의사나 간호원들은 국군을 치료하지 않아도 국군 간호원들은 미군을 위해 동원되는 것이 현실이었다. 그들은 미국사람이고, 작전권이 그들에게 있으니까. 국군 장성들이 미군 중령이나 대령인 고문관들한테 쩔쩔매는 것도 마찬가지였다. 국군 장성들의 진급은 그들의 작전권 행사에 직접적으로 영향을 받는 문제였다.

"뭘 좀 배웠다는 여자들일수록 미국이야 하면 신짝을 벗어붙이는 이 못된 풍조가 왜 생기기 시작하는지, 참 망쪼는 망쪼요."

옆구리를 받친 환자가 혀를 차며 힘겹게 몸을 일으켰다. 심재모도 묵지근한 마음으로 자리를 떴다. 팔에는 통증이 아직도 남아 있었고, 몸에서는 열이 느껴졌다. 다시 자리에 눕고 싶은 생각이 들었다. 그러나 그 음산하고 고통스러운 신음소리들 속에서 쉬어질 것 같지가 않았다. 그는 여기저기 두리번거리다가 땅에 반쯤 박힌 바위를 찾아내고 그리로 걸어갔다.

그는 바위에 등을 기대고 앉았다. 오래 햇볕을 받은 바위에서 온기가 느껴져왔다. 그는 다리를 뻗으며 눈을 내리감았다. 햇발의 따스함이 얇다란 솜이불에 감싸인 것처럼 보드랍고 포근하고 안온했다. 먼 길을 걸어온 것 같은 노곤함이 몸 전체를 지그시 눌러오고 있었다. 전쟁 1년— 정신없이 보냈으면서, 지칠 만큼 날마다 시달리며 보낸 세월이었다. 그 어지러운 소용돌이에 휘말리면서도 이 정도나마 무사하다는 것이 다행이라면 다행이었다. 전쟁이 언제 끝날 것인지 그 기미는 보이지 않고, 부상당한 장교들은 거의가 지쳐 있었다. 그들은 부상을 당해서 전쟁을 겁내는 것이 아니었다. 매일이다 싶게 사람이 죽어가고 다치는 전장의 1년은 평상시의 1년이 아니었던 것이다. 만약 전쟁이 금년 안으로 끝나면…… 그럼 내 나이가 몇인가……. 그는 시름시름 잠으로 젖어들고 있었다.

교실과 운동장의 사잇길 옆에 있는 긴 화단에는 가지가지 봄꽃들이 피어나 있었다. 화단에는 띄엄띄엄 학년과 반을 표시하는 팻말이 박혀 있었다. 화단이 말끔하게 가꾸어진 것이며, 화단이 좁도록 많은 꽃나무들이 심어진 것이며, 꽃들이 싱싱하게 꽃피움한 것이며, 모두 학생들의 정성이 시샘하듯 쏟아부어졌다는 것을 그 팻말들이 설명하고 있었다. 그 꽃밭 위를 노랑나비 흰나비들이 한가로운 날갯짓으로 날기도 하고, 꽃에 앉기도 하고, 나비와 달리 벌들은 날개 떠는 소리를 아련하게 내며 부지런히 꽃에서 꽃으로 날아다니고 있었다. 어쩌다가 호랑나비가 그 크고 화려하게 생긴 날개를 느릿느릿 펄렁이며 꽃 위를 날다가 어디론지 사라지기도 했다. 나비를 쫓는 아이도 없는 화단에는 봄날 오후의 적요만이 가득했다. 넓은 운동장 가에는 아이들이 서너 명씩 모여 무슨 놀이들을 하고 있었다. 아이들은 신명나는 몸짓에 맞춰 가끔 소리를 지르기도 했지만, 그 소리들은 운동장에 가득 찬 정적 속으로 묻혀버리고는 했다.

"자아, 너희들 힘들지. 이 과자 먹으면서 쉬고 해라."

한 남자가 교실로 들어서며 봉지를 흔들었다.

"야아, 우리 선생님 짱이다!"

한 아이가 몸을 일으켜 두 팔을 뻗쳐올리며 소리쳤다.

"아이고메 좋아라."

그 옆에서 여자아이 하나가 깡충 뛰면서 손뼉을 쳤다.

그런데 나머지 한 아이는 하던 일을 멈추고 그저 선생만 바라보고 있었다. 그 아이의 얼굴은 무표정한 것 같기도 했고, 침울한 것 같기도 했다. 그 핏기 없는 아이는 하대치의 큰아들 길남이였다.

"자아, 이쪽으로 모여앉아 과자들 먹어라."

선생의 말을 따라 세 아이가 한 책상으로 모여들었다.

"반공일인데 놀지도 못하고 너희들 고생이 많구나. 어서들 먹어라."

선생이 봉지 가운데를 찢었다. 네모난 밥풀과자, 파래가 찍힌 부채과자, 희고 단 박하물을 묻힌 대통과자, 왕설탕을 묻힌 눈깔사탕, 하얀빛 박하사탕, 땅콩 박힌 비가 등속이 푸짐하게 드러났다.

"선생님, 요것얼 우리 셋이서 다 묵어도 된가요?"

소리쳤던 아이의 말이었다.

"그래라. 반공일에 너희들만 고생해서 선생님이 사주는 선물이 니까."

선생은 토요일을 꼭 반공일이라고 하며 세 아이들을 향해 부드럽게 웃었다.

"치이, 욕심쟁이. 선생님은 안 잡숫고 우리덜만 묵을라고 그냐?"

여자아이가 야무지게 눈을 흘기며 입을 삐쭉했다.

"아니, 나가…… 그것이 아니고……."

사내아이가 그만 무색해진 얼굴로 선생님을 쳐다보고, 여자아이를 노려보고 하면서 말이 막히고 있었다.

"괜찮아, 괜찮아. 동철이가 욕심쟁이라서 그렇게 말한 게 아니니까."

선생이 고개를 젖히며 허허대고 웃었다. 그사이에 동철이는 여자아이를 향해 주먹을 쥐어 보이며 입술에 무슨 말인가를 물었다. 그 아이의 눈에는 순간적으로 독기가 올랐고, 위아랫입술이 앞으로 쑥 내밀렸다가 제자리로 돌아가는 입모양을 보아 그 입에 물린 말은 '니 죽어'였다. 동철이의 빠른 몸짓에 따라 여자아이의 어깨가 솟기며 목이 움츠러들었다. 그때까지 아무 말이 없이 앉아 있는 길남이는 줄곧 과자봉지만 내려다보고 있었다. 이빨 사이에서 흘러나오는 신 침을 벌써 몇 번이나 소리나지 않게 삼켰는지 몰랐다.

"자아, 선생님도 먹을 테니까 너희들도 어서 먹어라."

선생이 과자 하나를 집어들며 봉지를 아이들 앞으로 밀어놓았다. 그러자 동철이가 잽싸게 손을 뻗쳤다. 길남이도 질세라 손을 뻗었다. 길남이는 마음 같아서는 손에 잡히는 대로 한 주먹 집고 싶었지만 애써 참아내며 부채과자 하나를 집어들었다. 동철이는 벌써 으석으석 씹어대고 있었다. 길남이도 입을 있는 대로 쫙 벌리고 부채과자를 밀어넣어 콱 깨물었다. 그런데 그 순간 길남이는 멈칫했다. 동생 종남이의 얼굴이 떠올랐고, '서엉, 나도 묵고 잡어' 하는 소리까지 들렸던 것이다. 길남이는 목이 메어서 과자를 씹을 수가 없었다. 선생님이 과자를 공평하게 나눠주면 얼마나 좋을까 싶었다. 그러나 그 말을 할 수는 없었다. 그렇다고 혼자서 과자를 야금야금 먹을 수도 없었다. 어떻게 해야지 동생에게 한두 개라도 갖다줄 수 있을까. 동철이하고 숙자가 보는 앞에서 주머니에 넣을 수도 없었다. 어떻게 해야 할까. 마음만 다급할 뿐 무슨 생각이 떠오르지 않았다. 그러는 사이에도 동철이는 새로 과자를 집어와 와삭와삭 씹어대고, 숙자도 야금야금 먹어대고 있었다. 애가 닳아 미칠 것만 같았다. 에라 모르겠다, 먹으면서 생각하자. 길남이는 과자를 씹어대기 시작했다. 그런데 씹은 과자를 넘기고, 남은 과자쪽을 입에 넣는 순간 기막힌 생각이 떠올랐다. 과자를 반쪽씩만 먹고 나머지를 손 안에 감춰 두 애들 몰래 주머니에 옮겨넣자는 것이었다.

"어디 보자, 일들을 얼마나 했냐."

선생이 담배를 빼들며 자리에서 일어났다. 길남이는 그만 소리를 지를 것처럼 기뻤다. 이젠 선생님의 눈치는 안 살펴도 되었던 것이다.

길남이는 손 안에 감추기 쉬운 밥풀과자와 대통과자만을 골라서 반씩 깨문 다음 나머지는 눈치껏 주머니에 넣고는 했다. 동철이와 숙자는 저희들 먹기에 정신을 팔고 있어서 그 일은 별로 어렵지 않았다. 길남이는 마음이 흐뭇해져서 과자맛이 제대로 나고 있었다. 이렇게 과자며 사탕을 맘 놓고 먹을 수 있는 일은 몇 년에 한 번 있을까 말까 한 일이었다. 가난한 아이들은 누구나 그랬고, 과자점에 쌓인 과자나 유리그릇 속의 사탕은 부잣집 아이들의 차지였다. 가난한 아이들은 과자점 앞을 지나다닐 때마다 회가 동할 때 같은 군침만 흘렸다.

빨리 먹을 수 있는 과자가 다 동이 나고 사탕만 남았다. 사탕도 서로 빨리 먹으려고 이빨이야 아프든 말든 마구 씹어서 삼켰다. 길남이는 사탕을 그렇게 마구잡이로 먹어대는 것이 너무나 아까웠다. 입 안이 화해지는 박하사탕은 와삭와삭 씹어먹는 것이 제맛이 났지만, 눈깔사탕은 한쪽 볼에 몰아넣고 살살 녹여가면서 먹어야만 제맛이 나는 것이었다. 사탕은 반쪽씩 깨물어 쪼개자면 힘도 들고 침도 많이 묻어 길남이는 입에 넣는 척하며 손 안에 감추고 다른 손으로 새 사탕을 집어드는 방법을 썼다. 그러면서 길남이는 숙자에게 은근히 미움이 생기는 것을 느꼈다. 숙자는 언제나 장조림이나 짱뚱이무침, 계란부치기 같은 반찬을 싸오는 부잣집 딸로 평소에 과자나 사탕을 실컷 먹고 살았으면서도 조금도 양보하는 기색 없이 먹어대고 있었던 것이다. 그러나 길남이는 자기 생각이 잘못되었다는 것을 금방 깨달았다. 숙자는 평소에도 누가 반찬을 뺏어먹을까 봐 도시락뚜껑을 세워 도시락을 가리고 밥을 먹는 아이였던 것이다. 그런 짓은 계집애인 숙자만 하는 것이 아니었다. 부잣집 아들들인 최경석이나 안장호도 마찬가지였다.

"다들 먹었냐? 이제 또 일을 시작해 볼까?"

선생이 아이들 가까이 다가왔다.

"선생님, 요것 잡수시씨요. 선생님 몫아치로 냄긴 것인디요."

숙자가 네댓 개 남은 사탕을 가리키며 냉큼 말했다.

"응, 그래. 선생님은 됐으니 너희들이나 다 먹어라."

선생이 박하사탕 하나를 집어들며 말했다. 그러나 길남이와 동철이는 서로 눈짓하며 머뭇머뭇 일어섰다. 길남이는 속으로 '저 여시!' 했고, 동철이는 '지년만 신용 얻을라고!' 하고 있었다. 숙자는 벌써 제가 그리던 그림이 놓인 책상으로 가 있었다.

길남이는 오랜만에 달고 꼬신 사탕과 과자를 푸짐하게 먹은 것이 그렇게 흡족할 수가 없었다. 아니, 아직 양은 다 차지 않았지만 제 몫에서 동생 것을 따로 챙겨넣은 것이 마음을 그렇게 흡족하게 할 수가 없었다. 길남이는 언제나 동생이 가엾고 불쌍했다. 동생은 언제나 배가 고파 허덕거렸고, 어머니가 보고 싶어 허덕거렸다. 어머니가 소화 아주머니와 함께 순천으로 떠나는 것을 멀리서 보고 돌아온 그날 밤 동생은 자면서도 울며 어머니를 불렀다. 그리고 그 뒤로도 자주 그랬다. 몇 번이고 괜찮다고 말해 주었지만 동생은 어머니가 죽게 될 거라고 생각하는 모양이었다. "아부지넌 멀 허는 겨, 엄니가 잽혔는디." 동생은 이런 말을 불쑥 하며 눈물이 핑 돌기도 했고, "나가 어런이면 을매나 좋까, 엄니럴 팍 구해내뿔게." 이런 말을 느닷없이 하고는 입술을 깨물고 돌로 땅바닥을 쳐대기도 했다. 배를 곯는 데다 어머니 걱정 때문에 동생은 더 기운이 파해가고 있었다.

길남이는 환경미화를 하기 위해 뽑힌 것도 기뻤지만, 사탕과 과자를 동생 몫까지 챙기게 된 것은 더 말할 수 없는 기쁨이었다. 꼭 손재주가 좋아 환경미화에 뽑히는 것은 아니었다. 아무리 손재주가 좋아 공작품을 잘 만들고, 그림을 잘 그려도 선생님이 뽑지 않으면 그만이었다. 자기는 아이들에게 손가락질당하는 빨갱이의 아들이었고, 공비의 아들이었다. 선생님은 그것을 다 알면서도 아이들이 모두 부러워하는 환경미화에 뽑아준 것이었다. 월요일에 실시되는 환경미화 심사 때문에 교실마다 아이들이 서너 명씩 남아 선생님과 함께 그 준비를 하고 있다. 환경미화에는 교실치장과 복도 윤내기, 화단가꾸기가 다 들어갔다.

수수깡으로 여러 가지 공작품을 만들고 있는 길남이는 자꾸 목이 마르고 오줌까지 마려워 마음먹은 대로 모양이 만들어지지 않았다. 목이 마른 것은 단것을 많이 먹은 탓이고, 오줌이 마려운 것은 주머니에 넣은 동생 몫의 과자며 사탕을 변소에 가서 아무도 몰래 다시 확인해 보고 싶은 마음 때문이었다. 길남이는 몇 번을 망설인 끝에 입을 열었다.

"선생님, 지 변소 좀 댕게올라는디요."

"응, 그래라."

붓글씨를 쓰고 있던 선생이 고개를 끄덕였다.

길남이는 하르르 숨을 내쉬며 교실을 뛰어나갔다. 그 쉬운 말이 왜 그렇게 하기 어려웠는지, 가슴까지 두근거림을 느꼈다.

변소로 곧장 달려간 길남이는 소변 보는 데는 거들떠보지도 않고 대변소의 문을 열어젖혔다. 문을 닫은 길남이는 앞뒤로 밀고 당기는 문잠그개를 힘껏 밀어낸 다음 어깨로 문을 떠받쳐보았다. 변소문은 잘 잠겨 있었다. 길남이는 비로소 휴우 긴 숨을 내쉬었다. 그리고 조심스럽게 바지주머니에 손을 밀어넣었다. 과자와 사탕이 한 움큼 잡혔다. 길남이의 얼굴에 흐뭇한 웃음이 피어났다. 그의 눈앞에는 동생의 놀라는 얼굴과 기뻐하는 얼굴이 한꺼번에 떠올랐다. 주머니에 든 것을 몇 개만 조심해서 꺼냈다. 그것을 두 손바닥을 모아 받쳤다. 반으로 잘린 대통과자 두 개, 박하사탕 하나였다. 그러고도 주머니에는 또 과자와 사탕이 들어 있었다. 당당하게 형 노릇을 하게 된 것이 그렇게 기분 좋을 수가 없었다. 길남이는 만족감으로 숨을 한껏 들이켰다. 오래된 똥냄새가 그대로 빨려들었다. 그러나 길남이는 웃고 있었다. 그 냄새는 평소와는 달리 쿠리지도 독하지도 않았다. 한쪽 주머니에만 다 넣으면 표가 날까 봐 길남이는 과자와 사탕을 양쪽 주머니에 갈라넣기 시작했다.

"무찌르자아 오랑캐애 몇백만이냐아……."

"음마, 엄니이—."

남자아이들의 노랫소리와 함께 여자아이의 다급한 외침이 바로 변소 뒤에서 터져나왔다. 과자와 사탕을 갈라넣는 데 정신을 팔고 있던 길남이는 그만 소스라치게 놀랐다.

"무찌르자아 빨갱이이 몇백만이냐아……."

"아야아! 워째 이려!"

여자아이를 때리는지 그 비명이 날카로웠다.

"이년아, 니가 빨갱이 딸년잉게 그런다."

사내애의 말이었다.

"긍께로 니도 무찔르는 것이여!"

다른 사내애의 목소리였다.

"나가 워쨌간디 이려. 어런덜이 헌 일얼 갖고."

계집애의 또렷한 말이었다.

"이년이 멀 잘했다고 싸납게 뎀비고 지랄이여!"

또다른 사내애의 목소리였다.

"아야야! 엄니, 엄니!"

계집애의 비명이 숨이 넘어갔다.

길남이는 눈을 질끈 감았다. 어떤 계집애가 세 사내애들한테 당하고 있는 모습이 눈앞에 환하게 떠올랐다. 자신이 혼자서, 또는 동생과 함께 벌써 여러 차례 당해본 일이었던 것이다. 어떤 불쌍한 계집애가 변소 뒤에까지 끌려온 것일까……. 길남이는 이를 맞물었다.

"무찌르자아 오랑캐애……."

"무찌르자아 빨갱이이……."

"아야! 아야! 아이고 엄니! 엄니, 엄니!"

사내애들이 노래를 부르며 마구 때려대는지 계집애의 비명소리가 더 다급하고 날카로워졌다.

길남이는 더 견디지 못하고 변소문을 밀치고 밖으로 튀어나왔다. 그리고 조심스럽게 변소 뒤로 돌아갔다.

"대한 남아 가는데 초개로구나아……."

"아야야, 엄니 나 죽어! 엄니이!"

길남이의 눈에 들어온 것은, 세 사내애들이 계집애를 둘러싸고 노래에 맞춰 막대기로 때리고, 치마를 걷어올리고 했고, 계집애는 비명을 지르며 치마를 움켜잡느라고 정신이 없어 사내애들이 때리고 찌르는 것을 제대로 피하지 못하고 있었다. 그런데 계집애의 얼굴이 이쪽으로 돌려지는 순간 길남이는 또 소스라치게 놀라고 말았다. 그 여자아이는 하필이면 명순이었던 것이다. 아버지의 얼굴과 명순이 아버지 얼굴이 퍼뜩 떠올랐다. 명순이하고는 인공이 되었을 때 서로 알게 되었고, 인공이 끝나자 서로 모르는 척하게 된 사이였다. 누가 시킨 것도 아니었고, 서로 약속한 것도 아니었다. 저절로 서로 피하게 되었다. 그러나 이제 모른 척하고 돌아설 수는 없었다. 사내애들은 셋이었고, 전혀 모르는 얼굴이었다. 몸집도 다 자신보다 컸다. 그러나 어쩔 수 없는 일이었다.

"무찌르자아 빨갱이이……."

"아야야! 엄니이!"

길남이는 앞으로 튕겨나가며 외쳤다.

"이새끼덜아, 지랄 치지 말어!"

세 사내애들의 몸짓이 뚝 멈춰졌다. 길남이와 명순이의 눈이 마주쳤다. 얼굴에 눈물범벅인 명순이가 멈칫 놀랐다. 그러곤 얼른 눈물을 훔쳤다.

"니가 먼디 나서냐, 이새끼야!"

한 사내애가 눈을 부라리며 나섰다.

"쥐방울만 헌 새끼가 뒤지고 잡은갑네?"

다른 사내애가 더 당당한 기세로 나섰다.

"우리 누나다, 워쩔래!"

길남이의 입에서 튀어나간 말이었다. 명순이는 나이도 한 살 많았고, 학년도 한 학년이 높은 6학년이었던 것이다.

"옳여, 니도 빨갱이 새끼여?"

"잉, 아조 잘 만냈응께 맛 잠 봐."

"새다리 겉은 새끼가 워쩨 겁도 없이 뎀비고 지랄이여!"

세 사내애들이 한마디씩 내뱉으며 얼굴들을 구겼다.

"안 되어, 싸우면 안 되어. 쟈덜언 셋이여, 셋."

명순이가 고개를 저으며 길남이에게 다급하게 말했다. 그런 명순이의 얼굴은 울고 있었다. 이빨을 앙다문 길남이는 부르르 떨었다.

"오냐, 뎀베라. 니까징 것덜 셋이면 다냐!"

길남이는 소리치며 잽싸게 돌을 집어들었다. 그때 세 아이가 막대기들을 휘두르며 덤벼들었다.

"안 된다니게! 안 되야!"

명순이가 팔딱팔딱 뛰며 소리쳤다. 그러나 길남이와 세 아이들은 뒤엉키고 있었다.

길남이가 아무리 독을 부려도 혼자서 세 아이를 당할 수는 없었다. 세 아이들을 상대로 치고 차고 하다가 얼마 못 가 엎어지고 말았다.

"선생니임! 선생니임!"

명순이는 소리소리 질러대며 교실 쪽으로 내닫고 있었다. 정신없이 뛰고 있는 명순이의 한쪽 발에는 검정 고무신이 신겨져 있었고, 다른 한쪽 발은 맨발이었다.

명순이가 선생님을 모시고 변소 뒤로 왔을 때는 세 아이들은 간 곳이 없고, 길남이만 코피로 얼굴이 피범벅이 된 채 땅바닥에 쓰러져 있었다.

"나 땀세 니가 요리 다쳤시니……."

우물가에서 물을 떠주며 명순이는 말을 잇지 못하고 있었다.

"아녀, 나넌 아니간디."

길남이는 얼굴의 피를 닦아내며 무뚝뚝하게 말했다. 명순이를 구하려고 당당하게 나서서 싸운 것이 더없이 기분 좋았고, 오랜만에 먹은 과자와 사탕이 피를 흘려버려 본전치기가 된 것이 아까웠고, 얼떨결에 '누나'라고 둘러붙였던 것인데 막상 단둘이 있게 되자 그 말이 안 나오는 것이 이상했고, 길남이의 마음은 복잡했다.

"니가 그리 용감헐 줄을 몰랐다. 니가 느그 아부지 탁했는갑다."

그 엉뚱한 말에 길남이는 명순이 쪽으로 고개를 획 돌렸다. 두레박을 들고 선 명순이는 그런 겁나는 말을 언제 했느냐 싶게 배시시웃고 있었다. 그 태연함에 안심하며 길남이도 웃을 수밖에 없었다.

"니, 아부지가 밉냐?"

명순이가 물었다.

"아녀." 길남이는 고개를 젓고는, "우리 둘이라고 고런 말 자꼬 허지 마." 불퉁스럽게 말했다.

"알었어. 나도 오랜만에 혀본 말이여." 명순이의 얼굴에서 웃음기가 가셨다. 길남이는 고개를 돌리면서 명순이의 장딴지가 여기저기 긁혀 있는 것을 또 훔쳐보았다. 그놈들한테 얻어맞은 자리가볼이고 가슴팍이고 옆구리고 아직까지 얼얼하고 아팠지만 자신의아픔보다는 명순이가 당한 것이 더 아프게 느껴지고 있었다.

길남이는 명순이와 헤어져 교실로 돌아오면서야 자기가 과자와사탕을 가지고 있다는 것을 생각해 냈다. 그것을 좀 나눠줄 것을하고 생각하며 길남이는 얼른 주머니에 손을 넣었다. 아니! 길남이는 멈칫 섰다. 손에 잡히는 과자의 감촉이 아까와 달랐던 것이다. 잡히는 대로 과자를 꺼냈다. 손바닥에는 밥풀과자 반쪽과 눈깔사탕 하나, 그리고 과자 부스러기가 조금 놓여 있었다. 길남이는 그때서야 동그란 대통과자가 싸움을 하면서 엎어지고 뒤집어지고 하는 바람에 다 깨졌다는 것을 알았다. 아깝고 또 아까웠다.그렇지만 싸움한 것이 후회스럽지는 않았다. 평소에 싸움하는 것을 싫어했지만, 어쩌다 싸움을 하게 되면 꼭 아버지와 연관되는 일 때문이었다.

"어디, 많이 다치지 않았나?"

"예, 암시랑 않구만요."

명순이네 선생님 연락을 받고 변소 뒤에까지 나오셨던 담임선생님의 물음에 길남이는 고개를 숙이며 낮게 대답했다.

"그래, 그놈들이 나쁜 놈들이다. 다 잊어버려라."

선생님이 길남이의 머리를 쓰다듬었다. 길남이는 코허리가 찡 울리면서 목이 메는 것을 느꼈다.

〈9권에 계속〉

태백산맥 8

제1판 1쇄 / 1989년 10월 23일
제1판 28쇄 / 1994년 9월 29일
제2판 1쇄 / 1995년 1월 15일
제2판 38쇄 / 2001년 3월 10일
제3판 1쇄 / 2001년 10월 10일
제3판 40쇄 / 2006년 11월 20일
제4판 1쇄 / 2007년 1월 30일
제4판 67쇄 / 2020년 5월 5일
제5판 1쇄 / 2020년 10월 15일
제5판 8쇄 / 2024년 6월 30일

저자 / 조정래
발행인 / 송영석

발행처 / (株)해냄출판사
등록번호 / 제10-229호
등록일자 / 1988년 5월 11일(설립일자 | 1983년 6월 24일)

04042 서울시 마포구 잔다리로 30 해냄빌딩 5·6층
대표전화 / 326-1600 팩스 / 326-1624
홈페이지 / www.hainaim.com

ISBN 978-89-6574-928-8
ISBN 978-89-6574-920-2(세트)

파본은 본사나 구입하신 서점에서 교환하여 드립니다.